感谢浙江省新昌县人民政府的大力支持

唐诗之路研究丛书·第二辑

唐诗之路研究会 编

唐代大庾岭诗路研究

吴 强 著

中华书局

图书在版编目(CIP)数据

唐代大庾岭诗路研究/吴强著. —北京:中华书局,2024.6
(唐诗之路研究丛书)
ISBN 978-7-101-16638-5

Ⅰ.唐… Ⅱ.吴… Ⅲ.唐诗-诗歌研究 Ⅳ.I207.227.42

中国国家版本馆 CIP 数据核字(2024)第 110018 号

书　　　名	唐代大庾岭诗路研究	
著　　　者	吴　强	
丛 书 名	唐诗之路研究丛书	
责任编辑	余　瑾	
责任印制	陈丽娜	
出版发行	中华书局	
	(北京市丰台区太平桥西里 38 号　100073)	
	http://www.zhbc.com.cn	
	E-mail:zhbc@zhbc.com.cn	
印　　　刷	三河市中晟雅豪印务有限公司	
版　　　次	2024 年 6 月第 1 版	
	2024 年 6 月第 1 次印刷	
规　　　格	开本/920×1250 毫米　1/32	
	印张 14⅝　插页 2　字数 352 千字	
国际书号	ISBN 978-7-101-16638-5	
定　　　价	108.00 元	

"唐诗之路研究丛书"总序

卢盛江

经过多方努力,"唐诗之路研究丛书"终于问世了。

这是中国唐诗之路研究会组织编纂的学术丛书。中国唐诗之路研究会自成立以来,就致力于唐诗之路的研究。2019 年 11 月在浙江新昌召开了成立大会,2020 年 11 月又在浙江天台举办了首届年会,两次会议共收到一百六十余篇论文,对唐诗之路的一系列重要问题进行研究。现在又推出"唐诗之路研究丛书",旨在全面反映唐诗之路研究的高层次成果,将唐诗之路研究推向深入。关于"丛书"和唐诗之路研究,我想应该注意以下几点:

一、要进行细致全面的资料整理。无论是对某条诗路的具体研究,还是对某些问题的综合研究,抑或是学理层面的理论研究,都要立足于坚实的史料。专门的史料整理工作,在唐诗之路研究初期,尤为必要和重要;唐诗之路研究今后走向深入,这项工作也不可或缺。这是一切研究的基础。要围绕唐诗之路的主题发掘整理史料,注重规范性和系统性,特别要与考证辨伪结合起来,以确定史料的可靠性。既致力于新出史料的发掘,又立足于传统文献的梳理;既有典籍文献包括地方文献的爬剔缕析,又有民间调查和出土文献等史料的发掘探微。对于唐诗之路研究而言,实地考察也是发掘新史料的一个重要途径。

二、要弄清每条诗路的面貌。唐诗之路的关键是"路"与"诗"，路是载体，诗是内涵，而作为灵魂主体一定是"人"。"诗""路"与"人"三个方面的面貌都需要弄清。路是怎样形成的？路与交通有关，唐代交通面貌如何？走过这条"路"的诗人有哪些？这些诗人，何时因何而走上这条"路"？又何时因何而离开这条"路"？他们在这条"路"上的生活状况如何？有怎样的创作和其他活动？漫游、宦游、贬谪、寓居，是个人活动，还是群体活动等等，这些面貌都要弄清。就某个诗人而言，要进行重要行迹的考证；就某条诗路而言，要进行诗歌总集的编纂；就诗路发展而言，要进行源流演变的梳理。诗歌之外，这一诗路有怎样的文化遗存？民俗风物、名山胜迹、宗教文化、石刻文献等等，这些方面怎样共同形成诗路文化？这些面貌都要弄清。把国内各条诗路、各种问题的面貌弄清后，再进一步，可以从国内延伸到海外，研究海外唐诗之路。

三、要有问题意识，认清问题研究的重要性。清理史料和面貌的过程，也是清理和研究问题的过程。我们需要现象的描述，更需要问题的研究。史料和面貌的清理，本身就有一系列的问题。我们更要关注，唐代为什么会有诗路？一些诗路为什么流寓的诗人比较多，为什么诗歌创作比较繁荣？为什么一些诗路诗人群体比较多，诗人联唱和唱和比较多？复杂现象的解释，历史原因的分析，学术焦点与前沿问题的回答，一些特有的重要的现象，都是问题。现象与现象之间、事物与事物之间、问题与问题之间的联系，都会有问题。着力于发现、提出和研究问题，从一个问题推向另一个问题，我们就能够把诗路研究由浅入深，层层推进。

四、要有科学严格的主题界定。如从地域来说，一条诗路包括哪些范围？其历史行政区划和当代行政区划有何联系和区别？古代不同时期的区划变化如何？主题界定要符合历史面貌，要特别注意文化特点,既要有整体性,又要有包容性和开放性。没有整体性,无法界定范围;没有包容性和开放性,无法把握复杂面貌。

五、要体现"诗路"的特点。各条诗路都与地方文学有关。唐诗之路研究,还与贬谪文学、流寓文学、地域文学、山水文学、隐逸文学等等密切相关,与文学地理学、历史地理学等等密切相关,还与宗教包括佛教道教等等文化有关。具体诗人的诗路研究,必然涉及这些诗人的生平轨迹、他们的生活与创作道路。不要把唐诗之路研究简单地写成地方文学史,不要写成一般的贬谪文学、流寓文学、地域文学、山水文学、隐逸文学研究,不要写成一般的文学地理学、历史地理学研究和宗教文化研究,不要写成一般的作家论、作家传记,或一般的诗人生活与创作道路研究。既要注意与相关研究和问题的联系,扩大我们的视野,启发我们的思路,又不为之所囿,特别是不要落入固有的模式化的套路,要探讨"唐诗之路"作为一个新的学术增长点的丰富内涵和深刻本质,探寻出符合"唐诗之路"特点的新的研究之路。

六、实地考察可以做成学术著作,但一定要有学术性,一定不要写成一般的游记和一般的行踪介绍。要注意利用实地考察,发掘新的史料,补史之所阙。有意识地在实地考察中,体现"诗路"研究,解决学术问题。实地考察诗人行踪,"路"的点、线、面,"诗路"沿线自然地理和地方人文,从而深入发掘诗路之"诗"的内涵和特色,求得重要的新的理解;分析诗路之"人"的思想心态面貌和变化,提出新的看法;进一步弄清诗及诗路之"史"的脉络和发展,对已有学术问题作出新的判断。

七、要有大格局。可以做具体的局部的问题,甚至是比较小的问题,也可以做着眼全局的大选题。只要是唐诗之路的学术问题,都可以做。就目前的研究来说,更需要综合的研究。问题不论大小,不论是综合研究还是其他形式的研究,都要有大的格局,做高层次的研究,切实地沉下心来,用三年五年,甚至十年八年时间,沉潜到材料和问题的最深处,系统全面彻底深入加以清理和研究。做一个题目,就把它做深做细做全做彻底,把课题内所有相关材料和问题一网打尽,使之成为进一步研究的坚实基础。

八、期待从理论的高度研究唐诗之路。理论研究是一项研究的提升和必然发展趋势,唐诗之路的理论研究和理论认识,应该来源于唐诗之路的研究实践。我们需要切实从材料出发,在诗路各种具体问题研究的基础上,进行更为宏观的综合研究和理论研究。理论研究有它的独特性,有它特有的对唐诗之路的思考方式。它要提出更为普遍的问题,进行更为综合的宏观思考,对唐诗之路的普遍问题从理论的高度进行总结和提升。

九、不论什么研究,都要锐意创新。唐诗之路研究在全国刚刚起步,处处都有待拓荒的领地,每一块领地都有创新的课题。有些领地前人已经耕耘过,就要处理好利用已有成果和创新的关系。不论拓荒还是接续前人的研究,创新都是第一位的。要发掘新材料,寻找新视角,发现新问题。切忌四平八稳的老调重弹,也不要刻意标新立异,求险求怪,而要把研究对象本身的面貌弄深弄透,对事物有更为准确全面的把握,在此基础上,站得更高一些,视野更开阔一些,着眼全局和整体,着眼发展和变化,提出独特的见解。有的时候,观点的某些方面不那么完善,但它新颖,能启发人们关注一些新的问题,对事物和现象作进一层的思考。我们需要这样的独到创新的深入思考。

这也是这套"丛书"的宗旨和写作要求。

感谢中华书局接受"唐诗之路研究丛书"出版。感谢浙江省新昌县慨然资助。他们资助了第一辑、第二辑,还计划继续资助以后各辑。

新昌对唐诗之路的贡献有目共睹。新昌是唐诗之路发源地。新昌学者竺岳兵先生发现并首倡唐诗之路。还在 20 世纪 80 年代,他就努力探寻,并首次提出"唐诗之路"的概念。他提前退休,潜心著书研究,又四处奔走呼吁,组建"唐诗之路研究开发社",举办十多次国际国内学术研讨会和其他学术活动,首先倡议唐诗之路申报世界文化遗产。临终之际,还念念不忘,用尽生命的最后力气,嘱托成立全国性的唐诗之路研究会。唐诗之路一直得到新昌县委县政府的高度重视和大力支持。批准竺岳兵先生成立"唐诗之路研究中心",并拨经费,给编制。大力支持竺岳兵先生举办国际国内学术研讨会。比较早就进行唐诗之路的文化建设和旅游开发,积极打造浙东唐诗名城,建成全国首家唐诗之路博物馆,编修唐诗之路名山志,并且在政府层面,联络各方,开展推进唐诗之路文化建设的各项活动。这些努力,最终在浙江省乃至全国各地产生重大影响,唐诗之路被写进省政府工作报告,成为浙江省大花园建设的一项重要工作,唐诗之路被推向全省并开始推向全国。中国唐诗之路研究会成立之际,新昌全力支持,成立大会办得隆重热烈。现在又积极资助"唐诗之路研究丛书"出版,将继续为唐诗之路做出新的贡献。

中国唐诗之路研究会的宗旨,是联络国内外学术力量,进行唐诗之路及相关领域研究和文化建设交流。"唐诗之路研究丛书"的编纂是研究会工作的一个重要方面。唐诗之路研究会自成立以来,得到国内各方,特别是浙江省内各方的大力支持。除新昌之外,浙江天台县就高规格承办了唐诗之路研究会首届年会。我们的理念是会地共建。"唐诗之路研究丛书"的出版,是会地共建的典范。我们希望继续得到各方支持,与各地方联手,与全国各高校联手,共同把唐诗之路事业推向深入。

2023 年 2 月 22 日

目　录

《唐代大庾岭诗路研究》序

吴夏平

　　吴强的博士论文《唐代大庾岭诗路研究》出版在即,大家都为他感到高兴。他问序于我,忝为导师,不宜推辞,只好略言一二。

　　近年来,唐诗之路渐成学术热点,不少研究者以此为努力方向。从诗路角度考察某一时段的文学活动,实际上是把文学还原至历史时空的一种研究。建立具体的时空坐标轴,可以更清晰地观察文人创作的详细过程,也可以重构文人分布和流动的时空图景。吴强的博士论文选题,显然也是在这样的学术背景之下产生的。为什么选择大庾岭作为研究对象? 直接原因与他工作单位及原有知识结构有关。他长期在赣南师范大学工作,之前又一直从事旅游专业教学和研究,因而对大庾岭历史、地理、人文等情况都比较了解。更深层次原因是大庾岭在唐代的重要性。在唐人观念中,大庾岭是南方的边界,岭南、岭外等概念即由此产生,"度岭方辞国"与"西出阳关无故人"在唐人文化心理上相通。唐代长安和洛阳是当时的文化中心,由此出发,经河西走廊到达西域,形成唐朝与世界连通的一条重要通道。在这条通道上,还分布着两条重要的草原丝绸之路,一条是贯穿东西的草原丝路,另一条是从东北进入唐朝的道路。北边的这三条路线贯通了唐朝与整个西、北、东三个方向周边国家和民族的联系。南方与周边的通道主要是海上丝路。这样一来,唐朝从"四面八方"

连通世界，形成一个错综复杂的庞大交通网络。在广州到长安和洛阳的通道上，大庾岭无疑是重要关口。因此，从世界格局和国际视野考察大庾岭诗路，具有重要学术价值和现实意义。基于这些思考，作者较好把握了大庾岭诗路研究的一些核心问题。

其一，往来于诗路上的文人。选择一条具体诗路作为研究对象，首先要考察在诗路上行经往来的诗人，因为人是诗路形成的关键要素。并非任何一条道路都可以称作诗路，一条道路之所以能称为诗路，是因在此路线上有来来往往的文人，发生了重要文学活动，产生了具体文学作品。选题商定后，吴强所做的首要工作就是调查唐代大庾岭诗路上的诗人。他充分认识到，这不仅是将大庾岭作为诗路来研究的可行保证，而且也是展开研究的重要基础。他将与大庾岭诗路有关文人分为本土、流寓、过往三个群体，同时充分注意到流寓文人与过往文人的区别：流寓者的目的地是大庾岭及其周边，而过往文人并不以大庾岭为目的地，只是路经而已。这是很好理解的。例如，虔州及其属县的外来官员，显然属于流寓文人，而经由大庾岭前往岭外者，如沈佺期、宋之问等，可归为过往文人。

其二，诗路上的诗歌活动和文学作品。诗路之所以形成的另一个重要要素是诗歌作品。发生在诗路上的文学创作活动及其作品，既是诗路形成的基本条件，也是诗路研究的关键内容。作品承载着与诗路有关的各种信息，包含诗路文化的历史记忆，因而是一切分析展开的基础。吴强在调查大庾岭诗路有关诗人的过程中，同时收集整理了相关诗歌作品。他不仅从《全唐诗》《全唐文》等诗文总集中钩稽相关材料，而且还以方志等地方文献以及佛教典籍为基础，对这些作品创作时地和本事等做了深入发掘，构建了一个以大庾岭诗路为中心的诗歌作品数据库。

其三，诗路的具体路线。道路本是应交通之需开创的一种自然地理的空间存在。大庾岭作为中原与岭南连通的重要关口,历史悠久。自秦汉以降,国家重视南方开发。随着政治文化中心南移,其进程日益加速。因此,早在唐前就开凿了连通中原与岭外的大庾岭古驿道。唐代开元年间,张九龄重修大庾岭驿道。那么,张九龄所开驿道与唐前古驿道是否为同一条? 经考察发现,唐代大庾岭通向中原的驿路,并非仅指张九龄所凿驿道,也不仅只有经由赣江、鄱阳湖再进入长江的一条道路,而是包括经由湖湘、闽越、江浙地区,再接入至长安和洛阳的多条通道。因此,有必要对唐诗及其他文献中有关大庾岭诗路的记载进行全面系统梳理。其中包括:一是从广州到大庾岭的路线。二是从大庾岭至长安和洛阳的路线。这两条可以说是纵线。三是江西与湖湘、闽越的交通路线。此属于横线。这些线路在唐诗中有相关记载,但因后人不同理解,产生不少错误认识。以纵横交通路线考证为基础,吴强对以往误解逐一辨析,较好解决了沈佺期、宋之问、杜审言、韩愈、李绅、李德裕等人南行路线以及相关创作问题。

其四,人地诗三者关系。从诗路研究来说,人地诗三者是一个整体。这里面要探讨的问题是多层次的,主要包括三点:一是历时来看,唐代大庾岭诗路形成的历史渊源何在? 二是大庾岭诗路所蕴人文内涵有何特殊之处? 三是什么原因促使诗人来往于此条道路? 第一个问题实际上是要回答唐前与唐代大庾岭二者的关系,也就是大庾岭在历史与文学演进中的变迁问题,因而重点关注政治、军事、经济、文化等因素在大庾岭概念的内涵与外延发生历时变迁中的综合作用。第二个问题是对诗路文学特性的提炼和概括,主要讨论诗人对大庾岭自然景观与风物人情的特殊感受与文学书写。在贬谪文学之外,大庾岭诗歌还具有自身特点,梅花意象与禅宗公案具有典型性,分别代表了文人诗和佛教诗对大庾岭的不同书写,因而也代表了文士群体与佛教群体对大庾岭诗路的不同关注。第三个问题是揭示支配唐人往来于大庾岭的内在力量。唐代文人往来于各条诗路，其内在力量主要来自共同的权力结构，表现为制度、传统、时空等要素共构的合力。制度是促使文人空间流动的根本性力量，以往多关注贬谪制度对大庾岭诗歌的影响，但事实上，在此之外，科举、干谒、守选、名山大川及宗教管理等制度，也发挥了重要作用。从适应性角度来认识和理解唐代诗路，其本质可以说是权力在空间和时间中的流动。关于这一点，作者在具体论述中也有涉及，比如论禅宗公案，关注到宗教管理制度；论人文景观，则述及唐代地方治理等。但总体看，此方面还有不少可拓进的空间。

《唐代人庾岭诗路研究》列入"唐诗之路研究丛书"出版，得到卢盛江教授、戴伟华教授等学者的大力指导和帮助。从书名调整到具体行文，卢老师都提出了宝贵意见。戴老师通读了全部书稿，不仅提出修订建议，而且还专门写信推荐。此外，该书出版还得到浙江省新昌县人民政府的大力支持。在此一并感谢！同时，借此机会祝贺吴强的著作出版，也希望他能以此为契机，在学术上更加精进。

2023 年 9 月 6 日于上海师大文苑楼

绪　论

一、研究背景及意义

地域文学是近年来文学研究的热点问题。尽管古人很早就注意到地域与文学的关系,如《诗经》《楚辞》皆体现了文学的地域性色彩,《文心雕龙》中亦有地域与文学关系的相关论断,但古人并未将文学与地域关系做系统的考察。地域文学进入理性的研究阶段应始于刘师培1905年发表的《南北文学不同论》,此后汪辟疆、梁启超、陈寅恪等也把地域概念引入文学研究之中,提出了许多新颖观点。20世纪下半叶,在经历一段时间的停滞后,至80年代地域文学研究伴随着"文化热"再度兴起并愈演愈热,涌现出一大批学术成果。论文方面,有陈尚君《唐诗人占籍考》、戴伟华《唐代文士籍贯与文学考述》《唐代文化弱势区的诗歌创作》、曾大兴《"地域文学"的内涵及其研究方法》、杨义《重绘中国文学地图与中国文学的民族学、地理学问题》等。著作方面,则有戴伟华《地域文化与唐代诗歌》《唐方镇文职僚佐考》、曾大兴《中国历代文学家之地理分布》、胡阿祥《魏晋本土文学地理研究》、刘跃进《秦汉文学地理与文人分布》、曹道衡《南朝文学与北朝文学研究》、李浩《唐代三大地域文学士族研究》、胡可先《唐诗发展的地域因缘和空间形态》等。袁行霈所著《中国文学概论》也专辟一章讨论文学的地域性。此外,一系列的专题研讨会论文集和各种地方文学史也在不断地出版,可谓成果斐然。

　　地域文学研究取得的成绩是值得肯定的,但由于地域文学研究起步较晚,再加上地域文学涉及的领域及知识面较广,远较纯文学研究复杂,因而在研究中不可避免地存在一些问题,许多学者在研究中也意识到了这些问题。戴伟华《地域文化与唐代诗歌研究导言》指出过去的地域文学研究重在制度的研究和某区域作家的创作研究,总是失之于宽泛或局促,并提出要寻求文献资料和理论上的突破,揭示弱势文化区诗歌创作的意义①。周晓琳《古代文学地域性研究的回顾与前瞻》认为对于自然地理系统如何影响文学创作问题的探讨,还不够深入和细致,要加强具体研究和作家群体的动态研究②。肖献军《近百年来地域文学研究的回顾与反思》亦认为由于地域文学研究起步较晚,还处在理论创建阶段,故研究者多以抽象研究为主,而忽略具体研究;同时文章还指出,部分学者虽然摆脱了纯理论研究倾向,能结合具体地域进行深入分析,然而取材十分狭窄③。以唐代地域文学研究为例,取材多局限在长安、洛阳、山东、吴越四大文化发达的地域,而对于欠发达和不发达地区的文学,则鲜有提及。由此看来,若能选择文化弱势区的某一具体区域,将当前地域文学的理论研究成果付诸实践,并在此基础上尝试新的理论突破,无疑是极具意义的。本书研究正是在这一大背景下提出的。

　　选择大庾岭地域作为研究对象,对于地域文学研究的拓展有较好的意义:其一,大庾岭属于弱势文化区,对弱势文化区的文学现象

① 戴伟华:《地域文化与唐代诗歌研究导言》,《华南师范大学学报(社会科学版)》2005年第2期。
② 周晓琳:《古代文学地域性研究的回顾与前瞻》,《文学遗产》2006年第1期。
③ 肖献军:《近百年来地域文学研究的回顾与反思》,《阴山学刊》2012年第1期。

进行具体研究,是当前地域文学研究领域的一个共识或构想,本论题正是对这一构想的探索与尝试;其二,属于功能文化区,曾大兴《"地域文学"的内涵及其研究方法》提出"形式文化区"和"功能文化区"两个概念①,大庾岭则属于功能性区域,这对当前多以独立行政区为对象的地域研究是有益的突破;其三,属于南方关喉区域,大庾岭是海上丝绸之路的陆路要塞,横断为唐人心理上中原与南方的界岭,纵向又是唐人通往岭南的重要通道,作为自然静态的界岭,大庾岭远离中原,偏僻荒凉,而作为交通要道,南北士人又不断往来于此,这片地域因此变得十分特殊,既偏僻又繁荣,这就使得大庾岭诗歌作品在空间上呈现为一种边缘与中心的融合。正如程千帆《文论十笺》所说:"山川终古若是,而政教与日俱新也……吾国学术文艺,虽以山川形势、民情风俗,自古有南北之分,然文明日启,交通日繁,则其区别亦渐泯。"②在当前地域文学研究更多地注重地域之区别,而较少关注文学融合的情况下,大庾岭这种静中有动的特殊区域性质也决定了它有着典范性的研究意义。

具体到大庾岭本身而言,对于其诗歌作品的研究亦具有重要的价值与意义,体现为两点:

第一,具有重要的历史研究价值。南方五岭是在秦朝就已形成的区域概念,《史记》云:"北有长城之役,南有五岭之戍。"③说明秦始皇是将南方五岭与北方长城等量观之的。而事实上,诸多材料表明,最开始的五岭概念其实就是指绵延于南方的大庾岭山脉,而非指

---

① 曾大兴:《"地域文学"的内涵及其研究方法》,《东北师大学报(哲学社会科学版)》2016年第5期。

② 程千帆:《文论十笺》,武汉大学出版社,2008年,第112—113页。

③ (汉)司马迁:《史记》卷八九,中华书局,1959年,第2573页。

五座山岭①,此后大庾岭逐渐成为古人观念里南方边塞的代表。唐代是大庾岭地域发展的重要转折点,张九龄开大庾岭新路,以此对接海上丝路贸易,大庾岭由此成为南北交通最为重要的通道并得以快速发展。明代丘浚指出:"兹路既开,然后五岭以南之人才出矣,财货通矣,中朝之声教日远矣,遐陬之风俗日变矣。"② 可见大庾岭在历史发展中颇为重要,它是中国南方边疆的代表区域,至唐代成为沟通南北、对接海上贸易的重要通道,对其唐代文学与创作背景的探讨无疑具有重要的历史研究价值。

第二,具有重要的文学研究价值。唐代诗歌作品中有一个突出现象,南方五岭,唯有大庾岭不断出现诗歌创作,其他四岭作品却极少看到,可见大庾岭在南方五岭中的独特性和代表性。然而,大庾岭诗歌作为唐代南方地域创作的代表,当前研究却未给予太多关注,对于其文学源流与发展情况并不清楚,相关作品的搜集、整理以及系统性研究皆未展开。由于史料的缺乏,当前对于汉唐时期大庾岭的历史发展与文学情况,仍处于混沌未清之状态,这亦是没有充分利用文学作品的结果。事实上,早在汉魏六朝,文人就已经将大庾岭诉诸笔端,至唐代,大庾岭诗歌开始频繁出现,这些作品实为考察地方治理、道路交通、商品贸易、自然人文等各方面情况的重要材料,尤其是大庾岭梅花与佛教诗歌,更是该地域自然与人文创作的两个制高点,在唐代极为著名,有着重要的文学研究价值。

---

① 周宏伟:《"五岭"新解》,《湘南学院学报》2014 年第 4 期。
② (明)丘浚著,朱逸辉、劳定贵、陈多余、朱逸勇、张昌礼校注:《琼台诗文会稿》卷一七《唐丞相张文献公开凿大庾岭碑阴记》,内蒙古人民出版社,2002 年,第989 页。

二、大庾岭诗路的空间范围及界定

地域文学研究一般涉及时间和空间两个维度。本书以唐代为时间限定，即公元 618 年至 907 年，这是清楚的。空间上的范围，则需进一步界定。把大庾岭作为地域考察对象，以往研究并不多见，因为该地域并非行政上的建置。当前关于大庾岭的研究，往往将其视为古代的一条驿路，这种理解显然是片面的。《江西省自然地理志》如此界定大庾岭：

> 大庾岭为南岭中的"五岭"之一，因岭中多梅花，亦称梅岭。介于江西的大余、信丰、崇义、全南和广东韶关市的仁化、南雄等地之间。山体大致呈北东—南西走向，并分两支展布：东支沿大余南的赣粤边境绵亘，经信丰后折向东南行，入全南境内与九连山衔接；西支由崇义、大余向西南延伸，在湘粤边陲与诸广山斜交。①

以此可见，作为地理意义上的山脉，大庾岭其实有着广大的范围，即便以今天的地理概念来界定，也至少涵盖了赣州的大余、信丰、崇义、全南和韶关的仁化、南雄等地域。然而，既然是考察唐代大庾岭的诗歌创作，则须返回到唐代这一特定历史时空，看唐人是如何界定大庾岭的空间范围的。无论何种情况，可以肯定，唐代的大庾岭绝不仅仅指张九龄所开驿道。事实上，文学作品大多会指向某个确定空间，在唐人诗文中，存在许多关于大庾岭空间的表述，其维度至少有以下几个方面：

---

① 《江西省自然地理志》编纂委员会：《江西省自然地理志》，方志出版社，2003年，第 36 页。

　　其一，交通孔道。交通是大庾岭作品中体现最多的。宋之问《早发大庾岭》"晨跻大庾险，驿鞍驰复息"[1]，阎朝隐《度岭》其二"千重江水万重山，毒瘴□氛道路间"[2]，杨衡《送人流雷州》"地图经大庾，水驿过长沙"[3]，这些诗句皆体现为大庾岭的南北交通空间维度。需要注意的是，这些诗歌中的南北向道路，并非一定是张九龄所开新路。张九龄《开凿大庾岭路序》指明开路的时间为"开元四载，冬十有一月"[4]，即公元 716 年。那么在此之前，大庾岭上难道没有通道吗？显然不是。张九龄序亦云"初，岭东废路"[5]，可知此前大庾岭就存在通道，只不过因路况太差，需再开新路。张九龄所开之路是否就是在废路的基础上，还有待深入考察。丘浚《唐丞相张文献公开凿大庾岭碑阴记》亦云："然序文谓岭东路废……意者大岭迤东，旧别有一途。"[6] 皆说明当时大庾岭有多条通道存在。今人王元林考横浦关的位置时指出，汉至开元前的大庾岭并非今梅岭[7]。亦有其他学者指出，大庾岭地区一直都有两条道路沟通南北，除了今天的梅关古道，另外还有一条自赣州信丰越岭的乌迳路[8]。这些研究表明，大庾岭自古就存在多个孔道通往岭南，小梅关、大梅关、乌迳路等都是

① （唐）沈佺期、宋之问著，陶敏、易淑琼校注：《沈佺期宋之问集校注·宋之问集》卷二，中华书局，2001 年，第 429 页。

② 陈尚君辑校：《全唐诗补编·补全唐诗》，中华书局，1992 年，第 11 页。

③ （清）彭定求等编：《全唐诗》卷四六五，中华书局，1960 年，第 5288 页。

④ （唐）张九龄著，熊飞校注：《张九龄集校注》卷一七，中华书局，2008 年，第 890 页。

⑤ 《张九龄集校注》卷一七，第 890 页。

⑥ 《琼台诗文会稿》卷一七，第 989 页。

⑦ 王元林：《秦横浦关考》，《历史地理》第 19 辑，上海人民出版社，2003 年，第 315 页。

⑧ 陈怀宇：《古代大庾岭地区道路交通研究》，硕士学位论文，郑州大学历史学院，2011 年，第 16 页。

曾经存在的通粤道路,甚至还存在更多其他的通道,这一点可在文学
作品中得到证明。如刘长卿《却赴南邑留别苏台知己》"又过梅岭
上,岁岁北枝寒……猿声湘水静,草色洞庭宽"[1],杜甫《秋日荆南述
怀三十韵》"秋雨漫湘水,阴风过岭梅"[2],说明唐代大庾岭上还存在
对接湖湘的通道。刘克庄《再和五首》其三云"手选千株高下种,似
行庾岭泛湘江"[3],说明宋代通湘道路的存在。敦煌文献中曾发现宋
之问另一首《度大庾岭》,诗云"城边问官史,早晚发西京"[4],说明初
唐大庾岭可能有联通西京古道的道路。此外,姚偓《南源山》云:"闲
僧能解榻,倦客得休鞍。"[5]据《舆地纪胜》记载"南源山 在大庾岭上。
有飞瀑百丈,其下湫潭,深不可测"[6],可知南源山在大庾岭上,具体
位置不明,从姚偓诗句的描写,说明这里也是一处通道。从以上材料
可知,唐代大庾岭绝非只有张九龄所开驿道,而是存在多条通道。

　　其二,南方边界。大庾岭作为南方边界的空间概念,始自秦朝。
《史记·张耳陈馀列传》载:"秦为乱政虐刑以残贼天下,数十年矣。
北有长城之役,南有五岭之戍。"[7]可见秦代已将五岭视为南方边界,
而此时的五岭,其实就是指大庾岭。刘安《淮南子·人间训》记载秦
攻南越:"一军塞镡城之岭,一军守九嶷之塞,一军处番禺之都,一军

---

[1]（唐）刘长卿著,储仲君笺注:《刘长卿诗编年笺注》,中华书局,1996 年,第
　　210 页。
[2]（唐）杜甫著,（清）仇兆鳌注:《杜诗详注》卷二一,中华书局,1979 年,第
　　1906 页。
[3]（宋）刘克庄著,辛更儒校注:《刘克庄集笺校》卷五,中华书局,2011 年,第
　　266 页。
[4]《全唐诗补编·补全唐诗》,第 6 页。
[5]《全唐诗》卷七七五,第 8781 页。
[6]（宋）王象之:《舆地纪胜》卷三六,中华书局,1992 年,第 1540 页。
[7]《史记》卷八九,第 2573 页。

守南野之界,一军结余干之水。"① 这几处地点,唯有大庾岭在后世被认定的五岭之属,且材料明确指出其为边界的空间属性。刘安另有谏文再次谈及大庾岭:"限以高山,人迹所绝,车道不通,天地所以隔外内也。"② 刘安不仅把大庾岭作为分隔中原与南越的地理坐标,更赋予其分隔外与内的文化属性。大庾岭在秦汉形成的南方边界的概念被承袭下来,汉魏六朝的地理志书与文学作品不断在书写着这座南方边界山脉,如郦道元《水经注》云"五岭者,天地以隔内外"③,谢灵运《岭表赋》云"若乃长山款跨,外内乖隔"④,皆是对秦汉概念的继承。至唐代,大庾岭南方边界的概念在文学作品中表现得更为清晰,如宋之问《早发大庾岭》"嵘起华夷界,信为造化力"⑤,沈佺期《自昌乐郡溯流至白石岭下行入郴州》"兹山界夷夏,天险横寥廓"⑥,张说《喜度岭》"岭路分中夏,川源得上流"⑦,韦应物《送冯著受李广州署为录事》"大海吞东南,横岭隔地维"⑧,李绅《逾岭峤止荒陬抵高要》"天将南北分寒燠,北被羔裘南卉服……岭上泉分南北流,行人照水愁肠骨"⑨,这些作品中的空间皆体现为大庾岭空间的横向延展,而非纵向交通。

① (汉)刘安著,陈广忠译注:《淮南子》卷一八,中华书局,2012年,第1090页。

② (汉)班固:《汉书》卷六四,中华书局,1962年,第2781页。

③ (北魏)郦道元著,陈桥驿校证:《水经注校证》卷三六,中华书局,2013年,第797—798页。

④ (南北朝)谢灵运著,顾绍柏校注:《谢灵运集校注》,中州古籍出版社,1987年,第371页。

⑤ 《沈佺期宋之问集校注·宋之问集》卷二,第429页。

⑥ 《沈佺期宋之问集校注·沈佺期集》卷二,第132页。

⑦ (唐)张说著,熊飞校注:《张说集校注》卷八,中华书局,2013年,第371页。

⑧ (唐)韦应物撰,孙望校笺:《韦应物诗集系年校笺》卷八,中华书局,2002年,第408页。

⑨ (唐)李绅著,卢燕平校注:《李绅集校注》,中华书局,2009年,第110页。

　　其三,南北地域空间。在唐人的诗歌中,大庾岭空间还表现为对岭之南北的延展,如阎朝隐《度岭》其一云"岭南流水岭南流,岭北游人望岭头"①,张籍《送南客》"天涯人去远,岭北水空流"②,许浑《朝台送客有怀》"岭北归人莫回首,蓼花枫叶万重滩"③ 等等,以上诗中的岭南与岭北并非指大庾岭南北面山体,而是有一定的地域范围。那么,唐人所认知的大庾岭南北空间边界到底在哪里呢?

　　先看岭北的情况。秦汉时期,对于大庾岭地域边界已有记载,《汉书》载淮南王谏文:"淮南全国之时……与中国异。限以高山,人迹所绝,车道不通,天地所以隔外内也。其入中国必下领水,领水之山峭峻,漂石破舟。"④ 这里的高山就是大庾岭,领水即指大庾岭之水。胡三省注"领水"云:"领水,即赣水也;班志所谓彭水出豫章南壄县东入湖汉水,庾仲初所谓大庾峤水北入豫章注于江者是也。漂石破舟,言三百里赣石。"⑤ 这里不但解释了大庾岭之水的概念,而且还明确了淮南王所谓"漂石破舟"的水路范围,即从大庾岭下赣水向北300里,即今天的十八滩,古代称这段水路为"赣石",亦称"赣滩"。由此可见,秦汉时期所认为的大庾岭之北界,就是十八滩。至唐代,这一认知同样被继承下来,如徐铉《送李补阙知韶州》云"骑影过梅岭,溪声上赣滩"⑥,即指此。从大庾岭至十八滩,中间地域是虔州,那么唐人是如何写虔州的呢? 包何《和孟虔州闲斋即事》云:"古

<hr>

① 《全唐诗补编·补全唐诗》,第 11 页。

② (唐)张籍著,徐礼节、余恕诚校注:《张籍集系年校注》卷二,中华书局,2016年,第 196 页。

③ (唐)许浑著,罗时进笺证:《丁卯集笺证》卷七,中华书局,2012年,第 438 页。

④ 《汉书》卷六四,第 2781 页。

⑤ (宋)司马光著,(元)胡三省注:《资治通鉴》卷一七,中华书局,1956年,第571 页。

⑥ (五代)徐铉:《徐骑省集》卷二二,商务印书馆,1939年,第 221 页。

郡邻江岭,公庭半薜萝。"① 耿沣《晚登虔州即事寄李侍御》:"春光浮曲浪,暮色隔连滩。花发从南早,江流向北宽。"② 崔峒《虔州见郑表新诗因以寄赠》:"梅花岭里见新诗,感激情深过楚词。"③ 杨巨源《送杜郎中使君赴虔州》:"傍江低槛月,当岭满窗云。"④ 从以上作品可以发现,唐人谈及虔州时,基本都会提及大庾岭,而在关于大庾岭的作品中,却未必有虔州,故两者在空间上体现为一种从属关系,在唐人观念里,虔州属于大庾岭这一更大的地域空间。故唐代大庾岭地域的北部空间应界定至虔州,止于十八滩。

再看岭南的情况。李翱《来南录》云:"辛未,上大庾岭。明日至浈昌。癸酉,上灵屯西岭,见韶石。甲戌,宿灵鹫山居。六月乙亥朔,至韶州……自大庾岭至浈昌一百有一十里。陆道谓之大庾岭。"⑤ 李翱所云大庾岭,即指张九龄所开驿道,非地域概念。从李翱所述,可知越岭后交通应先由陆路至浈昌,再转水路途经韶石、灵鹫山等地,最后到达韶州。水路即为浈水,《元和郡县图志》载"光宅元年,析始兴北界置浈昌县。北当驿路,南临浈水"⑥,韶石、灵鹫山皆为水道途中地点,属于浈昌之南的始兴区域。浈水本源自庾岭山脉,西南顺庾岭山脉方向汇入北江,连接珠江水系,是古代大庾岭交通中的重要段落。元诗人吕诚《大庾岭留题二首》其一云"一水南来分百粤,大

---

①《全唐诗》卷二〇八,第 2170 页。

②《全唐诗》卷二六九,第 2998 页。

③《全唐诗》卷二九四,第 3348 页。

④《全唐诗》卷三三三,第 3733 页。

⑤(唐)李翱:《李文公集》卷一八,上海古籍出版社,1993 年,第 90 页。

⑥(唐)李吉甫著,贺次君点校:《元和郡县图志》卷三四,中华书局,1983 年,第903 页。

江东下入三吴"①,即点明了庾岭、浈水与岭南之空间关系。又余靖《韶州真水馆记》:"真水出大庾岭……南与武水合,二水回曲而流,故名曲江……凡广东西之通道有三,出零陵下离水者由桂州,出豫章下真水者由韶州出,桂阳下武水者亦由韶州。"② 由此来看,浈水流域无疑可视为大庾岭南部区域的延展,直至与武水交汇,合成曲江,此处则连接了湖湘骑田岭路,算是进入到另一处空间,故浈昌、始兴以浈水接庾岭,乐昌以武水接骑田,空间以此分隔。清人阮元《述职后谒昌陵回粤七月度梅岭再叠梅岭旧韵一首》"春渡浈江水,秋旋庾岭关"③,即是这一空间概念的体现。唐朝留世作品中并无关于浈昌的诗歌,但却有涉及始兴的诗歌,如张九龄《自始兴溪夜上赴岭》"尝蓄名山意,兹为世网牵"④,宋之问《早发始兴江口至虚氏村作》"候晓逾闽峤,乘春望越台"⑤,刘希夷《初度岭过韶州灵鹫广果二寺其寺院相接故同诗一首》"五岭分鸢徼,三天峙鹫峰"⑥,房融《谪南海过始兴广胜寺果上人房》"隔岭天花发,凌空月殿新"⑦,这些诗歌皆体现了唐人心中始兴与大庾岭的密切关系,如果说浈昌本就在庾岭,始兴则属于庾岭南部的合理地域空间。

其四,其他地域空间的延展。在唐人作品及古籍史料中,还能发现大庾岭向其他地域的延展,具体表现为向东、南、西三面的延展。

---

① (元)吕诚:《来鹤草堂稿》,(清)顾嗣立编《元诗选·三集》,中华书局,1987年,第659页。

② (宋)余靖:《武溪集》卷五,《北京图书馆古籍珍本丛刊》,书目文献出版社,1998年,第85册第81页。

③ (清)阮元著,邓经元点校:《揅经室集》卷一一,中华书局,1993年,第979页。

④ 《张九龄集校注》卷三,第266页。

⑤ 《沈佺期宋之问集校注·宋之问集》卷二,第431页。

⑥ 《全唐诗补编·全唐诗续拾》卷七,第743页。

⑦ 《全唐诗》卷一〇〇,第1076页。

　　东部空间的延展,是顺着大庾岭山脉一直蜿蜒至武夷山脉,接入福建区域,故大庾岭常被称为闽山。宋之问《早发始兴江口至虚氏村作》"候晓逾闽峤,乘春望越台"①,张说《喜度岭》"洞沿炎海畔,登降闽山陬"②,诗中"闽峤""闽山"其实皆为大庾岭。元和十年(815),韩泰以虔州司马转漳州刺史,有诗云"庾岭东边吏隐州,溪山竹树亦清幽"③,体现了唐代对大庾岭地域的认知可向东延展至赣、闽边界。

　　南部空间的延展,除以上提到的浈昌、始兴区域,曲江的曹溪区域亦被视为大庾岭的地域范围。禅宗祖庭南华寺的山门楹联即曰"庾岭继东山法脉,曹溪开洙泗禅门",《重修曹溪通志》亦云"(曹溪宝林)自庾岭分脉,蜿蜒磅礴,不远数百里,融结宝林,故尔奇特"④,宋代禅门典籍多见大庾岭之名,即为空间观念所致。

　　西部空间的延展,体现为对其他四岭的辐射。尽管南北朝时期,已经有地志开始区分五岭的名称与地点,然而这多是后人对五岭之名的解释与附会,故历史上对五岭所在多有分歧,唯独大庾岭没有争议。王谟考大庾岭云:"今考五岭之说,互有不同,皆首大庾,举重要也。……《豫章记》:'南距五岭,实止大庾一岭连及之耳。'"⑤王谟同样对五岭为五座山岭的说法表示质疑,其举《豫章记》意在说明五岭之本义,此应为六朝对五岭的主流认知。至唐代,人们对五岭的看

①《沈佺期宋之问集校注·宋之问集》卷二,第431页。

②《张说集校注》卷八,第371页。

③《全唐诗》卷七九五,第8945页。

④(清)马元著,释真朴重修:《重修曹溪通志》卷一,台北明文书局,1980年,第78页。

⑤(清)王谟著,习罡华点校:《江西考古录》卷三,江西人民出版社,2015年,第44—45页。

法同样如此。唐代的文学作品中，除了大庾岭，很难看到其他四岭的作品，一般提到五岭的诗歌，仍然是以大庾岭代之。如李颀《龙门送裴侍御监五岭选》"椰叶四荒外，梅花五岭头"[①]，王昌龄《送高三之桂林》"岭上梅花侵雪暗，归时还拂桂花香"[②]，岑参《送张子尉南海》"海暗三山雨，花明五岭春"[③]，杜甫《寄杨五桂州谭》"五岭皆炎热，宜人独桂林。梅花万里外，雪片一冬深"[④]。以上诗句多以庾岭梅花代五岭景观，可见唐代文人提及湖湘、广西之岭时，脑海中仍是浮现大庾岭，体现了大庾岭空间向西部的延展。

　　通过以上分析可知，唐人对于大庾岭空间的认识是多方面的，这种空间的多维性使得大庾岭地域边界并不明确。曾大兴《"地域文学"的内涵及其研究方法》指出："具有鲜明的地域性，其地理边界又比较模糊的文学，就是'地域文学'。"[⑤]总体而言，大庾岭在唐代诗歌中的地域范围呈现以大庾岭山体为核心，向四周辐射延展之趋势，纵向构成了大庾岭南北交通区域，横向则形成一片南方边界地带，但无论是纵向还是横向，其核心区域应包括大庾岭山脉以及岭北的虔州和岭南的浈昌、始兴区域，这也是本书对于大庾岭地域在空间上的认定。

————————

①（唐）李颀著，王锡九校注：《李颀诗歌校注》卷三，中华书局，2018年，第743页。

②（唐）王昌龄著，胡问涛、罗琴校注：《王昌龄集编年校注》卷三，巴蜀书社，2000年，第119页。

③（唐）岑参著，廖立笺注：《岑嘉州诗笺注》卷三，中华书局，2004年，第437—438页。

④《杜诗详注》卷九，第779页。

⑤曾大兴：《"地域文学"的内涵及其研究方法》，《东北师大学报（哲学社会科学版）》2016年第5期。

三、相关学术史述评

对大庾岭的专门研究是随着清代考据学的兴起而出现的,屈大均《广东新语》、顾炎武《肇域志》《天下郡国利病书》、许鸿磐《方舆考证》、顾祖禹《读史方舆纪要》、王谟《江西考古录》等皆有对大庾岭的专门考述。自20世纪初,日本学者亦开始关注大庾岭,中村久四郎、日野开三郎等学者皆在研究中谈到大庾岭路对中国古代经济的影响。当代大庾岭研究的兴起,则始于20世纪80年代,1984年,郑文发表《梅关古驿道的兴衰》,可视为当代大庾岭研究的发端。此后陆续有学者开始对大庾岭古道从不同角度展开研究,发表论文百余篇。这些论文虽涉及大庾岭的各个方面,但都与文学研究密切相关,许多研究的考证材料多借重大庾岭诗文。下面就大庾岭地域的诗文整理情况、文学研究情况、史学研究情况及应用研究分别进行阐述。

（一）大庾岭诗文整理

关于大庾岭的地域性诗文选本,首见于明代万历年间郭棐所刊《岭海名胜记》,此书专门对广东地域名胜诗文进行了汇编,凡20卷,每卷为一名胜,其中卷一四《曹溪记》、卷一五《梅岭记》所搜集诗文,皆属于大庾岭地域作品①。《曹溪记》收录散文14篇、诗歌78首,其中唐代诗歌4首,分别为宋之问《自衡阳至韶州谒能禅师》,张乔《赠仰山禅师》《赠仰山归曹溪》,方干《题宝林禅院》,方干诗为误收,此宝林应为杭州宝林寺。《梅岭记》收录散文8篇、诗歌54首,其中唐代诗歌14首,为唐代张说、张九龄、宋之问等人的庾岭代表作品。事实上,唐代咏大庾岭诗歌远不止于此,《岭海名胜记》只能算是最早的大庾岭诗文选本。

---

① （明）郭棐著,王元林校注:《岭海名胜记校注》卷一四至卷一五,三秦出版社,2012年,第673—727页。

　　大庾岭诗文作品主要载录于方志、文人别集和总集。因大庾岭
界分赣粤,存有其诗文的主要有江西大余与广东南雄两地方志。《南
安府志》版本较多,末次编修的有同治本和光绪本,现主要使用1987
年重修版本,此版对旧志重新整理,进行断句、标点、校正、注释,其
卷一八至卷二八为艺文部分,收入较多大庾岭诗文①。《大余县志》首
修于康熙三十九年(1700),后续修6次,现主要使用1990年重修版
本,其艺文部分皆为大庾岭诗文②。《直隶南雄州志》主要用1967年
的版本,其卷一七至卷二二艺文部分、卷二三金石部分,皆载录部分
大庾岭诗文③。《南雄府志》多用2001年点注本,这本志书并无专门
的艺文部分,有关大庾岭的诗文多附于《提封志》与《营缮志》④。以
上志书中的庾岭作品皆为选录,仍有大量庾岭诗文未见于方志。文
人别集方面,有专门以大庾岭相关地名命名的文人别集,如张九龄
《曲江集》、张九成《横浦集》、刘节《梅国集》等,这些别集有许多大庾
岭相关诗文,当然,还有更多作品散见于其他文人别集。历代诗文总
集亦会收录大庾岭诗文,如《全唐诗》《宋诗钞》等。但无论是别集
还是总集,绝大多数大庾岭作品并非一目了然,需要经过仔细的查找
和考证方可确认。

　　当代对大庾岭诗文的整理,有王朝安、王集门编注的《梅岭诗
选》,是专门的大庾岭诗歌选集,挑选了三国至清末82位文人的132

---

① 赣州地区志编纂委员会:《南安府志·南安府志补正》卷一八至卷二八,赣州
　　印刷厂,1987年,第416—785页。

② 大余县志编纂委员会:《大余县志》,三环出版社,1990年,第552—588页。

③ (清)黄其勤纂修:《直隶南雄州志》卷一七至卷二二,台北成文出版社,1967年,
　　第315—432页。

④ (明)谭大初修,魏家琼点注:《明·南雄府志》上卷、下卷,南雄市地方志办公
　　室,2001年,第93—134页。

首诗编辑成册,分别附有作者简介、诗意说明和简要注释,其中收录唐代诗歌 20 首 ①。此外,还有分岭之南北地域的诗文选集。岭南地域有南雄县文联组织编撰的《南雄诗词选》,选录大庾岭古诗词六百余首,其中收录唐代诗歌 18 首 ②。岭北地域有黄林南主编《赣南历代诗文选》,其中收入唐代诗歌 35 首 ③;另有钱贵成编著《咏赣唐诗征考》,实为唐代江西诗歌选录本,其卷二以大庾岭主题开篇,收录相关诗歌 16 首 ④。以上整理本主要存在两方面问题:其一,有较多错误。错收、误收、讹误现象较多。如较多选本皆以陆凯《赠范晔》开篇,而这首作品至今仍疑问颇多,尽管它对后世大庾岭梅花诗创作产生了较大影响,但其本身仍不能断定为庾岭作品。又如《赣南历代诗文选》收录綦毋潜《春泛若耶溪》,綦毋潜虽为本土籍文人,然其入仕后已归旧望,其作品中亦难找到一首关于家乡的诗歌,此诗题已点明地点在绍兴,故不当收录。此外,《梅岭诗选》所收张说、张祜同题《度大庾岭》,诗题皆出现错误等。其二,收录唐代作品太少。各整理本所收作品大多雷同,且多为常见作品,像宋之问、沈佺期、张说、张九龄等人作品,各本多有收录,但这些作品仅为唐代大庾岭诗歌的少数,很多好的作品因各种原因未被选录,如《南雄诗词选》收录许浑《别表兄军倅》,此诗作于吉州,许浑实有两首大庾岭作品,分别为《南海府罢归京口郊居途经大庾县留赠张明府》《南海府罢南康阻浅行侣稍稍登陆而遇宴饯至频暮宿东溪》,此本收吉州诗却不收大庾岭诗,实为不当。由此可见,关于唐代大庾岭诗歌系统的搜集、整理和

---

① 王朝安、王集门编注:《梅岭诗选》,河南人民出版社,1988 年,第 5—30 页。

② 广东省南雄县文联:《南雄诗词选》,广东高等教育出版社,1990 年,第 11—17 页。

③ 黄林南:《赣南历代诗文选》,江西人民出版社,2013 年,第 6—52 页。

④ 钱贵成:《咏赣唐诗征考》,中国戏剧出版社,2006 年,第 143—145 页。

考证还十分薄弱,问题较多,相关的基础研究亟待展开。

（二）文学研究

大庾岭文学研究起步较晚,成果不多,现有成果以单篇论文为主,主要涉及诗歌、散文和白话小说三个方面的研究。

1. 大庾岭诗歌研究

20世纪80年代开始,一些学者陆续注意到大庾岭诗歌文学。王朝安《梅岭诗漫谈》以漫谈随笔的方式对历代的大庾岭诗歌做了评述,从诗歌的思想内容、体裁、艺术形式和表现手法等方面做了总体观照[①]。胡泰斌《论历代文人题大庾岭诗》对题大庾岭诗的文人自南朝至近代做了一个梳理,从作者群体、诗歌题材、艺术形式等方面进行分类分析,由于作者从事旅游工作,文中最后还对庾岭文学与旅游开发的结合做了思考[②],此文可视为对大庾岭诗歌进行系统化研究的尝试,同时,也可以看出,大庾岭文学研究亟待解决的问题是历代诗歌的搜集整理和考证,这是研究的基础。一方面要考证历史上有哪些文人曾来过大庾岭,另一方面还要考证这些文人及其友人有哪些相关作品,以确定大庾岭文学的具体研究对象。以此为基础,可进一步探讨大庾岭文学纵向演进轨迹以及各文体之间横向联系的规律。需特别指出的是,正当本书撰写之时,卢盛江先生在《光明日报》发表文章《大庾岭与唐诗之路》,指出大庾岭在南方五岭中具有明显的地域特征,诗人到此往往会将之诉于笔端,大庾岭由此成为唐诗之路,并呼吁关注大庾岭诗歌的创作问题[③]。这也正是本书研究的主要任务。

[①] 王朝安:《梅岭诗漫谈》,《海南大学学报(社会科学版)》1987年第4期。

[②] 胡泰斌:《论历代文人题大庾岭诗》,硕士学位论文,南昌大学人文学院,2007年。

[③] 卢盛江:《大庾岭与唐诗之路》,《光明日报》2020年3月2日,第13版。

　　其他单篇论文中,较突出的是大庾岭贬谪诗研究。大庾岭作品中贬谪诗数量较多,这是因为广东、海南自古就是流贬官员的主要地点。据尚永亮《唐五代各朝贬官及文人逐臣考述》考证,唐五代342年间,被贬谪岭南道有姓名可考的官员达436人,是各贬谪地中人数最多的地区①。自张九龄开大庾岭古道后,这条线路无论是水路还是陆路,都较为便达,险阻较少,是中原通往岭南的理想通道,故贬谪官员多取道于此。如宋之问、阎朝隐、房融、张说、刘长卿等诗人皆是取大庾岭道赴岭南,这些官员在大庾岭留下的诗作以及友人与之酬唱的作品大多为贬谪诗。遗憾的是,专门探讨大庾岭贬谪诗的论文仅有两篇,即陈小芒、廖文华《梅岭题咏与贬谪文化》和王朝安、王集门《苏轼北归度梅岭诗析》。前者从地理与文学层面论及大庾岭诗文与贬谪的关系②,后者通过苏轼8首大庾岭诗作对其晚年思想进行了剖析③。虽然专门以大庾岭贬谪诗为主题的研究不多,但有一个值得注意的现象,较多贬谪文学研究成果对大庾岭作品屡有涉及,以宋之问为例,相关贬谪研究论文有13篇(包括两篇硕士论文),其中有12篇论及宋之问南贬时经过大庾岭的经历和他的大庾岭贬谪诗。此类论文中有几个趋势:其一,朝代以唐宋为主,唐宋之外时期的贬谪诗研究较少出现。其二,多以名家大家为研究对象,唐代多关注宋之问、杜审言、沈佺期、刘长卿、李德裕等人,宋代多为苏轼和黄庭坚。正如刘庆华《三十年贬谪文学研究的繁荣与落寞》所说:"历史上被贬谪的文人成千上万,许多'小人物'限于文献的不足和散乱,长期

---

① 尚永亮:《唐五代各朝贬官及文人逐臣考述》,武汉大学出版社,2007年,第49页。
② 陈小芒、廖文华:《梅岭题咏与贬谪文化》,《社会科学辑刊》2003年第5期。
③ 王朝安、王集门:《苏轼北归度梅岭诗评析》,《海南大学学报(社会科学版)》1985年第2期。

被学术界忽略。"① 其三,研究多从作品赏析和贬谪文人的内心、精神世界变化的视角展开,如侯艳《岭南意象视角下唐宋贬谪诗的归情》对宋之问《度大庾岭》、元稹《送岭南崔侍御》、刘长卿《却赴南邑留别苏台知己》等大庾岭作品进行分析,将"北雁""岭梅""青山"等诗文意象与诗人内心世界相联系,总结贬谪诗人"思归"之情结② ;林大志《论贬谪时期张说诗歌创作心态的演变历程》通过宋之问《题大庾岭北驿》、张说《喜度岭》等作品观照张说贬谪过程中的创作心态变化③ ;陈小芒《苏轼寓赣诗文及其文化意义》以苏轼《过大庾岭》《过岭二首》《岭上红梅》《赠岭上老人》等大庾岭诗文分析其贬谪的情感与创作④。总体来说,贬谪诗是大庾岭作品中的主流,数量多、作品精,已有较多学者在贬谪文学研究中予以关注,但尽管有很多贬谪研究对大庾岭贬谪诗有所涉及,却没有形成以大庾岭为专题的研究体系,散而不精。

　　除了贬谪诗,其他个案研究还有黄红珍《景观、行人与大庾岭驿路》和杨戴君《论梅岭的文学景观意义》,皆为文学景观研究。黄红珍的研究主要是从诗歌的角度探讨历代大庾岭的景观,文章对宋代以降大庾岭诗歌发掘较多,并做了初步整理⑤ ;杨戴君则着重探讨了

① 刘庆华:《三十年贬谪文学研究的繁荣与落寞》,《湖北社会科学》2011年第
　　5期。

② 侯艳:《岭南意象视角下唐宋贬谪诗的归情》,《广西社会科学》2013年第
　　5期。

③ 林大志:《论贬谪时期张说诗歌创作心态的演变历程》,《河北师范大学学报
　　(哲学社会科学版)》2009年第4期。

④ 陈小芒:《苏轼寓赣诗文及其文化意义》,《西南民族大学学报(人文社科版)》
　　2004年第4期。

⑤ 黄红珍:《景观、行人与大庾岭驿路》,硕士学位论文,南昌大学人文学院,
　　2008年。

大庾岭诗歌与自然景观的结合意义①。此外，还有涉及外国使者所作大庾岭诗的研究，主要有张恩练《越南仕宦冯克宽及其〈梅岭使华诗集〉研究》②。冯克宽是明万历年间越南著名的政治家、文学家、外交官，张恩练在论文中以诗歌材料考证了冯克宽使华的路线，其中所搜集的冯克宽大庾岭诗歌对于大庾岭研究较具史料价值。

2. 大庾岭散文研究

大庾岭的散文中，《开凿大庾岭路序》是极为著名的一篇，在诸多大庾岭研究中广为征引。此序收录于张九龄《曲江集》，记录了张九龄开凿大庾岭路的原因、经过和大庾岭开凿后的面貌。陈隆文、陈怀宇通过此序考证了大庾岭路的开凿时间，认为序中所言"开元四载"（716）是准确的③。李玉宏则通过该序文分析了当时大庾岭交通的状况，并横向比较中原通岭南的其他道路，总结了开凿岭路的必要原因④。因此序收录于张九龄文集，许多学者撰文时直接认为这就是张九龄之作，不疑有他，唯林瑞生对此提出质疑，作者从《南安府志》和《大余县志》认为此序作者为苏诜这一可疑现象出发，分析了《开凿大庾岭路序》的不同版本，并对《曲江集》收录此序的背景进行考察⑤。虽然文章最后的结论仍然认为此序作者是张九龄而非苏诜，但这种存疑谨慎的学术态度尤为可贵。

---

① 杨戴君：《论梅岭的文学景观意义》，《铜陵职业技术学院学报》2017 年第 4 期。

② 张恩练：《越南仕宦冯克宽及其〈梅岭使华诗集〉研究》，硕士学位论文，暨南大学历史学系，2011 年。

③ 陈隆文、陈怀宇：《梅关与梅关古道》，《平顶山学院学报》2011 年第 1 期。

④ 李玉宏：《张九龄在始兴的诗作和开凿大庾岭路的贡献》，《韶关师专学报》1988 年第 3 期。

⑤ 林瑞生：《〈开凿大庾岭路序〉作者问题析疑》，《江西大学学报（社会科学版）》1990 年第 3 期。

苏轼的《南安军学记》也是大庾岭散文中的佳作。朱刚将此文
与王安石名篇《虔州学记》进行比较①，认为此文是苏轼的代表作
品，《南安军学记》虽为苏轼应南安士人请求而作，却实为他针对王
安石而作，表现了苏、王二人政治思想主张的鲜明对立。作者还通过
两篇学记评述了古代学记文类的一些问题。

3. 大庾岭白话小说研究

在我国最早的一部小说话本总集《清平山堂话本》中，有一篇以
大庾岭为空间的白话小说，名为《陈巡检梅岭失妻记》。现有相关研
究论文 5 篇，集中于对该小说源流的考证，如陆凌霄、梁慧杰《从宋
话本〈陈巡检梅岭失妻〉到〈西游记〉——〈西游记〉故事发展的又
一重要线索》认为，《西游记》的情节模式和孙悟空的形象皆来源于
《陈巡检梅岭失妻记》②；李小红《从〈陈巡检梅岭失妻记〉到〈陈从善
梅岭失浑家〉——兼谈短篇话本小说的分回》认为冯梦龙《全像古
今小说》中的《陈从善梅岭失浑家》是由《陈巡检梅岭失妻记》改编
而来③。这两篇论文提出的观点可谓十分重要，不论是《清平山堂话
本》《西游记》，还是《全像古今小说》，皆是中国古代小说的标志性作
品，对中国白话小说的发展影响深远，若能从大庾岭文学作品原型与
白话小说之关系方面继续深入展开研究，或可进一步揭示大庾岭文
学对中国白话小说发展史的影响。

---

① 朱刚：《士大夫文化的两种模式：〈虔州学记〉与〈南安军学记〉》，《江海学刊》
　　2007 年第 3 期。
② 陆凌霄、梁慧杰：《从宋话本〈陈巡检梅岭失妻〉到〈西游记〉——〈西游记〉
　　故事发展的又一重要线索》，《广西民族学院学报（哲学社会科学版）》2005 年
　　第 S1 期。
③ 李小红：《从〈陈巡检梅岭失妻记〉到〈陈从善梅岭失浑家〉——兼谈短篇话
　　本小说的分回》，《社科纵横》2003 年第 2 期。

以上是对大庾岭文学作品相关研究成果的梳理。此外,还有学者对大庾岭的文人活动展开研究,或因贬谪文学研究热潮之影响,大庾岭文人活动的研究基本集中于贬谪文人。如罗昌繁《虞翻岭南之贬及其典范意义》论及三国时期吴国著名经学家虞翻被贬岭南的情况,其中对虞翻被贬岭南的路线加以考证,并推测虞翻南贬必经大庾岭,但文中未举出实证,结论有待进一步考证①;陈小芒《试论刘黻贬谪南安的情感心态》②《张九成贬谪南安的心态与文风》③皆是从文人情感心态方面论述贬谪与文人创作之间的关系;周育德《汤显祖的贬谪之旅与戏曲创作》论及明代汤显祖贬谪南下,途经大庾岭,以庾岭梅花为灵感创作著名戏剧《牡丹亭》的经过④;周艳舞《唐宋贬谪赣南地域的士人》对唐宋时期贬谪赣州的部分士人进行了考证⑤。总体而言,大庾岭文人活动研究成果不多,被关注的人物较少且集中于贬谪文人,文人所属朝代也各不相同,没有形成系统。事实上,大庾岭作为南北交通要道,历代经过此地的文人非常多,是一条不折不扣的诗路,关于大庾岭文人活动存在较大的研究空间。

（三）史学研究

文学研究不可能孤立地存在,它与史学、哲学、民俗学、社会学、

---

① 罗昌繁:《虞翻岭南之贬及其典范意义》,《中山大学学报（社会科学版）》2015年第6期。

② 陈小芒:《试论刘黻贬谪南安的情感心态》,《四川教育学院学报》2010年第10期。

③ 陈小芒:《张九成贬谪南安的心态与文风》,《赣南师范学院学报》2010年第2期。

④ 周育德:《汤显祖的贬谪之旅与戏曲创作》,《上海戏剧学院学报》2010年第6期。

⑤ 周艳舞:《唐宋贬谪赣南地域的士人》,《文史知识》2008年第11期。

文化地理学等学科的关系密切,这些相关学科的研究方法和成果亦有益于文学研究。如用史学考据学方法考证大庾岭文学作品及其创作背景,用生态文化学的方法来厘清古代社会发展与文人创作的互动关系,用文化地理学的方法研究文人创作与自然环境的互动影响等。所以在梳理大庾岭学术史时,除文学研究外,还应关注其他学科的研究。目前来看,史学研究是更为突出的,这些成果对于深入开展大庾岭文学研究很有帮助。

1. 大庾岭综合性历史研究

此类文章属于对大庾岭的宏观性研究,往往涉及历史沿革、政治、军事、文化、经济等多个方面。郑文《梅关古驿道的兴衰》颇有代表性,文章从大庾岭开发之肇始到大庾岭驿道的开凿,从历代维护与扩建到大庾岭梅景文学影响,以及大庾岭的军事、政治与经济作用等方面分别进行了研究与阐述①,可谓十分全面,让读者对大庾岭发展全貌有轮廓性的认识。此文也被《大余县志》(1990年)收录于艺文部分。此外,黄志繁《梅关古道》②,王元林《华南古道志之二梅关古道》③,詹瑞祥《梅关古道沿革考》④,刘良群《大庾岭古干道》⑤,陈隆文、陈怀宇《梅关与梅关古道》⑥皆为对大庾岭的综合性考察,其中陈隆文、陈怀宇的研究对大庾岭古道开凿、关楼设置、关税收入情况、驿站设置和人员配给等方面论述较详,较具参考价值。

---

① 郑文:《梅关古驿道的兴衰》,《江西历史文物》1984年第2期。
② 黄志繁:《梅关古道》,《寻根》2007年第3期。
③ 王元林:《华南古道志之二梅关古道》,《开放时代》2009年第2期。
④ 詹瑞祥:《梅关古道沿革考》,《九江师专学报(哲学社会科学版)》1988年第1期。
⑤ 刘良群:《大庾岭古干道》,《文史知识》1998年第1期。
⑥ 陈隆文、陈怀宇:《梅关与梅关古道》,《平顶山学院学报》2011年第1期。

2. 大庾岭专门史研究

除了综合性研究外,还有更多学者对大庾岭的某一特定问题进行专题研究,此类研究论文约有三十余篇,主要集中于大庾岭地理交通路线考证、梅岭得名考证、大庾岭故址和遗迹考证和大庾岭的政治、经济、文化研究等方面。

交通线路的考证,比较突出的有曾一民《唐代广州之内陆交通》,此文从文学作品的角度,以相当的篇幅考察了唐代大庾岭至两京的交通路线,考据翔实,有较高的参考价值①。陈怀宇《古代大庾岭地区道路交通研究》,首次从学术角度对古代大庾岭的另一条通道乌迳道进行考察,并对大庾岭曾经的三条通粤道路及其历史变迁情况做了详细考证,较有参考价值②;胡水凤《大庾岭古道在中国交通史上的地位》对大庾岭古道与其他水系的交通连接情况做了论证,分析了大庾岭古道在历代交通中的地位和作用③;蔡良军《唐宋岭南联系内地交通线路的变迁与该地区经济重心的转移》分析了中国自古入岭南的三条最重要路线的交通优劣,即桂州路、郴州路和大庾岭路,从国家政治经济中心的转移和地理环境角度论证大庾岭路自唐以后成了进入岭南的最佳路线④,所引史料翔实,较为让人信服;吴杰华《唐开大庾岭路、赣水交通与石固神信仰》提出了大庾岭交通线

① 曾一民:《唐代广州之内陆交通》,台中国彰出版社,1987 年。
② 陈怀宇:《古代大庾岭地区道路交通研究》,硕士学位论文,郑州大学历史学院,2011 年。
③ 胡水凤:《大庾岭古道在中国交通史上的地位》,《宜春师专学报》1998 年第6 期。
④ 蔡良军:《唐宋岭南联系内地交通线路的变迁与该地区经济重心的转移》,《中国社会经济史研究》1992 年第 3 期。

路中的赣石之险现象①；曹家齐《两宋朝廷与岭南之间的文书传递》从两宋时期文书传递路线的角度详细分析了当时中原至岭南的交通路线，其中关于大庾岭与其他交通线路的连接以及递铺设置的论述对于大庾岭的研究很有参考价值②。

　　大庾岭名称的考证，涉及五岭与梅岭两个名称的考证。关于五岭的名称考证，周宏伟《"五岭"新解》尤其值得注意，作者对古文献中的五岭说法进行了逐一考辨，并从古代方言发音的角度对五岭名称的由来做了独到的分析，指出把五岭解释为五大山岭当是晋以降学者的误识与附会，最初的五岭之名就是指大庾岭③。这一观点应该是符合历史事实的，这从许多文学作品与地理史料中皆可得到判断。关于梅岭名称的由来，历来有两种说法：其一，因秦末名将梅𨥛避居岭下而名；其二，因岭上多梅而名。两种说法史料皆见记载，许多学者考及梅岭之名时，往往将两说一并列出。罗耀辉《梅岭得名小考》对此提出质疑，从《史记》《汉书》对梅𨥛的记载，大庾岭和梅岭名称出现的前后以及梅𨥛举兵反秦的可能性三个方面进行考证，认为梅岭因梅𨥛得名很难成立，实因多梅而得名④。杨戴君亦从《广东新语》《明一统志》《元和郡县志》等史料判断梅岭之名是因为多梅之故⑤。然梅岭因人而名的说法由来已久，屈大均、王谟等清代著名考据学者亦未否认此说，关于梅岭名称的由来，仍需要做更为深入的

①　吴杰华：《唐开大庾岭路、赣水交通与石固神信仰》，《鄱阳湖学刊》2016年第6期。
②　曹家齐：《两宋朝廷与岭南之间的文书传递》，《中国史研究》2013年第3期。
③　周宏伟：《"五岭"新解》，《湘南学院学报》2014年第4期。
④　罗耀辉：《梅岭得名小考》，《广东史志》1995年第Z1期。
⑤　杨戴君：《论梅岭的文学景观意义》，《铜陵职业技术学院学报》2017年第4期。

考证。

　　大庾岭的故址和遗迹。横浦关的位置是学界争论的焦点,由于横浦关为秦时所建,至隋唐成为废关,现已无遗迹留下,较早记录横浦关的文献《南康记》又已亡佚,此后各史书文献记载皆有出入,导致当今学者对横浦关的确切地点看法不一。如黄君萍认为横浦关故址在大梅关,即现在的梅关①;徐俊鸣②、胡水凤③等人认为横浦关位于大庾岭小梅关处,即现在赣粤高速江西与广东的分界处;梁国昭④、廖晋雄⑤等人认为横浦关为水关,不在大庾岭上,而在今始兴县境内浈江与墨江汇合处;王元林通过对大量史料的细致梳理和考辨,认为秦横浦关在今大庾岭十里径与小梅关间的平(横)亭,平(横)亭即是秦废关所在⑥;陈怀宇在其硕士论文《古代大庾岭地区道路交通研究》中也持有同样的看法。此外,在遗迹方面,张小平《江西大余南安大码头遗址》考察了大庾岭北南安大码头的现状⑦,卢永光《张文献公祠考述》对大庾岭上纪念张九龄的文献公祠进行了考证⑧。

　　大庾岭经济、政治、文化方面的研究。大庾岭自张九龄开路之

---

① 黄君萍:《横浦关故址辨疑》,《广东民族学院学报(哲学社会科学版)》1985 年第 Z1 期。

② 徐俊鸣:《从马王堆出土的地图中试论南越国的北界》,《岭南文史》1987 年第 2 期。

③ 胡水凤:《大庾岭古道在中国交通史上的地位》,《宜春师专学报》1998 年第 6 期。

④ 梁国昭:《横浦、阳山、湟溪三关历史地理研究》,《热带地理》1991 年第 2 期。

⑤ 廖晋雄:《论横浦关》,《热带地理》1995 年第 1 期。

⑥ 王元林:《秦横浦关考》,《历史地理》第 19 辑,第 313—321 页。

⑦ 张小平:《江西大余南安大码头遗址》,《南方文物》1989 年第 1 期。

⑧ 卢永光:《张文献公祠考述》,《韶关学院学报》1991 年第 3 期。

后,经济方面的作用迅速提升,特别是海上贸易的繁荣,使得大庾岭
成为丝路商品运输的重要通道,因此关于大庾岭经济方面的研究较
多,这些研究大多论述大庾岭古道因商业繁荣兴盛之原因。如胡水
凤《繁华的大庾岭古商道》认为大庾岭古道成为中原通往广州的主
要商业通道,也是我国古代最大和最重要的商道,到明清时期,商道
货运处于繁忙及繁华阶段①。此外,许多学者也从某一具体角度来探
讨大庾岭经济方面的作用。黄志繁从赣南本地市场的角度探讨了
清代一口通商时期大庾岭商路与赣南市场的交互关系②;王元林通
过大量史料整理出唐开元后大庾岭上中外贸易的商品物流情况③;
薛翘、刘劲峰从赣南的出土文物角度分析了大庾岭古道上景德镇瓷
器的运输情况④;胡水凤具体探讨了大庾岭古道对赣粤两地经济开
发产生的影响⑤;廖声丰依据中国第一历史档案馆所藏关税档案,通
过对清代户部的二十四关之一的赣关税收的研究,进而对大庾岭商
道的商品经济的发展变化做了考察⑥;张素容从清代南雄虚粮的情
况研究大庾岭商路对南雄赋税徭役带来的影响⑦;门亮则专门研究

---

① 胡水凤:《繁华的大庾岭古商道》,《江西师范大学学报(哲学社会科学版)》
　　1992 年第 4 期。

② 黄志繁:《大庾岭商路·山区市场·边缘市场——清代赣南市场研究》,《南昌
　　职业技术师范学院学报》2000 年第 1 期。

③ 王元林:《唐开元后的梅岭道与中外商贸交流》,《暨南学报(人文科学与社会
　　科学版)》2004 年第 1 期。

④ 薛翘、刘劲峰:《从赣南出土文物看明清之际景德镇瓷器外销路线的变迁》,
　　《南方文物》1993 年第 3 期。

⑤ 胡水凤:《大庾岭古道开拓对赣粤地区经济开发的影响》,《宜春师专学报》
　　1999 年第 4 期。

⑥ 廖声丰:《清代赣关税收的变化与大庾岭商路的商品流通》,《历史档案》2001
　　年第 4 期。

⑦ 张素容:《大庾岭路与清代南雄州之虚粮》,《清史研究》2007 年第 2 期。

了明清时期徽商在大庾岭地域的商业活动①。大庾岭的文化研究方面，主要有对大庾岭象征意义的研究，饶伟新认为梅关古道已经成为文化象征符号，是古代士大夫心中中原正统文化与蛮夷文化的分界线②；莫昌龙提出大庾岭除了是"化内"与"化外"的分界线，同时还具有军事要塞的文化象征意义③；程杰对大庾岭梅花的成名和特色进行深入的探讨，总结了庾岭梅花的文化意义④；王薇对大庾岭古道在历史发展中所形成的文学、商业、建筑、民俗等方面的文化做了深入的发掘，并提出以"文化线路"的形式多层面对大庾岭古道的遗产价值进行研究和保护⑤。大庾岭的政治研究方面，邓飞龙探讨了三国时期孙吴政权开发大庾岭的原因⑥；王若枫对张九龄开凿大庾岭路的政治文化意义进行了分析⑦。

综上所述，近三十年来已陆续有学者关注大庾岭诗路文学，一些初步的整理工作已经开展，但成果不多，未成系统。单篇论文的研究较为局限，集中于大庾岭的贬谪文学。相比之下，大庾岭于史学方面的研究成果较为丰富，亦为大庾岭的文学研究提供了有力的支持。从大庾岭所蕴藏的丰富作品来看，未来研究空间是巨大的，许多领域

---

① 门亮：《徽商与大庾岭商路》，《九江学院学报（社会科学版）》2013 年第 2 期。

② 饶伟新：《赣南地方文献与大庾岭梅关的文化象征意义》，《古籍整理研究学刊》2000 年第 6 期。

③ 莫昌龙：《梅关古道关钥文化内涵探析》，《韶关学院学报》2012 年第 5 期。

④ 程杰：《论庾岭梅花及其文化意义——中国古代梅花名胜丛考之三》，《北京林业大学学报（社会科学版）》2006 年第 2 期。

⑤ 王薇：《文化线路视野中梅关古道的历史演变及其保护研究》，博士学位论文，复旦大学文物与博物馆学系，2014 年。

⑥ 邓飞龙：《三国时期孙吴对岭南古道"湘桂走廊"的倚重——兼论大庾岭古道的开发》，《韶关学院学报》2015 年第 9 期。

⑦ 王若枫：《张九龄开凿大庾岭新路的政治文化意义》，《韶关学院学报》2009 年第 10 期。

正在等待更多学者的参与。

四、研究思路与方法

（一）研究思路

本书本质上属于具体的地域文学研究,研究视角势必从宏观转移到更为具体的微观,其任务是利用诗歌作品并结合史料,考察大庾岭诗路的历史变迁、文学嬗变、地域特征等问题,并在此基础上进一步考察唐代大庾岭相关作品所呈现的历史、地理、制度、交通、文学、文化方面的问题。

由于关于唐代大庾岭诗歌的系统研究尚未展开,本书首先要解决的问题就是对唐代大庾岭诗歌的寻找与整理工作。在当前涉及唐代大庾岭诗歌的研究中,皆举宋之问、白居易、许浑、李商隐等人的作品,因为这些作品的诗题或诗句出现了明显的大庾岭名称。事实上,历史上的大庾岭别称非常多,自汉至唐,至少有塞上、台岭、五岭、梅岭、东峤山、涟溪山、九岭峤、闽山等称呼,如宋之问《早发始兴江口至虚氏村作》"候晓逾闽峤"[1],即称大庾岭为"闽峤";杜甫、刘长卿等诗人则喜欢在作品中称之为"梅岭"。甚至于一些作品仅用"岭""山"等字呼之,如沈佺期《自昌乐郡溯流至白石岭下行入郴州》"兹山界夷夏"[2],房融《谪南海过始兴广胜寺果上人房》"隔岭天花发"[3];或者一些作品涉及大庾岭地域的某一具体空间,如赣石、虔州、南康、始兴、南源山等。有些诗歌作品,出现的地名与大庾岭别名相同,但并非大庾岭,孙鲂有《题梅岭泉》,然考其一生行迹,未至庾

---

①《沈佺期宋之问集校注·宋之问集》卷二,第431页。

②《沈佺期宋之问集校注·沈佺期集》卷二,第132页。

③《全唐诗》卷一〇〇,第1076页。

岭,诗人又为洪州人氏,此诗更有可能是写南昌梅岭,不应列入庾岭作品。故对于唐代相关诗歌作品,需要仔细辨认与考证,以确定其空间归属。由此可见,在大庾岭作品的搜集与整理中,更为重要的是对诗歌的考证,力求对每一首诗歌的创作背景进行真实的还原,这一方面是作品搜集、甄别的需要,另一方面更是为了充分利用文学作品还原大庾岭的历史面貌。

其次,是对唐代大庾岭交通的考证。这是开展深入研究前必须先厘清的问题,当然也是了解唐代大庾岭各方面情况的基础。严耕望先生指出:"交通为空间发展之首要条件,盖无论政令推行,政情沟通,军事进退,经济开发,物资流通,与夫文化宗教之传播,民族感情之融合,国际关系之亲睦,皆受交通畅阻之影响,故交通发展为一切政治经济文化发展之基础。"[1] 目前对于大庾岭交通的研究基本局限于南北纵向交通的考察,仅基于此是难以解释唐诗作品中所反映的各类问题的,如文人活动与交流、南宗禅的传播、海上丝路的货运与贸易等等。事实上,唐代大庾岭已经形成纵横交错的交通网,绝不仅限于是贯通两京与岭南之通道,从一些诗歌作品来看,自大庾岭往湘、桂、鄂、皖、浙、闽等区域皆可能存在着道路,即便是岭上的纵向交通,也不仅只有张九龄所开大庾岭驿道,乌迳道以及连接乳源西京古道的通道,皆为已知的唐代庾岭孔道,还有可能存在更多的孔道,姚合的《南源山》即说明其他孔道的存在。单从文学角度来看,目前关于唐代文人南下的活动考察中,也存在许多难以解释的问题,究其原因,还是对于当时交通情况的不熟悉。如李绅南贬端州的诗歌中,曾自注说:"从吉州而南,历封、康,并足湍濑,危险至极。"[2] 以当前对于

---

① 严耕望:《唐代交通图考》序言,上海古籍出版社,2007年,第1页。
② 《李绅集校注》,第93—94页。

大庾岭交通的了解,李绅的自注是难以解释的,吉州往南即大庾岭交通,此路线至端州绝不会经过封州与康州,但这却是李绅的真实经历,说明当时吉州必定存在一条路径通向封、康,要还原这一历史事实,须对当时大庾岭交通做更为详细的考证。

最后,在作品整理与交通考证的基础上,以文学作品为线索,再广征史料文献对大庾岭的历史沿革、文学嬗变、地域特征、商业文明等方面展开具体探讨。大庾岭诗歌呈现两大重要题材,一是庾岭梅花,二是南禅佛教,相关作品数量占据了作品总数的绝对比例。在唐代文学中,大庾岭梅花诗与佛教诗也颇具影响。以梅花诗而言,大庾岭梅花自汉魏六朝已闻名全国,这在《广志》《南康记》等地志文献中皆有记载,梅岭之名因此广为传播。至唐代,庾岭梅花已经成为唐人笔下的重要题材,唐代第一首关于梅花的乐府诗《梅花落》就吟咏了庾岭梅花;李峤所作蒙学诗中的梅花,也是以大庾梅花为对象,使得庾岭梅花在唐代就具有了教材性的传播效应;李白、杜甫、白居易、刘长卿、孟浩然、李商隐等众多唐代著名诗人,皆曾以庾岭梅花为题材创作过作品,以致庾岭梅花已经成为唐代诗歌的一个经典意象。大庾岭佛教诗的影响主要体现在佛教文学方面,诸多记载表明,大庾岭是印度佛教自南传播的最早通道,自东汉开始,大量印度名僧由此路北上弘法,许多高僧曾驻锡于此,译传佛经,广授弟子。唐代大庾岭地域佛教盛极一时,岭之南北分别形成禅宗两个最重要的传法中心,出现了禅宗六祖慧能与八祖马祖道一这样的人物,岭南的曹溪更是作为禅宗祖庭受到无数佛教子弟的参拜,大庾岭被写入禅宗唯一经典《坛经》,并演化成为禅宗最为核心的公案。由于大庾岭的佛教地位以及《坛经》对大庾岭的书写,大庾岭佛教诗歌也因此兴起,并对禅文学的嬗变产生了深远的影响。故对于大庾岭的梅花诗与佛教诗,本书将专辟章节予以讨论。

（二）研究方法

由以上思路,可见本书的研究应区别于纯文学的研究,甚至有别于以往的地域文学研究方法,除了采用传统的文学研究以及文学地理的研究方法外,还要结合地理学、历史学、民俗学、心理学、宗教学等多学科研究方法同步开展。同时,一些西方地理批评理论亦有助于研究的开展,如皮埃尔·布迪厄（Pierre Bourdieu）、迈克·克朗（Mike Crang）等学者的文学空间理论,皆有益于大庾岭诗歌文学空间构建问题的探究。具体而言,本书主要有以下研究方法:

1.文史结合。诗歌与历史的关系十分紧密。研究大庾岭的诗歌,应将其纳入历史的坐标轴,首先要考察大庾岭地域的历史沿革,更要从各类史料中爬梳大庾岭上曾经出现的文人活动,反之通过对大庾岭诗歌的研究亦可补充和纠正历史记载之不足,以诗歌佐证历史、借史学审视诗歌,做到史诗互证。

2.现地研究法。文献解读与现场观测相结合,回到作品产生的现地大庾岭,尽量接近唐代诗歌创作的自然环境,更为客观地探寻文人创作时的心理活动规律,解读诗歌的第一空间。

3.空间分析法。用于对大庾岭的地理空间与诗歌文本空间的分析。地理空间需对大庾岭地域的中心、边界,场域内的物象、地景等加以分析,文本空间则是对文本中的以地理物象、地理意象、地理景观为基础的空间形态加以探讨。并结合人文地理学的空间分析方法和西方地理批评理论,来解读大庾岭诗歌文本空间与外部空间的互动及其特点。

4.计量分析法。主要用于分析大庾岭的文人活动和功利价值研究,通过图表形式分析唐代大庾岭不同分期文人活动的频率,以凸现唐代大庾岭文学的发展变化规律。另外,通过数据的收集、统计,分析大庾岭诗歌应用于旅游市场所产生的传播与接受的效果。

　　5.综合研究法。既包括微观和宏观相结合，又包括文献考索与理论分析相结合，还包括跨学科方法的融合等。如对于大庾岭佛教诗歌的分析，不仅要依据史料考证，也要对于佛教的教义进行一定程度的融合，才能更好地把握诗歌作品在佛教文化中的价值和地位。

第一章　唐前大庾岭诗路空间变迁及文学渊源

　　大庾岭山脉，绵延于江西赣州以南，广东韶州以北，是中国古代南方五岭之一，又因张九龄所开梅关古驿道而闻名中外。南方五岭自古被视为中原的南方边界，郦道元《水经注》云："五岭者，天地以隔内外。"[①]但事实上，诸多材料表明，在古人的观念中，隔内外者，实止大庾一岭。大庾岭本为阻隔南北的天然屏障，但因南北交流之需要，人们很早就学会利用大庾岭上的天然孔道互通往来。至唐代，张九龄开大庾岭新路，大庾岭驿道逐渐成为沟通南北最为重要的通道。明代陈琏《过梅关有怀张丞相九龄》云"天教此岭限南北，公凿一关通往来"[②]，唐穆《过庾岭有感》云"勋业空前古，乾坤著大名"[③]，皆指此。大庾岭路的开通，不仅有重要的政治、经济方面的意义，亦有着十分重要的文化意义。丘浚《唐丞相张文献公开凿大庾岭碑阴记》指出："兹路既开，然后五岭以南之人才出矣，财货通矣，中朝之声教

[①]《水经注校证》卷三六，第797—798页。

[②]（明）陈琏：《琴轩集》卷九，上海古籍出版社，2011年，第406页。

[③]洪寿祥主编，刘美新等点校：《湄丘集等六种》，海南出版社，2006年，第202页。

日远矣,遐陬之风俗日变矣。"① 千百年来,无数文人墨客经由此路,留下数以千计的诗歌作品,可以说,大庾岭是一座不折不扣的历史文化名山,是一条不应被遗忘的诗路,其丰富的诗歌蕴藏有着极高的研究价值。

尽管本书旨在考察唐代大庾岭诗歌问题,但任何文学现象的产生都有其渊源,大庾岭诗歌在唐代的崛起并非突然有之,而是该地域文学发展之结果。故在讨论唐代大庾岭诗歌之前,首先要弄清楚两个问题:其一,唐前大庾岭地域空间变迁情况。虽然江山终古若是,但每个朝代对这片地域的认识是不一样的,秦时它只是一个军事要塞,至唐以后,大庾岭已经发展成繁华的商道,南北地域皆得以开发利用,建置在各个朝代亦有不同,可见大庾岭地域空间是不断变化的,空间的变迁进而又会导致文学创作上的差异,故当首先理顺之。其二,考察大庾岭文学渊源。在唐代之前,该地域是否存在文人活动及文学创作,这些活动和创作又是否对唐代诗歌创作产生了影响?正所谓"辨章学术,考镜源流",在研究唐代大庾岭诗歌之前,还需追溯其文学传承。下面分别就以上两个问题展开探讨。

第一节　大庾岭地域空间的开拓与变迁

作为南方边界中最为重要的山岭,对大庾岭发展历史的书写,自古有之。唐代开始,大庾岭频繁出现于诗歌作品中,故对其历史的书写,也是从咏史诗开始的,如杜甫《广州段功曹到得杨五长史谭书功曹却归聊寄此诗》"卫青开幕府,杨仆将楼船。汉节梅花外,春城海

---

① 《琼台诗文会稿》卷一七,第 989 页。

水边"①,刘长卿《送韦赞善使岭南》"欲逐楼船将,方安卉服夷"②,许浑《南海府罢归京口郊居途经大庾县留赠张明府》"楼船旌斾极天涯,一剑从军两鬓华"③。当然,这些诗句仅停留于大庾岭历史的只语片言。大庾岭专门的咏史诗始于宋代,余靖《和王子元过大庾岭》云:

> 秦皇戍五岭,兹为楚越隘。尉佗去黄屋,舟车通海外。峭嶻倚云汉,推轮日倾害。贤哉张令君,镌凿济行迈。地失千仞险,途开九野泰。安得时人心,尽夷阴险阂。④

此诗从秦始皇征南越谈起,至张九龄开大庾岭路,基本勾勒出大庾岭发展的历史轮廓。此后历代皆有大庾岭咏史诗出现,至清代更是不胜枚举,尤以邵长蘅《过大庾岭咏古兼述旅怀五百字》为最⑤。除了咏史诗,亦有对大庾岭史地发展的纯学术探讨,如顾祖禹《读史方舆纪要》、许鸿磐《方舆考证》、顾炎武《肇域志》、屈大均《广东新语》、王谟《江西考古录》等,可谓层出不穷,这也从侧面反映了大庾岭在古代的重要地位。然而,这些论著多集中于秦汉时期的考证,汉代之后,往往语焉不详,难以全面反映大庾岭的史地变化。所以,要考察大庾岭历史地域的变迁,还需综合各家之言,并借助更广泛的资料予以考察。

---

① 《杜诗详注》卷一一,第 928 页。
② 《刘长卿诗编年笺注》,第 300 页。
③ 《丁卯集笺证》卷七,第 423 页。
④ 《武溪集》卷一,《北京图书馆古籍珍本丛刊》,第 85 册第 53 页。
⑤ (清)邵长蘅:《青门簏稿》卷二,《清代诗文集汇编》,上海古籍出版社,2010
　年,第 145 册第 370 页。

正如余靖诗言"秦皇戍五岭，兹为楚越隘"，史籍对大庾岭的记载，始于秦朝。《淮南子·人间训》记载："（秦始皇）又利越之犀角、象齿、翡翠、珠玑，乃使尉屠睢发卒五十万，为五军，一军塞镡城之岭，一军守九巖之塞，一军处番禺之都，一军守南野之界，一军结余干之水。"① 秦始皇南征百越的时间，史籍并无明确记载，学界亦尚无定论。从《淮南子》记载可知，秦始皇为了能够继续获取南越物产，发动了对南越的战争，这是秦军的第二次南征②，时有五军，其中一支驻守于"南野之界"。《史记索引》引《南康记》："南野县大庾岭三十里至横浦，有秦时关，其下谓为'塞上'。"③ 由此可知，秦军所驻守之"南野之界"就是大庾岭。事实上，这一基于古籍资料的结论，在今天已经得到证实。1976年，江西遂川县藻林乡左溪河边出土了一批青铜矛、镞、戈等兵器，其中一青铜戈上刻有"廿二年临汾守"等字样铭文，经专家考证，这批青铜器即是秦始皇时期的兵器。遂川藻林位处通五岭、湖广之要冲，南可经上犹、崇义抵达大庾岭，故这批出土文物是秦始皇南征百越、开辟新路的重要实物例证④。

或因《淮南子》"一军守南野之界"的记载，当前许多资料皆谓南野即秦时建置，这一结论颇值商榷，现在能够明确的建置时间，应该是汉代。《元和郡县图志》载："南康县，本汉灌婴所置南壄县也。"⑤《淮南子》本汉时所著，称其地为"南野"当因汉时之谓。那么

①《淮南子》卷一八，第1090页。

② 文锡进：《关于秦统一岭南的战争问题》，《中山大学学报（社会科学版）》1986年第2期。

③《史记》卷一一三司马贞《索隐》引《南康记》，第2969页。

④ 彭适凡、刘诗中：《遂川出土一批秦始皇时兵器》，《文物工作资料》1976年第5期。

⑤《元和郡县图志》卷二八，第673页。

在秦始皇时期,大庾岭被称为什么呢?《南康记》云"其下谓为'塞上'",《通典》载:"(大庾)有大庾岭,一名塞上岭,即五岭之一。昔汉时吕嘉反,汉军伐之。监军姓庾,城于此,故谓之大庾岭。"① 以此可知,秦时并无庾岭之名,当时或称之为塞上岭。清王谟考"塞上"曰:"今考《南康记》云:'南野大庾岭三十里至横浦有秦时关,其下谓为塞上。'则塞上本大庾岭下地名,非即庾岭也……秦北筑长城,南为五岭之戍。庾岭地名塞上,犹长城言塞下矣。"② 按王谟所考,"塞上"应为当时庾岭之下的地名,与北方的长城相对,即南方边界的意思,而庾岭当时并无他谓,故一并以"塞上"称之,那么当时整个大庾岭地域的称呼应该就是"塞上",欧大任《雪中过大庾岭》云"横浦关门下,秦时塞上沙"③,即指此。事实上,秦王驻军横浦,南征百越,是一个相当漫长的过程。《淮南子·人间训》云:"三年不解甲弛弩……以与越人战……相置桀骏以为将,而夜攻秦人,大破之。杀尉屠睢,伏尸流血数十万,乃发适戍以备之。"④ 由以上记载,可知秦军长期驻扎五岭,且这一次南征以失败告终,连主将尉屠睢都折损于此,故秦军只好继续戍守五岭,发适戍以备之。而接替尉屠睢工作的,正是以后成为南越王的尉佗。据《史记·淮南衡山列传》"又使尉佗逾五岭攻百越。尉佗知中国劳极,止王不来,使人上书,求女无夫家者三万人,以为士卒衣补。秦皇帝可其万五千人"⑤,在长期戍边的岁月中,尉佗为稳定军心,上书求未婚女子,秦始皇亦予以应允。

---

① (唐)杜佑著,王文锦等点校:《通典》卷一八二,中华书局,1988 年,第 4844 页。
② 《江西考古录》卷二,第 20—21 页。
③ (明)欧大任著,郑力民点校:《南园后五先生诗》,中山大学出版社,1990 年,第 330 页。
④ 《淮南子》卷一八,第 1090 页。
⑤ 《史记》卷一一八,第 3086 页。

可以想象,当时的大庾岭地域,有大量秦军与北人在此定居下来,进行着当地的开发与建设。

　　直至公元前214年,当一切准备就绪,秦始皇再次发动对南越的战争。据《晋书》记载:"后使任嚣、赵他攻越,略取陆梁地,遂定南越。"[①] 又《史记·秦始皇本纪》云:"三十三年,发诸尝逋亡人、赘婿、贾人略取陆梁地,为桂林、象郡、南海,以适遣戍……三十四年,适治狱吏不直者,筑长城及南越地。"[②] 秦始皇第三次攻越,终于取得决定性胜利,平定南越,设置三郡。从尉屠睢戍五岭至秦始皇三十四年(前213),中间有数年之久,期间秦军在大庾岭设关建寨,长期戍守于此,生活于此,开拓于此,并逐渐将此地称之为"塞上"。故秦朝对大庾岭的占领与开发,是从建立横浦关开始,而非平定南越,此可视为庾岭建置之始,地域范围包括今天的南康、大余、信丰、崇义、南雄、始兴等区域。

　　秦始皇"分天下以为三十六郡"[③],横浦关作为在南疆所开发出来的军事要塞,隶属九江郡,也是攻打南越的最前线。平定南越后,秦又增设桂林、象郡、南海三郡,主将任嚣和赵佗作为功臣,分别被委任为南海尉和龙川令,为南海的实际掌权者。然好景不长,秦王朝随着秦始皇的暴毙变得摇摇欲坠,陈胜、吴广等农民起义更是举起了反秦大旗。面对这种局势,任嚣与赵佗并未北上援秦,而是有了另外的举措,据《史记·南越列传》记载:"至二世时,南海尉任嚣病且死,召龙川令赵佗语曰:'闻陈胜等作乱,秦为无道……吾欲兴兵绝新道……故召公告之。'即被佗书,行南海尉事。嚣死,佗即移檄告

---

①（唐）房玄龄等:《晋书》卷一五,中华书局,1974年,第464页。
②《史记》卷六,第253页。
③《史记》卷六,第239页。

横浦、阳山、湟溪关曰：'盗兵且至,急绝道聚兵自守。'"① 当时天下大乱,而任嚣又病重,即招来赵佗面授机宜,让其封道自保。任嚣、赵佗作为长期戍守五岭的将领,对横浦、阳山、湟溪三关的军事作用实在太了解了,故赵佗接任南海尉后,马上封闭了横浦关等,又攻下桂林和象郡,自立为王,偏安一隅。所以在这一时期,大庾岭实际是处于分而治之的情况,岭北的区域属于九江郡,岭南的区域则为南越属地。

至刘邦平定天下,建立汉朝,改九江郡为淮南郡,高祖六年(前201),分淮南置豫章郡②。据《汉书·地理志》"豫章郡,高帝置……县十八……赣……雩都……南壄"③,南壄即南野,为汉置,归属豫章郡,并增设赣和雩都两县于周边。而此时刘邦初定天下,无力顾及赵佗之南越国,故当时的南壄县是指大庾岭以北的区域,以南则仍在赵佗的掌控之下。《史记·南越列传》记载:"汉十一年,遣陆贾因立佗为南越王,与剖符通使,和集百越,毋为南边患害。"④ 由此知高帝并没有继续南征,而是采取"和集百越"的政策,派陆贾出使南越,立赵佗为王,承认其对南越统治的合法性,使南越成为汉朝的藩属国,而当时南越国的北部边界,即是作为天然屏障的五岭⑤。故大庾岭在南越国时期,是大汉与南越的国界,其南北区域长期处于割据状态。南越王赵佗在得到汉朝的承认之后,亦不再闭关绝道,而是在五岭边关处设市,与汉互通有无,大庾岭由军事关隘转变成通商关市。至吕后掌权,曾欲禁市,并发兵攻打南越,但未能遂愿,只好再次让陆贾出使

---

① 《史记》卷一一三,第 2967 页。
② 《晋书》卷一五,第 459 页。
③ 《汉书》卷二八,第 1593 页。
④ 《史记》卷一一三,第 2967—2968 页。
⑤ 冼剑民:《南越国边界考》,《广东社会科学》1992 年第 3 期。

南越,横浦关市恢复贸易①。

　　大庾岭的割据状态一直持续到汉武帝时期,至元鼎四年(前113),其时赵佗已死,南越国的权力实际被丞相吕嘉所掌握。武帝"遣千秋与王太后弟樛乐将二千人往,入越境。吕嘉等乃遂反……越以兵击千秋等,遂灭之。使人函封汉使者节置塞上,好为谩辞谢罪,发兵守要害处"②,韩千秋的军队越过了大庾岭,此为两国边界,这种僭越行为激怒了吕嘉,吕嘉反,杀了韩千秋,将其符节函封好,置于大庾岭上,并发兵守住横浦关等主要关口。武帝由此正式发动对南越国的进攻,元鼎五年(前112),汉军发五路兵马进攻南越国,其中最为重要的一支,是以主爵都尉杨仆为楼船将军,"出豫章、下横浦",率先攻破石门,并与伏波将军会合,一举平定南越国,而此时其他三路军马皆未到达③。大庾岭在平定南越的过程中,再一次发挥了其重要的军事作用,南越从此归入西汉版图,置九郡④,大庾岭南部的始兴也回归到南壄县的管辖范围,且此后三百余年一直没有变化。此外,据《元和郡县图志》:"(大庾岭)本名塞上,汉伐南越,有监军姓庾城于此地,众军皆受庾节度,故名大庾。"⑤ 又据《万姓统谱》"庾"姓记载:"庾胜,武帝时为杨仆裨将,击南粤筑城塞岭,岭遂名大庾。"⑥ 可知此次战争,有一位名叫庾胜的将军在大庾岭筑城备战。庾胜何时在大庾岭筑城,史无记载,但应该比杨仆更早到达庾岭,否则按史书记载,杨仆元鼎五年秋方到达横浦关,冬季即已平定南越,庾胜若是

---

①《史记》卷一一三,第2969页。

②《史记》卷一一三,第2974页。

③《史记》卷一一三,第2969页。

④(南朝宋)范晔:《后汉书》卷八六,中华书局,1965年,第2835页。

⑤《元和郡县图志》卷三四,第902页。

⑥(明)凌迪知:《万姓统谱》卷七八,上海古籍出版社,1994年,第2册第158页。

随杨仆出征,则无足够时间筑城。事实上,元鼎四年,韩千秋被杀之后,汉武帝已积极筹备攻越,大赦罪人,组织楼船军。南越负五岭山险,易守难攻,吕嘉也一定会派重兵守住大庾岭,故在庾岭以北筑城备战十分必要,这大概也是五路南征军中,反而是杨仆军最快攻破石门的原因之一。从另一角度来看,这一次战争,让庾岭地域再建新城,据《读史方舆纪要》"庾将军城在府西南二里,即汉庾胜所筑,隋置镇于此,唐时县移于今城东二里"①,可知庾胜所筑新城并未在战后废弃,而是不断发展,到隋朝时已演变为镇,至唐代置大庾县时乃废。故此次伐越之战,亦可视为汉代对大庾岭地域的又一次开发。尤其值得注意的是,由于庾胜在此筑城,本被呼为"塞上"的南疆地域,终于有了自己正式的名字——大庾岭。

楼船将军杨仆在平定南越之后,再次上书请战庾岭之东的闽越国,并于元封元年(前110)攻入东越,闽越国灭亡②。至此,大汉帝国的东南部终于得到统一,由于不再有战事,大庾岭地域从此亦趋于平静。事实上,东南平定之后,大汉帝国所面临的问题主要是在北部(匈奴、鲜卑)、西部(羌族)、西南和中南(蛮夷)等地,东南部则相对稳定,不仅仅是大庾岭,包括整个江西在内,这一段时期于史书均无多少记载。直至东汉末年,这种平静才被打破。其时天下大乱,各路军阀混战,豫章郡本就是战略要地,自然会引起群雄争夺,最后豫章被东吴政权所得,大庾岭地域的建置因此又有了新的调整。据《晋书·地理志》"汉献帝兴平中,孙策分豫章立庐陵郡"③,《太平御览》

---

① (清)顾祖禹著,贺次君、施和金点校:《读史方舆纪要》卷八八,中华书局,2005年,第4078页。

② 《史记》卷一一四,第2982—2983页。

③ 《晋书》卷一五,第459页。

载"（虔州）后汉兴平二年,分豫章立庐陵郡,而赣县属焉"[1],可知东吴从豫章郡中分出了庐陵郡,从此南野、赣县、雩都等地则改属庐陵郡。《元和郡县图志》又记载"孙权嘉禾五年,分庐陵立南部都尉,理雩都"[2],南野等县则又归属于南部都尉。经过这一系列的调整,由豫章到南部都尉,大庾岭的行政归属在逐步南移,但有一点没变,即大庾岭及南北地域始终属南野县,这一局面持续至永安六年（263）方出现新变。《旧唐书·地理志》记载始兴曰:"孙皓分南康郡之南乡,始兴县置。县界东峤,一名大庾岭。"[3]然孙皓时并无南康郡,此条显误。《始兴县志》则云:"永安六年,分南野地置始兴县,甘露元年……俱属始兴郡。"[4]又《三国志》记载:"甘露元年,皓至武昌,又大赦。以零陵南部为始安郡,桂阳南部为始兴郡。"[5]由此看来,孙皓所置应该是始兴郡,而非始兴县。廖晋雄《始兴县历史地理沿革探索》结合其多年所掌握的始兴出土文物资料,认为始兴县应为永安六年由孙休所置[6],今从其说。由于始兴县的设置,大庾岭地域又成了南北分而治之的情况,北部为南部都尉下的南野县,南部浈江流域则归属始兴郡下的始兴县。廖氏亦对始兴县和始兴郡建置的背景原因做了详细考察,认为当时南野辖境过大,中间又隔着大庾岭,管理上诸多不便,单独置县更方便管理和控制后方,始兴郡治不在始兴而归荆州管辖的根本原因是出于战略考虑,因为大庾岭关喉作用太过重要,故需置远。应该说,这些分析非常合理。始兴县的设置,反映了东吴

---

① （宋）李昉等:《太平御览》卷一七〇,中华书局,1960年,第830页。

② 《元和郡县图志》卷二八,第672页。

③ （后晋）刘昫等:《旧唐书》卷四一,中华书局,1975年,第1714页。

④ 陈及时等:《始兴县志》卷一,台北成文出版社,1973年,第31页。

⑤ （晋）陈寿撰,（南朝宋）裴松之注:《三国志》卷四八,中华书局,1959年,第1164页。

⑥ 廖晋雄:《始兴县历史地理沿革探索》,《热带地理》1992年第3期。

政权充分认识到大庾岭的战略作用,并开始重视对该地域的利用和开发,"始兴"之名亦反映了东吴对这一建置所寄予的厚望。然而,孙皓对行政区划的调整并没能带来真正的复兴,他亦未能像赵佗那样守住横浦关,偏安一隅。天纪三年(279),郭马在岭南反叛,孙皓派滕循"率万人从东道讨马,与族遇于始兴,未得前"①,东道即大庾岭路,孙皓没想到原本谋划好的南退之局,居然后院起火,而自己的大军反而被阻于庾岭,尽管郭马之乱最后被强力镇压,但此时的东吴政权已是内耗殆尽,大厦将倾。公元280年,司马炎灭吴,三国时代结束。

两晋时期,大庾岭建置延续三国时期的状态,依然是分而治之。岭南始兴县基本没有太多改变,岭北区域则有一些调整。《元和郡县图志》记载:"晋武帝太康三年罢都尉,立为南康郡。"②《舆地纪胜》云:"治雩都……领县五,曰赣,曰雩都,曰平固,曰南康,曰揭阳。"③自此,大庾岭以北终于成了独立的郡级政区。然而需要注意的是,此时的南康郡并未包含大庾岭以北的全部区域,《晋书》记载中,南野县却仍置于庐陵郡之下④。对此,陈健梅考证曰:"南野在南安(南康)之南,不当越南康别属庐陵郡,《晋书》误。"⑤然而,在清人毕沅所集《晋太康三年地记》中,南野县同样归属庐陵郡,并在该条云:"南野有大庾岭,岭峻阻,螺转上,逾九蹬,二里至顶,下七里,平行十里至亭,一名横亭,一名塞上岭。"⑥看来,庐陵郡之南野就是大庾岭所在

①《三国志》卷四八,第1172页。

②《元和郡县图志》卷二八,第672页。

③《舆地纪胜》卷三二,第1407页。

④《晋书》卷一五,第462页。

⑤陈健梅:《孙吴政区地理研究》,岳麓书社,2008年,第131页。

⑥(清)毕沅集:《晋太康三年地记》,中华书局,1985年,第29页。

之南野县,不当有错。将南野别置于庐陵,应与东吴置始兴于荆州是一样的道理,乃制衡之策。此外,南康郡的建置亦说明大庾岭北部区域发展迅速,一方面,在杨仆平定东南之后,直至三国时期,大庾岭地域相对较为安定,无战乱之苦,人民得以休养生息,发展稳定;另一方面,南方的稳定吸引了北方人民大量南迁,而大庾岭作为连接南北的要道,可以不断得到人口补充,并学习北方先进的生产技术。正是由于以上两方面的原因,庾岭北部得到了较好的开发,土地不断被开垦出来,至晋代,该地域已经由西汉的 3 个县发展至 6 个县(包括南野)。晋惠帝元康元年(291),由于"疆土广远,统理尤难",于是合豫章、鄱阳、庐陵、临川、南康、建安、晋安、武昌、桂阳、安成十郡而置江州①,则此时大庾岭以北区域又归属于江州。这一次行政建制的调整,充分说明江西在各州中的地位在不断提高,亦反映出晋王朝对南方地域的逐渐倚重。

至东晋时期,中原北部实际已经被胡人控制,丝绸之路被切断,王朝经济完全依赖于南方的产出及海上商贸。东晋定都建康,大庾岭则成为连接建康、岭南以及海上航运最为便捷的通道,其对于政治权力中心的影响在逐渐加大。如东晋末期爆发的卢循起义就充分利用了大庾岭的区位优势,对东晋政权发起攻击,直接动摇了晋王朝的根本。卢循起义对大庾岭的利用主要有两个方面:其一,借庾岭之险以自固、自保。《晋书·卢循传》:"循窘急,泛海到番禺,寇广州……循所署始兴太守徐道覆,循之姊夫也……刘公自率众至豫章,遣锐师过岭,虽复君之神武,必不能当也……道覆保始兴,因险自固。"②卢循本随孙恩起兵,孙被杀后,其趁桓玄作乱之机攻下广州,并让姐夫

---

①《晋书》卷一五,第 462—463 页。
②《晋书》卷一〇〇,第 2634—2636 页。

徐道覆占据始兴,控制大庾岭要道,在岭南平稳发展自己的势力。然徐道覆颇有卓见,认为晋将刘裕实在太过强大,大庾岭亦无法阻止他,故劝卢循要主动出击。而起义失败后,徐道覆又退回始兴,借大庾岭之险以自保。其二,利用庾岭资源经营谋划。《晋书·卢循传》曰"初,道覆密欲装舟舰,乃使人伐船材于南康山……赣石水急,出船甚难,皆储之……遂举众寇南康、庐陵、豫章诸郡,守相皆委任奔走……乃连旗而下,戎卒十万,舳舻千计"①,既利用大庾岭阻断之能稳固后方,又借大庾岭的交通优势夺取天下,这就是徐道覆的想法。兵贵神速,利用庾岭之北的赣江河道,可快速将军队运至豫章和浔阳,只要占领浔阳,便可借助长江水路直捣都城。但这一计划的首要前提是拥有大量战船且不被发现,故徐道覆派人悄然越岭,至岭北南康大量伐木,再以极低价格卖给百姓,由于赣石水急,百姓所购木材一时难以出手,只好储存起来。道覆等到时机成熟,率兵攻占南康,并从百姓手中购回木材,以极快的速度组装大量船只,至发兵日,竟有战船上千! 可以说,对于庾岭资源的谋划成了卢循举事的最大倚仗,而通过卢循起义,亦充分反映出庾岭地域及其交通线的重要作用,大庾岭已经开始介入和影响着权力中心的运转。

　　至南北朝时期,宋、齐、梁、陈四朝都城均在建业,大庾岭的地域作用日益凸显。管理南康的郡县令往往是由要臣甚至是太子、皇子来担任,如齐武帝萧赜、齐和帝萧宝融、萧绩、萧会理等,都曾任南康令或南康郡王。行政建置上亦有了相应的变化,宋武帝刘裕早年在平定孙恩、卢循之乱的时候,就深知大庾岭地域的重要性,故建国之始,即改南康郡为南康国。《通典》载:"(虔州)宋为南康国。"②《南

①《晋书》卷一〇〇,第 2635 页。
②《通典》卷一八二,第 4844 页。

安府志》载："高祖永初元年为南康国,定郡国为公、侯、伯、子、男五等,以与守令并牧民。"[1] 刘宋时期,南康的牧守已可授予公之爵位,仅次于王,可见刘宋对南康地域的重视。至刘宋大明五年(461),又增设虔化县,南康国此时领县有八,分别为:赣县、宁都、雩都、平固、南康、陂阳、南野和虔化[2]。萧齐时又复为南康郡,曾增设安远县,至永明八年(490)并入虔化县[3]。而庾岭以南的始兴县,宋、齐时期建置上并没有太多变化,一直归属始兴郡,只是始兴郡的归置在荆州、广州、湘州之间往复调整。事实上,自从东吴孙休从南野分始兴,大庾岭南北一直处于分而治之的状态,岭北的南康区域由于幅员辽阔,不断开拓与发展,由县升郡,领县不断增加,岭南的建置则比较稳定。这种状态在进入萧梁之后出现了变化,大同十年(544),岭北南康郡从雩都之南乡地再次分出安远县[4],而此时萧梁政权已日趋腐朽,不久便爆发侯景之乱,中央势力衰弱,各地势力割据。当时岭南有萧勃和陈霸先,衡州则有欧阳頠,大庾岭地域成为这两个势力讨伐侯景的重要基地。对此,史书有详载,据《陈书·高祖本纪》:

> 三年七月,(高祖)集义兵于南海……迎萧勃镇广州。是时临贺内史欧阳頠监衡州,兰裕、兰京礼扇诱始兴等十郡,共举兵攻頠,頠请援于勃。勃令高祖率众救之,悉擒裕等,仍监始兴郡……十一月,高祖遣杜僧明、胡颖将二千人顿于岭上,并厚结

① (明)刘节:《(嘉靖)南安府志》卷一,《天一阁藏明代方志选刊续编》,上海书店,1990年,第50册第37页。
② (梁)沈约:《宋书》卷三六,中华书局,1974年,第1090—1091页。
③ (梁)萧子显:《南齐书》卷一四,中华书局,1972年,第262页。
④ 谢才丰主校注:《安远县志(校注同治本)》卷一,安远县印刷厂,1990年,第83页。

始兴豪杰同谋义举……时蔡路养起兵据南康,勃遣腹心谭世远为曲江令,与路养相结,同遏义军。大宝元年正月,高祖发自始兴,次大庾岭。路养出军顿南野,依山水立四城以拒高祖。高祖与战,大破之,路养脱身窜走,高祖进顿南康。湘东王承制授高祖员外散骑常侍、持节、明威将军、交州刺史,改封南野县伯……(二年)六月,高祖修崎头古城,徙居焉。①

从记载可知,大庾岭实为陈武帝发家之地,结盟欧阳頠,招揽豪杰,败蔡路养,封南野县伯,这些事件皆发生在大庾岭。陈霸先还在庾岭下修建崎头古城,长期驻扎于此。故此时大庾岭南北与衡州区域,皆属于陈霸先的势力范围,大庾岭的建置亦因此有了调整。《陈书·欧阳頠传》记载:"高祖之讨蔡路养、李迁仕也,頠率兵度岭,以助高祖。及路养等平,頠有功,梁元帝承制以始兴郡为东衡州,以頠为持节、通直散骑常侍、都督东衡州诸军事。"② 则陈霸先平蔡路养后,始兴郡改为东衡州。据胡阿祥等考证,东衡州应置于梁太清三年至承圣元年(549—552)之间,原安远县和始兴县皆属东衡州地,太平元年(556)十二月,东衡州乃称衡州,治始兴③。东衡州的设置,属于梁末侯景之乱时期军阀势力割据下的产物,把原本南北分治的大庾岭再一次统一起来。尽管在进入陈朝后,东衡州的建置一再往复调整,然而大庾岭南北统一的建置格局却没有再改变,一直延续至隋朝。

隋开皇九年(589),隋军入建业,陈亡。而此时岭南诸郡仍未归顺,包括大庾岭以北的南康区域,东衡州的建置也仍然存在。十

---

① (唐)姚思廉:《陈书》卷一,中华书局,1972年,第3—4页。

② 《陈书》卷九,第158页。

③ 胡阿祥、孔祥军、徐成:《中国行政区划通史·三国两晋南朝卷》,复旦大学出版社,2017年,第1267—1269页。

年（590）八月，隋遣韦洸持节巡抚岭南①，到达大庾岭之下后，陈将徐璒以南康拒守②，韦洸虽擒获徐璒，占领了南康，但仍然不敢翻越大庾岭前往岭南③。当时许多州郡皆依附"岭南圣母"冼夫人，听从其号令，冼夫人得知陈亡，即"遣其孙魂帅众迎洸，入至广州，岭南悉定"④。但不久后，番禺人王仲宣又反，隋将裴矩正好到达南康，据《隋书》记载："时俚帅王仲宣逼广州，遣其所部将周师举围东衡州。矩与大将军鹿愿赴之，贼立九栅，屯大庾岭，共为声援。矩进击破之，贼惧，释东衡州。"⑤至此，岭南之乱才真正平定。大庾岭所在之东衡州亦再次改置，《隋书》载："始兴齐曰正阶，梁改名焉，又置安远郡，置东衡州。平陈，改郡置大庾县，又于此置广州总管。开皇末移向南海，又十六年废大庾入焉。"⑥则可知开皇十年，废安远郡置大庾县，此为今大余县建置之始，当时大庾县隶属广州总管府，后又属南海郡。事实上，当时的大庾岭以北的区域被分割成为两块，南康县以北的区域属南康郡。据《隋书·地理志》南康郡条可知，开皇九年置虔州，统县四，为赣县、虔化、雩都和南康⑦。可见隋朝的南康较之南齐属县反而少了四个，这是因为在东衡州时将南康以南的南安、安远、南野等地划归安远郡，至隋又归属大庾县。然而，至开皇十六年（596），大庾县建置似又被废止，此后的建置归属于史料无征。据《元和郡县图志·始兴县》记载"隋改属韶州"⑧，又《大清一统志》载

---

①（唐）魏徵、令狐德棻：《隋书》卷二，中华书局，1973 年，第 35 页。

②《隋书》卷八〇，第 1802 页。

③《隋书》卷六七载："韦洸将二万兵，不能早度岭。"第 1577 页。

④《隋书》卷八〇，第 1802 页。

⑤《隋书》卷六七，第 1577 页。

⑥《隋书》卷三一，第 881 页。

⑦《隋书》卷三一，第 880 页。

⑧《元和郡县图志》卷三四，第 902 页。

"开皇十年分置大庾县,十六年,废为镇"①,则开皇末,大庾岭又回到南北分治的情况,始兴改属韶州,大庾县被废为镇,归属南康。

至唐代,大庾岭延续了隋代南北分治的情况。岭北区域由南康郡改置为虔州,《旧唐书·地理志》载:"(虔州中)隋南康郡。武德五年,平江左,置虔州。天宝元年,改为南康郡。乾元元年,复为虔州。"②则武德五年(622),南康郡改置为虔州,天宝元年至乾元元年(742—758),此16年间,虔州复为南康郡,乾元后又改称虔州。根据《旧唐书》记载,唐代虔州最多时置7县,分别为赣县、虔化、南康、雩都、信丰、大庾、安远,其中大庾县为神龙元年(705)置。岭北的浈江流域仍为始兴县,《元和郡县图志·韶州》载,"武德四年平萧铣,重于此置番州。贞观元年改为韶州,复旧名也……始兴县……隋改属韶州,皇朝因之……浈昌县,光宅元年,析始兴北界置浈昌县。北当驿路,南临浈水"③,则在唐代,始兴仍属韶州,并于光宅元年(684)从始兴北界分置浈昌县,即今南雄市,仍属韶州。这即是唐代大庾岭地域的基本建置格局。

通过考察大庾岭地域空间的变迁,会发现此处从来就不是与世隔绝的方外之地,相反,大庾岭于史料中的记载,都与中央王朝息息相关。从秦始皇南征百越、汉将杨仆平定东南、东吴孙皓分置始兴,再到宋武帝刘裕平卢循、陈高祖庾岭兴义军、冼夫人大义献岭南等等,这一系列历史事件所反映的,是历代中央政权对大庾岭地域的开发利用以及大庾岭对天下格局变化之影响。也藉由对史料的梳理,愈发能揭示大庾岭的地域空间属性,自秦朝始,嬴政就已经将大庾岭

①(清)穆彰阿、潘锡恩等:《大清一统志》卷三三二,上海古籍出版社,2008年,第7册第763页。

②《旧唐书》卷四〇,第1606页。

③《元和郡县图志》卷三四,第900—903页。

与北方长城的作用等同,视其为控制南疆的边塞,并不断巩固着此处的军事力量,大庾岭地域在此背景下逐渐被开发。在汉唐这一漫长的历史时期中,大庾岭不断地发挥着军事和经济上的重要作用。所以,大庾岭这一南方边界,并非人们想象中的那样默默无闻,唐代大庾岭诗歌的兴起,也绝非偶然。今天,我们十分有必要重新审视大庾岭地域,了解大庾岭诗路之所以产生的文化渊源。

第二节　唐前大庾岭诗路的文字书写及其文学价值

谈及唐前的大庾岭,给人的感觉总是陌生的、偏僻的、荒芜的,像这样的地方,似无法开放出文学艺术之花。在唐前文学总集以及各地方志中,也似乎难以找到该地域的相关作品。然而,我们不禁要问,唐代突然出现那么多大庾岭诗歌,难道都是毫无根基渊源的吗?情况并非如此。宋之问《题大庾岭北驿》云:"阳月南飞雁,传闻至此回。"① 既有"传闻",是听谁说的呢? 当细味此诗,我们能感觉到宋之问的诗句中隐藏着一个指向,那就是在唐代之前,一定已经存在对大庾岭的文字书写。这或是大庾岭地域文学的发展之源,也是考察大庾岭诗路文学首先应该厘清的重要问题。

一、早期记录大庾岭的文字

在唐前文献中,最早将大庾岭记录下来的,应是陆贾《南越行纪》。刘长卿《送裴二十端公使岭南》云:"桂林无叶落,梅岭自花开。

---

① 《沈佺期宋之问集校注·宋之问集》卷二,第 427 页。

陆贾千年后，谁看朝汉台。"① 乃取陆贾出使南越之典故入诗，诗中"梅岭"即是大庾岭。在史料记载中，陆贾至少两次出使南越，说服赵佗归附西汉，对西汉疆域稳定有突出贡献。其所著《南越行纪》，是目前已知最早记录岭南地理的志书。此书已亡佚。稽含《南方草木状》曾引两条记载，其中一条有关罗浮山："陆贾《南越行纪》曰：'罗浮山顶有胡杨梅。'"② 李调元《南越笔记》说："（赵佗）与贾泛舟珠江，溯牂牁而上。"③ 据此可知，陆贾在南越执行公务期间，还着意考察此地山川，广泛收集材料，并据其见闻撰成《南越行纪》。陆贾曾至罗浮，距庾岭已近。古人认为罗浮山为庾岭余脉，如屈大均《广东新语》："庾岭之脉凡二支……其一西下惠州至罗浮。"④ 据此推测，《南越行纪》可能是记载大庾岭的早期文献。

真正意义上首次将大庾岭载入书中者是《淮南子》。《淮南子·人间训》记秦始皇南征百越："乃使尉屠睢发卒五十万，为五军……一军守南野之界，一军结余干之水。"⑤ 其中"南野之界"正是指大庾岭。不过，其时大庾岭似尚未有正式称谓，故《淮南子》记之以"南野之界"。这也反映了大庾岭很早就被认作为边界。但《淮南子》对大庾岭的文字记载毕竟太少，只有一句话，一个称谓，无法从中了解更多信息。幸运的是，在《汉书·严助传》中，还载录了淮南王刘安的一篇谏文，其中一段文字谈到大庾岭：

今发兵行数千里，资衣粮，入越地，舆轿而逾领，拖舟而入

①《刘长卿诗编年笺注》，第 298 页。

②（晋）稽含：《南方草木状》卷下，中华书局，1985 年，第 11 页。

③（清）李调元：《南越笔记》卷二，广陵书社，2003 年，第 112 页。

④（清）屈大均：《广东新语》卷三，中华书局，1985 年，第 91—92 页。

⑤《淮南子》卷一八，第 1090 页。

水……淮南全国之时，多为边吏，臣窃闻之，与中国异。限以高山，人迹所绝，车道不通，天地所以隔外内也。其入中国必下领水，领水之山峭峻，漂石破舟，不可以大船载食粮下也。越人欲为变，必先田余干界中，积食粮，乃入伐材治船……南方暑湿，近夏瘅热，暴露水居，蝮蛇蟲生，疾疠多作，兵未血刃而病死者什二三，虽举越国而虏之，不足以偿所亡。①

淮南王劝谏汉武帝不要对闽越用兵，最主要的依据，就是赣闽边界的地理环境，亦即"南方暑湿，近夏瘅热，暴露水居，蝮蛇蟲生，疾疠多作"，可谓十分恶劣，故不宜用兵。文中所言高山，无疑是指盘亘于赣越边界的大庾岭山脉。刘安这段谏言，其实就是在谈大庾岭的地理环境与军事作用。其言"舆轿而逾领，拖舟而入水"及"越人欲为变，必先田余干界中，积食粮，乃入伐材治船"，与秦始皇"一军守南野之界，一军结余干之水"的策略实同出一辙，可视为对秦始皇南进军事策略的逆向阐释。刘安所编《淮南子》及其谏文，是目前可见最早记载大庾岭的文字。由其描述而形成的大庾岭早期边界概念，影响了后世大庾岭书写以及大庾岭文学创作。

二、从《水经注》看唐前大庾岭文字书写

《水经注》是郦道元撰写的一部综合性地理著作，其中有较多关于大庾岭的文字书写，如卷三六《温水》："五岭者，天地以隔内外。"② 很明显，此句化用淮南王谏文中大庾岭"天地所以隔外内也"之语。其卷三八《溱水》对大庾岭叙述更详：

①《汉书》卷六四，第2779—2781页。
②《水经注校证》卷三六，第797—798页。

　　　　水出始兴东江州南康县界石阁山，西流而与连水合。水出
南康县凉热山连溪。山，即大庾岭也，五岭之最东矣，故曰东峤
山。斯则改装之次，其下船路名涟溪。涟水南流，注于东溪，谓
之涟口。庾仲初谓之大庾峤水也。东溪亦名东江，又曰始兴水。
又西，邪阶水注之，水出县东南邪阶山……水侧有鼻天子城，鼻
天子，所未闻也。邪阶水又西北注于东江。江水又西迳始兴县
南，又西入曲江县……东江又西与利水合，水出县之韶石北山，
南流迳韶石下，其高百仞，广圆五里，两石对峙，相去一里，小大
略均似双阙，名曰韶石……利水南注东江，东江又西注于北江，
谓之东江口。溱水自此，有始兴大庾之名，而南入浈阳县也。①

此段文字看似记录大庾岭南北水系情况，实则以水系为纲，对大庾岭
地理做了综合考察。其中"斯则改装之次，其下船路名涟溪"，则又是
对淮南王谏文"舆轿而逾领，拖舟而入水"的进一步解释。但郦道元
终其一生并未亲至庾岭，故《水经注》所涉及的南方地理，多为其综
合各种史料并加以考证的结果。从上述文字可以看出，郦道元对大
庾岭周边地理的考察十分细致。可以推知，当时一定还存在其他关
于大庾岭的文献资料。郦道元通过对这些材料的考证，才有可能做
到人未至而知其全貌。因此，《水经注》这段文字，可以看作对当时
大庾岭文字书写的全面整合。问题是，关于大庾岭，郦道元曾参考过
哪些文献呢？

　　《水经注》说"庾仲初谓之大庾峤水也"，则郦道元肯定参考过
庾仲初所写的相关文字。熊会贞《水经注疏》云："此仲初《扬都

---

①《水经注校证》卷三八，第860页。

赋·注》文,说见《漓水》篇。大庾峤水有二,此峤阳之水也。"① 庾仲
初即庾阐,东晋著名文学家。其所撰《扬都赋》全篇已不存,残篇文
字以《艺文类聚》所引较多。《扬都赋·注》为庾阐的自注文,此文
今已散佚,只有数条引文散见于其他史料。观《艺文类聚》所引中有
"泮五岭而分流"② 之语,则仲初之"大庾峤水"应注于此。《水经注》
另有数条引《扬都赋·注》,除涟水条外,另引庾仲初"大庾峤水,北
入豫章,注于江者也"释"赣水"③。熊会贞按:"此仲初《扬都赋·注》
文……此峤阴之水也。"④ 据此可知,《扬都赋·注》保存了较多对大
庾岭南北水系的考证文字。《晋书·庾阐传》载其曾"以功赐爵吉阳
县男"⑤,晋时吉阳属庐陵郡,大庾岭亦在其治下,庾阐或在此间至庾
岭,故而对庾岭水系如此熟悉。

　　《水经注》又云"水侧有鼻天子城,鼻天子,所未闻也",未闻而
知之,则鼻天子亦是郦道元参考某史料所得。《太平寰宇记》中有
关于鼻天子记载:"大庾岭,在(始兴)县北五十六里。按《南越志》
云:'始兴县去州二百里,东接番禺……界牛鼻之山,去赤岸四十
里……'……鼻天子,未闻也。"⑥ 以此可知《南越志》中有关于鼻天
子的记载。《直斋书录解题》记有《南越志》7卷,为宋武康令吴兴沈
怀远撰,并云"此五岭诸书之最在前者也"⑦。《南越志》成书早于《水

---

① 杨守敬、熊会贞:《水经注疏》卷三八,江苏古籍出版社,1989年,第3182页。
② (唐)欧阳询等著,汪绍楹校:《艺文类聚》卷六一,上海古籍出版社,1999年,
　　第1109页。
③《水经注校证》卷三九,第876页。
④《水经注疏》卷三九,第3228—3229页。
⑤《晋书》卷九二,第2385页。
⑥ (宋)乐史著,王文楚等点校:《太平寰宇记》卷一六〇,中华书局,2007年,第
　　3076页。
⑦ (宋)陈振孙:《直斋书录解题》卷八,上海古籍出版社,1987年,第259页。

经注》数十年,惜此书亡佚已久,只能在其他文献中看到一些相关征引文字。自元陶宗仪始,便不断有人辑佚此书,但疏漏颇多。今人骆伟曾尝试从《太平御览》等17种文献中辑录《南越志》,得222条,其中与大庾岭直接相关的文字有2条,一条为上述"牛鼻之山",一条为《太平寰宇记》所引"大庾清秽之气"①,然引文出现错误。今予以纠正,《太平寰宇记》载:"《南越志》:'石门之水,俗云经大庾则清秽之气分,饮石门则缥素之质变。即吴隐之酌饮之所也。'"②

　　《水经注》关于大庾岭的一段文字,先后参考了《史记》《淮南子》《扬都赋·注》《南越志》等古籍,这些是有迹可循的文献,当然还有可能参考更多其他的史料,但我们已无法知晓。事实上,汉魏六朝时期,曾有大量地记出现,不过多已亡佚。陈振孙云《南越志》为五岭诸书之最前,亦未必为真。如晋末裴渊《广州记》就是一本专门记录广州区域地理风俗的志书,当同属五岭书之列,其成书时间约在义熙四年(408)③,较《南越志》又早出数十年。《广州记》中同样存在对五岭的考辨文字,《太平御览》卷五四引《广州记》曰"有五岭,大庾、始安、临贺、桂阳、揭阳是也"④,而此条也被许多其他文献所征引,并逐渐成为认定南方五岭的主要依据。可惜的是,《广州记》亡佚已久,现在能找到与大庾岭直接相关的文字仅此一条。与《广州记》类似的情况还有很多,如西晋张勃所撰《吴录》,同样亡佚已久,但在许多文献中仍存有相关记载,《太平寰宇记》引《吴录》云"南野县有大庾山九岭峤,以通广州"⑤,王谟《江西考古录》引《吴录》

---

①　骆伟:《〈南越志〉辑录》,《广东史志》2000年第3期。

②《太平寰宇记》卷一五七,第3012页。

③　杨恒平:《裴渊〈广州记〉辑考》,《中国典籍与文化》2014年第1期。

④《太平御览》卷五四,第265页。

⑤《太平寰宇记》卷一〇八,第2184页。

云"'南野有山,其路峻阻,螺转而上逾九蹬,二里至岭下,七里平行,十里至平亭。平亭者,横亭也。为古入关之路,其后改名梅岭,又改名庾岭。'本《越绝书》,可信"①。王谟所引《吴录》文字,在毕沅所辑《晋太康三年地记》中同样存在,《晋太康三年地记》"庐陵郡"载:"南野有大庾岭,岭峻阻,螺转上逾九蹬二里,至顶下七里,平行十里至亭,一名横亭,一名塞上岭。"②将此条对比《吴录》文字,大同而小异。此外,三国陆胤《广州先贤传》、嵇含《南方草木状》、南朝顾野王《舆地志》等,这些文献都有关于大庾岭的文字留存。

通过对大庾岭辑佚文字的梳理,发现六朝地志涉及南方地理者,往往都有对大庾岭的记载。这些志书的编撰者在其编撰的过程中,多相互资鉴。这些辑佚文字说明,至南北朝时期,关于大庾岭的文字书写已经十分丰富。需要指出的是,在这一批地理志书中,有两种需特别注意,即《南康记》和《始兴记》。

三、《南康记》和《始兴记》中的大庾岭

《南康记》并非指某人的某本专著,历史上曾经有多位学者编撰《南康记》,分别为邓德明、王韶之、刘嗣之和朱端章。其中朱端章为宋朝人,在此不予讨论。诸种《南康记》,以邓德明所撰最为著名。《大清一统志》载:"邓德明,(南康)郡人,元嘉末,就豫章雷次宗学,博物洽闻,该综今古,尝作南康郡记,此邦文献以德明为冠。"③以此知邓德明本南康人,而且是刘宋著名学者雷次宗的弟子。魏晋南北朝时期,本地人私撰地志的现象颇为普遍,如邓德明的老师雷次宗为

---

① 《江西考古录》卷三,第44页。
② 《晋太康三年地记》,第29页。
③ 《大清一统志》卷三三一,第7册第752页。

南昌人,亦尝作《豫章记》。正由于长期生活在本地,对故乡山川风情非常熟悉,加之邓德明本身就有良好的学术素养,故其所撰《南康记》极为有名。也正因如此,尽管邓本《南康记》早已散佚,但后世史书与地记文献经常会出现相关征引文字。是以邓本《南康记》辑本颇多,有涵芬楼《说郛》本(1 则)、宛委山堂《说郛》本(8 则)、清人黄奭所辑《汉学堂知足斋丛书》本(8 则)及今人刘纬毅所辑《汉唐方志辑佚》本(35 则),其中以《汉唐方志辑佚》所辑为多。江永红曾对以上各辑本文字进行了详细的考证,指出刘纬毅本有 6 条误辑,3 条漏辑,并予以补正①。综合两者来看,邓德明《南康记》可辑条目应为 32 则,涉及南野、南康、平固、雩都等大部分庾岭以北区域的山川地貌、物产风俗,是了解唐前大庾岭情况的极为珍贵的资料。

　　刘纬毅所辑邓德明《南康记》中,有两则实为刘嗣之《南康记》文字,其在邓德明小传中说:"疑'嗣之'为其字。"② 这种怀疑显然缺乏根据。刘嗣之《南康记》曾为《通典》《舆地纪胜》《太平寰宇记》等文献载录,特别是《太平寰宇记》中会将刘嗣之《南康记》与《南康记》分开来说③,两种《南康记》区分明显,表明"嗣之"当为另一人,而非邓德明的字。由于文献所录刘嗣之《南康记》的文字不多,故并无专门的辑佚本。兹将相关文字整理如下:

　　1. 刘嗣之《南康记》云:"昔汉杨仆讨吕嘉,出章郡,下横浦,即今县西南,故横浦废关见在此。"(《通典》)④

　　2. 刘嗣之《南康记》云:"平亭,谓之横亭。"(《太平寰宇

---

① 江永红:《南朝宋邓德明〈南康记〉考论》,《中国地方志》2018 年第 4 期。
② 刘纬毅:《汉唐方志辑佚》,北京图书馆出版社,1997 年,第 237 页。
③《太平寰宇记》卷一○八,第 2184 页。
④《通典》卷一八二,第 4844 页。

记》)①

　　3. 刘嗣之《南康记》云:"汉兵击吕嘉,众溃,有裨将戍是
岭,以其姓庾,以其多梅,亦曰梅岭。"(《舆地纪胜》)②

　　以上辑录文字以文献成书先后排列,相同文字不重复列出,如《舆地
纪胜》实征引 3 条,有 2 条重复,仅列 1 条。另外,第三条"以其姓
庾"后似脱"曰庾岭" 3 字。

　　此外又有王韶之撰《南康记》。王韶之字休泰,刘宋时人,《宋
书》有传,云其好史籍,博涉多闻,曾任黄门侍郎、著作郎、吴兴太守
等职③。王韶之《南康记》亦已亡佚,刘纬毅曾辑得 7 则④。王韶之又
撰《始兴记》,与《南康记》不同,王韶之《始兴记》是汉魏六朝时唯
一一本关于始兴区域的专门志书,故后世文献征引较多。其辑本有
三:清人曾钊《始兴记》辑 29 则⑤,刘纬毅《汉唐方志辑佚》辑 32
则⑥,骆伟、骆廷《岭南古代方志辑佚》辑 40 则⑦。从辑本文字来看,
其内容涉及浈阳、含洭、桂阳等地,且有"郡东""郡西南"等方位词,
说明王韶之所著为始兴郡记,而非专门的始兴县记。其中与大庾岭
区域直接相关的有灵鹫寺、临沅山、修仁水、任将军城等数条。今虽
无法得观《始兴记》全貌,但可肯定,书中一定有关于浈江流域的详
细记载,因为始兴县本为始兴郡的重要组成部分。

---

①《太平寰宇记》卷一〇八,第 2184 页。
②《舆地纪胜》卷九三,第 2966 页。
③《宋书》卷六〇,第 1625—1626 页。
④《汉唐方志辑佚》,第 242 页。
⑤(清)曾钊辑:《始兴记》,中华书局,1985 年,第 1—4 页。
⑥《汉唐方志辑佚》,第 270—273 页。
⑦骆伟、骆廷辑:《岭南古代方志辑佚》,广东人民出版社,2002 年,第 181—
　189 页。

《南康记》和《始兴记》的出现，说明大庾岭区域在六朝颇受关注。可以肯定，在六朝地志中，存有大量关于大庾岭区域的文字记载，只是由于文献散佚，许多文字今天已无法看到。而这些有关大庾岭的文字书写，是时人认识该区域的重要信息来源，也是后人进行相关文学创作的根基和源泉。

四、唐前大庾岭文字书写的文学价值

从《淮南子》到《南康记》，从一句话到整本书，关于大庾岭文字书写的进步是十分明显的。文字记载与文学发展密不可分，可以把唐前文献对于大庾岭的文字书写，看作是大庾岭文学的孕育和萌发阶段。综合来看，其文学价值主要体现在以下三个方面：

其一，成为后世文学创作的素材和依据。秦皇戍五岭、赵佗急绝道、陆贾使南越、吕嘉封使节、杨仆下横浦等等，这些本存于正史及其他文献的记录性文字，逐渐成为大庾岭文学创作的典故，为后人反复吟诵。唐诗如杜甫《广州段功曹到得杨五长史谭书功曹却归聊寄此诗》"卫青开幕府，杨仆将楼船。汉节梅花外，春城海水边"[①]，以汉征南越事入诗。刘长卿《送徐大夫赴广州》"上将坛场拜，南荒羽檄招。远人来百越，元老事三朝。雾绕龙川暗，山连象郡遥……画角知秋气，楼船逐暮潮"[②]，从龙川令赵佗急绝道，到陆贾使越，再到杨仆平南越，皆以汉代庾岭故事隐喻即将上任的岭南节度观察使徐浩。宋诗如余靖《和王子元过大庾岭》"秦皇戍五岭，兹为楚越隘。尉佗去黄屋，舟车通海外"[③]，亦以秦汉庾岭故事为题材。至明清，此类作品已不胜枚举。

---

① 《杜诗详注》卷一一，第928页。
② 《刘长卿诗编年笺注》，第283页。
③ 《武溪集》卷一，《北京图书馆古籍珍本丛刊》，第85册第53页。

　　唐前文献关于大庾岭的文字多出自地志记载,必然会对后世文人的地理认知产生影响,进而反映在文学作品中。事实上,这些记录文字,是古代文人了解大庾岭地理的重要媒介和向导。韩愈元和十四年(819)途经韶州,写诗说:"曲江山水闻来久,恐不知名访倍难。愿借图经将入界,每逢佳处便开看。"①图经即当时的地理志书。韩诗极好地说明了文人登览、创作与志书之间的关系。对于未至大庾岭的文人来说,当其要创作相关作品时,志书则为更重要的参考资料。在大庾岭文学作品中,这样的例子非常多。如邓德明《南康记》中有平固湖"石雁浮在湖中"的记载②,唐郑惟忠据此作《古石之歌》:"若非平固湖中雁,定是昆明池里鱼。"③《南康记》又载:"南康玉山上有石桃……隐沦之士,将大取其宝实,因变成石焉。"④李峤据此作《桃》诗:"隐士颜应改,仙人路渐长。"⑤又如《水经注》关于"鼻天子"的记载曰:"水侧有鼻天子城……水出县之韶石北山,南流迳韶石下。"⑥清屈大均《韶阳恭谒虞帝庙有赋》中的"象于有鼻称天子,羽亦重瞳作霸王。韶石山连三峡险,曲江水接六泷长"⑦,即据此而成。

　　唐代不少送行诗,其作者往往并未亲至大庾岭,却能在诗中较好

---

①（唐）韩愈著,（清）方世举笺注:《韩昌黎诗集编年笺注》卷一一,中华书局,2012年,第587页。

②《汉唐方志辑佚》,第237页。

③（清）董诰等编:《全唐文》卷一六八,中华书局,1983年,第1722页。

④《汉唐方志辑佚》,第239页。

⑤（唐）李峤著,徐定祥注:《李峤诗注》卷四,上海古籍出版社,1995年,第229页。

⑥《水经注校证》卷三八,第860页。

⑦（清）屈大均著,陈永正校笺:《屈大均诗词编年校笺》卷一〇,上海古籍出版社,2017年,第1516—1517页。

地描绘这一空间,如杜甫、李白、白居易等都有相关作品。他们对大
庾岭的认知,恐怕都曾借助唐前志书,以此了解该区域的地理环境。
如杜甫《龙门阁》"饱闻经瞿塘,足见度大庾"[1],即表达了诗人多闻
大庾岭十分险要的意思。此处"闻"并非一定是听别人说,更有可能
来自文献记载。杜甫还写五岭气候炎热,如《寄杨五桂州谭》说"五
岭皆炎热,宜人独桂林"[2]。这当从前人记述而来。前引《汉书》所载
淮南王谏文,将庾岭区域描述为"南方暑湿,近夏瘅热",不唯如此,而
且此地还"暴露水居,蝮蛇蠚生,疾疠多作"[3]。元稹《送崔侍御之岭南
二十韵》:"遥想车登岭,那无泪满衫。茅蒸连蟒气,衣渍度梅黬……
瘴江乘早度,毒草莫亲芟。"[4] 从首句"遥想"可知,诗中所述实为诗
人对五岭环境的异地想象,所云"蟒气""瘴江""毒草"等,与唐前
志书对大庾岭环境的描写是十分吻合的。

　　唐前文献中还有不少关于大庾岭区域神异传说的记载,比较突
出的有赣巨人、山都、木客等传说,这些都是古文献所记载的生活在
南方崇山间的异人,尤以大庾岭山区的记载最多。如《山海经·海
内经》记载"南方有赣巨人"[5],晋郭璞注曰:"《海内经》谓之赣巨
人。今交州、南康郡深山中皆有此物也……土俗呼为山都。"[6] 顾野
王《舆地志》则有关于虔州上洛山木客之详细记载,《太平寰宇记》
引《舆地志》云:"虔州上洛山多木客,乃鬼类也。形似人……尝就民

---

[1]《杜诗详注》卷九,第 715 页。

[2]《杜诗详注》卷九,第 779 页。

[3]《汉书》卷六四,第 2781 页。

[4](唐)元稹著,冀勤点校:《元稹集》卷一一,中华书局,2010 年,第 144 页。

[5] 袁珂校注:《山海经校注·海经新释》卷一五,上海古籍出版社,1980 年,第
455 页。

[6]《山海经校注·海经新释》卷五,第 271 页。

间饮酒为诗,云:'酒尽君莫沽,壶倾我当发。城市多嚣尘,还山弄明月。'"① 邓德明《南康记》亦有山都、木客之详细记载,此外还有关于虔州螺亭女的神异传说②。以上文献记载,皆被后世文人作为素材写入文学作品。唐末诗人陈陶《冬日暮旅泊庐陵》"螺亭倚棹哭飘蓬,白浪欺船自向东"③,即取自《南康记》中螺亭女乘船采螺的故事。皮日休《寄题罗浮轩辕先生所居》"山都遣负沽来酒,樵客容看化后金"④,陈陶《旅泊涂江》"断沙雁起金精出,孤岭猿愁木客归"⑤,苏轼《〈虔州八境图〉八首》其八"谁向空山弄明月,山中木客解吟诗"⑥ 等诗句,则取材于《山海经》《舆地志》《南康记》中关于山都、木客的记录文字。

其二,唐前文献中所出现的概念和思想,为后世文学所继承和发扬。文字往往承载着某种思想和观念。从《淮南子》开始,大庾岭就已经在文字中被赋予观念,被认为是"南野之界",即中国南方边界之观念。至《史记》称"北有长城之役,南有五岭之戍",大庾岭再次被明确为是与北方长城相对应的南方边界。这种观念同样出现在大庾岭的文学作品之中,如西晋陆机《从军行》云"南陟五岭巅,北戍长城阿"⑦,就是对这一观念的直接继承。至唐代,大庾岭作为南方边界的概念已经根深蒂固。宋之问《度大庾岭》云"度岭方辞国,停轺一

①《太平寰宇记》卷一〇八,第 2176 页。

②《汉唐方志辑佚》,第 238—240 页。

③《全唐诗》卷七四六,第 8482 页。

④《全唐诗》卷六一四,第 7081 页。

⑤《全唐诗》卷七四六,第 8481 页。

⑥(宋)苏轼著,(清)王文诰辑注,孔凡礼点校:《苏轼诗集》卷一六,中华书局,1982 年,第 795 页。

⑦(晋)陆机著,杨明校笺:《陆机集校笺》卷六,上海古籍出版社,2016 年,第343 页。

望家"①，认为大庾岭就是国家的边界。白居易的表述更为直接，其《清明日送韦侍御贬虔州》云"南迁更何处，此地已天涯"②，虔州是大庾岭北部区域，而白居易认为这已经是天涯了，同样是表达南方边界之概念。

唐前文献中出现的另外一个重要概念，也来自《汉书》所载淮南王的谏文，刘安分析大汉与百越的关系，提出大庾岭"天地所以隔外内也"的观点。他指出庾岭以北为中国，以南则是国外。不仅区划了大庾岭的地理边界，而且更赋其以政治和文化属性，认为庾岭实为中与外、华与"夷"的分界线。郦道元《水经注》所说的"五岭者，天地以隔内外"，可视为对这一观念的继承。在唐前文学中，对此观念亦有表达，如陆机《赠顾交趾公真》"发迹翼藩后，改授抚南裔。伐鼓五岭表，扬旌万里外"③，蕴含了以五岭为南裔分隔的思想。至唐代，宋之问《早发大庾岭》"嶷起华夷界，信为造化力"④，沈佺期《自乐昌溯流至白石岭下行入郴州》"兹山界夷夏，天险横寥廓"⑤，张说《喜度岭》"岭路分中夏，川源得上流"⑥ 等诗句，以庾岭为中外区隔界线则更为清晰明确。

沈怀远《南越志》还记录了一个很有意味的观念，即"俗云经大庾则清秽之气分，饮石门则缁素之质变"⑦，认为大庾岭是清廉与贪贿的分界线。因《晋书》记述吴隐之饮石门贪泉故事，此观念之影

①《沈佺期宋之问集校注·宋之问集》卷二，第 428 页。
②（唐）白居易著，谢思炜校注：《白居易诗集校注》卷一七，中华书局，2006 年，第 1345 页。
③《陆机集校笺》卷五，第 271 页。
④《沈佺期宋之问集校注·宋之问集》卷二，第 429 页。
⑤《沈佺期宋之问集校注·沈佺期集》卷二，第 132 页。
⑥《张说集校注》卷八，第 371 页。
⑦《太平寰宇记》卷一五七，第 3012 页。

响进一步扩大。《晋书·吴隐之传》记载:"朝廷欲革岭南之弊,隆安中,以隐之为龙骧将军、广州刺史、假节,领平越中郎将。未至州二十里,地名石门,有水曰贪泉,饮者怀无厌之欲。隐之既至,语其亲人曰:'不见可欲,使心不乱。越岭丧清,吾知之矣。'乃至泉所,酌而饮之……及在州,清操逾厉。"①吴隐之所云"越岭丧清",即指以庾岭分清秽之气的观念。据此可知,此俗语由来已久。但具体成于何时,无法考证。吴隐之本为名士,故其饮泉自明之事被广为传颂。大庾岭分清秽之名藉此而愈显,后世诗人多写诗吟咏。如张祜《寄迁客》云"万里南迁客,辛勤岭路遥……瘴海须求药,贪泉莫举瓢"②,赵抃《廉泉》云"庾岭中分泉两派,美名人爱恶声嫌。谁云酌后能移性,南有贪兮北有廉"③,显然,这些作品都受到六朝时期"越岭丧清"观念的影响。

其三,唐前文字书写本身具有文学性。通过对唐前文献中大庾岭文字的钩沉和梳理,发现这些文字并未停留于简单记录,而是倾向于表达某种思想、观点或者情感,由此使得这些书写文字本身具有艺术感染力。如《水经注》,本是一部地理志书,然而其文学性却是被大家所公认的,它对于山水的记载生动传神,极具审美价值。其写作技巧亦被后世文人广为学习和借鉴,陆龟蒙曾作《和寄怀南阳润卿》云:"高抱相逢各绝尘,水经山疏不离身。"④所以,对于唐前关于大庾

---

① 《晋书》卷九〇,第 2341—2342 页。
② (唐)张祜著,尹占华校注:《张祜诗集校注》卷一,巴蜀书社,2007 年,第 32 页。
③ (宋)赵抃:《清献集》卷五,《影印文渊阁四库全书》,北京出版社,2012 年,第 1094 册第 804 页。
④ (唐)陆龟蒙著,何锡光校注:《陆龟蒙全集校注》卷一〇,凤凰出版社,2015 年,第 611 页。

岭的文字书写的探讨,不能仅停留于记载内容,其文学性同样值得关注。

首先是记录文字中有较多山水景物和地理环境的描写。如《汉书》所记淮南子谏文:"限以高山,人迹所绝,车道不通,天地所以隔外内也……近夏瘴热,暴露水居,蝮蛇蠚生,疾疠多作,兵未血刃而病死者什二三,虽举越国而虏之,不足以偿所亡。"① 此段描写极具文采,语言精练,句式整齐,寥寥数语便将大庾岭之险要和荒蛮刻画得淋漓尽致。邓德明《南康记》中有不少景物描写。如写雩都峡:"于都峡去县百里,两边傍江,江广三十余丈,高岭稠叠,连岩石峙。其水常自激涌,奔转如轮,春夏洪潦,经过阻绝。"写赣县赤石山:"赤石山,大石连耸,灿若舒霞。山角多赤石,有玉房琼室。"② 写景状物,用词精准,达到了"状难写之景,如在目前"之效果。因其体现了对山水景物的自觉性审美,故称为山水散文亦无不可。

其次,这些文字书写还有意识地引用前人作品或民间谣谚。如前述《水经注》曾多处引用庾阐《扬都赋·注》来解释大庾岭南北水系。王韶之《始兴记》亦曾引范云作品释修仁水,这段文字存于《太平御览》,其云:"修仁水,西南注连水,北有三枫亭、五渡水。齐范云为始兴太守,至修仁水酌而饮之,赋诗曰:'三枫何习习,五渡何悠悠。且饮修仁水,不挹阶邪流。'"③ 这本是一条对修仁水地理方位的介绍,因引入了范云作品,从而更具可读性。在唐前文献中,还可见到许多对民间俗语、谣谚的引用。例如《南越志》所载"俗云经大庾则清秽之气分,饮石门则缬素之质变"④,原应是一句俗语或谣谚,经文

①《汉书》卷六四,第2780—2781页。
②《汉唐方志辑佚》,第239—240页。
③《太平御览》卷六五,第312页。
④《太平寰宇记》卷一五七,第3012页。

人加工,句式变得更加工整,体现了南朝骈文偶对特征。类似者还有《南康记》对南康玉山的记载:"故老云:'古有寒桃,生于岭巅。'"①显然,这也引用了民间俗语。由此可知,古文献编撰者为了更好地说明记录的事物,往往有意识地收集和利用相关文学作品或民间俗语,以此增强记录文字的可读性。

最后,唐前记录文字的魅力,还来自载录的民间故事。如《南康记》,在现有辑佚 32 条中,就有 19 条属于奇闻或传说。由此可推测,原书中所载志怪故事应较多。就目前所辑的文字内容,也可看出《南康记》文字已非一般的文字记录,而是有高超的叙事技巧。兹举采螺女一条,以见其概:

> 平固水口下流数里,有螺亭临江。昔有一少女,曾与伴俱乘小船江汉采螺。既逼暮,因停沙边共宿。忽闻骚骚如军马行。须臾,乃见群螺张口无数,相与为灾,来破舍啖此女子。同侣诸姬,当时惶怖不敢作声,悉走上岸,至晓方还,但见骨耳。收敛丧骨,薄埋林际,归报其家。经四五日间,近所埋处翻见石冢,穹窿高十余丈,头可受二十人坐也。今四面有阶道,仿佛人冢。其顶上多螺壳,新故相仍。乡传谓之螺亭。②

此段叙述,情节完整紧凑,曲折离奇。尤其对群螺噬女的描写,极具代入感,如群螺来之前,先有声音,"骚骚如军马行",引人想象,感受恐惧。"群螺张口无数",则不由使人头皮发麻。《南康记》这些故事几可媲美六朝志怪小说,因而也使得此书更具文学意味。

---

① 《汉唐方志辑佚》,第 239 页。
② 《汉唐方志辑佚》,第 238 页。

　　据上述可知,唐前文献关于大庾岭的文字书写,甫一开始就极具文学色彩。因时代变迁与对传统超越的自觉追求,其文学性愈加明显。因这些记载多出自地志,故无论文字本身还是后世影响,也都具有浓厚的地域性特征。杜甫诗中的"大庾险",李峤笔下的"梅花",郑惟忠所写"平固湖中雁",陈陶、苏轼所吟"螺亭"等等,溯其渊源,无不与唐前大庾岭文字书写有关。所以,我们可以将大庾岭在唐前文献中的书写阶段,看作是大庾岭地域性文学的孕育期和萌发期。

第三节　唐前大庾岭诗路的文学渊源

　　唐前文献文字书写所具备的文学性不容置疑,但尽管如此,却不能将这些记录文字等同于文学作品。所以,在唐代以前,究竟有没有大庾岭地域相关作品的创作,是继而要讨论的问题。从文学史的发展进程来看,最早描写南方地域风情的文体是楚辞。然在屈原、宋玉等人的作品中,所及有沅湘、苍梧、九疑等地理名称,却没有大庾岭。事实上,屈原所处的时代,大庾岭所在的这片大山,似乎还没有一个正式的名字,所以在文人作品中找不到大庾岭的身影,也属正常。

　　最早出现"五岭"的作品是东汉王逸的楚辞《九思》。那么,这篇作品中的"五岭"是否是大庾岭呢?《九思》云"迫中国兮迮狭,吾欲之兮九夷。超五岭兮嵯峨,观浮石兮崔嵬",并自注"五岭":"将之九夷,先历五岭之山,言艰难也",注"浮石":"东海有浮石之山"[1]。这首作品有一定的迷惑性,首先作品里明确出现了"五岭"的名称,

---

①（东汉）王逸著,黄灵庚点校:《楚辞章句》卷一七,上海古籍出版社,2017年,第373—374页。

且此地名兼有分隔"中国"的边界属性，与大庾岭很相似；其次王逸曾为豫章太守，其作品出现"五岭"是有可能的。然而细玩辞意，此五岭应在中原与九夷之间，而九夷的大致地理范围应在中国东部海岱地区[①]，且王逸自注中亦清楚注明九夷观浮石的地点在东海，故此"五岭"非"南方五岭"，《九思》亦不当成为大庾岭的相关作品。

楚辞之后，汉赋兴起。那么在赋体作品中，有无大庾岭的相关作品呢？在梳理唐前文献时，《水经注》一段记录大庾岭的文字中，就有多处引用庾阐的《扬都赋·注》。庾阐赋作与注文现已散佚，然在《艺文类聚》中，还存有较多这篇赋作的文字，其中就有关于五岭的句子："于是乎源泽浩瀁，林阜隐荟，彭蠡吞江，荆牙吐濑，赴三峡之隘，洞九川之会，泮五岭而分流，鼓沱潜而碎沛。"[②]赋中"彭蠡"即指鄱阳湖，"五岭"当指以大庾岭为主的南方诸岭，因为郦道元亦引此句释萌渚、临贺、越城之峤水，然细读庾阐赋文，这几句似更多在描述大庾峤水、赣江、鄱阳湖与长江之关系。庾阐的《扬都赋》描绘的是东晋国家山川之画卷，其中对大庾岭南北水系的描写，把大庾岭空间与中原联系了起来，大庾岭不再是王逸笔下遥远的、孤立的一座山脉和边界地标，而是属于国家山川的一个重要组成部分。所以在庾阐《扬都赋》中，大庾岭的文学空间形象再次丰满起来。

庾阐关于大庾岭的作品并不止《扬都赋》，另外还有一首古诗，叫《衡山诗》，诗中也出现了对大庾岭的描写，诗云：

> 北眺衡山首，南睨五岭末。寂坐挹虚恬，运目情四豁。翔虬

---

① 袁洪流：《"子欲居九夷"考——东汉人视野下的九夷》，《中国文化研究》2013年第 2 期。

②《艺文类聚》卷六一，第 1109 页。

凌九霄,陆鳞困濡沫。未体江湖悠,安识南溟阔。①

诗虽名衡山,却非作于衡山,从作品的地理空间描述来看,北眺为衡山,南睨为五岭,则诗人写此诗时,当处于两者之间。《晋书·庾阐传》云庾阐曾被封爵吉阳县男,后又曾出任零陵太守②,这两个地方都处于衡山和五岭之间,故此诗当作于诗人在这两地之时。吉阳位于庾岭正北,距庾岭较近,零陵位于庾岭西北面,从这两个地方看五岭,其实皆为庾岭,故庾诗“五岭”指大庾岭无疑。庾阐《衡山诗》其实代表的是古人对南岭山脉的认识,特别是对于大庾岭山脉的认识。《汉书》云秦“南有五领之戍”,颜师古注曰:“领者,西自衡山之南,东穷于海,一山之限耳。”③从颜氏注文可以判断,古人认为从衡山至南海,其实中间只是隔了一座大山而已,这座大山之首是为衡山,之末则为庾岭。庾阐的《衡山诗》正是对古人这一地理观念的文学表达,大庾岭由此在文学作品中建立起与衡山的空间关系。

　　庾阐所处的时代,是辞赋并驾齐驱的时代,诗歌创作正逐渐兴起,范文澜曾指出:“写山水诗起自东晋初庾阐诸人。”④事实上,两晋是诗歌发展的重要过渡时期,除庾阐外,还曾涌现一大批卓有才华的诗人,如陆机、潘岳、郭璞、王羲之、陶渊明等人。西晋时所谓的“太康诗风”即是以陆机、潘岳为代表,而在陆机的诗歌中,便有两首关于大庾岭的作品,分别为《从军行》和《赠顾交趾公真诗》。其《从军

① 逯钦立辑校:《先秦汉魏晋南北朝诗·晋诗》卷一二,中华书局,1983年,第874页。
②《晋书》卷九二,第2385页。
③《汉书》卷三二颜师古注“五领”,第1832页。
④（南北朝）刘勰著,范文澜注:《文心雕龙注》卷二,人民文学出版社,1958年,第92页。

行》诗云：

> 苦哉远征人，飘飘穷四遐。南陟五岭巅，北戍长城阿。深谷
> 邈无底，崇山郁嵯峨。奋臂攀乔木，振迹涉流沙。隆暑固已惨，
> 凉风严且苛。夏条焦鲜藻，寒冰结冲波。胡马如云屯，越旗亦星
> 罗。飞锋无绝影，鸣镝自相和。朝食不免胄，夕息常负戈。苦哉
> 远征人，抚心悲如何。①

这是一首乐府诗，属相和歌辞平调曲，诗歌内容是表现边塞军旅之
苦。"南陟五岭巅，北戍长城阿"乃化用《史记》"北有长城之役，南
有五岭之戍"之文字。而事实上，秦王戍五岭，仅止大庾一岭而已。
所以，陆机的这首诗，是将以长城为代表的北方边塞和以大庾岭为代
表的南方边塞进行比较。如"胡马如云屯"指北方的战争情形，"越
旗亦星罗"则指南方的征战场面。表现手法上，则主要用南北环境来
体现军旅苦辛，如大庾岭的嵯峨崇山、高大乔木、炎热酷暑与北方边
塞的流沙、凉风、寒冰等，这些极端环境的描写，使得南北边塞的军旅
生活形成了鲜明对比。陆机的这首诗让大庾岭和北方联系了起来，
使南北边塞在文学中形成一种空间意义上的比较，这是大庾岭在文
学表达中的又一突破。陆机的另外一首诗，《赠顾交趾公真诗》云：

> 顾侯体明德，清风肃已迈。发迹翼藩后，改授抚南裔。伐鼓
> 五岭表，扬旌万里外。远绩不辞小，立德不在大。高山安足凌，
> 巨海犹萦带。惆怅瞻飞驾，引领望归斾。②

---

① 《陆机集校笺》卷六，第 343 页。
② 《陆机集校笺》卷五，第 271 页。

此诗再次体现了大庾岭为中国与南疆分野的观念，"伐鼓五岭表，扬
旌万里外"即指南裔地域乃自大庾岭开始，此分野观念虽在《九思》
中已有表达，然而这首作品另一个重要意义在于它是一首送行诗。
在唐代的大庾岭诗歌中，送行诗数量非常多，陆机这首诗可视为大庾
岭送行诗之滥觞。

　　在陆机、潘岳等所引领的"太康诗风"之后，玄言诗兴起，文人热
衷于玄学和清谈。尽管庾阐、谢琨等人的山水诗在一定程度上扭转
了这一趋势，但真正使之发生变化的，却是刘宋时期的谢灵运，他所
创作的山水诗对当时诗风的转变产生了巨大的影响。刘勰《文心雕
龙·明诗》说"宋初文咏，体有因革，庄老告退，而山水方滋"[1]，即指
此。然而，较少人关注到，谢灵运对于大庾岭文学的发展，同样有着
巨大的意义，因为他有两首山水作品就是专门写大庾岭山水的，分别
为《岭表赋》和《岭表》诗。下面重点看一下《岭表赋》，赋曰：

　　　　见五湀之东写，睹六水之南挥，□灵海之委输，孰石穴之
永归。
　　　　若乃长山款跨，外内乖隔，下无伏流，上无夷迹，麋兔望冈而
旋归，鸿雁睹峰而反翮。既陟麓而践坂，遂升降于山畔。顾后路
之倾巇，眺前磴之绝岸。看朝云之抱岫，听夕流之注涧。罗石棋
布，怪谲横越。非山非阜，如楼如阙。斑采类绣，明白若月。萝
蔓绝攀，苔衣流滑。[2]

顾绍柏云此赋作于元嘉十年（433）谢灵运流放广州途中，岭表即指

————————

[1]《文心雕龙注》卷二，第92页。
[2]《谢灵运集校注》，第371页。

大庾岭,当是。《宋书》有谢灵运传,对此行所记甚明,谢灵运因会稽太守孟𫖮的奏疏被迁临川内史,之后又作反诗,被徙广州①。从江西临川至广州,取大庾岭路最为便捷,且庾岭南北皆为水路,中途也只需要翻越庾岭这一座山。此外,从《岭表赋》的内容来看,"升降于山畔"正是描述越岭的状态;"长山款跨,外内乖隔",又是大庾岭"天地所以隔外内也"特征的体现,故此赋当作于大庾岭无疑。

　　谢灵运这篇作品,在其众多赋作中,并不突出,也未受到学界太多关注。然而,对于大庾岭地域文学的发展,却是意义重大。此赋为迄今能找到的第一篇专门描写大庾岭的作品,自汉以来,虽不断有相关作品涌现,但大庾岭多以地点、地域概念呈现,且创作地点亦难明确。而谢灵运此赋非常明确是翻越大庾岭时所创作,描写了其当时的真实观感,属于不折不扣的大庾岭文学代表作。《岭表赋》的文字内容,对于了解唐前大庾岭的真实面貌是极为珍贵的史料,而谢灵运在作品中所展现的思想观念、创作手法、文学意蕴等,更对后世大庾岭文学创作产生了极大的影响。具体来看,《岭表赋》对于大庾岭地域文学的意义有以下三个方面:

　　其一,开大庾岭贬谪文学之先河。在唐代涉及大庾岭的诗歌中,有许多作品由被贬谪的文人创作。由于岭南是唐代贬谪官员的主要流放地,如张说、宋之问、阎朝隐、房融、刘长卿等等,这些诗人都是因贬谪而取道大庾岭,并创作了相关作品,可以说,贬谪诗是大庾岭文学中的主流。不过大庾岭贬谪文学的发端,却并非宋之问等神龙逐臣的作品,而是谢灵运的《岭表赋》。当然,既然说《岭表赋》为贬谪作品,则还须对谢灵运此行性质进行界定和考察。

　　之所以要界定,是因为谢灵运被押送至广州后不久即被弃市,

---

① 《宋书》卷六七,第1775—1777页。

那么谢灵运过大庾岭时是否知晓自己被判死刑呢？《宋书·谢灵运传》记载："上爱其才，欲免官而已。彭城王义康坚执谓不宜恕，乃诏曰：'灵运罪衅累仍，诚合尽法……可降死一等，徙付广州。'"① 从记载来看，谢灵运在临川得到的诏书，是迁谪而非处决的命令，故其自然是以流贬官员的身份出发。那么谢灵运又是何时变成一名死囚的？张小夫《谢灵运流放广州时间及死因考》对谢灵运流放广州的过程有详考，认为谢灵运是在到达广州徙所之后，因其密谋劫囚之事败露，才被处以极刑②。由此可明确，谢灵运在到达大庾岭时，尚不知自己将死。赋作所体现的谢灵运心态，同样可证明这一点。谢赋以"见五溆之东写，睹六水之南挥"起兴，颇有豪迈之气，而无绝望之情；"下无伏流，上无夷迹，麇兔望冈而旋归，鸿雁睹峰而反翻"，看似表现大庾岭的荒芜和偏远，实则体现了诗人对岭南环境的畏惧，若此刻谢灵运已是死囚，又何需恐惧这些环境？所以《岭表赋》为贬谪作品是明确的。

《岭表赋》是大庾岭贬谪文学的开山之作，其写作范式对后世贬谪诗歌的创作亦产生了较大的影响。在赋中，谢灵运的核心范式体现为：一，首先指出大庾岭分隔内外之特点。赋云"若乃长山款跨，外内乖隔"，翻过大庾岭就意味着离开了中原文明，此为大庾岭的文化象征对作者的强烈暗示，从而导致作者的情绪变化与创作动机的出现。二，对大庾岭的高绝、荒芜景象进行描摹刻画。"麇兔望冈而旋归，鸿雁睹峰而反翻"，大庾岭实在是太高、太远了，连这些飞禽走兽都不愿意越过大庾岭，与诗人的遭遇形成强烈对比，再一次衬托出作者的悲凉之感。谢灵运这一写作手法，在唐代的庾岭贬谪诗中常

---

① 《宋书》卷六七，第 1777 页。

② 张小夫：《谢灵运流放广州时间及死因考》，《兰州学刊》2005 年第 3 期。

能见到,如宋之问《度大庾岭》云"度岭方辞国,停轺一望家。魂随南翥鸟,泪尽北枝花"①,同样是先指出大庾岭分隔中外的象征意义,然后以回雁等意象渲染,与谢赋手法如出一辙。

其二,促进了大庾岭诗歌典型意象的形成。谢灵运在《岭表赋》中说"麋兔望冈而归,鸿雁睹峰而回",似乎是在描述一种自然的现象,说麋兔、鸿雁看到大庾岭就要返回。实际上,这是诗人将自然现象拟人化的一种表现手法,意在表现大庾岭的高绝偏远。至于麋兔、鸿雁到达大庾岭后返回的现象是否真实存在,已经不重要了。谢灵运将这些自然生物重新进行人格化的塑造,赋予其独特的文化寓意,以表达思归这一更深层次的精神内涵。谢灵运之后,不断有诗人效仿这种表现手法,尤其是鸿雁意象,在大庾岭诗歌中被频繁运用。如宋之问《题大庾岭北驿》"阳月南飞雁,传闻至此回"②,所谓的"传闻",其来源恐怕即谢赋。此外,还有张九龄《二弟宰邑宰南海见群雁南飞因成咏以寄》"鸿雁自北来,嗷嗷度烟景……为我更南飞,因书至梅岭"③;黄庭坚《出迎使客质明放船自瓦窑归》"风行水上如云过,地近岭南无雁来"④,《寄晁元忠十首》其六"北书来无期,雁不到梅岭"⑤;曾丰《自广归至南康与蔡承之黎夏卿刘成叟相见》"岭隔不容南至雁,水分无复北来鱼"⑥等等。至明清之后,以回雁描写大庾岭的例子已经不胜枚举。很明显,后世庾岭作品中,"庾岭回雁"已经

①《沈佺期宋之问集校注·宋之问集》卷二,第 428 页。
②《沈佺期宋之问集校注·宋之问集》卷二,第 427 页。
③《张九龄集校注》卷四,第 328 页。
④(宋)黄庭坚著,刘尚荣校点:《黄庭坚诗集注》卷一〇,中华书局,2003 年,第 1093 页。
⑤《黄庭坚诗集注》卷一二,第 1182 页。
⑥ 傅璇琮等主编:《全宋诗》卷二六〇五,北京大学出版社,1998 年,第 30279 页。

成为一个经典的意象,一个大庾岭文学中的文化符号,溯其源流,始于《岭表赋》。

其三,是大庾岭山水作品中的佳作。在《岭表赋》中,谢灵运对大庾岭的景色同样不吝文笔,有着精彩的描绘。如登顶大庾岭后的描写"见五溪之东写,睹六水之南挥",诗人以第一视角展示所见景观,"五溪"和"六水"即为岭之南北水系,在诗人笔下呈现出气势磅礴的景象;有大庾岭整体景观的描写"若乃长山款跨,外内乖隔,下无伏流,上无夷迹",为读者展现出一座绵延不绝的山脉,将陆地分隔开来;有大庾岭近景的描写"顾后路之倾巇,眺前磴之绝岸。看朝云之抱岫,听夕流之注涧。罗石棋布,怪谲横越。非山非阜,如楼如阙。斑采类绣,明白若月。萝蔓绝攀,苔衣流滑",在谢灵运的笔下,大庾岭是绝美的,朝云环绕山峰,流水汇成溪涧,岩石星罗棋布、姿态万千,石上青苔流滑,萝蔓绝攀,真是一派原始的大山景象。然而,在这绝美的自然景观中,似乎又透着一种不同寻常的气氛,往后是倾斜的山峰,往前是绝壁山崖,所见的石头怪谲横越,这些描写实为作者心境的体现,表现出对前途的担忧,对前往岭南的恐惧。谢灵运本就是山水写作的大师,其对景物的描摹细致入微,善于揣摩景物特点,通过对文字的"雕琢",恰如其分地融入其主观色彩,使得景物既呈现出多变的姿态,体现作者内心情感,又不失其自然之色。可以说,《岭表赋》极好地体现了谢灵运山水写作技巧,对大庾岭的风光刻画极致传神,这样的作品即便置于后世也是少见的,是当之无愧的山水佳作。

需要注意的是,除了《岭表赋》,谢灵运在大庾岭上还创作了一首《岭表》诗,诗云:"照涧凝阳水,潜穴□阴□。虽知视听外,用心不可无。"[1] 此诗顾集据《北堂书钞》卷一五八收录,中缺两字,已不可

---

[1]《谢灵运集校注》,第202页。

考。玩诗意,诗当作者借山水物象暗喻己况。谢灵运无论被贬临川,还是被徙广州,皆受人谗害,到达庾岭后,想到即将离开中原,诗人终于开始反省过往,当其看到庾岭上的山涧和潜穴,阴阳对照,幡然醒悟自己的境遇实因放荡不羁和不设防备所致,故云"虽知视听外,用心不可无"。此外,谢灵运在大庾岭上诗赋并作的现象,也说明大庾岭在客观上会对文人创作形成影响,无论是交通方式的变换,还是大庾岭分隔南北的象征,抑或大庾岭本身的景观,都会对文人的创作欲望产生刺激。正因如此,随着大庾岭交通的发展,其相关作品也越来越多,谢灵运的创作首次揭示出大庾岭与文人创作间的地域性关系。

自谢灵运山水诗之后,诗歌的发展又经历了以沈约为代表的永明体和以萧衍、萧统等为代表的宫体诗阶段。大庾岭这一片区域,随着其在南朝地位的不断提高,尤其随着萧氏在始兴的经营、陈霸先在庾岭的崛起,许多在当时文坛中有重要影响的人物,都曾来到大庾岭。如"竟陵八友"中的范云、时称"阴何"中的阴铿,还有江总、柳恽等等,而且他们中的大多数都曾创作大庾岭作品。

范云,南齐萧子良集团的核心人物,与谢朓、沈约、王融、萧衍、萧琛、任昉、陆倕合称"竟陵八友"。这一批文学家是当时的文坛领袖,并致力于永明新体诗的尝试,为唐代格律诗的发展打下了基础。范云曾在大庾岭区域为官,颇有善政。据《梁书·范云传》云:"复出为始兴内史。郡多豪猾大姓,二千石有不善者,谋共杀害,不则逐去之。边带蛮俚,尤多盗贼,前内史皆以兵刃自卫。云入境,抚以恩德,罢亭候,商贾露宿,郡中称为神明。"[1] 就在这次赴任途中,范云创作了一首诗歌,名为《酬修仁水赋诗》,诗云:

---

① (唐)姚思廉:《梁书》卷一三,中华书局,1973 年,第 230 页。

三枫何习习,五渡何悠悠。且饮修仁水,不挹背邪流。①

在这首诗中,出现的地点是修仁水,那么修仁水在何处? 据《元和郡县图志》记载:"又有修仁水,出(始兴)县东北东峤山,仍有三枫亭、五渡水。齐范彦龙为始兴守,至修仁,酌水赋诗曰……"② 东峤山即大庾岭,以此可知诗中的修仁水、三枫、五渡皆为大庾岭南麓地名。诗当为范云翻越大庾岭至修仁水所作。大庾岭俗传"经大庾则清秽之气分,饮石门则缁素之质变",吴隐之为广州刺史时,担心"越岭丧清",故至石门后,特意饮石门水,并赋诗明志云:"古人云此水,一歃怀千金。试使夷齐饮,终当不易心。"③ 或许是受到吴隐之的影响,也或许是对始兴"边带蛮俚,尤多盗贼"之政况已有风闻,故到达修仁水后,正在苦思如何治理始兴的范云陡然听到"修仁"之名,颇合其心中所想,不由间豁然开朗并欣然赋诗,以明其志。范云诗风格明净,《诗品》称其诗:"清便宛转,如流风回雪。"④《酌修仁水赋诗》同样体现了范诗之特点,诗风清新自然,声调婉转流畅,借山水抒发已志,气格警拔,兼具风骨,是范云较为成熟的作品,也是大庾岭文学作品中难得的佳作。

　　阴铿,梁、陈著名文学家、诗人,与何逊并称"阴何"。关于阴铿生平,《陈书》《南史》皆有记载,但都十分简略。戴伟华、顾农、赵以武等学者都曾考证阴铿生平。其中赵以武据《隋书·经籍志》关于阴铿任"陈镇南司马"的记载,考定阴铿在555年至559年间,投靠广州刺史萧勃,后依欧阳颁,期间创作《游始兴道馆》诗。559年,阴

---

① 《先秦汉魏晋南北朝诗·梁诗》卷二,第1551页。
② 《元和郡县图志》卷三四,第902页。
③ 《晋书》卷九〇,第2341—2342页。
④ (南朝梁)钟嵘著,曹旭集注:《诗品集注》,上海古籍出版社,2011年,第412页。

铿越大庾岭北上建康往依始兴王陈伯茂①。以此知阴铿在大庾岭的大致出入,其《游始兴道馆》是可确定的大庾岭作品,反映了该地域的道教情况。事实上,两晋南北朝时期,大庾岭地域道教颇盛,葛洪、许逊等著名道教人物都曾来此修行,晋末起兵大庾岭的卢循亦为天师道弟子。据《舆地纪胜》记载:"玲珑岩 在始兴县南。石峰平地,拔立奇秀,中旋一室,虚旷幽邃。古谓葛仙翁炼丹于此岩。"又有二仙坛:"在大庾岭,踞山巅。旧传刘、许二仙烹炼于此。今有仙茅,惟近坛者妙。"②阴铿《游始兴道馆》即在此背景下创作,其诗云:

> 紫台高不极,清溪千仞余。坛边逢药铫,洞里阅仙书。庭舞经乘鹤,池游被控鱼。稍昏蕙叶敛,欲暝槿花疏。徒教斧柯烂,会自不凌虚。③

这首诗描绘了诗人游始兴道馆的情景,对于道馆的景物刻画细致入微,体现了阴铿五言诗的特点。然而,阴铿作诗往往过于注重对辞藻的雕琢,导致视野不够开阔,缺乏对现实题材的反映,这些问题在这首诗中也体现得很明显,我们几乎无法从这首诗中得到更多地域与社会信息,看到的仅仅是一座精致的道馆。

江总,南朝陈著名的文学家,据《陈书·江总传》:"总第九舅萧勃先据广州,总又自会稽往依焉。梁元帝平侯景,征总为明威将军、始兴内史,以郡秩米八百斛给总行装。会江陵陷,遂不行,总自此流

---

① 赵以武:《阴铿生平考释六题》,《文学遗产》1993 年第 6 期。

②《舆地纪胜》卷九三,第 2966—2967 页。

③(南朝陈)阴铿著,张帆、宋书麟校注:《阴铿诗校注》,兰州大学出版社,1989年,第 22 页。

寓岭南积岁。"① 从记载可知,萧勃为江总的第九舅,适逢侯景之乱,江总赴广州往依其舅,自此流寓岭南多年,期间还曾在始兴任官。江总有两首大庾岭作品,分别为《经始兴广果寺题恺法师山房诗》和《诒孔中丞奂诗》。其《经始兴广果寺题恺法师山房诗》云:

> 息舟候香埠,怅别在寒林。竹近交枝乱,山长绝径深。轻飞入定影,落照有疏阴。不见投云状,空留折桂心。②

这是一首五言律诗,当作于江总任始兴内史之时,反映了当时大庾岭区域的佛教发展,陈寅恪曾据此诗考察六朝时期著名高僧真谛和智恺在始兴的译经活动③。此诗格律较为成熟完善,对景物的描写细致入微,又融入了个人对佛理的感悟,使得整首作品颇具佛禅意境,可谓是大庾岭佛教诗的开山之作。另一首《诒孔中丞奂诗》云:

> 我行五岭表,辞乡二十年。闻莺欲动咏,披雾即依然。畴昔同寮寀,今随年代改。借问藏书处,唯君故人在。故人名宦高,霜简肃权豪。谁知怀九叹,徒然泣二毛。步出东郊望,心游江海上。遇物便今古,何为不惆怅。初晴原野开,宿雨润条枚。丛花曙后发,一鸟雾中来。淹留兰蕙苑,吟啸芳菲晚。忘怀静躁间,自觉风尘远。白社聊可依,青山乍采薇。钟牙乃得性,语默岂同归。④

---

① 《陈书》卷二七,第345页。
② 《先秦汉魏晋南北朝诗·陈诗》卷八,第2589页。
③ 陈寅恪:《梁译大乘起信论伪智恺序中之真史料》,《金明馆丛稿二编》,生活·读书·新知三联书店,2015年,第147—149页。
④ 《先秦汉魏晋南北朝诗·陈诗》卷八,第2580页。

诗开篇云"我行五岭表,辞乡二十年",据《陈书·江总传》"天嘉四年,以中书侍郎征还朝,直侍中省"①,可知此诗当为江总经大庾岭还朝时作,时江总已流寓岭南十余年,云"二十年"当取成数。江总诗歌,多浮艳靡丽,为"宫体诗"代表人物之一。然而江总流寓在外的作品,却每有佳作,就如这首诗,对思归情感的表达十分真切,从"谁知怀九叹,徒然泣二毛"之语,完全能够体会诗人对自己命途的感慨和悲伤,而从"初晴原野开,宿雨润条枚""忘怀静躁间,自觉风尘远"等句,又能看到诗人面对逆境仍能恬然自适,诗歌的思想境界也因此得到升华,相对于其他的宫体诗作,这首诗表现的是更为真实的江总,是那位才华横溢的江总。

南朝诗歌在江总的艳词声中缓缓落下帷幕,大庾岭文学的创作也在江总之后暂告一段落。通过考察唐前文人活动与文学创作,可对大庾岭唐诗之路的形成有更为深入的认识。唐代大庾岭诗歌创作受到其特有地理空间与文学观念的影响。唐初文人对大庾岭的文学观念也并非突然形成,而是来自更为久远的文学传承。纵观唐前大庾岭文学发展,从汉赋发展至新体诗,从边塞文学发展至山水、贬谪、行旅文学,大庾岭地域空间的文学演进呈现出与主流文学高度一致的嬗变轨迹,同时又明显受到大庾岭地域特征的影响。其文学空间形象不断丰满,创作题材不断丰富,诗歌类型不断分化,为后世大庾岭诗歌的发展奠定了基础。大庾岭作品肇始于两晋,发展于六朝,这是大庾岭地域文学形成和演变的阶段,也是唐代大庾岭诗路文学的渊源。

---

① 《陈书》卷二七,第 345 页。

第二章　唐代大庾岭诗路的文人活动

　　唐代中原与岭南的交流愈加频繁。张九龄《开凿大庾岭路序》云："海外诸国,日以通商,齿革羽毛之殷,鱼盐蜃蛤之利,上足以备府库之用,下足以赡江淮之求。"① 可见唐王朝对海外贸易与南方物产的需求日益提升。另一方面,中原的货物也在源源不断地输入岭南,通商海外。正是在这种背景下,张九龄才奏请重开大庾岭路。驿道的开通,极大促进了岭南地区的发展和南北地域交流,不仅是商队和百姓,大量文人也会往来于此并进行文学创作活动,大庾岭诗歌创作由此兴起。然而,唐代大庾岭究竟有多少文人来过? 有哪些作品呢?

　　目前有所涉及的相关研究多集中于对贬谪文人的考察。据尚永亮统计,唐五代三百四十余年间,有姓名可考并有贬地记载的贬官共2828人次,在南方诸道中,数量最多的是岭南道,高达436人次② 。正因如此,唐代岭南贬谪现象引起众多学者的关注,成果颇丰③ 。这些

① 《张九龄集校注》卷一七,第890—891页。

② 尚永亮:《唐五代贬官之时空分布的定量分析》,《上海大学学报(社会科学版)》2007年第6期。

③ 相关成果主要有,尚永亮:《贬谪文化与贬谪文学——以中唐元和五大诗人之贬及其创作为中心》,兰州大学出版社,2004年;梁瑞:《唐代流贬官研究》,中州古籍出版社,2015年;左鹏:《唐代岭南流动文人的数量分析》,《中国历史地理论丛》2011年第1期;古永继:《唐代岭南地区的贬流之人》,《学术研究》1998年第8期;梁智谦:《唐代岭南贬谪诗歌研究》,硕士学位论文,郑州大学文学院,2019年。

成果反映了与庾岭相关的几个问题：其一，唐代贬谪文人最多应是岭南道和江南西道，这两个地区的贬谪人数几乎与整个北部地区持平，而大庾岭正是该区域的主要通道。其二，岭南道贬谪文人相对集中于北部和东部以桂州、广州为轴线的各州；在江南西道，江州、饶州、连州、虔州为高密度区域，说明大庾岭区域为唐代贬谪主要目的地。其三，贬谪文人主要有两条通道抵达岭南，一条为赣江至大庾岭路，另一条是湖湘至骑田岭路。通过以上三点，可推断唐代应有不少贬谪文人曾到过大庾岭，但具体有哪些，目前并没有系统的考证。事实上，当前研究关于唐人贬谪南下路径的考查仍存在许多问题，如神龙元年，宋之问、沈佺期、杜审言、阎朝隐、房融等一批逐臣被贬岭南，但是他们所取的路线却各不相同，究竟是什么原因导致了不同的路线选择？此外，张说、刘长卿、韩愈、李德裕、李绅等贬谪文人的南下路线亦存在许多模糊之处，有待更为深入的考证。

当然，唐代来到大庾岭区域的文人，不仅仅只有贬谪文人，还有更多其他身份的文人，如赴任官员、游历文人、乡试学子、差遣使者、传法僧侣等等，这些文人活动的情况至今还未得到系统的梳理考证，以致当前相关研究多集中于张说、宋之问、沈佺期、刘长卿等常见贬谪文人。此外，似李白、杜甫、白居易、李商隐等，这些文人未曾到过大庾岭，但亦有庾岭之作，这些作品的创作情况也是不清楚的。由此可见，对大庾岭地域的文人活动进行全面梳理，是深入研究大庾岭诗歌的基础与前提。

第一节　唐代大庾岭本土文人活动

本土文人，即指有本土籍贯的文人。唐代大庾岭地域属边徼之地，且到处是崇山峻岭。据《旧唐书》记载，初唐时，岭北虔州还只是人口不足四万的小城,岭南始兴等地的人口则更少①。在唐人笔下,到了大庾岭就等同到了岭南,须向繁荣的中原文化告别,故宋之问会说"度岭方辞国"②,白居易亦云"南迁更何处,此地已天涯"③。既然虔州都已是天涯之外,那么位于庾岭之南的浈昌、始兴,更是不折不扣的荒服。张九龄《酬周判官巡至始兴会改秘书少监见贻之作兼呈耿广州》云"揽辔但荒服,循陔便私第"④,便是说自己的家乡处于荒服之地。以上材料与作品皆表明,大庾岭在唐朝属南方边疆地域,人少地偏,文教落后,属于典型的弱势文化区。戴伟华《唐代文化弱势区的诗歌创作》指出:"文化需要积累,本土文士的出现,相对也有一个文化积累期,弱势文化区的文化积累更为缓慢,大致要到中唐时才会有文士出现。……唐代岭南本土诗人极少。"⑤这一判断基本是准确的,如果只依靠本土积累,唐代大庾岭地域的文人产出势必缓慢。然而,对于大庾岭来说这一规则又有不同,经考证,大庾岭地域在初唐即有文人产出,这显然不太符合文化弱势区的规则,但又是实际的情况,体现出大庾岭独特的地域特征。终唐一代,大庾岭本土产出的文人虽不算多,但也有不少。下面分南北区域具体阐述:

一、虔州区域

关于某地文士的记录和统计,多见于地方志书,唐时亦有地方志

---

① 据《旧唐书》卷四〇:"虔州中……旧领县四,户八千九百九十四,口三万九千九百一。"卷四一:"……复为韶州。旧领县四,户六千九百六十,口四万四百一十六。"曲江为韶州领县之一。第 1606、1714 页。

②《沈佺期宋之问集校注・宋之问集》卷二,第 428 页。

③《白居易诗集校注》卷一七,第 1345 页。

④《张九龄集校注》卷一,第 102 页。

⑤ 戴伟华:《唐代文化弱势区的诗歌创作》,《东方丛刊》2006 年第 2 期。

书,称图经。《太平寰宇记》有关于《虔州图经》的记载①,惜久已散佚,由此,《赣州府志》则为重要的信息来源。《赣州府志》早期版本有明代董天锡与谢诏撰修的版本,其中关于唐代本土文人的记载寥寥无几。当前关于唐代虔州籍文人的统计研究较少且集中于对进士的统计。如《赣州地区志》曾统计唐代虔州进士 3 位,但未列具体姓名②。陶易《唐代进士录》散录两位虔州籍进士,分别为綦毋潜和赖棐,其中将綦毋潜籍贯分列虔州与荆南两处③。郑翔《江西历代进士全传》统计唐代虔州籍进士 3 位,除綦毋潜和赖棐,还有虔州兴国籍进士李迈④。

　　唐代虔州作为不发达地区,进士产出稀少是可以理解的,但若说终唐一代近三百年时间,虔州才产出 3 位进士,显然不太合理。一方面,唐代科举是中央收纳人才的重要手段,每一年对各地区贡士名额有明确规定,《唐摭言》卷首《贡举厘革并行乡饮酒》载:“上州岁贡三人,中州二人,下州一人;必有才行,不限其数。”⑤可知上、中、下州贡生名额各有不同,又据《旧唐书》,虔州在初盛唐时为中州⑥,则每年应有两名贡士名额。事实上,虔州在元和时期已升为上州⑦,每年名额还可增加一位。尽管虔州实际岁贡未必足数,但近三百年累积的基数非常大,其产出必不止 3 位。另一方面,尽管虔州在唐代属于边缘地域,但张九龄开大庾岭驿道后,交通的发展使得虔州经济、文化快速提升。

①《太平寰宇记》卷一〇八,第 2174 页。

② 江西省赣州地区地方志编纂委员会:《赣州地区志》,新华出版社,1994 年,第 2337 页。

③ 陶易:《唐代进士录》,安徽大学出版社,2010 年,第 69、108 页。

④ 郑翔:《江西历代进士全传》,上海古籍出版社,2016 年,第 2733—2734 页。

⑤ (五代)王定保:《唐摭言》卷一,中华书局,1959 年,第 1 页。

⑥《旧唐书》卷四〇,第 1606 页。

⑦《元和郡县图志》卷二八,第 672 页。

傅璇琮《唐代科举与文学》指出：“中唐以后，中原一带的文化是在逐步向边缘地区扩展，这也使得进士应试与及第者的地区分布较前广泛。”① 基于以上两点，可断定当前的统计只是局限于材料的结果。

当然，本土文人也并非只有进士，还应包括以常科非进士试、制科等其他途径获取功名的文人，甚至是未取得功名的读书人。如唐代著名诗人罗隐，终生未取得功名。所以，要弄清楚虔州本土文人的情况，还需更为深入的考证。下表为经考证后虔州本土文人的活动情况。

表2-1 大庾岭本土文人活动情况（虔州地区）

姓名	里贯	及第或任官情况	大庾岭活动情况	相关作品	人物出处
钟绍京	兴国	武周（690）前荐辟任官，官至中书令，封越国公	年少时在虔州地区活动，留有书堂和碑书	书法代表作《灵飞经》	《旧唐书》卷九七
綦毋潜	南康	开元十四年（726）进士	及第前在家乡	《河岳英灵集》有诗集一卷	《河岳英灵集》卷中
赖棐	雩都	乾元二年（759）进士	授秘书郎不就，退居乡里	《姚南仲行书》佚	《元和姓纂》卷八
杨知新	雩都	大中八年（854）前乡贡进士	大中至咸通间在虔州	《福田寺三门记》	《盘洲集》卷三二
李迈	赣县（兴国）	咸通四年（863）进士	及第后即南归，大部分时间在家乡		嘉靖《赣州府志》卷九
钟辐	南康	咸通年间进士	及第之前在家乡	《卜算子慢》	《唐摭言》卷八
谢肇	赣县（兴国）	以武功任官，乾符元年（874）在韶州刺史任	任官皆在大庾岭南北	《韶州重修东厅壁记》佚	《舆地纪胜》卷九○
谢鹗	南康	唐末进士	及第前在家乡	《上国柱朱府君墓志铭》	《稽神录》卷一

---

① 傅璇琮：《唐代科举与文学》，陕西人民出版社，1986年，第205—206页。

从上表统计来看,唐代虔州地区可考本土文人共有 8 位,其中钟绍京以荐辟任官,谢肇以武功任官,皆进士科以外之途径。当然,进士仍有 6 位,占所有文人的 75%,是本土籍文人的主流。此外,深入分析以上信息,还可得出三个方面的结论:

其一,从文人产出时间来看,从初唐至晚唐,虔州皆有文人产出。最早是钟绍京,初唐著名宰相,官至中书令,封越国公。其次是綦毋潜,为盛唐著名诗人,与王维、王昌龄、孟浩然等皆有酬唱往来。此后直至晚唐,再无著名文人出现。这似与前文"弱势文化区"观点形成悖论,体现为两点:第一,虔州很早就有文人产出,没有所谓的文化积累期;第二,前期两位文人名声显赫、影响较大,后出文人相对默默无闻,表现为文教发展的倒退。这是否说明大庾岭地域并非弱势文化区呢? 并非如此,虔州无论是与权力中心场域的距离,还是经济文化发展,皆属偏远落后地区,具有明显的弱势文化区特征。之所以形成悖论,皆因钟绍京和綦毋潜两位文人,他们的出现时间、知名度与弱势文化区的产出能力极不吻合,这是数据分析所体现的结果。事实上,通过深入考察钟绍京与綦毋潜,的确能发现他们的特殊之处。

钟绍京是唐代宰相,著名书法家钟繇之后人。《舆地纪胜》记载:"钟绍京,虔州赣县人。钟繇十代孙,性孝,小时得瓜果,先进二亲。工书,号小钟,以繇工书为大钟也。"[1] 从记载可知,钟绍京家族本为北方大族,南迁至虔州落户。钟绍京自小就体现出好的教养,又得书法传承。《舆地纪胜》还记载虔州有钟绍京书堂[2],说明钟绍京有很好的教育环境,这些都是虔州文教所不能给予的优渥条件。

---

①《舆地纪胜》卷三二,第 1434 页。
②《舆地纪胜》卷三二,第 1430 页。

《旧唐书·钟绍京传》又载："钟绍京,虔州赣人也。初为司农录事,以工书直凤阁,则天时明堂门额、九鼎之铭,及诸宫殿门榜,皆绍京所题……久之,转少詹事。年八十余卒。"[1] 可见钟绍京并非以科举入仕,其得以任官乃家族门荫,而钟绍京的书法又成为他平步官场、名扬四海的重要本领。所以,钟绍京的仕途可以说与虔州并无太大关系,其入京为官后,也极少返回虔州,晚年亦在京城度过,直至死后才归葬虔州。

綦毋潜,唐代著名诗人。关于綦毋潜的籍贯,历来颇多争议,一说虔州人,一说荆南人。究其原因,乃因殷璠《河岳英灵集》赞其"荆南分野,数百年来,独秀斯人"[2]。这句"荆南分野"又导致《元和姓纂》《文献通考》《直斋书录解题》《唐才子传》等各家记载的不同。关于这一问题,马茂元、傅璇琮、傅如一、刘珈珈、蒋方等学者皆有深入考证,綦毋潜为虔州籍已十分清楚。虔州本土并无綦毋姓氏,刘珈珈《綦毋潜生平考辨》从姓氏源流角度分析得出綦毋潜家族应迁自会稽綦毋大族[3]。綦毋潜中进士得益于家学,与虔州文教关系不大,这一点从綦毋潜生平行迹和作品可判断。綦毋潜释褐后,就很少返回虔州,而是回归旧望,弃官后,更是长期生活在江东别业。在綦毋潜的作品中,有很多吴越之作,却难找到一首关于虔州的作品,这也说明了綦毋潜对虔州的态度。

从以上考察可知,钟绍京与綦毋潜皆属移民家族,他们入仕更多依靠家族青箱之学或门荫,而非虔州文教。他们走出虔州后,并未对新故乡表现出太多留恋,钟绍京多在京城,綦毋潜则移居江东。与之

---

[1]《旧唐书》卷九七,第 3041—3042 页。
[2] 傅璇琮:《唐人选唐诗新编》,陕西人民教育出版社,1996 年,第 170 页。
[3] 刘珈珈:《綦毋潜生平考辨》,《江西教育学院学报》1989 年第 3 期。

形成鲜明对比的,是其余几位文人,表现出了极深的家乡情怀。如赖棐及第后,授秘书郎不就,退居乡里,终其一生;杨知新及第后,大部分时间活动在家乡,虔州多处有其碑刻留存;李迈及第后,上谏不成,立即辞官归乡;谢肇一生奔波于大庾岭南北,平复家乡战乱。两相对比,钟绍京与綦毋潜的特殊性愈加明显。当然,不能因为特殊就避而不谈,因为他们的确是虔州籍文人,恰恰是他们两位,反映出大庾岭偏居一隅却又地处要冲的地域特征,同时也是中原文明南移的典型例证。

其二,从文人作品来看,除了李迈,其他文人都有相关作品信息,有诗歌作品的仅綦毋潜一人。《全唐诗》还收有虔州钟辐作品《卜算子慢》①,但严格来说,这是一首词作,且写的是男女怨情,难以考察创作背景。尽管虔州文人只出现了綦毋潜一位诗人,但他影响极大,殷璠《河岳英灵集》称其"数百年来,独秀斯人"②,王维《别綦毋潜》称赞其"盛得江左风,弥工建安体"③。可以说,綦毋潜是唐代虔州乃至于江西最有影响力的诗人。然而正是这位让虔州引以为傲的诗人,却无一首描写家乡的作品,这不能不说是一件让人遗憾且疑惑的事情。反倒是其友人王维,在綦毋潜落第返乡时写了一首诗送给他,叫《送綦毋潜落第还乡》,此诗并未指明綦毋潜返回何处,但从诗句"遂令东山客,不得顾采薇……远树带行客,孤城当落晖"④来判断,綦毋潜所还之乡十分偏远荒僻,与虔州较为吻合。綦毋潜的创作情况亦反映了移民家族子弟对虔州的看法,一方面吴越在唐代已颇为繁荣,乃"佳丽之地",綦毋潜对旧望是真心向往,《全唐诗》收录潜诗凡

---

① 《全唐诗》卷八九一,第 10071 页。
② 《唐人选唐诗新编》,第 170 页。
③ (唐)王维著,陈铁民校注:《王维集校注》卷三,中华书局,1997 年,第 225 页。
④ 《王维集校注》卷一,第 27 页。

26首,有3首为错收①,明确写吴越胜地的有10首,占总数近半,《春泛若耶溪》更是其代表作,可见綦毋潜对于旧望毫不吝啬其笔墨;另一方面,虔州虽是綦毋潜家族的新望,却无法给予诗人好的教育与发展平台,甚至会对其发展产生阻碍,这是当时虔州文教的现实情况,唐代学子参加科举讲究出身,綦毋潜想要获取功名,仍需依靠旧望,潜诗不及虔州,此盖为其根由。

其三,从籍贯的分布位置来看,有兴国、于都、赣县与南康几个地点,兴国在唐时亦隶属赣县。这几个地方,恰好都是靠近大庾岭水运交通的地方。《元和郡县图志·赣县》记载:"贡水西南自南康县来,章水东南自雩都县来,二水至州北合而为一,通谓之赣水。"②以上文人产出地点,无一不是在这条水运线上,这也说明文教的发展与交通存在密切的关系。在虔州产出的8位文人中,有3位来自兴国,分别为钟绍京、李迈和谢肇,占比较高。兴国位于虔州最北端,与吉安接壤,西南部连接着赣江,为赣江水路重要节点。水流湍急的十八滩至此渐渐平缓,故兴国之水名潋江。《兴国县志》载:"兴国诸水,以潋、滧为纲。潋、滧既合,则名平川。旧志以为江水至此渐平,故名。"③外来家族经历长途跋涉,特别在经过以险著称的十八滩后,水势顿缓,陡然见到如桃园般的腹地,难免生出安顿之心,钟氏家族的出现概因于此。当然,除了钟绍京,李迈和谢肇则表现为交通优势对本土家族学子的影响,譬如信息获得、外出游历、随贡赴考等。相反,如果交通不畅,文人的产出则较为困难,虔州更外围的石城、瑞金、会昌、

---

① 3首错收诗分别为方干《经陆补阙隐居》、孟浩然《过融上人兰若》和薛据《早发上东门》。参见陈贻焮:《增订注释全唐诗》,文化艺术出版社,1997年,第1册第998—999页。

②《元和郡县图志》卷二八,第673页。

③ 兴国县志编纂委员会校注:《兴国县志(同治十一年)》卷五,兴国县志编纂委员会,1986年,第46页。

寻乌、定南等地，由于远离赣江交通，则没有进士出现。以上皆说明良好的交通为文人的产出提供了可能。

二、浈昌、始兴区域

将浈昌和始兴合为一个区域进行考察，是基于大庾岭的地域概念。据《元和郡县图志》"光宅元年，析始兴北界置浈昌县。北当驿路，南临浈水"①，大庾岭以南本皆始兴地域，唐代光宅元年又从中分置浈昌，即今南雄市，就在大庾岭脚下。从流域角度来看，浈昌、始兴属浈水流域。目前并无专门对该区域文人活动的研究，关于韶州的研究有一些（此二县唐代隶属韶州），如20世纪30年代，何格恩曾写过《唐代的韶州》，文章对唐代广东本土人物有概要性的提及，主要有慧能、张九龄、莫宣卿、郑愚等，认为唐时广东人物以韶州为最盛②。此外，一些关于岭南文人的研究也涉及韶州，陈凤谊《唐五代岭南诗歌研究》统计唐代韶州进士有张九龄、张仲方、刘轲、何承裕、胡宾王5位③，刘海波《唐代岭南进士与文学》则统计韶州有张九龄、张仲方、张仲孚、刘轲、李端、孔闰6位④，刘志勇《唐代岭南道进士考述》统计韶州有7位进士，但未具名⑤。以上统计可作为考察浈昌、始兴两地文人活动的参考。当然，要全面掌握该区域的文人活动情况，仍然需要更为深入的考证。下表为考证后的信息统计表。

----

① 《元和郡县图志》卷三四，第903页。

② 何格恩：《唐代的韶州》，《民族杂志》1935年，第1227—1235页。

③ 陈凤谊：《唐五代岭南诗歌研究》，硕士学位论文，广西大学文学院，2014年，第11页。

④ 刘海波：《唐代岭南进士与文学》，硕士学位论文，广西师范大学文学院，2007年，第26页。

⑤ 刘志勇：《唐代岭南道进士考述》，《河池学院学报》2009年第4期。

表2-2 大庾岭本土文人活动情况（浈昌、始兴地区）

姓名	里贯	及第或任官情况	大庾岭活动情况	相关作品	人物出处
张宏雅	始兴	显庆四年（659）明经及第	常在始兴活动		《始兴县志》卷三
张九龄	始兴	景龙元年（707）中才堪经邦科，授秘书省教书郎，官至中书令	开凿大庾岭路、数次经过大庾岭路	《曲江集》	《旧唐书》卷九九
张瑝龄	始兴	景龙元年（707）乡贡及第，任番禺令	常在始兴活动		《（道光）广东通志》卷六六
张九皋	始兴	约景龙四年（710）举孝廉及第，官至五府节度经略使	常在大庾岭南北活动	萧昕《九皋碑》	《新唐书》卷一二六
张九章	始兴	始仕南海令，官至岭南经略节度使	常在大庾岭南北活动，贡荔枝	佚名《册祭广利王记》	《新唐书》卷七六
张捷	始兴	开元十年（722）乡贡，端州刺史	常在始兴活动		《（道光）广东通志》卷六六
张拯	始兴	天宝十四年（755）补伊阙令，官终赞善大夫	天宝十四年前在始兴活动		《旧唐书》卷九九
张抗	始兴	侍御史	年少时在始兴		《始兴县志》卷三
张授	始兴	岭南节度使	常在始兴活动		《始兴县志》卷三
张挶	始兴	大历十三年（778）乡贡，昭州刺史	常在始兴活动		《（道光）广东通志》卷六六
张採	始兴	贞元六年（790）乡贡，雷州刺史	常在始兴活动		《（道光）广东通志》卷六六

姓名	里贯	及第或任官情况	大庾岭活动情况	相关作品	人物出处
张仲孚	始兴	贞元十年（794）进士，监察御史，广州节度判官	常在始兴活动		《旧唐书》卷一七一
张仲方	始兴	贞元十二年（796）进士，官终秘书监	及第前及丁母忧时在始兴活动	《赋得竹箭有筼》等	《旧唐书》卷一七一
张藏器	始兴	补寿安尉	未明		《韶州府志》卷四〇
张绍儒	始兴	九皋元孙，明经及第	未明		《始兴县志》卷三
张忠	始兴	明经及第	未明		《始兴县志》卷三
李金马	浈昌	元和间（806—820）才识兼茂科及第，累官户部侍郎	及第前在庾岭		《南雄府志》上卷
孔闰	浈昌	景福二年（893）进士及第，官至朝散大夫	19岁前及晚年在大庾岭南麓		《南雄府志》上卷

统计结果显示，浈昌、始兴区域的文人共有18位，超出虔州两倍有余。且无论是进士还是高官数量，都明显优于虔州。这个结果不仅让人觉得反差极大，而且有点不合常理。从建置和地理位置来看，浈昌、始兴仅为韶州治下的两个县，比虔州地区小太多了，中间又有大庾岭阻隔，属于真正意义上的南荒区域，为何其文人产出却大大超过了虔州？仔细分析信息，会发现在18位文人中竟有16位都来自同一家族，即张氏家族，其中的领军人物，自然就是大唐名相张九龄。那么，张氏在始兴的崛起，是否是一个偶然现象？其所带来的文人兴盛的现象，是否说明大庾岭以南的文教已经优于岭北？该地域文人的诗歌创作情况又是怎样？对于这些问题，可从以下几个方面解答：

其一，张氏的崛起，体现了中央对岭南治理的需求。唐代十分重视对岭南的治理，这一方面是疆土统治的需要，另一方面，岭南对于唐代经济发展有着重要作用。岭南虽偏居一隅，但物产丰富，多奇珍异宝，又可与海外通商，《隋书》记载："自岭已南二十余郡……多犀象玳瑁珠玑，奇异珍玮，故商贾至者，多取富焉。"① 尤其安史之乱后，北方丝绸之路被中断，海外贸易更加依赖于南方，故选择治理岭南的人才变得十分重要，正如韩愈《送郑尚书序》所言："若岭南帅得其人，则一边尽治。"② 无论是岭南设置五管，或与土著亲善羁縻，皆需得力人才，故唐代有南选制度。而"蛮夷悍轻，易怨以变"③，最好的管理人选，是既接受了正统儒家教育，又熟悉岭南之人。正是在这种大背景下，张氏家族登上了历史舞台。张氏本迁自中原，在张九龄、张九皋的墓志铭中，均提及"其先范阳人也"④，可知张氏实由北方范阳迁来。与虔州钟绍京、綦毋潜一样，张氏同样拥有良好的家学传承，《大明一统志》卷八〇记载"张九龄书堂在始兴县南一百里，九龄未仕时所建"⑤，说明张九龄兄弟自小就拥有私家书堂，有良好的读书环境。不唯如此，两《唐书》皆记载张九龄13岁时，便以书干广州刺史王方庆⑥，他投递的文章得到王方庆极高的赞许，同样说明张氏家学的优越。以此可知，张氏弟子接受的是最为正统的儒家教育。然而与虔州钟、綦毋二位不同的是，张氏南迁后，并没有回归旧望的

① 《隋书》卷三一，第887—888页。
② （唐）韩愈著，马其昶校注：《韩昌黎文集校注》卷四，上海古籍出版社，1986年，第284页。
③ 《韩昌黎文集校注》卷四《送郑尚书序》，第283页。
④ 熊飞：《张九龄年谱新编》，香港教育出版社，2005年，第3页。
⑤ （明）李贤：《大明一统志》卷八〇，台北台联国风出版社，1977年，第4921页。
⑥ 《旧唐书》卷九九，第3097页。

打算，而是实实在在扎根于始兴，并对该地产生了浓厚的家乡情怀。正是基于以上原因，张氏成为朝廷管理岭南的最佳人选，史料显示，张九龄兄弟先后任岭南节度使、五府经略使等要职，皆为封疆大吏，其他子弟亦多在岭南各地任一方刺史，可见张氏崛起实为统治之需要也。

其二，张氏的兴盛与延续，源于家族对始兴区域的认同与经营。张氏在岭南的崛起，并非只有九龄一代，从统计表可知，自张宏雅至张忠，张氏在岭南兴旺了至少一百五十多年，有极好的延续性。这与张氏积极扎根始兴是分不开的，具体表现为两个方面：

一方面，据《旧唐书》"（九龄）曾祖君政，韶州别驾"①，说明张氏很早就迁至大庾岭地域，至九龄已历经数代，张氏子弟已经对新的移居地产生认同。从张九龄的诗歌作品，就能发现其对始兴有浓厚的家乡情怀，这一点与虔州綦毋潜形成了鲜明对比。张九龄有大量思乡、归乡之作，如《与弟游家园》《南山下旧居闲放》《始兴南山下有林泉尝卜居焉荆州卧病有怀此地》等，从诗题即可看出诗人对于始兴家乡的认同。其《与弟游家园》云："林乌飞旧里，园果让新秋。枝长南庭树，池临北涧流……栖栖将义动，安得久情留。"②《南山下旧居闲放》："清旷前山远，纷喧此地疏……兴来命旨酒，临罢阅仙书。"③从这些诗句，可以看到诗人对家乡的深厚感情，诗人对于始兴是眷恋的，也唯有在家乡，诗人才能怡然自得，真正放下忧虑，饮酒读书。当张九龄在荆州长史任病重时，更是对始兴无比思念，其《始兴南山下有林泉尝卜居焉荆州卧病有怀此地》云"行行念归路，眇眇惜

①《旧唐书》卷九九，第3097页。
②《张九龄集校注》卷二，第160—161页。
③《张九龄集校注》卷二，第170页。

光阴"①,游子思归之情溢于言表。

　　另一方面,从张九龄及其兄弟的宦绩,可看出张氏家族对大庾岭地域的苦心经营。开元四年,张九龄重新开凿大庾岭路,从此南北通衢,大庾岭逐渐成为中国历史上最为重要的南北通道。张九龄《开凿大庾岭路序》云"初,岭东废路,人苦峻极……故以载则曾不容轨,以运则负之以背"②,指明修路亦为解决家乡百姓出行的疾苦,这是张九龄家乡情怀的体现。更深层次来看,大庾岭道路的开通,对于张氏家族的发展,也是极其有利的。商运的发展给张氏家族带来利益,这一点从张九龄两位弟弟的宦绩可得到印证。张九皋曾任南康郡别驾和南海太守兼五府节度经略使,一生两次封南康爵位。据《九皋碑》:"公召募敢勇,缮治楼船……金贝惟错,齿革实繁。虽言语不通,而赞币交致。公禁其豪夺,招彼贸迁,远人如归,饮其信矣……夫人谭氏……永泰三年,薨南康郡次。"③又《江西通志》记载:"(九皋)在岭南时,端供杨妃织绣之工多至七百人,以所献精靡加三品,颇为时议所疵。"④张九皋宦绩主要体现于对大庾岭南北货物交通的治理,并借助贡奉获得利益,其长期在大庾岭北部任官,并迁居于此,故其夫人一直生活在南康,直至去世。张九龄季弟张九章,同样善于经营,《广东通志》载:"天宝五载为岭南经略节度使,好为民兴利,务在富之,百姓归心,户口倍增。"⑤从记载来看,张九章为官岭南时,同样是以发展经济、利民富民为中心。《新唐书·后妃传》一段记载尤应注意:"于是岭南节度使张九章、广陵长史王翼以所献最,进九章银青

①《张九龄集校注》卷二,第157页。
②《张九龄集校注》卷一七,第890页。
③《全唐文》卷三五五,第3599页。
④(清)谢旻:《(雍正)江西通志》卷六五,台北成文出版社,1989年,第1291页。
⑤(清)阮元等修:《广东通志》卷三〇四,上海古籍出版社,1990年,第5213页。

阶……妃嗜荔支,必欲生致之,乃置骑传送,走数千里,味未变已至京师。"①尽管严耕望《唐代交通图考》提出"天宝荔枝道"之后②,学界偏向于认为唐时荔枝应自蜀中入贡,但亦无法否认南海郡也有荔枝进贡,负责此事者就是张九章。当时的大庾岭南北皆在张氏控制之下,张九章自然可以利用交通便利设法为杨贵妃运送荔枝,以此换取更多仕宦资本。可以说,大庾岭交通与张氏家族的繁荣有着密切的联系。此外,大庾岭的开通亦能方便张氏子弟的科考出仕,此为交通与文人产出之关系,前文已予以讨论,不再赘述。

其三,浈昌、始兴区域文人辈出是文化南移的结果。如前所述,张氏子弟的产出皆因有家学传承,此外,张氏以外的文人还有两位,分别为李金马和孔闰,他们是否是本土培养的文人呢? 经考,李金马为晋愍帝时太常卿李耽后裔,故其先为晋时士族,后南迁至浈昌。孔闰为唐代孔戣任岭南节度使时留下的一脉,而孔戣又是孔子直系后裔,故孔闰同样是来自南迁的家族。由此看来,浈昌、始兴区域产出的文人全部来自外来移民家族,这些南迁的家族,把原本被士族垄断的文化带到南方。所以说,浈昌、始兴区域文人辈出的现象,是典型的文化南移的结果。与虔州的情况比较,虔州的 8 位文人仅两位来自移民家族,从这一角度来看,仍然是大庾岭以北的文教优于南部区域。

其四,开始出现本土文人的诗歌创作。在虔州区域的本土文人中,没有关于大庾岭的诗歌创作,尽管虔州拥有著名诗人綦毋潜。浈昌、始兴区域同样拥有一位大文学家,即张九龄。与虔州相反的是,尽管该区域的文人皆来自南迁家族,却扎根于此,视其为自己的故

---

① (宋)欧阳修、宋祁:《新唐书》卷七六,中华书局,1975 年,第 3494 页。
②《唐代交通图考》卷四,第 1029—1037 页。

乡,由此开始出现本土诗歌的创作。张九龄不仅是初盛唐杰出的政治家,其文学成就同样很高,是推动唐诗发展的关键性人物。胡应麟《诗薮》评价张九龄:"张子寿首创清澹之派。盛唐继起,孟浩然、王维、储光羲、常建、韦应物,本曲江之清澹,而益以风神者也。"①以此可见张九龄在诗坛的地位。张九龄结其诗文为《曲江集》,亦是以家乡地点命名,集中有不少描写家乡的诗歌,展现了庾岭之南的山川风貌。此外,张九龄有专门歌咏庾岭的作品,如《自始兴溪夜上赴岭》就创作于开凿大庾岭之时,诗人自始兴溯浈江而上赴大庾岭,其云"征途屡及此,初服已非然",说明张九龄经常往来于大庾岭,而"日落青岩际,溪行绿筱边""数曲迷幽嶂,连坼触暗泉"等句,则描写了大庾岭南麓黄昏时的景象,并以之暗喻自己的仕途境况②。《和王司马折梅寄京邑昆弟》作于张九龄开凿岭路后,再次赴任左补阙之前,诗云"还闻折梅处,更有棣华诗"③,可知王司马送张九龄直至大庾岭脚下,两人互有酬唱。《二弟宰邑南海见群雁南飞因成咏以寄》作于张九龄洪州任上,诗云"为我更南飞,因书至梅岭"④,既借大雁传信表达对弟弟的思念,也是表达对大庾岭下故乡的思念。张九龄的这些诗歌作品,反映了大庾岭在初盛唐时期的面貌,对于考察大庾岭修建前后的情况尤为重要。同时,这些作品也代表了本土文人对大庾岭的看法,可藉此考察与外来文人作品的差异性。在大庾岭本土诗人稀少、本土作品更为稀少的状况下,张九龄的这些作品无疑有着重要的研究价值。

---

① (明)胡应麟:《诗薮·内编》卷二,中华书局,1962年,第35页。
②《张九龄集校注》卷三,第266—267页。
③《张九龄集校注》卷一,第71页。
④《张九龄集校注》卷四,第328页。

第二节　大庾岭地域外来寓居文人活动

　　外来寓居文人是指因某些原因或事务从外地来到大庾岭地域的文人,如任职官员、乡试学子、差遣使者、传道僧侣等。他们到大庾岭地域有较长时间的停留,有些人甚至终老于此。这类文人中,数量最多的是任职官员。唐代官制体系庞大,层级分明,职能全备。总体来说,地方官职设置有道、州、县三个层级的划分,每一层级又有相应的职位设置。大庾岭地域的官职主要涉及州和县这两个层级,按《唐六典》所载,州一级官职设有刺史、别驾、长史、司马、录事参军、判司六曹等职位,州又分上中下三级,其中职位或有区别;诸县一级官职设有县令、县丞、主簿、县尉、录事等职位①。这些职位的设置是为保障地方治理的正常运转,无论人事如何变迁,相应职官必然常在。以此可知,唐代来大庾岭地域任官的文人数量是巨大的。以刺史一职为例,郁贤皓《唐刺史考全编》(下简称《全编》)考订出虔州刺史51人,待考6人;韶州刺史36人,待考1人②。这仅仅是基于目前有文献可征的结果,实际情况应远多于此。任刺史以下官职的文人就更多,如张九皋曾任南康别驾,杨虞卿被贬虔州司马,沈亚之迁南康尉等,因时代久远,绝大多数刺史以下的官员信息已于文献无征。下面分别从任职官员、乡试学子、游历文人、差遣使者、传道僧侣等五个方面做具体考察:

---

① (唐)李林甫著,陈仲夫点校:《唐六典》卷三〇,中华书局,1992年,第745—753页。

② 郁贤皓:《唐刺史考全编》卷一六一、卷二五八,安徽大学出版社,2000年,第2325—2338、3184—3192页。

一、任职官员

在大庾岭外来寓居文人中,任职官员的数量最多,且易发生诗歌创作活动。尤其是刺史,官阶一般为从三品或正四品,身份地位高,有良好的文学素养,又掌管一方政务,当有友人或重要文人路过任地时,刺史往往会予以款待,并由此产生酬唱交往的诗作。当然,刺史之外的职官也可能会有诗歌创作活动。以下为经考证后的虔州区域外来文人活动统计表:

表2-3 大庾岭外来职官活动情况(虔州地区)

姓名	任职时间	官职	大庾岭诗歌活动情况	相关诗歌作品
李畅	开元元年(713)	刺史	其父李峤随其至虔州任官	李峤《桃》《梅》
裴谞	大历二年—五年(767—770)	刺史	大历三年,于虔州祈雨,写下《储潭庙》诗,并刻碑存于庙中	《储潭庙》
孟瑶	大历中	刺史	因讨哥舒晃有功,授虔州刺史,期间与包何唱和,原诗不存	包何《和孟虔州闲斋即事》
李舟	约贞元二年—三年(约786—787)	刺史	任上创作诗偈赠其妹	《释迦生中国》
戎昱	贞元十二年(796)	刺史	任上与符载、阎寀交往,与阎寀有唱和	《送吉州阎使君入道二首》
穆赞	约贞元十八年(802)	刺史	任上曾款待刘言史,席间与其酬唱。原诗不存	刘言史《处州月夜穆中丞席和主人》

姓名	任职时间	官职	大庾岭诗歌活动情况	相关诗歌作品
张署	元和五年—七年（810—812）	刺史	任上与柳宗元、刘禹锡、韩愈等交游甚密，有诗唱和。原诗不存	柳宗元《同刘二十八院长……赠二君子》
韦绶	元和十三年—十五年（818—820）	刺史	谪虔途中，曾至江州停留，访白居易	白居易《清明日送韦侍御贬虔州》
杜某	大和初	刺史	谪虔时与王建、杨巨源酬唱	王建《秋日送杜虔州》、杨巨源《送杜郎中使君赴虔州》
韩约	宝历元年—二年（825—826）	刺史	在任时与张籍酬唱	张籍《寄虔州韩使君》
陆肱	约咸通十三年—十四年（872—873）	刺史	在任时，辟许棠为郡从事。与郑谷、罗隐交游，曾款待崔橹、张蠙，与之酬唱，原诗不存	郑谷《南康郡牧陆肱郎中辟许棠先辈为郡从事，因有寄赠》、崔橹《有酒失于虔州陆郎中肱，以诗谢之》、罗隐《送陆郎中赴阙》、张蠙《南康夜宴东溪留别郡守陆郎中》
薛某	约乾符二年—三年（875—876）	刺史	与罗隐交游	罗隐《寄虔州薛大夫》
袁瓘	约开元十六年—十七年（728—729）	赣县尉	与孟浩然、张子容交游。孟浩然曾至虔州寻访，未遇	张子容《永嘉即事寄赣县袁少府瓘》、孟浩然《南还舟中寄袁太祝》《洛中访袁拾遗不遇》
韩泰	贞元二十一年—元和十年（805—815）	虔州司马	与刘禹锡、柳宗元等交游，诗作今不存，有句一	柳宗元《登柳州城楼寄漳汀封连四州》句"庾岭东边吏隐州"

续表

姓名	任职时间	官职	大庾岭诗歌活动情况	相关诗歌作品
沈亚之	大和三年—五年（829—831）	南康尉	大和三年沈亚之坐柏耆事被贬南康尉，殷尧藩、张祜皆有诗相送	殷尧藩《送沈亚之尉南康》、张祜《送沈下贤谪尉南康》
杨虞卿	大和九年（835）	虔州司马、司户	被李训等构陷，贬虔州司马，再贬司户，卒于贬所。期间白居易有多首诗歌相送，卒后李商隐亦为其作哀悼诗	白居易《何处堪避暑》《哭师皋》《闲卧有所思二首》《和东川杨慕巢尚书府中独坐感戚在怀见寄十四韵》、李商隐《哭虔州杨侍郎》
张明府	开成三年（838）	大庾县令	姓名失考，开成三年在大庾县接待许浑，与之酬唱	许浑《南海府罢归京口郊居途经大庾县留赠张明府》
姚明府	约元和时	南康县令	姓名失考，在任时曾与贾岛酬唱	贾岛《送南康姚明府》
许棠	乾符中	南康郡从事	被陆肱辟为郡从事，与郑谷、崔橹、张蠙等交好	郑谷《南康郡牧陆肱郎中辟许棠先辈为郡从事，因有寄赠》

　　上表对刺史部分的考证是基于《唐刺史考全编》及其他学者的增补与修正[①]，虔州可考刺史总计有 55 人。其中，有 12 位刺史曾有过诗歌创作活动，占总数的 21%。这一比例似乎较低，但这应该只是史料缺失的结果。事实上，在 12 位刺史中，有作品留存的，也仅有两位，分别为李舟和裴谞。李舟任虔州刺史时，向往禅宗，与马祖道一交往甚密，曾创作诗偈赠其妹。据《唐国史补》记载："李舟为虔州刺

---

① 赵望秦：《〈唐刺史考全编〉补遗》，《碑林集刊》第 16 辑，三秦出版社，2010年，第 275 页。

史,与妹书曰:'释迦生中国,设教如周孔。周孔生四方,设教如释迦。天堂无则已,有则君子生。地狱无则已,有则小人入。'"①今本《唐国史补》误"舟"为"丹",《太平广记》亦引此条,作"舟"②。裴谞任虔州刺史时,适逢大旱,故其主持求雨并写下《储潭庙》。

除了以上两位,其他刺史并非没有诗歌创作,而是作品没有得以留存。如刘言史《处州月夜穆中丞席和主人》"忽见隐侯裁一咏,还须书向郡楼中"③,说明穆赞在此前已有吟咏,然穆诗今已不见。此外,如孟瑶、陆肱等人,通过其友人作品皆可判断曾有创作活动。类似这种现象,在虔州其他官职文人中同样存在,统计表显示,唐代共有7位非刺史官员也发生过诗歌活动,但除了韩泰有遗句留存外,其他文人的作品皆不可见。令人欣慰的是,尽管职官的大量作品散佚,但部分友人的酬唱作品留存了下来,且数量达三十余首,可据之了解当时的创作活动情况。

以上是大庾岭北部区域的情况,那么大庾岭南部区域的情况如何呢?浈昌、始兴地区经考证后的统计表如下:

表2-4　大庾岭外来职官活动情况(浈昌、始兴地区)

姓名	任职时间	官职	大庾岭诗歌活动情况	相关诗歌作品
韦迢	大历四年—五年(769—770)	刺史	与杜甫友善,其出牧韶州,甫有诗送之	杜甫《潭州送韦员外牧韶州》《送魏二十四司直充岭南掌选崔郎中判官兼寄韦韶州》

① (唐)李肇:《唐国史补》卷上,中华书局,1991年,第50—51页。
② (宋)李昉:《太平广记》卷一〇一,中华书局,1961年,第681页。
③ 《全唐诗》卷四六八,第5329页。

续表

姓名	任职时间	官职	大庾岭诗歌活动情况	相关诗歌作品
李直方	贞元二十一年（805）	刺史	在任时与权德舆唱和	权德舆《李韶州著书常论释氏之理贵州有能公遗迹诗以问之》
裴礼	约元和五年—七年（810—812）	刺史	在任时与柳宗元唱和	柳宗元《酬韶州裴曹长使君寄道州吕八大使因以见示二十韵一首》
周君巢	元和十一年（816）	刺史	元和初为韶州刺史，与柳宗元酬唱	柳宗元《柳州寄丈人周韶州》《奉和周二十二丈……代意之作》
张蒙	约元和十二年—十五年（约817—820）	刺史	元和十四年，韩愈贬潮曾拜访并与之酬唱	韩愈《韶州留别张端公使君》《量移袁州张韶州端公以诗相贺因酬之》
王司马	开元五年（717）前后	司马	与张九龄酬唱	张九龄《和王司马折梅寄京邑昆弟》

　　以上是浈昌、始兴区域的情况，共计有6位职官发生了诗歌活动，但没有一首作品留存。与虔州区域相比，有诗歌活动的官员数量明显锐减，不及虔州的1/3。作品方面，从张九龄《和王司马折梅寄京邑昆弟》与权德舆《李韶州著书常论释氏之理贵州有能公遗迹诗以问之》两首作品来看，王司马和李直方当时肯定有作品创作，只是没有保存下来。始兴文人创作活动稀少的原因概有两点：一方面是因为浈昌、始兴区域本就比虔州小许多，且非州治所在；另一方面，可考韶州刺史的数量也比虔州少了很多，《全编》所考韶州刺史共36人，且多数任职时间不确定，存疑处明显增多，事实上，在这36位刺史中，至少还有4位未之任，以此来看，韶州刺史数量较之虔州少了近半。这种现象的出现可归结为史料文献的缺失，但同时也反映出岭北的文人活动的确更盛于岭南。因为大庾岭的存在，身处岭南的文

人交往活动会受到阻隔,正如宋之问《渡汉江》云:"岭外音书断,经冬复历春。"① 从这一点来看,绵延于南方的大庾岭不仅是地理意义上的一座山脉,也是唐代南北文化交流的阻隔屏障,许多文人到达岭北区域后便不再南行,就如唐诗中的南飞之雁,至此便振翅折返。

二、乡试学子

一般来说,乡试学子应属本土籍文人,怎么会出现寓居的情况呢? 但在大庾岭的寓居文人中确实出现了乡试的学子,这一现象反映了唐代科举制度的变化。乡贡是参加常科考试的两大途径之一,通过乡贡途径赴考,必须要经过州、县的考试,取得贡籍,方有资格进京考试。按唐律,参加乡试的人,理应为本土籍文人。《新唐书·选举制》载:"举选不繇馆、学者,谓之乡贡,皆怀牒自列于州、县。"② 说明乡贡者,需先取得本土州县的贡籍。又《唐会要》载:"十九年六月敕,诸州贡举,皆于本贯籍分信明者。"③ 同样说明贡籍需自本乡取得。然而自中唐开始,这一规定出现了变化,士子亦可到他州应试入举。傅璇琮《唐代科举与文学》谈到乡贡取解问题时,就曾列举白居易、沈亚之、张籍、黄滔等人于他州取解的例子④。大庾岭地域同样出现了这种情况,典型的例子是罗隐赴虔州取解。

罗隐《南康道中》云:"弱冠负文翰,此中听鹿鸣。使君延上榻,时辈仰前程。"⑤ "听鹿鸣"是乡试结束后的酒礼程序,可知此诗乃罗隐取解成功后所作,又据诗题,罗隐当由外地来虔州取解。那么罗隐

---

① 《沈佺期宋之问集校注·宋之问集》卷二,第 440 页。
② 《新唐书》卷四四,第 1161 页。
③ (宋)王溥:《唐会要》卷七六,中华书局,1955 年,第 1384 页。
④ 《唐代科举与文学》,第 55—56 页。
⑤ (唐)罗隐著,雍文华校辑:《罗隐集》,中华书局,1983 年,第 156 页。

本籍在哪里呢？汪德振《罗隐年谱·里居考》考定其为浙江新登县人[1]，现在学界基本上认同这一判断，故罗隐以外籍到虔州参加乡试无疑。《大明一统志》有关于罗隐读书堂的记载[2]，说明罗隐早年曾在江西读书，这就很好理解罗隐为何会跑到虔州求取贡籍了。李定广《罗隐年谱》对罗隐此番取解考之甚详[3]，其谓大中十二年（858），罗隐南游至岭南，大中十三年（859）春，自岭南过大庾岭至虔州，游于都，在此作《金鸡山》诗，并参与地方民间山歌创作，之后返袁州读书，本年秋再次回到虔州参加秋试取解。则罗隐此次乡试，不仅到了虔州，更是越过大庾岭游历至岭南。令罗隐未曾想到的是，虽然他这次取解成功，风光一时，但此后居然终生未第。罗隐虔州取解一方面反映了唐代科举制度的新变，另一方面也映射了虔州的文教情况，说明当时虔州的乡贡名额会出现剩余，由此引来外籍学子来此取解。对于虔州而言，罗隐的到来无疑是一次重要的文化输入，罗隐不仅在虔州创作了多首诗歌，还参与民间山歌创作，影响深远，直至今日，在赣州的山歌唱词中，还记录着罗隐创作山歌的故事。

三、游历文人

古代文人多喜游历，唐代文人更是如此。一方面文人可借游历增加阅历见识，即"读万卷书，行万里路"；另一方面，可通过游历结交朋友，认识权贵，有利于自己的仕途。李白和杜甫就是在游历中相识并结为挚友。唐人游历并非像阮籍一样驾着牛车漫无目的乱跑，一般有其明确的计划，总体而言就是寻亲访友、拜谒名门。大庾岭地域就有不少游历文人的活动。

---

① 汪德振：《罗隐年谱》，商务印书馆，1937年，第4页。
②《大明一统志》卷五七，第3563页。
③ 李定广：《罗隐年谱》，上海古籍出版社，2012年，第15—17页。

　　孟浩然曾至大庾岭寻访好友，但经历却颇为曲折。孟浩然有一首名作，名《洛中访袁拾遗不遇》，诗云："洛阳访才子，江岭作流人。"①原来孟浩然与袁瓘为好友，孟至洛阳拜访他，却得知好友已被贬"江岭"（即大庾岭，时袁瓘被贬赣县令，在大庾岭之北），孟浩然竟然一路寻至赣县，惜仍未找到袁瓘，故其《南还舟中寄袁太祝》云："岭北回征棹，巴东闻故人。桃源何处是，游子正迷津。"②岭北即大庾岭以北，贡水自大庾岭下经赣县北流，与章水合为赣江。通过诗歌，可知孟浩然到赣县仍然寻友不遇，只好再次乘舟船折返。

　　似孟浩然这般两次找人未果的情况并不多，多数情况下还是能顺利找到。如权德舆曾至大庾岭寻友，离别时作《岭上逢久别者又别》，诗云："十年曾一别，征路此相逢。"③此诗为权德舆名篇，然关于此诗背景，目前知之甚少。大庾岭地方文献与文集多收此诗，如民国八年版《大庾县志》卷一三④，王朝安、王集门《梅岭诗选》⑤，黄林南《赣南历代诗文选》⑥，皆收此诗。佟培基《全唐诗精华》收此诗，并注明"岭上"为大庾岭⑦。从史料和作品来看，权德舆身体羸弱，一生未曾远游，其最接近南方五岭是入江西幕时，故此诗极可能作于大庾岭。权德舆是何时到大庾岭，又是与谁见面呢？目前尚无确证，在

----

①（唐）孟浩然著，佟培基笺注：《孟浩然诗集笺注·宋本集外诗》，上海古籍出版社，2013年，第535页。

②《孟浩然诗集笺注》卷上，第177页。

③（唐）权德舆著，郭广伟校点：《权德舆诗文集》卷五，上海古籍出版社，2008年，第92页。

④大余县编史修志领导小组：《（民国）大庾县志》卷一三，大余县印刷厂，1984年，第608页。

⑤《梅岭诗选》，第20页。

⑥《赣南历代诗文选》，第25页。

⑦佟培基：《全唐诗精华》，太白文艺出版社，2000年，第1180页。

此补充几条信息。权德舆贞元二年（786）入为江西观察使李兼从事①，此时的虔州刺史为李舟②，而在权德舆写给陆伥的墓志铭中，曾道出李舟实为权德舆老友③。此外，还有一个更深的背景，权德舆与李舟皆事禅宗，是时马祖禅法盛行，马祖道场本在虔州宝华寺，后受邀至洪州说法。贞元四年（788），马祖道一在洪州圆寂，权德舆为其撰写《塔铭》："化缘既周，趺坐报尽，时贞元四年二月庚辰……沙门惠海、智藏……惠云等，体服其劳，心通其教。"④ 以此知权德舆与智藏熟识。时为虔州刺史的李舟与智藏亦交往密切，唐技《龚公山西堂敕谥大觉禅师重建大宝光塔碑铭》曰："是时，太守李公舟天下名人也，事师精诚，如事孔颜。"⑤ 综合以上材料与人物关系，则权德舆极有可能于贞元二年至三年间（786—787），随智藏返回虔州，并拜访老友李舟，与其同游大庾岭，写下这首《岭上逢久别者又别》。

　　游历文人所寻访者若为地方长官，往往会出现设宴款待、饮酒酬唱的场景。大庾岭虽地处偏远，但由于是交通咽喉，亦有不少文人游历至此，并与地方官员交游酬唱。如刘言史曾游虔州，得到刺史穆赞的款待，其间互为酬唱，刘言史有《处州月夜穆中丞席和主人》，诗题"处州"当作"虔州"，吴汝煜《全唐诗人名考》已辨其误⑥。又如虔州刺史陆肱，曾辟许棠为从事，许棠在当时颇有诗名，为"咸通十哲"之一，其在虔州时，有好友张蠙、崔橹寻访至此，并得到刺史陆肱的盛情

① 梁肃《著作郎赠秘书少监权公夫人李氏墓志铭》："贞元二年，以廷尉评摄监察御史，为江西从事。"参见《权德舆诗文集》附录1，第828页。
②《唐刺史考全编》卷一六一，第2329页。
③《权德舆诗文集》卷二四，第366—367页。
④《权德舆诗文集》卷二八，第426页。
⑤（清）魏瀛等修：《（同治）赣州府志》，台北成文出版社，1970年，第323页。
⑥ 吴汝煜：《全唐诗人名考》，江苏教育出版社，1990年，第466页。

款待。从张蠙《南康夜宴东溪留别郡守陆郎中》可观当时宴会的情况，诗云："飘然野客才无取，多谢君侯独见知。竹叶樽前教驻乐，桃花纸上待君诗。香迷蛱蝶投红烛，舞拂蒹葭倚翠帷。明发别愁何处去，片帆天际酒醒时。"①从诗中描写，可知张蠙与陆肱乃初识，然在宴会上，主宾相谈甚欢，并有诗歌唱和，故云"桃花纸上待君诗"，陆肱诗今不见。"明发别愁何处去，片帆天际酒醒时"，又表明了张蠙等游历的性质，且可知他们是向北取水路离去，而非越过大庾岭。崔橹有《有酒失于虔州陆郎中肱以诗谢之》，诗云"醉时颠蹶醒时羞，曲糵推人不自由"②，可知崔橹当晚曾酒后失仪，此诗乃次日作。陆肱在虔州任时，罗隐亦曾至虔州游历，其《送陆郎中赴阙》云"幕下留连两月强，炉边侍史旧焚香"③，说明罗隐在虔州流连了较长时间。由前文可知，虔州本罗隐获取贡籍之地，其《南康道中》云"弱冠负文翰，此中听鹿鸣"④，可见罗隐当时志得意满，谁曾想此后十余年出入场屋，看人变化，不得及第。罗隐此番游虔，是在其卸任衡阳主簿后。至于游虔原因，或为缅怀往日风光，或是向科场告别，重启入幕生涯。

　　以上文人的游历活动体现出一个规律，唐代来到大庾岭地域的游历文人，足迹多局限于大庾岭以北的虔州，相关作品也多出现在虔州。大庾岭以南的韶州亦有酒宴酬唱作品，如许浑《韶州韶阳楼夜宴》、韩愈《韶州留别张端公使君》，然许浑至韶乃因入幕，韩愈至韶乃因贬谪，皆非游历性质。以此可见，对于唐代文人来说，大庾岭已是其南游的极限，大多数游历文人并不愿意越过大庾岭前往岭南，而是似孟浩然这般"岭北回征棹"，乘舟北返了。

①《全唐诗》卷七〇二，第8081页。
②《全唐诗》卷五六七，第6568页。
③《罗隐集》，第171页。
④《罗隐集》，第156页。

四、差遣使臣

在唐代，还存在许多外出办事的使者，即差遣使臣，一般是临时性的工作，凡担任差遣之官一般有自己的本职，且大多是君相直接任命，如南选使、三司使、按察使等①，差遣任务完成，即复原职。大历元年（766），就有一位特殊的使臣来到大庾岭地域，他叫韦光裔，其所担任之职被称为"税青苗地钱使"。所谓"青苗地钱"，指不等庄稼及秋，方青苗即征之，又有地头钱，每亩二十，通名为青苗钱②。之所以要征此税，是因为"自乾元已来，天下用兵，百官俸钱折，乃议于天下地亩青苗上量配税钱，命御史府差使征之，以充百官俸料"③。韦光裔在征青苗税期间，其友人包何曾作诗相送，为《送韦侍御奉使江岭诸道催青苗钱》，中曰："近远从王事，南行处处经……因君使绝域，方物尽来庭。"④由此诗可知韦光裔收税的范围主要是江南和岭南诸道，既是"南行处处经"，大庾岭作为江南道与岭南道的联结区域，韦光裔肯定是要到的。

除了青苗使，还有另一类使臣曾频繁来到大庾岭地域，他们被称为"括图书使"。唐代十分注重对典籍的保护，经常会派使者到地方搜括图书，尤其是大的动乱浩劫之后，往往会派出大批使者搜括图书。如安史之乱后，代宗曾派出数批使者至江淮括书。《新唐书·艺文志》记载："元载为相，奏以千钱购书一卷，又命拾遗苗发等使江淮括访。"⑤此后又至少派出过崔峒、耿沛等人搜括图书。有趣的是，

① 张国刚：《唐代官制》，三秦出版社，1987年，第168—169页。

②《新唐书》卷五一，第1348页。

③《旧唐书》卷一一，第283页。

④《全唐诗》卷二〇八，第2172页。

⑤《新唐书》卷五七，第1423页。

这些有史记载的括书使臣，大多来过大庾岭。如大历十才子中的崔
峒，就作为括图书使到过大庾岭。关于崔峒，史料记载很少，行迹往
往成谜。《唐才子传校笺》有考证，并据戴叔伦《送崔拾遗峒江淮访
图书》、钱起《送集贤崔八叔承恩括图书》等作品，认为其在任拾遗期
间曾至江东访图书，时间应在大历二年（767）后任左拾遗期间①。而
崔峒此次括书，无疑是到了大庾岭的，崔峒有《虔州见郑表新诗因以
寄赠》，诗云："梅花岭里见新诗，感激情深过楚词。……萍乡露冕真
堪惜，凤沼鸣珂已讶迟。"② 梅花岭即为大庾岭。陶敏考郑表乃"郑袁
州"之讹，为乾元中袁州刺史郑审③，应是。既是袁州刺史的诗，何以
在虔州得见？合理的解释是崔峒任括图书使期间，曾来到虔州搜书，
文人作品亦在其搜括范围，而郑审之诗恰好流传至虔州，被他看到。

　　同为大历十才子的耿沣，其为括图书使有明确记载，《唐才子传》
言其"充括图书使来江淮，穷山水之胜"，傅璇琮考证其充括图书使
的时间为大历十年至十一年（775—776）④。耿沣此行亦有纪行诗，
《发南康夜泊赣石中》《晚登虔州即事寄李侍御》《发绵津驿》等作
品清楚地呈现了诗人至大庾岭括书的过程。经考，耿沣当在大历十
年（775）底到达虔州，并极可能越过大庾岭至岭南括书，其返回虔州
时，适逢春节，由于无法找到篙夫助其渡过赣石，只好留在虔州。故
其《晚登虔州即事寄李侍御》云"万里归人少，孤舟行路难……愿保
乔松质，青青过大寒"⑤，说明诗人无法渡江，只能留在虔州度过春
节。《发绵津驿》云："千丛野竹连湘浦，一派寒江下吉阳。欲问长安

---

① 傅璇琮：《唐才子传校笺》卷四，中华书局，1987年，第2册第65页。
② 《全唐诗》卷二九四，第3348页。
③ 陶敏：《全唐诗人名汇考》，辽海出版社，2006年，第575页。
④ 《唐才子传校笺》卷四，第2册第33—34页。
⑤ 《全唐诗》卷二六九，第2998页。

今远近,初年塞雁有归行。"① 这是诗人由虔州返回时所作,时为大历十一年(776)年初。崔峒、耿沣两位括图书使的例子,说明唐代大庾岭区域总体处于比较安定的状态,对于图书典籍又有着较好的输入与保存,所以被纳入朝廷括书的地域范围。

五、传道僧侣

唐代大庾岭地域的佛教活动频繁,慧能、法海、神会、马祖道一、智藏、韬光等名僧皆曾在此驻锡传法。唐代佛教活动与诗歌活动联系紧密,文人喜与禅僧交流,甚至结为挚友,互为酬唱,许多文人在创作时还会有意融入佛家思想,形成禅诗,如王维、孟浩然、白居易等就有许多禅诗作品。僧人群体中也有较多文学素养极高者进入诗歌创作领域,谓之诗僧。刘禹锡曾说:"自近古而降,释子以诗闻于世者相踵焉。"② 像贯休、齐己、寒山、拾得等皆为唐代著名诗僧。

唐代大庾岭南北皆有传法中心,南有禅宗祖庭南华寺,北有马祖道场宝华寺,吸引了众多文人前来,其中有参观者,有拜谒者,有礼祖者,由此产生许多文人创作活动。参观作品如沈佺期《登韶州灵鹫寺》、刘希夷《初度岭过韶州灵鹫广果二寺其寺院相接故同诗一首》、房融《谪南海过始兴广胜寺果上人房》等皆为登览寺庙之作。拜谒作品如宋之问《自衡阳至韶州谒能禅师》,乃宋之问贬钦州时拜谒慧能之作,诗云:"吾师在韶阳,欣此得躬诣。"③ 可见诗人对慧能极为尊重,而且此行宋之问已知末日将近,拜谒慧能乃为求解脱之法。反映礼祖的作品则非常多,由于唐代南华寺已被奉为禅宗祖庭,故前往礼

①《全唐诗》卷二六九,第 2999 页。

②(唐)刘禹锡著,陶敏、陶红雨校注:《刘禹锡全集编年校注》卷二,岳麓书社,2003 年,第 144 页。

③《沈佺期宋之问集校注·宋之问集》卷三,第 547 页。

祖的弟子不计其数。有文人作诗送释子友人的,如刘禹锡《赠别约师》诗序云"南抵六祖始生之墟,得遗教甚悉"①;许浑《赠契盈上人》"借问曹溪路,山多树几层"②,《宣城开元寺赠元孚上人二十韵》"一钵事南宗,僧仪称病容。曹溪花里别,萧寺竹前逢"③,皆文人笔下所描绘的礼祖现象。更多的作品是释子自己写的礼祖诗,如齐己《题赠湘西龙安寺利禅师》"南祖衣盂曾礼谒,东林泉月旧经过"④;贯休《送智先禅伯》"万事归一衲,曹溪初去寻"⑤,《题曹溪祖师堂》"皎洁曹溪月,嵯峨七宝林。空传智药记,岂见祖禅心"⑥,这些作品皆反映了唐代僧众的礼祖活动。此外,张乔《闻仰山禅师往曹溪因赠》、韦庄《赠礼佛名者》、贯休《送衲僧之江西》、齐己《酬章水知己》《韶阳微公》等也都是反映礼祖题材的作品。

除了以上佛教诗歌活动,还存在一些特殊情况的文人活动,比较典型的有韬光禅师。《舆地纪胜》载其与白乐天为友⑦,后至虔州驻锡。据《江西通志》卷一三《赣州府》:"天竺山,在府城西四里,旧有修吉寺,唐元和初,僧韬光自钱塘天竺驻锡于此,故名。"⑧以此知韬光禅师在虔州所驻寺庙本名修吉寺,后因韬光禅师来自杭州天竺寺而改名。事实上,虔州天竺寺的改名并非这么简单,苏轼南迁经虔州时,曾寻至此寺并作《天竺寺》诗,诗引道出寻访原因:"予年十二,先

① 《刘禹锡全集编年校注》卷四,第274页。
② 《丁卯集笺证》卷一,第19页。
③ 《丁卯集笺证》卷一〇,第658页。
④ 《全唐诗》卷八四四,第9537页。
⑤ (唐)贯休著,胡大浚笺注:《贯休歌诗系年笺注》卷一二,中华书局,2011年,第596页。
⑥ 《贯休歌诗系年笺注》卷一八,第836页。
⑦ 《舆地纪胜》卷三二,第1437页。
⑧ 《(雍正)江西通志》卷一三,第282页。

君自虔州归，为予言：'近城山中天竺寺，有乐天亲书诗云：一山门作两山门，两寺原从一寺分……' 今四十七年矣。予来访之，则诗已亡，有刻石存耳，感涕不已，而作是诗。"[①] 原来，白居易曾写过一首诗给韬光，为《寄韬光禅师》，诗中 "一山门作两山门，两寺原从一寺分" 本指杭州灵隐、天竺两寺合为一寺的奇观，韬光来到虔州修吉寺后，又将此诗刻于石碑上，置立寺中。苏轼父亲曾至虔州见过此碑并告诉了苏轼，三十多年后苏轼经过虔州寻访遗迹，不料诗迹已亡，仅留石碑。以此可知，韬光禅师将修吉寺改名，实因此诗，乃以寺名附诗尔。

以上是唐代大庾岭外来寓居文人的诗歌活动情况。与本土文人相比，外来文人的诗歌创作活动明显更多，文人的身份也更为复杂。在这些作品中，除了反映本土风情的诗歌，更多的是送别诗和纪行诗。此外，佛教诗歌活动频繁，也是一大特点。在作品搜集过程中，发现许多官员原本存在诗歌活动，但作品却没有保存下来，说明唐代大庾岭地域的诗歌多有散佚。总之，这些外来寓居文人的活动表明唐代大庾岭区域并非想象的那么荒凉，文化也并非贫瘠。相反，通过这些文人作品，展现的是唐代各类不同身份的文人汇聚于此，为各种事情忙碌的身影，也反映了当时的政治、文化、经济、交通等各个方面的问题，只有对这些作品进行更为深入的分析，才能真正描绘出一幅唐代大庾岭诗路的生动画卷。

第三节　大庾岭过往文人及其活动

过往文人是指途经大庾岭地域，未在此地停留，且没有进行任何事务性活动的文人。目前学术研究中谈及的大庾岭诗歌，更多为过

---

① 《苏轼诗集》卷三八，第 2056 页。

往文人的作品,这是因为大庾岭本就是连接中原与岭南的重要通道,交通才是其最为重要的功能。有唐一代,不知多少文人墨客曾经过此处并创作过诗歌,但因年代久远,许多作品未能留存,即便是传世的作品,许多情况也仍不清楚。如一般认为,宋之问只有3首度大庾岭作品,分别为《早发大庾岭》《度大庾岭》《题大庾岭北驿》,这也是宋之问最著名的度岭作品,然而在敦煌遗书P.3619其实还存有宋之问另一首《度大庾岭》,此外宋之问《早发始兴江口至虚氏村作》《游韶州广果寺》等作品,同样属于大庾岭地域诗歌。又如张说、刘长卿、韩愈、李德裕、李绅、郑谷等众多文人南下的路线,长期以来存在争议,至今仍不清楚。所以,要弄清楚唐代究竟有多少文人经过大庾岭,有多少相关作品,就有必要对每一位文人的相关行迹进行深入考证,对每一首疑似作品进行仔细甄别。下表为经考证后的大庾岭过往文人活动统计表:

表2-5 大庾岭过往文人活动情况

姓名	经过时间	性质	大庾岭诗歌活动情况	相关诗歌作品
张说	长安三年（703）神龙元年（705）	贬谪	流钦州,往返皆由庾岭。度岭时亦皆有诗作。贬谪期间作品有多首与庾岭相关	《冬日见牧牛人担青草归》《喜度岭》《岭南送使三首》《南中送北使二首》《春雨早雷》《江中遇黄领子刘隆》
宋之问	神龙元年（705）景云元年（710）	贬谪	第一次贬泷州,由赣江至虔度岭,有《早发大庾岭》等4首作品。二次贬钦州,曾由衡阳至韶,度岭有诗一首	《早发大庾岭》《度大庾岭二首》《题大庾岭北驿》《早发始兴江口至虚氏村作》等
沈佺期	神龙元年（705）	贬谪	流驩州,往返皆由骑田岭。期间曾至庾岭之南的灵鹫寺游览	《遥同杜五过庾岭》《登韶州灵鹫寺》《自昌乐郡溯流至白石岭下行入郴州》

续表

姓名	经过时间	性质	大庾岭诗歌活动情况	相关诗歌作品
阎朝隐	神龙元年（705）	贬谪	流崖州，南下时过庾岭	《度岭二首》
房融	神龙元年（705）	贬谪	神龙元年，贬高州，途中曾至始兴广胜寺	《谪南海过始兴广胜寺果上人房》
王昌龄	开元二十六年（738）左右	贬谪	由汜水尉贬岭南，往返皆由骑田岭。但似曾至庾岭区域活动。有相关诗作	《听流人水调子》《送高三之桂林》
刘长卿	上元元年（760）	贬谪	贬南巴时，曾返南昌等待重推，再次南下时过庾岭。有诗作	《却赴南邑留别苏台知己》《送李秘书却赴南中》《送裴二十端公使岭南》《瓜洲驿饯……侍御先在淮南幕府》《送独孤判官赴岭》《酬包谏议佶见寄之什》
包佶	大历十二年（777）	贬谪	由何路至岭南及贬往何处未详，但距庾岭极近。有诗作	《岭下卧疾寄刘长卿员外》
张籍	约贞元九年—十一年间（793—795）	游历	南下途中有《玉仙馆》诗，知其由吉州至庾岭越岭，返回时李司议送其至庾岭下，有赠诗	《江头》《岭外逢故人》《赠李司议》《送南客》《送南迁客》《送蛮客》《送郑尚书出镇南海》《送侯判官赴广州从军》
李翱	元和四年（809）	入幕	洪州溯赣江至吉、虔，五月至大庾岭，在虔州与韩泰交游，度岭后游灵鹫寺	无诗歌作品。有相关散文《来南录》《题峡山寺》
韩愈	元和十四年（819）元和十五年（820）	贬谪	谪潮时由骑田度岭，至庾岭之南的始兴江口安排家小。量移袁州北返经庾岭	《过始兴江口感怀》《量移袁州张韶州端公以诗相贺因酬之》《韶州留别张端公使君》
韩湘	同上	陪同	同上	贾岛《寄韩湘》

续表

姓名	经过时间	性质	大庾岭诗歌活动情况	相关诗歌作品
李绅	长庆四年（824）宝历元年（825）	贬谪	自吉州而南逾庾岭,量移江州北返时亦取道庾岭	《趋翰苑遭诬构四十六韵》《逾岭峤止荒陬抵高要》
许浑	开成元年（836）开成二年（837）	入幕	往返皆由大庾岭,有度岭诗	《南海府罢归京口郊居途经大庾县留赠张明府》《南海府罢南康……宿东溪》《冬日登越王台怀归》《朝台送客有怀》《韶州送窦司直北归》《和宾客相国咏雪》《赠契盈上人》《宣城开元寺赠元孚上人二十韵》
张祜	开成二年—三年（837—838）	入幕	往返皆由庾岭,返回时载罗浮石笋还	《寄迁客》《送沈下贤谪尉南康》《题岳州徐员外云梦新亭十韵》《送徐彦夫南迁》《送苏绍之归岭南》《伤迁客殁南中》《赠禅师》
李德裕	大中二年（848）	贬谪	自江淮南下,先至洞庭,其后行踪未详,有度岭诗。至潮又贬崖州司户,期间至庾岭附近	《谪迁岭南道中作》《到恶溪夜泊芦岛》
陈陶	大中二年（848）	入幕	由广州经大庾岭赴洪州	《早发始兴》《冬日暮旅泊庐陵》
李群玉	约大中元年（847）约大中三年（849）	游历	南下当由湖湘越岭,北归曾取道庾岭,在此受阻,有诗纪行	《将之番禺留别湖南府幕》《大庾山岭别友人》《九子坡闻鹧鸪》《叹灵鹫寺山榴》《山驿梅花》
贯休	约咸通（860—874）初	礼祖	由江西度岭礼祖,曾至吉州孝义寺。虔州宁都桃林寺有其罗汉画	《题曹溪祖师堂》《送僧归南康》《送衲僧之江西》《送友人之岭外》《送人之岭外》

续表

姓名	经过时间	性质	大庾岭诗歌活动情况	相关诗歌作品
郑谷	咸通七年（866）	游历	咸通六年至宜春度岁，之后结伴南游，度庾岭，有咏梅诗	《越鸟》《梅》《咸通十四年府试木向荣》《送进士吴延保及第后南游》
曹松	咸通九年—十年间（868—869）大顺元年（890）之后	游历	至少两次度岭，第二次由宜春度庾岭往罗浮	《岭南道中》、崔承祐《送曹进士松入罗浮》
胡曾	乾符五年（878）后	差遣	度庾岭，自浈水南下至清远。度岭后有诗	《自岭下泛鹢到清远峡作》《番禺》
蒋吉	约乾符（874—879）后	未详	有度岭诗	《大庾驿有怀》
姚倕	未详	未详	有度岭诗	《南源山》

　　通过以上统计数据可以发现，有唐一代，不断有文人经过大庾岭，并进行相关诗歌创作。尽管考证出的只有24位文人，但这只是基于当前史料可以确证的并有相关作品留存的文人。唐代实际经过大庾岭的文人远超这一人数，即便是在当前材料中，亦有很多文人没有计入此表。如刘长卿《送独孤判官赴岭》《送裴二十端公使岭南》中的独孤及和裴虬，李白《禅房怀友人岑伦》中的岑伦，杜甫《哭李常侍峄》中的李峄，张籍《送郑尚书出镇南海》中的郑权等，有大量酬唱作品中出现的文人，因为没有相关作品留存，亦未予统计。此外，还有《送李秘书却赴南中》《送侯判官赴广州从军》《韶州送窦司直北归》《岭外逢故人》《送南迁客》《大庾山岭别友人》等，这些作品中出现的李秘书、侯判官、窦司直，以及佚名的故人、迁客、友人，皆为曾

经过往大庾岭的文人。由此可知,唐代曾有大量文人往来于大庾岭路,他们曾经创作过的许多作品今天已无法看到。当然,就目前可找到的作品来说,仍然有一定的数量,绝非大多数人所认为的只有宋之问、沈佺期、刘长卿等少数文人的作品。通过所搜集的作品,可以发现大庾岭过往文人活动有三个特点:

其一,贬谪文人占据大多数。统计显示,贬谪文人共计12位,占比50%。这说明在大庾岭过往文人中,贬谪文人是主流。在统计表中,从初唐张说开始,至宋之问、沈佺期、刘长卿等,过往者全部是贬谪文人。这种现象一直持续到中唐,终于出现了张籍、李翱等游历或入幕性质的文人。但中唐后仍有韩愈、李绅、李德裕等贬谪文人不断出现。所以大庾岭的诗歌创作,有强烈的贬谪文学色彩。

唐代最早的大庾岭贬谪作品,应为张说《冬日见牧牛人担青草归》,其长安三年(703)流钦州过大庾岭时创作了这首作品。大庾岭群体性创作活动则肇始于神龙年间的一批贬臣。《旧唐书·张行成传》:"神龙元年正月,则天病甚……朝官房融、崔神庆、李峤、宋之问、杜审言、沈佺期、阎朝隐等皆坐二张窜逐,凡数十人。"[1]神龙元年究竟有多少文人被贬,史书并无确数。据沈佺期《初达驩州》其二云"流子一十八,命予偏不偶"[2],可知这一次遭遇流贬的臣子至少有18人,而其中多数人被贬往了偏远的岭南。如宋之问贬泷州、沈佺期贬驩州、杜审言贬峰州、阎朝隐贬崖州、房融贬高州等。他们虽贬所不同,出发时间不同,却又不约而同地来到了大庾岭区域。这批逐臣中,大多数是当时著名的诗人,当他们到达大庾岭后,或因悲愤情绪积累所致,抑或是受到大庾岭独特风光与边界性质的刺激,突然出现

①《旧唐书》卷七八,第2708页。
②《沈佺期宋之问集校注·沈佺期集》卷二,第97页。

了群体性创作现象。宋之问至大庾岭后，一口气写下《早发大庾岭》《度大庾岭》《题大庾岭北驿》《早发始兴江口至虚氏村作》4首作品，他从长安出发后，一路上偶有诗作，但从未有到达大庾岭后这样爆发式的创作。其他逐臣亦是如此，在大庾岭多有创作行为，如沈佺期作《遥同杜员外审言过岭》《登韶州灵鹫寺》《自昌乐郡溯流至白石岭下行入郴州》，阎朝隐作《度岭二首》，房融作《谪南海过始兴广胜寺果上人房》等。阎朝隐的两首作品发现于英藏敦煌S.555号文书档案，以此可推断其他神龙逐臣亦可能存在大庾岭作品散佚之情况。宋之问有《至端州驿见杜五审言沈三佺期阎五朝隐王二无竞题壁慨然成咏》，可见当时这批逐臣至大庾岭后皆出现了创作活动。神龙逐臣的群体性创作活动颇为奇特，反映了大庾岭对文人创作的地域性影响，十分值得深入探讨。

　　大庾岭凭借神龙逐臣的一批作品，一举闯入唐代诗歌领域，进入到文人的视野。《旧唐书·宋之问传》记载："之问再被窜谪，经途江、岭，所有篇咏，传布远近。"[①] 可见当时这批作品颇具影响。值得一提的是，神龙元年，当这批逐臣正惶惶南下之时，名相张说亦在同年经大庾岭北返，结束其一年多的贬谪生涯。此时张说再难掩心中喜悦，创作了《喜度岭》。可以说，神龙元年对于大庾岭进入唐代诗歌史，有着里程碑式的意义。此后，不断有文人因贬谪经过大庾岭，王昌龄、刘长卿、包佶、韩愈、李绅、李德裕等等，他们也都以不同的方式书写着大庾岭，在诗歌中记录度过大庾岭的见闻与心情。大庾岭也逐渐由地理意义的通道演变为一条贬谪诗路。

　　其二，入幕文人异军突起。当前相关研究中，较多学者只关注到大庾岭与贬谪文学的关系。然而，经考证发现，大庾岭并非只有贬谪

---

① 《旧唐书》卷一九〇，第5025页。

文人才会经过,大庾岭的诗歌也并非只有贬谪诗歌。事实上,中唐以后,由贬谪文人创作的大庾岭作品明显减少,代之而起的是入幕与游历文人的诗歌。自张籍开始,入幕与游历性质的文人有8位,占中唐后过往文人总数的50%。可见,中唐以后,入幕与游历文人呈上升趋势并逐渐成为主流。这种现象与中唐时期幕府盛行的大背景是分不开的。戴伟华《唐代幕府与文学》指出,"唐代文人入幕,以中唐以后为甚",并认为:"唐代幕府的兴盛是和节度使制度相始终的。"① 从经大庾岭入幕的文人活动轨迹来看,基本是前往广州,这是因为广州是岭南节度使治所,是岭南幕府的最高权力中心,特别是中唐以后,西域丝绸之路中断,海外贸易的中心转移到海上,广州由此成为重要的贸易中心,经济、文化发展迅速。故中唐后,文人对于岭南之印象,已不似初盛唐那般令人谈之色变,反而成为文人寻求出路的好去处。大庾岭因交通与地缘优势,自然成为这些入幕文人的首选通道。

　　首次将大庾岭写进作品的入幕文人,是唐代的李翱。元和四年(809),李翱受辟于岭南节度使杨於陵,其文《来南录》详细记录了李翱自东京南下,翻越大庾岭至广州的过程,对于考察唐代洛阳至岭南的交通尤为重要。从《来南录》可看出作者入幕岭南的心态,文中的李翱一路悠游,至虔州后,在司马韩泰的陪伴下,至大庾岭北麓名胜游玩,可谓十分轻松惬意,以此可观当时文人对于岭南看法的转变。可惜李翱的创作以散文为主,并无度岭诗歌。自李翱之后,有更多的文人因入幕度过大庾岭,如许浑、张祜、陈陶等。而似张籍、李群玉、郑谷、曹松这样的游历文人,多数也是为了寻求入幕的机会而度岭。这些文人创作了许多与大庾岭相关的诗歌,与贬谪作品不同,这些诗歌反映的是入幕游历者对大庾岭的创作及其仕途的心态。

---

① 戴伟华:《唐代幕府与文学》,现代出版社,1990年,第51页。

其三，离开大庾岭后的再创作。在过往文人的作品中，还存在一个突出现象，即当这些过往文人离开大庾岭后，仍会进行相关创作。如刘长卿有庾岭相关作品6首，但真正创作于大庾岭的作品其实只有1首，即《却赴南邑留别苏台知己》，诗云"又过梅岭上，岁岁北枝寒"①，说明这是他第二次路过大庾岭时所作，且诗人印象最深刻的，就是大庾岭上的梅花，故在刘长卿的其他作品中，也多谈大庾岭梅花。其《送李秘书却赴南中》"路识梅花在，家存棣萼稀"②，《送裴二十端公使岭南》"桂林无叶落，梅岭自花开"③，《至饶州寻陶十七不在寄赠》"梅枝横岭峤，竹路过湘源"④，可见梅花是大庾岭留给刘长卿最深的印象。

类似刘长卿的例子还有很多，李绅《逾岭峤止荒陬抵高要》是其诗集《追昔游》中的一首，乃是诗人任宣武军节度使时的追忆之作。李群玉的度岭作品只有《大庾山岭别友人》，然其诗作《九子坡闻鹧鸪》则是诗人北归至九子坡时回忆度庾岭的经历。此外，张籍、许浑、郑谷等人的作品皆存在这种现象，这说明大庾岭诗歌的创作与诗人的经历密切相关。一方面，相关经历会让诗人融入该地域的社会关系网，由此产生诗歌酬唱活动，如刘长卿《送李秘书却赴南中》《送裴二十端公使岭南》《送独孤判官赴岭》等作品皆属于这种情况。另一方面，大庾岭交通咽喉的地位以及特殊的自然风貌会给诗人留下深刻的印象，以致在诗人涉及南方地域的创作中，大庾岭便会成为诗歌中的重要元素，如张籍《送郑尚书出镇南海》"画角天边月，寒关岭

---

① 《刘长卿诗编年笺注》，第210页。
② 《刘长卿诗编年笺注》，第509页。
③ 《刘长卿诗编年笺注》，第298页。
④ 《刘长卿诗编年笺注》，第199页。

上梅"①,李德裕《到恶溪夜泊芦岛》"岭头无限相思泪,泣向寒梅近北枝"②,李绅《逾岭峤止荒陬抵高要》"天将南北分寒燠,北被羔裘南卉服"③,以及胡曾的《自岭下泛鹢到清远峡作》、崔承祐的《送曹进士松入罗浮》等等。尽管以上诗歌中的广州、潮州、高要、清远、罗浮等地点并不属于庾岭区域,但这些诗人皆不约而同地将大庾岭典型意象用于诗歌。似乎只要来过庾岭区域的文人,都会自然地将大庾岭当作对岭南的一种联想,吟咏于诗歌当中。

以上是大庾岭过往文人活动的基本情况,当然还有个别情况并未加以论述,如蒋吉、姚偓经过庾岭的情况并不清楚,然而他们的作品对考察唐代大庾岭的驿站及交通路线有着重要的作用。

第四节　其他文人活动及相关创作

还有一些关于大庾岭的诗歌作品,其作者从未到过大庾岭,或者缺乏史料证明作者曾经到过庾岭,便在这一节统一梳理归纳。这一类诗歌的创作情况见下表:

表2-6　其他大庾岭诗歌的创作情况

姓名	创作时间	活动及创作情况	相关诗歌作品
卢照邻	未详	疑似经过。卢照邻少年时曾寻师南游,有《悲昔游》。其师王义方曾被贬为儋州吉安丞	《梅花落》

① 《张籍集系年校注》卷三,第396页。
② (唐)李德裕著,傅璇琮、周建国校笺:《李德裕文集校笺·别集》卷四,中华书局,2018年,第603页。
③ 《李绅集校注》,第110页。

姓名	创作时间	活动及创作情况	相关诗歌作品
刘希夷	未详	疑似经过。曾至江南及巴蜀等地漫游,有度岭诗	《初度岭过韶州灵鹫广果二寺其寺院相接故同诗一首》
樊晃	约天宝(742—756)中	疑似经过。天宝中曾任汀州刺史	《南中感怀》
冯著	贞元四年(788)	疑似经过。贞元四年冯著入李复幕,较有可能过庾岭	韦应物《送冯著受李广州署为录事》
王建	约大和(827—835)初	疑似经过。王建元和中曾出使岭南	《秋日送杜虔州》
钱起	未详	疑似经过。钱起入仕后曾至南海公干,具体情况未详	《南中春意》
李涉	宝历元年(825)	疑似经过。宝历元年,李涉由太学博士贬康州	《鹧鸪词》
方干	约大中二年(848)	疑似经过。曾与李群玉同游罗浮,北返时可能经过庾岭	《东溪别业寄吉州段郎中》、李群玉《广州重别方处士之封川》
韦庄	大顺元年(890)	疑似经过。888年因避乱自浙至赣,曾到抚州、袁州等地	《铜仪》《赠礼佛名者》
韩偓	天复二年(902)天祐元年(904)	疑似经过,天祐元年弃官南行,曾从江西入福建	《冬至夜作》《早玩雪梅,有怀亲属》
皎然	未详	疑似经过。皎然为禅门子弟,有较大可能往曹溪礼祖,且有相关作品	《春陵登望》《康造录事宅送太祝侄之虔吉访兄弟》
齐己	未详	疑似经过。齐己为禅门子弟,有多首礼祖诗,且从作品来看,诗人对曹溪十分熟悉	《行次宜春寄湘西诸友》《韶阳微公》《题赠湘西龙安寺利禅师》《答文胜大师清柱书》
李颀	未详	李颀行止不出洛阳与长安,未曾至庾岭	《龙门送裴侍御监五岭选》

姓名	创作时间	活动及创作情况	相关诗歌作品
高适	约天宝十年（751）	高适未曾至庾岭，陶敏曾考诗中彭中丞为彭杲	《饯宋八充彭中丞判官之岭南》
李白	上元元年（760）	李白行止未曾至庾岭，此诗为异地想象	《禅房怀友人岑伦》
杜甫	乾元二年—大历四年间（759—769）	杜甫生平未曾至岭南，其相关诗作多为异地想象	《八哀诗》《龙门阁》《寄杨五桂州谭》《广州段功曹……聊寄此诗》《秋日荆南述怀三十韵》《哭李常侍峄二首》其一、《归雁》
岑参	未详	未详	《送张子尉南海》
卢僎	未详	未详	《十月梅花书赠》
刘商	未详	刘商一生多在北方，未曾有至岭南的记载	《送人往虔州》
杨巨源	约大和（827—835）初	杨巨源未曾至庾岭	《送杜郎中使君赴虔州》
令狐楚	未详	令狐楚未曾至庾岭	《省中直夜对雪寄李师素侍郎》
戴叔伦	未详	戴叔伦未曾至庾岭	《送李明府之任》
元稹	元和五年—九年（810—814）	元稹未曾至庾岭，诗中多为异地想象	《送崔侍御之岭南二十韵》《春六十韵》《赠熊士登》《送岭南崔侍御》
柳宗元	元和十一年（816）	柳宗元未曾至庾岭，此诗作于柳州刺史任	《柳州寄丈人周韶州》《奉和周二十二丈……代意之作》
贾岛	元和十四年（819）	贾岛未曾至庾岭	《寄韩湘》《寄韩潮州愈》《送人南游》《送南康姚明府》

姓名	创作时间	活动及创作情况	相关诗歌作品
白居易	约大和五年（831）	白居易未曾至庾岭	《福先寺雪中饯刘苏州》
白行简	未详	未详	《春从何处来》
杨衡	未详	未详	《送人流雷州》
李商隐	大中三年（849）	李商隐未曾至庾岭	《对雪二首》
袁不约	未详	未详	《送人至岭南》
项斯	未详	未详	《寄卢式》
马戴	未详	未详	《送从叔赴南海幕》
徐夤	未详	未详	《梅花》
李九龄	未详	未详	《寒梅词》

通过上表统计可知，除了本土、寓居、过往文人作品之外，还存在许多大庾岭相关作品无法考证其创作背景。这些作品的创作人群主要有两类：

第一类，疑似过往的文人。统计表中，有12位文人曾有南行经历，只是由于史料的缺失，无法知晓其创作背景，或者确证其到过庾岭。如卢照邻《梅花落》云"梅岭花初发，天山雪未开"[1]，诗中"梅岭"即指大庾岭。关于卢照邻生平，傅璇琮、李云逸、任国绪等学者皆有详考，可以肯定卢照邻在少时曾有南游经历，然而是否到过庾岭，没有确证。又如刘希夷，作品有《初度岭过韶州灵鹫广果二寺其寺院相接故同诗一首》，可知诗人曾至大庾岭。刘希夷有《江南曲》等作品，知其曾南游，然刘希夷生平史料极少，难断其此行出入。此

---

[1]《全唐诗》卷一八，第197页。

外,樊晃、冯著、钱起、李涉、方干、齐己等人,从作品和史料记载推断,皆有可能经过大庾岭,因缺乏确证,暂置疑似文人一类。

　　第二类,未曾至庾岭的文人。还有一些文人,生平从未到过大庾岭地域,但也有相关创作。最典型的诗人是杜甫,他的生平行迹比较清楚,不曾有大庾岭游历的经历,然而在其许多作品里,都能找到对庾岭的描写,如《八哀诗·故右仆射相国张公九龄》云"波涛良史笔,芜绝大庾岭"①,《秋日荆南述怀三十韵》云"秋雨漫湘水,阴风过岭梅"②,《龙门阁》云"饱闻经瞿塘,足见度大庾"③,《哭李常侍峄二首》其一云"短日行梅岭,寒山落桂林"④,这些作品皆写到大庾岭。此外,《寄杨五桂州谭》《广州段功曹到得杨五长史谭书功曹却归聊寄此诗》《送段功曹归广州》《野望》等作品中皆有关于庾岭的经典意象。类似杜甫这种情况的还有不少,统计表明,至少有 22 位文人没有到过庾岭,却有相关作品。如李白、高适、岑参、元稹、柳宗元、白居易、贾岛、李商隐等,这些唐代著名诗人,皆曾以大庾岭入诗,并且能准确地运用大庾岭相关意象。这一现象说明,大庾岭对于唐代文人来说并不陌生,自神龙逐臣之后,大庾岭不断地进入到唐代诗歌,并在文人群体中传播着,随着创作的持续,大庾岭逐渐形成一些固定的文学意象,被文人们反复使用。

①《杜诗详注》卷一六,第 1418 页。
②《杜诗详注》卷二一,第 1906 页。
③《杜诗详注》卷九,第 715 页。
④《杜诗详注》卷二二,第 1919 页。

第三章　唐代大庾岭交通与诗路

　　唐诗之路,是近两年唐代文学研究的热点话题,它反映出学界对于唐诗的研究不再局限于静态的、纯文学的探讨,而是把目光转向动态的、更为生动的行旅诗歌。诗人因游学、贬谪、任官、差遣等原因,走出了惯常居住的环境,栖身舟车、长途跋涉,一路上饱览国家山川形胜,体会各地风土人情,品尝人间酸甜苦辣,所以在这些行旅作品中,展现的是一个更为真实的唐朝。唐诗之路的提法其实早已有之,20世纪90年代初,竺岳兵先生就提出了唐诗之路的概念,主要是关于钱塘江、曹娥江、剡溪地域的唐诗研究。概念一经提出,得到了学界的普遍认同,现在提起唐诗之路,往往是指浙东唐诗之路。继浙东唐诗之路后,又有朱睦卿于1996年提出要开发浙西唐诗之路[①]。李德辉于2006年在中国唐代文学学会上提出唐代两京驿路是真正的"唐诗之路",并于2007年提出长安至荆南驿路为通向南方的"唐诗之路"[②]。此后崤函、商於等古道诗路的概念亦不断被提出。直至2020年,我的博士论文正在写作之时,南开大学卢盛江教授明确提出大庾岭与唐诗之路的关系,其在《光明日报》发表了一篇短文,指

①　朱睦卿:《开发浙西"唐诗之路"》,《浙江学刊》1996年第1期。
②　李德辉:《长安至荆南驿路——通向南方的"唐诗之路"》,《国学》2007年第1期。

出在唐代其他五岭通道少见甚至不见诗歌作品,唯独大庾岭广被文人诗咏的现象,认为大庾岭在南方五岭中有着特殊的地位,具有明显的标志性,并指出大庾岭与玉门关一样,诗人在经过或写到这些地方,会有一种特殊的情结,这是唐诗之路值得研究的一种现象或重要问题[①]。

把大庾岭作为唐诗之路,肯定是成立的。理由有三:其一,大庾岭路是唐代极为重要的道路,尤其在安史之乱后,北方丝路被切断,朝廷经济越来越倚重于南方物产与海上贸易,南海(广州)作为岭南首府,其集散地作用愈加明显,大庾岭也由此逐渐取代潇湘路成为南北交通最重要的道路。其二,有独特的地域文化特征。大庾岭自汉魏六朝已被看作南北分界的象征,其南北异候的现象也早已为人们所关注,到达大庾岭后能感受到强烈的南北差异,佛教又颇为兴盛,加之厚重的历史人文、独特的水陆环境和著名的梅花美景等,大庾岭无疑是唐代最具特色的道路之一。其三,有较多的诗歌作品留存。经统计,创作于大庾岭地域或者在诗歌中直接提及大庾岭的唐诗有一百三十余首,如果加上大庾岭间接相关的作品以及佛教文献中的诗偈,将超过200首。就作品数量而言,与五岭中其他四岭相比,是绝对领先,独占鳌头,在唐代众多驿道中,也是不多见的。

大庾岭自然是可以作为中国的唐诗之路,而且是颇为重要的一条。可惜的是,关于唐代大庾岭诗歌的研究,并没有真正展开,以往的一些研究,有许多相关问题还没有得到解决。首当其冲的,就是大庾岭的交通问题。尽管在许多与古代交通相关的研究著作中都不可避免地要谈及大庾岭交通,但人云亦云者多,或由于文献难征,于唐代的情况往往蜻蜓点水,甚至避而不谈。这种现象也体现出当前对

---

① 卢盛江:《大庾岭与唐诗之路》,《光明日报》2020年3月2日,第13版。

唐诗史料发掘和利用的不足。事实上，诗歌中蕴藏了大量的历史信息，在大庾岭诗歌中，相当一部分属于纪行诗或赠行诗，可藉之考察大庾岭的交通情况。细考这些作品，大庾岭交通的许多问题尚无法解释。如一些文人明明是取湖湘路，为何作品中会出现大庾岭？一些文人贬谪南下，明明选大庾岭路更为便捷，为什么却选择湖湘路？他们选择的标准是什么？所以，只有先弄清楚"路"的问题，才能继而去谈唐诗的问题。

第一节　唐诗中的大庾岭交通问题

唐代关于大庾岭的史料文献并不多，故而借助诗歌作品对文人活动路线进行考证，便成为了解唐代大庾岭交通情况的重要突破口。在唐代的诗歌作品中，的确体现出大庾岭交通的许多问题，现分述如下：

一、神龙逐臣作品中的交通问题

《旧唐书·张行成传》记载："神龙元年正月，则天病甚……朝官房融、崔神庆、李峤、宋之问、杜审言、沈佺期、阎朝隐等皆坐二张窜逐，凡数十人。"[1] 这一批被贬谪的文人，被后人称为神龙逐臣，多负有诗名，尤以宋之问和沈佺期为最。这批逐臣多数被贬往偏远的岭南之地，如泷州、骧州、崖州、钦州等，无论何处，皆需跨越五岭，他们中大多留有度岭作品。然而就在宋、沈二人的作品中，出现了难以解释的问题。

沈佺期此行有多首度岭作品，分别为《神龙初废逐南荒途出郴

口北望苏耽山》《自昌乐郡溯流至白石岭下行入郴州》《遥同杜员外审言过岭》等。从前两首作品来看,沈佺期的越岭路线是清楚的,往返皆应取五岭之郴州骑田岭。问题出在第三首作品,此诗题在《国秀集》中有另一个名字,叫《遥同杜五过庾岭》[①]。《国秀集》成书于天宝三载(744)[②],距离沈佺期的时代非常近,故此诗题名当以《国秀集》为真。从文本内容看,诗云"天长地阔岭头分,去国离家见白云"[③],可判断此诗当为南下度岭时所作。但沈佺期既有诗云"途出郴口"(骑田岭),为何又说过大庾岭呢?以当前对唐代交通的认识,骑田岭对接湖南湘水,大庾岭对接江西赣江,此为两条完全不同的交通路线,二岭断不能同时而过。此为沈诗交通问题之一。除此之外,还有一个问题难以解释,即宋、沈皆同贬谪岭南,同自京城而出,为何一个走大庾岭路,一个却走湖湘路? 如果说是因目的地不同而导致,但宋之问又有《至端州驿见杜五审言沈三佺期阎五朝隐王二无竞题壁慨然成咏》,说明宋之问等人越过五岭后皆汇合于端州驿,故在此之前,并不存在目的地对路线选择的影响,宋沈路线之异,亦有待深究。

宋之问神龙之贬南下过大庾岭并无交通问题,有《早发大庾岭》《度大庾岭》《题大庾岭北驿》等多首作品为证,问题出在宋之问第二次贬谪钦州的作品上。当前研究中,许多学者会认为宋之问大庾岭作品皆作于神龙元年,这是不对的。据《旧唐书》记载:"之问再被窜谪,经途江、岭,所有篇咏,传布远近。"[④] 这就说明宋之问第二次越岭也有作品,而且非常著名,传播很广。宋之问第二次贬谪南下取湖湘

---

①《唐人选唐诗新编》,第 228 页。
②《唐人选唐诗新编》,第 217 页。
③《沈佺期宋之问集校注·沈佺期集》卷二,第 85 页。
④《旧唐书》卷一九〇,第 5025 页。

路,有《晚泊湘江》《洞庭湖》《高山引》等作品为证,这一点陶敏[①]、刘振娅[②]等学者已有详考,并指出宋诗《自衡阳至韶州谒能禅师》作于贬钦州途中。按照对唐代交通的认识,由衡阳至韶州应取骑田岭,然宋并无骑田岭相关作品,那么《旧唐书》所云"江岭篇咏"又是指哪些作品呢?宋之问以度大庾岭诗而闻名,这就充分说明,宋第二次贬谪仍然经过了大庾岭。那么,宋之问第二次贬谪如何由湖湘过大庾岭?又创作了哪些作品?这些问题尚不清楚。

二、张说作品中的交通问题

《旧唐书·张说传》记载:"说坐忤旨配流钦州。在岭外岁余。中宗即位,召拜兵部员外郎。"[③]张说此次被贬,实为回护魏元忠,在朝廷上秉公直言,触怒武后。《资治通鉴》对此事述之甚详,并云:长安三年九月"丁酉,贬魏元忠为高要尉,戬、说皆流岭表"[④]。张说此番南贬,有多首纪行诗,其中《代书寄吉十一》云:"一雁雪上飞,值我衡阳道。口衔离别字,远寄当归草。"[⑤]熊飞《张说年谱新编》考定此诗作于张说南下途中,时张说在衡阳[⑥]。从诗中"衡阳道""离别字""当归草"等词来看,应是。以此,张说此行当取湖湘南下,途经衡阳,按照常规路线,应取骑田岭过岭。然实际情况却非如此,张说另有《冬日见牧牛人担青草归》,诗云:

① 陶敏:《宋之问卒于桂州考》,《文学遗产》2000 年第 2 期。

② 刘振娅:《宋之问两谪岭南新考》,《文学遗产》1988 年第 6 期。

③《旧唐书》卷九七,第 3051 页。

④《资治通鉴》卷二〇七,第 6566 页。

⑤《张说集校注》卷七,第 344 页。

⑥ 熊飞:《张说年谱新编》,《古典文献研究辑刊》第十五编,新北花木兰文化出版社,2012 年,第 51 页。

塞上绵应折,江南草可结。欲持梅岭花,远竞榆关雪。日月无他照,山川何顿别。苟齐两地心,天问将安说。①

此诗出现了明确的地点,即"梅岭花"。梅岭即大庾岭,自古以梅花著名,故又名梅岭。此外,"塞上""山川何顿别"等皆体现为大庾岭的地域特征。首先,此诗实以南北边塞环境对比来暗托心志,"塞上"指北方边塞,"江南草"则应为与之相对的南方边地。前文已考秦汉时大庾岭称"塞上",自古被视为南方边塞。尤其自陆机《从军行》之后,以大庾岭作为南塞的作品不断出现,卢照邻诗"梅岭花初发,天山雪未开"②,即以大庾岭与北塞相对。其次,大庾岭为南北界岭,南北异候是其典型特征,庾岭南北风物因此殊异,"山川何顿别"即指此。综合以上两点,张说此诗应写大庾岭无疑,且细玩诗意,整首诗都是在托物言志,借南北意象暗喻己况,表达了虽遭流贬,但初心不改的心志,故此诗当作于张说南下之时。张说另有《喜度岭》:"泂沿炎海畔,登降闽山陬。岭路分中夏,川源得上流。"③这首诗也是度岭作品,从"闽山""分中夏"等可判断此岭即大庾岭。大庾岭有"闽山"之谓,宋之问《早发始兴江口至虚氏村作》云:"候晓逾闽峤,乘春望越台。"④"分中夏"同样是大庾岭分隔南北的经典意象,故此诗亦为度大庾岭之作。《冬日见牧牛人担青草归》为冬季,诗人借梅花明志;《喜度岭》为春季,诗人心态极为喜悦。两首作品说明张说往返皆过大庾岭。而诗人南下过衡阳同样是确证。这与宋之问贬钦州的问题是一样的,两个人同样是贬谪钦州,又同样是先至衡阳,后又过大庾

①《张说集校注》卷九,第452页。
②《全唐诗》卷一八,第197页。
③《张说集校注》卷八,第371页。
④《沈佺期宋之问集校注·宋之问集》卷二,第431页。

岭,这一现象的出现绝非偶然,其中必有原因。当前学界在涉及唐人过五岭的考证时,往往在得到诗人至湖湘的证据后,几乎就一致判定其必过骑田岭,从宋、张两人的例子来看,这一认识尚值得商榷。

三、韩愈、李德裕谪潮作品中的交通问题

韩愈和李德裕都曾被贬潮州,两位出发的地点又很有代表性,一位从长安出发,一位从洛阳出发,故而对这两位文人南贬路线的考察,可观两京至粤东的交通。从两位文人沿途的纪行作品来看,也分别出现了与大庾岭交通相关的问题,所以放到一起来探讨。

韩愈谪潮是众所周知的事件。据《旧唐书》记载:"十四年正月,上令中使杜英奇押宫人三十人,持香花赴临皋驿迎佛骨……愈素不喜佛,上疏谏曰……因事言之,乃贬为潮州刺史。"[1]韩愈元和十四年被贬潮州,一路上都有诗歌纪行,如《左迁至蓝关示侄孙湘》《武关西逢配流吐蕃》《次邓州界》《题楚昭王庙》《泷吏》等,所以其南下路线非常清楚,乃是出京师,取商、邓路至襄州,襄州之后无诗歌作品,直至越岭后至乐昌,始有《泷吏》诗。则韩愈应从襄州先至荆州,渡江入洞庭取湖湘路越岭,过骑田岭后可由武水至泷水,此行不过大庾岭甚明。韩愈过骑田岭后,又有《过始兴江口感怀》《晚次宣溪辱韶州张端公使君惠书叙别酬以绝句二章》《赠别元十八协律六首》《宿曾江口示侄孙湘二首》等作品,以此知韩愈先到韶州,后至浈阳、循州至潮州。藉由诗歌作品,韩愈南下潮州的路线是十分清楚的,那么韩愈走这一路线有什么问题呢?查阅《元和郡县图志》,会发现潮州"八到"有如此记载:"西北至上都取虔州路五千六百二十五里。西北至东都取虔州路四千八百一十里。西北至虔州一千五百里……西

---

①《旧唐书》卷一六〇,第 4198—4201 页。

南至循州一千五百里。"① 此中记载自始至终都没有出现取郴州路的说法,往北出岭全部是取虔州路,这就说明从京师至潮州,取虔州过大庾岭才是官方规定的路线,而且应该也是最近的路线。从潮州至虔州为 1500 里,至循州也是 1500 里,然而若是按照潮、循、韶这样的路线至虔州,里程则在 2600 里左右,这就证明从潮州至虔州必有一条更近的路线,中间并不过韶州,无需似韩愈这样先至韶州取浈阳、循州再至潮州。韩愈至潮州后,曾上表曰:"臣今年正月十四日,蒙恩授潮州刺史,即日驰驿就路,经涉岭海,水陆万里。"② 愈谓"水陆万里"可能略显夸张,然上表并非赋诗,毕竟这是写给皇上看的,不可能过于夸张,况且韩愈还是戴罪之身,如何敢妄说? 白居易赴杭州刺史任时亦曾撰《杭州刺史谢上表》,其云:"臣某言:去年七月十四日蒙恩除授杭州刺史,属汴路未通,取襄阳路赴任,水陆七千余里,昼夜奔驰,今月一日到本州。"③ 可以看出,白居易对赴任里程有基本的估算,可能并不精准,但也相去不远。这就充分说明韩愈取郴州路的里程应接近其所说的万里,至少是远超取虔州路的 5625 里。除此之外,在韩愈的纪行作品中,还出现了一个问题,就是《过始兴江口感怀》这首诗之地点,"始兴江口"在何处? 宋之问度大庾岭后,有《早发始兴江口至虚氏村作》,诗云:"候晓逾闽峤,乘春望越台。"④ "候晓逾闽峤"指一大早就越过大庾岭,而诗题又云"早发始兴江口",故可知始兴江口就在大庾岭下。《读史方舆纪要》记载,"今自庾岭而南

---

① 《元和郡县图志》卷三四,第 895 页。
② 《旧唐书》卷一六〇,第 4201 页。
③ (唐)白居易著,谢思炜校注:《白居易文集校注》卷二四,中华书局,2011 年,第 1340 页。
④ 《沈佺期宋之问集校注·宋之问集》卷二,第 431 页。

取水道,由始兴江口可以径抵广州"①,同样指出始兴江口就在庾岭之南的位置,为浈水上游交通的一个入口。既如此,韩愈至乐昌后,本应顺武水南下至韶州,断不能又往东北回溯至始兴江口。在韩愈南贬作品中,其他作品皆合情理,唯有此首作品显得特别突兀,不合常理。

李德裕晚年因"吴湘案"被贬岭南,其贬谪行程在史书中有记载,据《旧唐书》:"明年冬,又贬潮州司户。德裕既贬,大中二年,自洛阳水路经江、淮赴潮州。其年冬,至潮阳,又贬崖州司户。至三年正月,方达珠崖郡。"② 以此知李德裕大中二年(848)从洛阳出发,赴赴潮州,然而《旧唐书》所记时间有问题,《资治通鉴》记李德裕大中二年九月甲子被再贬崖州司户③,故其不能冬至潮州。关于此次南贬,傅璇琮《李德裕年谱》有详考,其综合诸史料,考定李德裕应于大中二年正月自洛阳水路沿淮而达于长江,又溯流而上,二月经洞庭湖,至五月乃达于潮州④。傅先生所据乃李德裕《舌箴》自序,序云:"戊辰岁仲春月戊申夜,余宿于洞庭西……余以仲夏月达于海曲。"⑤ 既为李德裕自序所言,傅先生的结论是没有问题的,问题出现在李德裕自己所选择的路线上。以唐代交通来看,从洛阳赴粤东北区域,应取大庾岭路最为便捷,此路线出洛阳取洛水、汴渠、淮河、浙江到达江西玉山,翻越玉山岭再取上饶江入赣江到达大庾岭,越岭入北江至岭南各处。元和四年李翱由东都南下入南海幕即由此路,其《来南

①《读史方舆纪要》卷一〇〇,第 4587 页。
②《旧唐书》卷一七四,第 4528 页。
③《资治通鉴》卷二四八,第 8035 页。
④ 傅璇琮:《李德裕年谱》,中华书局,2013 年,第 490—495 页。
⑤《李德裕文集校笺·别集》卷八,第 672 页。

录》对这条路线述之甚详①。或者出洛阳到达润州后，溯长江而上，入安徽至池州，由此沿长江进入江西九江，入赣江直达大庾岭，这条线路是鉴真和尚第五次东渡失败后，由广州返回扬州的路线，被记录于《唐大和上东征传》②。李德裕既至洞庭西，只能是取以上第二条路线，至润州后入长江，故傅先生所考"达于长江，溯流而上"是对的。但是李德裕出池州后为何不直接入九江，反而上溯至洞庭入湖南，相当于绕了一个大弯，是不符合常规的选择。李德裕有《汨罗》诗，这就更易让人认为李德裕取湖湘南下无疑，然此诗傅璇琮先生已有明辨，诗中时令为秋季，与李德裕行程不符，此诗或为后人所作。此外，李德裕另有《谪迁岭南道中作》《到恶溪夜泊芦岛》二诗与谪潮相关，《谪迁岭南道中作》无明确地点提示，至于诗中云"岭水争分路转迷"究竟所指何岭，还有待深究。总体来看，当前对李德裕至洞庭后的交通路线并不明确。

　　韩愈与李德裕南贬潮州的作品，为考察唐代两京至岭南的交通提供了宝贵的实例资料，同时也反映出大庾岭交通的一些问题。共性的问题是，从作品来看，两位文人似乎都没有选择大庾岭作为南下的道路，而是舍近求远，绕路而行。不同的是，韩愈的路线非常清楚，然而却有一首作品并不符合正常行进路线，原因有待考察，而李德裕至洞庭湖后的行程其实并不明朗，其度岭诗的归属问题亦需深考。对于这两位文人作品的考察，或可揭示唐代文人如何选择南下路线的问题。

---

① 《李文公集》卷一八，第89—90页。
② 〔日〕真人元开著，汪向荣校注：《唐大和上东征传》，中华书局，2000年，第73—80页。

四、李绅作品中的交通问题

《旧唐书·敬宗本纪》载："（长庆）四年正月壬申，穆宗崩。癸酉，皇太子即位枢前……二月……癸未，贬户部侍郎李绅为端州司马。"[1] 以此知李绅长庆四年（824）被贬端州司马。端州是北江流域的重要节点，设有官方驿站，宋之问有《至端州驿见杜五审言沈三佺期阎五朝隐王二无竞题壁慨然成咏》，说明宋之问等神龙逐臣南下时曾在此汇集，张说贬钦州往返亦由此经过。同时，端州又是西江流域的重要节点，自北南下，可由湘水、漓江入西江至端州，此为秦汉时期已然形成的南北交通。由此可见，唐时两京至端州路线较多，由大庾岭、骑田岭或西江路皆可，那么李绅南下是由何路呢？

首先，要清楚李绅出发的地点。李绅有《趋翰苑遭诬构四十六韵》，此诗为其《追昔游》诗集中的一首，乃回顾往昔贬谪经历，诗有自注云："余遭逢吉构成遂，敬宗听政之前一日，宣命于月华门外窜逐。"[2] 以此知李绅乃从长安出发南迁端州。其次，再考察李绅南下路线。前面的路线大致是由商、邓路至襄州，而襄州之后开始分途，或往随蕲路至黄梅下九江，此为大庾岭交通线，或者至荆州下洞庭湖，此为湖湘路线。李绅另有《至潭州闻猿》，诗云"昔陪天上三清客，今作端州万里人"[3]，可见李绅选择的是由湖湘路南下，又有《逾岭峤止荒陬抵高要》，则李绅过骑田岭入北江至端州似乎就非常清楚了。

然而，李绅的另一首作品与以上推断又产生了冲突，其《趋翰苑遭诬构四十六韵》有自注云："从吉州而南，历封、康，并足湍濑，危险

---

[1]《旧唐书》卷一七，第 507 页。
[2]《李绅集校注》，第 93 页。
[3]《李绅集校注》，第 17 页。

至极。其名有灭门、捣鲈、霸州等滩,惟江水泛涨,则无此患。康州悦城县有媪龙祠,或能致云雨,余以书祝之。家累以十月溯流,龙为之三涨江水以达也。"[①] 正是这条自注,导致李绅南下路线又变得扑朔迷离,难以解释。吉州在江西境,由吉州南下就是虔州,可由此越大庾岭至岭南。此外,若从文献学与文学角度来看李绅《逾岭峤止荒陬抵高要》,其所指就是大庾岭,体现为两个方面:其一,岭峤在古代多指五岭中的大庾岭,《太平寰宇记》引《吴录》云:"南野县有大庾山九岭峤,以通广州。"[②] 故大庾岭曾有"九岭峤"之称,刘长卿亦有《至饶州寻陶十七不在寄赠》云"梅枝横岭峤,竹路过湘源"[③],即写大庾岭梅花也。其二,李绅诗首句云"天将南北分寒燠,北被羔裘南卉服"[④],又是取大庾岭界分南北、气候迥异之特点。郑若庸《类隽》曾辑六朝志书《广志》语:"大庾岭上梅花,南枝已落,北枝方开,寒暖之候异也。"[⑤] 大庾岭又有别名"凉热山",《水经注》载:"水出南康县凉热山连溪。山,即大庾岭也,五岭之最东矣,故曰东峤山。"[⑥] 所以,单从李绅作品文字来看,其所写之岭就是大庾岭。

可问题在于李绅明明已至潭州,顺湖湘路南下越岭即可达端州,为何又要跑到江西的吉州南下过大庾岭呢?卞孝萱《李绅年谱》亦曾考此事,虽未明言李绅从何处度岭,然《卞谱》引《四库全书总目提要》批评《新唐书》将"从吉州而南"句认为是"绅自度岭时事"[⑦],隐

①《李绅集校注》,第93—94页。

②《太平寰宇记》卷一〇八,第2184页。

③《刘长卿诗编年笺注》,第199页。

④《李绅集校注》,第110页。

⑤(明)郑若庸:《类隽》卷二六,上海辞书出版社,1991年,第559页。

⑥《水经注校证》卷三八,第860页。

⑦卞孝萱:《李绅年谱》,《安徽史学》1960年第3期。

喻"从吉州而南"者应为李绅妻子。诗注中确有"家累以十月溯流"之语,故吉州而南者,有可能是李绅妻子。但是,如果说李绅妻子从吉州南下大庾岭,只需从北江而下,可直达端州,不必绕到封、康从西江达端州,这是很不合情理的,更为重要的是,李绅《逾岭峤止荒陬抵高要》又有自注云"余在南中日,知家累以其年九月九日发衡州"①,说明李绅家眷同样到了湖南,且已至衡阳,更无可能再跑去江西吉州绕个大圈下端州了。所以,单从作品来看,无论是李绅本人,还是其家眷,都出现了难以解释的问题,而这些问题又都是出自李绅诗歌中的自注,皆为实际情况,那么自吉州而南究竟为谁? 路线到底是如何走的? 需要深入探讨。

　　以上四个方面的问题,皆是从南贬文人的纪行作品中体现出来的,反映的是当时真实的交通状况和文人对于道路的选择情况,而且涉及唐代进入岭南的三条主要通道,颇具有代表性,这些问题之所以难以解释,是因为目前对于大庾岭南北交通情况还不够清楚。故围绕着这些作品的问题,下面将着重考查唐代大庾岭的交通情况。

第二节　唐代大庾岭交通考

　　当前对唐代大庾岭交通情况进行专门考证的研究不多。严耕望有《唐代交通图考》,但止步于第六卷淮南地区,第七卷江南与岭南地区仅为存目②。李德辉《唐代交通与文学》在严著基础上对唐代湖湘骑田岭路的文学情况做了考察,但对大庾岭交通没有过多谈及③。目

---

① 《李绅集校注》,第 111 页。
② 参见《唐代交通图考》总目录。
③ 李德辉:《唐代交通与文学》,湖南人民出版社,2003 年。

前专门考察大庾岭交通的研究,以单篇文章和硕士论文为主,多集中于宋代以后的情况。相关研究中,台湾学者曾一民的文章《唐代广州之内陆交通》尤应提及①,此文以相当篇幅考察了唐代大庾岭至两京的交通路线,其主要借助文人纪行诗与《元和郡县图志》《通典》等文献展开考证,思维缜密、考据翔实,十分值得参考。由于曾文只论及大庾岭南北纵贯线大交通,大庾岭的横向路线以及更为详细的交通道路情况尚不清楚,这也是本书需要努力推进的地方。

一、大庾岭至两京交通

此为大庾岭纵贯线交通,据《元和郡县图志·虔州》记载:"西北至上都四千一百二十五里。西北至东都三千三百一十五里……大庾县,上。东北至州二百二十里。"② 又据《舆地纪胜》:"大庾岭《寰宇记》云:'一名台岭,在大庾县西南二十里。'"③ 以此可知,大庾岭有道路可通两京,至长安里程概在 4365 里,距离东京洛阳概在 3555 里,这也是大庾岭最有价值的两条路线,由此二途实现岭南与中原核心区域的对接。关于这两条纵贯线,曾一民已有详考,其通长安路线主要以宋之问神龙元年贬泷州的纪行诗为凭据,通洛阳路线主要以许浑、李翱等人纪行作品与《唐大和上东征传》所记鉴真北返路线为凭据,极为可信,在此就不予重复考察,仅将其结论部分整理如下:

(一)长安至大庾岭路线

由长安出发,东南行,取商邓路,即由京兆府经蓝田县、蓝田关,至商州治上洛县(今陕西商洛),出武关,经邓州治穰县(今河南邓州),抵襄州治襄阳县。是程约 1130 里。按严耕望教授蓝田武关驿

① 曾一民:《唐代广州之内陆交通》,台中国彰出版社,1987 年。
②《元和郡县图志》卷二八,第 672 页。
③《舆地纪胜》卷三六,第 1540 页。

道考证,已知有两关及 23 座驿站。由襄阳取随蕲路,即由襄阳东南行,经随州枣阳县(今湖北枣阳),至治所随县,经安州治安陆、黄州治黄冈、蕲州治蕲春、黄梅县,渡江,抵江州治浔阳(今江西九江),是程约 1295 里。以随蕲陆路为主。此段亦可由襄阳郢鄂路下江州,即由襄阳沿汉水,经郢州(今湖北钟祥)、复州(今湖北仙桃)、沔州(今湖北汉阳),至鄂州湖北武昌,由此下江州与随蕲路汇合,是程比随蕲路多三百余里。由江州南行,经洪州治南昌,逆赣水而下,过吉州治庐陵(今江西吉安),入虔州大庾岭路①。

以上大抵按曾一民考证结果摘录整理,中间文字因叙述逻辑略有调整,其中江州至大庾岭段里程没有统计,按《元和郡县图志》江州、洪州、吉州、虔州之间里程相加②,共计 1375 里。曾一民所计长安至襄阳 1130 里,襄阳由随蕲路至江州 1295 里,襄阳由郢鄂路至江州约在 1600 里。几段路程里数相加,可得长安至虔州取随蕲路 3800 里,取郢鄂路约 4100 里,与《元和郡县图志》所云 4125 里基本吻合,且《图志》应是以郢鄂路作统计,该路段水程为主。以此,长安至大庾岭交通路线是十分清楚的,其中长安至襄阳路段,以陆路为主,此段严耕望先生亦有详考,襄阳之后取随蕲路则为陆路,至黄梅驿入长江,取郢鄂路则为水路,利用汉水入长江,至浔阳后皆为水路,从鄱阳湖入赣江,一直溯流而上可直达虔州大庾岭。神龙元年,宋之问贬泷州即由此途,沿途皆有纪行诗与此线路互为印证,历历可考。

(二)洛阳至大庾岭路线

由东都洛阳东行,至偃师县,有水陆路可通,至巩县洛口入黄河,

---

①《唐代广州之内陆交通》,第 18—32 页。

②据《元和郡县图志》卷二八,江州至洪州 325 里,洪州至吉州 576 里,吉州至虔州 474 里。

经汴渠口,至河阴县,经汴州治开封浚仪、陈留县、雍丘县,宋州治宋城,亳州永城县,宿州治埇桥,泗州治临淮,至楚州淮阴县(今江苏淮安),凡 1830 里,顺流。由淮阴县循淮河至楚州治山阳县(今江苏淮安),南行入邗沟,过宝应县、高邮县、邵伯埭(今江苏江都),至扬州治江都县,而抵长江北岸扬子(今江苏仪征),自淮阴至邵伯 350 里,逆流,自邵伯至江 90 里。至此有分路:A 由润州丹徒(今江苏镇江),沿江南运河而下,经丹阳县、常州治晋陵(今江苏武进)、苏州无锡、苏州治吴县、嘉兴县,至浙江杭州,由润州至杭州 800 里。由杭州溯浙江西行,经富阳,折南行,经睦洲桐庐县、衢州治信安(今浙江衢州),至常山县,全程以浙江水道为主,约 695 里。由常山县逾玉山岭,至信州玉山县,凡 80 里,谓之玉山岭陆道。由玉山县沿上饶江西南行,经州治上饶县、君阳山(今江西弋阳),朝西北至饶州干越亭(今江西余干),过担石湖,抵洪州治南昌县,凡 828 里。逆赣水而下,过吉州治庐陵(今江西吉安),入虔州大庾岭路。B 由润州丹徒至江宁县(有临江驿)、和州治历阳(今安徽和县)、池州治秋浦,溯长江至江西浔阳,约 1300 里,入赣江经洪州、吉州、虔州至大庾岭 [①]。

以上亦据曾一民考证文字整理,其中 A 线基本依据李翱《来南录》所记行程进行考证,按此路线计算,A 线里程总计 4923 里。B 线前路与 A 线一样,中间由润州分途,溯长江经安徽直达浔阳,此途以许浑纪行诗以及《唐大和上东征传》为本进行考证,共计里程 4945 里。无论是 A 线还是 B 线,里程都远超《元和郡县图志》所记 3315 里。是《元和郡县图志》所记有误吗?《通典》亦记南康郡"去东京三千四百里"[②],与《元和郡县图志》所记基本相符。说明此两条线路

①《唐代广州之内陆交通》,第 36—65 页。
②《通典》卷一八二,第 4844 页。

非官方线路,由大庾岭至洛阳应另有他途。

　　从地理位置上看,以上两条线路因多借舟楫之利,或取长江河道,或取江南运河,自洪州向北都不同程度地往东北偏向,直至淮安才开始西北转向,相当于绕了一个大弯。而洛阳位于大庾岭的西北方向,最为快捷的道路应往西北寻求,即至江州后,渡江至鄂州区域,应有陆路可通洛阳。《元和郡县图志·江州》"八到"记载,"西至鄂州五百九十三里……西北至蕲州二百八十九里"[①];又据卷二七鄂州,"正北微东至黄州二百里"[②];蕲州,"西北至黄州二百三十里"[③],这些都是唐代由江州通往洛阳方向的路途。而比较鄂州与蕲州二道通黄州,则以蕲州道为最快捷,这其实就是前面所考长安驿路中的随蕲路中的一段,由江州渡江黄梅,西北经蕲州至黄州,全程519里。按《元和郡县图志》记载,由黄州往西可往安州,或者往北则通光州,安州方向是往襄阳去,此途通往长安,故只能取光州,路程360里[④]。此后光州西北行可通蔡州,路程300里[⑤],蔡州北至颍州(许州颍川郡)360里[⑥],许州西北可达东都洛阳,340里[⑦]。由此可见,从鄂州可往西北直通洛阳,此路以陆路为主,以江州为起点,全程共计1879里,若再加上江州至虔州的1375里,则为3254里,与《元和郡县图志》所计里程已经十分相近。故基本可以确定,这条路线才是唐代官方由洛阳通大庾岭的路线。陈鸿彝《中华交通史话》谈及唐

①《元和郡县图志》卷二八,第676页。
②《元和郡县图志》卷二七,第644页。
③《元和郡县图志》卷二七,第655页。
④《元和郡县图志》卷二七,第652页。
⑤《元和郡县图志》卷九,第245页。
⑥《元和郡县图志》卷九,第238页。
⑦《元和郡县图志》卷八,第207页。

朝通洛阳的贡路时,曾列出大庾岭一线,指出途中所取地点有光州、黄州^①,则应是指以上路线。

　　由此来看,大庾岭与两京之间的纵贯路线,实际上主要有 3 条,分别为西、中、东线。西线即为从长安至大庾岭的路线,唐代张说、宋之问、阎朝隐、房融、李峤等人南下庾岭即是取此路线。东线则为从洛阳取南北大运河的路线,从东部水路至常山县,越玉山岭进入江西至大庾岭,唐代李翱南赴幕府即取此路。这条路线亦有分路,即过邗沟之后,逆取长江水路直通江州,许浑南下幕府、鉴真北还扬州皆由此分路。中线则为以上所考取黄州、光州、蔡州、许州的路线,这是大庾岭至洛阳路程最短的路线,目前没有发现有文人南下此路的纪行作品,故曾一民所考察路线中并无此线路。但事实上,这条路线应为官方贡路,贡品入京、贡生赴考应皆由此路,似綦毋潜、钟绍京、张九龄及其家族子弟、罗隐等人赴考或往返家乡时,很有可能走过这条路线,尤其是张九章设法为杨贵妃运送荔枝更要借重这一条最为便捷的路线。

　　在弄清楚了大庾岭至两京的路线后,同时还需要关注唐代南北交通中的另一条重要通道,即湖湘骑田岭路,这一条路线是如何与两京对接的? 事实上,湖湘路与赣江路是两条南北向近乎平行的线路,不同之处在于,湘水汇洞庭湖入长江,赣水汇鄱阳湖入长江,所以在明确了庾岭至两京的大路线之后,湖湘路对接两京的线路也很容易明了了,只需要在以上线路中,找到接近长江的枢纽点,转向至洞庭湖(岳州)即可。按《元和郡县图志·岳州》"八到":"西北至江陵府五百七十里……东北至鄂州五百五十里。北至复州沔阳县

---

① 陈鸿彝:《中华交通史话》,中华书局,2013 年,第 265 页。

五百五十里。"① 江陵府即荆州，在襄阳正南，而襄阳、鄂州、复州沔阳皆是大庾岭至长安路线中出现的地点，也就是说，从长安出发，其他的路线皆可不变，而达于襄阳、鄂州、复州之后，都可以转而向洞庭湖，而从里程以及水路的便利来看，最好的转驳点应该在襄阳，由此南下，至江陵下长江，一路顺流可至岳州。若从东京洛阳取湖湘路，可由通济渠过邗沟后，一路逆长江至洞庭湖，亦可由上述贡路至黄梅驿入江，逆水至洞庭湖。如此来看，湖湘路至两京的路线也是十分清楚的。

　　湖湘路与大庾岭路无疑是唐代南北交通中最为重要的两条线路，若从交通功能来比较，应该说各有千秋。由于湖湘更在赣江之西，故其对接襄州、商邓以及光州路线是更近的，据《元和郡县图志·郴州》"八到"："西北至上都三千二百七十五里。北至东都三千一十五里。"② 与大庾岭路比较，骑田岭至长安近850里，至洛阳近300里，故长安取湖湘至岭南的线路优势明显。然而，由于南北大运河位于最东部，若由此线路至湖湘越岭则颇为不便，路程较远，尤其是由北往南的时候，若从润州至岳州，一路皆为逆水，行旅艰难，更毋谈润州以下的江浙区域，这条江南运河与岭南的对接自然是借助大庾岭路最为方便，从这一点来看，大庾岭路的商业价值无疑优于湖湘路。李德辉《唐代交通与文学》中曾比较这两条通道说："湖南地当北方通岭南之要冲，运河开通以来，虽有很多北方文人沿着淮、汴过江西，溯赣水度岭，但京城南面的蓝田武关道、东都洛阳通襄阳的驿路均直指荆鄂，再往南便是湖南省的北大门——岳州，且有长江水路沟通上下东西部，因而大陆中、北部许多省区与岭外的交通仍不得

---

① 《元和郡县图志》卷二七，第 656 页。
② 《元和郡县图志》卷二七，第 707 页。

不取道湖南……三百年来,游历湘中的北方文人在沿线重要景点留下了许多诗章题记,成为唐代湖南文学的重要组成部分,其数量之多,诗篇之佳,远胜于东面的江西通岭南水道,实为中古南北交通史上之奇观。从这个意义上说,此道在唐代交通上的作用不在军事上而在经济文化上。"① 应该说,李德辉先生对于两条通道的判断是基本准确的,由于湖湘路对接两京的便捷性,大陆中、北部文人南下应多取湖湘路,《全唐诗》所收录的南下文人作品,表现湖湘的也远多于庾岭通道。然而,湖湘路在唐朝的经济作用却不如大庾岭,一方面,由于骑田岭南部水路狭窄湍急,难以承担大宗货物的运输,另一方面从与江南富庶地区的对接来看,湖湘路远不如大庾岭路,故海上贸易更多借重的,仍然是大庾岭路。

需要指出的是,以上探讨的路线,只是根据起点与终点以及地理环境所做出的一个合理的方案分析,而唐人在实际的行走中具体采用了何种路线,还需要看个人的目的与实际情况。以上各条线路本就存在互为重合交叉的部分,如大庾岭路与湖湘路在长江以北的路线大部分是一样的,在大庾岭至两京的纵贯线中,赣江水路至洪州都是重合的,西线与中线中的江州至黄州路段也是重合的,换言之,唐人在实际的行走过程中,路线可以根据需要互相转换。这一方面体现出唐朝交通网络的完善与发达,另一方面也提醒我们,在考察唐代文人的活动时,以起点和终点来判断经由路线是不可靠的,即便确知文人某一具体活动点后,对于整体行进路线的判断,也只能起到一个参考作用。这大概也是目前学界对于唐人的活动路线考证总是存在分歧的根本原因。

举一个例子,张籍在贞元九年至十一年间(793—795),曾南游

①《唐代交通与文学》,第330—331页。

赣、粤、湘等地,这从他的纪行作品可以判断出来,然而许多学者在考证张籍南下时间和路线时,出现了较大的分歧。如潘竟翰认为张籍约在贞元十一年至十二年间(795—796)南游,并据张籍《寄虔州韩使君》推测其可能从虔州到达岭南①;李一飞认为张籍约在贞元十七年(801)前后南游,先游潇湘,后游岭南,有《岭表逢故人》,北归过江西,有《宿临江驿》,临江驿在吉安②;徐礼节认为张籍贞元九年(793)由长安南下游楚,至荆州、江陵,有《楚妃叹》等作品,又至黄梅,有《宿临江驿》,入江西,有《玉仙馆》云"楚客天南行渐远",由赣入湘,有《岳州晚景》《同锦州胡郎中清明日对雨西亭宴》等,复由湘入岭南,有《岭表逢故人》,由岭南北归③。以上对张籍南游的考证,都不同程度地出现了地点上的问题。潘考据《寄虔州韩使君》判断张籍由虔州入粤并不可信,因为此诗为寄赠诗,恰说明当时作者不在虔州,且诗中韩使君为韩约,其任刺史时间约为宝历元年(825),距张籍此行时间远矣。李考认为临江为吉安乃误,临江驿实在黄梅,宋之问有《途中寒食题黄梅临江驿寄崔融》。徐考最为有据,分别举《宿临江驿》《玉仙馆》判定张籍至黄梅、吉安,则张籍由黄梅渡江至赣江甚明,然徐认为张籍由赣入湘则误,诗人既已溯赣江至吉州,何至又西入湘水返回岳州在赣、湘间兜兜转转,显然不合常理。事实上,张籍此行路线在其《江头》诗中已表明,诗云:"应同南浦雁,更见岭头春。"④ "岭头春"是大庾岭梅花诗歌的经典意象,张籍既至吉安,岂

① 潘竟翰:《张籍系年考证》,《安徽师范大学学报(哲学社会科学版)》1981年第2期。

② 李一飞:《张籍行迹仕履考证拾零》,《中国韵文学刊》1995年第2期。

③ 徐礼节:《张籍故乡与南游考辨》,《安庆师范学院学报(社会科学版)》2007年第1期。

④《张籍集系年校注》卷二,第376页。

有不去大庾岭而掉头返回洞庭之理？故张籍此行乃由赣入粤复入湘也。张籍此例也说明唐人游历行迹多变，其由长安南下游楚，至江陵，这是处于湖湘交通线，一般下一站即入洞庭湖，而张籍却至黄梅下浔阳，从湖湘线切换到庾岭线。考察张籍路线，若仅从诗人江陵与湖湘作品，很容易就判定其一路南下至湖南，那么《宿临江驿》《江头》《玉仙馆》等作品则无法解释。故对于唐代文人活动的考察，须建立在对交通路线十分熟悉的基础之上。

二、大庾岭的横向交通

大庾岭至两京的路线为纵贯线，即南北交通，这自然是大庾岭最为重要的交通路线，故学界提及大庾岭，往往只说它的南北交通功能，从不见讨论其东西交通情况。这其中的原因与江西的地理构成是分不开的。江西的地势非常特殊，可谓是一个独立的单元，除了北部之外，其整个边界可以说都是被群山环绕着，东北部的赣、浙边界有怀玉山脉，东部的赣、闽边界有武夷山脉，南部的赣、粤边界有大庾岭山脉，西部赣、湘边界有罗霄山脉，而北部则是长江，把鄂、皖与赣分隔开来，可以说江西既是一个行政区划，也是天然的地理分隔区，形似一个北部开口的盆地。当大庾岭通道开通后，江西则形成南北畅通、东西封闭的格局。正因如此，导致学界在讨论大庾岭时，容易忽视其与东西方向的交流。

然而，忽视不等于不存在，既然古人能在大庾岭这样的天堑中找到交通孔道并开凿成路，那其他的山脉为什么不可以？事实上，在前文所述的南北交通中，其中有一段对接江南运河的道路就属于东西走向的，乃大庾岭通江浙道路，即由大庾岭出发，顺赣江至洪州，折向东行，过干越亭，东北至玉山，过玉山岭，便到了浙江常山。唐人李翱赴南海幕便是取此途，其《来南录》云："戊子，自常山上岭至玉山……自常山至玉山八十里,陆道谓之玉山岭。"①玉山又称干越山,为江西东北部怀玉山脉中的山峰,玉山一带多为低山丘陵,仅个别山峰海拔较高,所以古人很早就在其上找到合适的孔道开辟道路,以通浙赣。尤其在大庾岭通道与江南运河相继开通之后,此路无疑成为东西向物流运输的黄金通道。除此之外,当我们翻看《元和郡县图志》《通典》等唐代典籍时,就会发现不只是东北部与浙江的连通,江西与东部的福建、西部的湖南同样存在着交通孔道,下别分别予以讨论。

（一）大庾岭与湖湘道路的联通

由于赣、湘之间横亘着罗霄山脉,所以从地理上就已经形成两省隔绝的状态。然自古以来,人们已在此山脉中找到了多个相通的孔道,并逐渐形成较为完善的交通道路。在史籍的记载中,赣湘边界几个毗邻的行政区,其实都存在着道路相通,而藉由这些道路,可以实现赣水通道与湘水通道之间的转换。唐人杨衡《送人流雷州》云:"逐客指天涯,人间此路赊。地图经大庾,水驿过长沙。"②这首诗指出往雷州途中的两个地点,一个是长沙,一个是大庾。然而这两个地点其实并不在同一条南北交通线上,玩诗意,作者显然不是说有两条路去雷州,而是为友人指明去往雷州的路线。故杨衡的这首诗其实反映出唐代文人南下时,是有可能在湘水与赣水之间转换的。唐代韩翃《送赵评事赴洪州使幕》亦云:"孤舟行远近,一路过湘东。"③盖此诗中赵评事是由西边赴洪州,而湘东即指出赵评事或由袁州入赣,此诗同样说明了唐代湘、赣间的沟通。那么,唐代湘、赣间具体有哪些

①《李文公集》卷一八,第90页。
②《全唐诗》卷四六五,第5288页。
③《全唐诗》卷二四四,第2740页。

道路相通呢?

其一,袁州—潭州路线。据《元和郡县图志·袁州》"八到":"西至潭州五百二十六里。"① 而在潭州"八到"中同样记有"东南至袁州五百二十五里"②。又《通典》载宜春郡"八到":"西南到长沙郡界二百三十里。西北到长沙郡五百二十六里。"③ 这就说明唐时袁州与潭州之间是有路可通的,应自袁州先西南行,入湘后又西北行,可至潭州。我们还可以在史籍中找到更多关于这条道路的记载,据《读史方舆纪要》:"(萍乡县)县前江,县治南,即杨岐水。发源杨岐山,西南流四十里过县前,又九十里入醴陵县之渌江,亦谓之萍川水。"④ 以此知在袁州萍乡县有萍川水,又叫杨岐水,可至湖湘之渌江。又有《江西通志》记载:"萍川水在萍乡县南三十余步,源发杨岐山,东流转西四十里到县,又九十里入湖广醴陵县界,出渌口,过潭州,入洞庭。"⑤ 这里记载得更为清楚,由萍川水可接渌江,而渌江又接湘水,可至潭州,入洞庭。又据《读史方舆纪要》:"(清江)袁水出袁州府萍乡县之卢溪,至新喻县为渝江,东北流至府南十里而合赣江。"⑥ 以此可观这条线路的全貌,即由赣江至清江,入袁水至新喻县(今江西新余)渝江,至萍乡县,再由萍乡入萍川水,至醴陵县渌江,由此江汇入湘水至湘潭。由湘潭至袁州,即按此路线反向行驶。

其二,吉州—衡州路线。据《元和郡县图志·吉州》"八到":"西至衡州九百一十里。"⑦ 在衡州的"八到"中亦有相同的记载。又

①《元和郡县图志》卷二八,第 678 页。

②《元和郡县图志》卷二九,第 702 页。

③《通典》卷一八二,第 4843 页。

④《读史方舆纪要》卷八七,第 4047 页。

⑤《(雍正)江西通志》卷八,第 200 页。

⑥《读史方舆纪要》卷八七,第 4032 页。

⑦《元和郡县图志》卷二八,第 674 页。

《通典》载庐陵郡"八到"："东南无路可到。西南到桂（衡）阳郡九百里。"[①] 此处桂阳误，乃衡阳，点校本已在注释中订正，此句记载很重要，"无路可到"更可反证当时吉州至衡阳交通的存在。那么，此通道具体情况又是如何呢？《水经注》有记载"洣水出茶陵县上乡，西北过其县西，又西北过攸县南，又西北过阴山县南，又西北入于湘"，郦注："水出江州安成郡广兴县太平山，西北流迳茶陵县之南。汉武帝元朔四年，封长沙定王子节侯诉之邑也。"[②] 又《元和郡县图志》载庐陵郡下有安福县，并云："吴分置安成郡。"[③] 可知安成郡即庐陵郡安福县地。以上记载说明早在汉代，人们就已经在利用罗霄山脉间的水道沟通湘、赣两地了，通过洣水即可接入湘水，通衡阳。那么，又如何从庐陵至安福呢？庐陵郡本因庐水得名，按《舆地广记》记载："安福县……有庐水，东至庐陵，入赣江。"[④] 据此，吉州至衡州的路线基本清楚了，可由赣江入庐水，逆行至安福，陆行，再入洣水，经攸县，西北入湘水，可至衡阳。南宋文学家曾丰任广州通判时，就曾过大庾岭取此路往湖湘公办，其有《舟至衡阳转入茶陵》，诗云："山不相高谷水过，天能自不与江连。到前却入江西路，耳目相谙性可便。"[⑤] 由此诗可知，诗人从衡阳取湘水至茶陵，此时已非湘水，而是山间的谷水，则为洣水无疑，过茶陵后可至安福，故云"入江西路"，曾丰的作品实可与以上的考证互为印证。

其三，虔州—衡州路线。已经清楚了吉州至衡州的路线，似乎虔州至衡州的路线也已经明了，就像曾丰越过大庾岭取赣水至吉州，

① 《通典》卷一八二，第 4842 页。
② 《水经注校证》卷三九，第 874—875 页。
③ 《元和郡县图志》卷二八，第 674 页。
④ （宋）欧阳忞：《舆地广记》卷二五，中华书局，1985 年，第 260 页。
⑤ 《全宋诗》卷二六〇六，第 30286 页。

再至衡州即可。然而，一些文献材料表明，虔州至衡州应该还另有道路。由于唐代大庾岭禅宗兴盛，而慧能弟子怀让又至衡岳传法，开怀让法系，颇显宗风，故唐代大庾岭与衡岳间的交流非常多。在《祖堂集》《宋高僧传》等佛教典籍中，一些记录就体现出大庾岭至衡岳应另有路途。如《祖堂集》卷五记载："（长髭）师初礼石头，密领玄旨。次往曹溪礼塔，却回石头。石头问：'从何处来？'对曰：'从岭南来。'石头云：'大庾岭头一铺功德，还成就也无？'"①石头即唐代南禅著名禅师石头希迁，五家七宗有三家出自其法嗣之下，撰有《参同契》，常驻锡南岳，故又称南岳石头。以上记载云长髭和尚先至衡州礼石头，又至曹溪礼祖，复又回衡州，实际就是在大庾岭与衡州之间往返。那么长髭所取何途？再看另一则记载，《祖堂集》卷四记载了唐代著名居士庞蕴与丹霞禅师一同至南康向马祖道一求法之事。马祖当时对他们说："从这里去南岳七百里，迁长老在石头，你去那里出家。"②迁长老即石头希迁，马祖既云从南康至南岳700里，则非以上所考吉州至衡州路线，因为按记载仅吉州至衡州就已经900里了，更毋说再加上至虔州的里程，这就说明虔州至衡州间存在另外一条近路，然不见于官方记载。经实地考察，在今天的上犹县五指峰区域（唐时属南康），有山间小路可通吉州遂川，也就是说上犹翻过山就是遂川。在第一章中，曾提及遂川县藻林乡左溪河出土了一批秦始皇时期的兵器，说明这里是最早发现的通大庾岭的路径，而遂川西北向则可进入湖南炎陵县和茶陵县，由此接湘水至衡阳。马祖所云南康去衡州700里，盖指此途也。

---

①（南唐）静、筠二禅师著，张美兰校注：《祖堂集校注》卷五，商务印书馆，2009年，第142页。
②《祖堂集校注》卷四，第121页。

其四,虔州—郴州路线。据《元和郡县图志·虔州》"八到":
"西至郴州一千一十二里。"[1] 又《通典》载南康郡"八到":"西至桂阳
郡一千一十二里。"[2] 桂阳郡即郴州。这里所指的道路,并非是从虔
州越大庾岭下浈水,然后又溯武水而上过骑田岭至郴州。如此虽可
借用舟楫之便,却要翻越两次五岭,交通工具也要不断换乘,既辛苦
又麻烦。所以史籍所记载的道路,应是虔州直通郴州的陆路,但在史
料中难以找到更多的记载。从地理位置来判断,应该是从虔州西行
至上犹、崇义,从崇义西南进入湖南汝城,再西北进入郴州,一路上翻
山越岭,行旅颇为艰难。

（二）大庾岭与闽越道路的联通

福建位于江西东边,两省间被蜿蜒纵贯的武夷山脉分隔开来,
且互通的水系远不如赣、湘之间多。一般来说,江西利用水路进入福
建主要有两条路线:其一,自信江流域的铅山河口镇经分水关,陆行
190里,出福建崇安,经建阳、建瓯与建溪相接;其二是由抚河流域的
南城县,穿杉关至光泽,达邵武与富屯溪（闽江支流）相连[3]。天祐年
间（904—907）,晚唐诗人韩偓弃官南行,由潭州取湘水入赣,复由赣
入闽,就是取南城县这条路。若从大庾岭通过此二途至闽,或由赣江
至江南运河道路,至弋阳分途往铅山;或由虔州出石城进入南城县,
由此入闽。

从史料来看,唐代由大庾岭取此二途入闽的情况不多,这主要
是因为如果要从大庾岭入闽,或者从闽入赣过大庾岭,更多的是通过
赣南与闽越之间的孔道。实际上,虔州与闽越相连的界线颇长,自

①《元和郡县图志》卷二八,第672页。
②《通典》卷一八二,第4844页。
③沈兴敬:《江西内河航运史》,人民交通出版社,1991年,第37页。

北而南分别有石城、瑞金、会昌、寻乌4个县与福建交界,所以若过大
庾岭入闽,直接可从虔州东境的孔道过去。早在西汉时期,虔州就
是汉武帝平定闽越的主要路径,据《史记》记载:"元鼎六年秋,馀善
闻楼船请诛之,汉兵临境,且往,乃遂反,发兵距汉道。号将军驺力等
为'吞汉将军',入白沙、武林、梅岭,杀汉三校尉……天子遣横海将军
韩说出句章,浮海从东方往;楼船将军杨仆出武林,中尉王温舒出梅
领。"[1] 通过这段记载,可知西汉时通往闽越的汉道,分别有白沙、武
林和梅岭3条通道,其中的梅岭一途,并非指大庾岭古驿道,而是虔
化县(今江西宁都)的梅岭。王谟《江西考古录·梅岭》云:"江西有
三梅岭,皆见《史记》。其一即大庾岭……其一在南昌西山……其一
在宁都县北,界连建昌。《通志》引汉书元鼎五年,王温舒征东越,出
此。"[2] 由此来看,虔化县乃虔州区域最早沟通闽越的通道,那么这条
通道的具体情形如何呢?

　　据《元和郡县图志·虔州》"八到":"东至建州一千五百八十五
里。"[3] 又《通典》载南康郡"八到":"东至建安郡隔绝黄土岭一千
八百二十里。"[4] 建安郡即建州(今福建建瓯)。两者记载的里程略
有不同,概所取途径不同也,这也反映了在虔、闽边界可能存在多个
孔道。《通典》中出现了一个具体的地名"黄土岭",然古地名曰"黄
土岭"者多矣,此"黄土岭"必定是在虔州至建州的途中某处。又
据《太平寰宇记》:"沙源,经县南二百步。其水源出汀州宁化县黄土
岭,至虔化县界,号曰沙源水。水势悬峻……过县东一百二十里,合

---

①《史记》卷一一四,第2982—2983页。

②《江西考古录》卷三,第45页。

③《元和郡县图志》卷二八,第672页。

④《通典》卷一八二,第4844页。

邵武、将乐溪水,至建潭合建溪。"① 邵武、将乐已是唐代建州区域,而此沙源水又经虔州虔化界,则《通典》所记"黄土岭"即汀州宁化之"黄土岭"也。

再来看一下虔州至虔化的情况,虔化有虔化水,县因水名。虔化水自古被认为是赣水正源,据《太平寰宇记》:"赣水。贡水首受雩都县之章水,自南康县界二水双流,至县合为赣水。"又:"虔化水,源出吟山,接抚州崇仁县,在县北二百四十里。本名雩都水,入雩都县界。"② 以此可知,虔化水即雩都水,此水可通虔州赣县。则若从大庾岭至闽,可先入贡水,溯流至虔化,至虔化水入沙源水,入汀州境,经黄土岭、邵武、将乐等地,至建州。

然而,由虔入闽,似乎并非虔化水至沙源水一途,在文献记载中,还能看到在虔州以东的区域其实存在多个孔道通往闽地。如《读史方舆纪要》卷八八:"(会昌县)羊角水,在县南百二十里。旧名郎溪,东达武平县","(宁都县)金精山,在县西北十五里……长沙王吴芮伐闽越道经山下","(宁都县)下河寨,在县东南八十里,路通闽越","(瑞金县)东至福建汀州府百里……本雩都县地,唐天祐元年杨行密析雩都象湖镇之淘金场置瑞金监","(瑞金县)北隘岭,县东北七十里,接福建长汀县界。又大阰岭,在县东二十里,路通闽、广"③。从以上记载可以看到,在虔州的虔化(宁都)、会昌、安远、瑞金等地,皆存在孔道与闽越相通,其中有陆路,也有水路,甚至有的通道还是汉时古道,这就充分说明虔、闽两地很早就已经利用这些孔道频繁交流。

---

① 《太平寰宇记》卷一○○,第 2000 页。
② 《太平寰宇记》卷一○八,第 2174—2183 页。
③ 《读史方舆纪要》卷八八,第 4064—4069 页。

在唐代诗歌和其他文献中,可找到一些由大庾岭赴闽的具体例子,如樊晃曾至岭南,又任汀州刺史,有《南中感怀》云:"南路蹉跎客未回,常嗟物候暗相催。四时不变江头草,十月先开岭上梅。"[1] 元和十年,韩泰以虔州司马迁漳州刺史,有诗云:"庾岭东边吏隐州,溪山竹树亦清幽。"[2] 卢纶有《江北忆崔汶》,诗云:"望岭家何处,登山泪几行。闽中传有雪,应且住南康。"[3] 崔汶乃卢纶好友,此行由虔州赴闽。此外,唐时虔州与闽越区域的佛事往来也非常多,如马祖道一离开南岳后,前往曹溪礼佛,后越过大庾岭从虔州赴闽地交流。

三、大庾岭至岭南区域的交通

唐代去往岭南的人们,无论是纵向从北方到达大庾岭,还是横向从湘、闽区域到达大庾岭,最后都要面临翻越大庾岭后应该怎么走的问题。这个问题看似简单,既已到达大庾岭,自然是顺着张九龄开凿的驿道翻越大庾岭,然后顺浈江南下了,这也是当前对大庾岭交通的普遍认识。然而,就如同前文的考察,既然在湘、赣边界,虔、闽边界都存在多个交通孔道,那么绵延数百里的大庾岭山脉为何只能有一个通道?这显然是说不通的。在当前研究中,已有学者注意到这个问题,并展开了一些研究。如赖井洋对大庾岭乌迳古道进行了细致的调研,较全面地展示了这条声名未显,又极其重要的古道风貌[4]。王元林则对位于庾岭东部以龙川古道为代表的多条古代通道进行了

---

①《全唐诗》卷一一四,第 1166 页。

②《全唐诗》卷七九五,第 8945 页。

③(唐)卢纶著,刘初棠校注:《卢纶诗集校注》卷三,上海古籍出版社,1989 年,第 279 页。

④ 赖井洋:《乌迳古道与珠玑文化》,暨南大学出版社,2015 年。

考察①。这些研究也充分证明,在古代大庾岭山脉中,确实存在许多沟通南北的孔道。当然,关于大庾岭的交通孔道,有一些问题还没有被注意或完全解决,譬如:张九龄开凿大庾岭路是在开元四年,则唐前的范云、谢灵运等人是从大庾岭何处越岭? 张说、宋之问等人南贬,张九龄进京贡试,慧能北上求法等皆在开元前,那么他们又是走的什么通道? 张九龄所开大庾岭路,是否是在原路的基础上拓展的呢? 下面就大庾岭上的南北孔道问题进行详细的探讨。

(一)大庾岭驿道

大庾岭驿道,又称梅关道,即张九龄开元四年所开之驿路,也就是今天在梅岭风景区所能看见的古驿道遗址。此路在开凿之初,便极不平凡,表现在两点:其一,由大唐最为著名的宰相张九龄监督开凿,并为其写序。张九龄以卓识远见、文采斐然、任人唯贤、尽忠职守等优点而闻名,被誉为"大唐风度",可谓是为官典范,为后世无数仕子所仰慕,古往今来,不知多少文人来此瞻仰其风采,留下大量凭古诗文,可以说张九龄成了大庾岭驿道最为重要的文化内核。其二,自开凿时,就已经承担了不平凡的使命。张九龄序云:"海外诸国,日以通商,齿革羽毛之殷,鱼盐蜃蛤之利,上足以备府库之用,下足以赡江淮之求。"② 这就表明驿道的开凿并不仅仅是便民工程,而是张九龄站在国家发展的高度所施展的一项宏图,大庾岭古驿道是应时、应势、应需而生,这也注定此路在开凿后,便逐渐成为南北交通中最为重要的道路,兴盛一千余年。

关于唐代大庾岭驿道的开凿,学术界仍存在争议,讨论的焦点在于张九龄所开之路是新路还是旧路。如黄君萍认为张九龄仅利

① 王元林:《客家古邑古道》,华南理工大学出版社,2016年。
② 《张九龄集校注》卷一七,第890—891页。

用一个农闲冬季便修好一条全新的驿路，以当时的技术是不可能的，所以他仅仅是在原路的基础上开凿而已①。熊飞则据张九龄序中"先天二载"认为此项工程其实早已开始，只是直到张九龄去负责，才顺利竣工②。诚然，这些争论都是对张九龄开凿驿路时间过短的合理解释，同时也引发一种思考，即大庾岭上是否只有一途？事实上，结合史料考证可知，当时大庾岭肯定存在多个交通孔道，这是前人因为各种需求利用山谷间的有利地形逐渐开拓出来的。由于张九龄开凿岭路的时间确实太短，必是在已有道路的基础上进行开凿的。徐浩《唐尚书右丞相中书令张公神道碑》云："始兴北岭，峭险巉绝，大庾南谷，坦然平易。公乃献状，诏委开通。"③此中描述其实是对当时岭南岭北交通路况的对比，而张九龄主要开凿的，是始兴北岭的这一段路。此外，张九龄序云："缘磴道，披灌丛，相其山谷之宜，革其坂险之故。"④从"缘磴道"明显看出之前就有路，张九龄开路实为在旧山道的基础上，相山谷之宜而开凿与拓宽，故时间上才能如此迅速，经张九龄颇具智慧的开拓调整，这条路的面貌焕然一新，终成坦途。需要指出的是，张九龄所凿旧路，乃为大庾岭多个孔道的其中之一，应是当时较容易开凿成大路的一个，但未必是六朝时谢灵运、范云所行之路，更未必是秦汉时军队南下之路。

　　关于大庾岭驿道的交通情况，无论是文学作品还是史料记载都比较多，而且至今保存较为完整，与唐时相比，其道路交通的整体框架和道路走向不会有太大变化，所以关于其交通情况是很清楚的。

----

① 黄君萍：《横浦关故址辨疑》，《广东民族学院学报（哲学社会科学版）》1985年第 Z1 期。
②《张九龄年谱新编》，第 42—43 页。
③《全唐文》卷四四〇，第 4490 页。
④《张九龄集校注》卷一七，第 891 页。

据《南雄市志》记载："梅关古驿道，自南雄州门铺北行，途经长宁铺、长迳铺……至红梅铺，越过梅关，进入江西南安（今大余）境内，全程长45公里……溯北江，入浈江，到达南雄，然后经梅关古道越大庾岭至南安，再沿章水，下赣江，出长江。"① 这段记载其实记录了古驿道的大、小两种交通，小交通即南雄—梅关—南安，这条路上有各种商铺，鳞次栉比，这应该是明清大庾岭商道最为繁华时的模样；大交通即北江—浈江—南雄—梅关—南安—章水—赣江—长江，这一路线自古即是如此。唐人李翱入南海幕，走的便是大庾岭古驿道，其《来南录》详细记录了当时的行程，其云："逆流自洪州至大庾岭一千有八百里，逆流谓之漳江。自大庾岭至浈昌一百有一十里，陆道谓之大庾岭。自浈昌至广州九百有四十里，顺流谓之浈江。出韶州谓之韶江。"② 从赣江至大庾，越大庾岭至浈昌（今广东南雄），下浈江，入北江，李翱所叙交通情况与现代的记录一般无二，至于陆路里程相差20里，应为统计参照物的不同，今志是从南雄州门铺开始统计，而非全部里程。所以，对于这条古驿道的交通概况，基本能做到以今知古。

（二）乌迳道

乌迳道出现在史籍中，始于明代，嘉靖《南雄府志》记载："乌迳路。通江西信丰，陆程二日。水程三、四日抵赣州大河。庾岭未开，南北通衢也。"③ 顾炎武《肇域志》亦云："乌迳，路通江西信丰。庾岭未开时南北通衢也。"④ 这些记载皆指出大庾岭上存在另外一个通

① 南雄市人民政府地方志编纂委员会：《南雄市志》，方志出版社，2011年，第279页。

② 《李文公集》卷一八，第90页。

③ 《明·南雄府志》下卷，第125页。

④ （清）顾炎武著，谭其骧、王文楚、朱惠荣等点校：《肇域志》，上海古籍出版社，2004年，第2181页。

道——乌迳道。事实上，这条古道的存在是毋庸置疑的，因为时至今日，这条古道的原始形态以及因古道而出现的商铺和村落仍然保存着，昭示着往日的繁华。

关于乌迳道，南雄本土籍学者赖井洋已经做了详细的现地调查，并充分利用当地村落的族谱记载，考察了乌迳道的发展历史 ①，如其据《新溪李氏十修族谱》，考察到乌迳古道边的新田村的始祖乃为西晋太常公李耿，于建兴三年（315）被贬曲江，故举室南迁，由虔入粤，即由此路，并在乌迳卜筑以居，世代繁衍，至中唐，李氏出了一个进士李金马，曾请李德裕为其祖作《晋太常李公介卿传》。当然，族谱的记载不能尽信，但也非空穴来风，赖井洋之后又列举了在乌迳区域挖掘发现的汉墓、西晋墓和六朝墓的情况。可以肯定，乌迳一定是大庾岭上自古就存在的一条孔道，并且是中原氏族南迁的一条主要通道。

据考察，乌迳道的交通路线自北往南，由赣江入贡水，再入桃江至赣州信丰九渡水，进入乌迳路，陆行数十里，至昌水（浈江上游），入浈江。这条道路利用大庾岭山谷间的天然孔道开辟而成，与大庾岭驿道相比，其优势是没有爬山之艰辛，不足在于路径蜿蜒曲折，较庾岭驿道路程更长，陆路里程约在 40 至 50 公里，水路里程超过 200公里。

（三）龙川道

龙川道位于庾岭山脉的最东部，是古代由虔州寻乌、安远、龙南区域连接南海龙川县（今广东河源龙川）的通道。据《旧唐书》记载：“循江，一名河源水，自虔州雩都县流入。龙川，在河源县，云有龙穿地而出，即水流，汉因置龙川县。贞观元年，省石城并入。” ② 以此可

---

①《乌迳古道与珠玑文化》，第 9—14 页。
②《旧唐书》卷四一，第 1715 页。

知,此通道是由零都水流入粤东北区域的河源,在粤称河源水。龙川是岭南最早设置的县,其形成与发展,与此水道有着莫大的关系,与历史上的南越王赵佗也有着莫大的关系。

《旧唐书》载龙川县乃汉置,事实上,其建置时间应该更早。《史记·南越列传》云:"秦时已并天下,略定杨越,置桂林、南海、象郡,以谪徙民,与越杂处十三岁。佗,秦时用为南海龙川令。至二世时,南海尉任嚣病且死,召龙川令赵佗语曰……即被佗书,行南海尉事。"[1] 以此可知龙川县在秦时已置,它的形成与秦始皇戍守五岭有密切联系。秦定南越,任嚣、赵佗乃当时东路军的大将,主要负责大庾岭一线的进攻与戍关开边任务,史书云置南海等郡,以谪徙民,与越杂处 13 岁,可见秦始皇不仅要征服南越,更要把南越地开拓成为大秦领土,故不断地往南越输送徙民,而龙川地区无疑就是在这一时期发展起来的一个拓边点。人们往往会疑惑秦定南越后,最重要的功臣赵佗为何仅得一个龙川令的封赏,殊不知当时的龙川乃当时除南海外最重要的拓边点,其最大的优势是不用翻越浈水北部险绝的大庾岭山脉,而是利用大庾岭东部山脉间的谷水可直接进入南越地区,这对于大量军队、徙民与粮草的输送,是极其有利的,反之亦然,南越人亦可利用这一水道轻松进入中原。

吕思勉先生曾在《秦营南方》中对"秦戍五岭"之说表示怀疑,其读《汉书·严助传》刘安谏文"与中国异。限以高山,人迹所绝,车道不通,天地所以隔外内也……越人欲为变,必先田余干界中,积食粮,乃入伐材治船"等文字时,便产生怀疑,既有五岭之隔,对南越的控制必然简单,故说:"三郡之开,辟地万里,越人固未尝敢以一矢相

---

[1]《史记》卷一一三,第 2967 页。

加遗,安用局促守五岭乎?"①吕思勉先生所疑甚合情理,但刘安谏文亦载之凿凿,对此应该从两个层面去理解:

其一,世人对于秦守五岭的理解确实有误。长期以来,史家都认为秦守五岭即五座山岭,由古至今,对五岭所在辩者多矣,《南康记》《广州记》《水经注》等皆指出五岭所在,又互有不同,显然这都是魏晋六朝之后对五岭概念的附会演化,非秦时五岭之真正意涵。所以,若把五岭理解为五座具体的山峰,那么秦守五岭的策略肯定是有问题的,南岭山脉何其绵长,其绝峰何其多也,正如吕思勉先生所言,三郡之开,辟地万里,安用局促守五岭乎?所以,《史记》所言秦戍五岭,必不是五座具体山岭。史家亦有明辨者,杜佑释五岭云:"西自衡山之南,东穷于海,一山之限也。"②王谟《大庾岭》云:"今考五岭之说,互有不同,皆首大庾,举重要也……《豫章记》:'南距五岭,实止大庾一岭连及之耳。'"③以上都是将五岭解释为一座山脉,即大庾岭山脉。这种认识更为符合实际,但也没完全解释清楚,既然只有大庾岭一座山脉,为何要说五岭呢?对此,周宏伟从古代方言发音的角度提出了独到的见解,其指出:"'五岭'本当为古越语的汉字记音地名,其义即大山,具泛称性质;秦汉时期的'五岭'可能就是'梅领'的同音或近音异写,也就是后来的大庾岭;把五岭解释为五大山岭当是晋以降学者的误识与附会。"④所以,秦时五岭、汉时大庾岭,皆指隔绝中原与岭南的山脉,其范围更广,盖自衡山而下,至罗霄、诸广、大庾、九连、武夷之南皆为大庾岭也。秦始皇所守,非五座山岭,而是整条隔绝南北山脉中的重要交通孔道。

---

① 吕思勉:《吕思勉读史札记》,上海古籍出版社,2005年,第615—616页。
②《通典》卷一八四,第4911页。
③《江西考古录》卷三,第44—45页。
④ 周宏伟:《"五岭"新解》,《湘南学院学报》2014年第4期。

其二,以淮南王所云,中国南方,限以高山,越人反叛需要越过高山,伐材治船,才有可能,故防百越只需注意控制越岭伐木之人即可。吕思勉先生举此亦为说明戍五岭之可疑,然淮南王说法看似合理,实有疏漏,龙川道、乌迳道就是最好的例子,当越人掌握了这些通道,是不必越岭伐木治船的,完全可以在南越地积蓄力量,时机成熟即可借通道北上入侵。这才是秦皇戍五岭的必要原因。对于征越经验丰富的任嚣、赵佗等将领来说,自然非常清楚这些水道的利害关系,故而在这些重要的水路通道设关戍守。长期以来,学界对于横浦关是山关还是水关争论不休,若明白此节,自然可知横浦、湟溪、阳山等关必为水关。吕思勉先生的怀疑,是建立在刘安谏文为真的基础上。然而,龙川道的存在,证明了淮南王判断的失误,吕氏之怀疑当不成立。

既然秦军会在重要的水路上设置关防,那为何未在龙川水道设关呢?这个问题其实很好回答,既然赵佗在秦定南越后马上被封为龙川令,就说明龙川当时的发展已经颇具规模。据《元和郡县图志》:"河源县,本汉龙川县之地,齐于此置河源县,以县东北三百里有三河之源,故名也……龙川故城,在县东北,水路一百七十五里。秦龙川县也。"以此可判断,赵佗当时所驻扎之地,就在水路岸边,而且是在分水口之南约百里之地,很好地锁住了南越的出口,既称古城,显然是已经有了军事城寨的规模了,此即龙川水路军防所在。今天龙川县的佗城村就是赵佗城故址所在。王元林先生曾详细考察了这座古城,他对佗城的地理位置如此描述:"佗城位于东江岸边和韩江上游,沿水路上可到江西,下可出罗浮到南海,还可顺韩江至潮汕过闽越。"[1] 如此重要的水路关口,佗城存在的目的不言而喻。此外,王元林还在书中列举了大量龙川区域的出土文物信息,有石器时代的古

---

[1]《客家古邑古道》,第24页。

遗址,还有春秋战国时期的古墓群,其中有大量的青铜武器^①。这就充分说明龙川之地早就有百越族生活,当秦军发现此通道之后,不可能不在此戍守,所不同的是,此处并未设关,而是建立了军事城寨,故龙川古城明显就是军队戍边的聚集地,而南越平定后,赵佗仍要在此处镇守,以防南越的反叛。

以上论述皆为证明龙川道的存在情况及其与大庾岭之关系,一方面,龙川道作为连接长江与珠江水系的另外一个重要通道,是真实存在的,目前尚未引起学界足够的重视,其历史发展、文学创作等许多问题是不清楚的;另一方面,龙川道肯定是隶属古庾岭观念中的通道,尽管当代地理认为龙川所在乃九连山脉,而九连山出现在古籍中,已是明朝以后的事情,即便是在明朝文人的作品中,仍然将其看作大庾岭地域,如明代涂瑞《送贡士刘勉学还龙川》云"罗浮北望八千里,庾岭南还一叶舟"^②,可见古人对龙川、庾岭关系之认知,故龙川古道实乃古代大庾岭山脉最东部之南北通道。

(四)西部孔道

除了以上通道,根据考古发现、现存遗址以及诸多史料记载,可以肯定在大庾岭古驿道的西部还应存在着一些大小孔道,其中就包括所谓唐开大庾岭驿道之前的古道。前文曾举遂川县藻林乡左溪河出土了一批秦始皇时期的兵器,可知此处即为秦军前往大庾岭的陆路。对于此处为何出现秦军却不难理解,因为遂川有遂川江往东北直通赣江万安河段,行此路可避十八滩之险。但秦军在此登岸后已西偏赣江主线太远,若直线行军南下,其翻越庾岭的位置当在大庾岭驿道的西部。

---

① 《客家古邑古道》,第21—22页。

② 王鸿鹏选注:《中国历代探花诗·明朝卷》,昆仑出版社,2006年,第71页。

在《读史方舆纪要》中，一条关于"大庾县梅岭隘"的记载应引起注意，其曰："梅岭隘，在府南二十里，与保昌县火径隘相接，为防御要区。又双坑隘，在府东南五十里，路通保昌县界，上朔贼巢寇每从此阑入，防御至切。又右源隘，在府西七十里，路通广东仁化、湖广桂阳县……又游仙隘，在府西四十里，附近小梅关与南雄接壤，与梅岭隘俱为戍守要区。"① 从记载可见，大庾岭的这一段区域，孔道四通八达，东南可与今南雄相接，西可与仁化相接。赖井洋曾在考察中提到一条古道，名曰"城口古道"，位于仁化县北端，古道之南有古秦城和秦关，东北可接大庾岭梅关古道②。这条路应该就是通向顾祖禹所记"右源隘"，当为秦军越大庾岭的一个通道。此外，游仙隘上的小梅关更值得注意，据《读史方舆纪要》记载，"小梅关相传唐开元以前入粤之路，由此渡章水滩，故名"③，指出大庾岭古道就是小梅关路。又《大清一统志》云："按诸说则古之大庾岭，应在今（南雄）县西北，近江西崇义县界。今所谓大庾岭，即《水经注》东溪所出之石阁山，九龄所谓岭东废路也。"④ 这段记载语言上有点混乱，古庾岭、今庾岭应该都是指庾岭通道所在的那个山岭，而非庾岭山脉的概念，从最后一句即可明确此意。故此段话其实指出最早的庾岭路应在今路的西边，接近崇义，即秦军通仁化之路，而张九龄修路前的岭东路在石阁山，应该是汉魏六朝时期的古路，然而石阁山在何处，现难以考实具体地点。在史籍中，关于大庾岭的早期记载就在崇义以南的山脉，《山海经》载"赣水出聂都东山"⑤，郦道元注："《山海经》曰：'赣水

①《读史方舆纪要》卷八八，第4082页。

②《乌迳古道与珠玑文化》，第48页。

③《读史方舆纪要》卷八八，第4080页。

④《大清一统志》卷四五四，第10册第728页。

⑤《山海经校注·海经新释》卷八，第333页。

出聂都山，东北流注于江，入彭泽西也。'……庾仲初谓大庾峤水，北入豫章，注于江者也。"[1] 经实地考察，在崇义聂都山以南，还留有古道遗址，且崇义县长龙镇出土了大量汉墓陶器，说明这里曾经是沟通南北的孔道。

顾炎武《肇域志》引冒嵩少《岭西行纪》云："梅岭上榜曰岭南第一关，按宋谢灵运有度岭赋，时梅关未凿，入粤者由岭之稍西北安庾里游仙乡，所谓小梅关者也，又谓之少庾。"[2] 这里也是指出六朝时期，庾岭古路在今路的西北方向，具体地点在安庾里游仙乡，亦被称为小梅关，与顾祖禹的说法相合。此外，在《韶州府志》乳源县下又记有一条："小梅关，在县西北二十里，地名马头渊，旧传开元前西京通路。"[3] 乳源在大庾岭西南方向，距离较远，则此处小梅关与上述小梅关并非同一地点，然而，既云开元前西京路，则意指为开大庾岭驿道之前的通道，说明此路是通向大庾岭古道的，小梅关之名或指其通往梅关。赖井洋《乌迳古道与珠玑文化》还考察了另外两条古道：西京古道和乐宜古道。其指出西京古道乃汉唐时期重要的贡道，路线为英德—曲江—乳源—宜章，而其又有多条支路，其中一条可对接乐宜古道，乐宜古道路线即乐昌—宜章，这条路东北亦可通赣州[4]。事实上，这条路所过岭称蔚岭，亦为庾岭山脉西部一段，古时候又有小庾岭之称。

从以上的分析可以看出，在大庾岭驿道的西边，还存在多个交通孔道，这些孔道间可以互相联结，交织成网。其中，主要的孔道有三：其一在大庾右源隘的位置，可通仁化，乃秦军翻越大庾岭的通道；其

①《水经注校证》卷三九，第 876 页。
②《肇域志》，第 2309 页。
③（清）林述训等修：《韶州府志》卷一四，台北成文出版社，1966 年，第 305 页。
④《乌迳古道与珠玑文化》，第 50—53 页。

二在安庾里游仙乡,可通南雄,很可能就是张九龄所说的"岭东路";其三在蔚岭,通乳源西京古道。以上所考大庾岭的通道,在张九龄开通驿道后,并没有废止,如乌迳道、龙川道一直都是交通要路,这些古道现存的水驿、码头、古街遗址都是明证,即便是张九龄所云岭东废路,也是可以通行的,不然就不会有冒嵩少的《岭西行纪》了。

第三节　大庾岭诗路交通问题释疑

通过对大庾岭交通的考察可见,以往所认为的大庾岭交通线就是北方至赣江至大庾岭古驿道至岭南,这种观点其实是过于宏观而粗糙的。翻越大庾岭的古人,有可能是从中原来的,也有可能是从湖湘、福建等地来的,即便是大庾岭山上的孔道,也不只有张九龄所开驿道一途。这也揭示出唐代文人南下路线具有多种可能性,在全面、清楚地把握了大庾岭的交通路线之后,对于前文所考察的文人诗歌中的交通问题,就可以给出更为符合实际的解释了。

一、神龙逐臣作品问题释疑

关于沈佺期南行路线,因其有《神龙初废逐南荒途出郴口北望苏耽山》《自昌乐郡溯流至白石岭下行入郴州》两首作品,故往返皆由骑田岭是非常清楚的。沈佺期难以解释的作品为《遥同杜员外审言过岭》,《国秀集》名其为《遥同杜五过庾岭》,此应为原题。既然沈佺期往返皆取骑田岭道,为何诗题又要写"过庾岭"呢？先看一下这首诗的文本内容,诗云:

天长地阔岭头分,去国离家见白云。洛浦风光何所似,崇山瘴疠不堪闻。南浮涨海人何处？北望衡阳雁几群。两地江山万余里,何时重谒圣明君。①

从诗首联来看,是写大庾岭无疑,此为大庾岭界分南北的经典意涵,
宋之问《度大庾岭》诗"度岭方辞国,停轺一望家"②,沈诗首联意与
此同。又沈诗《自昌乐郡溯流至白石岭下行入郴州》首联亦云"兹山
界夷夏,天险横寥廓",同样是在说大庾岭界分夷夏的象征意义,与宋
之问庾岭诗"嵘起华夷界"亦同。所以沈佺期实际上过的是骑田岭,
然诗中所指却为庾岭。若要合理解释,这就是前文所分析的古代大
庾岭的空间观,自衡山而下,历罗霄、诸广、大庾、九连等一系列分隔
中原与岭南的山脉即为大庾岭,故杜佑《通典》云:"西自衡山之南,
东穷于海,一山之限也。"③朱熹曾考岷山脉系说:"岷山之脉其一支
为衡山者已尽于九江之西……其一支又南而东度大庾者则包彭蠡之
原。"④由此看来,古人对于大庾岭的理解,有广义和狭义之分,狭义
上是指赣、粤边界一直蜿蜒向东的山脉,广义则自衡阳以下,折而往
东的山脉皆可视为大庾岭,其中自然就包括了骑田岭。沈诗就是大
庾岭广义观念的体现,故其庾岭诗又云"南浮涨海人何处?北望衡阳
雁几群",可见其诗中大庾岭的空间延伸是十分广阔的,在沈佺期看
来,无论是过江西的大庾岭还是过湖南的骑田岭,都是过大庾岭。

宋之问诗歌的问题主要体现于其第二次贬谪之时,从作品来看,
宋此番贬谪肯定是先到了湖南,按陶敏、刘振娅的考证,其《自衡阳至
韶州谒能禅师》即作于此次贬谪期间,则宋之问越岭当在此时。然
而宋之问先至桂州,距郴州更近,为何要跑去衡阳越岭?对此,刘振

①《沈佺期宋之问集校注·沈佺期集》卷二,第85页。
②《沈佺期宋之问集校注·宋之问集》卷二,第428页。
③《通典》卷一八四,第4911页。
④(宋)朱熹:《晦庵集》卷七二,《影印文渊阁四库全书》,第1145册第434页。

娅的解释是："凡在广西的人都很明白,由桂入粤,假如不走水路,陆路行走,必取这条经衡阳到韶州到广州的路线。这条官道,一直沿袭下来。"[①] 但其未具体指明怎么走。按前文的考证,由衡阳是可以到达大庾岭的,或由洣水、庐水入赣江至虔州上大庾岭,或由茶陵、遂川、上犹、崇义等地水陆相兼上大庾岭,据宋诗《自衡阳至韶州谒能禅师》"岭嶂穷攀越,风涛极沿济"[②],则宋之问应取第二种路线越岭。此外,宋之问度大庾岭诗歌共有 4 首,其《题大庾岭北驿》《度大庾岭》《早发大庾岭》3 首作品皆可判断为首次经过大庾岭的作品,唯有敦煌遗书 P.3619 所载《度大庾岭》没有明显线索可判断归属,若按《旧唐书》所言宋贬钦州有度岭作品,那此首作品应为其第二次度岭所作。又据诗中云"城边问官史,早晚发西京"[③],一般来说,若由大庾岭入赣水北上,更多是通往东京,故宋之问此行很可能是从庾岭西部进入乐昌,此有西京古道可通西京,从这一点来看,这首作品亦当为宋第二次贬谪所作。

二、张说作品问题释疑

长安三年,张说被贬钦州,此番贬谪,往返皆有度岭诗,分别为《冬日见牧牛人担青草归》《喜度岭》,按前文分析,这两首作品应该都是作于大庾岭。然而,张说南下途中,却有多首湖湘作品,知其乃取湖湘路南下,直至《代书寄吉十一》云"一雁雪上飞,值我衡阳道",可知其已达衡阳,再下一首纪行诗,便是《冬日见牧牛人担青草归》,诗云"欲持梅岭花",则张说在大庾岭。张说的情况与宋之问相似,同样是贬谪钦州,又同样到了大庾岭,那么张说的路线是否与宋之问

---

① 刘振娅:《对宋之问研究的几点质疑》,《广西教育学院学报》2000 年第 2 期。
②《沈佺期宋之问集校注·宋之问集》卷三,第 547 页。
③《全唐诗补编·补全唐诗》,第 6 页。

一样？

　　对于张说的这首度岭诗所反映的南下行程，可以有 3 种解释：其一，张说至衡阳后仍然溯湘水而上，至郴州越骑田岭，其诗中"梅岭"乃取广义之大庾岭的概念，以庾岭代骑田岭，与沈佺期庾岭作品类同；其二，从衡阳东入江西，取上犹、崇义至大庾岭越岭，与宋之问同；其三，从衡阳东入江西，取水路入赣江，至大庾登岸，度大庾岭。以上3 种解释，以第三种最为可能，因为梅岭虽为大庾岭别称，但却无庾岭广义的用法，从唐代的诗歌作品来看，梅岭就是特指张九龄所开驿路的这一段山脉，以梅花著名，如张九龄《二弟宰邑南海见群雁南飞因成咏以寄》诗"为我更南飞，因书至梅岭"①，刘长卿《却赴南邑留别苏台知己》诗"又过梅岭上，岁岁北枝寒"②，这些诗句中的梅岭皆是特指。所以，张说最有可能是由衡入赣，顺着张九龄所云"岭东废路"翻越大庾岭，方可采得著名的庾岭梅花。

三、韩愈、李德裕谪潮作品问题释疑

　　在前文的分析中，韩愈元和十四年被贬潮州，一路上皆有纪行作品，其行进路线很明确。但是，在其作品中也出现两个问题：第一，韩愈所取并非《元和郡县图志》所指路线，通过前文的比较，发现潮州与虔州之间，应有更近的通道；第二，韩愈纪行作品中，出现了一首奇怪的作品，即《过始兴江口感怀》，通过分析，发现"始兴江口"这一地点并不在合理的路线之中，而是韩愈特意折道而至。

　　对于第一个问题，在经过对大庾岭交通的考察后，其实比较容易解释，潮州至虔州的确有更近的路线，那就是龙川古道，由潮州韩江

①《张九龄集校注》卷四，第 328 页。
②《刘长卿诗编年笺注》，第 210 页。

入龙川，再顺着零都水进入赣江至虔州，此可谓由潮州直接北上的路线，自然比韩愈所取武水—浈水—北江—循江之路线要近不少，所以在《元和郡县图志》中，无论是从潮州至长安还是洛阳，都只有虔州大庾岭路。

第二个问题，韩愈为何要特意溯浈江而上，至始兴江口？这就要深入分析其《过始兴江口感怀》这首作品了，诗云：

> 忆作儿童随伯氏，南来今只一身存。目前百口还相逐，旧事无人可共论。[1]

这首诗透露出两个重要信息，其一，始兴江口曾是韩愈儿时来过的地方。据韩愈《祭郑夫人文》"我生不辰，三岁而孤，蒙幼未知，鞠我者兄……年方及纪，荐及凶屯，兄罹谗口，承命远迁"[2]，李翱《韩公行状》"生三岁，父殁，养于兄会舍"[3]，可知韩愈三岁丧父，随其兄韩会生活，后其兄因谗被贬，韩愈随之南迁。韩愈《复志赋》曾忆此行曰："从伯氏以南迁。凌大江之惊波兮，过洞庭之漫漫。至曲江而乃息兮，逾南纪之连山。"[4] 可知韩愈年少时曾在曲江区域生活过，始兴江口或就是韩愈来过的故地，故韩愈作诗感怀。其二，由诗中"目前百口还相逐"，可知韩愈再次来到此地之缘由。据张清华考证，韩愈贬潮后，家人也被赶出长安，但韩愈妻子并未至潮州，故疑韩愈家属郑氏等滞留韶州，未到任[5]。韩愈特意绕道至始兴江口，就是为了安

---

① 《韩昌黎诗集编年笺注》卷一〇，第 584 页。

② 《韩昌黎文集校注》卷五，第 334—335 页。

③ （宋）吕大防著，徐敏霞校辑：《韩愈年谱》，中华书局，1991 年，第 182 页。

④ 《韩昌黎文集校注》卷一，第 5 页。

⑤ 张清华：《韩学研究》，江苏教育出版社，1998 年，下册第 376 页。

排其家属,这一点在《晚次宣溪辱韵州张端公使君惠书叙别酬以绝句二章》中可以得到证明,诗曰:"兼金那足比清文,百首相随愧使君。"① "百首相随"充分说明韩愈已将其家属托付给了刺史张蒙照顾。韩愈贬潮后与张蒙唱和诗歌颇多,这实为其中关键所在。这一点,亦可从韩愈量移袁州路线得以佐证,按以上潮州至虔州交通分析,韩愈量移袁州完全可取近路至虔州,顺赣江水路赴袁,无需经韶州。而实际上,韩愈仍然是由循江返回韶州,其《量移袁州张韶州端公以诗相贺因酬之》曰"将经贵郡烦留客,先惠高文谢起予"②,又有《将至韶州先寄张端公使君借图经》云"愿借图经将入界,每逢佳处便开看"③,可知韩愈移袁前曾至韶州,并在此逗留良久,悠游山水。何海燕考证,韩愈应于元和十五年闰正月八日抵袁,而在此之前,韩愈已在韶州逗留三个月之久④。说明韩愈直到度过春节后方才越过大庾岭北上赴任。韩愈本可从潮州直接北上至虔州,却绕一个大弯至韶州逗留,其中只有一个原因,就是他的家人们都在韶州。

通过韩愈的诗歌,可以考察唐代粤东北地区通过大庾岭与北方的道路交通联系,亦可揭示唐代文人在贬谪时的路线选择问题,其中有交通因素,也有个人原因。反之,通过不同路线的相互比较,又可考证文人在某地的活动情况。

下面再看李德裕谪潮时的作品问题。在前面的分析中,已知李德裕大中二年从洛阳出发,赶赴潮州,其先至江淮,从合理路线来看,应在入长江后取道江西,由赣江至虔州,再由虔州路至潮州为最佳。

---

① 《韩昌黎诗集编年笺注》卷一一,第588页。
② 《韩昌黎诗集编年笺注》卷一一,第601页。
③ 《韩昌黎诗集编年笺注》卷一一,第587页。
④ 何海燕:《韩愈左迁潮州刺史及返京路线考兼论唐代岭南与内陆的交通》,《历史地理》第14辑,上海人民出版社,1998年,第110页。

然而，从李德裕《舌箴》自序可知其入长江后更往西溯舟至洞庭，一些学者据此以及李德裕《汨罗》诗判断其南下由湖湘路越骑田岭至潮州。事实上，《汨罗》诗傅璇琮先生已断其伪，故《舌箴》后，李德裕再无作品可证其行程，直到出现《谪迁岭南道中作》这首越岭作品。从前面的交通考察来看，亦无法断言诗中之岭就是骑田岭，因为李德裕亦有可能从潭州、衡州等枢纽点转入江西，从大庾岭越岭。再看一下这首诗的具体内容，诗云：

> 岭水争分路转迷，桄榔椰叶暗蛮溪。愁冲毒雾逢蛇草，畏落沙虫避燕泥。五月畲田收火米，三更津吏报潮鸡。不堪肠断思乡处，红槿花中越鸟啼。①

这首诗描写了诗人从五岭至潮州的所见，但没有出现明确的地名，客观来看，"岭水争分"比较符合大庾岭的情况，据《太平寰宇记·南雄州》记载："浈水，源从虔州信丰县分流，东合大庾岭银冈水，流入县界……鲢水，在县西十里，源出上陵江……楼船水，在县北五十里，出大庾岭之西，傍岭横流，因名楼船水……修仁水，源出始兴县东北东桥山，西面入鲢水。"②此外，在一些地方性文献中，也出现了李德裕在大庾岭活动的记载，如赖井洋在考察乌迳古道时，在《新溪李氏十修族谱》中发现有本土进士李金马请李德裕为李耿作《晋太常李公介卿传》的记载③。又《广东通志》载有宋人李仪所写《天峰山记》文字："昔唐李卫公谪雷，访至其地，优游偃息数月而去。"④天峰山即在

---

① 《李德裕文集校笺·别集》卷四，第 602 页。
② 《太平寰宇记》卷一六〇，第 3075—3076 页。
③ 《乌迳古道与珠玑文化》，第 9—10 页。
④ 《广东通志》卷一一三，第 2179 页。

南雄县东 80 里。尽管这些地方性记载,可能不尽准确,然为何在郴州区域没有关于李德裕的记载,而在南雄却频频出现呢? 这只能说明,李德裕更有可能是从大庾岭越岭的。在李德裕的另一首作品中,也出现了大庾岭,即《到恶溪夜泊芦岛》,诗云:"岭头无限相思泪,泣向寒梅近北枝。"① 此诗用庾岭梅花"南北枝"意向,故"岭头"指大庾岭无疑,这也可从侧面证明李德裕南下之行程。所以,李德裕在到达洞庭后,很有可能又从潭州或衡州某处东入江西,正如韩愈的情况一样,其应有一件特别的事情需要到达湖湘区域,具体情况目前难以考证。

四、李绅作品问题释疑

在前文的考述中,李绅作品所体现的交通问题颇为复杂。长庆四年,李绅被贬端州司马,此番南下,有《至潭州闻猿》,可证其到了潭州,此后无作品证其行迹。李绅有越岭诗《逾岭峤止荒陬抵高要》,通过分析,可知此诗所言之岭为大庾岭(详见第一节),然李绅南下的路线因其作品中的一句自注变得错综复杂,其《趋翰苑遭诬构四十六韵》自注云:"从吉州而南,历封、康,并足湍濑,危险至极。"从吉州而南,当越大庾岭,为赣江至浈江的北江线,而历封、康,又变成了西江线,若从庾岭南下,至端州无需经封、康二州,故这样的路线很难解释。《新唐书》认为李绅自注乃自度岭事,而《四库全书总目提要》批《新唐书》不察,自注乃其妻子之事。李绅《逾岭峤止荒陬抵高要》确有自注云:"余在南中日,知家累以其年九月九日发衡州。"若为李绅家属,又为何从衡州跑到吉州南下? 两种说法,交通路线上都难以解释,似成悬案。然结合前文所考大庾岭交通路线,李绅作品问题可有

①《李德裕文集校笺·别集》卷四,第 603 页。

新解,概有两种可能:

第一种,从吉州而南者,是李绅,因其有《逾岭峤止荒陬抵高要》,说明李绅肯定是翻越了五岭,西江线至端州,可全由水路,无需越岭。诗又云"天将南北分寒燠,北被羔裘南卉服",正是用了大庾岭经典的南北异候意向,故李绅从吉州南下,越大庾岭,符合作品的描述。李绅作品出现的前一个地点是潭州,按前文所考,从潭州可由水路至袁州,入赣江南下,亦可从衡州东入江西,入赣江南下,都是可行的。历封、康者,为李绅妻子,他们从衡州出发,西南行,可由桂入西江,历封、康后,可至端州。

第二种,从吉州而南者,历封、康者,皆为李绅妻子。李绅云其家累"九月九日发衡州",此句会给读者造成一种错觉,认为李绅家室应从衡阳出发往端州,然略加思考便可知,衡州不可能是李绅妻子的始发点,他们追随李绅南迁,应自长安或老家吴越。据《元和郡县图志·衡州》:"东北至吉州九百一十里。"① 知衡州在吉州西南,李绅妻子很可能是从东路水道南下,先至吉州,又取庐水西南行至衡州,亦可称"吉州而南",至衡阳水路西南行,转入西江至端州,可历封、康。而李绅则是自潭州溯湘水南下,至骑田越岭。李绅《逾岭峤止荒陬抵高要》自注云:"南人谓水为泷,如原瀑流,自郴南至韶北,有八泷。"② 泷水即武水,在骑田岭下。

以上两种新解,以第二种最为可能,从地理交通的角度来看,李绅应是为妻子选择了最为舒适安全的路线,其自注"从吉州而南,历封、康,并足湍濑,危险至极"即透露出对妻儿安全的担心,故其先让家属自南北运河南下,与李翱路线相同,而至吉州后,为避开著名的

①《元和郡县图志》卷二九,第 704 页。
②《李绅集校注》,第 110 页。

十八滩之险,西南行至衡州,然衡州南下郴州又有八泷之险,故再西南行取桂水南下至西江,尽管西江亦有急险,但较之以上两种,仍然更为安全,此为李绅诗交通问题最合理的解释。至于李绅为何在诗中举用大庾岭意向,仍是以古庾岭概念视骑田,与沈诗类同也。

第四章　大庾岭诗路地理人文

诗歌的价值,不仅在于它的艺术审美,也在于它反映了当时的自然与社会环境。孔子云,"诗可以兴,可以观,可以群,可以怨。迩之事父,远之事君;多识于鸟兽草木之名"①,即说明了诗歌的功能性。对于大庾岭诗歌而言,其史料作用更加明显。由于唐代史料对大庾岭的记载非常有限,导致今日对这条重要的南北通道于唐代的情况并不清楚。幸运的是,从唐代开始,大量往来于此的文人把它记录进了作品,这些作品蕴藏了大量的历史信息,如山林川泽、草木鸟兽、车马商货、官署庙宇等,对还原大庾岭唐时面貌有重要的史料价值。下面就借助诗歌作品,对唐代大庾岭诗路的地理人文做更为深入的探讨。

第一节　大庾岭诗路的水陆之险

行人对于道路的关注,首先是在于它安全与否,这必然是第一要素。所以在大庾岭诗歌作品中,有不少就是在描述大庾岭的道路情况,这些诗句不约而同地集中于一个特点——危险! 宋之问《早发

①（魏）何晏注,（宋）邢昺疏:《论语注疏》卷一七,（清）阮元校刻《十三经注疏》,中华书局,1980 年,第 2525 页。

大庾岭》云"晨跻大庾险,驿鞍驰复息"[①],首句即指出大庾岭通道的危险性。杜甫《龙门阁》云"饱闻经瞿塘,足见度大庾"[②],说明大庾岭通道的危险在当时还非常闻名,故杜甫以"饱闻"来形容,反映出唐人谈及大庾岭时,危险是其首要特征。再细味杜诗的表达逻辑,也是有层次的,以瞿塘比大庾,则说明大庾岭已经成为"危险道路"的参照标准或象征。那么,大庾岭的危险到底表现在哪些方面呢? 如果说宋诗主要体现了山路之险,那么杜诗则兼有山路、水路皆险的意味,因为瞿塘峡本就是著名的水路,说明大庾岭至少有山路和水路两个方面的危险。

一、山路之险

宋之问度岭诗有很多表现大庾岭山路之险的句子,下面重点看一下《早发大庾岭》的描写,诗云:"晨跻大庾险,驿鞍驰复息。雾露昼未开,浩途不可测。嵯起华夷界,信为造化力。歇鞍问徒旅,乡关在西北……春暖阴梅花,瘴回阳鸟翼。含沙缘涧聚,吻草依林植。"[③]由诗歌可知,宋之问一路南行来到大庾岭脚下,早就听闻大庾岭难以攀越,故其先休息一晚,清晨开始攀越,并写下了这首《早发大庾岭》。诗歌首句即交代其要开始攀越危险的大庾岭了,其后便有一连串表现大庾岭危险的句子:"驿鞍驰复息",指登山要不断地停下休息,体现山路行进的艰难;"雾露昼未开,浩途不可测",则是说天已白昼,山路仍浓雾遮蔽、不见尽头,令人心生恐惧;"嵯起华夷界,信为造化力",形容庾岭之高似天工造化,可界分华夷;"歇鞍问徒旅",指诗人不得不再次停下休息,体现山路之难;"瘴回阳鸟翼。含沙缘涧聚,

①《沈佺期宋之问集校注·宋之问集》卷二,第429页。
②《杜诗详注》卷九,第715页。
③《沈佺期宋之问集校注·宋之问集》卷二,第429页。

吻草依林植”,则是诗人具体描述大庾岭通道上的各种危险物象,"毒瘴""含沙""吻草"是古人所认为的南方特有的危险之物,宋之问在攀登大庾岭时居然全部得见,雾瘴连天,阳鸟难渡,山涧含沙聚集,吻草遍地可见,着实危险。

在宋之问的诗歌中,大庾岭的山路之险主要表现为两个方面:

第一,山体高绝,可分隔天地。这在大庾岭最早的记录文字中多有体现。淮南王刘安描述大庾岭时说:"限以高山,人迹所绝,车道不通,天地所以隔外内也。"[①] 说明庾岭之高,是古人很早就有的体认,并以庾岭作为分隔内外的象征。《晋太康三年地记》载"岭峻阻,螺转上,逾九蹬,二里至顶"[②],可见山路的险峻与高绝。至谢灵运《岭表赋》云"若乃长山款跨,外内乖隔,下无伏流,上无夷迹,麋兔望冈而旋归,鸿雁睹峰而反翻"[③],同样也是描述庾岭之高,高到什么程度? 天地都被分隔成外内,连麋兔、鸿雁看到如此高绝的山峰都要返回,生不起越岭的欲望。由此可见,宋之问的诗是基于前人认识的表达,如果说《题大庾岭北驿》所云"阳月南飞雁,传闻至此回"是对谢赋的继承[④],那么《早发大庾岭》无疑对大庾岭的高绝有了更为具体而生动的描述。

第二,对南方危险事物的描写。在宋诗中,出现了 3 种南方特有的物象,即"毒瘴""含沙""吻草"。关于"毒瘴",古人很早就有了认识,知道这是一种南方特有的毒气,马援南征交阯时就曾形容过这种气体,"下潦上雾,毒气重蒸,仰视飞鸢跕跕堕水中"[⑤],并作《武

---

① 《汉书》卷六四,第 2781 页。

② 《晋太康三年地记》,第 29 页。

③ 《谢灵运集校注》,第 371 页。

④ 《沈佺期宋之问集校注·宋之问集》卷二,第 427 页。

⑤ 《后汉书》卷二四,第 838 页。

溪深》云："滔滔武溪一何深,鸟飞不度,兽不敢临。嗟哉五溪多毒
淫。"①在史料古籍中,大庾岭有瘴气的记载屡见不鲜,《泊宅编》记
载:"虔州龙南、安远二县有瘴。"②此二县皆被庾岭山脉围绕。又有
《宋史·秦桧传》云:"赣有十二邑,安远滨岭,地恶瘴深,谚曰:'龙
南、安远,一去不转。'言必死也。"③此则记载可与《泊宅编》互证,
可见大庾岭的瘴气在南方具有代表性。"含沙"乃古代传说之物,亦
称"射工",云其能含沙射影,使人得病。此物最早出自《诗经·小
雅·何人斯》"为鬼为蜮,则不可得"④,至晋代干宝将其演化为妖形,
《搜神记》云:"其名曰'蜮',一曰'短狐',能含沙射人。所中者,则
身体筋急,头痛发热,剧者至死。"⑤可见此物乃传说鬼怪,并非真实
存在,在唐代描写五岭风物的诗歌中,常能见到。"吻草"即古人所谓
"断肠草",学名钩吻草,《博物志》载"钩吻草与荇华相似"⑥,唐王焘
《外台秘要方》云"钩吻与食芹相似,而其所生之地多旁无他草,茎有
毛,误食之杀人"⑦,可见钩吻草是不折不扣的毒草。值得一提的是,
整个有唐一代,以"吻草"入诗的,也只有宋之问这首大庾岭诗。

　　在宋之问的诗歌中,大庾岭山路是十分危险的,山体高绝陡峭,
路上遍布危险,空气有瘴毒、水中有射工、林中有吻草,让人感觉稍不

①(宋)郭茂倩:《乐府诗集》卷七四,中华书局,1979年,第1048页。
②(宋)方勺著,许沛藻、杨立扬点校:《泊宅编》卷三,中华书局,1983年,第
　16页。
③(元)脱脱等:《宋史》卷四七三,中华书局,1977年,第13754页。
④(唐)孔颖达正义:《毛诗正义》卷一二,《十三经注疏》,第455页。
⑤(晋)干宝著,汪绍楹校注:《搜神记》卷一二,中华书局,1979年,第155—
　156页。
⑥(西晋)张华著,范宁校证:《博物志校证》卷四,中华书局,2014年,第47页。
⑦(唐)王焘著,高文铸校注:《外台秘要方》卷三一,华夏出版社,1993年,第
　619页。

留神就会一命呜呼。然而应清醒地认识到，诗歌往往有虚构成分，似以上所考名物中，含沙就是虚构之物，这必然是宋之问想象出来的。所以，要理解这首诗，就应充分代入宋之问当时的创作情境。岭南对于唐人来说，意味着蛮荒之地，当他们即将进入岭南，内心一定充满恐惧，宋之问也是如此，再加上饱读诗书的他对于大庾岭与南方名物必有了解，诸如大庾岭的高绝，毒瘴、射工、吻草之类，皆在古诗赋和地志文献中有记载，故当宋之问踏上大庾岭后，便会不断把眼前所见之物与记忆中的事物相互联系，而恐惧心理又会把一些不好的事物扩大化，进一步强化恐惧。所以，对宋诗所描述的山路之险，一定要区分客观与虚构。如宋之问说山路高绝，则应注意一个问题，宋诗中反复提及交通工具，从"驿鞍驰复息""歇鞍问徒旅"等，可判断当时宋之问是骑着马或骡过大庾岭的，非徒步攀援，可见当时道路并非想象的那么高耸，否则大庾岭也难以成为沟通南北的要道。又如宋诗说"瘴回阳鸟翼"，也必然是夸张的写法，大庾岭存在瘴气，但绝非遮天蔽日，连鸟都飞不过去，因为宋之问是一大早翻越庾岭，庾岭上的晨雾未开，故宋诗有"雾露昼未开"，宋之问很可能把山雾当作瘴气写入诗歌。此外，还必须清楚，宋之问所过的大庾岭路并非张九龄所开驿路，宋诗作于神龙元年，此时张九龄尚未步入宦途，宋之问所描述的，是大庾岭驿道之前的古道。所以，要客观认识唐代大庾岭山路之险，不可仅凭宋之问的作品，还需要有更深入的考察。

宋之问走过的大庾岭古道，张九龄其实也走过。长安元年（701）、神龙二年（706），张九龄两次进京赴考就是翻越大庾岭北上。关于张九龄进京赴考的路线，史料虽无确载，但可通过张九龄贡生身份以及唐代科举制度规定判断出来。也正是因为这两次越岭让张九龄对大庾岭的路况有了深刻体会，并萌生了开新路的想法。徐浩为张九龄撰写的《神道碑》云"始兴北岭，峭险巉绝，大庾南谷，坦然平易。公乃献状,诏委开通"①,交代了张九龄开大庾岭的原因,当时的大庾岭比较危险的其实是"始兴北岭",即大庾岭分水岭之南,可谓是"峭险巉绝",想必张九龄随贡物进京时,颇受了不少的苦。正因如此,当开元四年张九龄告归还乡,第一件事就是奏请开凿大庾岭驿路,其在《开凿大庾岭路序》中也对大庾岭驿路开凿前后的面貌进行了详细的描绘,序曰:"初,岭东废路,人苦峻极,行径寅缘,数里重林之表;飞梁嶪巇,千丈层崖之半。颠跻用惕,斩绝其元。故以载则曾不容轨,以运则负之以背。"②这段描写即是古道"岭东废路"的面貌,当然也是宋之问所走的道路。在张九龄的描述中,这条路藏于深山老林之中,山体之高,相当于半个千丈崖壁,运输货物根本容不下一辆车,故只能以人力背负运输。张九龄的描述显然更符合实际情况,其云山岭高度为"千丈层崖之半",即有一千多米的海拔高度,与今天所测量的大庾岭山脉平均高度接近,在科技不发达的唐代,这样的高度对于行走与运输显然是极大的阻碍,更何况道路还很不好走,又说"人苦峻极",可见当时陡峭的路段非常多。序又云:"缘磴道,披灌丛,相其山谷之宜,革其阪险之故……成者不日,则已坦坦而方五轨,阗阗而走四通。"③说的是修路的情况,"缘磴道"说明张九龄是在旧路的基础上扩修,"革其阪险之故"指把危险陡峭的地方重新改道或改造,使其不再危险。在张九龄的主持下,开凿后的新路显然得到了极好的改善,宽度可容五车,行走再无障碍。

　　张九龄序文可与宋之问诗歌互见,未开凿前的古道确实非常危险,山体高绝,陡峭路段较多,蜿蜒于深山丛林之中,可见宋诗并非

①《全唐文》卷四四〇,第4490页。
②《张九龄集校注》卷一七,第890页。
③《张九龄集校注》卷一七,第891页。

全然虚构，而是建立在一定感观基础之上。大庾岭路经张九龄重新开凿后，路况已大为改良。《舆地纪胜》载："（大庾岭）苍翠迭巘，壁立峻峭，往来艰于登陟。唐张九龄奉诏开凿，至国朝嘉祐造砖甃砌成路，行者便之。"[1] 又《闻见近录》云："庾岭险绝闻天下。蔡子直为广东宪，其弟子正为江西宪，相与协议，以砖甃其道，自下而上，自上而下，南北三十里，若行堂宇间。每数里，置亭以憩客，左右通渠流泉，涓涓不绝，红白梅夹道，行者忘劳。予尝至岭上，仰视青天如一线，然既过岭，即青松夹道，以达南雄州。太平久矣，遐迩同风，非有前世南北之异。"[2] 可见大庾岭驿路的危险程度是随着多次的修凿在逐渐降低，开元前古道的确十分危险，所谓"庾岭险绝闻天下"多指古道，至张九龄开驿路后则安全了许多，至宋代再造砖砌路，这条古道已经变得十分方便。正如余靖《题庾岭三亭诗·通越亭》云："峤岭古来称绝徼，梯山从此识通津。"[3]

二、水路之险

既然大庾岭驿道在张九龄重新开凿之后，已经没有传说中的那么危险了，那为何杜甫仍在诗中说"饱闻经瞿塘，足见度大庾"呢？杜甫对于大庾岭开新路肯定是清楚的，其曾写诗《故右仆射相国曲江张公九龄》赞扬张九龄开路的功绩："波涛良史笔，芜绝大庾岭。"[4] 对杜甫所言庾岭之险，可从两个方面理解：其一，杜甫此诗名为《龙门阁》，龙门阁在龙门山，古栈道所在，故有以大庾岭比龙门山之意，杜甫所云大庾之险应为传闻中的古庾岭之险，即"峤岭古来称绝徼"

---

① 《舆地纪胜》卷九三，第 2966 页。
② （宋）王巩：《闻见近录》，中华书局，1991 年，第 14 页。
③ 《武溪集》卷二，《北京图书馆古籍珍本丛刊》，第 85 册第 60 页。
④ 《杜诗详注》卷一六，第 1418 页。

之意;其二,瞿塘峡本为著名的通蜀水道,《龙门阁》云"清江下龙门,绝壁无尺土。长风驾高浪,浩浩自太古"①,后两句说的就是江水之险,故杜诗所云包含有水路之险的意思。

　　大庾岭通道与南北水路的联系十分紧密,一来因为北面的赣江、南面的浈水皆发源于大庾岭;二来大庾岭作为连接这两段水路的核心枢纽,其交通概念对于南北水路有一定的地域覆盖范围,前文已证,北部可延展至吉州以南的十八滩,南部可延展至浈江与武水的汇合点,皆为当时大庾岭通道的组成部分,或可称之为大庾岭水路。这一观念其实早已存在,《汉书》载淮南王谏文云:"淮南全国之时,多为边吏,臣窃闻之,与中国异。限以高山,人迹所绝,车道不通,大地所以隔外内也。其入中国必卜领水,领水之山峭峻,漂石破舟。"② 淮南王说的就是大庾岭水路的情况,其称之为领水,即大庾岭之水,非指大庾岭山上之水,而是指山下的水路。胡三省注"领水"云:"领水,即赣水也;班志所谓彭水出豫章南埜县东入湖汉水,庾仲初所谓大庾峤水北入豫章注于江者是也。漂石破舟,言三百里赣石。"③ 这里不但解释了大庾岭之水的概念,而且还明确了淮南王所谓"漂石破舟"的水路范围,即从大庾岭下赣水向北 300 里,古代称这段水路为"赣石",亦称"赣滩"。可见大庾岭水路的概念在淮南王这里就已经提出来了,这一概念确定了赣石、虔州、大庾岭三者的空间一体性,并在历史文献、文学作品中不断地表述出来。如唐代张说《江中遇黄领子刘隆婿》云"危石江中起,孤云岭上还"④,即是指赣石与大庾岭;苏轼的诗体现得更为清楚,其《郁孤

---

①《杜诗详注》卷九,第 715 页。
②《汉书》卷六四,第 2781 页。
③《资治通鉴》卷一七,第 571 页。
④《张说集校注》卷八,第 367 页。

台》云"赣石三百里,寒江尺五流。楚山微有霰,越瘴久无秋。望断横云峤,魂飞吒雪洲"①,诗人时在虔州,诗中楚山、云峤皆是指大庾岭,作品将赣石、虔州、大庾岭紧密联系在一起,体现了空间的一体性。此外,唐五代诗人徐铉《送李补阙知韶州》云"骑影过梅岭,溪声上赣滩"②;元代诗人聂古柏《万安县邂逅一楼偏高明旧有公略张宪岺和刘素庵一诗用题于左》云"五云阁上北风寒,十八滩头叠乱山。庾岭一枝春信早,龙泉三尺土花斑"③;明代诗人唐文凤《考满舟经十八滩因分各滩名赋诗·清洲滩》云"源潴庾岭流,支接章江派"④,林大春《江上得风晓发》云"帆影看云见,滩声听雨迷。赣江庾岭北,汀树晚潮西"⑤,以上诗句体现了不同朝代对赣石和大庾岭空间一体的认同。

在淮南王的描述中,"领水"十分危险,可"漂石破舟",那么,淮南王所谓三百里赣石,是否就是杜诗中的大庾之险呢?《唐国史补》的一段记载特别重要,其云:"蜀之三峡、河之三门、南越之恶溪、南康之赣石,皆险绝之所。"⑥看来三峡、三门、恶溪、赣石这几处水路,皆当时所认为的最险绝的地方,杜诗云大庾之险应本于此。我们还可以在诗歌作品中找到更多的证据。宋代倪思《延平港滩》云"长几赣石三百里,险过瞿唐十八滩"⑦,同样是以赣石与瞿塘相比较,言赣石险过瞿塘,与杜诗意同,只不过倪诗更直接地道出了赣石之称罢了。

①《苏轼诗集》卷四五,第 2429 页。

②《徐骑省集》卷二二,第 221 页。

③（元）聂谷柏:《侍郎集》,《元诗选·三集》,第 153 页。

④（明）唐文凤:《梧冈集》,《影印文渊阁四库全书》,第 1242 册第 530 页。

⑤ 陈永正主编:《全粤诗》卷三五六,岭南美术出版社,2010 年,第 11 册第 59 页。

⑥《唐国史补》卷下,第 161—162 页。

⑦（清）厉鹗辑撰:《宋诗纪事》卷五三,上海古籍出版社,2013 年,第 1354—
　　1355 页。

由此可见，杜诗的大庾之险的确有水路之险的意涵，指的就是赣石之险。

通过以上论述，可知庾岭以北的赣石水路的确危险，且险名由来已久，人所共知。那么赣石之险究竟险在何处？事实上，史籍中存在许多关于赣石之险的记载。郦道元《水经注》注"赣水"云"豫章水导源东北流，迳南野县北。赣川石阻，水急行难，倾波委注，六十余里"①，即是说大庾岭水东北流至南野（南康）以北的地方开始变得水急难行，江中又有大石阻挡，此段险程有六十余里。又《陈书·高祖本纪》载："六月，高祖发自南康。南康赣石旧有二十四滩，滩多巨石，行旅者以为难。高祖之发也，水暴起数丈，三百里间巨石皆没。"② 从记载可知，古时赣石之险从南康已开始，旧有二十四滩，而对于舟船造成巨大危险的，乃滩中巨石，至少有 300 里水道分布有这些巨石，与《水经注》记载不同。胡三省引《章贡图经》释赣石曰："西江导源于南安大庾县之聂都山，与贡水合，会于赣水。二水合而为赣，在州治后，北流一百八十里至万安县界。由万安而上，为滩十有八，怪石如精铁，突兀廉厉，错峙波面。自赣水而上，信丰、宁都俱有石碛，险阻视十八滩，故俚俗以为上下三百里赣石。"③ 这里进一步解释了"三百里赣石"的由来，原来自南康至今万安县的十八滩有 180 里，滩中有怪石且非常坚硬，不仅如此，在信丰、宁都的贡水河段，也有巨石之险，与十八滩合在一起俗称三百里赣石。在前文的考述中，已知信丰贡水可通大庾岭古路，宁都水可通闽越，皆是唐前重要通道。

---

① 《水经注校证》卷三九，第 876 页。
② 《陈书》卷一，第 5 页。
③ 《资治通鉴》卷一六四，第 5069 页。

　　以上史料主要反映的是汉魏六朝时期赣石水路的情况,那么到了唐代,赣石水道的情况又是如何呢? 从前文所举《唐国史补》的记载来看,赣石仍然是唐代最危险的水道之一,而在唐人的诗歌中,也有不少描写赣石的作品,是我们了解唐代赣石水路的珍贵资料。如开元中,孟浩然曾至虔州寻访好友袁瓘,途中作《下赣石》,诗云:

　　　　赣石三百里,沿洄千嶂间。沸声常浩浩,洊势亦潺潺。跳沫鱼龙沸,垂藤猿狖攀。榜人苦奔峭,而我忘险艰。放溜情深惬,登舻目自闲。暝帆何处宿,遥指落星湾。①

　　这是历史上第一首专门描写赣石的诗歌作品,反映的是盛唐时期赣石水路的情况。孟浩然以俗俚“赣石三百里”起兴,说明他之前对此处已有所闻,侧面反映了赣石之著名;“沿洄千嶂间”是指水路中巨石林立;后面几句则是描写江流奔涌的景象,可见水势迅猛湍急;“榜人苦奔峭”是描写船工在巨石间艰难行进的情况;而从此句开始,诗人忽然来了一个转折,“而我忘险艰。放溜情深惬,登舻目自闲”等句,体现了诗人在惊险的环境中仍然泰然自若、神闲气定的超然心态。通过这首作品,可知盛唐时期赣石水路仍然十分危险,舟行艰难。此外,诗中还出现了一个重要细节,就是“榜人”,即船工,说明至少在唐代,已经有专门的人在赣石河道上行船,方便运输。《唐国史补》中亦记载:“南康之赣石,皆险绝之所。自有本处人为篙工。”② 此外,在法国国家图书馆所藏敦煌文书 P.2507《水部式》残卷中,也发现了关于赣石“水匠”的记载。据郑炳林录文:“蒲津桥水

---

①《孟浩然诗集笺注》卷中,第 257 页。
②《唐国史补》卷下,第 162 页。

匠一十五人,虔州大一水赣石险难□□/给水匠十五人,并于本州白丁便水及解木□□/充。分为四番上下,免其课役。"① 罗振玉先生亦有录文,小异,不同处仅"大一水"作"大江水","白丁"前多"取"字,"充"前多"作"字②。这些异文并不影响对整段文字的理解,《水部式》的这段文字充分说明唐朝在国家政策层面对赣石水运问题所做出的举措,具体而言,就是为这段水路配给了15个水匠,都是从本地人中选拔出来,且给予了免课役的优待。《唐国史补》所云"本处人为篙工"即指此。那么,国家配给15个水匠是什么概念呢? 对此,赖俊已有考察,其指出蒲津桥是唐王朝极为重要的枢纽,地位高,维护难度大,故国家配给15位水匠,而唐朝对于赣石同样配给了15人,充分说明了赣石的重要性。赖俊还着重论证了大庾岭路与赣石的密切关系以及对于唐朝的重要作用③。《水部式》一般认为是制定于开元年间,与孟浩然南下赣石的时间相近,可互为见证。

　　唐朝还有一位诗人专门写过赣石,就是耿沛。大历十一年,耿沛往南方括图书返回虔州,在此度过春节,由于归乡心切,急急踏上归程,并在赣石夜泊一晚,写下《发南康夜泊赣石中》,诗云:

> 倦客乘归舟,春溪杳将暮。群林结暝色,孤泊有佳趣。夜山转长江,赤月吐深树。飒飒松上吹,泛泛花间露。险石俯潭涡,跳湍碍沿溯。岂唯垂堂戒,兼以临深惧。稍出回雁峰,明登斩蛟柱。连云向重山,杳未见钟路。④

① 郑炳林:《敦煌地理文书汇辑校注》,甘肃教育出版社,1989 年,第 105 页。
② 罗振玉:《鸣沙石室佚书正续编》,北京图书馆出版社,2004 年,第 266 页。
③ 赖俊:《敦煌文书〈水部式〉残卷相关问题研究》,硕士学位论文,陕西师范大学历史文化学院,2016 年,第 103—117 页。
④《全唐诗》卷二六八,第 2973 页。

在耿沣笔下,赣石是美丽的,别有佳趣的,当然更是危险的,有险石,有潭涡,有跳湍,故当诗人看向江面,亦有临深之恐惧,希望赶紧渡过赣石,早日到达洪州。细味耿沣作品,其实可以反映一个问题,就是这些过赣石的诗人们,其实并不辛苦,甚至可以有逸趣来观赏风景,而此时保障他们安全的,自然就是文献中所提及的"篙工"或"水匠"了。宋人余靖《韶州真水馆记》云"唯(大庾)岭道九十里为马上之役,余皆篙工楫人之劳"[1],即与耿沣情形相类。

除了以上两首诗歌,还有其他一些描写赣石的作品,如元和七年(812),张署自虔州刺史转澧州刺史时,柳宗元曾有诗相寄,其《同刘二十八院长述旧言怀感时书事奉寄澧州张员外使君五十二韵之作因其韵增至八十通赠二君子》云"欻刺苗人地,仍逾赣石崖"[2];约宝历二年(826),张籍亦曾寄诗给时任虔州刺史的韩约,其《寄虔州韩使君》云"月明渡口漳江静,云散城头赣石高"[3]。这些诗句反映了两个问题:其一,唐人在写到虔州时,赣石往往是一个标志性的地点,在诗歌中多有提及,说明了赣石的知名度很高;其二,在这些诗句中,能体会到渡过赣石的艰难,但是却没有更多地突出赣石的危险,甚至在张籍的笔下,只是以漳江静来衬托赣石的高耸,一反往常的写法。这就说明在中唐时期,赣石已经有了一些改变。《新唐书·路应传》记载:"贞元初,出为虔州刺史,诏嗣父封。凿赣石梗峪以通舟道。"[4]路应乃路嗣恭之子,据郁贤皓《唐刺史考》,其当在贞元三年至四年(787—

---

① 《武溪集》卷五,《北京图书馆古籍珍本丛刊》,第85册第81页。
② (唐)柳宗元著,尹占华、韩文奇校注:《柳宗元集校注》卷四二,中华书局,2013年,第2675—2676页。
③ 《张籍集系年校注》卷四,第590页。
④ 《新唐书》卷一三八,第4624页。

788）任虔州刺史①，而其在虔州最重要的政绩，就是凿通赣石之险。史书并没有详说路应凿毁赣石后的水道情况，然而从柳宗元与张籍的诗可以看出，一定是平缓了不少，故他们的诗歌也没有特别强调赣石的危险。需要提醒的是，《章贡图经》描述赣石前后 300 里，"怪石如精铁"，数量又非常多，而路应在虔州任时间并不长，其凿毁赣石的力量势必有限，所以要客观地看待路应凿赣石的记载，如前文所分析李绅长庆四年贬端州，仍然安排其家人避开赣石之险，又如宋代方勺《泊宅编》云"赣石数百里之险，天下所共闻"②，以此可见路应凿赣石应该只是凿毁了河道中特别危险并阻碍舟船前进的一些巨石，并浚疏了河道，使得货物的运输得以顺畅，但赣石之险仍然是存在的。

《水部式》记录了唐朝政府给予赣石极高规格的人员配给，路应凿赣石则被作为其最重要的政绩载入正史，这些都反映出唐王朝对于赣石水路的重视，而究其根本，是大庾岭交通对于国家十分重要。值得注意的是，无论是《水部式》的制定，还是赣石诗歌的出现，都是在大庾岭新路开通后不久，这亦反映了开凿大庾岭路所带来的唐代交通的重心转移，同时，文人创作的作品也总是能与史料记载相互呼应，反映了制度、环境变化对于诗歌创作的影响。

总体来看，唐代的大庾岭通道首先是危险的，既有山路之险，又有水道之险。山路之险表现为山体高绝、道路崎岖以及深山中的瘴气、毒草等，水道之险则体现为大庾岭以北的赣石水路，滩多石险，漂石破舟。虔州刺史李畅的《墓志铭》载"出为虔州刺史。岭嶂耸峻，江流壑险"③，即同时指出大庾岭山、水路皆险。同时也需注意，唐代

---

①《唐刺史考全编》卷一六一，第 2329 页。

②《泊宅编》卷三，第 17 页。

③ 周绍良、赵超：《唐代墓志汇编续集》，上海古籍出版社，2001 年，第 519 页。

大庾岭险名之盛,又是其重要性的体现,正是唐王朝对于这条通道有着极大的需求,其危险才反复地被文人所传播,政府才不断对大庾岭的山路和水路予以改造,降低其危险性。所以说,唐代大庾岭通道的面貌其实是不断地变化着的,其危险性也是不断地降低的。所幸的是,不同时期的文人将大庾岭写入到诗歌中,以致今天我们可以通过诗歌还原此通道不断变化的过程,诗史互证的意义,概在于此。

第二节　大庾岭诗路的自然景观书写

在大庾岭诗歌中,大多数都是送行、纪行、寄赠作品,表现出典型的通道文学的特点。这类作品注重对行旅的记录,所以写景成为大庾岭诗歌创作的主要内容,文人们或写景抒情,或以景明志。当然,同为写景,不同身份的人对大庾岭风光的描写是不一样的,不会总是像宋之问一般,突出大庾岭的危险,郑谷就曾在诗中赞美大庾岭"江山多胜境"[①]。不同身份的文人中,贬谪文人是大庾岭诗歌创作的主力军,但并非全部,还有许多其他身份的文人,在他们的笔下,大庾岭风光各不相同。下面就具体看一下各类文人对大庾岭自然景观的创作情况。

一、本土文人笔下的景观

大庾岭虽地处偏远,但并不闭塞。秦汉时期的南征、魏晋时期的战乱都曾导致大量中原人口往南迁徙,其中就有一些大的士族留居在大庾岭南北区域,像岭北钟氏、綦毋氏,岭南李氏、张氏,都是徙

---

①（唐）郑谷著,严寿澄、黄明、赵昌平笺注:《郑谷诗集笺注》卷一,上海古籍出版社,1991年,第83页。

自北方。这些宗族的南迁不仅带上了家族的财富,更带上了家族的文化。而在汉唐时期,地望与文化无疑具有垄断性,所以毫无例外,这些迁居于大庾岭的氏族都在唐代培养出了不少文人,张九龄兄弟、钟绍京、綦毋潜则是其中的佼佼者。可惜的是,钟绍京家学以书法见长,綦毋潜在获取功名后便回归吴越,他们都没留下关于家乡的诗歌。唯有张九龄,不但致力于家乡建设,更是创作了不少关于家乡的作品,那么在张九龄笔下的大庾岭是怎样的呢?

披览张九龄生平与作品,会发现他对于家乡是充满着感情的。张九龄《秋晚登楼望南江入始兴郡路》云:"伏槛一长眺,津途多远情。思来江山外,望尽烟云生。滔滔不自辨,役役且何成。"[1] 此诗作于其任洪州刺史之时,虽然已离家很近,但限于职责,又身陷诬谤,以致张九龄无法回家乡省亲,故有此诗。南江即赣江,诗人顺着赣江向南长眺,仿佛看到江水一直南流至始兴郡路,其实诗人是借远眺江水寄托自己的思乡之情,然家乡在"江山"(大庾岭)之外,望向南方的尽头不过是烟云罢了。在这首诗中,大庾岭是美好的,那是诗人家乡所在,但是无论诗人如何极目远眺,却看不到它,只能寄托于想象。张九龄在洪州任还有《二弟宰邑南海见群雁南飞因成咏以寄》,诗云:"为我更南飞,因书至梅岭。"[2] 梅岭即大庾岭,代指诗人故乡,这首诗同样表达了诗人对家人与故土的思念。张九龄表达思乡情怀的作品有很多,直至其晚年在荆州长史任,重病垂暮之际,仍不断在作品中表达思乡之情,其《始兴南山下有林泉尝卜居焉荆州卧病有怀此地》云:"行行念归路,眇眇惜光阴。……但忆旧栖息,愿言遂窥临。云间日孤秀,山下面清深。萝茑自为幄,风泉何必琴。归此老吾老,还

---

①《张九龄集校注》卷二,第 136 页。
②《张九龄集校注》卷四,第 328 页。

当日千金。"① 张九龄创作此诗之时,知道自己来日无多,对家乡思念愈切,在他的回忆中,青山上的白云、古松上的萝茑、山间里的风泉,这一切都让他如此留恋和珍惜。通过以上作品,完全能够体会张九龄对家乡真切的感情,只有准确地把握张九龄的情感,才能更好地理解他诗中对景观的描写。以上这些思乡作品都是张九龄在外地创作的,其中关于大庾岭的描写更多的是一种想象或者是回忆。

张九龄也有许多在家乡创作的作品,大多以写景为主。如开元四年,张九龄主持开凿大庾岭路时,经常要从家里赶到现场勘看,期间作有《自始兴溪夜上赴岭》,诗云:"尝蓄名山意,兹为世网牵。……日落青岩际,溪行绿筱边。去舟乘月后,归鸟息人前。数曲迷幽嶂,连圻触暗泉。深林风绪结,遥夜客情悬。"② 当诗人乘舟缓缓驶向大庾岭,不由触发内心感想,"尝蓄名山意",即指名山隐居之想法,而张九龄想要隐居之所,无疑就是眼前的大庾岭,继而其对大庾岭的景色展开了描写,夕阳慢慢从庾岭上的青岩落下,小溪在翠绿的小竹边流淌,明月逐渐升起,随着小舟前行,归鸟亦停落舟前,就这样静谧地前行着,绕过曲溪幽嶂,聆听暗泉叮咚,遥夜林深风结,诗人的情思似乎也随之静止。在张九龄的笔下,大庾岭无疑是美的,是他神往的地方,这首作品为读者展示的,是一幅极为雅致的大庾岭山水图画。

张九龄人生的最后一年,其终得恩准"拜扫南归",回到他眷恋已久的家乡。他来到儿时成长的始兴南山,创作了《南山下旧居闲放》,诗云:

祗役已云久,乘闲返服初。块然屏尘事,幽独坐林间。清旷

---

① 《张九龄集校注》卷二,第157页。
② 《张九龄集校注》卷三,第266—267页。

前山远,纷喧此地疏。乔木凌青霭,修篁媚绿渠。耳和绣翼鸟,目畅锦鳞鱼。寂寞心还闲,飘飘体自虚。兴来命旨酒,临罢阅仙书。①

在南山下,诗人独坐林间,乔木青霭相伴,修篁绿渠相随,听着鸟儿的鸣唱,看着鱼儿在水中畅游,不由得飘飘然也,良辰美景,当然要饮酒助兴,再阅览仙书。或许这就是张九龄真正想要的隐居生活,就在这大庾岭下,过上真正逍遥的日子,可惜的是,这样的时光来得太晚,不久以后,张九龄便离世而去。在张九龄的作品中,大庾岭便是世外桃源,人间仙境,这里只有蓝天白云、青山绿水,有绣翼鸟和锦鳞鱼,丝毫不见宋之问笔下的瘴疠、昏沙、吻草这些恶毒之物,这就是一位本土文人笔下的大庾岭风光。

二、贬谪文人笔下的景观

在前文已经讨论过宋之问的度大庾岭作品,当然主要是以之考察大庾岭通道的危险情况,由此也发现在宋之问诗中,更多是负面表现大庾岭的景物。宋之问度岭作品其实有很多首,那么在其他的作品中,他是怎么描写大庾岭风光的呢? 宋之问《题大庾岭北驿》云:

阳月南飞雁,传闻至此回。我行殊未已,何日复归来? 江静潮初落,林昏瘴不开。明朝望乡处,应见陇头梅。②

诗人以南雁北回起兴,实言大庾岭偏远与高耸,“江静潮初落,林昏瘴

---

①《张九龄集校注》卷二,第 170 页。
②《沈佺期宋之问集校注·宋之问集》卷二,第 427 页。

不开"，则是描写赣江的潮水与山上的深林，"陇头梅"指大庾岭的梅花，乃化用陆凯《赠范晔》诗句，大庾岭梅花自古闻名，宋之问在此实则构建了一个独特的庾岭梅花意象。在这首诗中，大庾岭的风光无疑又是负面的，说的是大庾岭太高难以攀越，深山中的树林充满瘴气无法前行，连大雁到此处都要北返，岭头的梅花也在向往着北方，所有这一切的描写，都是为了表现诗人极其不愿意翻过大庾岭，迫切想要回到中原的心情。宋此行另有《度大庾岭》，诗云：

> 度岭方辞国，停轺一望家。魂随南翥鸟，泪尽北枝花。山雨初含霁，江云欲变霞。但令归有日，不敢恨长沙。[1]

宋之问即将度过大庾岭的山顶，此时停下马车再次回望北方的家国，诗人看到了什么呢？他看到南飞到此而北返的大雁，看到朝着北方开放的梅花，看到山雨初晴的天空，看到江边将变色的云霞。在宋之问的笔下，大庾岭的任何风光都带有浓厚的个人情绪，"魂随南翥鸟，泪尽北枝花"，写尽自己对家国的留恋与不舍，"山雨初含霁，江云欲变霞"实则隐喻政坛的变化。

从以上作品可以看出，宋之问对大庾岭的景观描写大多是负面的，有着强烈的感情色彩，那么是否宋之问笔下的大庾岭景观都是负面的呢？也不尽然，再来看一首宋之问翻越大庾岭后的作品，其《早发始兴江口至虚氏村作》云：

> 候晓逾闽嶠，乘春望越台。宿云鹏际落，残月蚌中开。薜荔摇青气，桄榔翳碧苔。桂香多露裹，石响细泉回。抱叶玄猿啸，

---

① 《沈佺期宋之问集校注·宋之问集》卷二，第 428 页。

衔花翡翠来。南中虽可悦,北思日悠哉。①

当诗人越过大庾岭后,便开始打量起岭南的风光,他所看到的鹏鸟、大蚌、薜荔、桃榔、翡翠等南中事物,这一切对诗人来说是那么新奇。在这首作品中,大庾岭之南的风光不再是负面的,而是别具风情,令人赏心悦目。当然诗人这样写,同样有其用意,诗云"南中虽可悦,北思日悠哉",即以美好的岭南风光再次反衬自己思归的心情。

通过对比宋之问作品,会发现其度大庾岭时的情绪极度复杂,眷恋、不舍、悲伤、憧憬等情感交织在一起,充沛的情感使得诗歌得以升华,一洗他之前所作宫体诗的铅华,开始有了灵魂,耐人寻味。那么,其他贬谪诗人笔下的大庾岭风光又是怎样的呢?

神龙元年,与宋之问一同贬谪的还有沈佺期、阎朝隐等人,他们在度大庾岭时都有作品。沈佺期有《遥同杜员外审言过岭》,诗云:

> 天长地阔岭头分,去国离家见白云。洛浦风光何所似? 崇山瘴疠不堪闻。南浮涨海人何处? 北望衡阳雁几群。两地江山万余里,何时重谒圣明君。②

这首作品前文曾做考证,在《国秀集》中作《遥同杜五过庾岭》,应以此题为是。沈佺期此行实经骑田岭,而在诗歌中,却将其视同为大庾岭。在沈佺期的眼中,大庾岭的风光是完全不能与中原相比的,只有白云下望不见尽头的山岭,其中布满瘴气,故云"崇山瘴疠不堪闻",所以在沈佺期笔下,大庾岭的风光也是负面的。阎朝隐亦有《度岭》

---

① 《沈佺期宋之问集校注·宋之问集》卷二,第431页。
② 《沈佺期宋之问集校注·沈佺期集》卷二,第85页。

二首,其一云:

> 岭南流水岭南流,岭北游人望岭头。感念乡园不可□,肝肠
> 一断一回愁。①

诗歌对于岭水与岭头的描写,无非也是在表达诗人的内心情感,水南
流,人北望,说明阎朝隐度过大庾岭时也是极度不舍与悲伤的,可谓
"肝肠寸断"。其二亦云:

> 千重江水万重山,毒瘴氲氛道路间。回首俛眉但下泪,不知
> 何处是乡关。②

阎朝隐所看到的大庾岭是千重水和万重山,道路间又布满毒瘴,真的
是山高路远,环境恶劣。
　　宋之问、沈佺期等人笔下的大庾岭风光大体相同,多表现负面。
那么,是否贬谪诗人笔下的大庾岭都一样呢? 有趣的是,就在同一年
的同一时期,也就是神龙元年的春季,另一位著名诗人张说也度过了
大庾岭,同样写下了一首度岭作品,名为《喜度岭》。与宋之问等人不
同的是,张说此次度大庾岭是遇赦北返,即向北越过大庾岭。那么,
在张说笔下,大庾岭景观又是怎样呢? 诗云:

> 东汉兴唐历,南河复禹谋。宁知瘴疠地,生入帝皇州。雷雨
> 苏虫蛰,春阳放莺鸠。泂沿炎海畔,登降闽山陬。岭路分中夏,

---

① 《全唐诗补编·补全唐诗》,第 11 页。
② 《全唐诗补编·补全唐诗》,第 11 页。

川源得上流。见花便独笑,看草即忘忧。①

　　尽管张说在诗中也说大庾岭以南为"瘴疠地",然而其对景物的描写却是不一样的。"雷雨苏虫蛰,春阳放莺鸠",说的是春天万物复苏的景象,隐喻自己得赦,在翻越大庾岭的时候,诗人放情于山水,看到大庾岭界分南北,岭水一路向北奔驰。显然,诗人的心情是分外喜悦的,故诗云"见花便独笑,看草即忘忧",看到庾岭的梅花都要忍不住笑起来,看到山坡的青草什么烦恼都忘却了。张说诗歌里的大庾岭风光与宋之问等人的描述完全不同,体现了贬谪文人南下与北返时在创作上的差异。

　　似张说这般遇赦北归的贬谪文人不多,所以在大庾岭的贬谪作品中,更多还是南下时的度岭作品,它们对于大庾岭景物的描写基本都是负面的。如王昌龄《听流人水调子》"岭色千重万重雨,断弦收与泪痕深"②;刘长卿《却赴南邑留别苏台知己》"又过梅岭上,岁岁北枝寒。落日孤舟去,青山万里看"③;李德裕《谪迁岭南道中作》"岭水争分路转迷,桄榔椰叶暗蛮溪。愁冲毒雾逢蛇草,畏落沙虫避燕泥"等④,通过这些诗句,可以体会出创作者的情绪基本上都是悲伤的、忧愁的,而由此创作出的大庾岭风光的基调基本上是灰色的、寒冷的或者是危险的。

　　三、入幕、游历、差遣文人笔下的景观

　　自中唐以后,大庾岭贬谪文人的创作明显减少,代之而起的是

---

①《张说集校注》卷八,第 371 页。
②《王昌龄集编年校注》卷三,第 124 页。
③《刘长卿诗编年笺注》,第 210 页。
④《李德裕文集校笺·别集》卷四,第 602 页。

入幕、游历、差遣等文人的作品,这其实与唐代社会发展进程相吻合。戴伟华《唐代幕府与文学》就指出:"唐代文人入幕,以中唐以后为甚。"① 那么在这些文人的笔下,大庾岭的景观又会呈现怎样的面貌呢?

　　首先,看一下大庾岭上过往入幕文人的情况。开成元年(836),许浑入南海幕,此行取大庾岭路,但没有度岭作品留存,其曾在吉州停留与表兄会面,并有《别表兄军倅》,诗云:"三洲水浅鱼来少,五岭山高雁到稀。"② 诗歌也出现了对庾岭风光的描述,但此时许浑显然未达庾岭,诗中"山高""雁稀"只是继承前人反复表达的大庾岭景观意象罢了。开成二年(837),许浑罢南海幕由大庾岭返回,并连续创作了两首作品。其一为《南海府罢归京口郊居途经大庾县留赠张明府》,诗云:

　　　　楼船旌旆极天涯,一剑从军两鬓华。回日眼明河畔柳,去时肠断岭头花。③

在这首诗中,许浑借助景物描写将自己两次经过大庾岭的情形做了对比,其入幕时是"肠断岭头花","岭头花"即大庾岭梅花,此句与宋之问"泪尽北枝花"异曲同工;而其罢幕返回时,则是"眼明河畔柳",又与张说"看草即忘忧"类同。其二为《南海府罢南康阻浅行侣稍稍登陆而遇宴饯至颇暮宿东溪》,诗云:

　　　　暗滩水落涨虚沙,滩去秦吴万里斜。马上折残江北柳,舟中

---

① 《唐代幕府与文学》,第 51 页。
② 《丁卯集笺证》卷七,第 457 页。
③ 《丁卯集笺证》卷七,第 423 页。

开尽岭南花。离歌渐怨如留客,乡梦初惊似别家。山鸟一声人未觉,半床春月在天涯。①

这首诗作于大庾岭北面的南康,许浑行至此处因滩浅受阻,不得不登陆并得到当地官员的接待,此诗即是描写当时景象,如对江滩、江柳、岭花的描写等。这些描写其实皆在表达一个中心思想,就是诗人迫切地想要回去。从第一首诗的"眼明河畔柳"到第二首诗的"折残江北柳",诗人的心情由喜悦变为失望和焦急等待,故对景观的描写也发生了变化。

此外,比较有代表性的入幕文人作品还有张祜的《寄迁客》。此诗为张祜入南海幕时写下的度岭诗,在《岭海名胜记》中名为《度大庾岭》②,诗云"万里南迁客,辛勤岭路遥。溪行防水弩,野店避山魈"③,描写了大庾岭的偏僻遥远,山间溪水中的含沙和山上的山魈等景象,皆南方贬谪诗歌中的常见之物。

其次,游历文人笔下的庾岭景观。唐代前往南方游历的文人颇多,他们中有一些会在大庾岭地域停留,并与当地官员唱和,如刘言史、罗隐、崔橹、张蠙等。有一些则留下了度岭作品,如张籍、李群玉、郑谷、曹松等,这些作品大多有对大庾岭景观的描写。张籍约在贞元九年至十一年间(793—795)南游庾岭,南下时有《岭外逢故人》,诗云:

过岭万余里,旅游经此稀。相逢去家远,共说几时归。海上

---

① 《丁卯集笺证》卷六,第 356 页。
② 《岭海名胜记校注》卷一五,第 719 页。
③ 《张祜诗集校注》卷一,第 32 页。

见花发,瘴中唯鸟飞。炎州望乡伴,自识北人衣。[1]

此诗中,张籍对庾岭的描写也是遥远、梅花、瘴气、飞鸟等特征或事物,与贬谪诗相似;张籍返回时亦有度岭诗,为《赠李司议》,诗云"秋草茫茫恶溪路,岭头还送北人归"[2],乃知其取大庾岭东江水路返回虔州,诗中对景物的描写亦带有浓厚的离愁与伤感。曹松一生数次南游,有《岭南道中》,诗云:

> 百花成实未成归,未必归心与志违。但有壶觞资逸咏,尽交风景入清机。半川阴雾藏高木,一道晴蜺杂落晖。游子马前芳草合,鹧鸪啼歇又南飞。[3]

曹松的这首作品与张籍的写景有很大不同,体现出作者轻松且超脱的心态,故云"但有壶觞资逸咏,尽交风景入清机",游乐之情,溢于言表,在曹松笔下虽然也有瘴气,其却写成"半川阴雾藏高木",以一种观赏的角度勾勒出来,此外百花成实、晴蜺落晖、马踏芳草、鹧鸪南飞等景物描写,皆交织成一幅趣味横生的游览风景图画。郑谷咸通年间亦曾南游度大庾岭,有作品《梅》,诗云:

> 江国正寒春信稳,岭头枝上雪飘飘。何言落处堪惆怅,直是开时也寂寥。素艳照尊桃莫比,孤香黏袖李须饶。离人南去肠应断,片片随鞭过楚桥。[4]

---

①《张籍集系年校注》卷二,第 201 页。
②《张籍集系年校注》卷六,第 694 页。
③《全唐诗》卷七一七,第 8243 页。
④《郑谷诗集笺注》卷四,第 443 页。

这首作品描写的是大庾岭初春时的景象,此时大庾岭头梅花盛开,诗人漫步其中,却感受到梅花开得寂寥,尽管素艳照尊、孤香黏袖,诗人仍不得不在漫天的梅花飘落中惆怅离去。这首诗的景物描写极具画面感,突出的是离愁的情绪。大中二年,李群玉自广州南游返回,取道大庾岭,有《大庾山岭别友人》,诗云:"谁念火云千嶂里,低身犹傍鹧鸪飞。"[1] "火云千嶂"是描写大庾岭山脉的炎热,鹧鸪乃南方常见的鸟,故李群玉对大庾岭的描写乃突出其南方山脉的特征。

最后,差遣文人笔下的庾岭景观。在唐代,亦有各类使臣会来到大庾岭地域,如韦光裔到江南催青苗税,崔峒、耿沣等人至南方搜括图书,胡曾因战事出使岭南等。其中尤以耿沣写大庾岭诗歌为多,因为其从岭南括图书返回虔州时,恰逢春节,于是在虔州逗留良久。其诗歌对大庾岭以北的景观描述较多,如《晚登虔州即事寄李侍御》云:

> 章溪与贡水,何事会波澜。万里归人少,孤舟行路难。春光浮曲浪,暮色隔连滩。花发从南早,江流向北宽。[2]

这里主要描述的是大庾岭以北的水路景观,章水与贡水乃赣江两大源流,在虔州北面二水相汇,乃一大景观,即诗所云"何事会波澜",后北宋专门建八镜台以观此景;"万里归人少,孤舟行路难",既是写景,也是交代自己留在虔州的原因,因为临近春节,江上的归家的行船已经非常少了,百姓都在家准备过节,所以自己一个人无法渡过危险的

---

①(唐)李群玉著,羊春秋辑注:《李群玉诗集·后集》卷五,岳麓书社,1987年,第126页。

②《全唐诗》卷二六九,第2998页。

赣石;"春光浮曲浪,暮色隔连滩",即云河道弯弯曲曲,赣滩一个连着一个,是进一步描述水路的情况,也是对上一句"行路难"的解释;"花发从南早,江流向北宽"则是说庾岭以南的梅花早就开放了,赣江的水一直向北奔腾而去,实则表达自己迫切想要回去的心情。正因如此,春节过后,等到船夫开工,耿沨便急急踏上归途,在水驿和赣石分别有诗纪行,其《发绵津驿》云:"孤舟北去暮心伤,细雨东风春草长。……千丛野竹连湘浦,一派寒江下吉阳。"[1] 此诗的写景,让人感到有一点萧瑟寒冷,是诗人孤旅形态的写照。其《发南康夜泊赣石中》云:

> 倦客乘归舟,春溪杳将暮。群林结暝色,孤泊有佳趣。夜山转长江,赤月吐深树。飒飒松上吹,泛泛花间露。[2]

此诗描写的是赣石水路的夜景,因诗人终于踏上归途,虽为倦客,心却喜悦,所以诗人并没有太在意赣石的危险,反而是颇有趣味地欣赏起赣石的风景。在诗人的描写中,舟随江转,景色变幻,暮色中岸边的群林、松上的赤月、花间的寒露都充满了幽趣。

通过对不同身份文人作品的分析,可以发现,入幕文人对大庾岭景观的描写与贬谪文人十分相似,概因入幕在士子看来,亦不算脱去褐衣,步入仕途,故度岭之心态与贬谪相类。杜荀鹤《赠友人罢举赴交趾辟命》云"罢却名场拟入秦,南行无罪似流人"[3],即体现了此种心态。游历文人的创作则要复杂一些,既有似张籍这样与贬谪类似

---

[1]《全唐诗》卷二六九,第 2999 页。
[2]《全唐诗》卷二六八,第 2973 页。
[3]《全唐诗》卷六九二,第 7958 页。

的写景,也有曹松这般洒脱的写景,还有郑谷这样充满离愁的写景。差遣文人笔下的庾岭景观又不一样,体现出使臣长期在外的焦虑和思归的心理。综合而言,通过不同身份文人创作的作品,可以从多个角度、多个层面考察唐代大庾岭通道的面貌,同时,在不同的庾岭景观的创作中,亦可体会唐代大庾岭通道中各类文人群体的人生百态和苦辣酸甜。

四、异地想象中的大庾岭通道

在大庾岭诗歌作品中,还有一类创作者,他们创作时并不在大庾岭,甚至一些人终生都未曾到过大庾岭,然而他们也通过作品描写了大庾岭。此类诗歌大多是寄赠或送行类作品,其特点就是创作者不在现场,对于大庾岭的描写是基于想象,如杜甫《寄杨五桂州谭》云:"五岭皆炎热,宜人独桂林。梅花万里外,雪片一冬深。"[1]此诗的五岭即是广义的大庾岭概念,杜甫一生未至庾岭,对大庾岭的描写自然是出自想象,然其中关于五岭炎热、庾岭梅花的描写都符合大庾岭的地域特征。由此可见,这些诗人对于大庾岭的写景并非是凭空想象,而是有一定的基础认识。那么他们对大庾岭的认知是从何而来呢?不外乎四个来源途径:一、唐前文献;二、文学作品;三、口头传播;四、曾经经历。下面就具体看一下这四个方面的异地想象创作:

其一,基于唐前文献的想象。前文已对大庾岭唐前文献的情况进行了考察,这些文献是唐人对大庾岭认识的主要来源之一,如大庾岭的界分内外、多梅、南北异候、南北水系之源、分清秽之气等特征都是在唐前就已经形成,而这些认识又成为唐代文人对大庾岭创作的想象依据。对于身在大庾岭的文人来说,他们会结合实际景观与唐

---

[1]《杜诗详注》卷九,第 779 页。

前文献进行再创作,如宋之问"陇头梅"就是把《荆州记》中的陆凯作品与亲眼看见的大庾岭梅花相结合。对于没到过大庾岭的文人来说,这些文献文字可能就是他们描写大庾岭的重要想象依据。唐代大臣郑惟忠曾作《古石之歌》云:"若非平固湖中雁,定是昆明池里鱼。"① 其对于大庾岭以北的平固湖的描写,即是来自《南康记》所云"平固县有覆笥山……有石雁浮在湖中,每至秋天,石雁飞鸣,如候时也"②。又李峤在其《杂咏百二十首》中创作《梅》,写到大庾岭梅花。李峤虽曾至庾岭区域,却是在晚年,杂咏诗创作在此之前,故《梅》的创作依据另有所本,其《梅》云:"大庾敛寒光,南枝独早芳。雪含朝暝色,风引去来香。"③ 此中对于大庾岭梅花的描写,是基于李峤的想象,而南枝与早梅的概念分别源自唐前文献《广志》和《南康记》(详见第五章梅花诗研究)。事实上,大庾岭梅花在唐前已极为有名,在各类文献中也多见记载,故那些没有到过大庾岭的唐代文人对大庾岭景观的创作主要也是抓住梅花这一特征,如李白《禅房怀友人岑伦》云"目极何悠悠,梅花南岭头"④,杜甫《秋日荆南述怀三十韵》云"秋雨漫湘水,阴风过岭梅"⑤,白居易《雪中即事寄微之》云"银河沙涨三千里,梅岭花排一万株"⑥,等等。

　　其二,基于文学作品的想象。唐代文人对于大庾岭的了解,也可以从文学作品中来,如宋之问的度岭作品对大庾岭有过诸多描写且

①《全唐文》卷一六八,第1722页。

②《汉唐方志辑佚》,第237页。

③《李峤诗注》卷四,第232页。

④(唐)李白著,王琦注:《李太白全集》卷一三,中华书局,2011年,第576—577页。

⑤《杜诗详注》卷九,第779页。

⑥《白居易诗集校注》卷二三,第1805页。

非常有名，《旧唐书》云其"所有篇咏，传布远近"①，可见宋诗一定会对后人的创作产生影响。开元十六年（728）前后，张子容曾赠诗给赣县尉袁瓘，名《永嘉即事寄赣县袁少府瓘》，诗云：

> 山绕楼台出，溪通里闬斜。曾为谢客郡，多有逐臣家。海气朝成雨，江天晚作霞。题书报贾谊，此湿似长沙。②

张子容未曾到过大庾岭，且此诗作于其任永嘉县尉之时，故此诗对大庾岭的描写乃基于想象。在诗首联的描写中，赣县是被大庾岭群山环绕着的，溪流直通到县城的巷子里，这一描述倒是与江浙的民居风格类似；颔联则是表达赣县是谢灵运和许多贬谪官员曾住过的地方，谢灵运有《岭表赋》，乃过大庾岭之作，张子容自是读过；颈联与尾联则是效仿宋之问作品，宋之问《度大庾岭》云："山雨初含霁，江云欲变霞。但令归有日，不敢恨长沙。"③两诗对比，即可知张诗乃仿宋诗而出。张子容此诗对赣县的描写，可谓是在谢、宋作品的基础上想象而成，在其想象里，赣县就在大庾岭山脚下，而事实上大庾岭北麓山下是大庾县，再往北才是赣县，中间还是有一定距离的。此外，韦应物《送冯著受李广州署为录事》"大海吞东南，横岭隔地维"④，柳宗元《柳州寄丈人周韶州》"梅岭寒烟藏翡翠，桂江秋水露鲲鲕"⑤，这些诗句中所描写的大庾岭界分南北、瘴气（寒烟）、翡翠鸟等景观，其实都源自对早期作品的继承。

---

① 《旧唐书》卷一九〇，第 5025 页。
② 《全唐诗》卷一一六，第 1176 页。
③ 《沈佺期宋之问集校注·宋之问集》卷二，第 428 页。
④ 《韦应物诗集系年校笺》卷八，第 408 页。
⑤ 《柳宗元集校注》卷四二，第 2821—2822 页。

其三,基于口头传播的想象。唐人对大庾岭的了解不止于书卷文字,社会交往可能是信息传播更为重要的来源。宋之问《题大庾岭北驿》云"阳月南飞雁,传闻至此回"①,则交代了其对此事的了解是来自听闻。唐代前往岭南的官员很多,当他们返回中原,自然也会将其见闻告诉亲友,沈佺期度岭诗《自乐昌溯流至白石岭下行入郴州》云"我行山水间,湍险皆不若。安能独见闻,书此贻京洛"②,就是对这一现象的典型表达。对于没有到过大庾岭的文人,自然也会将其听闻写入诗歌之中,如杜甫《龙门阁》云"饱闻经瞿塘,足见度大庾"③,"饱闻"道尽大庾岭险名传播之盛,而杜甫则将听闻写入诗歌;孟浩然《洛中访袁拾遗不遇》云"闻说梅花早,何如北地春"④,孟浩然本是到洛阳寻袁瓘,可此时袁瓘已被贬赣县,故其又南下赣县寻友,孟浩然作此诗时未曾至大庾岭,其对梅花的描写正如其所云是"闻说"的。

其四,基于自身经历的想象。在大庾岭相关作品中呈现了一个规律:曾经到过大庾岭的文人们,其北返后关于大庾岭的诗歌创作明显更多。这些作品创作时往往是其友人将要前往岭南区域,故诗人们凭借以往的经历再次描写庾岭,很显然这种创作仍然属于异地想象。刘长卿曾被贬岭南,其真正的度岭诗只有一首,即《却赴南邑留别苏台知己》,然而诗人却在以后的作品中屡屡提及大庾岭,如《送李秘书却赴南中》云"路识梅花在,家存棣萼稀"⑤,《送独孤判官赴岭》

①《沈佺期宋之问集校注·宋之问集》卷二,第 427 页。
②《沈佺期宋之问集校注·沈佺期集》卷二,第 132 页。
③《杜诗详注》卷九,第 715 页。
④《孟浩然诗集笺注·宋本集外诗》,第 535 页。
⑤《刘长卿诗编年笺注》,第 509 页。

云"岭海看飞鸟,天涯问远人"①,《送裴二十端公使岭南》云"桂林无叶落,梅岭自花开"②,等等。从诗题可见,这些都是诗人的友人将去岭南,而非诗人本人,刘长卿因为曾经到过大庾岭,故其诗歌经常描写大庾岭的景观,像梅花、回雁、岭海以及庾岭的分界性等,且刘长卿对大庾岭梅花的印象最为深刻,所以在以后的创作中反复提及。此外,与刘长卿相似的情况,在张籍、郑谷、许浑、李群玉等人的作品中同样存在。

第三节 大庾岭诗路的人文风物

尽管大庾岭诗歌对自然景观的描写比重较大,但也有许多作品涉及大庾岭地域人文风物的描写。张子容《永嘉即事寄赣县袁少府瑾》"曾为谢客郡,多有逐臣家"③,即同时道出了大庾岭的人文旧事和地域文化特征,当然,这首诗仅仅是描绘了大庾岭人文的一面,即逐臣文化,而在唐诗中,关于大庾岭人文风物的描写其实非常丰富。

一、诗歌中的古道往事

在前文的考察中,已知大庾岭有着厚重的历史文化。自秦汉开始,这片地域就被纳入国家开发的范畴,如秦皇戍五岭、赵佗尉龙川、杨仆平南越等等,这些重要的历史事件,皆与大庾岭地域紧密相关,故在唐代大庾岭相关作品中,也会不断提及这些历史。如刘长卿《送裴二十端公使岭南》云"陆贾千年后,谁看朝汉台"④,是引用了陆贾

---

① 《刘长卿诗编年笺注》,第514页。
② 《刘长卿诗编年笺注》,第298页。
③ 《全唐诗》卷一一六,第1176页。
④ 《刘长卿诗编年笺注》,第298页。

使南越之典故。杜甫《广州段功曹到得杨五长史谭书功曹却归聊寄
此诗》云"卫青开幕府,杨仆将楼船。汉节梅花外,春城海水边"①,则
说的是吕嘉杀汉使韩千秋,函封汉使者节置大庾岭,汉武帝派杨仆平
南越的这段历史。谭用之《贻南康陈处士陶》云"白玉堆边蒋径横,
空涵二十四滩声"②,是述说陈霸先越过大庾岭,度过赣石二十四滩,
向北夺取天下的历史。关于这些唐前大庾岭旧事,在第一章已经有
详考,在此不再赘述。需注意的是,在唐诗中还有一些作品描述或反
映了唐代大庾岭地域发生的重要事件,如神龙之贬与逐臣在大庾岭
的群体性创作、张九龄主持开大庾岭路、慧能大庾岭夺法事件等,都
是大庾岭古道极其重要的历史事件,因在书中已多有讨论,在此则不
予再述,但有一些重要事件尚未提及,则予以梳理和探讨。

1. 永王命丧大庾岭。永王即李璘,玄宗第十六子。李白有《别
内赴征三首》,其一诗云 :"王命三征去未还,明朝离别出吴关。"③诗
中"王命三征"说的是李白入永王幕之事,詹锳《李白诗文系年》考
曰 :"(至德元年)冬永王璘重白之才,辟为府僚佐。"④李白追随永王
期间创作过许多作品,如《永王东巡歌十一首》等,这些作品反映的
是安史之乱后玄宗幸蜀途中分镇诸王这一重大历史背景。这一历史
时期,一起重要历史事件就是"永王李璘事件",而大庾岭正是这一事
件的终点。据《旧唐书·永王璘传》记载:"十五载六月,玄宗幸蜀,
至汉中郡,下诏以璘为山南东路及岭南黔中江南西路四道节度采访
等使、江陵郡大都督,余如故。璘七月至襄阳,九月至江陵,召募士将
数万人……肃宗闻之,诏令归觐于蜀,璘不从命。十二月,擅领舟师

---

① 《杜诗详注》卷一一,第 928 页。
② 《全唐诗》卷七六四,第 8672 页。
③ 《李太白全集》卷二五,第 1010 页。
④ 詹锳:《李白诗文系年》,人民文学出版社,1984 年,第 113 页。

东下,甲仗五千人趋广陵……先是,肃宗以璘不受命,先使中官啖廷瑶、段乔福招讨之……高仙琦等四骑与璘南奔,至鄱阳郡,司马陶备闭城拒之。璘怒,命焚其城。至余干,及大庾岭,将南投岭外,为江西采访使皇甫侁下防御兵所擒,因中矢而薨。"[①] 根据史书记载,安史之乱后,玄宗南下至汉中,在此任命永王李璘,可见其分镇诸王的一个重心就是李璘。而李璘领命后,迅速拉起了一支上万人的队伍,并在至德元年(756)冬领舟师东下,即是李白《永王东巡歌》所云东巡。然而李璘此举僭越了玄、肃宗给他的权力范围,招致征讨,永王败,南逃至大庾岭被射杀,永王李璘事件到此终结。李璘事件乃唐史上的重大事件,也是史家争论颇多的事件,其反映了安史之乱后,唐王朝对动乱的应对以及王室权力的博弈。关于玄宗分镇诸王,李璘东下之原因,以及肃宗对李璘发起征讨的动机则是学界争论的焦点。本书关注的是李璘失败后,其南逃的路线以及命运终结的地点,反映了两个问题:其一,从史料来看,李璘失败后即毫不犹豫地往大庾岭逃跑,这应是其预备好的逃跑路线,体现了大庾岭历来为兵家所认识的一点,就是利于避祸自保,可凭山险屏障保存实力,南越王赵佗、东吴孙皓、东晋卢循以及南朝陈霸先的例子即是明证,永王南下大庾岭自然也是为了避祸自保。其二,永王南逃的路线,可证大庾岭另一条陆路交通线。从史料来看,李璘至江西后先至鄱阳,后至余干,此后一路南逃至大庾岭。但李璘逃跑不可能由水路,因为水路逆行,速度慢,且易被官兵抓捕,其必是骑着战马一路南逃至大庾岭,这就说明在赣水交通线之东,肯定存在一条平行的陆路线至大庾岭。事实上,这条陆路的存在由来已久,《淮南子》载:"(秦皇)乃使尉屠睢发卒

---

① 《旧唐书》卷一〇七,第3264—3266页。

五十万,为五军,一军塞镡城之岭……一军结余干之水。"① 而关于秦军结余干之水,曾被学者质疑,如林岗指出:"余干确是一个战略要地,但这个地方既无水路也无陆路通到南越,况且距离甚远。若谓戍守军队对付南越,真不知怎样才能说得通。"② 这一理解存在两个问题,一是把发五军认为是戍五军,淮南王说得很明确,是军队在此处集结,而非戍守;二是认为余干至大庾岭无陆路可通,在前文关于交通的考述中,已发现龙川有大量秦军戍守,他们从何而来? 必是有一部分秦军由余干陆路南下,至大庾岭安远区域,再由东江水至龙川。永王的南逃路线即是明证,其路线概为余干—南城—宁都—大庾岭(东部),这也是一条通往大庾岭的古道。

2.岭南第一位节度使。刘长卿有《瓜洲驿奉饯张侍御公拜膳部郎中却复宪台充贺兰大夫留后使之岭南时侍御先在淮南幕府》,诗云:"度岭情何遽,临流兴未阑。梅花分路远,扬子上潮宽。"③ 诗歌描写了一位张侍御越过大庾岭前往岭南赴任的情形。张侍御为何人未详,诗题贺兰大夫即贺兰进明,据《旧唐书·房琯传》载:"会北海太守贺兰进明自河南至,诏授南海太守,摄御史大夫,充岭南节度使。中谢,肃宗谓之曰:'朕处分房琯与卿正大夫,何为摄也?'进明对曰:'琯与臣有隙。'上以为然……进明曰:'琯昨于南朝为圣皇制置天下,乃以永王为江南节度,颍王为剑南节度,盛王为淮南节度,制云"命元子北略朔方,命诸王分守重镇"。且太子出为抚军,入曰监国,琯乃以枝庶悉领大藩,皇储反居边鄙,此虽于圣皇似忠,于陛下非

---

① 《淮南子》卷一八,第 1090 页。
② 林岗:《论秦征南越的进军线路与方略》,《湖南科技大学学报(社会科学版)》2015 年第 2 期。
③ 《刘长卿诗编年笺注》,第 121 页。

忠也……' 上由是恶瑄,诏以进明为河南节度、兼御史大夫。"① 这段记载反映了两个背景:其一,肃宗决定征讨永王,即前文所述永王事件,贺兰进明在其中有重要的影响;其二,贺兰进明本被授予岭南节度使,然而也因此段对话,复改授河南节度使。又据《唐会要》:"至德二载正月,贺兰进明除岭南五府经略兼节度使,自此始有节度之号,已前但称五府经略。"② 由此,则可理解刘长卿这首诗反映的背景和意义,原来诗中走在大庾岭古道上的这位张侍御,本来应该是贺兰进明,而贺兰进明对永王和房琯的分析影响了肃宗对永王的态度,也影响了对他的官职任命。有趣的是,唐代历史上第一位岭南节度使就是贺兰进明,然而这位节度使却没有之任,而是由一位张姓侍御充任留后,这才有了刘长卿的这一首诗歌。

3. 孟瑶平哥舒晃之乱。包何有《和孟虔州闲斋即事》③,郁贤皓考诗中孟虔州即孟瑶,大历中任虔州刺史④。这首诗歌反映了一个历史事件,即岭南哥舒晃的反叛,而孟瑶就是因为反叛有功,得到了虔州刺史的位置。据《旧唐书·路嗣恭传》记载:"大历八年,岭南将哥舒晃杀节度使吕崇贲反,五岭骚扰,诏加嗣恭兼岭南节度观察使。嗣恭擢流人孟瑶、敬冕,使分其务:瑶主大军,当其冲;冕自间道轻入,招集义勇,得八千人,以挠其心腹。二人皆有全策诡计,出其不意,遂斩晃及诛其同恶万余人。"⑤ 由记载可知,大历八年(773),哥舒晃在岭南兵变,导致"五岭骚扰",五岭即指大庾岭地域,朝廷诏令时任江西观察使的路嗣恭前往平叛,而路嗣恭则主要起用了流人孟瑶、敬

---

①《旧唐书》卷一一一,第 3322 页。
②《唐会要》卷七八,第 1431 页。
③《全唐诗》卷二〇八,第 2170 页。
④《唐刺史考全编》卷一六一,第 2328 页。
⑤《旧唐书》卷一二二,第 3500 页。

冕，孟瑶乃主帅，由大庾岭驿道领军入岭南，而敬冕自间道轻入，则应由大庾岭东部孔道入龙川，可直捣循、潮心腹。此次平叛十分顺利，哥舒晃伏诛，作为主帅的孟瑶因功得虔州刺史职位，此事虽史书未载，然可在权德舆为伊慎所写《唐故光禄大夫检校尚书右仆射兼右卫上将军南充郡王赠太子太保伊公神道碑铭并序》中得知，碑铭曰："江西连帅路嗣恭承诏出师，命将孟瑶暨公讨之……上功，拜连州长史，授抚、虔、江三州别驾。"[①] 伊慎当为孟瑶军中将领，既然他都以战功授虔州别驾，孟瑶由此得刺史之位就非常合理了，且其任刺史时间亦与平叛时间相吻合。所以，包何的这首作品其实反映了大庾岭古道上的又一次平叛事件。

4. 二王八司马，庾岭有其一。韩泰有残句云："庾岭东边吏隐州，溪山竹树亦清幽。"[②] 那么韩泰是怎么来到庾岭区域的呢？原来韩泰是唐代著名的永贞革新中的人物之一，因这次革新主要由王伾、王叔文领导，而革新失败后，韦执谊、韩泰、柳宗元、刘禹锡等 8 位核心成员全部被贬为远洲司马，故史称"二王八司马"事件。据《旧唐书·宪宗本纪》："（永贞元年）九月……京西神策行营节度行军司马韩泰贬抚州刺史……坐交王叔文也……再贬抚州刺史韩泰为虔州司马。"[③] 则永贞革命失败后，韩泰经历了两次贬谪，又据《资治通鉴》记载："（永贞元年九月）贬神策行军司马韩泰为抚州刺史……十一月……朝议谓王叔文之党或自员外郎出为刺史，贬之太轻；己卯，再贬韩泰为虔州司马，韩晔为饶州司马，柳宗元为永州司马，刘禹锡为朗州司马。"[④] 原来韩泰、柳宗元等人先是被贬为刺史，然而朝廷

①《全唐文》卷四九七，第 5071—5072 页。
②《全唐诗》卷七九五，第 8945 页。
③《旧唐书》卷一四，第 412—413 页。
④《资治通鉴》卷二三六，第 7622—7623 页。

觉得贬得太轻,又再次将他们贬到更为偏远的地方,官职也由刺史降为司马,这就是八司马的由来。其中韩泰被贬为虔州司马,来到了庾岭以北。又据《旧唐书》:"(元和十年三月)以虔州司马韩泰为漳州刺史,以永州司马柳宗元为柳州刺史……"[①] 则韩泰等人任司马整10年,柳宗元作《登柳州城楼寄漳汀封连四州》记之[②],韩泰亦有诗,散佚,仅存残句,"庾岭东边吏隐州"是指漳州,在虔州东部,故诗以庾岭代虔州也。李翱元和四年入南海幕,经虔州时曾与韩泰交游,其《来南录》云:"壬戌,至虔州。己丑,与韩泰、安平渡江游灵应山居。辛未,上大庾岭。"[③] 根据此中记载,应是李翱至虔州后,韩泰接待了他,并由水路带其游览虔州名胜,顺便送其至大庾岭。

　　5. 大庾岭下的冤魂。白居易《何处堪避暑》云"如何三伏月,杨尹谪虔州"[④],此句提到杨虞卿被贬虔州;白居易又有《哭师皋》,诗云"南康丹旐引魂回,洛阳篮舁送葬来……往者何人送者谁,乐天哭别师皋时。平生分义向人尽,今日哀冤唯我知"[⑤],可知杨虞卿死于贬所,乐天此诗乃为其诉冤。杨虞卿之贬是唐代著名的一次冤诬事件,据《新唐书·杨虞卿传》:"宗闵复入,以工部侍郎召,迁京兆尹。大和九年,京师讹言郑注为帝治丹,剔小儿肝心用之。民相惊,扃护儿曹。帝不悦,注亦内不安,而雅与虞卿有怨,即约李训奏言:'语出虞卿家,因京兆骑伍布都下。'御史大夫李固言素嫉虞卿周比,因傅左端倪。帝大怒,下虞卿诏狱。于是诸子弟自囚阙下称冤,虞卿得释,

①《旧唐书》卷一五,第452页。

②《柳宗元集校注》卷四二,第2815页。

③《李文公集》卷一八,第90页。

④《白居易诗集校注》卷三〇,第2328页。

⑤《白居易诗集校注》卷三〇,第2338页。

贬虔州司户参军,死。"① 由此段记载,可知杨虞卿被贬始末。大和九年(835),杨虞卿正官场得意,任京兆尹,谁知此时京师传出郑注挖小儿心肝为文宗炼丹的谣言,百姓惊扰,文宗得知此事非常生气,郑注也惴惴不安,于是与当时的兵部郎中李训一起将此事嫁祸给政敌杨虞卿,虞卿下狱,幸得子弟为其喊冤方得以释放,被贬虔州司户,竟死于贬所。史书未言杨虞卿卒年,张采田《玉溪生年谱会笺》据李商隐《哭虔州杨侍郎》诗自注"是冬舒李伏戮"判断杨虞卿当卒于甘露事变前后②,即大和九年岁暮,应是。据《旧唐书·文宗本纪》:"秋七月甲申朔,贬京兆尹杨虞卿为虔州司马同正。"③ 杨虞卿七月方才从京城出发,说明其至虔州不久便告身亡,可见这次冤案对其打击巨大。白居易为杨之姻亲,又是挚友,对其冤情自然十分清楚,故写诗为之鸣冤。引人深思的是,残害杨虞卿的郑注、李训等人,又在数月后发动针对宦官的甘露事变,事败身亡。结合杨虞卿被贬,这一系列事件反映了晚唐时期党派争斗之剧烈,其作为牛党"党魁",不过是斗争的牺牲品罢了,而大庾岭地域作为唐代贬谪重地,又一次成为怨臣杨虞卿的魂消之所。

6. 黄巢军北上与高骈的建议。曹松《忆江西并悼亡友》云"前心奈兵阻,悔作豫章分。芳草未归日,故人多是坟"④,描述的乃是黄巢军南下攻陷江西时的惨状。据《资治通鉴》记载:"(乾符五年三月)黄巢引兵渡江,攻陷虔、吉、饶、信等州。"⑤ 此处记载的方位顺序明显反了,且有一定偏差,渡长江南下者,并非黄巢主力,乃是王仙芝

---

① 《新唐书》卷一七五,第 5249 页。
② 张采田:《玉溪生年谱会笺》,中华书局,1963 年,第 37 页。
③ 《旧唐书》卷一七,第 559 页。
④ 《全唐诗》卷七一六,第 8234 页。
⑤ 《资治通鉴》卷二五三,第 8202 页。

余部,时遥奉黄巢为主帅①,先后攻陷信、饶、吉、虔等州,大军一路杀到大庾岭脚下,然此支巢军却未南逾庾岭,而是转战于福建、湖湘等地。《新唐书·僖宗本纪》:"(乾符六年五月)黄巢陷广州。"②关于黄巢由何处入粤,史家争论颇多,盖有黄巢自闽、赣、湘入粤 3 种说法,各执一端,由于正史并无明确记载,而其他相关材料又颇为凌乱,以致难有确论。然黄巢复由广州自大庾岭北上,却是有明确记载的,据《旧唐书·僖宗本纪》:"(乾符六年十月)时贼北逾大庾岭,朝廷授骈诸道行营兵马都统。"③巢军因在岭南发生大的瘟疫,不久后即挥师逾大庾岭北上。朝廷以高骈为应对,而高骈也提出了他的观点,其云:"遣潾以兵五千屯郴扼贼西路,留后王重任以兵八千并海进援循、潮,自将万人繇大庾击贼广州,且请起荆南王铎兵三万壁桂、永,以邕管兵五千壁端州,则贼无遗类。帝纳其策,而骈卒不行。"④应该说,高骈的计策是非常好的,以各路兵马堵住广州的东、南、西各个出口,而骈则由大庾岭正面攻击黄巢,此乃瓮中捉鳖之计,胜算很大,即便不胜,骈军只要守住大庾岭各关隘要口,黄巢自然无法北进,败势已成。然不知为何此计未得采纳,被巢军北上,直接打到长安,僖宗被迫南逃蜀地。另有一人材料,对判断高骈的策略及执行当有助益。高骈当时手下有一人叫胡曾,曾南渡庾岭,有《自岭下泛鹢到清远峡作》,诗云"乘船浮鹢下韶水,绝境方知在岭南"⑤,以此知其自大庾岭南下。其又有《番禺》,诗云:"重冈复岭势崔巍,一卒当关万卒回。

---

① 岑仲勉:《唐朝历史的教训》,台海出版社,2019 年,第 167—168 页。
②《新唐书》卷九,第 268 页。
③《旧唐书》卷一九,第 703 页。
④《新唐书》卷二二四,第 6394 页。
⑤《全唐诗》卷六四七,第 7418 页。

不是大夫多辩说,尉他争肯筑朝台。"① 此诗重在说明大庾岭对于广州的战略作用。关于胡曾生平,史料记载很少,傅璇琮《唐才子传校笺》考证其于乾符五年(878)被辟为高骈从事,乾符六年(879)尝任延唐令(今湖南宁远)②。据此,胡曾此诗或南下考察地形时所作,由于缺乏确证,且暂备一说。

以上即为唐代大庾岭古道上发生的大事件,由此可以发现,唐代大庾岭地域与中央王朝其实有着内在的联系,如神龙之贬、安史之乱、永贞革新、甘露事变、黄巢起义等等,每当这些影响唐朝格局变化的大事件发生时,总有一些人会来到大庾岭,或一些人从大庾岭返回京城。大庾岭似乎就是唐王朝政治变化的晴雨表,从宏观来看,即表现为权力场域的一种进出关系,而这种关系也藉由文人的诗歌作品反映出来。在史料缺乏的情况下,这些作品成为今天考察大庾岭诗路人文的重要依据,当然,这些诗歌本身也是大庾岭人文的重要组成部分。

二、诗歌中的风土人情

在唐代诗歌中,表现大庾岭地域风土人情的作品并不多,概由于本土籍文人产出较少以及作品的散佚。在现存的作品中,也有涉及风土人情的作品,主要体现了民俗与人情两个方面。

其一,民俗方面。主要是表现在求雨风俗上,裴谞有《储潭庙》,题注云:"大历三年戊申岁季夏闰月壬子日感应,至大历五年庚戌岁夏六月甲午建。"③ "感应"一词,古时常指人与神明之间的沟通,尤其在求雨祝辞中用得较多,如魏晋有《洛阳令歌》:"天久不雨,蒸人失

---

① 《全唐诗》卷六四七,第7431页。
② 《唐才子传校笺》卷八,第3册第481—482页。
③ 《全唐诗》卷八八七,第10022页。

所。天王自出,祝令特苦。精符感应,滂沱下雨。"① 再结合裴谞诗歌
的内容,即可知《储潭庙》为记录求雨并致谢天神的作品。题注给出
的时间说明虔州当在大历三年(768)有旱灾,此点在裴谞从弟裴曙
《祈雨感应颂并序》中交代得很清楚,序曰:"二年,余从兄自左司郎
中诏领虔州牧,不期月而令行焉……端已而而属吏自修,体道而风俗
加让……尔日也,路不拾遗,人归其厚。戊申岁季夏闰月,远郊愆阳,
於戏储潭,神之灵者,入庙而骄阳犹赫……我信既孚伊神降祉,乾坤
合德,风雨应期。"② 裴曙在序中首先陈述其兄治理虔州的政绩,即让
民风归于淳朴,之后开始诉说骄阳之烈,即旱灾,最后请求神明降雨。
裴曙这首作品,其实就是与神明对话,属于当时求雨风俗中的一个
环节。

裴谞《储潭庙》则展现了当时求雨的前因后果,对求雨仪式亦有
较为详细的描述:

> 江水上源急如箭,潭北转急令目眩。中间十里澄漫漫,龙蛇
> 若见若不见。老农老圃望天语,储潭之神可致雨。质明斋服躬
> 往奠,牢醴丰洁精诚举。女巫纷纷堂下舞,色似授兮意似与。云
> 在山兮风在林,风云忽起潭更深。气霾祠宇连江阴,朝日不复
> 照翠岑。回溪口兮棹清流,好风带雨送到州。吏人雨立喜再拜,
> 神兮灵兮如献酬。城上楼兮危架空,登四望兮暗濛濛。不知兮
> 千万里,惠泽愿兮与之同。我有言兮报匪徐,车骑复往礼如初。
> 高垣墉兮大其门,洒扫丹臒壮神居。使过庙者之加敬,酒食货财

---

①《乐府诗集》卷八五,第 1196 页。
②《全唐文》卷四五七,第 4673—4674 页。

而有余。神兮灵，神兮灵，匪享慢，享克诚。①

通过诗歌文本文字，可大致还原这次求雨风俗。此番求雨显然是由裴谞主导，当时许多农夫在储潭围观，并向上天祈祷，而裴谞所带领的求雨队伍则是质明斋服，向神明祭拜，之后高高举起准备好的牢醴，向神明供奉，此时女巫们（求雨的专职人员）开始起舞，与神明沟通。未过多时，风云忽起，潭水涌动，雾气连江起，遮天蔽日，果然下起雨来。随从官吏欢喜地站立雨中向神灵礼拜，直呼神异。裴谞登上虔州城楼观望，四野暗濛，大雨覆州不知有几万里。储潭神如此灵验，裴谞亦须履行承诺，再次备厚礼以谢神明，并洒扫神庙，让过庙者更加尊敬神明，香火供奉不断。事实上，题注亦表明裴谞后面还主持重建储潭庙，直至大历五年方才建成，同样也是裴谞对神灵的一种回报。

裴谞兄弟的求雨作品，反映了当时南方地域求雨风俗的几个特点：

第一，政府主导。这一次求雨，自始至终都是由裴谞主导，裴谞身为虔州刺史，代表的自然是政府，这实际上更深层次地反映了唐代政府对于农业的重视。求雨风俗本起于民间，但很早便上升到国家管理层面，《周礼·大宗伯》就记载有专门管理求雨的"风师"和"雨师"②。到了唐代，求雨更是成为政府治理的重要职能之一，这在许多史料文献中都有体现。如唐太宗曾撰《祈雨求直言诏》云："上不能使阴阳顺序，风雨以时；下不能使礼乐兴行，家给人足……斯乃上元

①《全唐诗》卷八八七，第10022页。
②（汉）郑玄注，（唐）贾公彦疏：《周礼注疏》卷一八，《十三经注疏》，第757页。

贻谴,在予一人,元元何辜?"① 说明当出现重大旱情的时候,唐代皇帝首先会站出来罪己。又《通典》记载:"(天宝)十载正月,以东海为广德王,南海为广利王,西海为广润王,北海为广泽王。"② 此为唐玄宗册封四海龙王,以利求雨,而执行册封南海广利王的人,正是大庾岭本土文人张九章③。《旧唐书·礼仪志》则对于旱后祈雨的制度流程有着明确的规定④。从以上材料皆可看出唐代政府对于求雨的主导性与规范性。

第二,体现了灵迹求雨的特点和龙王信仰。所谓"灵迹"即民间传说灵物出现之处或灵验之所,在史料中,也多有唐代灵迹求雨的记载。如《太平广记·龙六》载:"邛州临汉县内有湫,往往人见牝豕出入,号曰'母猪龙湫'。唐天复四年,蜀城大旱,使俾守宰躬往灵迹求雨。"⑤ 此处所说"龙湫"即传说中龙的一种,其出现的地方便被认为是"灵迹"。唐代普遍认为龙是主管下雨的神灵,这其实与佛教信仰密切相关,此点在佛教章节中会详述。而裴谞的这次求雨,无疑也是有特定对象的,即诗中所云"储潭之神",从其描述的"龙蛇若见若不见",储潭神应为水中龙神一类,传说其常出现的地方就是储潭庙,故老农皆言"储潭之神可致雨",储潭庙就是虔州灵迹所在。这次求雨,由于已经有了明确对象,所以较之官方的程序步骤更少。《旧唐书·礼仪志》云:"先祈岳镇、海渎及诸山川能出云雨,皆于北郊望而告之。又祈社稷,又祈宗庙,每七日皆一祈。"⑥ 此为国家所制定的求

①《全唐文》卷五,第59页。
②《通典》卷四六,第1283页。
③《旧唐书》卷二四,第934页。
④《旧唐书》卷二四,第911—912页。
⑤《太平广记》卷四二三,第3446页。
⑥《旧唐书》卷二四,第911—912页。

雨程序,在裴谞的描述中都没有出现,可知虔州这次祈雨只是针对"储潭之神"进行的祷告和供奉。

第三,以文字与神明沟通。虔州的这一次求雨,裴谞兄弟皆有文章,裴谞是诗,裴曙则是序和颂。作文的目的就是与神明沟通,裴谞在诗中说"神兮灵,神兮灵,匪享慢,享克诚",就是以对话的方式向神灵表示感谢。这其实也是唐代求雨风俗的一大特色。披览史料,会发现唐代的各类祈雨、喜雨、贺雨的文章很多,前面已举唐太宗《祈雨求直言诏》,不仅是太宗皇帝,唐玄宗亦有《祈雨诏》《遣官祈雨诏》等与求雨有关的文章21篇,是唐代撰写此类文章最多的皇帝。既然皇上都做了表率,臣子更不能落后,故有唐一代,求雨的文章有诏、敕、批、状、表、奏、序、诗、词、赋、铭等各类文体,可谓是唐代求雨风俗的一大特色。

总体来看,裴谞兄弟的求雨作品,即体现了唐代政府对求雨风俗的管理,也体现了大庾岭地域的特色。尤其是裴谞的诗歌作品,对于祈雨的过程描写十分完整,是考察唐代大庾岭风俗的第一手材料。

其二,人情方面。大庾岭是唐代南北交通要道,过往的文人很多,迎来送往便成了当地官员的常见事务,而一些文人亦将当时的情形写入了诗文当中,如前文曾提及李翱在《来南录》中,就记录了虔州司马韩泰接待他的情形。大庾岭诗歌中,有许多表现人情交往的作品,一般可分为迎和送两个方面。

送人方面。张九龄有《和王司马折梅寄京邑昆弟》,这首诗创作于开元六年(718)春,张九龄在主持开凿大庾岭驿道后再次受诏到京城任官,此行有好友王司马一直送其至大庾岭脚下,两人互有诗歌唱和。王司马诗今不见,张九龄所作即上诗,诗云:

离别念同嬉,芬荣欲共持。独攀南国树,遥寄北风时。林惜迎春早,花愁去日迟。还闻折梅处,更有棣华诗。①

从诗题可知,王司马送张九龄至大庾岭后,曾折下一枝庾岭梅花请求张九龄带给他在京师的昆弟。折梅赠远本就是流传于大庾岭的文人佳话,起于《荆州记》中记载的陆凯折梅赠范晔②,一般用于朋友之情。张九龄此诗更赋予了"庾岭折梅"新的人情内涵,即兄弟之情,故云"还闻折梅处,更有棣华诗"。

贞元十一年(795)左右,张籍结束南游北返,有李姓司议一路相送,张籍作《赠李司议》赠之:

汉庭谁问投荒客,十载天南着白衣。秋草茫茫恶溪路,岭头还送北人归。③

恶溪即潮州的韩江,按前文所考交通路线,由此水而上可连接龙川古道,再由龙川入东江穿过庾岭山脉可达虔州。则诗中李司议应是由此路送张籍至大庾岭下。

约大中三年(849),李群玉南游广州后北返,有友人送其至大庾岭下,李群玉作《大庾山岭别友人》:

笌筥无子鸳雏饥,毛彩凋摧不得归。谁念火云千嶂里,低身

---

① 《张九龄集校注》卷一,第 71 页。
② 《太平御览》引《荆州记》云:"陆凯与范晔相善,自江南寄梅花一枝诣长安与晔,并赠花诗曰:'折花逢驿使,寄与陇头人。江南无所有,聊赠一枝春。'"《太平御览》卷九七〇,第 4300 页。
③ 《张籍集系年校注》卷六,第 694 页。

犹傍鹧鸪飞。[①]

诗歌内容并未涉及友人信息，只知晓李群玉与友人在大庾岭分别，并看到鹧鸪在身旁低飞。此诗与另一首诗可互见，并知李群玉到达大庾岭后曾遭遇特殊情况。李群玉《九子坡闻鹧鸪》云："曾泊桂江深岸雨，亦于梅岭阻归程。"[②] 诗人北返至九子坡时，鹧鸪声让诗人想起过大庾岭的经历，此诗可与前诗相印证，说明李群玉至大庾岭曾因某种原因受阻，而且一定是在北面受阻。若是南面，则不可能与友人相别，受阻的原因诗中并未说明，最有可能是水浅导致舟楫不得通行。许浑有《南海府罢南康阻浅行侣稍稍登陆而遇宴饯至频暮宿东溪》，其北返同样是水路受阻。故可知群玉先与友人别，至庾岭北受阻南返，再由湘水北上也。

以上诗歌作品，说明大庾岭是朋友送行的一个特定分别地点。无论是南行，还是北返，友人们往往会送至大庾岭脚下，形成与"灞桥折柳"相类似的送别风俗。唐时文人至大庾岭下，或折梅，或折柳，或吟诗相送，互道珍重，依依惜别。正如许浑《南海府罢南康阻浅行侣稍稍登陆而遇宴饯至频暮宿东溪》云："马上折残江北柳，舟中开尽岭南花。离歌渐怨如留客，乡梦初惊似别家。"[③] 这样一幕幕朋友离别之场景，在大庾岭南北山麓反复上演。

迎接方面。许多知名文人来到大庾岭地域后，地方长官往往会设宴款待。如贞元十八年（802）左右，刘言史曾至虔州，得到虔州刺史穆赞的接待，刘言史作《处州月夜穆中丞席和主人》，诗题"处州"

---

①《李群玉诗集·后集》卷五，第126页。

②《李群玉诗集》卷中，第48页。

③《丁卯集笺证》卷六，第356页。

当为"虔州"①,诗云:"羌竹繁弦银烛红,月光初出柳城东。忽见隐侯裁一咏,还须书向郡楼中。"②即是描述了宴会现场丝竹歌舞和主宾唱和的场景。而在庾岭的诗歌中,还呈现了另一场在虔州的盛宴,乃刺史陆肱接待张蠙和崔橹的宴会。关于这一场宴会的原因,郑谷的诗中有交代,其《南康郡牧陆肱郎中辟许棠先辈为郡从事,因有寄赠》云:"末路思前侣,犹为恋故巢。江山多胜境,宾主是贫交。"③原来许棠在当时颇有诗名,然仕途窘迫,从郑谷称之为"末路"即可看出,陆肱牧南康后,向许棠伸出援手,辟其为从事,郑谷与许棠私交甚好,皆为"咸通十哲"中人物,故以此诗相谢。而另一位"十哲"人物张蠙得知此事后,便专门和友人崔橹一起到虔州寻访许棠,由此得到陆肱的盛情款待。关于这一场盛宴的情形,张蠙、崔橹皆有作品,张蠙《南康夜宴东溪留别郡守陆郎中》:

> 飘然野客才无取,多谢君侯独见知。竹叶樽前教驻乐,桃花纸上待君诗。香迷蛱蝶投红烛,舞拂蒹葭倚翠帷。明发别愁何处去,片帆天际酒醒时。④

诗歌描写了宴会现场莺歌燕舞、繁弦急管、烛红酒绿的场景,张蠙与陆肱主宾相谈甚欢,并互为赠诗唱和。崔橹这边则不一样了,其有《有酒失于虔州陆郎中肱,以诗谢之》,诗云:"醉时颠蹶醒时羞,曲蘖推人不自由。"⑤由诗句可知,此诗乃第二天崔橹酒醒之后写给陆肱

---

① 《全唐诗人名考》,第 466 页。
② 《全唐诗》卷四六八,第 5329 页。
③ 《郑谷诗集笺注》卷一,第 83 页。
④ 《全唐诗》卷七〇二,第 8081 页。
⑤ 《全唐诗》卷五六七,第 6568 页。

的,似是酒宴上崔橹曾醉后失仪,以此诗致歉。《唐才子传》亦载此事,曰:"颇嗜酒,无德,尝醉辱陆肱郎中且日惭甚,为诗谢曰。"[1] 看来在这次夜宴中,崔橹醉后曾有言语冲撞了陆肱,而陆肱似乎也没有过于责备,可见其颇有待客风度。崔橹次日酒醒,备感羞愧,故以诗致歉。罗隐亦曾在陆肱任虔州刺史时游虔,得到了陆肱的款待,其有《送陆郎中赴阙》云"幕下留连两月强,炉边侍史旧焚香"[2],可见罗隐此番在陆肱处盘桓有两个月之久。

综合来看,庾岭诗歌风土人情作品的维度不多,主要集中于求雨风俗和人情往来两个方面,其中虔州的两篇求雨作品是考察唐代南方求雨风俗的重要资料,而迎来送往则突出表现了大庾岭作为交通要道的重要特征。

三、诗歌中的佛国风情

诸多材料表明,自汉朝佛教传入中国,大庾岭通道便是佛教从南海进入中原最为重要的通道。由汉至隋,如安世高、昙摩耶舍、法度、求那跋摩、真谛、智药等著名高僧大德,或取道大庾岭弘法译经,或就在大庾岭驻锡传道,为佛教在中国的传播做出了重要的贡献。佛教汉译经典中,《大乘起信论》《无上依经》两部重要经典皆是在大庾岭南北区域译出的。至唐代,大庾岭地域佛教更是进入高速发展时期,南北区域分别成为禅宗传道中心,南部的曹溪宝林寺为禅宗六祖慧能的道场,被奉为南宗禅祖庭,北部的龚功山宝华寺为禅宗八祖马祖道一的道场,在中唐盛极一时。正因如此,汉唐时期,大庾岭南北佛寺道场不断兴建,如大庾岭以北的南康慈喜寺、瑞安院、净土寺,于

---

[1]《唐才子传校笺》卷九,第 4 册第 140 页。
[2]《罗隐集》,第 171 页。

都皇固庵,信丰延福寺,宁都青莲古刹、宝林寺、掬水寺,赣县光孝寺、空山寺、宝华寺,大庾云山寺、嘉祐禅寺等,以南的始兴宝林寺、法泉寺、灵鹫寺、广果寺、建兴寺、檀特寺等等,可谓不胜枚举,俨然一派佛国圣地的景象。

由于佛教文化的鼎盛,唐代往来于大庾岭的文人自然会将这种盛况写入诗歌之中。且看宋之问《游韶州广果寺》:

> 影殿临丹壑,香台隐翠霞。巢飞衔象鸟,砌蹋雨空花。宝铎摇初霁,金池映晚沙。莫愁归路远,门外有三车。[①]

此诗描写了庾岭以南广果寺的风情。通过诗歌的描写,仿佛可以看到崖壁下的重重殿影、青阶香台、金池宝铎,展现了广果寺的宝相庄严以及山、寺交融之景象。此外,沈佺期《登韶州灵鹫寺》、刘希夷《初度岭过韶州灵鹫广果二寺其寺院相接故同诗一首》、房融《谪南海过始兴广胜寺果上人房》等作品皆展现了大庾岭地域的佛寺景象。事实上,涉及唐代大庾岭地域佛教的作品很多,除了对佛寺景观与风情的展示,还反映了唐代佛教发展与文学创作中许多更为重要的问题,故此处对佛教诗歌只是简略提及,后面将辟有专门章节予以讨论。

四、诗歌中的大庾岭商路

在唐代大庾岭人文风物中,还有一个重要方面,就是商贸往来。商贸是文明发展的信号,国力的强盛往往伴之以商业的发达,而商业又反过来成为国家文明的重要部分。大庾岭驿路本就应商贸货运

---

① 《沈佺期宋之问集校注·宋之问集》卷三,第550页。

的需求而开凿,张九龄《开凿大庾岭路序》云"海外诸国,日以通商,齿革羽毛之殷,鱼盐蜃蛤之利,上足以备府库之用,下足以赡江淮之求"①,明确指出大庾岭路开凿的目的是用于商贸,其功用就是对接广州通商口岸的货物运输。由此,大庾岭逐渐成为中国古代海上丝绸之路最为重要的内陆运输线,故商贸文明无疑是其人文风物的重要体现。

中国古代丝绸之路主要有两条,即陆路丝绸之路和海上丝绸之路。然而,每当提到古丝绸之路,给人的感觉都是极具西域风情的、大漠孤烟、古道驼铃,似乎就是人们对古丝绸之路的经典印象,抑或说提起丝绸之路一般想到的都是陆路丝绸之路。这一方面当然是因为西域丝路概念在学界更早被提出②,相关史料丰富,研究成果众多;另一方面也有赖于边塞诗在当代的传播与影响力,王维的"大漠孤烟直,长河落日圆"③,是提及丝绸之路人们即刻就能联想到的诗句。关于中国古代另外一条重要的贸易通道——海上丝绸之路,人们却很难有什么突出的联想。这并非说明海上丝路的研究不够多,事实上,海上丝路的概念自提出之始,同样受到学界的关注,成果也十分斐然,相关论著颇多,但基本上都是集中于对于其发展历史、海外航线以及货物种类的研究,对于内陆运输路线的发展与文学情况的研究,尚较为薄弱。

对于两条丝绸之路的关系,以及广州港的地位,学界已经基本达成共识。陈炎《海上丝绸之路与中外文化交流》指出两汉至唐代是

①《张九龄集校注》卷一七,第 890—891 页。
②学界一般认为,陆路丝绸之路是 1877 年由德国人李希霍芬在其著作《中国》中提出,海上丝绸之路是 1903 年由法国人沙畹在其著作《西突厥史料》中提出。
③《王维集校注》卷二,第 133 页。

陆上丝路的鼎盛时期,而至唐代中期(安史之乱后),海外贸易由陆路转为海路,广州成为国际贸易大港,是东西方货物的集散中心①。从这一点来说,海上丝绸之路是比陆路持续时间更久、价值更大的贸易通道,广州作为这条通道的中心,其与大庾岭通道所形成的运输线,自然是诸条内陆运输线的重中之重。然而对于这条运输线在唐代的商业情况,当前研究中并无更多论述,仅能确定其在唐代已经成为最重要的运输通道和大致的运输路线。关于大庾岭的商运研究,目前有王元林、胡水凤、黄志繁等学者的论文②,其中仅王元林与胡水凤的文章涉及秦汉至隋唐时期的大庾岭商业发展,且皆为宏观性论述,对唐代情况涉入未深,所举皆张九龄序等常见文献,这种情况当然是因唐代大庾岭史料的缺乏所致。但若从诗歌作品入手,是否能了解到大庾岭商运更多的情况呢?

在唐代大庾岭相关诗歌中,关于商业贸易的内容确实不多,但还是呈现出了一些宝贵的信息,并可据之做出一些判断。

其一,商贸相关作品出现在开新路之后。在大庾岭早期作品中,如宋之问、沈佺期、张说等人作品,绝不见咏及商业事务。最早开始出现与商业相关的作品,是刘长卿、岑参等人的诗歌。刘长卿《送韦

① 陈炎:《海上丝绸之路与中外文化交流》,北京大学出版社,1996年,第14—22页。

② 相关论文有,王元林:《唐开元后的梅岭道与中外商贸交流》,《暨南学报(人文科学与社会科学版)》2004年第1期;胡水凤:《大庾岭古道开拓对赣粤地区经济开发的影响》,《宜春师专学报》1999年第4期;胡水凤:《繁华的大庾岭古道》,《江西师范大学学报(哲学社会科学版)》1992年第4期;黄志繁:《大庾岭商路·山区市场·边缘市场——清代赣南市场研究》,《南昌职业技术师范学院学报》2000年第1期;廖声丰:《清代赣关税收的变化与大庾岭商路的商品流通》,《历史档案》2001年第4期;门亮:《徽商与大庾岭商路》,《九江学院学报(社会科学版)》2013年第2期。

赞善使岭南》云："岁贡随重译，年芳遍四时。番禺静无事，空咏饮泉诗。"① 《送徐大夫赴广州》云："画角知秋气，楼船逐暮潮。当令输贡赋，不使外夷骄。"② 岑参《送张子尉南海》云："海暗三山雨，花明五岭春。此乡多宝玉，慎莫厌清贫。"③ 刘长卿两首诗概作于大历二年至三年间（767—768），诗中"饮泉诗""楼船"皆举大庾岭旧事，反映了海外货物与土产通过大庾岭通道向北运输的情况；岑参诗乃其名作，然未详作于何时，岑参生卒年约为开元三年至大历五年（715—770）④，知此诗必作于开大庾岭新路之后，诗歌反映了大庾岭与广州商业发展的密切联系。以上作品的创作时间反映出一个问题，即大庾岭商贸相关诗歌皆出于大庾岭路开通之后。张九龄《开凿大庾岭路序》云："初，岭东废路，人苦峻极……故以载则曾不容轨，以运则负之以背。"⑤ 张九龄此处既交代了开路的原因，也告知当时大庾岭的路况是非常恶劣的，难以满足货运要求。然而，大庾岭古道路况并非一直是这么糟糕，甚至从史料记载来看，这种路况持续的时间并不长。

　　自汉代开始，广州就已经是海外贸易的重要港口。据《汉书·地理志》记载："（粤地）处近海，多犀、象、毒冒、珠玑、银、铜、果、布之凑，中国往商贾者多取富焉。番禺，其一都会也。"⑥ 如此多的货物集中于广州，自然要通过道路分销至北方，由于大庾岭与广州相距很近，南北水系发达，只要路况没有问题，大庾岭上的若干孔道必然是

①《刘长卿诗编年笺注》，第 300 页。
②《刘长卿诗编年笺注》，第 283 页。
③《岑嘉州诗笺注》卷三，第 437—438 页。
④ 参看廖立：《岑参年谱》，《岑嘉州诗笺注》，第 856—941 页。
⑤《张九龄集校注》卷一七，第 890 页。
⑥《汉书》卷二八，第 1670 页。

当时重要的分销道路。这一点也可以从大庾岭的佛教传播情况得以印证,印度佛教的传入依赖于来华的商船,在许多佛教文献中皆有记载。季羡林指出:"世界上任何一个宗教,也没有像佛教这样,同商人有这样密切的联系。"① 大庾岭自汉代开始,就已经出现了佛寺建筑,如岭北南康慈喜寺、于都皇固庵等②,这就说明曾有僧人随着商队翻越大庾岭至北方传教。

至魏晋六朝,大庾岭商道依旧繁忙,这同样也可以从佛教文献及其他史料中得知,如《高僧传》记载:"昙摩耶舍,此云法明,罽宾人……以晋隆安中,初达广州……至义熙中,来入长安。……耶舍有弟子法度,善梵汉之言,常为译语。度本竺婆勒子,勒久停广州,往来求利,中途于南康生男,仍名南康,长名金迦,入道名法度。"③ 由此可知,至晋代时,大庾岭仍然是商业运输的主要通道,众多外域商人于此往来求利。又有史料记载晋代名宦吴隐之治理广州,《晋书·吴隐之传》:"朝廷欲革岭南之弊,隆安中,以隐之为龙骧将军、广州刺史、假节,领平越中郎将……隐之既至,语其亲人曰:'不见可欲,使心不乱。越岭丧清,吾知之矣。'……及在州,清操逾厉。"④ 所谓岭南之弊,即指因商业发达而引发的官吏贪污,而"越岭丧清"则指越过大庾岭的官员都难以避免贪污,此乃俗语,以此可揭示当时大庾岭与广州商业发展的密切联系。

南朝时期,大庾岭仍然是畅通的,且地位在不断提高。此点在前文已有论述,如卢循起义、陈霸先北进等事件都是借重大庾岭通

① 季羡林:《佛教》,新世界出版社,2016年,第206页。
② 赣州市佛教协会:《赣州佛教志》,宗教文化出版社,2019年,第1—2页。
③ (南朝梁)释慧皎著,汤用彤校注:《高僧传》卷一,中华书局,1992年,第41—42页。
④ 《晋书》卷九〇,第2341—2342页。

道行军。而南朝时,广东的贸易也愈加繁荣,如《南齐书·王琨传》云:"南土沃实,在任者常致巨富,世云'广州刺史但经城门一过,便得三千万'也。"①《梁书·王僧孺传》载:"海舶每岁数至,外国贾人以通货易,旧时州郡以半价就市,又买而即卖,其利数倍,历政以为常。"②商业的发展必然以道路的畅通为前提,以此可知南朝大庾岭商路依旧繁忙。

　　隋代至唐初,关于大庾岭商运的史料渐少,大庾岭路况的转变当发生于此间。直至张九龄开新路时,称所修古道为"废路"。需注意的是,此时期诗歌作品主要体现为大庾岭官路的情况,因为早期的大庾岭作品,创作者基本为贬谪文人,这些贬谪者南下时,所取必为官道。所谓官道,即官方通道,中设驿站,供往来官员休息并提供交通工具。宋之问有《题大庾岭北驿》,表明他所取为官道,也即张九龄所指"废路"。而通过前文考证,可知大庾岭上可供交通的孔道其实有多处,如乌迳道,史料记载其"庾岭未开,南北通衢也"③,龙川道也是自汉代就已经开始使用的古道,另有连通西京古道的孔道等。这些孔道皆可发挥运输作用,只不过这些贬谪文人们非经此途,无法看见。可以肯定,初唐至开元四年间,中原与广州间的货运仍有部分是从大庾岭诸个孔道分流运输。然而,由于"海外诸国,日以通商",大庾岭上这些非官方孔道以及湖湘通道已无法满足日益增多的货运需求,故张九龄奏请开路,改善大庾岭的路况,路开通后,大量货物经此运输,"上足以备府库之用,下足以赡江淮之求",这一景象也被往来于官道的文人们所看到,体现大庾岭商贸的诗歌方才出现。

---

① 《南齐书》卷三二,第578页。
② 《梁书》卷三三,第470页。
③ 《明·南雄府志》下卷,第125页。

其二,唐诗中的湖湘交通。对张九龄的序文亦可进行逆向思考,其云"上足以备府库之用,下足以赡江淮之求",反之,则说明如果不开通大庾岭路,当时的运输能力是无法满足商业需求的。在唐代,岭南与中原的交通主要借重赣水与湘水两途,而在初唐庾岭路废的情况下,运输的压力便转移至湘水一线,尽管大庾岭亦有其他孔道可供运输,如乌迳道、龙川道等,但这些皆非官道,且路径曲折,承运能力不强,南北运输只能依靠湘水。故张九龄的序文其实更深层次揭示出湘水交通已无法满足广州的货运需求。

在讨论唐代的南北交通时,一般会认为主要有湘水和赣水两途,湘水交通更优于赣水,大庾岭成为最重要的通道是宋代以后的事情,这是学界目前的普遍认识。李德辉《唐代交通与文学》指出:"三百年来,游历湘中的北方文人在沿线重要景点留下了许多诗章题记,成为唐代湖南文学的重要组成部分,其数量之多,诗篇之佳,远胜于东面的江西通岭南水道,实为中古南北交通史上之奇观。从这个意义上说,此道在唐代交通上的作用不在军事上而在经济文化上。"[1] 湖湘路的文学作品远多于大庾岭路,这的确是实情,但这只能说明文人选择道路的情况,而非商贸选择的情况,毕竟个人的行走与货物的运输还是有很大差别。李德辉先生说湘水的经济作用优于大庾岭,未必为真。对于此点,还需对湘水的货物运输进行深入考辨。

货物从广州运往中原,若取湘水路,主要有两途:一取武水越郴州骑田岭至湘水,二取西江经端州、康州、封州,再经灵渠后东北入湘水。那么,这两条路线的商运情况如何呢? 唐代诗人的纪行诗为此提供了第一手的信息。关于骑田岭商运,有元稹《和乐天送客游岭南二十韵》,诗云:

---

[1]《唐代交通与文学》,第 330—331 页。

　　我自离乡久,君那度岭频。一杯魂惨澹,万里路艰辛。江馆连沙市,泷船泊水滨。骑田回北顾,铜柱指南邻。……狒狒穿筒格,猩猩置展驯。贡兼蛟女绢,俗重语儿巾。舶主腰藏宝,黄家砦起尘。歌钟排象背,炊爨上鱼身。……冠冕中华客,梯航异域臣。……能传稚子术,何患隐之贫。①

这首诗描写了行走于骑田岭上异域商客的情形,也充分证明唐代骑田岭路上是存在商品运输的,诗歌同时指出,此路十分艰辛,水运的交通工具被称之为"泷船"。关于骑田岭路的泷水与泷船,亦有纪行诗歌。李绅《逾岭峤止荒陬抵高要》"南标铜柱限荒徼,五岭从兹穷险艰。……万壑奔伤溢作泷,湍飞浪激如绳直",并有诗注云:"南人谓水为泷,如原瀑流,自郴南至韶北,有八泷,其名神泷、伤泷、鸡附等泷,皆急险不可上。南中轻舟迅疾可入此水者,因名之泷船,善游者为泷夫"。② 由此诗可进一步了解骑田岭的路况,李绅用"险艰"称之,并详细解释了原因,原来骑田岭之南的武水十分湍急险要,当地人称其有"八泷",皆绝险,唯有专门的泷夫与泷船才能在此水路通行。泷水即武水中的急险路段,所谓泷船者,即轻舟也。关于泷水,又韩愈《泷吏》云:"南行逾六旬,始下昌乐泷。险恶不可状,船石相舂撞。"③ 韩诗的描述同样体现了郴南泷水的险恶,水流急容易导致船与坚石相撞。这与李绅作品的描述是吻合的。李绅与韩愈的作品皆纪行之作,其中对武水的描述当十分可信,以此可做一基本判断:骑田岭路的商品运输能力十分有限,商品若要运出岭北,只能借助小

---

① 《元稹集》卷一二,第 160 页。

② 《李绅集校注》,第 110 页。

③ 《韩昌黎诗集编年笺注》卷一〇,第 579 页。

型浣船,由于水流险急,逆水而上必定艰难,换言之,大宗商品,尤其是瓷器这类易碎品,是难以通过此路运输的。可以肯定,唐代骑田岭路并非广州货物北上的主要途径,而是仅仅发挥了部分分流作用,以此也可旁证当时武水东部西京陆路存在的必要性。

基于以上分析,可判断在庾岭新路未开之前,大量货物运输必然需借重桂州路,即西江—灵渠—湘水通道。这条通道的优势在于全程皆水路,大船可通行,承运力强,亦无需翻越五岭。然而这条道路对于广州货物的运输来说,仍存在弊端。如西江段水路,李绅《趋翰苑遭诬构四十六韵》云"暗滩朝不怒,惊濑夜无虞",并自注:"从吉州而南,历封、康,并足湍濑,危险至极。"[1] 以此可知西江封州、康州这段路程同样存在急险,李绅形容其"危险至极"。当然,最大的问题还是在于路程,从广州取西江、桂水、灵渠至湘水,相当于绕了一个大弯穿过南岭,进入湘江水系,费时费力,极不方便。与之相比,大庾岭路的优势十分明显,首先,大庾岭南北水系发达,吞吐量大,汉时即可通大型楼船,用于商运显然十分合适;其次,广州经水路东北行可直达庾岭,路程较桂州路近很多;最后,大庾岭通道交通网络发达,北可通两京,东可达福建,西可至湖湘,东北可接江南运河,进入江浙等富庶区域,对于货物的分销十分有利。这应该也是张九龄所看到的,大庾岭唯一的问题就是路况不好,只要予以改造疏通,这条路必将成为对接广州与中原的黄金通道,广州大量的商货运输再无后顾之忧,即张九龄所云"上足以备府库之用,下足以赡江淮之求"。宋余靖《题庾岭三亭诗·通越亭》云"峤岭古来称绝徼,梯山从此识通津"[2],亦咏此。总而言之,从唐诗所提供的信息,可明确湖湘路与大庾岭路对

---

① 《李绅集校注》,第 93—94 页。
② 《武溪集》卷二,《北京图书馆古籍珍本丛刊》,第 85 册第 60 页。

接海上贸易的不同作用。两条通道的特点也可以唐诗作为总结,湖湘路是"泷分桂岭鱼难过"①,或者是"何辞桂江远"②,大庾岭路则是"杳杳短亭分水陆,隆隆远鼓集渔商"③。当然对于两路利弊的讨论,皆是建立在唐代广州成为外贸中心的基础之上,下面便予详讨。

其三,唐诗中的市舶制度与广州商货。对于唐代湖湘路与大庾岭路商运利弊的讨论,皆与唐代广州的外贸地位密切相关,若商贸中心在广西或福建,则又是另一种情形,其最佳途径绝不可能是大庾岭。唐人诗歌已经充分回答了这个问题。杜甫《送重表侄王砅评事使南海》云"洞主降接武,海胡舶千艘"④,刘禹锡《南海马大夫远示著述兼酬拙诗辄著微诚再有长句时蔡戎未珍故见于篇末》云"连天浪静长鲸息,映日帆多宝舶来"⑤,贯休《南海晚望》云"海上聊一望,舶帆天际飞"⑥,这些诗歌反映了两个方面的现象:其一,唐代广州贸易十分繁荣,各国商船蚁聚于此;其二,在唐诗中,与商舶相关的作品大多是写南海(广州)的,这无疑揭示了广州作为外贸中心的存在。当然这种现象更深层次地,是反映了唐代对海上贸易专门设置的市舶使制度。

唐代因外贸的繁荣专门设立了市舶使。对于这一制度的设置时间、地点、官制等问题,都曾有过不同的争论。如市舶使的设置地点,顾炎武《天下郡国利病书》一段考证文字曾长期混淆学界对这一制度的研究,其云:"唐始置市舶使,以岭南帅臣监领之……贞观

①《丁卯集笺证》卷六《冬日登越王台怀归》,第319页。
②《李颀诗歌校注》卷三《龙门送裴侍御监五岭选》,第743页。
③耿沣:《发绵津驿》,《全唐诗》卷二六九,第2999页。
④《杜诗详注》卷二三,第2045页。
⑤《刘禹锡全集编年校注》卷四,第226页。
⑥《贯休歌诗系年笺注》卷一八,第829页。

十七年,诏三路舶司,番商贩到龙脑、沉香、丁香、白豆蔻四色,并抽解一分。"① 顾炎武在此指出市舶使乃唐置,然其所云贞观十七年(643)诏三路舶司,实为其误摘史料,而这直接导致唐代有 3 处区域设置市舶使观点的产生。对此,日本学者桑原骘藏已做考辨,其指出:"据炎武此记,则贞观十七年已有市舶司,是市舶使当时亦有之矣。然此说绝不足信……而贞观十七年云云,又《宋会要》绍兴十七年之记事也。"② 对比顾论与《宋会要》记载,即可知桑原骘藏所说无误。关于市舶使的设置时间、官制等问题,亦有不同说法,郑有国《中国市舶制度研究》皆已一一展开考辨③,在此不复赘论。应该说,当前学界对于唐代市舶使的设置已基本达成共识,其始置应以《旧唐书》记载为准。《旧唐书·玄宗本纪》云:"(开元二年)十二月乙丑……时右威卫中郎将周庆立为安南市舶使,与波斯僧广造奇巧,将以进内。"④ 据此可知,开元二年(714)左右,唐代在南方始设置市舶使。《资治通鉴》贞元八年(792)记载:"岭南节度使奏:'近日海舶珍异,多就安南市易,欲遣判官就安南收市,乞命中使一人与俱。'上欲从之。陆赞上言,以为:'远国商贩,惟利是求,缓之斯来,扰之则去。广州素为众舶所凑,今忽改就安南,若非侵刻过深,则必招携失所,曾不内讼,更荡上心。'"⑤ 以此可知,市舶使设置的具体地点,初始有安南、广州两处,后逐渐移定广州,且地位已不可替代。

　　对广州市舶使制度的讨论,可有两个结论:第一,其设置时间当

①(清)顾炎武著,黄坤等校点:《天下郡国利病书》,上海古籍出版社,2012 年,第 3837 页。

②〔日〕桑原骘藏著,陈裕菁译订:《蒲寿庚考》,中华书局,2009 年,第 4—5 页。

③郑有国:《中国市舶制度研究》,福建教育出版社,2004 年,第 7—15 页。

④《旧唐书》卷八,第 174 页。

⑤《资治通鉴》卷二三四,第 7532—7533 页。

在开元二年左右；第二，广州逐渐成为唐代设置市舶使的唯一地点，是绝对的海上贸易中心。而这两点结论与大庾岭路的开通皆有着密切的联系。首先，市舶使的设立与大庾岭路的开通时间十分接近，两者相距仅两年，有明显的因果关系，再回头看张九龄所云"海外诸国，日以通商，齿革羽毛之殷，鱼盐蜃蛤之利，上足以备府库之用，下足以赡江淮之求"①，就更能明确大庾岭就是应当时外贸需求而开通的，用当代经济学的语言来说，是因市场刚需所致。其次，大庾岭路的开通又反过来促进了广州商贸的发展。从前文所举杜甫、贯休诗歌可了解唐代广州商舶之多，这些商舶带来了巨量的货物。此外，王建《送郑权尚书南海》云"戍头龙脑铺，关口象牙堆"②，韦应物《送冯著受李广州署为录事》云"百国共臻奏，珍奇献京师"③，以此可见广州货物输入之多。这在史料中亦可得到证实，如李肇《唐国史补》记载："南海舶，外国船也。每岁至安南、广州。师子国舶最大，梯而上下数丈，皆积宝货。"④ 鉴真东渡日本流落海南，取大庾岭路北返扬州，曾见广州货物堆积之盛况："江中有婆罗门、波斯、昆仑等舶，不知其数，并载香药、珍宝，积载如山。其舶深六、七丈。"⑤ 对于携带了大量货物来中国贸易的商人来说，物流的通畅无疑是最重要的，这意味着历经艰险运来的货物可以快速、安全地销售出去，不存在货物积压和商品大量损耗等问题。大庾岭的开通很好地解决了这些问题，张九龄如此描述大庾岭驿路修成后的景象："坦坦而方五轨，阗阗而

---

① 《张九龄集校注》卷一七，第890—891页。
② （唐）王建著，尹占华校注：《王建诗集校注》卷五，巴蜀书社，2006年，第230页。
③ 《韦应物诗集系年校笺》卷八，第408页。
④ 《唐国史补》卷下，第164页。
⑤ 《唐大和上东征传》，第74页。

走四通,转输以之化劳,高深为之失险。于是乎镂耳贯胸之类,殊琛绝赆之人,有宿有息,如京如坻。"① 可见开凿后的大庾岭驿道十分宽敞,承运能力得到极大的增强,官方选定的奇珍与本地特产可通过此路向京师供奉,各国商人亦通过此路将货物分销至中原各处,而且在大庾岭上还修建有供人休憩之所,为商人的运输提供了良好舒适的环境。正如刘长卿《送韦赞善使岭南》云:"岁贡随重译,年芳遍四时。"② 可以说,正是由于大庾岭路的畅通便捷,广州的海外贸易才能得以长足的发展,形成杜诗所云"海胡舶千艘"这样的兴盛景象。

借助于诗歌与史料,终于可以对唐代大庾岭商道有更进一步的认识。从大庾岭相关商贸诗歌的出现时间来看,基本上都是在新路开凿之后,更确切地说是出现在安史之乱之后,这反映了因战乱而导致的西域商道中断,海上丝绸之路随之兴起这一历史事实。海外贸易的发展需要内陆运输的支持,在唐代沟通南北的两条通道中,大庾岭路无疑是比湖湘路更具商运优势。不可否认,在大庾岭路开通之前,广州商品向北方的输入需要借重西江和湖湘水路,但随着大庾岭驿道的开通,此通道即成为唐代最为重要的南北商运通道,尤其对于大宗货物的运输,大庾岭路有着无可比拟的优势,广州更是在这一优势的推动下逐步成为海上贸易的中心城市。"戍头龙脑铺,关口象牙堆""百国共臻奏,珍奇献京师",这些诗歌中吟咏的各国商货,正是通过大庾岭源源不断地向北方输入。透过诗歌,可呈现唐代大庾岭商道运输的繁荣场景,这是大庾岭古道上独特的商业文明,从宏观来看,大庾岭通道也是沟通大唐帝国大陆文明与海洋文明的重要枢纽。

---

① 《张九龄集校注》卷一七《开凿大庾岭路序》,第 891 页。
② 《刘长卿诗编年笺注》,第 300 页。

第五章　唐代大庾岭诗路梅花诗

　　大庾岭自古就是中国的赏梅胜地,故其又名梅岭。在唐代大庾岭诗歌中,与梅花有关的诗占了绝大多数,自唐之后,大庾岭梅花诗更是数不胜数,几乎言庾岭必咏梅花,正如聂古柏《梅岭题知事手卷》云:"黄金台上客,大庾岭头春。如是无诗句,梅花也笑人。"[①]梅花本就是古代文人最喜爱的花卉之一,其傲雪凌立、不畏严寒却又暗香沁人的气质神韵,颇为符合古人所追求的品德和精神境界,所以梅花也被誉为是"花中四君子"之首,并成为古代诗人所偏爱的吟咏对象。在历代的咏梅诗中,大庾岭梅花绝对是不可忽视的题材,明代张弼《红梅赠同年翁金事》赞曰"庾岭小红梅,风标天下绝"[②],清代屈大均《送曾止山还光福歌》云"梅花大宗在庾岭,小宗乃在罗浮阿"[③],这些诗句皆体现了庾岭梅花在诗歌文学中的重要地位。大庾岭梅花诗起于南北朝,兴盛于宋,故唐代处于承前启后的关键时期,对这一时期的作品进行专门研究,无疑是十分必要的。

　　今人对于梅花诗的研究,已有一些成果,如程杰、张明华等学者皆有相关论著,其中以程杰的研究最为精深全面,先后出版《梅文化

---

①《侍郎集》,《元诗选・三集》,第 154 页。

②(清)朱彝尊辑录:《明诗综》卷二四,中华书局,2007 年,第 1205 页。

③《屈大均诗词编年校笺》卷一〇,第 1208 页。

论丛》《中国梅花审美文化研究》《中国梅花名胜考》等多本著作。程杰对大庾岭梅花尤为关注,所撰《中国梅花名胜考》开篇首谈大庾岭梅花,将大庾岭列为古代五大梅花名胜之首,并誉其为"梅花的祖庭",对"梅岭"名称的由来、大庾岭梅花的成名与特色、演变与维持、文化意义等方面有专门论述,可谓详备,于大庾岭梅文学与文化研究的开启有首创之功。然而,由于程杰着眼于全国梅花景观与文化研究,角度多为宏观,故其关于大庾岭梅花的结论较多体现为文字材料的宏观指向,对于各时期大庾岭梅花诗歌的演变和转向并没有过多论及,尤其对于唐代文学作品的关照并不多。所以关于唐代大庾岭梅花诗歌的创作,有必要重新加以梳理和探讨。

第一节　梅岭之"梅"再考

要考察大庾岭梅花诗,首先遇到的问题就是大庾岭梅花何时被文人所认识和关注? 那么,对大庾岭别名"梅岭"的考证就显得十分必要,因为在诸多文献中,都认为"梅岭"之名乃多梅之故,如《读史方舆纪要》载:"旧时岭上多梅,故庾岭亦曰梅岭。"[1]那么事实是否如此呢? 历史似乎故意要为庾岭梅花披上一层神秘的面纱,关于梅岭名字的由来,还有另一个更为久远的说法,即梅岭之名起于汉将梅鋗,而非梅花。由此,梅岭之"梅"的身世变得扑朔迷离,历代皆有相关争论,一直持续至今。

程杰对大庾岭梅花的研究同样是从"梅岭"名称的考证开始,其先举屈大均《广东新语》关于"梅岭之名,则以梅鋗始也"的论述,并通过对《文渊阁四库全书》电子版检索发现,关于这一说法最早来自

---

①《读史方舆纪要》卷一〇〇,第 4590 页。

《说郛》中对《广州先贤传》的辑录，继而考察《广州先贤传》在各文献中的收录情况，最后认为梅铕说不足为据，此乃后人将本来分散无关之事，围绕梅岭之名缝缀捏合、添油加醋的结果。并指出关于梅岭名称的记载当以《元和郡县图志》的解释最可信赖，大庾岭是因庾胜将军得名，其被称为梅岭，始于唐朝，乃因岭上多梅，与梅铕无关①。

　　应该说，程杰考证文献原始出处的思路是对的，然而仅据《四库全书》的检索，未必齐备。本书第一章对唐前文献的梳理就已发现，许多两晋南北朝私撰志书中的文字，来自更早的《越绝书》，而非《广州先贤传》。王谟《大庾岭》云："《越绝书》曰：'越王子孙姓梅氏。秦并六国。越王逾零陵往南海，越人梅铕从，至台岭家焉，而筑城浈水上，奉王居之。乡人因谓台岭为梅岭。及统众归吴芮，留其将庾胜兄弟居守梅岭，故又称大庾岭。'"②许鸿磐《方舆考证》卷五六亦同引此段。王谟、许鸿磐皆为清代学术严谨的学者，以考据见长，他们对梅岭的考证多引六朝地志，然绝不谈《广州先贤传》，或亦觉得此书不足据。虽然在今本《越绝书》中，并不见有这段文字，但并不能证明王谟、许鸿磐所引非真，因为《越绝书》亦有部分篇章散佚。程杰对这一段文字的怀疑主要是基于"冠名权"的问题，认为庾胜地位没有梅铕高，从中国古地名的命名规则来看，以庾胜取代梅铕颇不可能。这一观点确有道理，但却忽略了大庾岭地理空间的实际情况。大庾岭本非一座山岭，而是一条山脉，历史上人们会对这条山脉不同位置的山岭给予不同的名称，这也导致大庾岭的别名非常多，如塞上、台岭、梅岭、东峤山、涟溪山、九岭峤等皆曾为古庾岭名称。从文字记载来看，梅铕所居台岭，乃在大庾岭以南靠近浈水的某处山

---

① 程杰：《中国梅花名胜考》，中华书局，2014年，第14—18页。
②《江西考古录》卷三，第43—44页。

岭,与庾胜所守并非同一处。据《读史方舆纪要》记载:"庾将军城在(大庾)府西南二里,即汉庾胜所筑。"① 可知庾胜所守之岭当在大庾岭之北。既非同一座山岭,也就不能单纯地从两位人物的地位比较来解释替代的问题。关于这一段文字,也的确存在明显的抵牾之处,问题出在梅鋗与庾胜所处的时代,梅鋗为秦末时人,而据《元和郡县图志》的记载,庾胜为汉平南越时的将领,是武帝时期的人物,两者相差百余年,殊不可能。程杰也注意到这一点,并在文中予以指出。但即便如此,也只能说明关于庾胜是梅鋗裨将的记载是错误的,而不能对于这段记载全盘否定,更不能只肯定有庾胜,而否定有梅鋗。相反,要弄清梅岭之"梅"是否与梅鋗有关,还应对梅鋗其人重新考察。

在《史记》《汉书》中,皆有对梅鋗的记载。《汉书·项籍传》载:"番君将梅鋗功多,故封十万户侯。"② 以此可知梅鋗为吴芮手下将领。然正史中关于梅鋗的记载实在太少,难知其生平出入。直至明代,文献中才出现较多相关记载,如凌迪知《万姓统谱》、欧大任《百越先贤传》、陆应阳《广舆记》、郭棐《粤大记》等。其中《万姓统谱》的记载尤应注意,中曰:"梅鋗,安化人。高祖时吴芮为衡山王,鋗为芮将,功最多,封十万户,为列侯。食台以南诸邑,谓之台侯。后芮徙王长沙,以忠谨着闻,延赏传世,鋗匡辅之力也。鋗子孙多居曲江,台岭因鋗得名梅岭。"③ 这段记载与正史对于梅鋗的记载及秦末的情况基本吻合,没有添枝加叶的情况,应较为可信。而记载的最后一句无疑给出了另一种解释,即大庾岭以南时为梅鋗封地,梅鋗后随吴芮至长沙,却将其子孙留在封地,故梅岭之"梅"或非因梅鋗本人,乃

① 《读史方舆纪要》卷八八,第4078页。
② 《汉书》卷三一,第1810页。
③ 《万姓统谱》卷一六,第1册第296页。

因其姓也。清代屈大均对梅铜也有详考,并提出了新的看法。程杰对此有批评,认为《广州先贤传》所载"梅铜"事不实,且为各类文献引用和发挥,《广东新语》正是其中代表。这一观点确实有点冤枉了屈大均,事实上,屈大均在《广东新语·山语》中就已提出对梅铜其人的不同看法,其云:"汉元鼎五年,楼船将军杨仆出豫章击南越,裨将庾胜,城而戍之,故名大庾……要之梅岭皆以铜名,非以梅,盖铜奉其王,自梅里至豫章,又至台山,亦名台山曰梅岭……然铜之王亦姓梅,则梅岭又非以铜名,盖以铜之王名也。今俗称梅岭为越王山,人皆以为赵佗,不知乃铜之王故治。"①这一段论述不仅纠正了庾胜为梅铜裨将的错误,更提出梅岭之"梅"乃因越王姓的新解,与《广州先贤传》所载全然不同,且屈大均对梅岭名称的考证合情合理,可暂备一说。

综合来看,梅岭之名因梅铜而起的说法,目前似乎还缺乏直接有力的证据。自明代以来,就不断有学者对梅铜及梅岭之名进行考证,至清代,屈大均、王谟、许鸿磐等一批考据学者更是用力颇勤。从考证结果来看,绝大多数结论趋向一致,皆认为梅岭之名与梅铜有关。所以,关于这一说法,实不可轻易否定。如果说梅岭是因人而名,这是否就意味着梅岭名称与梅花无关呢?这就需要换一个角度来进行考察了。

程杰认为,大庾岭被称为梅岭,是从唐朝开始的,并在注释中列举了张九龄、刘长卿等人的诗句,这显然是不对的。首先,唐代以"梅岭"入诗之先者,非张九龄,他之前还有张说、卢照邻等人。张说神龙元年遇赦北返过大庾岭有《冬日见牧牛人担青草归》云"欲持梅

---

① 《广东新语》卷三,第66页。

岭花,远竞榆关雪"①,此时张九龄尚在家读书,准备科考。更有初唐卢照邻《梅花落》诗:"梅岭花初发,天山雪未开。"②这些作品充分表明,梅岭之名的出现当在唐朝之前。其次,《元和郡县图志》载:"《南康记》云:'前汉南越不宾,遣监军庾姓者讨之,筑城于此,因之为名。'"③程杰引以论梅岭之名,认为此段记载最可信赖,却未注意到《元和郡县图志》所据,亦来自唐前地理志书《南康记》。关于《南康记》,前文已有考述,分别有邓德明、王韶之、刘嗣之所撰3种。邓德明、王韶之为刘宋时人,刘嗣之盖梁时人,其中刘嗣之《南康记》就有关于梅岭的记载,并被多种文献征引。如《舆地纪胜》:"刘嗣之《南康记》云:'汉兵击吕嘉,众溃,有裨将戍是岭,以其姓庾,以其多梅,亦曰梅岭。'"④宋人叶廷珪《海录碎事》载:"《南康记》云:'汉兵击吕嘉,众溃,有裨将戍是岭。其姓庾,谓之大庾。又以其上多梅而先发,亦曰梅岭。'"⑤叶廷珪所记文字与《舆地纪胜》稍异,但内容基本相同,并认为梅岭因多梅而得名。据此可以肯定,梅岭之名在南北朝即有之,且已与梅花相关。

关于梅岭的名称,其实还可以追溯至更早。在王谟、许鸿磐等人的考证文字中,均引用了另一种唐前文献,即《吴录》。王谟《大庾岭》说:"张勃《吴录》曰:'南野有山,其路峻阻……为古入关之路,其后改名梅岭,又改名庾岭。'本《越绝书》,可信。"⑥《吴录》作者张勃乃西晋人,说明梅岭得名已早于南北朝,但王谟此段考证无疑将

---

①《张说集校注》卷九,第452页。

②《全唐诗》卷一八,第197页。

③《元和郡县图志》卷二八,第673页。

④《舆地纪胜》卷九三,第2966页。

⑤(宋)叶廷珪著,李之亮校点:《海录碎事》卷三,中华书局,2002年,第75页。

⑥《江西考古录》卷三,第44页。

此时间指向了更早。首先，王谟云《吴录》文字本《越绝书》，且断为"可信"，说明王谟当时应有所本。关于《越绝书》成书年代，乔治忠已有详细考辨，认为当在汉和帝永元八年至汉安帝永宁元年（96—120）间，不能更早与更晚[①]。这就说明梅岭名称的存在更在此之前。其次，从《吴录》文字内容来看，有明显的叙事时序性，古入关之路乃指秦征百越设横浦关之时，庾岭之名因庾胜改之，则为汉武帝汉鼎年间平南越之时，梅岭名字的出现应在此间。由此分析，梅岭之名当在西汉初已出现，而庾岭名称的更改当在西汉中后期，《越绝书》成书则在东汉，完全有可能把这一过程记录下来。需要指出的是，刘安《淮南子》称大庾岭为"南野之界"[②]，非"梅岭之界"，说明当时梅岭之名并非整座山脉的统称。《吴录》亦云"南野有山"，更说明当时的"梅岭"与"台岭""庾岭"一样，是某座山岭的名称，而非这一条界岭的代称。

从梅岭名称的形成时间及早期记录文字来看，并没有任何证据可将梅岭与梅花扯上关系，更有可能的，还是与梅鋗及其王有关。所以王谟综合诸家文献后，只能得出"今考大庾梅岭，固以梅鋗得名"的结论[③]。那么，梅岭之"梅"究竟是何时与梅花联姻的呢？程杰考察白居易《六帖》"大庾岭上梅，南枝落，北枝开"的记载时发现，《格致镜原》卷七〇有类似文字且标明出处为《广志》，但随后又以其他各类志书均未见对此条征引予以否定，认为应是陈元龙误记，并指出这种误记有一定的合理性，《六帖》所辑当出自晋宋时期志书。应该说，程杰谨慎的态度是对的，所做出的推断亦大致无误。在前文所

---

① 乔治忠：《〈越绝书〉成书年代与作者问题的重新考辨》，《学术月刊》2013 年第 11 期。
②《淮南子》卷一八，第 1090 页。
③《江西考古录》卷三，第 45 页。

述《南康记》记载中,已经有"庾岭多梅"的说法,说明至晚在南北朝中期,梅岭之梅花已经得到关注。事实上,还有一种唐前志书,可将这一时间再往前推,那就是程杰先生曾考察过的《广志》。由于程先生当时只掌握了一则材料,所以无法断定《格致镜原》的记载是否准确。然而《广志》的这条记载并非只有陈元龙所辑录,早在明代郑若庸所辑《类隽》中同样收录了《广志》这则材料,并注明出自《广志》,文字与《格致镜原》无异①。今再补充一则材料,即仇兆鳌所撰《杜诗详注》中的一条注释,仇兆鳌为杜甫《寄杨五桂州谭》作注时,曾引《广志》云:"《广志》:'梅岭,本因梅铕得名,今竟作梅花之梅矣,聊从同。'"②仇兆鳌为清初著名学者,所著《杜诗详注》被公认为集大成者,所引文献应可信。如此来看,郑若庸、陈元龙和仇兆鳌等都曾征引《广志》,内容皆为庾岭梅花,且文字各不相同,不存在互相抄录的情况,这就说明在《广志》中,的确存在庾岭梅花的记载。关于《广志》的成书时间,前人多以为在西晋,后王利华重新考证,认为当在5世纪中期③。再细度仇兆鳌所引"今竟作梅花之梅矣",说明对于梅岭之"梅"的认识转向,就发生在《广志》作者郭义恭所处时代,即东晋末至南北朝初期。这恰恰非常符合历史的发展轨迹,表现为两个方面:

其一,东晋至南北朝时期,大庾岭在中国的地位及影响力不断提升,文化交流日益密切。东晋时,都城南迁至建康,大庾岭与权力中心的距离拉近,加之交通便利,各方面的交流便逐渐增多,尤其是文化上的交流,使得人们能更多地了解到大庾岭的信息,如东晋末期庾

---

①《类隽》卷二六,第 559 页。
②《杜诗详注》卷九,第 779 页。
③ 王利华:《〈广志〉成书年代考》,《古今农业》1995 年第 3 期。

阐的《扬都赋·注》就详细考察了大庾岭的南北水系情况,后被《水经注》及各类志书所征引。进入南北朝后,大庾岭与中原的交流愈加频繁,并开始进入到主流文学的视野,突出的表现是一大批文坛领袖,如谢灵运、范云、阴铿等人,都曾来到大庾岭,并创作了相关文学作品。藉由这些作品,大庾岭及岭上梅花更加被文人所熟知和关注,自然而然被纳入文人们的审美意趣当中。

其二,东晋至南北朝时期,梅花开始得到王公贵族和文人们的喜爱。这一时期开始大量出现梅花诗歌作品,如陶潜、谢灵运、萧衍、鲍照、何逊、阴铿、江总等一大批文人都参与到梅花诗的创作当中,尤其随着乐府《梅花落》作品的出现,其"梅花飘落、春色将逝"的主题深受当时文人的喜爱,成为当时极为流行的乐曲。以此可见,梅花成为这一时期文人创作的重要题材。程杰把这一时期称为"梅花的审美时期"①,是非常正确的。

正是基于以上两点,大庾岭梅花被频繁往来的人们所注意,文人开始关注其特征和习性,也开始创作相关作品,且自然地把梅岭之"梅"理解为梅花之"梅"了。至此可得出判断,早期梅岭之名和梅花并无关系,直至东晋之后,随着咏梅诗的兴起,庾岭梅花才被世人所关注,并逐渐和梅岭之名联系起来。不过有一点仍需注意,大庾岭梅花自然存在的时间其实很早。吴昌硕《缶庐别存》云"客有言大庾岭古梅,齐梁时人植,花开香闻数里"②,体现了坊间所传庾岭梅花的出现时间。然庾岭之梅花真的是齐梁时种下的吗？ 显然不是。郭梦星《午窗随笔》说:"梅岭以汉初梅鋗得名,非以梅花得名。然庾岭多梅

---

① 程杰:《中国梅花审美文化研究》,巴蜀书社,2008 年,第 18 页。

②（清）吴昌硕:《缶庐别存》,《清代诗文集汇编》,第 757 册第 628 页。

自古已然。"① 此句意在辨析梅岭之名与梅铕、梅花的关系，同时也指出了庾岭梅花的存在时间。吴震方《岭南杂记》亦云："庾岭又名梅岭，以汉庾胜梅铕得名。然庾岭多梅，古昔已然，自有'折梅逢驿使，泪尽北枝花'之句，而好事者往往增植之。"② 吴震方对这一问题持同样观点，并述之更详。以此来看，齐梁时的植梅，应为"好事者"的增植行为，所增植古梅属梅花的一个品种，而此前大庾岭必然已经存在自然生长的野梅，否则就不会出现《广志》中的梅花记载了。

所以，先有梅岭之名，后有庾岭之谓。早期的梅岭名称，极可能与梅铕有关，其后大庾岭作为正式的名称被逐渐确定下来。梅岭作为别称，被东晋以后的文人逐渐附会于"梅花"，这应该是更为接近事实的演变过程。梅岭之"梅"与梅花的联姻，起于文学，也注定要在后世的文学中大放异彩。

第二节　《赠范晔》的折梅空间问题

大庾岭梅花既然是在东晋南北朝时期被人们所关注，那么在这一时期，是否有相关的作品呢？程杰曾举南朝贺彻"柳折城边树，梅舒岭外林"乃吟大庾岭梅花 ③，但只是基于诗意判断，并无实质性依据。关于贺彻的史料实在太少，《陈书·徐伯阳传》只提及他为陈朝左民郎 ④。遍寻唐前咏梅诗作品，很难找到大庾岭梅花的身影，这一现象其实与当时梅花诗的创作有关，南北朝时期的许多咏梅诗，偏重

① （清）郭梦星：《午窗随笔》卷三，《续修四库全书》，上海古籍出版社，1996 年，第 1165 册第 655 页。
② （清）吴震方：《岭南杂记》卷上，中华书局，1985 年，第 1 页。
③ 《中国梅花名胜考》，第 18 页。
④ 《陈书》卷三四，第 468 页。

体物描摹和意境表达,较少体现具体信息,如阴铿、江总、徐伯阳这些曾在大庾岭活动过的文人,都有咏梅作品传世,然而从这些作品,很难判断创作地点或者梅花的所在地。以阴铿《雪里梅花》为例：

> 春近寒虽转,梅舒雪尚飘。从风还共落,照日不俱销。叶开随足影,花多助重条。今来渐异昨,向晚判胜朝。①

整首诗都在描写雪中梅花的状态,没有任何实际信息透露出来,也就无从判断诗中梅花来自何处了。所以,在这一时期的咏梅诗中,即便存在描写大庾岭梅花的作品,现在也难以知晓。

如此来看,关于唐前大庾岭咏梅诗的考察,似乎要交一张白卷了。既如此,不妨换一个角度,从唐代诗歌中看看是否能追溯到一些线索。宋之问《题大庾岭北驿》云：“江静潮初落,林昏瘴不开。明朝望乡处,应见陇头梅。”② 这是宋之问神龙元年被贬泷州至大庾岭时创作的诗歌,诗中出现了梅花,而诗人却给出了“陇头梅”这样奇怪的称谓。众所周知,“陇”一般是对今陕西、甘肃一带的简称,有陇山,但显然宋之问不是说明天就可看见陇山梅花,而应是大庾岭的梅花,那么宋之问为何要称“陇头梅”呢？宋之问此处实乃化用唐前的一首作品,叫《赠范晔》,此诗出自《太平御览》所引《荆州记》：“陆凯与范晔相善,自江南寄梅花一枝诣长安与晔,并赠花诗曰：‘折花逢驿使,寄与陇头人。江南无所有,聊赠一枝春。’”③ 宋之问“陇头梅”无疑是化用了此诗句。那么,宋之问为什么要化用这首诗？是否陆凯

---

① 《阴铿诗校注》,第 66 页。
② 《沈佺期宋之问集校注·宋之问集》卷二,第 427 页。
③ 《太平御览》卷九七〇,第 4300 页。

折梅之地就在大庾岭呢？

　　事实上，《赠范晔》这首诗非常著名，诗中的"折梅"与"赠春"意象，构思巧妙、意境幽远，堪称绝思。自古以来，举用此诗的作品不计其数。然而，关于这首诗创作背景的争议却非常多，最明显的问题在于历史上陆凯和范晔皆有名显者，但却不在同一个时代。由于此诗的原始出处《荆州记》久已亡佚，而辑录此则材料的文献又往往存在文字上的出入，从最早引录此则材料的《太平御览》开始，抵牾就已经出现，《太平御览》实际有 3 处引此则材料，分别在卷一九、卷四〇九、卷九七〇，而在卷一九中，则将"范晔"记为了"路晔"[①]，其后两处皆云"范晔"，这就导致后人对诗中人物的不同解读。聂世美《陆凯〈赠范晔〉诗考辨》就据此认为陆凯所赠者当为路晔[②]。不止于此，关于此诗的人物陆凯，有东晋诗人、北魏人、代北人 3 种看法，范晔则有认为是路晔、文学家范晔或其他同名者；关于创作时间，有三国、东晋和刘宋等看法；甚至关于梅花的赠授，也有认为是赠陆凯而非范晔的。总之，关于《赠范晔》作品的考证和解读实在太多，大家各执一端，却又都难圆其说。王朝安、王集门《陆凯〈赠范晔诗〉辨析》对各家观点予以梳理，并对 6 种代表性观点分别予以辨析、反驳，最后提出范晔即范蔚宗，陆凯则是江南士人，生平未详，东晋末年曾随刘裕北伐至长安，诗当作于此时[③]。应该说，此文在广征史料的基础上，对于各个观点的漏洞都予以指正，并提出合理见解，实属难能可贵。但即便如此，此文观点随后又被曹旭、严维哲的文章指出问题，认为范晔在东晋末年未曾至长安，故此说不成立，并提出此诗出

---

① 《太平御览》卷一九，第 95 页。
② 聂世美：《陆凯〈赠范晔〉诗考辨》，《文学遗产》1987 年第 2 期。
③ 王朝安、王集门：《陆凯〈赠范晔诗〉辨析》，《殷都学刊》1991 年第 1 期。

于《荆州记》,其作者盛弘之与范晔同为刘宋人,所记当较为可信,历史上荆州有"小长安"之称,而范晔又曾在荆州任官,这才有了《荆州记》中的记载,"陇头"即荆州①。曹旭等人的观点固有新意,同时也存在问题,首先,历史上曾出现多种《荆州记》,只是以盛弘之所著较为有名,此外还有范汪、刘澄之、庾仲雍、郭仲产等人皆撰有《荆州记》,《太平御览》并未明确指出所引《荆州记》为何人所著,所以此诗时间仍不可确定;其次,此说只是基于荆州曾有"小长安"之谓,对于陆凯、范晔及诗歌的创作情况,仍然缺乏有力证据,至于说记载中"长安"前脱"小"字,更属臆测。

　　尽管关于《赠范晔》有如此多的争论,但如果细心梳理会发现,这些争论基本是围绕诗歌人物、创作时间及背景展开的,关于这首诗的创作地点,反而没有什么人争论。是否历史上关于诗歌中的"折梅"地点没有具体的说法呢? 其实不然,从宋代开始,"陆凯折梅处"就已经被频频系定,且集中于一个地点,那就是大庾岭。如孙应时《寄李允蹈》"缄诗凭驿使,持当岭头梅"②,周必大《次韵胡邦衡相迎》"路逢驿使岭头回,喜得新诗胜得梅"③。唐代"岭头梅"已成庾岭咏梅诗的典型意象,故可知以上诗句中的地点皆为大庾岭。还有指向更为明确的,如曾丰《梅》其一"宁教大庾有山色,莫管长安无国香。驿使借令不相外,孤芬未必合群芳"④,李纲《遵海归五绝·庾岭》"谁言庾岭极荒邈,夹道青松释梵家。喝暑北归遵海上,无因一

<hr>

① 曹旭、严维哲:《陆凯〈赠范晔诗〉本事旁证及折梅母题》,《上海师范大学学报(哲学社会科学版)》2016年第5期。

② 《全宋诗》卷二六九五,第31758页。

③ (宋)周必大著,王蓉贵、〔日〕白井顺点校:《周必大全集》卷四,四川大学出版社,2017年,第37页。

④ 《全宋诗》卷二六〇五,第30278页。

为折梅花"①，范成大《次韵杨同年秘监见寄二首》其一"韶江石老箫音在，庾岭梅残驿使迟"②，这些诗句皆化用或引用《赠范晔》，且每一首都明确地和大庾岭联系在一起。虽然说，也有其他地点创作的诗歌化用《赠范晔》，但是数量极少，由此至少可以确定，在宋代文人的心理认知中，《赠范晔》的折梅处就是大庾岭。

　　诗歌的创作是浪漫的，故化用诗句的时候未必承袭原诗的创作空间，仅以诗歌确定陆凯折梅地还不足为证。下面再从史料文献的角度看看是否能找到证据。当前所见材料中，最早明确指出折梅地点的应该是刘克庄，其《陈迈高梅诗》云："自昔咏梅者少，六朝唯何逊扬州、陆凯庾岭之作传于世。"③陆凯庾岭之作自然是指《赠范晔》，刘克庄指出了创作地点在庾岭。王象之《舆地纪胜》在卷三六南安军④、卷九三南雄州⑤"诗"之下收录《赠范晔》诗，将"折梅"处定为大庾岭不言而喻。相比于刘克庄的题跋，《舆地纪胜》的记载更具影响力，因为其本身就是地理类志书，而且还是一本质量很高的志书，以"收拾之富，考究之精"闻名，故其中记载往往成为后世考据地理的依据。另外一本同样著名的地理志书《方舆胜览》，亦将此诗系于南安大庾岭下，并以四六句总结："地濒庾岭，不妨寄驿使之梅。"⑥由此，关于《赠范晔》的折梅地点就在南宋的地志记载中被盖棺定论，划在了大庾岭头上。此后，文人们再无疑虑，大庾岭更是建起了折梅

①（宋）李纲著，王瑞明点校：《李纲全集》卷二六，岳麓书社，2004年，第348页。
②（宋）范成大：《石湖诗集》卷二二，《影印文渊阁四库全书》，第1159册第764页。
③《刘克庄集笺校》卷一〇九，第4514页。
④《舆地纪胜》卷三六，第1550页。
⑤《舆地纪胜》卷九三，第2975页。
⑥（宋）祝穆著，施和金点校：《方舆胜览》卷二二，中华书局，2003年，第405页。

亭等诸多景观,吟咏庾岭梅花并同时化用此诗的作品越来越多,"庾岭折梅"已俨然成为一个母题。

　　回顾"陆凯折梅"空间的确定过程,先是北宋开始不断出现的相关咏梅作品把地点指向大庾岭,至如刘克庄一般在文章中点出陆凯诗乃庾岭之作,再到最后两部地志对诗歌归属的确认,其中未有任何环节举出过硬的证据证明陆凯折梅在大庾岭。当然在漫长的历史长河中,也不是没有人怀疑过这一点。明代大臣刘节在编撰《南安府志》时就表示过怀疑,其在卷二五《艺文志·杂志》说:"吴陆凯与范晔相善……见《荆州记》,此诗未必在南安作。"① "未必"一词往往是对已经确定的事情表示怀疑和不确定,刘节精于梅花诗创作,号称"梅国先生"②,最重要的是,他本就是大庾人,可见刘节确实是本着学术严谨的态度提出这一观点。然而,一人之言终难敌众口,文人并未因为刘节提出的异见而停止对"庾岭折梅"的吟诵,反而愈演愈烈,相关作品不断涌现。不仅如此,随后万历年间,由陆应阳所辑地理志书《广舆记》中,再次把"陆凯折梅"定于庾岭,《广舆记》卷一三记载:"梅花国,庾岭下旧有驿……《荆州记》陆凯与范晔善,尝自岭折梅花一枝,寄长安赠范。"③ 可见刘节的质疑并没有引起太多反响,尤其是文人们,依然热衷于该母题的创作,至清代,一如前朝。

　　这的确是个很有意思的现象,关于《赠范晔》的人物、创作时间和背景,自古以来反复有人争论,而关于折梅的地点由江南转定为庾

---

①《(嘉靖)南安府志》卷二五,《天一阁藏明代方志选刊续编》,第50册第1143页。

②《(嘉靖)南安府志》卷一七,《天一阁藏明代方志选刊续编》,第50册第751页。

③(明)陆应阳:《广舆记》卷一三,《四库全书存目丛书·史部》,齐鲁书社,1996年,第173册第315—316页。

岭之后，居然没什么人提出反对意见，即便明代刘节提出过质疑，却依然无人理睬。就连同属江南地域的孤山、罗浮等赏梅胜地，也没有争夺"冠名权"的意思。细究这其中的原因，概有以下三个方面：

其一，陆凯折梅的地点就在庾岭。对于《荆州记》的记载，现在无法找到任何有力的证据能证明陆凯折梅就在大庾岭，但是反过来说，也无法找到任何证据证明折梅地不在大庾岭。客观来看，偏向大庾岭的证据反而多一些，这其中有两首唐代诗歌至关重要。第一首就是宋之问《题大庾岭北驿》，这首作品在前文已经提及，诗中"应见陇头梅"句乃化用《赠范晔》而成。那么宋之问为何要化用这首诗？不妨做一个逻辑推理，第一种可能，宋之问只是广义上的化用，因为此时他远离中原，需要有一个既能结合当时景观又能代表远方的表达意象，而《赠范晔》的"赠远"意象无疑非常符合，故为宋所取；第二种可能，宋之问当时认为陆凯折梅地就在大庾岭，故化用此典故，从首句"阳月南飞雁，传闻至此回"开始，宋之问的诗就在引用庾岭典故，尤其"传闻"两字，体现了诗人初至庾岭，开始将现实环境和以前的听闻联系到一起的状态。再看另外一首作品，即张九龄《和王司马折梅寄京邑昆弟》，这首诗作于开元六年张九龄修完大庾岭驿道返京之时，有友人王司马陪他至庾岭下，互有唱和。张九龄诗云"还闻折梅处，更有棣华诗"[1]，这就充分说明在张九龄之时，大庾岭上就已经有了与陆凯折梅对应的地点了。张九龄作为开凿大庾岭路的主持者，对大庾岭的地理人文自然十分清楚，故这首诗的可信度非常高。既然大庾岭在开元年间就已经有了"折梅处"，关于此处故事的流传自然更为久远。由此，宋之问化用《赠范晔》最有可能的原因，是第二种。所以，尽管没有直接的证据证明"陆凯折梅"是在庾岭，但通

---

[1]《张九龄集校注》卷一，第71页。

过宋、张两位的诗歌作品,无疑可证明这一说法由来已久,大庾岭很可能就是真正的陆凯折梅地。

其二,地方景观的强化作用。通过张九龄作品,可以确知初盛唐时大庾岭已经有"陆凯折梅处"了,但具体是什么样子于文献无征。但宋代的情况却是清楚的,北宋时期,当地官府已经在大庾岭建立相关建筑,名叫驿使门。据嘉靖《南安府志》卷二五记载:"吴陆凯与范晔相善,自江南寄梅花一枝诣长安与晔……府旧有驿使门,今有折梅亭,取此。"① 又卷二三:"驿使门在故贡院,北宋知军管锐建。"② 以此知北宋在大庾岭建驿使门,乃纪念"陆凯折梅"。不止于此,《南安府志》卷二二:"折梅亭在县南五里山,成化间知府张弼建,为迎饯之所。"③ 卷二三:"梅花国在庾岭下,旧有官驿,庭院甚整,宋知军赵孟蒇扁名。"④ 卷二三:"梅岭路街,自驿使门抵梅关,至南雄境红梅铺,成化间知府张弼以粗石甃砌便行者。"⑤ 综合以上记载,我们赫然发现,从北宋至明成化年间,大庾官府一直在围绕梅文化进行景观建设,这有点像今天的主题公园,而"陆凯折梅"无疑已成为大庾岭文化中最重要的部分。驿使门、梅花国、折梅亭、红梅铺,这些景观无疑又在反复提醒过往的行人:"陆凯折梅"就在此处! 随着庾岭交通的

---

① 《(嘉靖)南安府志》卷二五,《天一阁藏明代方志选刊续编》,第50册第1143页。

② 《(嘉靖)南安府志》卷二三,《天一阁藏明代方志选刊续编》,第50册第1004页。

③ 《(嘉靖)南安府志》卷二二,《天一阁藏明代方志选刊续编》,第50册第983页。

④ 《(嘉靖)南安府志》卷二三,《天一阁藏明代方志选刊续编》,第50册第1004页。

⑤ 《(嘉靖)南安府志》卷二三,《天一阁藏明代方志选刊续编》,第50册第1000页。

发展，往来于此的文人越来越多，在景观的刺激下，相关创作自然也就越多。由此"陆凯折梅"在大庾岭的信息便被不断重复和强化，以至于真相如何，已经没有人愿意去探究了。即便不在此处，大庾岭上的景观也已经成功造就了另一个既定事实。

其三，庾岭梅花的地位以及文学空间的形成。纵观前面两种原因，无论是作品对"折梅"实际地点的指向，还是人文景观的建造，文学作品都是其中的核心推动因素。这就说明可从另一个维度思考这一现象形成的原因，那就是接受者的角度。从作品传播理论来看，人文景观、文学作品都属于信息的传播端，是人们主观意志或创作的体现，然而如果受众对于信息并不乐于接受，那么传播端的努力便会流于一厢情愿。当然从结果来看，大庾岭显然是成功的，那是什么原因导致受众对于这一信息欣然接受了呢？大庾岭梅花的地位以及文学空间的形成无疑是其中最重要的因素。

大庾岭梅花的地位有多高？屈大均曾如此评价："吾粤自昔多梅。梅祖大庾而宗罗浮。罗浮之村，大庾之岭，天下之言梅者必归之。"[1]屈大均认为，梅花以大庾和罗浮两地最为有名，称大庾为梅祖。事实上，屈大均对于大庾和罗浮仍有比较，其《送曾止山还光福歌》云"梅花大宗在庾岭，小宗乃在罗浮阿"[2]，地位之高下一目了然。这并非屈大均一家之言，类似这样的评价，历代数不胜数。如清代欧阳辂《韩孝廉庾岭看梅图》云"美人飘堕天南云，庾岭之梅天下闻"[3]，查礼《人日祥牁江上寄怀张云潊司马》云"何处梅花最，空瞻

---

[1]《广东新语》卷二五，第 634 页。

[2]《屈大均诗词编年校笺》卷一〇，第 1208 页。

[3]（清）邓显鹤著，欧阳楠点校：《沅湘耆旧集》卷一三〇，岳麓书社，2007 年，第 5 册第 179 页。

庾岭高”①；明代张弼《红梅赠同年翁佥事》云“庾岭小红梅，风标天下绝”②，罗伦《竹溪歌为南雄陈壁先考赋》云“大庾岭头，梅花所出。气压罗浮，名动月窟”③；元代伯颜《军回过梅岭冈留题》云“担头不带江南物，只插梅花一两枝”④；宋代有刘克庄《再和五首》其三云“手选千株高下种，似行庾岭泛湘江。只销一朵南枝拆，尽受群花北面降”⑤；以上诗歌或将庾岭梅花放到极高的位置，或将之与其他花类比较，或从侧面反映庾岭梅花的闻名，可知屈大均所言非虚也。不唯诗歌作品，在许多介绍植物花卉的类书典籍中，往往也是将庾岭排在首位。如宋代陈景沂所撰《全芳备祖》，开篇就引《六帖》“大庾岭上梅花，南枝落，北枝开”⑥，明代郑若庸所编类书《类隽》卷二六《花木类·梅花》也是首列大庾岭梅花⑦，古人编书极重位次排列，所以书中的位置排序往往可以反映地位的高低。

在古籍的记载中，还有一个现象颇为值得关注，就是庾岭梅花的补植和移植现象，同样反映了大庾岭梅花地位的高低。程杰《中国梅花名胜考》注意到庾岭梅花的补植现象，在书中罗列自宋初至清代的18次补植记录，并引余光壁《种梅记》“伤于樵采，及人马践踏”来解释这种现象⑧。诚然，余光壁所言的确是导致庾岭无梅的重要原因，然而“樵采”及“人马践踏”也仅仅是停留于现象层面的解

---

① （清）查礼：《铜鼓书堂遗稿》卷一〇，《清代诗文集汇编》，第338册第76页。

② 《明诗综》卷二四，第1205页。

③ （明）罗伦：《一峰集》卷一四，《影印文渊阁四库全书》，第1251册第790页。

④ （清）顾嗣立、（清）席世臣编：《元诗选·癸集》，中华书局，2001年，上册第149页。

⑤ 《刘克庄集笺校》卷五，第266页。

⑥ （宋）陈景沂：《全芳备祖集》卷一，上海古籍出版社，1992年，第3页。

⑦ 《类隽》卷二六，第559页。

⑧ 《中国梅花名胜考》，第21—25页。

释。"人马践踏"固然是因交通繁荣所致,但其损伤是有限的,最多只能伤及驿道附近,不至似张九成所云:"因登岭上,不见一枝。"[①]所以,导致庾岭无梅的主要原因是"樵采",而"樵采"背后,更深层次反映的是庾岭梅花的著名,此点又可从庾岭梅花的"移植"现象得到印证。通过细检史料,会发现经常有关于移植庾岭梅花的信息,如《洛阳名园记》所记北宋名相吕蒙正的园林,"梅盖早梅,香甚烈而大,说者云自大庾岭梅移其本至此"[②],又有宋代吴芾梅亭诗,诗题为《梅亭盖旧太守徐公禋所作,传者谓公得庾岭梅移种于此,故创斯亭》[③],明代张东海《咏盆梅》"盆里移来庾岭春,柔枝不称雪精神"[④],清代屈大均《送曾止山还光福歌》"西溪邓尉天下闻,当年种自梅岭分"[⑤]等等。自宋至清,反映庾岭梅花移植的史料和诗歌还有很多,在此只举其一二。通过以上材料,会发现古人移植庾岭梅花主要用于园林布景、盆栽,甚至移植到其他梅景胜地,而且有时移植数量还很大,如赵希逢《和舍后植花竹》:"竹比渭川知几亩,梅移庾岭可千株。"[⑥]正是由于庾岭梅花的著名,引得文人们对之趋之若鹜,以能种植、观赏庾岭梅花为荣,这才是导致庾岭无梅和频繁补植的根本原因。

通过以上论述,庾岭梅花的地位已可见一斑。有一个问题需补充说明,以上所引材料多为宋代以后的,这是不是说庾岭梅花的闻名

---

① (宋)张九成著,杨新勋整理:《心传录》卷上,《张九成集》,浙江古籍出版社,2013年,第1127页。

② (宋)李格非:《洛阳名园记》,中华书局,1985年,第17页。

③ (宋)吴芾:《湖山集》卷一〇,《影印文渊阁四库全书》,第1138册第565页。

④ (明)张弼:《张东海诗集》卷二,《四库全书存目丛书·集部》,第39册第401页。

⑤ 《屈大均诗词编年校笺》卷一〇,第1208页。

⑥ 《全宋诗》卷三二六六,第38938页。

是自宋代开始呢？其实不然，这只是因为关于庾岭的文献从宋代才开始多起来。事实上，从前文徐鹿卿"旧传庾岭梅花好"之语以及在宋初就已有补梅的记载，即可推知庾岭梅花的闻名应在唐代。唐代关于庾岭梅花的诗其实有很多，像李白、杜甫、孟浩然、白居易、李商隐等这些大诗人都有相关作品，只是由于唐诗更加注重诗意的表达，且受到庾岭所代表的文化意义的影响，作品又多带悲情，故并没有直接表现庾岭梅花地位的诗句。不过，从唐诗作品中的一些诗句，也可以侧面看出庾岭梅花的闻名，如李白《禅房怀友人岑伦》"目极何悠悠，梅花南岭头"①，孟浩然《洛中访袁拾遗不遇》"闻说梅花早，何如北地春"②，白居易《福先寺雪中饯刘苏州》"庾岭梅花落歌管，谢家柳絮扑金田"③等等。当然，庾岭梅花的闻名与文学作品的创作之间并非是先后关系，而是一个互为提升的过程，首先庾岭梅花的闻名吸引了诗人的创作，而诗人的创作活动与作品又不断在提升着庾岭梅花的地位。基于这一点考虑，在讨论"陆凯折梅"的问题时，就不能孤立地谈地位问题，同时要把文学作品考虑在内。

"陆凯折梅"同样也可以从文学作品空间构建的角度来解释，因为无论是《赠范晔》的创作还是后世作品的表达，其本质上都是属于文学与空间的问题，唯有从这一角度来把握，才能更好地理解和诠释后世的接受。先看一下《赠范晔》这首作品对空间的构建，诗云：

折花逢驿使，寄与陇头人。江南无所有，聊赠一枝春。④

---

① 《李太白全集》卷一三，第 577 页。
② 《孟浩然诗集笺注·宋本集外诗》，第 535 页。
③ 《白居易诗集校注·外集》卷上，第 2886 页。
④ 《太平御览》卷九七〇，第 4300 页。

在这首诗中,实际构建了两处空间:一个是江南折花处,一个是北方的陇山。正是因为这两处空间相隔非常遥远,环境的差异又很大,才使得诗歌"赠春"的想法显得意趣横生。然而,到此也只能说这是一首优秀的、意境清新的小诗,何以会引得后世文人竞相效仿,以致将其变作一个母题了呢?英国学者迈克·克朗在探讨"文学空间"理论时曾说:"诗本身就是历史的产物,它包含了特定时期的社会背景,又将其传达到另一社会。"① 由此,可以肯定《赠范晔》这首诗歌,一定是某一方面所蕴含的社会文化意义与后世的价值观念相契合,才会有如此现象。带着这一思维再来看一下《赠范晔》的两个地点,陇山可以说象征着北方文化,代表中心和正统,江南则象征南方文化。然而江南作为地名,其涵盖的范围其实很广,如果要让这两个空间形成遥远的对立、文化上的乖离,那么这个江南之地则必须足够远,远至能够离开中心文化的空间,与陇山形成对比。那么这个江南地点放在哪里合适呢?迈克·克朗这样解释空间:"文化常常带有政治性和竞争性……不同文化的再现自我,其最常见的方式之一就是活动区域的隔离。"② 这一观点,在中国古代帝国文明的构建中同样体现了出来,早在大汉帝国,淮南王便将中国与南越加以区分,把大庾岭作为地理标志将两种文化空间分开,指出大庾岭乃"天地所以隔外内也"③,优秀的中原文化与落后的南方文化由此分隔。淮南王的观点与后世王朝的价值观颇为契合,在漫长的历史演变中,中原文明一直很注意维持文化边界,强调中外之分、华夷之别,以维持文化的正统。所以,在后世对《赠范晔》的解读中,大庾岭由此凸显出来,因为它是

---

① 〔英〕迈克·克朗著,杨淑华、宋慧敏译:《文化地理学》,南京大学出版社,2003年,第58页。
② 《文化地理学》,第6页。
③ 《汉书》卷六四,第2781页。

象征着中原文明的南方边界，也是江南之地的南方边界，唯有大庾岭，才能够使这首诗歌产生文化象征意义，形成南北文化的对比。

以上是基于文学空间理论的分析，那么诗人在创作这首作品时，是否真的存在这种文化上的思考呢？宋代史绳祖《学斋占毕》曾考证此诗，其云："（《赠范晔》）后世纷纷举用多矣，皆以陆范为证。不知刘向《说苑》已载，越使诸发执一枝梅遗梁王，梁王之臣曰韩子者，顾左右曰：'恶有一枝梅乃遗列国之君？'则折梅遣使始此矣。"①史绳祖在这里并非否定《赠范晔》创作的真实性，而是在谈文化的渊源问题，其试图说明"折梅遣使"在《说苑》早有记载，故陆凯并非是第一个谈这种文化现象的人。清代屈大均则将这一文化现象阐释得更为清晰，其《广东新语·梅岭》说："越故重梅，向以梅花一枝遗梁王，谓珍于白璧也……然铒之王亦姓梅，则梅岭又非以铒名，盖以铒之王名也。今俗称梅岭为越王山，人皆以为赵佗，不知乃铒之王故治……而世乃谓陆凯折梅寄友，岭遂名梅，因筑折梅亭其上，谬矣。"②这段论述实则从文化的角度解释了梅岭名称的由来，指出梅岭之"梅"乃源于"一枝梅花遗梁王"的越王。同时，屈大均的论述也揭示了南北文化差异早已有之，越王重梅而梁王轻梅，体现出中原文明很早就在区分与其他种族文化上的不同。及此，关于《赠范晔》的创作问题就比较清楚了，这首诗并非是诗人的突发奇想，其创作灵感源自《说苑》关于"中越交流"的记载，抑或说是其创作之本。所以，此诗对空间的构建亦是建立在南北文化差异的基础之上，诗中的"江南"是一个与"陇"文化对应的概念，其空间肯定是被中原文化隔离在外的。

关于此诗空间还可以再做进一步分析。越使诸发所执之梅来自

①（宋）史绳祖：《学斋占毕》卷二，中华书局，1985年，第38页。
②《广东新语》卷三，第65—66页。

何处,已无法考证,未必来自庾岭。然而随着大庾岭作为中外文化边界的象征性越来越凸显,且自秦征百越,大庾岭沟通南北的功能不断在提升,加之其上本来就存在的梅花奇景,往来于此的人们便逐渐将"诸发折梅"附会于大庾岭,并在本地流传。陆凯折梅也未必在庾岭,只是在江南某处,但其诗歌却化用了"折梅遣使"的典故,首次创建了"江南折梅地"这一文学空间。至宋之问说"明朝望乡处,应见陇头梅",便骤然将历史传说的空间、陆凯折梅的文学空间与眼前的空间全部重合,形成"陆凯庾岭折梅"这一新的文学空间。让人惊叹的是,宋之问所创造的文学空间,很快就被人们所接受,并对后世产生了极大的影响。这一现象与法国学者波特兰·韦斯特法尔(Bertrand Westphal)提出的文学空间神话批评理论非常相似,他指出:"神话批评将重新模拟现实的空间与被再现的现实指称结合在一起,而其前提是该空间能被提升到神话的高度,因此所涉及空间必须极富盛名。"[1]正是由于庾岭所代表的空间文化隐喻,与后世文人的价值观念高度契合,而庾岭梅花的地位又在不断地提高,可称得上"极富盛名",所以当宋之问将数个空间叠加于大庾岭时,可谓构思奇巧,意境深远,文人欣然接受这一文学空间的确定,并围绕其进行再创作。宋之问这一文学空间的塑造是成功的,支撑其成功的因素有两点,一是空间对表现南北文化分隔与差异的代表性,一是空间的闻名程度,两者缺一不可。曾经也有文人尝试把"陆凯折梅"与罗浮、孤山等梅花胜地联系起来,如宋代张宋卿《忆罗浮寄曾元功》云"如何驿使行千里,不把梅花寄一枝"[2],奈何无论是名气还是对南北文化的隔离象

---

[1] 〔法〕波特兰·韦斯特法尔撰,陈静弦、乔溪、颜红菲校译:《地理批评宣言:走向文本的地理批评》,《南京工程学院学报(社会科学版)》2018年第2期。
[2]《全宋诗》卷二三三八,第26881页。

征,都不如庾岭,所以响应者寥寥。更多的文人会把这些文学空间区分得很清楚,如元代刘鹗《梅信》云:"孤山久渴诗人想,庾岭初逢驿使来。"①

　　以上论证略显冗长,有必要重新梳理并做结论,从《赠范晔》的原始材料与相关人物史料来看,目前缺乏过硬的证据证明"陆凯折梅"在大庾岭,但反证亦不可行。若以考据论之,这首诗已成千古悬案,但又不能避而不谈,因为它对于后世咏梅文学、大庾岭梅文化构建都产生了极大影响。驿使门、折梅亭、梅花国等文化景观,难以计数的诗歌作品,以及千百年来无数文人与之所产生的价值共鸣和文学想象,这些都是真实的。《赠范晔》本身属于文学作品,推动其与大庾岭空间重合的核心动力也是文学作品,所以唯有从文学空间的角度去诠释它,才是最合理的途径。通过以上分析,两者空间的结合有历史的必然性,是古代社会文化发展与价值构建综合作用的结果。正如迈克·克朗所说:"文学作品的'主观性'不是一种缺陷,事实上,正是它的'主观性'言及了地点与空间的社会意义。"② 所以,对于《赠范晔》这首诗,至少可以下一个结论:它是被大庾岭文学空间所占领的作品,也是大庾岭咏梅诗的重要渊源。

第三节　唐代大庾岭梅花诗发展演变

　　梅花诗在唐代的发展进程明显加快,尽管梅花诗繁荣于宋朝,然唐代文人对梅花的审美转向和创作范式却为宋代梅花诗创作提供了

---

① (元)刘鹗:《惟实集》卷六,《影印文渊阁四库全书》,第 1206 册第 344—
　345 页。
②《文化地理学》,第 56 页。

坚实的基础,属于上承六朝,下启宋朝的关键时期。唐代梅花诗的发展体现为三个方面:第一,作品数量明显增加。张明华《梅与诗》说:"《全唐诗》收录的咏梅诗有107首,《全唐诗补编》又补充七首,两者相加,共114首。这个数字是六朝咏梅诗数量的六倍多。"①此中统计应指专门的咏梅作品,因为唐代诗歌中,出现梅花的作品其实很多,概在九百首左右,以此可见,梅花在唐代已成为文人诗咏的重要题材。第二,创作群体由宫廷贵族扩展至一般文人。唐代参与梅花诗创作的人有官员、学子、平民、僧侣、隐士甚至艺伎,说明文人咏梅十分普及,正如白居易所云:"六么水调家家唱,白雪梅花处处吹。"②第三,对梅花的审美更为深入,观察角度更为全面,表达的寓意更为丰富。程杰《中国梅花审美文化研究》把唐代梅花的审美和创作分为了两个阶段,一是初盛唐时期,梅花诗发展缓慢,文人不屑钻研草木,专门的咏梅诗较少,梅花由宫怨、闺怨的托情之物转为广大文人士子感遇抒怀的对象;二是中晚唐时期,文人对梅花的观赏越来越具体、细致,诗人通过梅花的品格来表达自己的生活方式和人格理念③。在唐代梅花诗中,有相当比例的作品涉及大庾岭梅花,创作者又多为唐代著名文人,可见庾岭梅花诗在唐代的地位。下面就唐代大庾岭梅花诗歌的发展情况进行具体论述。

一、唐代庾岭梅花诗基本情况

通过统计与考证,唐代有66首诗歌与庾岭梅花直接相关,约占唐代所有梅花诗的7.3%。应该说,这个比例已经相当高了,因为在唐代梅花作品里,能明确地点的只是一小部分,还有大量作品无法明确

---

① 张明华:《梅与诗》,暨南大学出版社,2018年,第50页。
②《白居易诗集校注》卷三一,第2415页。
③《中国梅花审美文化研究》,第38—49页。

空间,仅以物象入诗。在明确地点的作品中,庾岭梅花毫无疑问是最多的,排名稍后的罗浮梅花,在唐代仅有 3 首作品。另有一些作品表述十分类似庾岭梅花的特征,但难以考定,只能归为疑似作品。如卢僎《十月梅花书赠》:"君不见巴乡气候与华别,年年十月梅花发。"① 诗中出现的地点为"巴乡",古时一般指四川一带,然当时四川梅花花期概在十二月,未闻有十月开放之记载。在文学作品与史料中,十月之梅往往特指大庾岭梅花,言其最早开放,如樊晃《南中感怀》云"四时不变江头草,十月先开岭上梅"②,即是说大庾岭梅花。卢僎曾至江西,有《临川送别》诗,但是否曾至庾岭,难以考实,故此诗暂列存疑作品。由此可知,唐代谈大庾岭梅花的作品应远多于当前统计。为更好地说明唐代庾岭梅花诗的情况,现将考证信息统计如下:

表5-1　庾岭梅花诗作品统计表

序号	姓名	作品数量	序号	姓名	作品数量	序号	姓名	作品数量
1	卢照邻	1	15	耿湋	2	29	罗邺	2
2	宋之问	3	16	崔峒	1	30	郑谷	4
3	李峤	1	17	刘商	1	31	韦庄	1
4	张说	1	18	令狐楚	1	32	韩偓	2
5	张九龄	1	19	张籍	3	33	王棨	1
6	樊晃	1	20	施肩吾	1	34	李涛	1
7	李颀	1	21	白居易	2	35	司空图	1
8	王昌龄	1	22	白行简	1	36	张乔	1
9	刘长卿	6	23	李德裕	1	37	徐铉	4
10	孟浩然	1	24	张祜	1	38	李九龄	1

①《唐人选唐诗新编》,第 237—238 页。
②《全唐诗》卷一一四,第 1166 页。

续表

序号	姓名	作品数量	序号	姓名	作品数量	序号	姓名	作品数量
11	李白	1	25	许浑	4	39	徐铉	2
12	岑参	1	26	陆龟蒙	1	40	观梅女仙	1
13	杜甫	4	27	李商隐	1			
14	戴叔伦	1	28	方干	1			
统计	24			21			21	
总计	66							

从统计结果来看,有唐一代共有40位文人参与大庾岭梅花诗创作,作品总计有66首。除张九龄属本土文人,其他39位皆为外籍文人,其中曾至大庾岭区域的可考文人有16位,分别为宋之问、李峤、张说、樊晃、王昌龄、刘长卿、孟浩然、耿湋、崔峒、张籍、李德裕、张祜、许浑、罗邺、郑谷、徐铉。另有戴叔伦、施肩吾、方干、王棨、韩偓、徐夤等6位文人曾至江西、广东、福建等区域,为疑似文人。除去这些,仍有17位文人未曾至庾岭,占总人数的43%。通过统计数据及文人作品,可反映唐代大庾岭梅花诗创作的几个基本情况:

其一,吸引了较多文人参与创作。统计数据表明,以上文人中,有相当比例的文人并未到过大庾岭,但是他们也参与到庾岭梅花诗的创作之中。如李白《禅房怀友人岑伦》"目极何悠悠,梅花南岭头"①,杜甫《寄杨五桂州潭》"梅花万里外,雪片一冬深"②,白居易《福先寺雪中饯刘苏州》"庾岭梅花落歌管,谢家柳絮扑金田"③,等

①《李太白全集》卷一三,第577页。
②《杜诗详注》卷九,第779页。
③《白居易诗集校注·外集》卷上,第2886页。

等。以上诗歌的作者,都是唐代最著名的诗人或文学领袖,他们一生虽未至庾岭,却会在诗中反复歌咏大庾岭梅花。不止于此,如卢照邻、宋之问、张说、张九龄、王昌龄、刘长卿、孟浩然、岑参、李商隐等,也皆为唐代极负盛名的诗人。这就充分说明,大庾岭梅花在唐代已十分闻名,引起了当时诗坛主流文人们的关注。而这些著名文人的作品,反过来又会使庾岭梅花更为著名。如宋之问大庾岭诗歌影响极大,《旧唐书》载:"所有篇咏,传布远近。"① 宋之问的大庾岭作品,多咏及梅花,更是构建出"陇上梅""北枝花"等重要意象。故诗以花传,花以诗名,大庾岭梅花在唐代诗人的笔下愈加名显。

其二,过往文人是创作的主力军。尽管所统计的文人中,未到过大庾岭的文人数量超过了过往文人,然从作品数量来看,却是后者多于前者。统计数字呈现这样一个规律:有3首以上作品的文人,基本上都到过大庾岭。其中以刘长卿为最多,有6首作品。只有杜甫例外,他虽没到过大庾岭,却也有4首相关作品。这些曾经到过大庾岭的文人,共计创作了37首作品,占总数的58%。由于这些文人大多亲睹大庾岭梅景,故对庾岭梅花有更深刻的印象与体察,所创作的诗歌能从多个角度阐释庾岭梅花。如郑谷咸通七年(866)曾南游庾岭,其一生创作4首庾岭梅花诗,包括1首专门咏梅诗,其诗歌就有"岭梅""早梅""春梅""落梅""雪中梅"等多种意象。值得一提的是,大庾岭梅花诗中,有6首专门吟咏庾岭梅花的作品,分别为李峤《梅》、张九龄《和王司马折梅寄京邑昆弟》、罗邺《早梅》、郑谷《梅》、李九龄《寒梅词》以及徐夤《梅花》,其中前4首作品的作者都曾到过大庾岭,他们的咏梅诗对梅花的描摹更为细致丰富。

其三,从初唐至晚唐,皆有作品出现,但更多的作品创作于中晚

①《旧唐书》卷一九〇,第5025页。

唐。如果再将数据做分期统计，可列表如下：

表5-2　庾岭梅花诗作品分期统计表

分期	文人姓名	文人数量（位）	作品数量（首）
初唐（618—712）	卢照邻、宋之问、李峤	3	5
盛唐（713—755）	张说、张九龄、樊晃、李颀、王昌龄、孟浩然、刘长卿、李白、杜甫、岑参	10	18
中唐（756—824）	戴叔伦、耿湋、崔峒、刘商、令狐楚、张籍、施肩吾、白居易、白行简	9	13
晚唐（825—907）	李德裕、张祜、许浑、陆龟蒙、李商隐、方干、罗邺、郑谷、韦庄、韩偓、司空图、张乔、徐铉、李九龄、徐夤、观梅女仙、王棨、李涛	18	30

统计表清楚地显示了各个分期的作品数量，可以发现，初唐作品最少，只有 5 首，参与创作的文人数量也是最少的。晚唐作品数量最多，几乎是盛唐与中唐的总和。从整体数据来看，并非呈现正态分布，而是波动性的持续增长。这表现为大庾岭梅花诗不仅有自身发展的轨迹，同时又受到历史发展的影响。在有唐一代，庾岭梅花诗没有衰退，这是因为唐代处于梅花诗发展周期中的发展阶段。

二、各分期的创作情况与特点

（一）初唐阶段

庾岭梅花诗创作在初唐即已出现。从统计来看，创作文人仅有 3 位，作品仅有 5 首。虽然参与的文人和作品皆比较少，但却是非常重要的几首作品。

卢照邻的《梅花落》,可谓唐代庾岭梅花诗的开山之作,这是一首乐府诗,属汉乐府二十八横吹曲之一。六朝时文人多以此为题咏梅,如鲍照、张正见、江总、陈叔宝等皆有同题作品。而整个唐代以《梅花落》为题的乐府诗总共只有4首,其他3首分别为刘方平、杨炯和沈佺期的《梅花落》。卢照邻《梅花落》是第一首把庾岭梅花引入此曲的作品,唐前《梅花落》基本是咏唱北方边塞梅花,至卢照邻,将南方边塞梅花作为吟唱对象。

宋之问诗歌对庾岭梅花诗的开启有着里程碑似的意义。神龙元年,以宋之问、沈佺期等为代表的一大批神龙逐臣被贬岭南,并在大庾岭出现群体性创作现象,其中尤以宋之问诗歌最为著名。前文已探讨宋诗对《赠范晔》文学空间的重构意义,其"陇头梅"意象将"越使执梅""陆凯折梅"与现实大庾岭等多个空间重合,重构了"陆凯庾岭折梅"这一新的文学空间,对后世咏梅诗影响深远。另外,宋之问《度大庾岭》有"泪尽北枝花"①,此句明显化用六朝志书《广志》记载②。"南北枝"为后世庾岭梅花诗的经典意象,相关作品很多,其"北枝"意象初构始于宋之问矣。

李峤虽只有一首作品,即《梅》。但此诗却是唐代第一首专门的庾岭咏梅诗,诗云:

> 大庾敛寒光,南枝独早芳。雪含朝暝色,风引去来香。妆面回青镜,歌尘起画梁。若能遥止渴,何暇泛琼浆。③

作品首联即点出诗歌空间为大庾岭。"南枝"亦引《广志》,乃"庾岭

---

①《沈佺期宋之问集校注·宋之问集》卷二,第428页。
②《类隽》卷二六,第559页。
③《李峤诗注》卷四,第232页。

南枝"意象之始。不唯如此,事实上,李峤此诗乃其著名杂咏组诗中的一首,此组诗凡 120 首。据张庭芳《故中书令郑国公李峤杂咏百二十首序》言:"且欲启诸童稚,焉敢贻于后贤?"[1] 以此可知,李峤杂咏诗是为启蒙少儿而创作的蒙学诗。从这首《梅》来看,前两联描写大庾岭梅花"早开""梅香"等特点,后两联则多引梅之典故。整首诗通俗易懂,注重知识点的介绍,的确符合蒙学要求。同时,这首诗也反映了唐人观念,论梅花首谈庾岭,大庾岭梅花之地位可见一斑。

初唐庾岭梅花诗数量虽然不多,但皆极为重要。几首作品一方面较好地继承了六朝文字书写,另一方面又开拓出新的庾岭梅花诗歌领域。无论是宋之问"陇头梅"的构建,还是李峤蒙学诗的创作,对于后世皆有极大的影响,亦为庾岭梅花诗在盛唐的兴起开创了局面。

(二)盛唐阶段

盛唐是唐代最为辉煌的时期,大庾岭的梅花诗同样也步入了最辉煌的阶段。尽管盛唐作品数量不是最多的,然而此阶段参与创作的文人大多极负盛名,如李白、杜甫、张九龄、王昌龄、孟浩然等等。相比于初唐,文人和作品的数量也有显著的增长,分别为 10 人和 18 首作品,是初唐体量的三倍有余。这种增长自然是因为庾岭梅花的著名以及初唐作品的影响,但还有一个更重要的原因,就是大庾岭古驿道的开凿。开元四年,张九龄主持开凿大庾岭新路,使得这条路线的交通状况大为改观,"坦坦而方五轨,阗阗而走四通"[2]。交通的发展带来南北交流愈加频繁,尤其是岭南的政治中心广州,本就与大庾

---

①《全唐文》卷三六四,第 3693 页。

②《张九龄集校注》卷一七《开凿大庾岭路序》,第 891 页。

岭较为接近,所以取道于此的官员可谓络绎不绝。这一点在庾岭的梅花诗中得到了体现,在盛唐18首作品中,存在大量送行赠友的作品,如李颀《龙门送裴侍御监五岭选》、刘长卿《送李秘书却赴南中》《送裴二十端公使岭南》、李白《禅房怀友人岑伦》、岑参《送杨瑗尉南海》等,类似这样的作品总共有11首,占比61%,成为盛唐作品的主体部分,亦体现出此时期文人们在大庾岭通道频繁往来的盛况。

　　然而,与作者的著名以及作品数量的增加相对的,是该阶段对于庾岭梅花的创作并无太大的突破。一方面,由于作品大多为送友题材,这些著名文人大多没有到过大庾岭;另一方面,作者往往在诗中并举各类岭南风物,庾岭梅花仅为其中之一。如李颀《龙门送裴侍御监五岭选》"椰叶四荒外,梅花五岭头"①,李白《禅房怀友人岑伦》"目极何悠悠,梅花南岭头"②,杜甫《寄杨五桂州谭》"梅花万里外,雪片一冬深"③,这些诗句中的梅花皆作为五岭或大庾岭的象征出现,寓意空间的遥远,而对梅花本身并未有太多艺术上的表现。又或是以梅花代表大庾岭交通,刘长卿的诗歌尤为突出,其《送李秘书却赴南中》"路识梅花在,家存棣萼稀"④,《却赴南邑留别苏台知己》"又过梅岭上,岁岁北枝寒"⑤,《至饶州寻陶十七不在寄赠》"梅枝横岭峤,竹路过湘源"⑥,《瓜洲驿奉饯张侍御……先在淮南幕府》"梅花分路远,扬子上潮宽"⑦。刘长卿于乾元二年(759)被贬南巴,途中

---

①《李颀诗歌校注》卷三,第743页。
②《李太白全集》卷一三,第576—577页。
③《杜诗详注》卷九,第779页。
④《刘长卿诗编年笺注》,第509页。
⑤《刘长卿诗编年笺注》,第210页。
⑥《刘长卿诗编年笺注》,第199页。
⑦《刘长卿诗编年笺注》,第121页。

因案件重推被召回,两次翻越大庾岭,也走过湖湘线,对岭南交通路线十分熟悉,对大庾岭上梅花更是印象深刻,故诗中常以梅花代表交通。由此看来,盛唐时期的作品,大庾岭梅花多作为一种象征被诗人写入诗中,代表的是五岭、大庾岭或交通。

该时期对于梅花的创作也非全然没有突破,张九龄《和王司马折梅寄京邑昆弟》就是盛唐咏梅诗的佳作。诗云:

> 离别念同嬉,芬荣欲共持。独攀南国树,遥寄北风时。林惜迎春早,花愁去日迟。还闻折梅处,更有棣华诗。①

开元六年春,张九龄开凿大庾岭驿道后受诏返京,其友王司马一直送其至大庾岭下,互有诗唱和,王司马的作品今已不见,张九龄所作即此诗。诗歌虽化用陆凯《赠范晔》诗意,然而层次意蕴较之更为丰富多变,《赠范晔》本是表达朋友之谊的诗歌,张九龄则将其引申扩展为表达兄弟情义。诗歌每一联都紧扣这一主题,并以不同的梅花形态来进行表达。首联以"持梅"表达想要与兄弟分享美好事物的心情;颔联则围绕"梅树"展开,"独攀"与"遥寄"深刻表达了兄弟分隔两地、互相思念的浓厚情义;颈联以比兴手法将"梅花"拟人化,用"花愁"表达想要见到兄弟的迫切心情;尾联回到"折梅"主题,明确"折梅"亦可用于"棣华之诗"。"棣华"源自《诗经·小雅·常棣》,古时常用之比喻兄弟。整首诗十分合理地运用梅的各种形态表达兄弟情义,又隐晦双关地表达了作者与友人之间的深厚友谊,情绪上层层递进,可谓是一首难得的咏梅佳作。

除了张九龄这首诗,另有几首作品也有不同角度的突破。如樊

---

① 《张九龄集校注》卷一,第71页。

晃《南中感怀》"四时不变江头草,十月先开岭上梅"①,虽然仍是继承初唐大庾岭"早梅"概念,但是在花期上更为明确,是最早言及庾岭梅花十月开放的诗歌。另有张说《冬日见牧牛人担青草归》"欲持梅岭花,远竞榆关雪"②,孟浩然《洛中访袁拾遗不遇》"闻说梅花早,何如北地春"③,体现了盛唐文人对南北地理与文化互相比较的现象。刘长卿《至饶州寻陶十七不在寄赠》"梅枝横岭峤,竹路过湘源"④,说明文人开始注意更为细致的描写,不再局限于象征意义。总之,盛唐时期有较多著名文人创作庾岭梅花诗,但对于梅花创作艺术的提升不多,更多是将其作为五岭与交通的象征符号,少数作品对梅花的创作出现了突破,张九龄作品是盛唐庾岭咏梅诗的代表。

（三）中唐阶段

中唐大庾岭梅花诗的创作情况与盛唐大致相似。首先是参与文人和作品数量基本相近,分别为9人和13首,比盛唐略低一点;其次,这一时期仍有大量送行诗,如戴叔伦《送李明府之任》、刘商《送人往虔州》、张籍《送郑尚书出镇南海》等等,占到了作品总数的近50%;最后,作品对梅花的描写多以之作为五岭的象征符号,"岭梅""早梅"等大庾岭梅花意象已基本固定下来。

中唐作品亦有新变,突出表现是较多作品开始将庾岭梅花与雪联系起来,互相比拟。如戴叔伦《送李明府之任》"梅花堪比雪,芳草不知秋。别后南风起,相思梦岭头"⑤;令狐楚《省中直夜对雪寄李师

---

① 《全唐诗》卷一一四,第 1166 页。
② 《张说集校注》卷九,第 452 页。
③ 《孟浩然诗集笺注·宋本集外诗》,第 535 页。
④ 《刘长卿诗编年笺注》,第 199 页。
⑤ （唐）戴叔伦著,蒋寅校注:《戴叔伦诗集校注》卷二,上海古籍出版社,2010年,第 186 页。

素侍郎》"谢家争拟絮,越岭误惊梅"①;施肩吾《早春残雪》"花分梅岭色,尘减玉阶寒"②;白居易《雪中即事寄微之》"银河沙涨三千里,梅岭花排一万株"③,《福先寺雪中饯刘苏州》"庾岭梅花落歌管,谢家柳絮扑金田"④,等等。这些诗句或以梅花喻雪,或以雪喻梅花,或梅、雪景色互映,体现了中唐文人对梅花的审美意趣。尽管梅与雪的结合,南北朝就已有之,如何逊《扬州法曹梅花盛开》"兔园标物序,惊时最是梅。衔霜当路发,映雪拟寒开"⑤,初、盛唐的作品也有一些,但却不及中唐诗人如此普遍地把梅雪并咏,故白居易《杂曲歌辞》其一云:"六么水调家家唱,白雪梅花处处吹。"⑥此外,随着大庾岭梅花"早开"意象越来越深入人心,文人也更加容易将其和白雪并列,作为春之象征,如白行简《春从何处来》:"欲识春生处,先从木德来。入门潜报柳,度岭暗惊梅。"⑦所以,中唐时的庾岭梅花诗,是以梅雪共咏为特色的。

（四）晚唐阶段

晚唐是大庾岭梅花诗创作快速发展的阶段,这一时期参与创作的文人和作品数量有了明显的提升,分别为 18 人和 30 首,专门的咏梅作品有 4 首,异地相关咏梅诗 2 首,这些数据远超以往任何一个时期。这一方面体现了大庾岭交通在晚唐地位上升,往来于此的文人越来越多;另一方面也说明文人更热衷于梅花诗创作,由此产生较多

---

①《全唐诗》卷三三四,第 3747 页。

②《全唐诗》卷四九四,第 5587 页。

③《白居易诗集校注》卷二三,第 1805 页。

④《白居易诗集校注·外集》卷上,第 2886 页。

⑤（南朝梁）何逊:《何逊集》卷二,中华书局,1980 年,第 32 页。

⑥《白居易诗集校注》卷三一,第 2415 页。

⑦《全唐诗》卷四六六,第 5305 页。

作品。在晚唐的作品中，可以看到前三个时期所有表现梅花的意象和技巧，如"早梅""越梅""落梅""春信""岭头梅""南北枝""折梅遣使""梅雪互映"等等，这些意象表达，晚唐作品皆有，且运用更加灵活。此外，晚唐的创作有两个现象值得注意：

其一，频繁出现异地创作现象。随着大庾岭梅花愈加闻名，越来越多的异地作品开始使用庾梅意象。如张祜《题岳州徐员外云梦新亭十韵》"夜深南浦雁，春老北枝梅"①，从诗题可知作者时在岳州，却用大庾岭"南北枝"意象；许浑《和宾客相国咏雪》"尽日隋堤絮，经冬越岭梅"②，作者时在东都咏雪，亦举大庾岭"越梅"意象；李商隐《对雪二首》其一"梅花大庾岭头发，柳絮章台街里飞"③，时作者在京城，举大庾岭"岭头梅"意象。类似现象还有很多，甚至有两首异地专门的咏梅诗。一首为韩偓《早玩雪梅，有怀亲属》，诗云：

> 北陆候才变，南枝花已开。无人同怅望，把酒独裴回。冻白雪为伴，寒香风是媒。何因逢越使，肠断谪仙才。④

诗乃作者天祐元年（904）弃官至湖南时作，诗歌举庾岭"南北枝"与"早梅"意象，与北方气候相对。"何因逢越使"则化用《赠范晔》典故。另一首为观梅女仙《题壁》：

> 南枝向暖北枝寒，一种春花有两般。凭仗高楼莫吹笛，大家

---

①《张祜诗集校注》卷八，第409页。
②《丁卯集笺证》卷一〇，第691页。
③（唐）李商隐著、刘学锴、余恕诚集解：《李商隐诗歌集解》，中华书局，2004年，第1066页。
④（唐）韩偓著、陈继龙注：《韩偓诗注》卷一，学林出版社，2001年，第47页。

留取倚阑看。①

观梅女仙未详何人,但此题后有注"蜀州郡阁有红梅数株,方盛开,有
二妇人高髻大袖,倚阑而观题诗于壁",可知此诗作于蜀地,然句首云
"南枝北枝"实化用西晋郭义恭之语,《类隽》辑《广志》此句:"大庾
岭上梅花,南枝已落,北枝方开,寒暖之候异也。"②

　　其二,对于梅花的描写更加具体、细腻。晚唐文人已经不满足于
对梅花的静态描摹,而是更加注重对梅花动态的创作,故有较多作品
出现了梅花"飘"和"落"的写意场景。比较突出的有郑谷的《梅》:

> 江国正寒春信稳,岭头枝上雪飘飘。何言落处堪惆怅,直是
> 开时也寂寥。素艳照尊桃莫比,孤香黏袖李须饶。离人南去肠
> 应断,片片随鞭过楚桥。③

这首诗正是通过对梅花"飘"与"落"的动态描写,表现出强烈的场
景感,尤其是"片片随鞭过楚桥",梅花在身影后的飘落,完全能让人
感受到"离人南去"的苦寂心酸。动态描写的作品还有很多,如罗邺
《早梅》"冻香飘处宜春早,素艳开时混月明"④,郑谷《送进士吴延保
及第后南游》"江湖易有淹留兴,莫待春风落庾梅"⑤,徐铉《送高舍

---

①《全唐诗》卷八六三,第 9763 页。
②《类隽》卷二六,第 559 页。
③《郑谷诗集笺注》卷四,第 443 页。
④(唐)罗邺著,何庆善、杨应芹注:《罗邺诗注》,上海古籍出版社,1990 年,第
　38 页。
⑤《郑谷诗集笺注》卷三,第 321—322 页。

人使岭南》"柳映灵和折,梅依大庾飘"①,司空图《杂题九首》其六"鸥和湖雁下,雪隔岭梅飘"②,等等。除了对梅花的动态描摹,从以上作品中,还可以看到晚唐诗人对于梅花枝干、香味、色彩的关注。总体来看,晚唐的大庾岭梅花,其声名愈显,参与创作的文人遍布全国,诗人们对庾岭梅花的体察更为细腻,专门的咏梅作品也越来越多,这些突破为宋代咏梅诗的兴起夯实了基础。

　　以上是唐代大庾岭梅花诗发展的分期情况与特点,如果把文人与作品统计数据输入图表,则可表现为下图:

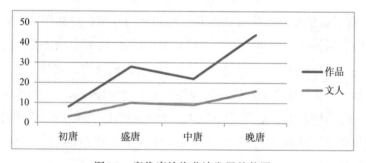

图5.1　唐代庾岭梅花诗发展趋势图

　　图表显示,唐代庾岭梅花诗是处于逐步发展兴盛的状态,有两个快速发展的阶段为初唐至盛唐、中唐至晚唐,而盛唐至中唐时期,略有下滑趋势,这与唐代发展的历史背景是基本吻合的。一方面,唐代大庾岭地域基本偏安一隅,处于比较稳定的发展状态;另一方面,安史之乱是唐代由盛转衰的分水岭,这一时期战乱不断,对于文化发展的冲击是全国性的。

---

①《全唐诗》卷七五五,第 8588 页。
②《全唐诗》卷六三二,第 7257 页。

三、唐诗与大庾岭梅花的特点

通过以上论述,可以了解到唐代文人对于庾岭梅花的创作情况。反过来,这些诗歌作品也为了解唐代庾岭梅花的情况提供了重要信息。程杰曾总结古代庾岭梅花的三个特点:枝分南北、花期特早、花小而红,并指出古代庾岭梅景规模有限,实际观赏价值并不突出,更为著名的是它的文化象征意义[①]。程先生对庾岭梅花的考察,多据宋以后之文献,故这一总结较为符合宋代以后的情况。通过唐代的作品,会发现情况略有不同。

首先是大庾岭梅景的规模与观赏价值。程先生认为其规模不大、观赏价值不高的主要依据是历代频繁的补植记录和宋代以后文人诗歌所说庾岭无梅的现象。然而前文已分析,大庾岭梅花的闻名与文学作品密切相关,通过无数文学作品,大庾岭梅花被赋予更多的内涵与文化象征意义。既如此,可再深溯一个问题:文人为何要关注大庾岭的梅花呢? 毫无疑问,文人对梅花的初始创作,应源于对自然景观自发性的欣赏,不会因为文化象征意义。至于宋代以后庾岭梅花频繁补植,前文已考察,须和庾岭"移梅"现象联系起来看,这是互为因果的两种现象,其核心原因就是庾梅太过著名。程杰亦从地理学角度分析大庾岭气候特征,"大庾岭一带地处中亚热带气候区,雨水充沛,年平均气温为 18.4℃,比较适宜梅花生长"[②],并据此推测大庾岭野生梅花应比较繁茂,晋唐时更应如此。这段地理学分析,是符合实际情况的,但其分析与结论本身已互为抵牾。

事实上,在唐前文献中,早就有关于庾岭梅花规模的记载,如《舆地纪胜》引刘嗣之《南康记》云,"汉兵击吕嘉,众溃,有裨将戍是

①《中国梅花名胜考》,第 19—29 页。
②《中国梅花名胜考》,第 21 页。

岭,以其姓庾,以其多梅,亦曰梅岭"[1],说明大庾岭多梅的现象在唐前已被关注。那么,唐代的情况如何呢？白居易《雪中即事寄微之》说:"银河沙涨三千里,梅岭花排一万株。"[2] 尽管此处使用了夸张手法,但目的即为表现大庾岭梅花规模之大,有趣的是,若从客观上分析,白居易诗中数字未必夸张,因为大庾岭是一座山脉,绵延几百里,梅花作为特有野生物种,其数量必定非常多。前文已述宋代开始不断有从大庾岭移梅的现象,而且是全国性的范围,可想需求量极大。宋代赵希逢《和舍后植花竹》云:"竹比渭川知几亩,梅移庾岭可千株。"[3] 赵氏一人就移走千株梅花,并且还是在宋代。那么唐代说大庾岭有上万株梅花,很可能并不足数。

其次,在程杰总结的三个特点中,枝分南北和花期特早是没有问题的,这在唐诗作品中均体现得很明显。然而,第三个特点说花小而红,在唐代则有所不同,主要体现于花色。庾岭上的梅花,是否都是红色呢？宋初王巩《闻见近录》云:"庾岭险绝闻天下……红白梅夹道,行者忘劳。"[4] 以此可知,庾岭梅花主要有红梅和白梅两种。清人屈大均曾分析庾岭梅花的花色,其云:"岭上梅微与江南异。花颇类桃而唇红,故驿名红梅。盖岭头雪少,积阳之气所发,故梅多红而香烈。予诗'南枝多红北多白',多红以其向日,多白以其背日也。"[5] 这一分析体现了气候对大庾岭梅花花色的影响,庾岭以南由于温暖向阳,所以花色多红,庾岭以北寒冷背日,所以花色多白。这种气候影响在唐代当然也是一样的,观梅女仙《题壁》云"南枝向暖北枝寒,一

---

[1]《舆地纪胜》卷九三,第 2966 页。

[2]《白居易诗集校注》卷二三,第 1805 页。

[3]《全宋诗》卷三二六六,第 38938 页。

[4]《闻见近录》,第 14 页。

[5]《广东新语》卷二五,第 613 页。

种春花有两般"①,即指此。所以可肯定,唐代庾岭至少有红白两种颜色的梅花,分布于不同的地段。

从作品来看,文人对于红梅的欣赏和喜爱,则是从宋代才开始的,而唐代文人更偏爱白梅,这可从三个方面来判断:第一,在唐代大庾岭梅花作品中,难以找到红梅的描写。第二,唐人写庾岭梅花,多将其和雪、霜、柳絮等白色物象联系起来。从唐代第一首庾梅诗开始,即是如此,卢照邻《梅花落》云"梅岭花初发,天山雪未开"②,就是把庾岭梅花和雪对比。其他如张说《冬日见牧牛人担青草归》"欲持梅岭花,远竞榆关雪"③,白居易《福先寺雪中饯刘苏州》"庾岭梅花落歌管,谢家柳絮扑金田"④,李商隐《对雪二首》其一"梅花大庾岭头发,柳絮章台街里飞"⑤,皆是把梅花与雪、柳絮等白色物象联系起来。经统计,类似作品共有24首,占总数的36%。第三,作品多写白梅。如郑谷《梅》"素艳照尊桃莫比,孤香黏袖李须饶"⑥,桃即红色,"素艳"自然是指白色。徐夤《梅花》"举世更谁怜洁白,痴心皆尽爱繁华"⑦,徐铉《和殷舍人萧员外春雪》"梅花岭上连天白,蕙草阶前特地寒"⑧,皆写庾梅之白。最为直接表现庾梅为白色的作品,是王棨的《咏白》,其诗云:"非青玄赤黄,正色配金方。鱼表周王德,麟呈汉帝祥。寒来边草远,春至岭梅芳。"⑨此诗专咏白色物象,其中

---

① 《全唐诗》卷八六三,第 9763 页。
② 《全唐诗》卷一八,第 197 页。
③ 《张说集校注》卷九,第 452 页。
④ 《白居易诗集校注·外集》卷上,第 2886 页。
⑤ 《李商隐诗歌集解》,第 1066 页。
⑥ 《郑谷诗集笺注》卷四,第 443 页。
⑦ 《全唐诗》卷七〇八,第 8151 页。
⑧ 《全唐诗》卷七五一,第 8553 页。
⑨ (唐)王棨:《麟角集》,中华书局,1985 年,第 37 页。

就包括庾岭梅花。从以上三点不难看出,唐代文人对庾岭梅花的审美更偏向白色,而非红色。这是一个非常有趣的现象,可以肯定,唐代大庾岭必有红梅,为何唐人独厚白梅而薄红梅耶? 这其实是和唐代作品逐渐形成的庾岭梅花意象及其文化精神内涵相关联的,所以下一步就有必要对庾岭梅花诗的独特意象进行探讨。

第四节　唐代大庾岭梅花诗意象

前文论述中,发现唐代大庾岭诗歌独厚白梅的现象,那么唐人为何不吟咏颜色更美的红梅? 不仅如此,当细读唐代大庾岭诗歌,还会发现关于庾岭梅花的许多用语总是相似的,并呈现阶段性的趋同,在某一时期,关于庾岭梅花的用语总大抵相似。以上皆体现为诗歌创作的意象问题,诗歌作品往往对于某一具体物象的描述带有承袭性,这样便可以更少的文字,表达更多的意蕴和内涵。意象是诗歌的灵魂与核心,所以,如果要深入解读大庾岭梅花诗,意象研究是最重要的切入口。

关于意象,古人很早就认识到语言有“所指”和“能指”之区别,在不断的探索实践中,逐渐确立“意”“象”“言”三者的关系。《周易》云:“书不尽言,言不尽意……圣人立象以尽意。”[1]古人认为“言”和“意”之间会产生矛盾和偏差,正所谓言有尽而意无穷,故立“象”为之协调。三国王弼《周易略例》则对三者关系有进一步解释,其云:“夫象者,出意者也。言者,明象者也。尽意莫若象,尽象莫若言。言生于象,故可寻言以观象;象生于意,故可寻象以观意。”[2]王

---

① (唐)孔颖达正义:《周易正义》卷七,《十三经注疏》,第82页。

② (三国魏)王弼著,邢涛注:《周易集解略例》,中华书局,1991年,第15—16页。

弥在这里其实是解释了语言与主观意识、客观物象之间的关系,把物象作为连接"意"和"言"的中间载体。"意象"作为正式文学术语的确定,一般认为是刘勰《文心雕龙》,其《神思》云:"然后使玄解之宰,寻声律而定墨;独照之匠,窥意象而运斤。"①此为刘勰从"意匠经营"的角度解释创作过程中意象的生成原理。

那么,唐人是如何看待诗歌中的意象的呢?王昌龄《诗格》说:"诗有三境。一曰物境,二曰情境,三曰意境。……诗有三思。一曰生思,二曰感思,三曰取思。生思一。久用精思,未契意象。"②在王昌龄看来,诗歌的创作,要追求三境,而"物""情""意"皆应在创作之初酝酿于胸,使之成"象",再转化成诗歌语言。显然,王昌龄对于意象的理解更为高明,不局限于名物成"象",而是认为客观的事物、情绪、真意都可与"象"对应。如此来看,每一首诗歌其实都在致力构建意象,这是和作者当时的构思、情绪和具体环境相对应的。黎志敏《诗学构建:形式与意象》认为诗歌意象就是"具有情感伴随的表象。用一个简单的公式表述,就是:意象 = 表象 + 情感伴随"③,同样认为意象不仅和表象有关,也和情绪情感有关。

从以上论述,可判断意象在每一首诗歌作品中的独特性。然而,诗歌中的意象,往往又会被后人所感知和继承,黎志敏称其为"表象移植和情感移植"④。刘芳则对这一现象阐释得更为清楚,其认为:"诗歌意象语言也同样具有民族性……这些主题意象词语在历代民族诗歌作品中反复出现,其内涵在传承中获得了稳定性、约定性……这一意象词语就会成为民族文化的沉淀,也是一个民族文化的'储

---

① 《文心雕龙注》卷六,第 493 页。
② 张伯伟:《全唐五代诗格汇考》,江苏古籍出版社,2002 年,第 172—173 页。
③ 黎志敏:《诗学构建:形式与意象》,人民出版社,2008 年,第 119 页。
④ 《诗学构建:形式与意象》,第 119 页。

存器'，不但体现了诗人的个体主观意识，而且也体现着一个民族的群体意识和审美心理。"① 所以，意象无疑是极具传承性的，在一些作品中，某些意象因为其体现的事物、情绪、思想能够引起文人的共鸣，或其本身就极为有代表性，那么就会被后来的文人反复地使用，在语言文字上则体现为某些承载意象的核心词汇的直接使用或化用。也正是因为这种传承性，诗人们在创作时便可获得更为充分、丰富的表意能力，使诗歌得以突破时空桎梏，走向更为深广的意境空间。意象在承袭中逐渐固化，然而这种固化过程其实非常复杂，有时候作者会承袭以前多个相似意象，并创造出新的叠加意象，有时候又会单独举用某个具体的意象，所以这种传承性并非呈现简单的线性接收，而是取决于诗人具体创作时的需要。西方意象主义理论的核心人物庞德（Ezra Pound）对于意象（image）如此定义：“一个意象是在一刹那时间里呈现理智和情感的复合物的东西。"② 这一定义的核心词就是复合物（complex），同样体现出意象构建的复杂性。

　　正是基于意象的复杂性，所以在分析大庾岭梅花诗意象之前，有必要对意象的形成再次进行理论上的探讨。通过以上梳理和分析，会发现在诗歌意象中存在比较稳定的因素，它往往能够体现民族的群体意识或审美心理的“象"，并以一些核心语言为载体被反复继承。同时，诗人在创作时，又会根据其构思、情感、环境等要素，在初始意象的基础上创作出新的意象，从这一点来看，每一首诗歌的意象都是独一无二的，有多少首诗歌就有多少个意象。当前许多关于意象的研究往往过于简单化，把意象研究做成了名物研究，如关于梅花的意象研究，往往只将其作为一个意象，对其在文学上的发展、精神内涵

---

① 刘芳：《诗歌意象语言研究》，上海译文出版社，2012年，第126页。
② 〔英〕彼德·琼斯编，裘小龙译：《意象派诗选》，漓江出版社，1986年，第152页。

进行分析。陈伯海在其《意象艺术与唐诗》中就明确提出"意象不能等同于诗中名物","有人将诗中意象混同于诗中名物,甚至拿一个名词来对应一个意象,其实是不妥当的"[①]。既如此,对于某一类的诗歌意象,又该如何研究呢?当回归到具体文本,会发现同一类系的作品意象也并非散乱无章,它们总是会围绕着一个中心,呈现出一种群聚的现象。而这个中心就是前面所分析的不断被承袭的东西,它可以是一个典故,或是一种情绪,或是一种观念、现象等,我们可以称之为原初意象。这些原初意象又往往附着在初始作品中一些较为固定的核心语言上,所以在使用这些原初意象的作品中,类似语言会反复出现,这些反复出现的语言便成为分类的线索。然而,这并非是必然的现象,有的时候作品在呈现某一原初意象时,使用的却是另外一个原初意象的核心语言,出现一种串联现象,这个时候,就要根据具体语境判断作品属于哪一类原初意象,或者某一首作品会同时涵盖同一类系的几个原初意象,如专门的咏梅诗,往往会出现多个梅花的原初意象。所以,对于庾岭梅花诗的分类,可以遵循"总体—细分"原则,先根据核心意象语言,做意向群的分类,对于特殊情况的意象再做具体分析。根据这一方法,可以将唐代庾岭梅花诗做意象分类如下表:

表5-3　庾岭梅花诗意象分类表

原初意象	创作文人数量	作品数量
折花逢驿使	13	14
南北枝	11	9
岭上梅	31	42
早梅、春信	14	17

① 陈伯海：《意象艺术与唐诗》,上海古籍出版社,2015 年,第 10 页。

续表

原初意象	创作文人数量	作品数量
落梅	6	7
悲情、寒冷	11	14
合计		103

从以上统计来看,唐代的大庾岭梅花诗其实是围绕着6个中心意象展开创作的,其中有代表物象的梅花,也有典故(折梅遣使)、概念(春信)、状态(落梅)、情绪(悲情)等非物象性的意象。作品数量共计103首,这个数据实际大于庾岭梅花诗的总数66首,这是因为有一些作品的意象出现了交叉串联的情况,或者同一作品中呈现了多个意象。下面具体对每一类意象群进行分析:

一、岭上梅

这是大庾岭作品中出现频率最多的意象,共计42首作品。"岭上梅"属于物象意象,所构建的形象,就是"大庾岭上梅花"。此意象群的原初意象源自唐前文献"大庾岭上梅,南枝落,北枝开"之语,这是关于"大庾岭上梅花"的最早表述。世人多以此句出自白居易《六帖》,且白居易和其弟白行简亦有相关诗歌作品,故各类诗集点注本中,往往将"岭梅"等类似词汇注为白居易《六帖》所出。然关于《六帖》成书,《杨文公谈苑》载:"人言白居易作《六帖》,以陶家瓶数千各题门目作七层架,列置斋中,命诸生采集其事类投瓶,倒取之,抄录成书,故其所记时代多无次序。"① 可知《六帖》内容多辑自其他文

①（宋）杨亿口述,黄鉴笔录,宋庠整理:《杨文公谈苑》,上海古籍出版社,1993年,第15页。

献,故"大庾岭上梅"另有所出。从作品来看,从初唐开始至中唐,已有不少"岭上梅"或"南北枝"意象类作品,这就充分说明关于"大庾岭上梅"的记载,应该来自唐前的文献。前文已考郑若庸《类隽》、陈元龙《格致镜原》中辑引郭义恭《广志》"大庾岭上梅花"之记载,《广志》乃东晋末至南北朝初期的地志文献。对比《六帖》《广志》文字,两段记载十分类似,则《六帖》之语概出于此。

　　正是由于"大庾岭上梅"来自唐前文献,故从初唐开始,"岭上梅"意象便不断在诗歌作品中出现。如卢照邻《梅花落》"梅岭花初发,天山雪未开"①,宋之问《题大庾岭北驿》"明朝望乡处,应见陇头梅"②,张说《冬日见牧牛人担青草归》"欲持梅岭花,远竞榆关雪"③,皆用此意象。不过从这些诗句的意象语言来看,"梅岭花""陇头梅"等意象用语并不完全统一,真正让这一意向群向"岭上梅"这一核心用语聚集的,是以李白、杜甫、樊晃、刘长卿等为代表的一批盛唐诗人作品,使得这一意象逐渐趋于固化。该过程体现于两个方面:

　　其一,意象用语的逐渐趋同和固化,如李白《禅房怀友人岑伦》"目极何悠悠,梅花南岭头"④,杜甫《秋日荆南述怀三十韵》"秋雨漫湘水,阴风过岭梅"⑤,已经开始出现"岭头""岭梅"等核心语。至樊晃《南中感怀》"四时不变江头草,十月先开岭上梅"⑥,"岭上梅"这一意象核心语开始出现。事实上,樊晃这句,应受杜甫作品启发

---

①《全唐诗》卷一八,第 197 页。
②《沈佺期宋之问集校注·宋之问集》卷二,第 427 页。
③《张说集校注》卷九,第 452 页。
④《李太白全集》卷一三,第 577 页。
⑤《杜诗详注》卷九,第 779 页。
⑥《全唐诗》卷一一四,第 1166 页。

而来,杜甫有《南楚》云"无名江上草,随意岭头云"①,与樊晃诗句极为相似。樊晃曾为杜甫编撰别集,即《杜工部小集》,并为其作序云:"曾不知君有大雅之作,当今一人而已。"② 由此可见樊晃对杜甫诗歌极为推崇,也极为熟悉,其南中诗应脱化于杜甫。或因于此,樊晃此句效仿者颇多,如李涛《送凌处士赴连州邀》云"霜飞湖草绿,春近岭梅残"③,王棨《咏白》云"寒来边草远,春至岭梅芳"④,皆化用樊晃诗句。自樊晃之后,这一意象的表达也逐渐向"岭梅""岭头""岭上梅"3个意象语趋同,如张籍《送郑尚书出镇南海》"画角天边月,寒关岭上梅"⑤,李德裕《到恶溪夜泊芦岛》"岭头无限相思泪,泣向寒梅近北枝"⑥。经统计,庾岭梅花诗中出现这3个意象用语的作品达到了20首之多,可见其反复使用频率之高。

其二,"岭上梅"空间指向的固化。从字面意思来讲,"岭上梅"就是指山岭上的梅花,是一个泛化的空间概念。然而,随着诗歌作品中"岭上梅"意象的频繁出现,该意象空间所指也趋于固化,就是指大庾岭梅花。这一点可从实际数据来看,经统计,唐代所有关于"岭梅"的诗歌作品概在46首。而在这46首作品中,除了4首诗歌的意象空间不与庾岭直接相关,其他42首的空间皆可明确为大庾岭,占总数的91%,这充分说明了"岭梅"意象空间的固化。事实上,其他4首诗歌,只有罗隐《西塞山》可判定与庾岭无关,杜荀鹤《春日山中对雪有作》没有明确写作地点,无法判定,其他2首与庾岭仍有千

①《杜诗详注》卷一四,第1248页。
②《杜诗详注》附编《杜工部小集序》,第2237页。
③《全唐诗补编·全唐诗补逸》卷一二,第233页。
④《麟角集》,第37页。
⑤《张籍集系年校注》卷三,第396页。
⑥《李德裕文集校笺·别集》卷四,第603页。

丝万缕的联系。李益《扬州送客》云："笛里望乡闻不得,梅花暗落岭头云。"① 从诗题可明确诗歌空间在扬州,然"梅花暗落岭头云"乃明显脱化于杜甫"随意岭头云"和樊晃的"十月先开岭上梅",乃借用庾梅意象。皎然《舂陵登望》云："最伤梅岭望,花雪正纷纷。"② 诗题点明空间在舂陵(今湖南道县),所以诗中"梅岭"有可能是指当地有梅花的山岭,也有可能是指大庾岭。因为诗中"望"字,既可理解为在"梅岭"望他处,也可以理解为在舂陵望庾岭。更大可能指庾岭,理由有三:首先皎然所处时代,"岭梅"意象空间基本固化;其次,中唐庾岭梅花诗的特点就是花雪并咏;最后,从湖南南望庾岭作品早有先例,东晋庾阐《衡山诗》"北眺衡山首,南睨五岭末"③,皎然诗亦合此意。总之,统计数据表明了大庾岭对"岭梅"意象的绝对占领,唐代诗歌中的"岭梅"就是特指"大庾岭上梅"。

以上是关于"岭上梅"原初意象的渊源以及演变过程,在这一过程中,也体现出意象创作的复杂性。"岭上梅"原初意象本来自唐前文字,在作品不断的创作融合中,曾出现"梅岭花""陇头梅""岭梅""岭头梅"等多种意象用语,其中樊晃"岭上梅"成为后人举用较多的原初意象。所以在这一类意向群中,40 首作品并非前后对接的关系,而是各有取舍,又逐渐趋同。那么"岭上梅"这一意象的意蕴和内涵是什么呢? 从作品来看,主要有两个方面:

其一,南方边界的象征符号。由于大庾岭本身就是南方边界的象征,而大庾岭上最有代表性的景观就是梅花,且十分闻名,故唐人就逐渐以梅花意象来代表大庾岭、五岭甚至是岭南。如杜甫《广州段

---

① (唐)李益著,郝润华整理:《李益诗集》卷四,中华书局,2014 年,第 89 页。
② 《全唐诗》卷八一八,第 9226 页。
③ 《先秦汉魏晋南北朝诗·晋诗》卷一二,第 874 页。

功曹到得杨五长史谭书功曹却归聊寄此诗》云"汉节梅花外,春城海水边"①,诗中梅花就是代表大庾岭,表达的意思即大庾岭之外(北),乃用吕嘉事。又杜甫《寄杨五桂州谭》云"五岭皆炎热,宜人独桂林。梅花万里外,雪片一冬深"②,诗中梅花则是作为五岭象征,即南方的边界,意极远也,故又云"万里外"。类似还有李白《禅房怀友人岑伦》"目极何悠悠,梅花南岭头"③,以梅花作为南岭的代表,同样是表达十分遥远的意思。此外,唐人还会用"岭梅"代表大庾岭交通,如刘长卿《却赴南邑留别苏台知己》云"又过梅岭上,岁岁北枝寒"④,诗乃刘长卿第二次翻越大庾岭时所作,诗中梅花即是作为大庾岭通道的象征;其《至饶州寻陶十七不在寄赠》云"梅枝横岭峤,竹路过湘源"⑤,这是诗人在告知友人行踪,以梅花表示经过大庾岭,核心意思是表达路远不易。此外,唐人还常以"岭梅"意象代表岭南,如刘长卿《送裴二十端公使岭南》"桂林无叶落,梅岭自花开"⑥,徐铉《送高舍人使岭南》"柳映灵和折,梅依大庾飘"⑦等,皆以大庾岭梅花为岭南之象征。

其二,以"岭上梅"代表春意。樊晃"岭上梅"意象还蕴含了一个时间观念,即庾岭梅花的花期在十月。这其实是大庾岭梅花诗歌中所形成的另一个意象——"春信",即反映了唐人把大庾岭梅花当作春天到来的信号。白行简《春从何处来》"入门潜报柳,度岭暗惊

①《杜诗详注》卷一一,第928页。
②《杜诗详注》卷九,第779页。
③《李太白全集》卷一三,第576—577页。
④《刘长卿诗编年笺注》,第210页。
⑤《刘长卿诗编年笺注》,第199页。
⑥《刘长卿诗编年笺注》,第298页。
⑦《全唐诗》卷七五五,第8588页。

梅”,即是这一观念的真实体现。此外,由于大庾岭南北气候不同,故花期持续时间特别长,形成“南枝已落,北枝方开”的梅花奇景。正是基于这两个原因,唐人逐渐在诗歌中赋予“岭梅”意象“春”的内涵。如孟浩然《洛中访袁拾遗不遇》云“洛阳访才子,江岭作流人。闻说梅花早,何如北地春”①,即是把南方春天和北方春天做对比,而代表南方春天的就是江岭(庾岭)的梅花。又有王棨《咏白》“寒来边草远,春至岭梅芳”②,郑谷《送进士吴延保及第后南游》“江湖易有淹留兴,莫待春风落庾梅”③ 等,皆是把“岭梅”意象和春意等同起来。

　　随着春之内涵的不断演变,唐人诗歌开始出现“五岭春”“岭头春”等意象词,实为“岭上梅”意象的另一种表达,乃以“春”替“梅”也。有一个例子,张籍曾经在贞元年间(785—805)至南方游历,然史籍资料对张籍此行不载。学者多据张籍作品考察其南行轨迹,但由于张籍作品中同时有湖湘诗和虔州诗,以致学者对其南行路线产生分歧,如潘竟翰据张籍《寄虔州韩使君》推测其可能从虔州到达岭南④,李一飞据《岭表(外)逢故人》和《宿临江驿》的诗意判断其应南下经湖湘⑤。事实上,张籍有《江头》诗,是判断张籍此行南下路线的关键,诗云:“晚步随江远,来帆过眼频……应同南浦雁,更见岭头春。”⑥ 诗乃作者于长江边所作,尾句实为诗人交代此行计划,“岭头

①《孟浩然诗集笺注·宋本集外诗》,第 535 页。

②《麟角集》,第 37 页。

③《郑谷诗集笺注》卷三,第 321—322 页。

④潘竟翰:《张籍系年考证》,《安徽师范大学学报(哲学社会科学版)》1981 年第 2 期。

⑤李一飞:《张籍行迹仕履考证拾零》,《中国韵文学刊》1995 年第 2 期。

⑥《张籍集系年校注》卷二,第 376 页。

春"即庾岭梅花的典型意象，"南浦"一般是指南方的水边，亦特指豫章西南之赣江，王勃《滕王阁》云"画栋朝飞南浦云，珠帘暮卷西山雨"[①]，即指此。再把"南浦"和"岭头春"两个意象联系起来，张籍此行心意表露无遗，就是要顺赣江而下，到大庾岭头看看著名的梅花。徐礼节举张籍《玉仙馆》诗，考"玉仙馆"实在吉安[②]，以此可知张籍确由赣江至庾岭。举此例实为说明"岭头春"意象的空间实指，类似的作品还有岑参《送张子尉南海》"海暗三山雨，花明五岭春"[③]，张乔《寄南中友人》"浪动三湘月，烟藏五岭春"[④] 等等。

　　通过以上分析，可以看到"岭上梅"意象有两个方面的意蕴，一个方面是作为南方边界的象征符号，兼有遥远、荒凉、艰难等隐喻在其中；另一方面，"岭上梅"也是对春意的表达，并逐渐在唐人的创作中互为等同，"五岭春""岭头春"等意象其实都是指大庾岭梅花。客观来看，"岭上梅"的意蕴略显简单，但在诗歌作品中，它又往往与其他庾梅意象组合搭配，所以"岭上梅"更像是一个基础性意象。

二、折花逢驿使

　　"折花逢驿使"是陆凯《赠范晔》中的诗句，关于《赠范晔》的问题，在前文已予讨论。《赠范晔》诗思来源于《说苑》"越使诸发执一枝梅遗梁王"的记载[⑤]，诗中关于"陆凯折梅"地点已无法确考，却因

---

① （唐）王勃著，（清）蒋清翊注：《王子安集注》卷三，上海古籍出版社，1995年，第76—77页。

② 徐礼节：《张籍故乡与南游考辨》，《安庆师范学院学报（社会科学版）》2007年第1期。

③《岑嘉州诗笺注》卷三，第437—438页。

④《全唐诗》卷六三八，第7322页。

⑤ （汉）刘向著，向宗鲁校证：《说苑校证》卷一二，中华书局，1987年，第302页。

大庾岭梅花的闻名以及大庾岭对于南越文化的象征意义,逐渐把"陆凯折梅"地认定在大庾岭。至宋之问《题大庾岭北驿》云"明朝望乡处,应见陇头梅"[①],再次将"越使执梅""陆凯赠梅"的空间与大庾岭地理空间融合为一体,此后《赠范晔》文学空间已归属大庾岭,后人围绕折梅意象创作出大量作品。当然,这一意象的创作兴盛在宋代,唐代此类意象作品并不多,总计14首。

尽管作品不多,但是这一意象的原初意象及核心语的形成却较为复杂,在唐人作品中,往往会把陆凯《赠范晔》和《说苑》"越使执梅"糅杂在一起,如宋之问的"陇头梅"即是开创性地把两个意象空间融合于大庾岭。而许浑的《冬日登越王台怀归》则又是把之前的多个意象相叠加。具体看一下文本,诗云:

> 月沉高岫宿云开,万里归心独上来。河畔雪飞扬子宅,海边花盛越王台。泷分桂岭鱼难过,瘴近衡峰雁却回。乡信渐稀人渐老,只应频看北枝梅。[②]

在这首诗中,虽无折梅之语,但同样有"以梅寄远"的意象。如"越王台"含《说苑》越王遣使之意,"北枝梅"出于《广志》,却兼取《赠范晔》远信意涵,颈、尾联又暗合宋诗"阳月南飞雁,传闻至此回……明朝望乡处,应见陇头梅"之意象。事实上,宋之问"陇头梅"意象自宋代之后,取用者颇多,无疑是这一类意象群的一个原初意象。则许浑此诗意象至少叠加了以上4个意象。

除了原初意象不断叠加的情况,还有创新性意象的出现,如张九

---

① 《沈佺期宋之问集校注·宋之问集》卷二,第427页。
② 《丁卯集笺证》卷六,第319页。

龄在《赠范晔》意象的基础上,另创新的意象。其《和王司马折梅寄京邑昆弟》云:

> 离别念同嬉,芬荣欲共持。独攀南国树,遥寄北风时。林惜迎春早,花愁去日迟。还闻折梅处,更有棣华诗。[1]

此诗虽然使用了《赠范晔》"遥寄""折梅"等意象语言以及南北概念,但其意象内涵却发生了改变,由表达朋友之谊转变为兄弟之情,并新创了"梅""棣"相联的组合意象,以此表达兄弟两地分隔但彼此思念的意涵。

以上情况都体现出"折花逢驿使"这一意象群对原初意象取用的复杂性,由此也导致了意象用语的不确定性,典型的表现就是意象用语比较多,如"折梅""驿使""遥寄""棣华""越岭""越使""一枝梅"等等,相比于"岭上梅"意象,这一意象群的用语更为分散。这也说明唐人对该意象取用的角度较多,那么这些意象用语都是表达什么意涵呢?

其一,表达两地朋友之谊。这一意涵是对《赠范晔》诗的承袭。关于《赠范晔》,原始材料如此记载:"陆凯与范晔相善,自江南寄梅花一枝诣长安与晔,并赠花诗曰:'折花逢驿使,寄与陇头人。江南无所有,聊赠一枝春。'"[2]"相善"即交好之意,此句在许多古籍中亦会记为"陆凯与范晔为友"。故陆凯写这首诗,就是告知好友自己折梅相寄的意思:江南之地荒凉贫瘠,无长物可取赠,唯梅花盛放,春意盎然,暂折一枝送与你,让你也感受一下江南的春意。所以,这首诗创

---

① 《张九龄集校注》卷一,第 71 页。
② 《太平御览》卷九七〇,第 4300 页。

作的意象核心，就是为了表达对远方朋友的情意。唐代庾岭作品中，取此意象内涵的诗歌有徐夤《别》诗"可怜范陆分襟后，空折梅花寄所思"①，借"陆凯折梅"意象表达对友人依依惜别的情意。

　　其二，表达两地兄弟之情。在《赠范晔》意象中，其实并无此意涵，乃张九龄对"折梅"意象赋予的新意。《和王司马折梅寄京邑昆弟》是以王司马与其昆弟的兄弟之情为歌咏对象，诗中诸联各有不同意象表达兄弟相思，层层递进，至尾联点明兄弟情深之主题，"还闻折梅处，更有棣华诗"便成为这首诗的核心意象语。"棣华"取自《诗经·小雅·常棣》"常棣之华，鄂不韡韡。凡今之人，莫如兄弟"②，唐人以"棣华"喻兄弟，则始于九龄。当然，张九龄所创造的意蕴并不止于此，而是把"梅花"与"棣华"结合，以此表达兄弟虽分隔两地，但心意相通的意思。在后人作品中，取此意象的有刘长卿、杜甫、李群玉等诗人，如刘长卿《送李秘书却赴南中》云"路识梅花在，家存棣萼稀"③，杜甫《至后》云"梅花欲开不自觉，棣萼一别永相望"④，皆为对此意象的取用。

　　其三，表达寄托远信。《赠范晔》陆凯所折梅花，乃代表情意的信物，其由驿使自江南送至长安，距离可谓遥远，信物也因此尤为珍贵。唐人取此意在诗歌中以庾梅象征可以寄托友情与相思的信物。如张九龄《和王司马折梅寄京邑昆弟》"独攀南国树，遥寄北风时"⑤，即独自一人攀折梅花，以此为信物遥寄的意思。又许浑《冬日登越王台

①《全唐诗》卷七一〇，第8178页。
②《毛诗正义》卷九，《十三经注疏》，第408页。
③《刘长卿诗编年笺注》，第509页。
④《杜诗详注》卷一四，第1199页。
⑤《张九龄集校注》卷一，第71页。

怀归》"乡信渐稀人渐老,只应频看北枝梅"①,此诗变陆凯"一枝春"
为"北枝梅",也是以此物寄托相思的意思。此外,徐夤《别》"可怜
范陆分襟后,空折梅花寄所思"②,徐铉《送应之道人归江西》"岁暮
定知回未得,信来凭为寄梅花"③,皆是以梅花当作可寄托相思或音
信的信物。

　　其四,把庾梅作为南越象征。这层意涵源自《说苑·奉使》所
载:"越使诸发执一枝梅遗梁王,梁王之臣曰韩子,顾谓左右曰:'恶
有一枝梅乃遗列国之君者乎?'"④这是"折梅遣使"最早出处,也是
《赠范晔》的原初意象。屈大均考"越使折梅"说:"越故重梅,向以
梅花一枝遗梁王,谓珍于白璧也……今俗称梅岭为越王山,人皆以为
赵佗,不知乃锔之王故治。"⑤屈氏指出梅花实为秦汉时南越文化的
代表与象征,也是梅岭之名的文化源头。唐人在诗中常把大庾岭称
"越岭",实为对南越梅文化内涵的表达。如令狐楚《省中直夜对雪寄
李师素侍郎》"谢家争拟絮,越岭误惊梅"⑥,许浑《和宾客相国咏雪》
"尽日隋堤絮,经冬越岭梅"⑦,诗中"越岭"皆取此意蕴。此外,《说
苑》记载其实还体现了南北文化之差异,越王重梅而梁王轻梅,南北
观念之不同甚明。故在大庾岭作品里,经常出现南北比较的现象,卢
照邻《梅花落》"梅岭花初发,天山雪未开"⑧,即以"梅岭花"和"天
山雪"做对比;张说《冬日见牧牛人担青草归》"欲持梅岭花,远竞榆

---

① 《丁卯集笺证》卷六,第 319 页。
② 《全唐诗》卷七一〇,第 8178 页。
③ 《全唐诗》卷七五二,第 8562 页。
④ 《说苑校证》卷一二,第 302 页。
⑤ 《广东新语》卷三,第 65—66 页。
⑥ 《全唐诗》卷三三四,第 3747 页。
⑦ 《丁卯集笺证》卷一〇,第 691 页。
⑧ 《全唐诗》卷一八,第 197 页。

关雪"①,则以"梅岭花"与"榆关雪"对比;孟浩然《洛中访袁拾遗不遇》"闻说梅花早,何如北地春"②,同样以南北春色做比较,而此句更深层次的隐喻,还是在表达中原文明优于南越之意涵。以上所列举作品,还存在一个有趣现象,这些诗歌意象虽取《说苑》意涵,但却未用相关意象语,这也正是诗歌意象构建的特点,只需切中意涵,作为承载意象的语言,可以有多种变化。

从以上分析,可以发现"折花逢驿使"意向群的原初意象构成较为复杂,多层叠加、另创新意的现象明显,其意象用语又较为分散,甚至有只取其意而不用其语的现象。或许正是因为该意象所蕴含层次的丰富性,在后世才能得到如此多文人的青睐,以致《赠范晔》成为后世相关诗歌创作的母题。

三、南北枝

"南北枝"原初意象和"岭上梅"一样,都源自唐前文献"大庾岭上梅花,南枝已落,北枝方开,寒暖之候异也"之记载。"岭上梅"源自前一句,而"南北枝"则源自其后的文字。在唐代作品中,采用这一意象的作品有9首,其核心意象用语也比较清楚和固定,即"南枝"或"北枝"。从作品文本演变来看,该意向群原初意象的构建是分两条线进行,即"南枝"与"北枝"意象的单独构建和承袭。

"南枝"意象始于李峤杂咏组诗中的《梅》,诗云"大庾敛寒光,南枝独早芳"③,即取庾岭南枝先开之记载,构建了诗歌中"南枝"的原初意象。需要注意的是,李峤"南枝"意象之前,其实已有"南枝"意

---

①《张说集校注》卷九,第452页。
②《孟浩然诗集笺注·宋本集外诗》,第535页。
③《李峤诗注》卷四,第232页。

象,即《古诗十九首·行行重行行》中"胡马依北风,越鸟巢南枝"①,诗中"南枝"意象指故土、家园或者舒适的地方,而非指梅花。由于这首诗"南枝"的指向空间也是在越地,所以极易与大庾岭"南枝"混淆。如储嗣宗《早春》诗"踟蹰历阳道,乡思满南枝"②,诗中"南枝"即用"巢南枝"意象,喻思乡也,然而从诗题来看,又似取庾梅南枝早春之意涵,故两个"南枝"意象易于混淆,又或诗人本就存在两个意象混用之意。另有陆龟蒙《和送李明府之任南海》诗:"知君不恋南枝久,抛却经冬白罽裘。"③此诗"南枝"取"舒适之地"的意涵,非庾梅"南枝",但是从诗题来看,唐人南海送行诗往往多用大庾岭意象,故也易于混淆。总之,唐代文人常会用"南枝"入诗,究竟是取何种意象,需仔细辨认。

"北枝"意象始于宋之问《度大庾岭》,其诗云"魂随南翥鸟,泪尽北枝花"④,初构了"北枝"意象。与"南枝"意象不同,"北枝"无混淆意象。在唐代作品中,"北枝"用于梅花就是指大庾岭梅花。如张籍《塞上曲》"胡风吹沙度陇飞,陇头林木无北枝"⑤,此句融合宋之问"陇头梅"与"北枝花"两种意象,北枝意指南方春意。此外,刘长卿《却赴南邑留别苏台知己》"又过梅岭上,岁岁北枝寒"⑥,李德裕《到恶溪夜泊芦岛》"岭头无限相思泪,泣向寒梅近北枝"⑦,皆用大庾岭"北枝"意象无疑。

---

① (梁)萧统编,(唐)李善注:《文选》卷二九,中华书局,1977 年,第 409 页。
②《全唐诗》卷五九四,第 6886 页。
③《陆龟蒙全集校注》卷九,第 557 页。
④《沈佺期宋之问集校注·宋之问集》卷二,第 428 页。
⑤《张籍集系年校注》卷七,第 810 页。
⑥《刘长卿诗编年笺注》,第 210 页。
⑦《李德裕文集校笺·别集》卷四,第 603 页。

　　以此可见，唐代关于"南北枝"意象的作品，基本是以"南枝"或"北枝"意象单独出现。直至观梅女仙《题壁》云"南枝向暖北枝寒，一种春花有两般"①，才使得"南枝""北枝"合璧，这也是唐诗唯一可见同用"南枝"和"北枝"意向的作品。唐代亦有借用"南北枝"意象的作品，如刘长卿诗题《廨中见桃花南枝已开北枝未发因寄杜副端》②，薛逢《醉春风》"时节先从暖处开，北枝未发南枝晚"③ 等，虽用"南北枝"，但皆非咏梅作品，乃借用也。唯观梅女仙作品完整承袭了"南枝已落，北枝方开，寒暖之候异也"之原初意象。宋代朱翌《猗觉寮杂记》云："梅用南枝事，共知《青琐》《红梅》诗云：'南枝向暖北枝寒。'李峤云：'大庾天寒少，南枝独早芳。'张方注云：'大庾岭上梅，南枝落，北枝开。'南唐冯延巳词云：'北枝梅蕊犯寒开。'则南北枝事，其来远矣。"④ 故"南北枝"完整意象的构建，应始于观梅女仙的《题壁》。那么，唐诗咏梅作品中的"南枝""北枝""南北枝"等意象群究竟是表达什么意涵呢？

　　其一，表现大庾岭南北异候而导致的梅花奇景。这是原始文字的本意，大庾岭横亘绵延于赣粤边境数百里，平均海拔近千米，是赣江和北江的分水岭，也是南方区域的气候分界线。由于受到山脉阻隔，大庾岭以南区域气候温暖湿润，以北区域的气候则更为寒冷，由此导致南北岭梅花先后开放的奇景。古人很早就体察到大庾岭南北气候温度的差异，并发现了大庾岭梅花开放的时间差异，就把这种现象记录成文字。唐代以后，大庾岭梅花开放的奇景开始被文人们所关注，并在诗歌中构建相关意象。正如宋代徐照《题慧二梅图》云：

①《全唐诗》卷八六三，第 9763 页。
②《刘长卿诗编年笺注》，第 127 页。
③《全唐诗》卷五四八，第 6321 页。
④（宋）朱翌：《猗觉寮杂记》卷上，中华书局，1985 年，第 7 页。

"从来诗子多好奇,寒暖又别南北枝。"[①] 最早将"南北枝"写入诗歌的,是唐代李峤,其《梅》云"大庾敛寒光,南枝独早芳"[②],其实就是描述庾岭南部梅花先开的景象。随后又有刘长卿《奉酬辛大夫喜湖南腊月连日降雪见示之作》"柳絮三冬先北地,梅花一夜遍南枝"[③],韩偓《冬至夜作》"中宵忽见动葭灰,料得南枝有早梅"、《早玩雪梅,有怀亲属》"北陆候才变,南枝花已开"[④],这些诗句皆体现庾岭独特的气候现象,"南枝"即指庾岭以南的梅花,言其先开。值得注意的是,在唐诗中,体现庾岭独特气候和梅花景观的意象,多用"南枝"。也有用"北枝"意象的,张祜《题岳州徐员外云梦新亭十韵》"夜深南浦雁,春老北枝梅"[⑤],即指大庾岭北面梅花开放,喻晚春。这也是唐代仅有的反映"北枝"与气候关系的作品。直至观梅女仙"南枝向暖北枝寒",才算是出现完整反映大庾岭梅花南北异候的作品。

其二,以庾岭梅花作为春信。这层意涵主要体现于"南枝"意象,由于庾岭以南梅花早开,所以唐人逐渐把庾梅开放看作春天到来的信号。所以从李峤"大庾敛寒光,南枝独早芳"开始,唐人就不断在诗歌中构建大庾岭梅花为春信的意象,而且发展至后面,并不限以"南枝"意象表达。所以庾梅"春信"意象,又属另一类独特意象群。只不过"南枝"意象中,有较多作品意涵与之相同。这一点在"春信"意象中,再详加探讨。

其三,表达作者远离中原的悲情和对北方的依恋。这一意涵主

---

① （宋）徐照:《芳兰轩集》卷二,赵平校注《永嘉四灵诗集》,浙江大学出版社,2010年,第66—67页。
② 《李峤诗注》卷四,第232页。
③ 《刘长卿诗编年笺注》,第377页。
④ 《韩偓诗注》卷一,第26、47页。
⑤ 《张祜诗集校注》卷八,第409页。

要是通过"北枝"意象来表达。宋之问《度大庾岭》即是其中代表作品,诗云:

> 度岭方辞国,停轺一望家。魂随南翥鸟,泪尽北枝花。山雨
> 初含霁,江云欲变霞。但令归有日,不敢恨长沙。①

这是宋之问被贬泷州途经大庾岭的作品。诗中构建"南翥鸟"和"北枝花"意象,皆为表达诗人不愿离开中原的强烈愿望。大庾岭自古被视为中与外的边界,诗人眼看要翻越大庾岭,这就意味着即将要离开熟悉和热爱的中原,去往南蛮地域,不禁悲从中来,言其魂已随鸟儿向北飞走,眼泪亦洒满了北面山坡上的梅花。诗人此时的失魂落魄、悲痛欲绝以及对故国的不舍与眷恋,通过这两个意象表现得淋漓尽致。宋之问在构建意象时十分注意细节,"泪尽北枝花"意象之妙在于"尽"和"北枝"两处。"尽"字展现了诗人曾在大庾岭北坡长久踌躇,边哭边行的画面,体现不舍。"北枝"则包含两个隐喻,一个是寒,这是化用原初意象文字的本意,北枝即"寒"也,表达出诗人此刻的心情;另一个就是"北枝"的朝向,北坡梅枝皆向北,代表此刻诗人心意的归属。可以说,宋之问所构建的"北枝"意象,极为细腻,意真且深,值得细品。

唐代另一位名臣李德裕,以宋之问"北枝"意象为基础,进行了再次创作。其《到恶溪夜泊芦岛》云:"岭头无限相思泪,泣向寒梅近北枝。"② 大中二年,李德裕受吴湘案牵连,被贬潮州,接着又再贬崖州,期间曾至大庾岭地域。事实上,李德裕心里十分清楚,此次南贬

---

① 《沈佺期宋之问集校注·宋之问集》卷二,第 428 页。
② 《李德裕文集校笺·别集》卷四,第 603 页。

并非连坐这么简单,而是党争的结果,此番南迁,凶多吉少,故诗人心情十分沉重悲痛。这一境遇与宋之问何其相似,故诗人亦用"北枝"表达自己的心情。"泣向寒梅近北枝"无疑是对"北枝"意象的再次诠释与升华,把宋之问所隐喻的"寒冷"和"北向"凸显出来,然其意并未改变,都是表达悲情和依恋。

总体来看,"南北枝"意象体现了大庾岭奇特的地域气候特点,同时也体现了大庾岭梅花开放之特点。此意象虽兴盛于宋代诗歌创作,然而其最核心的 3 个原初意象则全部成形于唐代,尤其是宋之问"北枝"意象,已完全背离原始文字的意涵,成为脱胎于"南北枝"的另一个更为抽象的全新意象。此外,"南枝"意象与庾岭梅花的"早春"意象发生了交叉重合,将在下文详细探讨。

四、早春

这类意象群体现为对概念的构建,而非物象。此概念的形成,脱化于庾梅早开的观念。从第一首庾岭梅花诗开始,就已经在构建"早开"意象,卢照邻《梅花落》"梅岭花初发,天山雪未开"①,即言大庾岭梅花开放很早,且可见此观念源自更早。宋代叶廷珪《海录碎事》载:"大庾岭,一名塞岭,又曰塞上。……《南康记》云:'汉兵击吕嘉……又以其上多梅而先发,亦曰梅岭。'"②说明《南康记》有庾梅先开的记录文字。以此可知,大庾岭"多梅而先发"的观念在唐前就已经形成了,并被记录于地志文献中。

至唐代,文人开始不断在诗歌中构建庾岭"早梅"的意象,卢照邻之后,又有李峤《梅》"大庾敛寒光,南枝独早芳"③,再一次明确了

①《全唐诗》卷一八,第 197 页。
②《海录碎事》卷三,第 75 页。
③《李峤诗注》卷四,第 232 页。

庾岭梅花早开之概念,诗中的"独"字恰当地反映了这一观点:唯独庾岭南面的梅花是最早开放的!前文已提及,这首诗是李峤《杂咏百二十首》其中一篇,这组诗实为蒙学而作,而孩童时期反复咏诵的概念必然会深深地在心底留下烙印。不难想象,李峤此诗对于庾梅早开概念的传播有着极大的推动作用。这一点可由另一现象侧面反映,在庾岭梅花诗中,有 4 首应试作品,分别为白行简《春从何处来》、施肩吾《早春残雪》、王棨《咏白》和郑谷《咸通十四年府试木向荣》。这些府试和省试作品有两个特点:一是皆为作者青少年时期的作品,这些人除了郑谷曾至庾岭游历,其他人皆未曾到过庾岭;二是 4 首作品全部在表现"南枝独早芳"之概念,从《春从何处来》《早春残雪》等题名即可知作品在塑造早春意象,而王棨《咏白》"春至岭梅芳"①,以及郑谷《咸通十四年府试木向荣》"庾岭梅先觉"② 等句,不仅是对李峤"早春"意象的继承,甚至连句法都是对李峤诗的化用。由此可见,这些作者在年少时大概都诵读过李峤的蒙学诗,所以对于庾岭"早春"印象深刻,对于其诗也是烂熟于胸,故可临试而化用。李峤蒙学诗的影响由此可见一斑。除了蒙学方面的影响,李峤的作品实以"南枝已落,北枝方开"为原型,在诗歌中首次构建了"南枝"意象,这在前文已有探讨。之后刘长卿、韩偓等诗人都曾以"南枝"为原初意象,表达庾岭梅花"早春"的概念。

　　以"南枝"表达早春意象,只是此类意向群中的一小部分。由于"早春"意象只是一种概念,所以这类意象群的语言表达更无规律可循,诗人们往往以更为灵活多变的语言来构建庾岭梅的"早春"意象。如李峤"南枝"后,又有樊晃《南中感怀》云"四时不变江头草,

---

① 《麟角集》,第 37 页。
② 《郑谷诗集笺注》卷二,第 151 页。

十月先开岭上梅"①,此句仍然是表达庾岭梅花先开,但与卢照邻、李峤所构建意象并不相同,樊诗以庾岭梅花开放的时间来构建意象,即"十月梅",这也是唐诗中首次以时间概念来凸显庾梅早开的作品。孟浩然《洛中访袁拾遗不遇》则又是从另一角度来表达的,诗云:"闻说梅花早,何如北地春。"②作者在诗中构建了庾梅早开广为人知之意象,体现了这一观念的普及。此外,还有耿沣《晚登虔州即事寄李侍御》"花发从南早,江流向北宽"③,罗邺《早梅》"冻香飘处宜春早,素艳开时混月明"④等等,皆以不同的语言表达构建意象。以此,庾梅"早春"意象作品更多是对于概念中"意"的表达,除"南枝"外,并无固定意象语言,如果非要找出核心意象语,有两个字出现较多,即"早"和"先"。

由于"早春"本就是一个概念性意象,所以它的意涵也非常单一,就是要表达庾梅早开之特点。在此则要追问,何以唐人要在文学作品中一遍又一遍地构建庾梅的"早春"意象? 如此不厌其烦的表达,其背后的意义何在? 要探究其中奥义,则此类作品中有两首尤应注意,一首为韩偓的《冬至夜作》,另一首为韦庄的《铜仪》。《冬至夜作》云:

> 中宵忽见动葭灰,料得南枝有早梅。四野便应枯草绿,九重先觉冻云开。阴冰莫向河源塞,阳气今从地底回。不道惨舒无定分,却忧蚊响又成雷。⑤

①《全唐诗》卷一一四,第 1166 页。
②《孟浩然诗集笺注·宋本集外诗》,第 535 页。
③《全唐诗》卷二六九,第 2998 页。
④《罗邺诗注》,第 38 页。
⑤《韩偓诗注》卷一,第 26 页。

《铜仪》云：

> 铜仪一夜变葭灰，暖律还吹岭上梅。已喜汉官今再睹，更惊
> 尧历又重开。窗中远岫青如黛，门外长江绿似苔。谁念闭关张
> 仲蔚，满庭春雨长蒿莱。①

　　这两首诗的首联，仍然是在构建庾梅早开的意象。韩偓诗以"南枝"
代庾梅，韦庄诗以"岭上梅"代庾梅。此外，这两首诗有一个共同之
处，皆提到了"葭灰"这种物象。从作品内容来看，此物又似与庾梅
一起，成为唐人判断气候变化的信号。这就说明庾梅的"早春"概念
已经不止于成为文学作品中的意象，而是真实地成为唐代判断气候
的一种标准。那么，庾梅与葭灰究竟是如何成为气候判断的标准，又
对唐诗的创作产生了怎样的影响呢？

　　关于葭灰的记载，最早见于《后汉书·律历志》："候气之法，为
室三重，户闭，涂衅必周，密布缇缦。室中以木为案，每律各一，内庳
外高，从其方位，加律其上，以葭莩灰抑其内端，案历而候之。气至
者灰动。其为气所动者其灰散，人及风所动者其灰聚。"②原来，葭灰
是古人用于测算律历的一种方法。这种方法称之为"候气"，一般是
将烧过的葭灰置于密室的律管中，每至节气变化，管中葭灰则会飞
出。"候气"虽然只是古人测算律历的一种手段，但却是反映古人对
宇宙规律探索与认识的一个重要方面。《后汉书》载，"截管为律，吹
以考声，列以物气，道之本也"③，认为这种方法是发现天地规律的根

①（唐）韦庄著，聂安福笺注：《韦庄集笺注》卷六，上海古籍出版社，2002年，第
　246页。
②《后汉书》志一，第3016页。
③《后汉书》志一，第3014页。

本。所以历朝历代都把"候气"置于很高的位置,并将其应用于政治、文化、生产等各个方面。在唐代同样如此,武则天曾敕令撰《乐书要录》,其中不仅绘制出"汉律室图",更对汉代"候气之法"做了详细的解释和补充①。李世民即位时所书《改元贞观诏》亦云:"自肃奉神器,亟移灰律,属三正在旦,万国来庭……可改武德十年为贞观元年。"②李世民在谈及改元的原因时,首举"亟移灰律",以此可见"候气"在唐代意识形态中的重要地位。王玉民《候气术:古人观念中天地人之纽带》对古代"候气之法"有深入系统的研究,认为"候气"即是古人传统知识体系的组成部分,也是皇权机器的重要部件③。

　　葭灰所代表的候气术在古代显然是非常重要的,但是它和庾岭梅花之间又有怎样的联系呢?事实上,汉代所记候气之术,更多是一种实验性质,其可操作性并不强,成功的例子很少见,然而在史籍中却不断能看到实验此术的记载。如《北齐书·方伎传》载:"丞相仓曹祖珽谓芳曰:'律管吹灰,术甚微妙,绝来既久,吾思所不至,卿试思之。'"④《隋书·律历志》亦载:"魏代杜夔,亦制律吕,以之候气,灰悉不飞。"⑤从以上记载可知,古人一直在不断实验这种方法,但成功率不高,甚至很长时间里,都没有成功的例子,故祖珽称之为"绝"。唐代《乐书要录》之所以对此术有详细的补充,想来也是积累了许多实验经验的结果。从另一角度来看,尽管实验多不灵验,但是古人却并未因为失败而摒弃此术,反而是一遍遍地不断尝试,由此可

①（唐）武则天:《乐书要录》,中华书局,1985 年,第 54—60 页。
②（宋）宋敏求:《唐大诏令集》卷三,商务印书馆,1959 年,第 14 页。
③ 王玉民:《候气术:古人观念中天地人之纽带》,中州古籍出版社,2016 年,第146—150 页。
④（唐）李百药:《北齐书》卷四九,中华书局,1972 年,第 675 页。
⑤《隋书》卷一六,第 395 页。

以看出,古人所相信和重视的,并非是葭灰是否飞出,而是葭灰所代表的候气之术。候气的本质在于观"气","气"则是古人所认为的大道本源之物。《庄子》云"夫道……在太极之先而不为高"①,认为太极是道之本源。孔颖达《周易正义》曰"太极谓天地未分之前,元气混而为一"②,认为太极本就是元气。周敦颐《太极图说》则阐释得更为清楚:"二气交感,化生万物。万物生生,而变化无穷焉。"③ 所以"气"是古人对于宇宙本源的认识,认为世界的种种现象、规则也因"气"而生,故通过望"气"可探知世界变化,这正是古人重视候气之术的根本原因。通过葭灰候气,实际上只是汉人京房所发明的一种方法而已,而在其之前,古人早就已经开始了对候气的探索,如《墨子·号令》曰"巫祝史与望气者,必以善言告民,以请上报守"④,这就说明在汉代之前,早有望气者的存在,和巫祝属于同一类。只不过自京房之后,使用葭灰候气似乎成为皇室承认的正统方法。然而由于这种方法成功率不高,所以古人也在积极探寻其他辅助之法,汉代农书《氾胜之书》中就记载了如何通过土壤测"气",中云:"春冻解,地气始通,土一和解。夏至,天气始暑,阴气始盛,土复解……春候地气始通:椓橛木长尺二寸,埋尺,见其二寸;立春后,土块散,上没橛,陈根可拔。"⑤ 这里体现了古人如何通过观察土壤来望"气",并用一定的方法(埋尺)来掌握"气"的变化,辅助农业生产。以此可见,古人

---

① (清)郭庆藩著,王孝鱼点校:《庄子集释》卷三,中华书局,1961年,第247页。
② 《周易正义》卷七,《十三经注疏》,第82页。
③ (宋)周敦颐著,陈克明点校:《周敦颐集》卷一,中华书局,2009年,第5页。
④ (清)孙诒让著,孙启治点校:《墨子间诂》卷一五,中华书局,2018年,第609页。
⑤ (汉)氾胜之著,万国鼎辑释:《氾胜之书辑释》,中华书局,1957年,第21—24页。

亦把天地本源的"气"与四时节气相对应,而节气变化又会带来植物生长的变化,所以观察草木变化,成了望"气"的重要辅助手段,古人称之为"应律"。唐代刘允济《天赋》云"察文明而降祥瑞,观草昧而动云雷。托璇枢之妙术,应玉管之浮灰"①,即指此。在诗歌作品中还能找到更多证据,唐代张嗣初《春色满皇州》云"何处年华好,皇州淑气匀。韶阳潜应律,草木暗迎春"②,同样是说以草木应律以观气。宋代王洋《和沈子美梅诗》云:"一气如权衡,俯仰在缇室。鼓行橐籥间,草木俱应律。"③诗中"一气""缇室"就是指汉代所流传下来的候气之术,所以此诗更为明确地反映了古人以草木辅助候气之术的做法。既然古人会以草木变化来对应律历,以观气变化,毫无疑问,梅花就是古人所找到的其中一种应律物象。

在古代诗歌中还存在一个现象,在谈及应律之物象时,往往以梅、柳为多。如隋代薛道衡《和许给事善心戏场转韵诗》云:"金徒列旧刻,玉律动新灰。甲荄垂陌柳,残花散苑梅。"④唐代方干《早春》云:"运行元化不参差,四极中华共一时。正气才随灰律变,残寒便被柳条欺。"⑤梅和柳皆为春之物候代表,换言之,诗人们在言及应律物象时,更多关注的是应春之律。这当然可以理解为古代中国非常注重农业,但根本原因还是要回到古人所制定的律历规则上来。汉代京房在制定律历时,就已经把气、音律与节气一一对应,《后汉书·律历志》载京房术:"纪阳气之初,以为律法。建日冬至之声,以黄钟为宫,太蔟为商,姑洗为角……黄钟自冬至始,及冬至而复,阴阳寒

①《全唐文》卷一六四,第1678页。
②《全唐诗》卷三一九,第3599页。
③《全宋诗》卷一六八六,第18933页。
④《先秦汉魏晋南北朝诗·隋诗》卷四,第2684—2685页。
⑤(唐)方干著,李龙编:《方干诗集》,文汇出版社,2018年,第142页。

煨风雨之占生焉。"①以此可见,在建立律历之法时,最为重要和关键的,是要判断"阳气"的产生,其对应的音律是黄钟,对应的节气是冬至。所以,律历制定并非从农历一月开始,而是冬至的时间,这是世间所有变化的开始,也是结束。这是个很有趣的现象,现代人们往往认为大地回暖是在春节,也就是一月开始。而事实上,在古人的认知体系和哲学思想中,冬至才是阳气产生的时间。《周易正义》"五月一阴生,至十一月一阳生"②,即指此。所以,古人判断春天到来的标准,并非是春至,而是在冬至,这并非单纯从气温是否上升来判断,而是基于更为玄奥的"气"之观念的判断。这一点也可以在古代诗歌作品中得到证明,宋代欧阳修《赠无为军李道士二首》其二云"忽然黄钟回暖律,当冬草木皆萌芽"③,黄钟即对应冬至,暖律即指阳气产生,草木萌芽则是应律的物象,象征春天的到来。而更为系统地把候气之术、律历思想以及应律物象的关系进行阐释的作品,是杜甫的《小至》,其诗云:

> 天时人事日相催,冬至阳生春又来。刺绣五纹添弱线,吹葭六管动飞灰。岸容待腊将舒柳,山意冲寒欲放梅。云物不殊乡国异,教儿且覆掌中杯。④

在这首诗中,杜甫先谈律历思想,"冬至阳生春又来"即指冬至一阳生;再举候气之法,"吹葭六管动浮灰"即京房之术;最后列举出应律

①《后汉书》志一,第3000页。

②《周易正义》卷三,《十三经注疏》,第38页。

③(宋)欧阳修著,刘德清等笺注:《欧阳修诗编年笺注》卷八,中华书局,2012年,第889页。

④《杜诗详注》卷一八,第1567页。

草木，即梅和柳，作品的创作层次即体现了候气术发展演变的路径。

以上是候气术的发展中，观测物象从葭灰到梅、柳的演变过程和理论基础。下面进而再探讨庾岭梅花是如何进入到这一体系的。前文所举薛道衡诗中，应律物象就已经出现了梅、柳，说明此事由来已久，但薛诗中应律之梅为"苑梅"，应指私家园林或花园中的梅花，与庾岭梅花无关。至唐朝之后，关于梅、柳应律的作品逐渐增多，并且由梅、柳并举逐渐演变为多谈梅花。应律之梅也在发生变化，前文已举杜甫"山意冲寒欲放梅"、方干"残寒便被野梅欺"等诗句，说明在唐代，应律之梅亦由"苑梅"变成了山梅、野梅。再看一些其他的应律作品，陈元光《候夜行师七唱》其七云"灰飞葭管阳初复，拍落梅花歌示残"[1]，皇甫冉《和袁郎中破贼后经剡中山水》云"受律梅初发，班师草未齐"[2]。陈元光为高宗时岭南名将，皇甫冉与杜甫时代大致相同，这就说明在盛唐至中唐时期，诗歌中的应律之梅已经转移至东南部区域，而陈元光诗本就言其戍闽粤事，故诗中梅花很可能就是指庾梅。从以上作品，可知唐人对应律之梅有一个逐渐清晰明确的过程，先是由苑梅变成野梅、山梅，然后是地域的逐渐南移。至中晚唐，应律诗歌中的梅花，已多指庾岭梅花，韦庄、韩偓诗即是明证。其实这样的演变过程也很好理解，因为古人选择草木应律，是用于辅助观"气"，这就注定对于草木是否符合律历变化有时间上的要求。由于中国地域辽阔，各地梅花开放的时间皆不一样，能在冬至日开放的梅花，当以岭南区域为主，其他区域梅花往往需至腊月才会开放，岭南区域以庾岭梅花最为著名，而庾岭梅花又以早开闻名，符合"冬至阳生"的要求。此外，文学作品的推动不容忽视，从初唐开始，就不断

---

① 何池：《陈元光〈龙湖集〉校注与研究》，鹭江出版社，1990 年，第 74 页。
②《唐人选唐诗新编》，第 481—482 页。

有著名诗人在作品中表现庾梅早开,在卢照邻、李峤、樊晃等人作品出现后,庾岭梅花已经成为唐人心中"早春"的典型形象,"大庾敛寒光,南枝独早芳",这样的诗句足以让唐人忽略其他地区的梅花。随着此类作品的不断涌现,庾岭梅花在中唐之后成为应律之梅的代表已经是水到渠成。

回头再看韩偓的《冬至夜作》和韦庄的《铜仪》,韩偓诗云"中宵忽见动葭灰,料得南枝有早梅",韦庄诗云"铜仪一夜变葭灰,暖律还吹岭上梅"。经过以上论证,对于这两首作品,可以有更深的理解。诗中的葭灰就是指源自汉代的候气之术,反映的是古人对"气"的认识,古人在测定律历时,最为重要的就是要确定阳气产生的时间,即冬至日,称之为"暖律"。但由于葭灰候气往往不准,所以古人就以草木辅助测量,称之为应律。自唐之后,应律的物象逐渐确定为庾岭梅花,"葭灰飞动"与"庾岭梅开"开始严格对应,成为候气体系中冬至日的典型物象。韩偓、韦庄诗的背景与内涵即在此。

自庾梅与葭灰对应,其内涵也随之丰富起来,不仅是自然中的一种物象,更反映了古人哲学思想中对于"气"的认知和实践。庾梅开放成为唐人的一种判断标准,用以鉴别"春"的标准,这里的"春"非春季,而是指"阳气"生发的"春"。换言之,庾梅开放成为"阳气"生发的信号,即春信。这一点同样在诗歌作品中得以体现,郑谷《梅》云:"江国正寒春信稳,岭头枝上雪飘飘。"[①] 此诗以"雪"代花,把庾岭梅花喻为春信,"稳"体现出庾梅作为标准的特质。郑谷此诗构建"春信"意象,亦属"早春"意向群中一支。至宋代,此意象被频繁取用,如宋人曹宰《喜迁莺》云"梅含春信,冒北律严寒,南枝先暖"[②],

① 《郑谷诗集笺注》卷四,第 443 页。
② 朱德才编:《增订注释全宋词》,文化艺术出版社,1997 年,第 4 册第 777 页。

同时取用庾梅"春信""南枝"等意象，"北律"则指"葭灰律"，故这首词作同样是庾梅与候气关系的明证。

综上所述，庾岭梅花的"早春"意象，本是表现其早开特点，内涵较为单一。然中唐以后，庾梅逐渐成为"候气"体系中的应律之梅，并在文学作品中衍生出"春信"意象。随着庾梅应律，其"早春"意象的内涵突然厚重起来，透过庾梅南枝的开放，看到的是古人对于大道本源的认识和律历体系的构建，反映的是古人对于世界规则的积极探索和实践。

五、落梅

"落梅"是唐代庾岭梅花诗另一经典意象。卢照邻《梅花落》、白居易"庾岭梅花落歌管"，皆围绕"落梅"展开。《梅花落》曲题由来已久，郭茂倩《乐府诗集》卷二一载："《乐府解题》曰：'汉横吹曲，二十八解，李延年造。魏、晋已来，唯传十曲：一曰《黄鹄》……后又有……《梅花落》……八曲，合十八曲。'"[①] 又卷二四载："《梅花落》，本笛中曲也。"[②] 以此知《梅花落》本为汉乐府横吹曲调，即笛曲。此曲调一直流传，然汉魏时期古辞已不见，现在能看到的，多为南朝时期的拟作，如鲍照、苏子卿、张正见、吴均、江总等，皆有《梅花落》拟作。早期《梅花落》仅指笛曲的名称，而非填词内容。只是至六朝，文人始将诗题与内容联系起来，表现梅花飘落的主题。如吴均《梅花落》"终冬十二月，寒风西北吹。独有梅花落，飘荡不依枝"[③]；江总《梅花落》"转袖花纷落，春衣共有芳""胡地少春来，三年惊落

---

① 《乐府诗集》卷二一，第311页。
② 《乐府诗集》卷二四，第349页。
③ 《先秦汉魏晋南北朝诗·梁诗》卷一〇，第1720—1721页。

梅"①。但也有例外，如苏子卿《梅花落》云："中庭一树海，寒多叶未开。秖言花是雪，不悟有香来。上郡春恒晚，高楼年易催。织书偏有意，教逐锦文回。"②通篇未见描写梅花飘落。故宋代吴曾《能改斋漫录》辨之曰："《乐府杂录》载：'笛者，羌乐也。古曲有《落梅花》《折杨柳》。'非谓吹之则梅落耳。"③然而，随着南朝诗人们频繁在拟作中描写梅花飘落，"梅花落"逐渐由笛曲名演变成含有"横吹"和"落梅"双重含义的意象词，正如张正见《赋得垂柳映斜溪诗》云："不分梅花落，还同横笛吹。"④

南北朝时期《梅花落》拟作所构建的"落梅"意象，成为庾岭作品"落梅"意象群的原初意象。初唐卢照邻《梅花落》首次将庾梅引入此题，诗云：

> 梅岭花初发，天山雪未开。雪处疑花满，花边似雪回。因风入舞袖，杂粉向妆台。匈奴几万里，春至不知来。⑤

此诗"梅岭"即指大庾岭，而"雪处疑花满""因风入舞袖"等句皆为描写梅花飘落景象，可知卢照邻此诗即构建庾岭"落梅"意象入横吹曲题。白居易《福先寺雪中饯刘苏州》"庾岭梅花落歌管，谢家柳絮扑金田"⑥，亦取"落梅""横吹"双重意涵。但也有只取"落梅"之意的作品，如郑谷《送进士吴延保及第后南游》云"江湖易有淹留兴，

①《先秦汉魏晋南北朝诗·陈诗》卷七，第 2569 页。
②《先秦汉魏晋南北朝诗·陈诗》卷九，第 2601 页。
③（宋）吴曾：《能改斋漫录》卷三，中华书局，1985 年，第 58 页。
④《先秦汉魏晋南北朝诗·陈诗》卷三，第 2495 页。
⑤《全唐诗》卷一八，第 197 页。
⑥《白居易诗集校注·外集》卷上，第 2886 页。

莫待春风落庾梅"①,徐铉《送高舍人使岭南》云"柳映灵和折,梅依大庾飘"②,就是单纯地描写梅花飘落。在白居易和徐铉的作品中,还有一个现象,就是梅柳并咏,这也是源自南朝作品中的意象。汉横吹曲本就存在《落梅花》《折杨柳》两个曲题,故在南朝作品中,往往梅柳并咏,如贺彻《赋得长笛吐清气诗》:"柳折城边树,梅舒岭外林。方知出塞虏,不惮武溪深。"③ 程杰曾指出这首作品中的"岭"即指大庾岭④,但未举证,或是以诗意断之,从诗中地点"武溪"以及"武溪深"之典故来判断⑤,此"岭"确实较有可能是指大庾岭。当然,无论贺诗是否举大庾岭梅花,其作品可视作庾岭梅花诗"梅柳并咏"原初意象之源。

　　唐诗表现"落梅"意象的作品比较多,这些作品或取其"笛曲""胡音"之音乐意涵,或以落花飘零的状态感叹物华、时光易逝。如李峤《笛》"逐吹梅花落,含春柳色惊"⑥,元稹《琵琶歌》"胭脂耀眼桃正红,雪片满溪梅已落"⑦,李白《观胡人吹笛》"十月吴山晓,梅花落敬亭"⑧,等等,这些作品皆体现"落梅"的音乐意涵。又如戴叔伦《同兖州张秀才过王侍御参谋宅赋十韵柳字》"覆地落残梅,和风袅轻柳"⑨,戎昱《湖南春日二首》其一"光景却添乡思苦,檐前数片

---

①《郑谷诗集笺注》卷三,第 321—322 页。

②《全唐诗》卷七五五,第 8588 页。

③《先秦汉魏晋南北朝诗·陈诗》卷六,第 2554 页。

④《中国梅花名胜考》,第 18 页。

⑤《武溪深》,马援南征时,其门生所作笛曲。见崔豹《古今注》卷三。

⑥《李峤诗注》卷三,第 186 页。

⑦《元稹集》卷二六,第 350 页。

⑧《李太白全集》卷二五,第 987 页。

⑨《戴叔伦诗集校注》卷一,第 37 页。

落梅花"①，权德舆《薄命篇》"韶光日日看渐迟，摽梅既落行有时"②，这些作品则侧重描摹梅花飘落的状态，感物伤怀，叹光阴早逝。以上是唐代"落梅"意象比较有代表性的两种意涵，相关作品较多。相比之下，庾岭"落梅"意象作品在数量上并不占优势，然而，其意象的构建与意涵却与上述两种有所区别，下面分别进行论述：

其一，对应北疆，构建南方边塞意象。《梅花落》最早是流传于北方边塞的曲目，《乐府杂录》云："笛者，羌乐也。古有《落梅花》曲。"③《通志》对此曲流传有详考，其卷四九释"鼓角横吹十五曲"："右鼓角横吹曲，按周礼以鼖鼓鼓军事……军士闻之悲思……按此有十五曲，后之角工所传者，只得《梅花》耳……而《梅花》之辞本于胡笳，今人谓角鸣为边声，初由边徼所传也。"④从以上材料可知，《梅花落》本从西北边塞传来，源于胡笳，乃吹奏给戍边将士欣赏的曲目，故《梅花落》代表的是北方边塞风情，李白《观胡人吹笛》"胡人吹玉笛，一半是秦声"⑤，即指此。然至南朝以后，随着国家政治中心的南移以及梅花诗的兴起，文人们的活动中心多在江南之地，他们作品中的文学空间亦逐渐南移，如贺彻"梅舒岭外林"之空间已明显位于南地了。这一时期关于大庾岭的文字，也出现关于"落梅"的记载，如《广志》载："大庾岭上梅花，南枝已落，北枝方开。"⑥

庾岭"落梅"意象作品里，第一首是卢照邻的《梅花落》。事实上

①（唐）戎昱著，臧维熙注：《戎昱诗注》，上海古籍出版社，1982年，第45页。
②《权德舆诗文集》卷九，第159页。
③（唐）段安节著，亓娟莉校注：《乐府杂录校注》，上海古籍出版社，2015年，第101页。
④（宋）郑樵：《通志》卷四九，中华书局，1987年，第627页。
⑤《李太白全集》卷二五，第987页。
⑥《类隽》卷二六，第559页。

这也是唐代第一首《梅花落》作品,任半塘考察《梅花落》的创始情况时说:"本汉横吹曲,刘宋吹入笛中,唐始见于高宗时卢照邻辞。"① 然而,这首唐代最早的《梅花落》作品,却已经开始背离北方边曲的属性,转而描写南方大庾岭梅花,诗云:"梅岭花初发,天山雪未开。雪处疑花满,花边似雪回。因风入舞袖,杂粉向妆台。匈奴几万里,春至不知来。"② 诗首句即明确梅花空间在梅岭,并同时构建庾梅早开、喻春等意象,意在与北塞风情对比。事实上,卢照邻这首作品并未背离边塞曲之属性,因为大庾岭同样是边塞地域。大庾岭虽在南方,但却是南方边界的象征,在秦汉时期,它的名称就叫"塞上"③,清代王谟考"塞上"云:"庾岭地名塞上,犹长城言塞下矣。"④ 以此来看,卢照邻只不过是将大庾岭南方边塞之概念引入《梅花落》,并未改变其边塞诗的属性。作为唐代第一首《梅花落》作品,卢照邻此举可谓是一种变革,需要深究的是,卢照邻在创作此作品时,为何要做出这种改变呢?《全唐诗》中收有一首无名氏乐府作品,诗云:"塞北江南共一家,何须泪落怨黄沙。春酒半酣千日醉,庭前还有落梅花。"⑤ 此诗说明《梅花落》文学空间的南移并不止于卢照邻,而是成为一种普遍现象,这就反映出卢照邻对此曲变革的必然性。要解释这种北曲南唱的现象,则需回到《梅花落》所吟咏的对象,即梅花本身进行考察。事实上,大庾岭梅花与《梅花落》的结合,反映了由汉至唐,梅花在中国的生长分布以及环境对其产生的影响。

　　人们印象里,梅花往往在冬日盛开,故常以为其性喜寒。但今

---

① 任半塘:《唐声诗》,上海古籍出版社,2006 年,下册第 198 页。
②《全唐诗》卷一八,第 197 页。
③《史记》卷一一三司马贞《索隐》引《南康记》,第 2969 页。
④《江西考古录》卷二,第 21 页。
⑤《全唐诗》卷二七,第 382 页。

天的科学研究表明,实际情况并非如此。据《中国梅花品种图志》记载:"梅花原产我国西南、华中、东南及台湾等地。性喜温暖,以在年平均温度 16—23℃的环境下生长最好。"[1] 以此可见,梅花性本喜暖,南方才是适合梅花生长的环境,在极寒环境中,梅花是无法生存的。然而,《梅花落》本就传自北方,这就说明在秦汉时期,北地边塞是有梅树生长的。这一情况至六朝发生了转变,江总《梅花落》云"胡地少春来,三年惊落梅"[2],说明北地的梅花已极少开放,而导致这一结果最可能的原因就是温度下降。这当然是通过诗歌信息做出的判断,事实是否如此,则可借助当代气候学的科学研究结果进行考察。

《中国历史气候变化》研究表明:魏晋南北朝时期,中国有大降温,属于寒冷气候,最冷气候出现在两个时间段,即 4 世纪 80 年代至 5 世纪 40 年代和 5 世纪 80 年代[3]。满志敏《中国历史时期气候变化研究》通过对大量史籍气候记录的分析,认为"魏晋南北朝时期冬季极端寒冷的情况已不下于明清小冰期","第一个冷峰的中心时间在 310 年代,跨度大约在 290—350 年代间;第二个冷峰的中心时间在 500 年代,跨度大约在 450—540 年代间。从时间延续来看,第二个冷峰比第一个长,寒冷事件的频数也要比第一个冷峰大"[4]。从以上气候科学研究结果,可知魏晋南北朝时期,中原气候突然变得寒冷,体现为两点:一是温度很低,冬季极端寒冷;二是寒冷事件发生频繁,冷峰持续时间长。可以推知,北疆地区的寒冷环境已不再适合梅

---

① 陈俊愉:《中国梅花品种图志》,中国林业出版社,1989 年,第 16 页。

② 《先秦汉魏晋南北朝诗·陈诗》卷七,第 2569 页。

③ 张丕远:《中国历史气候变化》,山东科学技术出版社,1996 年,第 289—290 页。

④ 满志敏:《中国历史时期气候变化研究》,山东教育出版社,2009 年,第 157、163 页。

花的生长，所以才会出现江总"胡地少春来"的咏叹。长时间的寒冷
会导致北疆梅树的大量减少，所以从南朝开始，文人们已无法将梅花
与寒冷的北疆联系起来，只能在作品中更多地表现江南梅花。

　　隋唐之后，中原气温似有所回暖，在历史记载中，还曾出现北方
补种梅树的情况，但这并不能说明北疆气候又适合梅树生长。满志
敏曾关注到唐代北方种梅的记录，认为："梅树在黄河流域的观赏性
栽培不能指示气候的温暖与否。"①事实上，唐代补植梅花的记录多
出现在长安一带，主要是供皇室和官员欣赏之用，至于更北的边塞，
并无相关记录，想来亦无补植的必要。所以可以肯定，在历经严寒气
候之后的唐代北疆，已经极难看到梅花。这一点可从诗歌作品中得
到验证，有唐一代，《梅花落》乐府拟作非常少，总共就4首，除了卢
照邻，其他3首分别为刘方平、杨炯和沈佺期的作品，而同为边塞曲
的《折杨柳》，在唐代却有近三十首拟作，这种鲜明的对比，反映的正
是北疆无梅的现象。张籍《塞上曲》云"胡风吹沙度陇飞，陇头林木
无北枝"②，这里说得更清楚，即北方林木中无梅花。所以，当回头再
看卢照邻写《梅花落》，其面临的是北方边塞已无梅可唱的尴尬局面，
诗人只能转而将目光投向南方边塞大庾岭，正好庾岭又以梅花而闻
名，这才有了卢照邻在作品中引入庾岭梅花的创举。

　　在卢照邻之后，庾岭诗中的"落梅"意象开始有了表现南方边塞
的意涵。这是与北方边塞相对应的概念，提起北方边塞诗歌，往往会
让人想起遥远、离愁与边伍生活，或是王维《送元二使安西》"劝君
更尽一杯酒，西出阳关无故人"③，或是王昌龄《出塞二首》其一"秦

①《中国历史时期气候变化研究》，第168页。
②《张籍集系年校注》卷七，第810页。
③《王维集校注》卷四，第408页。

时明月汉时关,万里长征人未还"[1]。而在大庾岭"落梅"意象里,同样也具有这些意涵。如郑谷《送进士吴延保及第后南游》云"吟看秋草出关去,逢见故人随计来。……江湖易有淹留兴,莫待春风落庾梅"[2],大庾岭同样有秦时关,叫横浦关,在郑谷诗中,无疑已将其作为和"阳关"一样的象征了。郑谷另有《梅》云"江国正寒春信稳,岭头枝上雪飘飘。……离人南去肠应断,片片随鞭过楚桥"[3],表现的则是在片片梅花飘落的景象中,离人离边塞南去的愁情。又如徐铉《送高舍人使岭南》诗"西掖官曹近,南溟道路遥。……柳映灵和折,梅依大庾飘"[4],则是表现庾岭南方边塞的遥远。也有表现军伍的作品,如司空图《杂题九首》其六:"驿步堤萦阁,军城鼓振桥。鸥和湖雁下,雪隔岭梅飘。"[5] "湖雁"源自郑惟忠《古石赋》:"若非平固湖中雁,定是昆明池里鱼。"[6] 平固湖位于大庾岭北麓,岭梅即庾岭梅花,故诗歌乃描写大庾岭边塞的军伍生活与环境。以上作品皆表明,大庾岭"落梅"意象诗与北方边塞诗一样,具有强烈的边塞色彩,表达的是南方边塞的意涵。

其二,梅柳雪并咏,以梅代雪。前文论述中,已提到梅柳并咏的现象,这一意象至中唐又发生了改变,开始以梅柳喻雪。这实际上也是与气候的改变有关系的,前文已述,在魏晋六朝的大降温之后,隋唐期间曾有短暂回暖,故而在长安也出现了种植观赏梅的现象。然而,这种回暖其实并未持续太久又再次出现降温。《中国历史气候变

①《王昌龄集编年校注》卷一,第 20 页。

②《郑谷诗集笺注》卷三,第 321—322 页。

③《郑谷诗集笺注》卷四,第 443 页。

④《全唐诗》卷七五五,第 8588 页。

⑤《全唐诗》卷六三二,第 7257 页。

⑥《全唐文》卷一六八,第 1722 页。

化》指出："唐代有关寒冷事件的累积曲线显示,约在 8 世纪中叶开始,寒冷事件的频率开始增加……这说明 8 世纪中叶是中国东部气候由温暖转向寒冷的时期。又据《全唐诗》中有关宫廷中咏梅的诗名统计,这种诗名主要出现在盛唐及以前,约在 8 世纪中叶以后这种诗名迅速减少。《全唐诗》中咏寒诗名的统计则显示出相反的特征。"[①] 这一研究表明,安史之乱后的中唐,又开始转向寒冷期,这种气候的变化自然会对文人的创作产生影响,本来常以梅、柳喻春的意涵亦随之发生转变,开始以其喻寒、喻雪,又因梅和柳本身都是色白之物,与雪相近,是以这种转变就显得非常自然了。

　　从诗歌意象演进的角度来看,梅、柳、雪互相构建意象的现象由来已久。六朝时期,梅柳并咏的作品已非常多,梅柳雪并存的作品也有,如江总《梅花落》云"杨柳条青楼上轻,梅花色白雪中明"[②],南朝诗歌中的雪和梅,还停留在踏雪寻梅、梅雪互映的阶段,没有出现互相替代的现象。至唐代,梅柳雪并咏的作品开始大量出现,并且梅与雪的关系显然胜过了柳,如李白《宫中行乐词》其七云"寒雪梅中尽,春风柳上归"[③],韦同则《仲月赏花》云"梅花似雪柳含烟,南地风光腊月前"[④]。唐人认为梅花与雪更为接近,故云"梅花似雪",不但频繁在作品中表现梅与雪的相似,甚至在位置的安排上也把雪和梅放在同一句。然唐诗作品中,除了庾岭诗歌,极少出现梅雪互为替换的情况。显然,以梅代雪,是庾岭梅花诗特有的现象。在第一首庾岭梅花诗作品中,卢照邻就已经将梅与雪对应,至张说《冬日见牧牛人担青

---

①《中国历史气候变化》,第 290 页。
②《先秦汉魏晋南北朝诗·陈诗》卷七,第 2574 页。
③《李太白全集》卷五,第 263 页。
④《全唐诗》卷三〇九,第 3494 页。

草归》"欲持梅岭花,远竟榆关雪"①,仍是将梅与雪互相比较。首次出现以梅雪互替的作品,是刘长卿的《奉酬辛大夫喜湖南腊月连日降雪见示之作》,其诗云:"柳絮三冬先北地,梅花一夜遍南枝。"②诗虽作于湖南,但却是用庾梅"南枝"意象,此诗将"柳絮"和"梅花"喻雪。此后,这类作品就开始多了起来,如白居易《雪中即事寄微之》"银河沙涨三千里,梅岭花排一万株"③,许浑《和宾客相国咏雪》"尽日隋堤絮,经冬越岭梅"④,李商隐《对雪二首》其一"梅花大庾岭头发,柳絮章台街里飞"⑤等等,皆是以庾岭梅花与雪互替。当然,在这些作品中,并非都是以"落梅"意象进行表达,在此只是梳理"梅雪互替"在大庾岭诗歌中的演进,并由此发现以梅替雪是庾岭梅花诗中的常见现象。

在庾岭梅花诗中,以"落梅"意象表达"梅雪互替"的作品,更有其特殊的表达方式和意涵。其代表作品为白居易《福先寺雪中饯刘苏州》,诗云:"庾岭梅花落歌管,谢家柳絮扑金田。"⑥在诗中,意象是以梅柳并咏的方式呈现,但却非取简单的梅、柳物象,而是以梅花和柳絮的飘落状态入诗,并且赋予了它们特定的背景和内涵。梅花体现为庾岭落梅与横吹曲《梅花落》的结合,柳絮则引入著名的谢道韫咏雪之典故,《世说新语·言语》载:"谢太傅寒雪日内集,与儿女讲论文义。俄而雪骤,公欣然曰:'白雪纷纷何所似?'兄子胡儿曰:

---

① 《张说集校注》卷九,第 452 页。
② 《刘长卿诗编年笺注》,第 377 页。
③ 《白居易诗集校注》卷二三,第 1805 页。
④ 《丁卯集笺证》卷一〇,第 691 页。
⑤ 《李商隐诗歌集解》,第 1066 页。
⑥ 《白居易诗集校注·外集》卷上,第 2886 页。

'撒盐空中差可拟.'兄女曰:'未若柳絮因风起.'公大笑乐."[①] 谢道韫因此语闻名,被誉为"咏絮之才",自谢句出后,以柳絮喻雪便成为诗歌中的经典意象。需要说明的是,白居易这一意象的构建并非唐时首创,其之前已有令狐楚《省中直夜对雪寄李师素侍郎》云"谢家争拟絮,越岭误惊梅"[②],引谢氏柳絮意涵与越岭(庾岭)惊梅相对。至白居易改"越岭惊梅"为"梅花落",显然与柳絮的飘落更为偶对,意境更为贴切。白居易的诗是以梅柳代雪,亦有反用的例子,如晚唐徐夤的《梅花》就是以雪、柳替代梅花,其诗云:"琼瑶初绽岭头葩,蕊粉新妆姹女家。举世更谁怜洁白,痴心皆尽爱繁华。玄冥借与三冬景,谢氏输他六出花。结实和羹知有日,肯随羌笛落天涯。"[③] 这首诗同样用了谢氏柳絮和梅花落的意象内涵,诗中梅、柳、雪三种物象同时出现,亦以柳絮和雪来代指梅花。

综合以上论述,《梅花落》本是流传于北疆的横吹曲目,"北方边塞"和"落梅"是乐府拟作中构建的两个主要意象,六朝文人开始拟此题咏唱江南之梅,这与当时中原气候的改变有很大的关系。初唐卢照邻把庾岭梅花写入诗歌,是当前所见唐代第一首《梅花落》拟题作品,其创造性地构建了此题"南方边塞"的新内涵,对唐代庾岭的"落梅"作品有较大影响。此外,梅、柳、雪互替的意象,是庾岭诗歌作品的另一个重要意象,在唐代的"落梅"意象作品中比较有特殊性。

六、情绪

在庾岭梅花诗中,还有一类特殊的意向群,其核心意象是表达一

[①]（南朝宋）刘义庆著,朱碧莲、沈海波译注:《世说新语》,中华书局,2011年,第127页。

[②]《全唐诗》卷三三四,第3747页。

[③]《全唐诗》卷七〇八,第8151页。

种情绪,或是喜悦,或是悲伤,或是忧愁。由于大庾岭被看作中原的南方边界,行人到达此处后就意味着要进入岭南或中原,所以大庾岭会对来到此处的人产生强烈的象征意义上的暗示,以致人们会因此行目的不同而产生不同的情绪。

　　唐代岭南是流贬官员的首选之地,很多贬谪文人仓皇到达大庾岭后,会意识到这已是中原地域的最后一站,面对即将要去的南蛮之地,加之仕途失败受挫,往往心中会产生悲伤的情绪。如宋之问《度大庾岭》云:"魂随南翥鸟,泪尽北枝花。"[1] 前文已剖析过这首作品,在此不再赘述,宋之问此句梅花意象,妙在"泪尽"与北枝的朝向,十分形象地构建了诗人在大庾岭以北悲伤痛哭,迟迟不愿意南去的景象。同取此意象的,还有李德裕《到恶溪夜泊芦岛》,其诗云"岭头无限相思泪,泣向寒梅近北枝"[2],同样是以泪和北枝表达内心的绝望和悲伤。宋之问和李德裕都是被贬谪往偏远的岭南区域,虽两人时代、情况皆不一样,宋之问是坐事被贬,李德裕则是党争失败被贬,然而到达大庾岭后的心境却都是一样悲伤绝望,故诗意亦同。

　　同为贬谪文人的,还有刘长卿。乾元二年(759),刘长卿受冤被贬潘州南巴,其由湘水入岭南后,又得到诏令返回洪州,等待案件重推结果,未曾想重推失败,再次被贬南巴,第二次过大庾岭时,刘长卿内心悲伤绝望,写下《却赴南邑留别苏台知己》,其云:"又过梅岭上,岁岁北枝寒。落日孤舟去,青山万里看。猿声湘水静,草色洞庭宽。已料生涯事,唯应把钓竿。"[3] 刘长卿第一次北返时路过大庾岭是带着希望的,然而第二次过大庾岭,却是再次被贬南巴,可以想象,

---

[1]《沈佺期宋之问集校注·宋之问集》卷二,第428页。
[2]《李德裕文集校笺·别集》卷四,第603页。
[3]《刘长卿诗编年笺注》,第210页。

希望之后的失望给诗人带来的痛苦远胜于第一次被贬之时,故刘长卿过大庾岭时的心情是充满了绝望和悲伤的,"又过梅岭上,岁岁北枝寒",即是以"寒梅"隐喻己心,"已料生涯事,唯应把钓竿",说明诗人此刻的心情已极度失望难过,甚至是看破仕途了。刘长卿另一首作品《送李秘书却赴南中》,也是以庾岭梅花表达一种悲伤之情,此诗有题注,交代了作诗的背景,题注云"此公举家先流岭外,兄弟数人,俱没南中",诗云:"却到番禺日,应伤昔所依。炎洲百口住,故国几人归。路识梅花在,家存棣萼稀。独逢回雁去,犹作旧行飞。"[1]读完这首作品,人们会为诗中李秘书的悲惨经历感到唏嘘,同情。李秘书举家百口被流贬岭南,却没想到这竟是一条不归路,兄弟数人全死于岭南,实在悲惨。诗人以"路识梅花在,家存棣萼稀",构建了一个悲伤的意境,大庾岭道路上的梅花每年还在开着,但是家中的兄弟却都不在了,以梅花生命的存在反衬流贬之人的死亡,何其悲惨!

事实上,刘长卿关于庾岭梅花的作品共有6首,唯有以上两首作品是以梅花表达悲伤,而这两首作品恰恰又都是贬谪题材。由此可以看出,贬谪对于唐代官员的打击是巨大的,这一方面体现为对文人未来仕途的打击,另一方面,岭南的生存环境对于文人也是一个巨大的威胁。所以,那些贬谪的文人们,在看到大庾岭的梅花时,大多数的反应都是负面的、消极的、悲情的,耿沣《岳祠送薛近贬官》云"度岭梅花翻向北,回看不见树南枝"[2],罗邺《早梅》云"迁客岭头悲衮衮,美人帘下妒盈盈"[3],这些庾岭诗歌中的梅花,都是对悲伤情绪的不同表达。但也有例外,刘商《送人往虔州》云:"人到南康皆下泪,

---

① 《刘长卿诗编年笺注》,第 509 页。
② 《全唐诗》卷二六九,第 3002 页。
③ 《罗邺诗注》,第 38 页。

唯君笑向此中花。"①在这首作品中,梅花意象所表达的情绪是快乐的,然而恰恰是这份非常少见的快乐,反映出的却是更为普遍的悲伤。此外,需要说明的是,在此类贬谪诗歌中,以梅花构建悲伤意象的,基本都是南下的作品。而那些由南往北返回的文人,诗歌中的庾岭梅花却不是悲伤的,如张说被贬钦州后,神龙元年元月,中宗复位,诏其回京。张说由大庾岭路返回,在翻越大庾岭时,留下一首《喜度岭》,诗中云"见花便独笑,看草即忘忧"②,看到此句,我们完全能够体会作者当时是多么高兴,看到梅花后,一个人禁不住独自笑起来,这是一种绝望后又重逢希望的喜悦。所以,张说所构建的,就是一种喜悦、高兴的情绪。

　　以上都是贬谪文人以庾岭梅花所构建的情绪性意象,那么,在其他类型的文人作品中是否也会构建情绪性意象呢? 在大庾岭的梅花诗歌中,还有一些是由入幕、差遣官员及其他文人所创作。如许浑属于入幕官员,开成元年自浙西启程赴岭南李从易幕,然而其至岭南后不久,岭南幕主便换成了卢钧,故开成二年,他罢府北归。在此期间,许浑有两首作品构建了梅花情绪意象,第一首为《冬日登越王台怀归》,诗云:"乡信渐稀人渐老,只应频看北枝梅。"③这是许浑在岭南幕府任职期间的作品,此时作者远在岭南,难得乡信,所以只能频频看向庾岭北面的梅花以寄托思念(取庾梅"乡信"之意),当然许浑在南海其实是看不到庾岭梅花的,他只是举用"北枝梅"构建思乡之离愁。第二首为《南海府罢归京口郊居途经大庾县留赠张明府》,诗云:"回日眼明河畔柳,去时肠断岭头花。"④这首诗是许浑北归时经大庾

---

①《全唐诗》卷三〇四,第 3458 页。

②《张说集校注》卷八,第 371 页。

③《丁卯集笺证》卷六,第 319 页。

④《丁卯集笺证》卷七,第 423 页。

岭所作,此句是诗人藉由两种物象构建了两种情绪意象,形成了较为鲜明的对比,"岭头花"的意涵是悲伤,故曰"肠断",代表的是作者南下至大庾岭时的心情,"河畔柳"的意涵是快乐,故曰"眼明",代表的是作者北归时的心情。所以在这首诗中,庾岭梅花还是表达情绪的悲伤。诗人北归是快乐的,这很好理解,毕竟返回故土总是让人快乐的。但诗人南下时为何要悲伤呢?毕竟他是去任职,而非被贬谪,大概对于唐人来说,要离开自己熟悉的中原文明地域前往传说中的南蛮之地,总让人感到不适,加之路途遥远以及对南方环境的恐惧,就导致他们到达大庾岭后普遍会产生不舍和难过的情绪。陈去疾《送人谪幽州》云:"莫言塞北春风少,还胜炎荒入瘴岚。"[1] 此句充分体现了唐人对于岭南地域普遍存在的恐惧心理,即使是贬谪,也认为塞北好过岭南。又杜荀鹤《赠友人罢举赴交趾辟命》云:"罢却名场拟入秦,南行无罪似流人。"[2] 此诗亦体现了唐人的观念,对于因其他事物前往岭南的人来说,即便不是因为贬谪而南行,但心理上却也和被贬谪相差无几了。

　　除了入幕文人,还有因差遣来到大庾岭的文人,代表人物是耿湋。前文已提及其在送贬谪友人薛近的诗中,就以庾岭梅花构建了悲伤的情绪。而耿湋自己,也曾因公务来到大庾岭,大历十年冬,耿湋以括书使的身份至虔州和岭南地域括书,北返至虔州时恰逢春节,赣石已无篙工助其北渡,故留在虔州过节,期间作有《晚登虔州即事寄李侍御》,诗云:"章溪与贡水,何事会波澜。万里归人少,孤舟行路难。……花发从南早,江流向北宽。"[3] 诗中作者交代了阻碍其北归

① 《全唐诗》卷四九〇,第 5553 页。
② 《全唐诗》卷六九二,第 7958 页。
③ 《全唐诗》卷二六九,第 2998 页。

的原因,并以庾岭梅花和赣江构建了一种意象,南方庾岭的梅花已早早开放,赣江向北奔流不息,诗人此处虽似描述大庾岭南北域景观,实际却是借景抒情,无论是梅花的早放、河水的奔流,都给人们一种时间上的急切感,而且诗人构景有一个方向性——自南而北,所以诗人构建了一种急切想要北归的心情。旅人在外往往是行色匆匆,耿沣此诗所构建的情绪是非常典型的,反映了唐代大庾岭行人的一种普遍情绪。

此外,一些异地作品也会以庾岭梅花构建某种情绪。如杜甫《秋日荆南述怀三十韵》云:"秋雨漫湘水,阴风过岭梅。"[1] 杜甫未曾到过庾岭区域,此诗属异地想象,从"阴风"可以判断,作者所构建的是一种负面的情绪。又有张籍《送郑尚书出镇南海》云:"画角天边月,寒关岭上梅。共知公望重,多是隔年回。"[2] 此乃送行诗,作者借"寒关"之梅,构建了一种友人即将远去,却不知何时归来的惆怅心情。

如上所述,在情绪这类意向作品里,诗人往往借庾岭梅花构建悲伤、绝望、离愁、急切、惆怅、喜悦、开心等各种情绪。总体来看,虽然各类情绪皆有,但以消极、负面情绪为主,喜悦、开心等情绪是少数。这与大庾岭南方边界的文化象征意义是分不开的,也与创作者身份以及到来原因密切相关。此类意向群反映了唐人对于岭南的普遍看法和诗人在创作时的心理状态,正是由于文人心理多负面消极,尽管大庾岭梅花十分著名,却极少有唐人正面赞美它、称颂它,这完全是因为大庾岭梅花所代表的文化意义使然。

---

[1]《杜诗详注》卷二一,第 1906 页。
[2]《张籍集系年校注》卷三,第 396 页。

第六章 唐代大庾岭诗路佛教诗歌

自佛教传入中国，大庾岭即成为佛教交流与传播之重要通道。至唐代，大庾岭南北区域逐渐形成佛教弘法中心，尤其是南方区域的曹溪南华寺，更被奉为南宗禅祖庭，全国各地来此礼佛的释子络绎不绝，佛事文化交流十分兴盛。在佛教各类经典与文献中，经常能看到大庾岭的身影，如《坛经》《祖堂集》《五灯会元》《景德传灯录》《高僧传》等，这自是因为大庾岭地域佛教的繁荣，但还有一个更重要的原因，是禅宗六祖慧能将其在大庾岭的传法经历写入了禅宗唯一的经典《坛经》，此段文字演化成为禅宗的核心公案，供后世弟子参悟，以致佛教各类典籍里，大庾岭频繁出现。所以，无论是从地域空间还是文化影响上来看，大庾岭地域对于唐代佛教发展有着举足轻重的作用。大庾岭佛教对于文学的影响，也是显而易见的。唐代大庾岭佛教诗歌、佛偈不断出现，至宋代蔚然兴盛，大量文人都曾参与大庾岭佛教诗歌创作。这些作品对于研究中国佛教传播、儒释文化融合、禅宗本土化及禅文学发展等方面皆有着重要意义。

遗憾的是，对于大庾岭佛教诗歌的研究，目前尚未展开，许多基础且重要的问题仍待解决，比较突出的有：其一，大庾岭佛教诗歌的搜集、整理和研究工作没有展开，尤其是唐朝时期的作品，相关基础工作很少。如岭北区域的诗歌整理，主要有2019年版《赣州佛教志》，其艺文部分收录唐至现代赣州寺院、塔诗共312首，其中唐代诗歌仅两首①。岭南区域主要有 1980 年版《重修曹溪通志》,其中卷七、八收录有自唐至清代诗歌,唐代诗歌仅一首②。两者相加,唐代作品总共才 3 首,这显然不符合实际情况。其二,汉唐时期大庾岭地域佛教发展情况不明。唐代大庾岭佛教的兴盛并非一蹴而就,一定有其发展渊源。大庾岭佛教究竟起于何时? 该通道对于中国佛教的发展有哪些作用? 该地域曾有哪些著名佛教人物与事件? 这些问题尚不清楚。其三,佛教诗歌创作与禅宗公案联系紧密,唐代大庾岭地域有哪些著名公案? 由这些公案又产生了哪些作品? 如大庾岭夺法公案,是禅宗最为重要的公案,然关于其发展演变以及对文学创作的影响,目前并不清楚。其四,唐代大庾岭地域佛寺林立,过往文人与僧众非常多,那么唐代文人与僧众之间的交流情况如何? 是否有诗歌作品产生? 这些作品又反映了哪些深层次的问题? 以上四个方面,皆为讨论大庾岭佛教诗歌亟待解决的问题。

第一节　汉唐时期大庾岭地域佛教发展

一般认为,佛教传入中国,始于西汉末年,以汉哀帝元寿元年(前2),大月氏王遣伊存口授浮屠经为标志③。佛教传入中国后,其思想理论很快为统治者所接受,得以迅速传播。至东汉灵帝末年,中原战乱,许多著名西域僧人被迫南下弘法,其中有一些僧人来到了江西。最早一批来到江西传法的,是以安世高为代表的一批西域僧人④。梁

---

① 《赣州佛教志》,第 550 页。

② 《重修曹溪通志》卷七,第 635 页。

③ 《三国志》卷三〇,第 859 页。

④ 《江西通史》《江西佛教史》皆持此观点。参见卢星:《江西通史·秦汉卷》,江西人民出版社,2008 年,第 226 页;韩溥:《江西佛教史》,光明日报出版社,1995 年,第 3 页。

慧皎《高僧传·汉洛阳安清》记载："安清,字世高……高游化中国,宣经事毕,值灵帝之末,关雒扰乱,乃振锡江南。云:'我当过庐山,度昔同学。'……倏忽之顷,便达豫章……高后复到广州。"① 从记载中可以得知,安世高因中原内乱选择南行,既为避祸,也为弘法,而他的弘法路线也很明确,先至庐山、豫章等地,后达广州。由此看来,安世高所取弘法路线正是大庾岭路。《高僧传》记载与地方志书对于佛教的记载,可以互相印证。《(雍正)江西通志》记载:"契真寺,在赣县长兴乡田村,有罗汉经十八卷藏阁上。"② 这座寺庙至今还保存一留题曰"汉朝契假寺,唐代易契真",卢星《江西通史·秦汉卷》云其应建于汉灵帝时期,初名"弃假寺"③。此外,《赣州佛教志》辑出了建于东汉末期至三国期间的寺庙,分别为南康慈喜寺、瑞安院,于都皇固庵,信丰延福寺等④。这些寺庙的建造与安世高南下弘法的时间基本吻合,而且从寺庙地点分布来看,于都、赣县、南康、信丰等恰好勾勒出一条由北至南跨越大庾岭的路线,说明以安世高为代表的一批西域僧人,曾由这条路线南下弘法,故才会有以上佛寺出现,大庾岭地域的佛教输入由此开始,同时大庾岭在这一时期也成为南北佛教传播的重要通道。

自安世高之后,大庾岭已经成为北方僧侣南下弘法的主要路线。三国时期,大庾岭归属于东吴,由于该地域偏安一隅,总体上未受到太多战乱的冲击,为僧众的传法活动提供了较为稳定的环境。另一方面,北方曹魏政权并不支持佛教的发展,采取排斥和打压政

---

①《高僧传》卷一,第4—6页。
②《(雍正)江西通志》卷一一三,第2107页。
③《江西通史·秦汉卷》,第227页。
④《赣州佛教志》,第1—2页。

策①；与此相对的是南方东吴政权对于佛教的接受与欢迎，如三国时期著名译经僧人支谦，本自北方进入中国，然其最为主要的译经活动却是在东吴完成的，《高僧传》记载："支谦，字恭明，一名越，本月支人……汉献末乱，避地于吴。孙权闻其才慧，召见悦之，拜为博士。"② 正是由于南北两地截然不同的政策与态度，加之南地的稳定环境，往南弘法的僧众越来越多，如江西庐山，在三国至两晋时期，已俨然成为中国最重要的佛教中心，大量名僧在此聚集，其中又有不少僧人以此为起点，向南方弘法，他们行走的最为主要的通道，就是大庾岭。这一点亦可从地方寺庙的创建记载中得到证明，如前文提到的三国时期所建的南康瑞安院、信丰延福寺等。两晋时期创建的佛寺，在地方志书中也有不少记载，如宁都的青莲古刹，就是这一时期建造的著名佛寺，《宁都县志》记载："西晋（泰始）二年（266），僧青莲（河南人）始将佛教传入宁都，并于莲花山创建宁都第一所寺庙'青莲寺'（后改名青莲古刹）。"③ 除此之外，在两晋时期，大庾岭北部区域建造的寺庙还有宁都宝林寺、掬水寺，赣县光孝寺、空山寺，大余（大庾）云山寺等④。而这些寺庙的分布，同样体现为自北向南至大庾岭的线性分布趋势，反映了两晋时期大庾岭地域的佛教传播情况。

　　以上所举乃自北向南的传法路线，体现的是学术界认为的北传佛教观点。所以无论是安世高、支谦还是青莲，都是从北方一路弘法至大庾岭地域。然而一直以来，在学界其实还存在另一种观点，认为佛教更可能从海上传播过来，即所谓的南传佛教。梁启超《佛教之初

---

① 周永卫等著：《秦汉岭南的对外文化交流》，暨南大学出版社，2014年，第147页。

②《高僧传》卷一，第15页。

③ 宁都县志编委会：《宁都县志》，赣州印刷厂，1986年，第531页。

④《赣州佛教志》，第2页。

输入》有一段重要论述：

> 　　向来史家，为汉明求法所束缚，总以佛教先盛于北……其
> 北方输入所取途，则西域陆路也。以汉代与月支、罽宾交通之迹
> 考之，吾固不敢谓此方面之灌输，绝无影响。但举要言之，则佛
> 教之来，非由陆而由海……时以广东之徐闻、合浦为海行起点，
> 以彼土之已程不为终点，贾船转相送至。自尔以来，天竺大秦贡
> 献，皆遵海道。凡此皆足证明两汉时中印交通皆在海上。①

梁启超认为，佛教最早应从海上丝绸之路传播而来，汉代与印度等地
的交流与商业往来，皆在海上，故印度僧侣亦随之而入，他们先由海
路至广东徐闻、合浦，再以内陆交通至中国各地。梁启超的观点提出
之后，陆续有学者表示支持，并展开了进一步论证。如冯承钧《中国
南洋交通史》指出：

> 　　中国之识天竺，天竺之识支那，源来已久，贡献虽始于汉和
> 帝时，两地交通为时必更古也。当时通道有二：一为西域道，一
> 为南海道，南海道之开辟或更在西域道之先。证以《后汉书·天
> 竺传》之文："和帝时数遣使贡献，后西域反畔乃绝。至桓帝延
> 熹二年、四年频从日南徼外来献。"具见有南北两道可通。由是
> 可以推想及于佛教输入问题，交通既不能限于一道，输入之地则
> 不能仅由西域一途。②

---

① 梁启超：《佛学研究十八篇》，上海古籍出版社，2009 年，第 29 页。
② 冯承钧：《中国南洋交通史》，商务印书馆，2017 年，第 8 页。

冯承钧认为印度佛教输入中国,应有南北二途,并据《后汉书》印度贡献之记载,以证汉时两国南北交通的存在。显然,汉时南海道是肯定存在的,既然贡献可由南海而至,传道者自然可以由此道而来。这些传道者到达岭南后,则要通过内陆交通去往北方中原各处,而当时岭南连接中原最主要的通道有两条,就是湖湘路和大庾岭路,由此可见,大庾岭亦是南传佛教的主要传法通道,这一点,我们亦可在史料中找到相关记载。

关于南传佛教由大庾岭向北弘化的记载,比较明确的可以追溯到东晋著名僧人昙摩耶舍。《高僧传》记载:

> 昙摩耶舍,此云法明,罽宾人……以晋隆安(397—401)中,初达广州,住白沙寺,耶舍善诵毗婆沙律,人咸号为大毗婆沙,时年已八十五,徒众八十五人。……至义熙(405—418)中,来入长安。①

从记载即可得知,昙摩耶舍并非从西域至中国,而是自海路而来,其首先到达的第一站,就是广州。但可肯定,昙摩耶舍绝非首位至广州弘法的僧人,从其居白沙寺,可知广州佛教输入应在更早。昙摩耶舍在广州弘法数年,便北上长安,说明昙摩耶舍此行弘法另有计划,而其由海路先至广州再至京城的路线,无疑就是南传佛教最具代表性的路线。记载虽未明言耶舍取何路北上,但若大庾岭路畅通,昙摩耶舍不至绕湖南北上。关于当时庾岭通道情况以及耶舍北上线路的判断,有另一则材料应引起注意,即《高僧传》关于耶舍弟子法度的记载:

---

①《高僧传》卷一,第41—42页。

耶舍有弟子法度,善梵汉之言,常为译语。度本竺婆勒子,
勒久停广州,往来求利,中途于南康生男,仍名南康,长名金迦,
入道名法度。①

记载中的竺婆勒乃印度商人,其在广州经商,需常年贩运货物,即"往
来求利",其子法度即是在货运途中所生,出生地南康即大庾岭北麓,
以此知其往来货运之路线,就是大庾岭路。也由此可知,东晋末期大
庾岭路较为通畅,是西域外商南北货运的重要通道。此外,这则材料
还反映出,在佛教南传时期,僧侣与商人的关系十分密切,一方面,僧
侣需依靠商人的商船来华传教,并维持在中国的生存;另一方面,商
人亦需依靠僧侣获得一定的地位,扩大经商影响力,甚至于佛教也是
他们的重要精神依托。这种关系其实是印度一直以来的传统,佛教
自诞生之初,与商人联系就非常紧密,季羡林《商人与佛教》从记录
佛教的文献中,发现了僧侣与商人互相尊敬、互相扶持、结伴出行等
各种亲密关系,并说:"世界上任何一个宗教,也没有像佛教这样,同
商人有这样密切的联系。"② 正是因为这种关系,可判断中国佛教传
入与中印通商是同步进行的。《高僧传》多有商人带僧侣来华的记
载,耶舍与法度的记载极为典型,可形成佛教向北传播路线的进一步
判断:竺婆勒在广州经商需依靠佛教僧侣,甚至让儿子拜耶舍为师,
成为佛教子弟,而其往来牟利的通道是大庾岭路,由于此途乃僧侣北
上路线,沿途多建佛寺,竺婆勒于此路商运可得僧侣照应,所以两晋
时期的大庾岭路,已成为商贸货运和佛法北传的主要通道。

　　两晋时期,大庾岭通道的佛教传播已十分频繁,南北两路僧侣在

---

①《高僧传》卷一,第 42 页。
②《佛教》,第 206—228 页。

此交汇。这些传道者中,有来自西域的胡僧,如安世高、耶舍,甚至商人居士等,也有中国本土的佛教徒,如青莲大师,甚至还有像法度这样有着印度血统但却生于中国的传道士,可谓是一派欣欣向荣的景象。但也需清醒认识到,这一时期,大庾岭南北区域还未形成大规模聚集僧侣的能力,更多是作为一条重要的传法通道。事实上,藉由这条通道,距大庾岭更远的南北两端已分别形成庐山和广州两个传法中心,这两个中心的存在,客观上对大庾岭佛教中心的形成起到一种过滤性的阻碍作用。看两则材料,其一是庐山佛教的核心人物慧远,《高僧传》记载:"释慧远,本姓贾氏,雁门娄烦人也……远于是与弟子数十人,南适荆州,住上明寺。后欲往罗浮山,及届浔阳,见庐峰清静,足以息心,始住龙泉精舍。"① 其二是庐山另一位著名僧人慧永,慧远同门,《高僧传》记载:"释慧永,姓潘,河内人也……素与远共期,欲结宇罗浮之岫,远既为道安所留,永乃欲先逾五岭。行经浔阳,郡人陶范苦相要留,于是且停庐山之西林寺。"② 从材料可知,慧远与慧永本来都是要翻越大庾岭前往罗浮山传法的,然而当他们到达庐山之后,却因各种原因留了下来,大庾岭因此失去与两位名僧结缘的机会。显然,在两晋时期,大庾岭北方的庐山和南方的广州,是具备这样的过滤或者吸引能力的,良好的地理和政治环境足以留下更多的优秀传道者驻锡,而大庾岭地域的佛教则只能在往来僧众偶尔的停留中汲取养分成长。

至南北朝时期,佛教发展更盛。随着航海技术的发展,由西域而来的商人及僧侣越来越多,他们带来了大量的佛教经典,并在中国进行汉译和传播。南朝统治者普遍持崇佛、敬佛的态度,众所周知,

①《高僧传》卷六,第 211—212 页。
②《高僧传》卷六,第 232 页。

梁武帝就是一个极度狂热的佛教徒,甚至把自己比作"佛奴"。在这样的态势下,南北朝时期,佛教在中国得以迅速发展,故有"南朝四百八十寺,多少楼台烟雨中"之说。在这样的大背景下,大庾岭地域的佛教也日益兴盛起来。由于南朝政权与北方丝路已中断联系,其外贸只能倚重海上通道,同时印度等地佛教要输入南朝,也只能依靠海路,加之南朝首都皆在建康,从交通与地理位置来看,这些汇聚于广州的西域僧侣想要前往都城,最好的线路就是走大庾岭路。这一判断亦可由文献证明,如南朝宋著名译经僧侣求那跋摩,其来中国弘法的路线就颇具代表性,《高僧传》记载:

> 求那跋摩,此云功德铠,本刹利种,累世为王,治在罽宾国。……跋摩以圣化宜广,不惮游方。先已随商人竺难提舶,欲向一小国,会值便风,遂至广州……文帝知跋摩已至南海,于是复敕州郡,令资发下京。路由始兴,经停岁许,始兴有虎市山,仪形耸孤,峰岭高绝,跋摩谓其仿佛耆阇,乃改名灵鹫。于山寺之外,别立禅室,室去寺数里,磬音不闻。①

从这一段记载,可以得到几个信息:其一,南朝时期西域僧人与商人关系依旧密切,借助商船来华,仍然是佛教南传最主要的方式;其二,南朝统治者对佛教十分重视,对于来华的西域僧侣给予隆重的礼遇;其三,南朝大庾岭是最重要的传法通道,这一点从"复敕州郡,令资发下京""路由始兴"等即可判断出,从广州至京城,取大庾岭路是官方认定的通道;其四,大庾岭南部区域的始兴,开始有高僧驻锡,求那跋摩在始兴虎市山"经停岁许",将虎市改名灵鹫,从求那跋摩"于山寺

---

① 《高僧传》卷三,第 105—107 页。

之外，别立禅室"，可知此处原本就有佛寺，这也是非常正常的现象，前文已析，大庾岭通道的商运与佛教传播由来已久，沿途必然有不少佛寺，然似求那跋摩这类名僧驻锡却不多见。跋摩在始兴传法、改山名、建禅室等活动，无疑扩大了始兴佛教的影响力，使得该区域吸引高僧驻锡的能力得到增强。

求那跋摩的经历，代表了六朝时期西域僧众来中国传法的经典模式，其在始兴驻锡，也吹响了大庾岭地域佛教兴起的号角。自此以后，不断有高僧来到大庾岭驻锡传法，在这些人中有一个突出代表，就是南朝时期最为著名的译经师真谛，他是中国古代四大译经师之一，其他三位分别是鸠摩罗什、玄奘和不空。据《续高僧传》记载：

> 拘那罗陀，陈言亲依，或云波罗末陀，译云真谛……真谛远闻，行化仪，轨圣贤，搜选名匠，惠益氓品；彼国乃屈真谛，并赍经论，恭膺帝旨。既素蓄在心，涣然闻命，以大同十二年八月十五日达于南海。沿路所经，乃停两载，以太清二年闰八月始届京邑……至太宝三年，为侯景请还……（承圣）三年二月还返豫章，又往新吴、始兴，后隋萧太保度岭至于南康，并随方翻译……陈武永定二年七月，还返豫章……至三年九月，发自梁安，泛舶西引，业风赋命，飘还广州，十二月中，上南海岸。刺史欧阳穆公颁，延住制旨寺，请翻新文。[①]

根据以上记载，真谛大师来华译经传法有二十余年，其中有三段经历与大庾岭相关：第一次是真谛大同十二年（546）初次到达中国南海，其目的是前往建康见梁武帝，大庾岭为必经之路，且真谛此番北

---

① （唐）道宣著，郭绍林点校：《续高僧传》卷一，中华书局，2014年，第18—20页。

上,颇费时日,"沿路所经,乃停两载",但由于记载未详,他此番过大
庾岭的情形无法知晓;第二次是侯景之乱后,按记载,真谛于承圣三
年(554)南返至始兴,后又随萧勃度大庾岭至南康,期间应有数年时
间,也就是说,这一段时间,真谛一直在大庾岭的南北区域活动;第三
次是天嘉三年(562),真谛本欲乘船从海路回国,未曾想遇到大风,
船只又飘还广州,真谛得到当时广州刺史欧阳頠的礼遇,请其于制旨
寺译经,这一次停留,他再未回国,直至7年后在广州圆寂,这段时间
真谛亦有较大可能至大庾岭活动。此外,由于真谛名声显赫,以致其
在广州期间,吸引了众多僧众前往求法,他们中大多数都是翻越大庾
岭至广州。据《续高僧传》载:"智恺,俗姓曹氏,住杨都寺。初与法
泰等前后异发,同往岭表奉祈真谛……至陈光大中,僧宗、法准、惠忍
等度岭就谛求学……明年,宗等又请恺于智慧寺讲俱舍论,成名学士
七十余人。"① 由此可见当时求法之盛况,而这种盛况对于大庾岭的
佛教发展无疑有着积极的促进作用。

　　以上所梳理的真谛第二段经历,对大庾岭地域佛教发展至关重
要。侯景之乱后,真谛于承圣元年被侯景请回京畿供养,后于三年二
月南返。《续高僧传》对南返经历叙之甚简,只云其"返豫章,又往新
吴、始兴,后隋萧太保度岭至于南康,并随方翻译",以此知这段时间
真谛基本活动于大庾岭南北,至于其传法的详情,无法知晓。但真谛
乃著名译经师,通过考察汉译佛典可为之提供更多信息。真谛所译
佛经中,有一部极为著名,名《大乘起信论》,有真谛弟子智恺为之序,
序云:"大将军太保萧公勃,以大梁承圣三年岁次癸酉九月十日,于
衡州始兴郡建兴寺,敬请法师,敷演大乘。"② 说明承圣三年真谛已在

①《续高僧传》卷一,第24页。
②(南朝梁)智恺:《大乘起信论序》,《中华大藏经》,中华书局,1987年,第30册
　　第415页。

始兴,并翻译了这部著名佛经。关于《大乘起信论》及其序,学界颇有争论,如梁启超就曾判断《大乘起信论》及序皆伪,并对以上引文进行考辨,认为"恺之遇谛,实在谛晚年流遇广州之时",故经序不可信①。但这一论断又被陈寅恪所反驳,其《梁译大乘起信论伪智恺序中之真史料》首先承认序之伪,随后指出"伪造之序中亦可以有真实之材料",并结合史料考察真谛行止曰:

> 承圣三年九月萧勃实在始兴,又据江总衡州九日诗及经始兴广果寺题恺法师山房诗,则智恺是时似亦在始兴。可见伪序中所述智恺等与萧勃于承圣三年九月十日请真谛翻译大乘起信论一事之年月地理人名皆与江总诗及通鉴切合。②

陈寅恪借助江总诗歌作品,把史料中关于萧勃、江总、智恺等人的史料皆联系起来,结论十分可信。以此可知真谛翻译《大乘起信论》亦为史实,这部经书由真谛于承圣三年在始兴建兴寺开始翻译。

关于真谛随萧勃度大庾岭到南康的时间,可据萧勃之史料记载。《资治通鉴》载:"永定元年……二月,庚午,勃起兵于广州……欧阳颁等出南康……三月……曲江候勃在南康。"③由记载可知,永定元年(557)二月,萧勃起兵反陈霸先,率部越大庾岭北上,同月欧阳颁已从南康出发,知其此月已攻下南康,三月有萧勃在南康的记录,则萧勃度大庾岭至南康就在永定元年二月,并留于南康督战,真谛至南康即此时。再据《续高僧传》"永定二年七月,还返豫章",则可知

---

① 梁启超:《大乘起信论考证》,山西人民出版社,2014年,第28页。
② 《梁译大乘起信论伪智恺序中之真史料》,《金明馆丛稿二编》,第149页。
③ 《资治通鉴》卷一六七,第5160—5162页。

真谛在南康停留 17 个月。真谛在南康期间,仍然译经不辍,有《无上依经》二卷。据唐圆照《贞元新定释教目录》:"《无上依经》二卷。梁天竺三藏真谛译……此《无上依经》谨按长房等录,并云:'陈永定二年丁丑,真谛三藏于南康郡净土寺出。'其经后记云:'梁绍泰三年(557)岁次丁丑九月八日,三藏真谛于平固县南康内史刘文陀请令译出。'"① 以此,真谛至南康后,用近七个月时间在南康净土寺译出《无上依经》,此后活动于文献无征。据《赣州佛教志》:"虔州兴贤门右(后称小南门)有真谛寺,僧虎国建,后为一贯堂。真谛译经不但边译边讲,而且还亲作《注疏》,其学说在赣州广为传播。"② 真谛在南康除译经外,自然会有讲学活动,《佛教志》所云或可作为参考。及此,关于真谛在大庾岭的佛教传播情况已大致清楚,其于承圣三年九月,在始兴建兴寺开始翻译《大乘起性论》,至永定元年二月,随萧勃度大庾岭至南康,并在净土寺翻译《无上依经》,于永定二年(558)七月,还返豫章。也就是说,真谛在大庾岭地域的传法译经活动,有近四年的时间,期间所翻译的两部佛经,皆为佛教重要经典,尤其是《大乘起信论》,对佛教发展影响深远。

真谛在大庾岭地域的活动,标志着南北朝时期大庾岭佛教的兴起。从史料记载来看,大庾岭南北区域对于佛教极为重视,真谛两种经书的翻译皆为官方邀请,说明当时政府对佛教发展大力支持。而真谛无论在始兴还是南康,除了译经之外,还有很多佛教交流活动,如陈寅恪所考的智恺僧,并非《续高僧传》所云真谛流寓广州时所收弟子,而是早在承圣年间,就已经在始兴区域传法,并和真谛一起合

① (唐)圆照:《贞元新定释教目录》卷二一,《中华大藏经》,中华书局,1992 年,第 55 册第 794 页。
② 《赣州佛教志》,第 2 页。

作翻译《大乘起信论》。真谛在庾岭北部的南康，同样受到官方礼遇，翻译《无上依经》，传法讲学，同样说明南康区域佛教的兴盛。事实上，除了真谛之外，在南北朝时期来到大庾岭的高僧还非常多。从南方而来的大多为西域僧，有求那跋陀罗、菩提达摩、智药三藏等，其中菩提达摩乃中国禅宗第一祖，而智药三藏则是禅宗祖庭南华寺的开山祖师。据《广东通志》载："智药禅师，天竺国僧也……天监元年自西土来，泛舶到海上，寻流至韶州曹溪水口，闻水香掬而尝之，曰：'此溯上流，别有胜地。'寻之，遂开山立石宝林……至唐六祖传衣钵于曹溪，果符其说，即今南华是也。尝住罗浮创宝积寺，后住韶又开檀特寺、灵鹫寺。"① 可见智药主要活动于庾岭以南的区域。从北方过来的基本为中国的高僧，如释道亮、释智林、景泰、法泰等。可见南北朝大庾岭有大量高僧接踵而至，随之而起的是佛寺的兴建，在南北朝时期，大庾岭的北部区域兴建的寺庙有赣县安天寺，于都明觉寺、福田寺②，南康的净土寺等；南部区域则有灵鹫寺、宝林寺、檀特寺、建兴寺等，若再加上汉魏时期所建的寺庙，六朝时期的大庾岭南北已完全呈现出一派佛寺林立、香火鼎盛的面貌。

隋朝是历史上比较短暂的朝代，国祚仅 38 年。然文、炀二帝皆十分尊崇佛教。隋文帝曾下敕曰："佛以正法付嘱国王，朕是人尊，受佛付嘱，自念以后讫朕一世，每月常请二七僧随番上下……每夜行道。"③ 以此可见隋朝统治者对佛教的支持。大庾岭在这一段时期，仍然是佛教传播的主要通道。如禅宗三祖僧璨，在隋朝仁寿年间（601—604），曾偕徒道信至吉州（道信即禅宗四祖），后僧璨往游罗

---

① 《广东通志》卷三二八，第 5574 页。
② 《江西佛教史》，第 42—44 页。
③ （唐）法琳：《辩正论》卷三，《中华大藏经》，中华书局，1993 年，第 62 册第 501 页。

浮①，由吉州至罗浮必取大庾岭。又《续高僧传》记载："释慧越，岭南人，住罗浮山中，聚众业禅，有闻南越。……化行五岭，声流三楚。隋炀在蕃，搜选英异。"② 以此可知释慧越乃隋炀帝时僧人，曾在大庾岭地域传法。隋朝时期，大庾岭新建的寺庙有大庾岭北面的大庾县南安镇的嘉祐禅寺③。

　　唐代是大庾岭佛教发展的鼎盛期，由于大庾岭一直以来都是佛教传播的重要通道，在此之前，佛教的发展已经有了雄厚的积淀，成为兴盛之地。尤其大庾岭以南区域，因佛教从海路南传的关系，这片地域率先成为佛教传播的前沿阵地，佛寺遍布，佛教理念深入人心。正是在这种大背景下，岭南终于在唐代诞生了一位绝世人物，一位对于大庾岭地域乃至整个中国佛教的发展与佛教的本土化转型都是至关重要的人物，他就是禅宗六祖慧能。

　　据《坛经》记载："惠能慈父，本官范阳，左降迁流岭南，作新州百姓。惠能幼小，父又早亡。老母孤遗，移来南海，艰辛贫乏，于市卖柴……忽见一客读《金刚经》，惠能一闻，心明便悟。"④ 这一段对慧能身世的交代，实际上体现了慧能与佛教结缘的深层背景。慧能因父亲贬官来到岭南新州，后又至广州，作为佛教南传的首站基地，广州的环境为慧能接触佛法创造了极好的条件。慧能在频繁接触佛法后，下定决心北上求法，慧能与大庾岭的结缘也由此开始。又据《景德传灯录》："师遽告其母以为法寻师之意。直抵韶州……师辞去，直造黄梅之东禅，即唐咸亨二年也。"⑤ 以此知慧能于咸亨二年（671）

①《江西佛教史》，第 61 页。

②《续高僧传》卷一七，第 641 页。

③《赣州佛教志》，第 3 页。

④（唐）慧能著，郭朋校释：《坛经校释》，中华书局，1983 年，第 4 页。

⑤（宋）释道元著，妙音、文雄点校：《景德传灯录》卷五，成都古籍书店，2000 年，第 68—69 页。

沿着无数前辈传法的路线,翻越大庾岭前往湖北黄梅求法,得禅宗五祖弘忍青睐并承其衣钵。弘忍传衣钵于慧能时说:"自古传法,气如悬丝,若住此间,有人害汝,汝即需速去。"[①]要慧能将其佛法向南传播。由此,慧能连夜由九江向南奔逃,在逃至大庾岭时发生了一件影响深远的事件,即大庾岭夺法,此事被记录于南宗禅经典《坛经》:

> 两月中间,(慧能)至大庾岭,不知向后有数百人来,欲拟头惠能夺于法……唯有一僧,姓陈名惠顺……直至岭上,来趁犯著。惠能即还法衣,又不肯取……能于岭上,便传法惠顺,惠顺得闻,言下心开。能使惠顺即却向北化人来。[②]

此段文字随着《坛经》文本的流传逐渐演变为禅宗著名公案,被无数弟子参悟,并由此产生一批诗歌与佛偈。陆游《谢演师送梅二首》其一"输与西邻明上座,解从大庾岭头参"[③],即指此。事实上,慧能把大庾岭写入《坛经》,自有其深意,后面将专门讨论,其中有一点很重要,就是要体现大庾岭对于当时南宗禅发展的地域性影响。慧能返回岭南后,隐遁数年,后选定大庾岭以南的曹溪宝林寺弘法,创立南宗禅。当时的大庾岭对南宗禅的发展起到了很好的保护作用,慧能也依靠大庾岭的阻隔,在曹溪安心完善其佛学理论。由于慧能秉承五祖衣钵,且其"见性成佛"的佛学思想又独树一帜,以致其影响越来越大,上门求法的人也越来越多。据《宋高僧传》记载:"时刺史韦据命出大梵寺,苦辞,入双峰曹侯溪矣……五纳之客拥塞于门,四部

---

① 《坛经校释》,第19页。
② 《坛经校释》,第22页。
③ (宋)陆游:《陆游集》卷一一,中华书局,1976年,第325页。

之宾围绕其座……所以天下言禅道者以曹溪为口实矣……武太后、孝和皇帝咸降玺书,诏赴京阙。"[1] 由此段记载,即可知当时曹溪佛法之盛、影响之广,连武则天和中宗都诏其入京传法。然而慧能此时知道,南宗还没有足够的底蕴传布中原,故其对派遣的使者说:"先师记吾以岭南有缘,且不可违也。了不度大庾岭而终。"[2] 仍以大庾岭作为自己传法的界限。直至慧能圆寂20年后,其弟子神会终于越过大庾岭,北上弘法,于开元二十年(732)在河南滑台设无遮大会,与两京北宗一脉论战,经过数年努力,终于使得南宗兴盛于中原,"显发能祖之宗风,使秀之门寂寞矣[3]。从此,南宗禅终于在全国各地得到普及,慧能传法道场宝林寺亦被奉为禅宗祖庭,而大庾岭以南的曹溪区域,已俨然成为佛教的传法中心,前往礼祖和求法的人络绎不绝。

南宗禅的成功对于大庾岭地域佛教的发展来说,无疑是质的飞跃。纵观其发展过程,无论是慧能北上求法、南逃护法,还是在曹溪弘法,皆体现了大庾岭对南宗禅发展的地域性影响。纵向来看,大庾岭通道是南宗禅得法的途径;横向来看,大庾岭又是南宗禅得以稳定发展的保护屏障。所以直至今天,在禅宗祖庭南华寺(宝林寺)的山门上,还保留着一副楹联,上曰"庾岭继东山法脉,曹溪开洙泗禅门",充分肯定了南宗禅与大庾岭的地域性关系。值得注意的是,慧能所守护的南宗禅,在蛰伏几十年之后突然开始向中原迈进,这其实也与大庾岭存在内在关联。从史料判断,以菏泽神会为代表的南宗弟子北上弘法的时间,概在开元八年(720)之前几年,据《宋高僧传·神会传》:"居曹溪数载,后遍寻名迹。开元八年,敕配住南阳龙

---

[1] (宋)赞宁著,范祥雍点校:《宋高僧传》卷八,中华书局,1987年,第174页。
[2] 《宋高僧传》卷八,第177页。
[3] 《宋高僧传》卷八,第179—180页。

兴寺。"①以此知神会北上后，并未马上去河南，而是"遍寻名迹"，则其离开曹溪的时间当在开元六年前后，这恰恰是大庾岭新路开通后不久。新路的开通使得大庾岭南北交通情况大为改观，"坦坦而方五轨，阗阗而走四通"②，对于安守于大庾岭之南的南宗弟子来说，交通的改善意味着大庾岭的屏障作用开始减弱，往来于大庾岭的人越来越多，文化交流日益频繁，这或是触动神会北上的重要内因。无论如何，神会从大庾岭新路走向了成功，南宗禅自此不再局限于大庾岭之南，而是流布全国，成为禅之正宗。在这一背景下，大庾岭对于南宗禅的功用又开始转换，成为曹溪与中原交流的重要通道，南宗以庾岭为起点，开始不断向外拓展，最终形成五家七宗的格局。在这一发展过程中，"曹溪—入庾岭—虔州—吉州—洪州"这条路线无疑是禅宗各派系发展的主脉，其中虔州最主要的代表人物就是马祖道一。

马祖道一是禅宗的第八祖，师承衡岳有让禅师，其一生传法四十余年，最主要的传法地就在江西，而在江西，又以虔州和洪州为其主要传法道场。据《宋高僧传》记载：

> （马祖）以为法离文字……遂于临川栖、南康龚公二山，所游无滞，随摄而化。先是，此峰岫间魑魅丛居，人莫敢近，犯之者炎衅立生。当一宴息于是，有神衣紫玄冠致礼言："舍此地为清净梵场。"……郡守河东裴公家奉正信，躬勤咨禀。③

马祖离开让禅师后，开始了自己传法的道路，其曾至江西临川、南康

---

①《宋高僧传》卷八，第179页。
②《张九龄集校注》卷一七《开凿大庾岭路序》，第891页。
③《宋高僧传》卷一〇，第221—222页。

等地。而僧传记载的重点,就是马祖在虔州的情况,如"峰岫间魑魅丛居,人莫敢近""舍此地为清净梵场""郡守河东裴公家奉正信"等,都是描述其在虔州建立道场之情形。然僧传所叙毕竟简略,难知其弘法的具体时间和情形,其他如《景德传灯录》《祖堂集》等文献记载略同。由于马祖于禅宗的重要地位,今人关于马祖生平的研究较多,比较突出的有杨曾文、郭辉图、徐文明、何明栋、王国荣等学者的成果。如郭辉图考订《马祖道一生平年谱》,认为马祖应于天宝元年至曹溪礼祖后,北上翻越大庾岭,再东往福建佛迹岭传法,天宝三年返回江西,至临川西里山,又于大历三年至南康龚公山驻锡传道,大历六年(771)受路嗣恭邀请至洪州弘法①。从《郭谱》来看,马祖在天宝三年至大历三年的24年间,似乎都在临川,这显然不符合实际情况,因为马祖的相关史料里,并无多少临川的记载,更多的是在虔州的活动。杨曾文《唐代马祖和中国禅宗》指出:"马祖与弟子在此(龚公山)辟地建寺,逐渐成为一个远近知名的传法中心。马祖在虔州传法期间,唐朝经历了'安史之乱'(755—763),在社会各个方面都留下深刻的影响。"②杨曾文的这一判断较为准确,《宋高僧传》载有马祖很多著名弟子,如无等、自在、道通、齐安、怀海、惟俨、普愿等,皆是在不同的时间段来到南康,求法于马祖,其中无等的求法时间,据僧传判断概在乾元元年(758)左右,且此时龚公山马祖道场已经颇具规模③。这就充分说明马祖在安史之乱前,已经回到南康。此

---

① 郭辉图:《马祖道一生平年谱》,杨曾文《马祖道一与中国禅宗文化》,中国社会科学出版社,2006年,第520页。

② 杨曾文:《唐代马祖和中国禅宗》,杨曾文《马祖道一与中国禅宗文化》,第5页。

③ 徐文明:《马祖道一生平的几个问题》,杨曾文《马祖道一与中国禅宗文化》,第114页。

外,《赣县龚公山宝华古寺志》载:"该寺创建于唐玄宗天宝五年。"①
亦说明马祖很早就从临川回到虔州,创建宝华道场,且长期留此处弘
法,直至洪州刺史路嗣恭邀请其去洪州讲学,方才离开。马祖前往洪
州的时间,经徐文明考证,当在大历八年年末②,徐说乃据僧传马祖
僧籍的迁移以及路嗣恭在洪州的任期,较为合理,今从其说。由此来
看,马祖道一在虔州的弘法时间至少在二十年以上。

　　尽管马祖道一的禅法被称之为"洪州禅",然而从其传法的经历
来看,其历时最长、付诸心血最多的,却是虔州宝华道场。在洪州,马
祖得到官方大力支持,许多资源的获得较为容易,再加上他当时已很
有名望,故马祖在洪州的弘法非常顺利,影响力也很大。与之相比,
马祖在虔州的传法就显得颇为艰难,从其经历来看,马祖去福建之前
曾至曹溪礼祖,随后翻越大庾岭至虔州,期间马祖曾考察过虔州,此
处与禅宗祖庭一山之隔,北瞻吉州、洪都,又与闽、粤、湘交汇,确实
是理想的传法之地,故马祖并未在临川过多停留就返回虔州着手创
建道场。而创建道场的过程,也并非一帆风顺,马祖先是到赣县马
祖岩,由于环境不理想,再次转移至龚公山,并于此地长期驻锡。从
僧传所记"峰岫间魑魅丛居,人莫敢近,犯之者炎衅立生",可知当时
的龚公山同样是人迹罕至、荒凉至极,经过马祖与弟子们的努力,终
于将宝华寺建成为清净梵场,至无等拜师的时候,已经是"学侣蚁
慕"③,一派兴旺模样了。回顾马祖在虔州的传法,可谓筚路蓝缕,
异常艰辛,这恰恰也说明宝华道场乃马祖心血所筑,是马祖实践、完
善其佛法理论,累积传法经验的根据地,其"即心是佛""平常心是

---

①《赣州佛教志》,第26页。
②徐文明:《马祖道一生平的几个问题》,杨曾文《马祖道一与中国禅宗文化》,第
　114页。
③《宋高僧传》卷一一,第253页。

道""不作不食"等理论核心无疑就是从长期的艰苦生活中体悟出来的,这恰恰是最能为中国广大信众所接受的思想,南宗禅亦因马祖这种简单化、生活化的理念而广布天下了。故而,宝华道场对马祖而言意义重大,这里才是他成长、成熟并将其佛法弘扬出去的地方。从一个例子即可看出马祖对宝华道场的态度,马祖高足智藏,乃虔州虔化人,在马祖开创道场的过程中,自始至终亲侍在侧,至路嗣恭请马祖讲学,智藏亦随行至洪州,马祖考虑到宝华道场无人主持,即授意智藏,"藏乃回郡,得大寂付授纳袈裟"①。对于佛门来说,付授袈裟即是传衣法,乃指定继承人的意思,马祖此举,无疑是对外宣告智藏才是其法嗣正宗,僧传将智藏与马祖合为一传亦因于此。马祖授意智藏主持的,乃是虔州宝华道场,其重视之情不言而喻。

　及此,迟至中唐初期,大庾岭区域的佛教已发展至鼎盛,南北区域分别形成禅宗最为重要的两个传法中心,南部曹溪的宝林寺(今南华寺)是禅宗的祖庭所在,北部赣县的宝华寺则是马祖道一的重要弘法道场,也是让禅宗开始在全国普及的地方。马祖道一最为著名的几位弟子,也都是从虔州道场走出去的,如怀海禅师,后驻锡江西百丈山,禅宗五家中的临济宗和沩仰宗就是发展于这一脉。普愿禅师,后驻锡安徽南泉山,与怀海、智藏合称为马祖门下"三大士",法嗣众多,声名远扬。当然,对于大庾岭区域的佛教发展,更有意义的是西堂智藏这一脉的发展,智藏乃马祖衣钵继承人,在马祖圆寂后,便继续主持宝华道场,承传师教,开坛讲法,课徒授众,使得宗风得以持续振兴,虔州佛教也因此盛极一时。值得一提的是,当时的新罗国僧人道义、慧哲、洪陟等都专程至虔州向智藏求法②,他们回国后,将所

---

①《宋高僧传》卷一〇,第223页。
②《赣州佛教志》,第26页。

学禅法发扬光大,分别形成迦智、实相和桐里山派,成为朝鲜禅宗的主流,以此知当时的虔州禅法已经蜚声海外。元和九年(814),智藏于宝华道场圆寂,"谏议大夫韦绶追问藏言行,编入图经。太守李渤请旌表,至长庆元年谥大觉禅师"①,可见其影响之大。

随着大庾岭南北两大传法中心先后形成,大庾岭地域已经成为名副其实的佛教圣地,往来于此的名僧大德络绎不绝,在这些高僧中,最值得一提的有两位:分别为鉴真大师和韬光禅师。

众所周知,鉴真大师一生致力于佛法东渡,为中日佛教交流做出了杰出贡献。然而鉴真东渡之行却十分坎坷,由于受到当时航海技术的限制,他实际上是经历了数次尝试,方才抵达日本。而其中最为悲壮的一次,无疑是天宝七年(748)的东渡。是时,鉴真的航船行至东海遭遇强风,漂流至海南岛,鉴真一行只能无奈北返,这一路上,日本弟子荣睿病死,普照辞离,大弟子祥彦亦坐化,鉴真的双目也在此行失明。鉴真这次北返扬州,走的就是大庾岭路。据《唐大和上东征传》记载:

> (鉴真等)乘江七百余里,至韶州禅居寺,留住三日。韶州官人又迎引入法泉寺,乃是则天为慧能禅师造寺也……后移开元寺,普照师从此辞和上向岭北去……是岁,天宝九载也。时,和上执普照师手,悲泣而曰:"为传戒律,发愿过海,遂不至日本国,本愿不遂。"……时和上频经炎热……眼遂失明。后巡游灵鹫寺、广果寺,登坛授戒。至浈昌县,过大庾岭,至虔州开元寺;仆射钟绍京左降在此,请和上至宅,立坛受戒。②

---

① 《宋高僧传》卷一〇,第 223 页。
② 《唐大和上东征传》,第 74—76 页。

由以上记载,可看出鉴真一行北返时,并非只是赶路,而是会在一些地方有所停留。鉴真在大庾岭以南,曾造访武则天为慧能所造法泉寺,又游灵鹫寺、广果寺等名寺。也是在大庾岭之南,日本僧普照辞去,鉴真发东渡宏愿,继而眼睛失明。在大庾岭之北,鉴真则造访了开元寺,并至唐代宰相钟绍京宅,举办法事。鉴真至大庾岭的经历,一方面体现了唐代佛教宗派间的交流,鉴真为律宗弟子,然其至大庾岭后,亦广游禅寺,与禅僧交流,甚至登坛领受禅宗戒律;另一方面,也反映了当时大庾岭地域的佛教发展盛况,从鉴真广游寺庙、与普照辞别、医治眼病、访钟绍京宅等活动来看,他在大庾岭地域停留时日颇长,从侧面反映了当时大庾岭佛教之发达。当然,鉴真大师的到来,也再次为大庾岭的佛教发展添上了浓墨重彩的一笔。

第二位是韬光禅师,他本在杭州天竺寺驻锡,因与白居易的交往而闻名。《舆地纪胜》载:"韬光禅师,与白乐天为空门友,常住余杭之天竺,复来此驻锡,乐天手书寄题天竺寺,诗云:'一山门作两山门,两寺元从一寺分。东涧水流西涧水,南山云起北山云。前台花发后台见,上界钟声不界闻。遥想高僧行道处,天香桂子落纷纷。'"[1] 原来,韬光在杭州时,白居易曾写过一首诗给他,"一山门作两山门,两寺原从一寺分",说的是杭州的灵隐、天竺两寺实为一寺的奇特景象。韬光来到虔州驻锡后,将此诗刻于石碑,置立寺中。据《江西通志》载:"天竺山,在府城西四里,旧有修吉寺,唐元和初,僧韬光自钱塘天竺驻锡于此,故名。"[2] 以此,可知韬光至虔州驻锡之寺本名修吉寺,由于韬光禅师将乐天诗刻于此,故改名天竺寺,以合诗意。然《通志》所记时间有误,白居易任杭州刺史在长庆年间(821—824),故韬光

---

[1]《舆地纪胜》卷三二,第 1437—1438 页。
[2]《(雍正)江西通志》卷一三,第 282 页。

至虔州应在此间或更晚。白居易乃中唐时的文学领袖，他的诗刻自然会引起文人的关注，天竺寺亦由此闻名，经过虔州的文人多会来到此处探访。韬光禅师的例子，其实反映了唐代大庾岭佛教发展的一个重要特点，就是佛教与文人的关系特别紧密。这是与汉魏时期截然不同的新变，在汉魏时期是传法僧人与商人的关系特别紧密，从唐代开始，文献记载中则更多体现为僧人与文人的交流。

　　纵观大庾岭佛教发展史，会发现它与中国佛教的发展是同步的。佛教伴随着商业贸易传入中国，而大庾岭在汉代时就已经是内陆通往海上丝绸之路的重要通道，这也注定其会成为佛教北上传播通道。正因如此，在大庾岭佛教传播史中，从来就不缺少对中国佛教最有影响力的人物，如安世高、真谛、慧能、鉴真、马祖道一等。所以，自佛教传入中国，大庾岭佛教就一直处于持续、良性的发展之中。直至唐代，南北两个传法中心的形成，大庾岭佛教发展已至顶峰，以至于在书写这一时期的历史时，只能把最为突出的人物和事件串联起来，而无法再给予其他弟子多一点的笔墨，当然，藉由对这些极具代表性人物的考察，也清楚地让我们看到唐代大庾岭佛教的新变，那就是释家与儒家的融合。事实上，从六祖慧能开始，这种转向就已经开始呈现，如宋之问曾专门至曹溪拜谒慧能，并在作品中称其为"吾师"，神龙年间的那一批逐臣，大多曾至曹溪造访寺庙，并留下诗歌作品。慧能圆寂之后，王维、柳宗元、刘禹锡曾先后为其撰写碑铭。马祖道一亦是如此，他在江西传法期间，裴谞、路嗣恭、李兼、权德舆、李舟等文人都曾与其密切交往，其圆寂后，权德舆为其撰写塔铭，韦绶追问其言行并编入图经，李渤为其请旌表等等。释子与文人的交流又影响到文学创作，僧人开始赋诗，把诗歌体式的佛偈写入经文，文人亦在诗中不断地表现佛教的题材，甚至创作禅诗。所以，在研究大庾岭佛教诗歌的时候，一定要把这些作品放置于佛教发展的历史背景之下，才能够更好地去理解和诠释。

第二节　大庾岭佛教诗歌收集、整理及相关问题

要对唐代大庾岭佛教诗歌进行研究,首先面对的第一个问题,就是唐代有没有相关作品? 如果有,这些作品又存在于何处? 从前文可知,唐代大庾岭佛教十分兴盛,释子与文人的交流也非常多,理应有较多相关作品。但目前对大庾岭佛教诗歌的收集和整理工作还没有展开,这类作品仍然散见于各类诗歌总集、文人别集、方志甚至于佛教典籍当中,需要系统的梳理和考证。

一、作品收集和整理情况

目前已有的一些基础性收集主要体现于南北两个区域的佛教志书。岭北虔州区域有 2019 版《赣州佛教志》,其艺文部分收录了唐代至现代赣州佛教诗歌共 312 首,唐代诗歌仅有两首[1];岭南区域,则主要有 1980 年版《重修曹溪通志》,其中卷七、八收录曹溪区域诗歌数百首,然关于唐代的诗歌仅一首[2]。

先来看一下《赣州佛教志》搜集的两首作品,第一首为綦毋潜的《天竺寺》,诗云:

> 郡有化城最,西穷叠嶂深。松门当洞口,石路在峰心。幽见夕阳霁,高逢暮雨阴。佛身瞻绀发,宝地践黄金。云向竹溪尽,月从花洞临。因物成真悟,遗世在此岑。[3]

---

[1]《赣州佛教志》,第 550 页。
[2]《重修曹溪通志》卷七,第 635 页。
[3]《赣州佛教志》,第 551 页。

仔细比对綦毋潜作品,会发现这就是《全唐诗》收录的《登天竺寺》①,仅有个别字不同。前文已对綦毋潜生平进行考察,诗人虽是虔州籍,然而其离开家乡后,就极少返回虔州,弃官后,更是回到其购置的"江东别业"居住。綦毋潜现存所有作品,大多描写吴越景观,如《春泛若耶溪》,很难找到一首关于虔州家乡的诗歌,这就说明綦毋潜是有意回避写虔州的。此外,綦毋潜为盛唐诗人,而赣州天竺寺在前文已考,本名修吉寺,至韬光禅师驻锡之后,方改名天竺,故綦毋潜在虔州时无天竺寺,此诗写杭州天竺寺明也,《佛教志》不当收。

另外一首,为唐代诗僧灵澈《闻李虔州亡》,诗云:

> 时时闻说故人死,日日自悲垂老身。白发不生应不得,青山长在属何人。②

《全唐诗》收有灵澈《闻李处士亡》,文本与此诗同③,然诗题称"李处士",这是一个代称,无法明确指向。再检其他文献,可发现《文苑英华》《唐四僧诗》《唐僧弘秀集》均收有此诗,《文苑英华》作《闻李虔州亡》④,《唐四僧诗》亦作《闻李虔州亡》⑤,《唐僧弘秀集》则作《闻李处州亡》⑥。在古文献中,"虔州"多有误作"处州"之例,此诗题当以"李虔州"为准,故此诗作为虔州诗亦无可疑。据《唐才子传》"元

---

① 《全唐诗》卷一三五,第 1372 页。
② 《赣州佛教志》,第 575 页。
③ 《全唐诗》卷八一〇,第 9133 页。
④ (宋)李昉等:《文苑英华》卷三〇三,中华书局,1966 年,第 1549 页。
⑤ (唐)灵澈:《唐四僧诗》卷一,《影印文渊阁四库全书》,第 1332 册第 324 页。
⑥ (宋)李龏:《唐僧弘秀集》卷二,《影印文渊阁四库全书》,第 1356 册第 873 页。

和十一年,终于宣州开元寺,年七十有一"①,可知灵澈应于天宝五年至元和十一年(746—816)在世,在这一时间段,虔州李姓刺史分别有李巘、李舟、李衮、李将顺4位,未知此诗所指为何人。从史料来看,这4位刺史中,唯有李舟与佛教交往密切,且和灵澈同与权德舆交往,李舟约卒于贞元三年(787)②,灵澈有可能因其亡而赋诗,故此诗"李虔州"以李舟最有可能。

《重修曹溪通志》所收唐代作品为宋之问《自衡阳至韶州谒能禅师》,这首诗作于景云元年(710),时宋之问贬钦州,期间曾由衡阳越大庾岭至韶州拜谒慧能,因有此诗,故这首诗作为大庾岭佛教诗歌是没有问题的。由此来看,除去綦毋潜误收作品,南北区域的佛教志书所收录的唐代诗歌总共才两首,显然不合常理,且与唐代大庾岭佛教发展的盛况也不符合。

二、基于诗歌总集与文人别集的收集与整理

可以肯定,唐代大庾岭佛教诗歌绝不可能只有两首。仅宋之问在大庾岭的创作,就已不止一首佛教作品,除《自衡阳至韶州谒能禅师》外,《游韶州广果寺》同样是其在曹溪所创作的佛寺诗。事实上,神龙元年这一批岭南逐臣,大多到过大庾岭地域的寺庙参拜,如房融作有《谪南海过始兴广胜寺果上人房》,说明其曾至始兴广胜寺。沈佺期也曾到过曹溪区域,程有庆《沈佺期的佚文的发现》据北京图书馆所藏清李氏研录山房抄本《沈云卿文集》五卷辑出沈佺期佚诗《登韶州灵鹫寺》残篇③,说明沈佺期亦在贬谪期间到过庾岭以南的灵鹫

①《唐才子传校笺》卷三,第1册第618页。
② 严寅春:《李舟年谱考略》,《西藏民族学院学报(哲学社会科学版)》2006年第5期。
③ 程有庆:《沈佺期的佚文的发现》,《文献》1995年第2期。

寺,此诗后被收入《沈佺期宋之问集校注》①。此外,同时期的刘希夷,也就是宋之问的外甥,亦曾到过庾岭地域,有《初度岭过韶州灵鹫广果二寺其寺院相接故同诗一首》,此诗被发现于庚本《敦煌遗书》中的刘希夷的《北邙篇》之后,《全唐诗补编》据之收入②。

　　以上例子,皆为说明大庾岭自初唐开始,就不断有文人与当地的佛教进行着交流,也有不少的诗歌作品出现。这些作品有一些已经散佚了,保存下来的,或存于《全唐诗》《全唐诗补编》等总集中,或存于文人的别集中,需要细心地梳理出来。为避免文字滋蔓,现将整理后的作品列表如下:

表6-1　大庾岭地域佛教诗歌整理(一)

序号	姓名	作品	出处
1	宋之问	《自衡阳至韶州谒能禅师》	《沈佺期宋之问集校注·宋之问集》卷三
2		《游韶州广果寺》	《沈佺期宋之问集校注·宋之问集》卷三
3	沈佺期	《登韶州灵鹫寺》	《沈佺期宋之问集校注·沈佺期集》卷二
4	房融	《谪南海过始兴广胜寺果上人房》	《全唐诗》卷一〇〇
5	刘希夷	《初度岭过韶州灵鹫广果二寺其寺院相接故同诗一首》	《全唐诗补编·全唐诗续拾》卷七
6	李白	《禅房怀友人岑伦》	《李太白全集》卷一三
7	权德舆	《李韶州著书常论释氏之理贵州有能公遗迹诗以问之》	《权德舆诗文集》卷三
8		《岭上逢久别者又别》	《权德舆诗文集》卷五

①《沈佺期宋之问集校注·沈佺期集》卷二,第131页。
②《全唐诗补编·全唐诗续拾》卷七,第743页。

续表

序号	姓名	作品	出处
9	白居易	《寄韬光禅师》	《全唐诗》卷四六二
10	贯休	《送僧归南康》	《贯休诗歌系年笺注》卷一三
11		《送衲僧之江西》	《贯休诗歌系年笺注》卷一七
12		《送智先禅伯》	《贯休诗歌系年笺注》卷一二
13		《题曹溪祖师堂》	《贯休诗歌系年笺注》卷一八
14	齐己	《酬章水知己》	《全唐诗》卷八三九
15		《行次宜春寄湘西诸友》	《全唐诗》卷八四五
16		《题赠湘西龙安寺利禅师》	《全唐诗》卷八四四
17		《韶阳微公》	《全唐诗》卷八四四
18	裴谞	《储潭庙》	《全唐诗》卷八八七
19	刘禹锡	《赠别约师》	《刘禹锡全集编年校注》卷四
20	许浑	《宣城开元寺赠元孚上人二十韵》	《丁卯集笺证》卷一〇
21		《赠契盈上人》	《丁卯集笺证》卷一
22	李昌符	《赠供奉僧玄观》	《全唐诗》卷六〇一
23	张乔	《闻仰山禅师往曹溪因赠》	《全唐诗》卷六三八
24		《赠初上人》	《全唐诗》卷六三八
25	灵澈	《题曹溪能大师奖山居》	《全唐诗》卷八一〇
26		《闻李虔州亡》	《唐四僧诗》卷一

如上表所示,通过考证,在诗歌总集与文人别集中,共得大庾岭相关佛教诗歌 26 首,参与创作文人 15 位。这些诗歌大致可分为三大类:第一类是文人拜谒或登览时创作的诗歌,宋之问《游韶州广果

寺》、沈佺期《登韶州灵鹫寺》就属于此类作品；第二类是赠友作品，大多是朋友要去往庾岭地域游历或礼祖，因而赋诗赠别，如刘禹锡《赠别约师》、齐己《题赠湘西龙安寺利禅师》等；第三类，交往类作品，如权德舆与李直方为友，李直方任韶州刺史时，权德舆写诗问其六祖慧能事，即《李韶州著书常论释氏之理贵州有能公遗迹诗以问之》，李姓刺史与僧人灵澈交往，其亡，灵澈写《闻李虔州亡》悼之。

以上作品，也体现出一些问题，可总结为三个方面：其一，虽然作品数量已经增加至 26 首，但客观来看还是太少，与大庾岭佛教中心的地位极不相符，究竟是什么原因导致此类作品稀少，值得探究。其二，唐代作品中似难找到表现大庾岭夺法的作品，《坛经》所载大庾岭夺法公案，宋代相关诗歌与佛偈非常多，与唐代形成鲜明的对比，这又是什么原因造成的呢？其三，在以上搜集的作品中，可以看到唐代文人与僧众交往的普遍性，他们之间多互相唱和，然而除了贯休、齐己、灵澈等已经成名的诗僧作品，其他诗僧却没有作品留存，这又是什么原因导致？可以肯定的是，大庾岭作为唐代佛教的传法重地，其在诗歌作品中体现的问题必然有一定的代表性，所以对于这些问题，还需要深入到唐代佛教与文学发展的内在规律以及诗歌文本中去探寻真相。

三、《坛经》大庾岭公案与相关作品搜集

大庾岭夺法公案无疑是禅宗极为重要的一则公案，通过检索诸版本《大藏经》，会发现谈及此公案的佛教文献多达两百余种。从宋代开始，表现这一公案的诗歌也是层出不穷，如苏轼《南华寺》云"可怜明上座，万法了一电"[1]，陆游《谢演师送梅》云"输与西邻明上座，

---

①《苏轼诗集》卷三八，第 2061 页。

解从大庾岭头参"①,皆谈及大庾岭夺法公案。从唐代的不见踪影到宋代的频繁出现,何以唐宋两朝对此公案的创作情况判若云泥? 难道唐代真的没有表现这一题材的作品吗? 要解释这一问题,就要深入到此则公案文本,考察其在唐代的演变与背景。

　　大庾岭公案是以古本《坛经》所描写的慧能南逃至大庾岭所发生的夺法事件为原型而形成的。由于慧能描述的这段文字蕴含了其核心佛法思想,历代弟子皆十分重视对此事件的参悟,导致这段文字随着各代弟子的理解不停地演变着。最为突出的现象就是在各个版本的《坛经》中,此段记载的文字皆不相同。而此段文字的演变过程就其成为公案的发展过程,至宋代方趋于成熟,文字逐渐固定下来。关于《坛经》版本,现在主要认为有4种,依时间顺序分别为法海本、惠昕本、契嵩本和宗宝本,大庾岭夺法在这4个版本中都发生了变化,而且基本是呈现由简至繁的规律,以致一些学者据此认为《坛经》版本的变化也同样是从简单到复杂,最早的法海本才是真实的版本,其他版本皆为后人篡改的伪作。如郭朋《〈坛经〉对勘》在对诸本大庾岭夺法文字对勘后指出:"这是契嵩带头把出现了所谓'看话禅'以后才有的一些货色硬塞进《坛经》里去的一种明显的作伪行径!"②

　　尽管有这样一些批评观点,然而需要注意的是,《坛经》本质上并非史书,而是一部佛教经典,其根本目的是用来阐释和传播佛教理论的,若非要从史学角度考察《坛经》所述细节的真实性,显然不合适。不同版本《坛经》在文字上的改变,体现的是不同时期禅门弟子对佛法的理解和领悟。大庾岭夺法公案的演变亦是如此,惠昕本或

---

① 《陆游集》卷一一,第 325 页。
② 郭朋:《〈坛经〉对勘》,齐鲁书社,1981 年,第 27 页。

契嵩本所增加的文字，绝非无的放矢，而是有其道理蕴含其中，这一点后面还会有更深入的探讨。而在此处，只为弄清楚唐代此则公案的文本演变情况，以便搜集作品。要清楚唐代的情况，则需对此则公案文本进行互文性考察。先看一下宋朝代表性公案集《无门关》中关于"不思善恶"的记载：

> 六祖因明上座，趁至大庾岭。祖见明至，即掷衣钵于石上云："此衣表信，可力争耶，任君将去。"明遂举之，如山不动，踟蹰悚栗。明曰："我来求法。非为衣也。愿行者开示。"祖云："不思善，不思恶，正与么时，那个是明上座本来面目。"明当下大悟，遍体汗流，泣泪作礼……明云："某甲虽在黄梅随众，实未省自己面目。今蒙指授入处，如人饮水冷暖自知。今行者即是某甲师也。"①

以上文字已经是非常成熟的公案形态，与法海本《坛经》文字相比较，大体情节差不多。所不同的是，《无门关》此则公案已经有了确定的名字，叫"不思善恶"，并且增加了六祖与明上座的对话以及对两者动作的一些描述，对话如"不思善，不思恶""冷暖自知"，动作如"掷衣钵于石上""明遂举之，如山不动"等。佛教公案之所以称之为公案，就是因为在公案中的一些语言或动作中，暗含玄奥佛理，用来给弟子参悟，以启发他们悟道，这就是佛门所谓的"文字禅"。一般认为，文字禅是宋代才兴起的禅宗修习方式，但显然这种方式在唐代就已经出现了，三教老人《碧岩录序》云："尝谓主教之书谓之公案者，

---

① （宋）慧开：《禅宗无门关》，《禅宗全书》，北京图书馆出版社，2004 年，第 87 册第 10 页。

倡于唐而盛于宋,其来尚矣。"[1] 唐代黄檗希运《宛陵录》曰："若是个丈夫汉,看个公案。"[2] 说明在中晚唐时期已形成明确的公案概念,而以公案形式启发弟子的实践,恐怕还更早。所以,现在要考察的是,《无关门》中"不思善恶"的这些机语对话以及动作描述是什么时候出现的?

在法海本之后,《坛经》的第二个版本是惠昕本,胡适曾考此版本应撰于北宋乾德五年(967),并称其为"人间第二古的《坛经》"[3]。接下来再看看这一版本文字有哪些变化:

> 两月中间,至大庾岭,不知逐后数百人来趁,欲夺衣取法,来至半路,尽总却回。唯一僧,俗姓陈,名惠明,先是四品将军,性行粗恶,直至大庾岭头,趁及慧能,便还衣钵,又不肯取。言:"我欲求法,不要其衣。"慧能即于岭上,便传正法。惠明闻法,言下心开。祖谓明曰:"不思善,不思恶,正与么时如何是上座本来面目?"明大悟。慧能却令向北接人。[4]

惠昕本的这段文字与法海本比较,已经有了许多变化,如把"惠顺"改成"慧明",把"三品"改为"四品","衣法"改为"衣钵"等,以后诸版本《坛经》都沿袭了这些改变。当然最为重要的,是惠昕本以夹注的形式加上了慧能"不思善恶"的这句机语,使得这段文字开始具备

---

① (宋)圆悟克勤:《圆悟克勤禅师——碧岩录·心要·语录》,巴蜀书社,2006年,第8页。

② (唐)裴休:《黄檗断际禅师宛陵录》,《中华大藏经》,中华书局,1994年,第77册第128页。

③ 胡适:《胡适说禅》,文化艺术出版社,2012年,第187页。

④ 《〈坛经〉对勘》,第25页。

公案的性质，郭鹏批评此句"显然是以后塞进去的狂禅胡话"①，即指"不思善恶"之语始于惠昕本也。事实是否如此？若单从《坛经》的变化来看，确实是从惠昕本才开始出现这句机语，也说明了此段文字开始演变成为公案，是始于宋初。然而，通过披览佛教文献，就能发现事实并非如此。如撰写于五代时的禅宗重要典籍《祖堂集》，亦记有大庾岭事，兹摘录此段如下：

> 众中有一僧，号为慧明，趁得大庾岭上，见衣钵不见行者。其上座便近前，以手提之，衣钵不动，便委得自力薄。……行者见上座心意苦切，便向他说："静思静虑，不思善不思恶，正与摩思不生时，还我本来明上座面目来。"……慧明云："某甲虽在黄梅剃发，实不得宗乘面目。今蒙行者指授，也有入处，如人饮水冷暖自知。"②

通过《祖堂集》的这段文字，可赫然发现，原来"不思善恶""本来面目"等机语在惠昕本之前就已经存在，惠昕本夹注绝非惠昕胡乱添加，而是有所根据的。不止于此，《祖堂集》文字更有"如人饮水冷暖自知""以手提之，衣钵不动"等在《无关门》公案中存在的机语及体势语。此外，还有很重要的一点，就是《祖堂集》的记载，实际多达六百余字，文字远较法海、惠昕本丰富。如果此前只存在法海本《坛经》，那么《祖堂集》的文字从何而来？所有这些问题，皆表明唐代《坛经》在法海本之外，必有他本。惠昕曾在《六祖坛经序》中提及"古本文繁，披览之徒，初忻后厌"③，而法海本文字精简，绝无文繁之

①《〈坛经〉对勘》，第27页。
②《祖堂集校注》卷二，第74—75页。
③《〈坛经〉对勘》，第176页。

弊,这也说明惠昕所见"古本"并非法海本。《祖堂集》成书于南唐保
大十年(952),则其文献来源或还在五代之前,这一点,可从另一部
佛教文献中得到印证,即《黄檗山断际禅师传心法要》,其中亦载有相
关文字:

> 明上座走来大庾岭头寻六祖。六祖便问:"汝来求何事。
> 为求衣为求法?"明上座云:"不为衣来。但为法来。"……六
> 祖云:"不思善,不思恶。正当与么时。还我明上座父母未生时
> 面目来。"明于言下忽然默契。便礼拜云:"如人饮水,冷暖自
> 知。"①

黄檗希运此段文字,更清晰地表明"不思善恶""冷暖自知"等机语
并非后人妄说,而是有所根本。《传心法要》卷首有河东裴休所作序
文,指出希运是曹溪六祖的嫡孙、百丈之法嗣,并落有作序时间"唐大
中十一年十月初八"②。这些信息说明希运与曹溪及百丈关系匪浅,
他可以看到不同版本的《坛经》,而这段文字则是其中的重要内容,故
希运将其记录下来,传给后世弟子,供他们参悟。

　　及此,关于大庾岭公案的文字演变与背景,已经基本清楚。此公
案本是存在于古本《坛经》中的一段文字,至迟在中唐,此段文字已
经成为禅门弟子重点参悟的公案。与宋代《无关门》的文字相比,此
公案的重要机语与体势在《传心法要》《祖堂集》中即已存在,说明
中晚唐时期,此公案已被广为参悟,且基本发展成熟。在《祖堂集》

---

① (唐)黄檗希运:《黄檗山断际禅师传心法要》,《中华大藏经》,第77册第
　122页。
②《黄檗山断际禅师传心法要》,《中华大藏经》,第77册第116页。

卷六中，就载有投子和尚与翠微的对话："问：'大庾岭头趁得及，为什么提不起？'师提起纳衣。僧云：'不问这个。'师云：'看你提不起。'"① 这其实就是禅门弟子在参悟此公案，类似参悟记载在其他文献里还能找到许多。以此可见，大庾岭夺法公案并非仅呈现为各版本《坛经》中由简至繁的线性演变，而是有着更为复杂的文字演变过程，且这一过程在唐代已基本完成。故此则公案在唐代禅门弟子中的传播之广是不言而喻的，同时，由于唐代文人与释子的交往非常普遍，许多文人也十分喜欢参习佛法，则文人们亦有可能看到此则公案。如白居易《味道》："叩齿晨兴秋院静，焚香冥坐晚窗深。七篇真诰论仙事，一卷檀经说佛心。"② 这就充分说明唐代文人可以看到《坛经》，更有可能在诗歌中表现这一公案，只不过需要对唐代作品做更为深入的考察。

在对大庾岭公案的演变有清楚的认识后，再回头看之前所搜集的作品，会发现有一些作品其实已经涉及此公案。如齐己《行次宜春寄湘西诸友》："幸无名利路相迷，双履寻山上柏梯。衣钵祖辞梅岭外，香灯社别橘洲西。"③ 诗中"衣钵祖"即指慧能，然而"辞梅岭"事却难明了诗人具体所指，有可能是指慧能北上求法，也有可能是指南下时的大庾岭夺法，还有可能是指慧能拒绝朝廷招揽的使者，总之真意晦涩难明。又如《全唐诗》有灵澈《题曹溪能大师奖山居》残句，云："禅门至六祖，衣钵无人得。"④ 此句意指慧能之后，不再以衣钵形式传承佛法，然"衣钵无人得"句，又内含大庾岭夺法之事，不得衣钵即慧明事。所以，这两首作品说明唐代并非没有作品谈及大庾岭公

---

① 《祖堂集校注》卷六，第 166 页。
② 《白居易诗集校注》卷二三，第 1836 页。
③ 《全唐诗》卷八四五，第 9555 页。
④ 《全唐诗》卷八一〇，第 9134 页。

案,只是表达的方式更为隐晦罢了。按照这一思路,再结合公案文本内容,可再次搜集到一些相关作品,信息统计如下表:

表6-2　大庾岭地域佛教诗歌整理(二)

序号	姓名	作品	出处
1	韦庄	《赠礼佛名者》	《韦庄集笺注》卷三
2	齐己	《答文胜大师清柱书》	《全唐诗》卷八四六
3	鲍溶	《怀惠明禅师》	《全唐诗》卷四八七
4	李商隐	《谢书》	《李商隐诗歌集解》
5	李群玉	《法性寺六祖戒坛》	《李群玉诗集·后集》卷一
6	温庭筠	《访知玄上人遇暴经因有赠》	《温庭筠全集校注》卷九
7	方干	《赠中岳僧》	《全唐诗》卷六四九
8	罗隐	《大梁见乔诩》	《罗隐集》
9		《句·饮水鱼心知冷暖》	《罗隐集》

　　上表所搜集的9首作品,其实皆与大庾岭夺法公案相关,只是表达十分隐晦。稍微明显一点的有齐己《答文胜大师清柱书》,诗云:"应嫌六祖传空衲,只向曹溪求息机。"[1] 此句即举大庾岭公案,"传空衲"指六祖放衣法于石,然慧明却未拿走,"求息机"则言慧能以此争取到避祸的息机。相似作品还有李群玉《法性寺六祖戒坛》"何人得心法,衣钵在曹溪"[2],同样暗举慧明只得心法而未得衣钵事。除此之外,其他作品的表达就更加隐晦,如韦庄《赠礼佛名者》"寻思六祖传心印,可是从来读藏经"[3],方干《赠中岳僧》"尽愿求心法,逢谁即

————————————————

①《全唐诗》卷八四六,第9581页。
②《李群玉诗集·后集》卷一,第84页。
③《韦庄集笺注》卷三,第146页。

拟传"①，李商隐《谢书》"自蒙半夜传衣后，不羡王祥得佩刀"②，这些诗句乍看与庾岭公案无涉，然细品之后，发现皆暗含此意。当然最为隐晦的，是以公案机语入诗的作品，需要对公案文本有深入理解，知道话头所在。此类作品在宋代非常多，典型的有苏轼《南华寺》，诗云：

> 云何见祖师，要识本来面。亭亭塔中人，问我何所见。可怜明上座，万法了一电。饮水既自知，指月无复眩。③

此诗咏禅宗祖庭南华寺，但通篇乃参悟大庾岭公案之语，以此知大庾岭公案之地位。苏轼分别以公案中的"本来面目"与"如人饮水，冷暖自知"等机语入诗，使得作品暗合佛理，极具禅意。苏诗与释子所作诗偈非常相似，皆以诗歌形式表达禅理，或可称其为文人禅诗。文人禅诗在唐代已有之，但更多的是以佛语表现一种空冥或深奥的佛学意境，参悟公案类的作品则非常少见。然而也并非没有，马大壮《天都载》辑有唐代罗隐一句诗："饮水鱼心知冷暖，濯缨人足识炎凉。"④这句诗极似化用"如人饮水，冷暖自知"机语。无独有偶，罗隐另一首诗中，也藏了一句机语，其《大梁见乔诩》云："漏永灯花暗，炉红雪片销。"⑤"炉红雪片销"实为另一则庾岭公案机语，《祖堂集》卷五记载了长髭和尚与石头希迁的一段机锋对话，石头问长髭大庾岭

---

①《全唐诗》卷六四九，第 7458 页。

②《李商隐诗歌集解》，第 42 页。

③《苏轼诗集》卷三八，第 2061 页。

④《罗隐集》，第 189 页。

⑤《罗隐集》，第 164 页。

夺法事,以此考较长髭,长髭则回了一句禅语 :"如红炉上一点雪。"①
罗隐"炉红雪片销"无疑化用此语。由此更可确定,罗隐在大庾岭地
域活动时肯定读过曹溪公案。

及此,对于大庾岭公案,总算能够找出一些相关作品,无论是用
其事或是用公案机语,都有作品呈现。但总体而言,数量还是太少,
远远无法与宋代的盛况相提并论。究竟是何原因,仍需要深入探究。

四、基于佛教典籍及其他文献的作品搜集

以上所搜集作品,体现出唐代文人与释子交往的普遍性。但也
有一个突出现象,在作品搜集中,往往只看到文人的作品,却难以看
到僧人的作品。事实上,在唐代的僧人中,也有很多文化素养很高的
人,同样善写诗文,故刘禹锡在《秋日过鸿举法师寺院便送归江陵引》
中曾言 :"自近古而降,释子以诗闻于世者相踵焉。"② 这些僧人也会
与文人互为酬唱,或自己创作诗歌、佛偈。如贯休、齐己、灵澈等,皆
为唐代著名诗僧,但似乎只有少数诗僧的作品能以别集的形式保存
下来,或是一些极为著名的唱和交往,有可能在其他文献中被保存下
来。如韬光禅师,其与白居易的交往酬唱极为有名,被传为佳话,在
《西湖百咏》《舆地纪胜》《武林旧事》《山堂肆考》等文献中皆有记
载,韬光作品因此得以保存。但似韬光这样的例子毕竟是少数,更多
僧人的诗歌作品难以得到保存。然而,需要注意的是,有另外一种形
式的作品,可能在佛教文献中保存下来,那就是释子、居士甚至文人
所创作的佛偈。如《坛经》里就保存了慧能创作的许多佛偈,包括那
首最著名的得法偈 :"菩提本无树,明镜亦非台。佛性常清净,何处有

①《祖堂集校注》卷五,第 142 页。
②《刘禹锡全集编年校注》卷二,第 144 页。

尘埃。"① 这些佛偈其实就是以诗歌体式来表达佛教义理,是禅宗弟子常见的一种创作形式,在佛教典籍中常能找到这样的作品。以此思路,又可寻出较多大庾岭相关佛偈作品,现将信息列表如下:

表6-3 唐代大庾岭地域佛教诗歌整理(三)

序号	姓名	作品	出处
1	慧能	《无相颂》	法海本《坛经》
2		《修行颂》	法海本《坛经》
3		《真假动静偈》	法海本《坛经》
4		《拟达摩和尚颂二首》	法海本《坛经》
5		《示法达偈》	法海本《坛经》
6		《见真佛解脱颂》	法海本《坛经》
7		《自性见真佛解脱颂》	法海本《坛经》
8		《临灭偈》	契嵩本《坛经》
9	法海	《偈·即心元是佛》	宗宝本《坛经》
10	神会	《五更转(南宗定邪正五首)》其四	《神会和尚语录》
11	李舟	《诗偈》	《唐国史补》卷上
12	乐普和尚	《浮沤歌》	《景德传灯录》卷三〇
13	庞蕴	《诗偈》	《庞居士语录》卷中
14		《杂诗·十方同聚会》	《祖堂集》卷一五
15	延昭	《答西蜀欧阳侍郎颂》其一	《天圣广灯录》卷一五
16	尚颜	《寄荆门郑准》	《唐僧弘秀集》卷一〇
17	僧润	《因览〈宝林传〉》	《景德传灯录》卷二九
18	一砵和尚	《一砵歌》	《鉴诫录》卷一〇

---

①《坛经校释》,第16页。

序号	姓名	作品	出处
19	克符道者	《六祖曹溪宝》	《天圣广灯录》卷一三
20		《马祖麟》	《天圣广灯录》卷一三
21	文偃	《宗脉颂》	《祖堂集》卷一一
22	玄觉	《永嘉证道歌》	《景德传灯录》卷三〇
23	本寂	《四禁偈》	
疑伪	吕岩	《水龙吟》	《全唐诗》卷九〇〇

　　以上作品，绝大多数出自佛教文献，创作者也多为禅门释子，如慧能是禅宗六祖，神会、法海皆为其弟子，文偃是云门宗祖师，本寂为曹洞宗祖师等。其中只有李舟、庞蕴和吕岩3人较为特殊。李舟虽为虔州刺史，然虔心向佛，与马祖、智藏交往密切；庞蕴乃唐代著名居士，有"东土维摩"之称。吕岩则更为特殊，是道教著名人物，在诸多道教文献中都有其至大庾岭的记载，《全唐诗》收其词作30首，其中《水龙吟》就有吕岩参悟庾岭公案的诗句。但关于吕岩的记载，多为传说，其作品亦多后人伪托之作。傅璇琮《唐才子传校笺》对此有详考，发现唐代文献未见其人，其传说起于宋初，并指出《全唐诗》所收30首词作皆为北宋词调，《全唐诗》不当收①。本书亦不收其作。

　　从文体来看，以上作品多为佛门诗偈，并非纯粹意义上的诗歌，而是以诗体表达佛教义理的一种唱颂形式，或可称其为禅诗。从题材来看，主要有三类：第一类，表现大庾岭佛教事件与人物的作品，如文偃《宗脉颂》"六祖曹溪住，衣钵后不传"②，即指六祖曹溪传法事；克符道者《马祖麟》则是咏马祖道一的作品。第二类，参悟庾岭

---

①《唐才子传校笺》卷一〇，第4册第392—402页。
②《祖堂集校注》卷一一，第302页。

公案的作品,如乐普和尚《浮沤歌》"解达蕴空沤不实,方能明见本来真"①,则是对"本来面目"机语的参悟。第三类,表达佛法思想的作品,此类作品未必涉及庾岭,但却是在庾岭地域创作的。如慧能的佛偈,大多数在曹溪创作,李舟、庞蕴等人诗偈,创作于虔州,皆予以收录。

至此,关于唐代大庾岭佛教作品基本搜集齐备,共得诗歌作品36首,佛门诗偈22首,凡58首。在收集与整理的过程中,关于大庾岭佛教诗歌的一些问题也逐渐呈现出来,如作品数量相对较少、大庾岭公案作品表达隐晦、公案与诗歌互为关联等,这也是接下来要重点解决的问题。

第三节　大庾岭禅宗公案诗歌

在所搜集作品中,与公案相关的作品占据了绝对数量,这也揭示了对于公案诗歌的研究是重中之重。当然,唐代大庾岭公案作品的数量与宋代相比,显然还是太少了,而且表达也不如宋代作品直接,如陆游《谢演师送梅二首》其一"输与西邻明上座,解从大庾岭头参"②,让人一看就知道是举庾岭公案。唐代作品表达十分含蓄,如灵澈《题曹溪能大师奖山居》"禅门至六祖,衣钵无人得"③,齐己《答文胜大师清柱书》"应嫌六祖传空衲,只向曹溪求息机"④,玄觉《证道歌》"六代传衣天下闻,后人得道何穷数"⑤,尚颜《寄荆门郑准》

①《景德传灯录》卷三〇,第656页。
②《陆游集》卷一一,第325页。
③《全唐诗》卷八一〇,第9134页。
④《全唐诗》卷八四六,第9581页。
⑤《景德传灯录》卷三〇,第651页。

"传衣传钵理难论,绮靡销磨二雅尊"①,以上诗句从表面难以看出与公案的联系,但实际就是谈大庾岭夺法公案。而且细味这些诗句,能感觉到作者皆试图在表达一种观点、看法或是争论,这就说明夺法公案并不止记录一个事件那么简单,可能还藏有更为深层次的问题。唯有先把诗歌隐含的公案背景弄清楚,才有可能合理阐释唐代大庾岭公案的诗歌问题。

一、大庾岭地域与南宗禅发展的关系

齐己《答文胜大师清柱书》云"应嫌六祖传空衲,只向曹溪求息机",此句乃举大庾岭夺法公案,同时也引发读者思考,为何说慧能要传空衲,又向曹溪求得了什么息机呢? 这些问题其实反映出南宗禅的发展与地域之间的关系问题。南宗禅的早期发展可分为慧能求法、曹溪蛰伏和弟子北上三个主要阶段,下面就分别看一下在这三个阶段中,大庾岭地域所扮演的角色。

（一）慧能求法

关于慧能北上求法的过程,诸本《坛经》皆未有详细记载。如法海本《坛经》只提及慧能从新州至广州,听客诵《金刚经》,一听便悟,受客指点北上黄梅②。《坛经》此处意在突出慧能对佛法的超高悟性,未说明慧能如何北上。在《宋高僧传》《景德传灯录》《曹溪大师别传》等文献中,对于慧能北上则另有说法,尤以《曹溪大师别传》记载为详。据《曹溪大师别传》记载:

至咸亨元年时,惠能大师,俗姓卢氏,新州人也……其年大

①《唐僧弘秀集》卷一〇,《影印文渊阁四库全书》,第1356册第920页。
②《〈坛经〉对勘》,第2—3页。

师游行至曹溪,与村人刘志略结义为兄弟,时春秋三十。略有姑出家配山涧寺,名无尽藏,常诵《涅槃经》。大师昼与略役力,夜即听经至明,为无尽藏尼解释经义,尼将经与读,大师曰:"不识文字。"尼曰:"既不识字,如何解释其义?"大师曰:"佛性之理,非关文字能解,今不识文字何怪?"众人闻之皆嗟叹曰:"见解如此,天机自悟,非人所及,堪可出家,住此宝林寺。"大师即住此寺,修道经三年……后闻乐昌县西石窟有远禅师,遂投彼学坐禅。大师素不曾学书,竟未披寻经论。时有惠纪禅师诵《投陁经》,大师闻经叹曰:"经意如此,今我空坐何为?"至咸亨五年……其年正月三日发韶州,往东山寻忍大师……至洪州东路时,多暴虎,大师独行山林无惧。①

《曹溪大师别传》撰于建中二年(781)②,距慧能圆寂仅69年,其史料价值的珍贵不言而喻。然由于此传中纪年出现了混乱,胡适曾据此批驳《别传》为伪作,认为《别传》作者是一个无学问的陋僧,闭门虚造曹溪大师的故事③,以致学界长时间忽视这部文献。不过,日本柳田圣山、忽滑谷快天、中国印顺、杨曾文等学者,对于此传再次考察,充分肯定了《别传》的史料价值。杨曾文指出:"《曹溪大师传》的内容十分丰富,不少内容可以从比它成立较早的文献和稍后的文献记载得到旁证,并且为后世史书继承。"④从以上《别传》文字来看,所

---

① 〔日〕释祖芳校订:《曹溪大师别传》,《禅宗全书》,第1册第162页。
② 《曹溪大师别传》有"至唐建中二年",胡适、杨曾文等据此考《别传》撰于该年。
③ 《胡适说禅》,第182页。
④ 杨曾文:《佛教与中日两国历史文化》,中国社会科学出版社,2015年,第289页。

述刘志略、无尽藏尼、远禅师等人事迹，皆可与《宋高僧传》《景德传灯录》记载对应，可知《别传》并非妄说。故据所引文字，可知慧能前往黄梅之前，实则在庾岭以南区域学习佛法达数年之久。比起《坛经》所描绘的慧能神异，《别传》记载更符合实际情况。大庾岭自东汉开始，已是佛教传播的重要通道，也是最早接受佛法普及的地方，尤其是南部始兴，曾有许多高僧在此译经传法、潜心静修，是一处极好的学佛之地。慧能在此地学习，一方面为北上求法夯实了佛学基础；另一方面，也熟悉了大庾岭一带的环境，为以后南下避祸结下了善缘。

从《别传》记载，还可以得知慧能北上求法的路线，这一点是其他文献没有提及的。如《景德传灯录》载"至昌乐县西山石室间……师辞去，直造黄梅之东禅"①，《宋高僧传》则云"劝往蕲春五祖所印证去……未几造焉"②，皆未指明慧能北上的具体路线，甚至如果仅据《灯录》记载，还容易出现误判。昌乐即乐昌县，位于大庾岭与骑田岭之间，也是武、浈水交汇处，此处既可由大庾岭北上，亦可由骑田岭北上，相对来说，距离骑田岭更近，由此很可能让人认为慧能应走骑田岭路。但《别传》说慧能"正月三日发韶州，往东山寻忍大师"，"至洪州东路时，多暴虎"，即可知慧能乐昌求法结束后，又东返至曹溪，此处距大庾岭更近，故慧能北上求法乃越大庾岭，"至洪州"即为明证。此为无数前贤北上传法的道路，也是慧能北上求法的道路。

大庾岭再次与慧能发生联系，是其南下避祸的时候。五祖弘忍半夜传衣法于慧能，并对他说："惠能！自古传法，气如悬丝！若住

---

① 《景德传灯录》卷五，第69页。
② 《宋高僧传》卷八，第173页。

此间,有人害汝,汝即须速去。"①慧能得衣法后即离去,五祖送其至九江驿。所以慧能南逃,亦是取赣江南下,其后便发生了著名的大庾岭夺法事件,这在前文已有详讨,此不再赘述。慧能在大庾岭度化慧明,并躲过几百人的追缉,终于又回到曹溪区域。由此看来,大庾岭既是慧能最初学法之地,也是其北上求法的路径,更是其南下时躲避追缉者的地方。曾丰《赠江西瑞上人至南海袖诗相过》云"六祖求衣从岭出,六祖得衣从岭入。半夜抽身不露机,凹头解担犹留迹"②,即指出大庾岭与慧能得法之间的关系。可以说,大庾岭对于慧能顺利求得衣法,发挥了重要的地域性作用。

（二）曹溪蛰伏

慧能躲过追缉之后,并非马上到了曹溪宝林寺弘法,而是躲避了相当长的一段时间。关于此段经历,法海本《坛经》并未提及,而自惠昕本开始,便有了"慧能后至曹溪,又被恶人寻逐。乃于四会县避难"的记载,郭朋认为这是惠昕带头增加的情节,并在契嵩、宗宝本中被拉得越来越长③。然在前文考察中,已可判断惠昕本确为在"文繁"古本《坛经》的基础上修改而成。这一点,通过《别传》记载,亦可得到证实。《别传》云:

> 能大师归南略,至曹溪,犹被人寻逐,便于广州四会、怀集两县界避难,经于五年,在猎师中。大师春秋三十九,至仪凤元年初,于广州制旨寺听印宗法师讲《涅槃经》……印宗法师请大师归制旨寺,今广州龙兴寺经藏院是。大师开法堂,法师问能大

---

①《〈坛经〉对勘》,第19页。
②《全宋诗》卷二五九九,第30197页。
③《〈坛经〉对勘》,第27—30页。

师曰:"久在何处住?"大师云:"韶州曲县南五十里曹溪村,故宝林寺。"法师讲经了,将僧俗三千余人送大师归曹溪,因兹广阐禅门学徒十万。①

此段文字清楚地记载了慧能至曹溪后仍被寻逐之事,可知惠昕本并非妄言。据《别传》及其他诸文献,慧能越过庾岭后,先至曹溪,后至四会等地避难,又复至广州制旨寺躲藏,并于此地有著名的"风吹幡动"公案,最终由广州回到曹溪弘法,这一条主线是大致无误的。由此可见,慧能越过大庾岭后的经历仍颇为曲折,一直在躲避追缉,最后因有印宗法师的大力支持,方得返回曹溪,传法之路艰难至斯。或因此段凶险经历,回到曹溪后,慧能潜心在曹溪弘法,教授弟子,再未越过庾岭去往别处。武则天和中宗曾多次下诏并派使者请慧能入京,皆被婉拒,王维《六祖能禅师碑铭》云:"则天太后、孝和皇帝,并敕书劝谕,征赴京城。禅师子牟之心,敢忘凤阙?远公之足,不过虎溪。固以此辞,竟不奉诏。"②王维实以慧远虎溪之界的典故暗喻慧能传法亦有边界,那么慧能的边界在哪里呢?《宋高僧传》记录了慧能回使者的答语:"吾形不扬,北土之人见斯短陋或不重法。又先师记吾以岭南有缘,且不可违也,了不度大庾岭而终。"③很显然,慧能传法的边界就是大庾岭。

慧能为何要将其传法的边界定于大庾岭?按慧能的说法,是有师命在身且不可违背。这与其他佛教文献记载吻合,《坛经》载弘忍送别慧能时曾嘱咐:"汝去,努力将法向南,三年勿弘此法,难去,在

①《曹溪大师别传》,《禅宗全书》,第1册第164—166页。
②《全唐文》卷三二七,第3313—3314页。
③《宋高僧传》卷八,第177页。

后弘化。"①《曹溪大师别传》亦记载印宗法师询问慧能之语："忍大师临终之时云佛法向南,莫不是贤者否?"② 这就说明弘忍对于弟子传法去向是有规划的,而慧能的去向,自然就是岭南,大庾岭作为中原与岭南的界岭,自然被慧能视为师尊所指定的边界。除此之外,从客观上看,慧能把道场定于曹溪,也是有其深刻考量的。其一,在经历了惊险的南逃和数年的藏匿之后,慧能首先要考虑的就是传法的稳定性,大庾岭横亘绵延几百里,且当时新路未开,山道崎岖艰险,对慧能传法起到良好的屏障保护作用。其二,庾岭之南自古被认为是荒蛮之地,对于传道僧侣并无多少诱惑,尤其当慧能汇聚起一定的势力后,觊觎其地盘和衣法的人自然就会大大减少。其三,慧能若只为避祸和遵师嘱,大可选择更为荒僻之地,岭南这样的地方显然很多,然而慧能偏偏选择了曹溪。从地理区位来看,曹溪的位置其实极为重要,南接广州,是岭南的政治文化中心,北通庾岭,是连接中原的要道,东北可往闽越,西北可往湖南,这样的区位条件十分有利于宗派发展。可见慧能早有弘扬宗法的规划,此亦为常理,任何一位佛法宗师皆有此愿。只不过慧能一直在曹溪积蓄宗派力量,一旦时机成熟,南宗禅便可一步迈过大庾岭,向北弘化。所以慧能在曹溪的弘法,不妨可视为是南宗禅依靠在大庾岭之后的蛰伏阶段。

（三）弟子北上

慧能因师命"不可违",终生未出大庾岭,但这并不代表他不想将自己的佛法弘化至更为广阔的中原地区。从曹溪与大庾岭的位置可以看出,慧能有意保持与中原的交流,并且直至圆寂,他都没有任何限制弟子越过大庾岭的言行。故慧能圆寂后未过几年,南宗弟子

---

① 《〈坛经〉对勘》,第 23 页。
② 《曹溪大师别传》,《禅宗全书》,第 1 册第 164 页。

们终于开始逾越六祖法界,迈过大庾岭,北上弘法。

当前关于南宗禅的研究,在谈及南宗弟子北上弘法时,往往只谈神秀和滑台大会,给人感觉当时南宗禅似乎只有神会北上了,但事实并非如此。慧能蛰伏曹溪四十余年,南宗禅在此期间早已夯实基础,无论声誉还是宗派规模,皆有极大的提升。据《坛经》载:"大师住漕溪山、韶广二州,行化四十余年。若论门人,僧之与俗,三、五千人说不尽。"① 当然,这里说的门人是宽泛概念,应包括听他讲法的僧众和俗家子弟。而据《景德传灯录》:"得法者除印宗等三十三人各化一方,标为正嗣,其外藏名匿迹者,不可胜纪。"②《灯录》统计慧能法嗣有 43 人,33 人标为正嗣,实为慧能座下十分出众的弟子。也正是这批弟子,在慧能圆寂后,开始越过大庾岭,将南宗禅向北弘化。杨曾文对慧能圆寂后弟子的活动进行考察,指出:"可以认定在慧能死后,南宗禅流行的范围大体上包括现在的广东、江西、湖南、湖北、浙江、山西、河南、河北、陕西等省的相当大的地区。……除神会到京城传法外,本净、慧忠也曾到京城传法……对南宗禅的迅速传播也起到很大推进作用。"③ 可见,当时向北越过大庾岭的,是慧能的一批弟子,而非神会一人。

当然,在这批弟子中,最为突出、影响最大的,还是神会。据《宋高僧传·神会传》记载:

> (神会)居曹溪数载,后遍寻名迹。开元八年,敕配住南阳龙兴寺,续于洛阳大行禅法声彩发挥……南北二宗时始判焉……

①《〈坛经〉对勘》,第 95 页。
②《景德传灯录》卷五,第 72 页。
③ 杨曾文:《唐五代禅宗史》,中国社会科学出版社,1999 年,第 228 页。

十四年范阳安禄山举兵内向……代宗郭子仪收复两京……会之
敷演显发能祖之宗风，使秀之门寂寞矣。[1]

由记载可知，神会初至南阳仅仅是被官方认可，通过以他为首的一批
弟子的不断抗争，人们开始意识到禅宗有南北之分，至南禅取得上层
认可，宗门大盛，期间至少经过了二十余年的努力。唐天台宗湛然在
分析各宗派时曾评价南宗禅："自唐以来，传衣钵者起于庾岭。"[2] 这
代表了唐人对于禅宗与大庾岭关系的看法。近代吕澂《中国佛学源
流略讲》评价南宗北传："开元中经他弟子神会的努力，把他提倡的
禅法当作达摩禅的正统向北方宣传……原来局促在大庾岭以南一方
的，至此始普及于各地。"[3] 这些评价皆凸显南宗禅起于庾岭之观点，
这当然是因为南宗禅的大本营本来就在大庾岭地域，另一方面，大庾
岭又是南宗弟子北上弘法的重要通道，可以想见，这数十年来，不断
有弟子因弘法需要往返于大庾岭上。

　　此外，还有一个细节，十分值得注意，《宋高僧传》说神会"开元
八年，敕配住南阳龙兴寺"，在此前，神会曾"遍寻名迹"，也就是说神
会离开曹溪北上的时间应在开元六年左右，甚至更早，而这个时间恰
恰是大庾岭新路开通后不久。张九龄于开元四年主持开凿大庾岭新
路，至次年竣工，随后不久慧能的弟子们就开始北上弘法，两者之间
绝非巧合。从客观上分析，在慧能传法的时代，大庾岭交通状况极
差，张九龄《开凿大庾岭路序》云："初，岭东废路，人苦峻极。行径羊

---

①《宋高僧传》卷八，第 179—180 页。
②（宋）释志磐：《佛祖统纪》卷七，《中华大藏经》，中华书局，1994 年，第 82 册第
　470 页。
③吕澂：《佛学论著选集》，齐鲁书社，1991 年，第 2773 页。

缘,数里重林之表。"① 正因如此,慧能才能借助大庾岭躲避数百人追
缉,其在曹溪弘法也能以大庾岭为保护屏藩。但这种情况在新路开
凿后发生了变化,新路开通使得大庾岭交通大为改观,"坦坦而方五
轨,阗阗而走四通",这就意味着大庾岭的屏障作用开始减弱,曹溪与
外界的联络开始增强,而此时的南宗禅已蛰伏多年,基础雄厚,大庾
岭路的开凿为神会等弟子北上提供了绝佳的机会。换言之,大庾岭
路的开凿是触动南宗弟子北上的一个重要原因。

　　纵观南宗禅发展初期的三个阶段,大庾岭都在其中扮演着重要
的角色,它既是六祖慧能最初习法的地方,又是慧能得法后避难的场
所,还是南宗弘法的基地,也是北传时的重要通道。基于以上论述,
对于齐己诗歌所云"应嫌六祖传空衲,只向曹溪求息机",就能够有更
深刻的认识了,"传空衲"句指的是大庾岭夺法公案,也代表着慧能
前期求法的经历,"求息机"句则是指慧能在曹溪弘法的蛰伏时期,
南宗禅也正是因为有了长足的"息机",才得以北上,光大南禅。除了
齐己的诗作,还有一些其他的作品也是反映这一背景的,如鲍溶《怀
惠明禅师》"解空长老莲花手,曾以佛书亲指授"②,温庭筠《访知玄
上人遇暴经因有赠》"惠能未肯传心法,张湛徒劳与眼方"③,李群玉
《法性寺六祖戒坛》"何人得心法,衣钵在曹溪"④,这些作品虽只字未
提大庾岭,却都是以夺法公案为背景,反映了大庾岭地域与南宗禅的
关系。

---

① 《张九龄集校注》卷一七,第891页。
② 《全唐诗》卷四八七,第5536页。
③ (唐)温庭筠著,刘学锴校注:《温庭筠全集校注》卷九,中华书局,2007年,第
　773页。
④ 《李群玉诗集·后集》卷一,第84页。

二、大庾岭公案与南宗禅革新

永嘉玄觉《证道歌》云："六代传衣天下闻，后人得道何穷数。"玄觉此句不好理解，有很深的背景，反映了大庾岭公案与南宗禅发展更深层次的关系，需要深入诗歌的创作背景进行探讨。永嘉玄觉并非诗人，而是释子。《景德传灯录》卷五"慧能法嗣"下有"温州永嘉玄觉禅师者"，云其与东阳策禅师同诣曹溪，向慧能求法，慧能对其曰"少留一宿"，时谓一宿觉矣，有《证道歌》一首，广州刺史魏靖为其编《永嘉集》，并盛行于世①。以此知玄觉实为慧能弟子，其《证道歌》影响很大，宋代彦琪为其作序云："自后天下丛林，无不知也，诸方老人，或注或颂，以至梵僧传归印土，翻译受持。若非深契佛心，其孰能与于此哉。"②此外，这首作品不仅收录于《景德传灯录》，亦广被其他佛教文献收录，可见在当时这是一首传唱度极高的作品，甚至流传至西域。彦琪谓之"深契佛心"，亦说明此作品代表了唐宋时期佛教的主流观点。《证道歌》本质上是属于佛门偈颂，然而却是以诗体的形式呈现，如首句"君不见绝学无为闲道人，不除妄想不求真"，即仿乐府体，读起来朗朗上口。全诗凡54偈，247句，其中与大庾岭相关的是第36、37偈，兹摘录如下：

> 建法幢、立宗旨，明明佛敕曹溪是。第一迦叶首传灯，二十八代西天记。
>
> 法东流、入此土，菩提达摩为初祖。六代传衣天下闻，后人得道何穷数。③

---

① 《景德传灯录》卷五，第82页。
② （宋）彦琪：《永嘉真觉大师证道歌注》，《禅宗全书》，第94册第7—8页。
③ 《景德传灯录》卷三〇，第651页。

从字面上看,此二偈核心是谈禅宗传承问题。36 偈首句即点明禅宗传承在曹溪,其后陈述禅宗印度传承。37 偈则说佛法东流,传入中国后的传承情况。以上是当时释家的普遍认识,随着南禅向北普及,慧能地位被朝廷认可,曹溪亦被奉为祖庭,由此禅宗自达摩传至慧能历经六代,为世人所知,且被记录于正史。《旧唐书》载:"自释迦相传,有衣钵为记,世相付授……达摩传慧可,慧可尝断其左臂,以求其法;慧可传(僧)璨;璨传道信;道信传弘忍。"①史书亦从印度佛教开始,记载其"传衣钵"传统,一直记到弘忍出现新变,弘忍之后则分述神秀与慧能两脉。可知衣法相传的传统至慧能辄止。玄觉所云"六代传衣天下闻",背景在此。玄觉随后又说"后人得道何穷数",与此前单人传承形成强烈反差,禅宗因此传布天下。玄觉此句背景实反映六祖慧能对传统的重要革新:废衣法,传《坛经》。而导致此革新的重要转折点,就是慧能所述大庾岭夺法。

　　事实上,若仔细阅读《坛经》,便会发现"衣法"传承是贯穿于《坛经》叙事的中心线索。从慧能求法,得五祖半夜授衣,至慧能南逃,引来数百人追逐,抢夺衣法,复至大庾岭,慧能以心法传慧明,得以保留衣法并躲过追缉,至最后慧能灭度前,弟子询问衣法传承何人,慧能说出以《坛经》传法的构想。整部《坛经》的故事线,皆围绕衣法传承展开,反映了六祖慧能对衣法传承制度的深度思考。慧能的思考应涉及两个核心问题:一是自古以来的衣法相传是否合理?二是如果不遵传统,今后的南宗禅又当如何传法?

　　对于第一个问题,慧能的态度明显是坚决否定。这在慧能得授衣法时已显征兆,法海本《坛经》如此记录弘忍传法:

---

① 《旧唐书》卷一九一,第 5109—5110 页。

> 其夜受法，人尽不知，便传顿教法及衣，以为六代祖。衣将
> 为信禀，代代相传；法以心传心，当令自悟。五祖言："惠能！自
> 古传法，气如悬丝！若住此间，有人害汝，汝即须速去。"①

弘忍传法十分谨慎，选择半夜传法给慧能，并嘱咐慧能说"自古传法，气如悬丝"，让他立即南逃。气如悬丝，则说明危险至极！这一点，此后的大庾岭夺法即为证明。可以说，夺法事件将自古衣法传承的矛盾推至最高点，几百人的追缉，数年的藏匿，慧能为何南逃？逃的是命！故《坛经》从惠昕本开始，便将"气若悬丝"改为"命似悬丝"②。夺法事件的发生，让慧能开始意识到衣法传承的不合理，痛定思痛，而其作为衣钵传承者，责任重大，不得不去思考第二个核心问题，以后的禅宗该如何传法呢？这便有了《坛经》最后慧能"以经为衣承"的思考，即用《坛经》取代衣钵作为传承信物。从慧能对传承人的标准设立可看出其对这一变革的深思熟虑，《坛经》载："须得上根知，心信佛法，立大悲，持此经，以为依承"，"凡度誓、修修行行，遭难不退，遇苦能忍，福德深厚，方授此法。如根性不堪材量，不得须求此法，达立不得者，不得妄付《坛经》。告诸同道者，令识蜜意"③。以《坛经》作为传承信物，最大的好处就是可以"分头弘化"。传法袈裟只有一件，而以《坛经》为信物，却可手抄多份，只要符合条件者皆可得到，无需再争。可以说，慧能对"衣法"制度的废除，是南宗禅得以蓬勃发展的最重要变革，从根本上解决了衣法传承的矛盾，杜绝了后世弟子因传法而引起的不必要争端，法传四方，从而得以实现达摩祖师

---

① 《〈坛经〉对勘》，第 19 页。
② 《〈坛经〉对勘》，第 20 页。
③ 《坛经校释》，第 114 页。

"一花开五叶,结果自然成"之理想,柳宗元笔下"今布天下,凡言禅皆本曹溪"之盛况。

玄觉的诗偈,就是以禅宗衣法传承为背景,反映的是慧能对于传法的革新及影响,而大庾岭夺法事件,就是这一革新举措的导火索和重要转折点。废除衣法,以《坛经》为信物,为的就是不再发生抢夺事件。客观上看,禅宗的传播正因为这一革新而真正放开了手脚,此后支脉遍布,子弟兴旺。从这一点来看,记录于《坛经》中的大庾岭夺法,象征意义远大于其作为史实的意义,是传统与革新两者矛盾冲突的集中体现。胡适曾把盛唐至中唐时期的禅宗发展喻为是中国佛教的革新运动①,那么,把大庾岭夺法作为这一场革新的起点大概是没错的。

当然,对传统的革新必然会引起怀疑和争论,所以在相关文学作品中,体现出了时人对此事的不同态度。赞同的如玄觉作品,是肯定慧能功绩的。此外还有克符道者《六祖曹溪宝》,诗云:

> 南得黄梅意,曹溪记法泉。三衣兼祖印,一钵尽师传。慈月光千海,玄河注百川。神洲十二代,法眼继相传。②

克符道者为临济宗著名禅师,这首作品同样是在称赞禅宗衣法革新的成功。也有表现怀疑与争论的作品,如延昭《答西蜀欧阳侍郎颂》云:

> 能忍相传恰二三,信行衣钵更谁担? 明明历世千灯外,得自

---

① 《胡适说禅》,第 241 页。
② (宋)李遵勖著,朱俊红点校:《天圣广灯录》卷一三,海南出版社,2011 年,第 188 页。

何人问那堪。①

这首作品记载于《天圣广灯录》延昭和尚与欧阳侍郎的一段机锋对话中，时欧阳侍郎问延昭："法王心印，达磨将来，五祖付与曹溪，自后不传衣钵。未审和尚得自何人？" ② 延昭即以上诗作答，所以延昭此诗，可以看作世俗对衣法革新理解与怀疑的一次作答。又如尚颜《寄荆门郑准》云"传衣传钵理难论" ③，可见当时对此革新亦存在着争论。文偃《宗脉颂》则对传衣的变革、结果以及时人态度做出了全面概括，颂云："西天二十八，祖佛印相传……六祖曹溪住，衣砵后不传。派分三五六，各各达真源……外道多毁谤，弟子得生天。" ④ 文偃乃云门祖师，此作品亦充分肯定变革结果，故云"派分三五六，各各达真源"，而"外道多毁谤，弟子得生天" 之语，无疑体现出当时变革的艰难。

三、不立文字与大庾岭公案的诗意表达

由于慧能对禅宗衣法的变革，突破了佛法一脉相传的桎梏，南宗禅此后的发展十分迅速，尤其至马祖、行思时代，禅宗已经成为唐代最为普及的佛教宗派，"凡言禅皆本曹溪"。通过前文论述，亦可了解大庾岭对于南宗禅发展的重要作用和意义，同时记录于《坛经》的大庾岭夺法也逐渐演变为禅宗公案。以上背景的考察，对于深入阐释大庾岭公案诗歌有重要作用。但关于此公案的唐代作品还有一个突出问题，就是数量较少。尽管对佛教文献进行全面查找后得到了几

①《天圣广灯录》卷一五，第 250 页。
②《天圣广灯录》卷一五，第 250 页。
③《唐僧弘秀集》卷一〇，《影印文渊阁四库全书》，第 1356 册第 920 页。
④《祖堂集校注》卷一一，第 301—302 页。

十首作品,但与宋代相比,简直是云泥之别,这与唐代大庾岭地域的佛教发展盛况是不匹配的。究竟是什么原因导致了这种现象呢? 这恐怕和当时佛教的一个理念有密切关系,即"不立文字"。

关于"不立文字"的由来,一种说法认为其出自禅宗文献关于"拈花微笑"的记载。《五灯会元》记载了释迦牟尼传法给弟子的一个故事,当时释迦在灵山欲传法给弟子,拈花示众,众皆默然,唯迦叶展颜微笑,此时释迦牟尼说:"吾有正法眼藏,涅槃妙心,实相无相,微妙法门,不立文字,教外别传,付嘱摩诃迦叶。"[①] 这是一则非常唯美的公案,把南宗顿悟之特点展现无遗,而不立文字的说法也由此被大众熟知。然而此则公案却非史实,是宋代之后才出现的,所以不能以此来说明"不立文字"的来源,更不能以此认为该思想在印度佛教时期就已存在并传到中国。那么,不立文字究竟是何时出现的? 由于此则公案核心是体现顿悟,而"不立文字"又是禅宗修行特点,所以可推断"不立文字"应与南宗禅有密切关系。事实上,在禅宗经典《坛经》中,已经清晰地表达了不立文字之思想,而且与大庾岭公案有着密切的联系。

契嵩本《坛经》记载了慧能与刘志略姑姑无尽藏尼的一段对话:"尼乃执卷问字,师曰:'字即不识,义即请问。'尼曰:'字尚不识,曷能会义? '师曰:'诸佛妙理,非关文字。'"[②] 这段文字在法海、惠昕本中不见,一些学者在考察不立文字时,同样认为这是宋代新加上去的观点。事实上,此记载在《曹溪大师别传》中是存在的,只是文字略有不同,《别传》中慧能的回答是:"佛性之理,非关文字能解,今不识文字何怪?"[③] 都是表达佛理非关文字的意思,可见契松实有所本。

---

① (宋)普济著,苏渊雷点校:《五灯会元》卷一,中华书局,1984年,第10页。
②《〈坛经〉对勘》,第105页。
③《曹溪大师别传》,《禅宗全书》,第1册第162页。

不唯如此,在最早的法海本中,还能寻出许多关于不立文字的表述,如慧能在谈如何理解《金刚般若波罗蜜经》时就说:"故知本性自有般若之智,自用智惠观照,不假文字。"[1] 在法达和尚向慧能请教《法华经》时,慧能说:"吾一生以来,不识文字,汝将《法华经》来,对吾读一遍,吾闻即知。"[2] 在为弟子解释诸相时云:"谤法直言不用文字,既云不用文字,人不合言语!言语即是文字。自性上说空,正语言本性;不空,迷自惑,语言除故。"[3] 从这些记载即可看出,在慧能的思想体系中,已经有明确的不立文字观念,只不过他未用"不立文字"来表述,而是用了"不假文字"或"不用文字"这样的相似词语。这绝非慧能一时兴起之语,因为在《坛经》中,还有一段慧能对文字观念的专门表述:

> 一切经书,及诸文字,小大二乘,十二部经,皆因人置,因智惠性故,故然能建立。若无世人,一切万法,本元不有。故知万法,本因人兴。一切经书,因人说有。缘在人中有愚有智,愚为小人,智为大人。迷人问于智者,智人与愚人说法,令彼愚者悟解心解……故知不悟,即佛是众生;一念若悟,即众生是佛。故知一切万法,尽在自身中,何不从于自心顿现真如本性。[4]

此段体现的就是慧能的文字观,他从佛经文字起源开始谈,认为文字是有大智慧的人建立的,如果世间没有人,那也没有了法,亦没有文字,人与人的根本区别在于对佛经文字的理解,如果开悟了,每个人

---

[1]《〈坛经〉对勘》,第64页。
[2]《〈坛经〉对勘》,第106页。
[3]《〈坛经〉对勘》,第138页。
[4]《坛经校释》,第57—58页。

都可以成佛。这一论述体现出慧能对于佛法与文字有清晰的认识，并且他还明确提出了佛法文字因人建立的概念，可见禅宗"不立文字"之理念，应始于《坛经》。

慧能所构建的"不立文字"概念是辩证的。一方面，其认为佛法即是般若本性，与文字无关；另一方面，又充分肯定佛经文字的作用，认为佛经乃是大智慧的人建立的，可以指引愚者迷津，直达本心，只不过这一过程需要有智人为其说法开悟。所以慧能构建出了一个佛法、文字、智者和愚者四者关系的立体模型，这个模型的核心即是文字，文字即是佛法的载体，又有可能使愚者迷失，故慧能提倡顿悟，当愚者得到智者指点后，有可能会超越文字束缚，看清本心，领悟真如本性，谓之顿悟也。从这一点来看，慧能又将对佛法文字的理解与南宗禅传法联系到一起，后者即为解决前者问题的法门。

此外，通过慧能对于文字的论述，可赫然发现，原来慧能在《坛经》所述大庾岭夺法也是其"不立文字"思想的核心体现。再看一下黄檗断际《传心法要》中对此公案的表述：

> 明上座走来大庾岭头寻六祖。六祖便问："汝来求何事。为求衣为求法？"明上座云："不为衣来。但为法来。"……六祖云："不思善，不思恶。正当与么时。还我明上座父母未生时面目来。"明于言下忽然默契。便礼拜云："如人饮水，冷暖自知。"①

此段文字应该是最接近古本《坛经》原始形态的。从记载来看，当慧明向慧能表明只求心法时，慧能启发他需回到父母未生时面目，法就在你心中。这就是慧能"一切万法，尽在自身中，何不从于自心顿现

---

① 《黄檗山断际禅师传心法要》，《中华大藏经》，第 77 册第 122 页。

真如本性"文字观的最根本体现。慧明因此一句得以顿悟,然而他的体悟亦无法用语言文字表达,故只能回答"如人饮水,冷暖自知",这句话充分体现出文字在佛法表达方面的局限性,那些最根本的东西,只能用般若智慧去亲证,非言语可形容。从慧明请求指点,到慧能说法,再到慧明顿悟,其实又是慧能对于智者开悟愚人观念的展示。整部《坛经》中,如此完整地体现慧能文字观与顿悟思想的,恐怕就是此公案。曹溪中兴祖师憨山德清曾论及此公案说:"今更能深念六祖于大庾岭头教慧明公案……此则公案是六祖命脉,苟有一人于此参透,则六祖常住世间未灭度也。"[①] 由此可见,庾岭公案实为慧能思想的核心体现。

　　尽管慧能对于"不立文字"采用了辩证的思想,然而后世弟子参悟其思想时,仍会出现不同理解。毕竟慧能所描述的顿悟状态是脱离文字的,而这恰恰是众多南禅弟子向往的境界,故后世弟子多把精力放到如何识见本心上了,想要效仿祖师通过一些特殊的方法让自己产生顿悟,由此产生"棒喝""体势""默照"等远离佛经文字的修行法门,甚至出现盲修的现象。有趣的是,不立文字现象在唐代诗歌中也经常能看到,如寒山《我见利智人》:"我见利智人,观者便知意。不假寻文字,直入如来地。"[②] 寒山此诗即是对慧能思想的参悟,"利智人"即慧能所云"智者",是有着般若智慧、可直接见性的人,"不假寻文字"亦是化用慧能语。又有贾岛《送僧》云"言归文字外,意出有无间"[③],指出文字对于"意"之表达的局限性,可见"不立文字"于

---

① (明)憨山德清:《憨山老人梦游集》卷五一,《禅宗全书》,第 51 册第 777 页。
② (唐)寒山子著,徐光大校注:《寒山子诗校注》,陕西人民出版社,1991 年,第 169 页。
③ (唐)贾岛著,李嘉言新校:《长江集新校》卷八,上海古籍出版社,1983 年,第 100 页。

禅林已是普遍共识。齐己《答禅者》云："五老峰前相遇时,两无言语只扬眉。南宗北祖皆如此,天上人间更问谁。"[1] 齐己此诗实为讽刺当时离弃文字之风,"两无言语只扬眉"形象地描绘出当时禅僧相见时的形态,"南宗北祖皆如此"更反映了当时这种观念之盛,可谓言禅者皆弃文字了。以上诗歌作者都系唐代著名诗僧,故而这些作品较好地反映出当时的真实情况。此外,从他们的作品,也能看出"不立文字"概念在不同时期的理解,寒山为初盛唐人,天宝年间(742—756)还在世[2],所以他对不立文字的理解十分接近慧能;而贾岛、齐己等人,生活在中晚唐时期,这一时期"远离文字"观念已颇为盛行。结合这一背景,就可以更好地分析唐代大庾岭相关作品稀少的问题,一方面,在慧能圆寂后的一段时期,《坛经》作为信物,是不可能广为传播的,能够看到的都是极少数祖师级高僧;另一方面,尽管在中唐以后,《坛经》内容已被一些祖师语录所转载,传播面变大,然而"远离文字"观念的盛行使得《坛经》内容的传播十分有限,尤其是向文人阶层的渗透十分困难,只有极少数文人可以了解其内容。周裕锴指出:"正因如此(不立文字),尽管晚唐五代是禅宗史上最富生机的时期,但在文学创作中却看不到多少禅宗所产生的影响。"[3]

　　然而,由于大庾岭夺法公案实在是太过重要,以至于在唐代,终究还是留下了一些作品。从这些作品的作者来看,基本上都是禅宗祖师级的人物,如神会、法海、玄觉都是慧能座下弟子,文偃乃云门宗祖师,延昭则是临济宗四祖。这些高僧是可以得到《坛经》的,也必然会去参悟大庾岭夺法公案,并由此创作相关诗偈作品。需要指

---

① 《全唐诗》卷八四六,第 9572 页。
② 《寒山子诗校注》,第 2—3 页。
③ 周裕锴:《文字禅与宋代诗学》,复旦大学出版社,2017 年,第 11 页。

出,大庾岭夺法公案只是大庾岭公案中最为重要的一则,随着后世弟子的参悟,又因其而衍生出一些新的公案和诗偈作品。如前文曾提及的长髭和尚与石头希迁的对话,亦属大庾岭公案。《祖堂集》卷六还记有投子和尚的一则对话,有人问:"大庾岭头趁得及,为什么提不起?"师提起纳衣。僧云:"不问这个。"师云:"看你提不起。"[①]此段文字亦属庾岭公案。又有《五灯会元》记载:"一日朝罢,帝(宋太宗)擎钵问丞相王随曰:'既是大庾岭头提不起,为甚么却在朕手里?'随无对。"[②]同样也是衍生公案。由此可见,不仅仅是大庾岭夺法文字本身在诸本《坛经》及其他佛教文献中不断发生演变,众多弟子在参悟夺法公案的同时,又会衍生新的公案。除此之外,还有一些公案是在大庾岭区域发生的,如唐代最著名的居士庞蕴,曾在南康向马祖道一求法并有一段极为著名的对话,后被禅门称为"极则"公案,庞蕴也因此名显禅林。由于庞蕴此案发生在庾岭区域,亦属大庾岭公案。以此,在唐代至少有6则著名公案与大庾岭相关,现列表如下:

表6-4　唐代大庾岭地域禅宗公案整理

序号	人物	公案名称	重要机语、体势	出处
1	慧能	不思善恶	不思善恶、本来面目、如人饮水冷暖自知	《坛经》
2	石头希迁	红炉点雪	大庾岭头一铺功德、如红炉上一点雪、跷足	《祖堂集》卷五
3	曹山本寂	曹山四禁	莫行、不挂、何须、切忌	《五灯会元》卷一三

①《祖堂集校注》卷六,第166页。
②《五灯会元》卷六,第353页。

续表

序号	人物	公案名称	重要机语、体势	出处
4	庞蕴	不与万法为侣	一口吸尽西江水、心空	《祖堂集》卷一五
5	法达	法达悟道	曹溪一句	《坛经》
6	投子和尚等	大庾岭头	提不起	《祖堂集》卷六

以上每一则公案，都有相关诗偈作品。需要说明的是，诗偈并非如文人创作诗歌那般随意而至，禅师们的诗偈往往是把自己领悟到的禅理精髓，以诗歌的形式呈现，这就要求禅师须以最简洁的文字表达无穷的禅理意境，故每一首诗偈都可看作是禅师对佛理的高度总结。从这一点来看，诗偈与正统诗歌有着高度的相似，都是追求以简单文字表达无穷意境。宋代严羽曾指出禅与诗的共通之处，其云："大抵禅道惟在妙悟，诗道亦在妙悟。"[①]在《全唐诗》所收录的诗僧作品中，其实有相当一部分就是诗偈。拾得诗亦云："我诗也是诗，有人唤作偈。诗偈总一般，读时须子细。"[②]由于诗偈是对佛法的高度总结，其难度甚至大于诗歌创作，五祖弘忍在选拔接班人时，就是以弟子佛偈的水平来判断其悟道深浅，《坛经》描述神秀向弘忍呈偈前的想法："诸人不呈心偈，缘我为教授师，我若不呈心偈，五祖如何见得我心中见解深浅。"[③]所以佛偈往往也是禅师功力深浅的体现，慧能以著名的"菩提本无树"获得五祖青睐，而整部《坛经》也都是以慧能说法加佛偈总结的形式贯穿全篇，故有《得法偈》《传法偈》《修行颂》《临灭偈》等，可以说慧能的每一个重要阶段，或者每一段佛法理论都是以偈颂的方式结尾。尽管如此，《坛经》慧能诗偈作品不过十

①（宋）严羽著，郭绍虞校释：《沧浪诗话》，人民文学出版社，1983 年，第 12 页。
②《寒山子诗校注》，第 185 页。
③《坛经校释》，第 12 页。

余首,可见佛偈创作之难。下面就具体探讨各公案的诗偈作品:

(一)不思善恶

此即大庾岭夺法公案,由于前文已对该公案各版本加以引用,此处不复再引。对于每一则公案来说,体现其佛法精要的往往都是公案的机语或体势语,故相关的作品也都是围绕着机语或体势展开。此公案的核心机语为"不思善恶""本来面目""如人饮水,冷暖自知",体势有"提衣钵"等。早期作品一般都是参悟机语,直至中晚唐时期,始有弟子注意该公案体势,并衍化出新的公案。由于此公案是慧能思想的核心体现,故相关作品较多,其中比较直接体现机语的作品有慧能临灭之偈,偈云:

　　　　兀兀不修善,腾腾不造恶。寂寂断见闻,荡荡心无著。①

此乃慧能迁化前所作诗偈,可谓是慧能对自己核心思想的总结。此偈的主题为两种"念"的相对,即庾岭夺法公案中所提的"善"与"恶"。慧能在临灭前又谈"善"与"恶",那么慧能所谓的"善恶"究竟代表着什么呢?

《坛经》中慧能对"善恶"已有明说,其云:

　　　　一念恶,报却千年善心,一念善,报却千年恶灭。无常以来后念善,名为报身。从法身思量,即是化身。念念善,即是报身。②

---

① 《〈坛经〉对勘》,第 163—164 页。
② 《〈坛经〉对勘》,第 44 页。

原来慧能所谓"善恶"就是"念"，人一旦有了对善恶的识别，就是有了"念"，就无法看到"本性"，要追求顿悟的境界，就要抛却念想，直指本心！故"不思善恶"即南宗所提倡的"无念"。慧能又云：

> 善知识！我此法门，从上以来，顿渐皆立无念为宗……无住者，为人本性，念念不住，前念、今念、后念，念念相续，无有断绝。若一念断绝，法身即离色身。念念时中，于一切法上无住。一念若住，念念即住，名系缚；于一切上，念念不住，即无缚也。此是以无住为本。……是以无相为体，于一切境上不染，名为无念。①

从这段讲法就可以看出，无念实乃禅门修习之根本，人之愚迷，皆因念起，念即系缚，修行的目的就是要断绝念想，法身即离色身，人即可得以超脱顿悟，即"无缚"也！当然，善恶理论并非慧能首创，齐梁时期著名禅师宝志的偈颂作品《十四科颂》中就提出了"善恶"之概念，其云："我自身心快乐，翛然无善无恶……法性本来圆明，病愈何须执药。"② 脱离善恶可达本来面目的思想概源于此，只不过到了慧能这里，已经把无念、无相、无住等理念融会贯通，互为体用，形成了一个完整的理论体系，并且把无念提升到绝对高度，成为南禅修行之宗旨。

　　神会为慧能座下弟子，也是将南宗向北弘化的最大功臣，被敕立为南禅七祖，其佛法思想亦是对慧能思想的忠实继承，同样以无念为宗，其云："法无去来，前后际断，故知无念为最上乘。"③ 所以，神会所

---

① 《坛经校释》，第31—32页。
② 《景德传灯录》卷二九，第621—622页。
③ 《景德传灯录》卷二八，第594页。

修行的禅法也被称为"无念禅"。神会亦有诗偈传世,1926年,胡适曾赴伦敦、巴黎两地查找敦煌文献中的禅宗资料,于巴黎得到三种神会语录①,其中就有神会的两组《五更转》诗偈和一首五言律诗,这是研究南宗禅极为珍贵的文献。后杨曾文又据敦博77号抄本和巴黎国立图书馆 P.2045 长卷重新校订,收入《神会和尚禅话录》。神会的两组诗偈都是围绕着无念创作的,其中更有一首再次说明了"不思善恶"与无念的关系,其《南宗定邪正五首》其四云:

> 四更阑,法身体性不劳看。看则住心便作意,作意还同妄想团。放四体,莫攒玩。任本性,自公官。善恶不思即无念,无念无思是涅盘。②

此偈即慧能所云"无住"法门,"一念若住,念念即住",所以需断绝念想,同时神会又云"善恶不思"就是"无念",明确指出这句庾岭公案机语的重要性,此即是慧能禅法的核心。所以憨山德清谓夺法公案乃六祖命脉,确为对此公案的真实体认。

庾岭夺法公案的另一机语是"本来面目",即慧能所云"无相"与"自性",也是佛法存在的地方,只有回到父母未生时状态,方能明心,照见真如本性。与此机语相关的作品有两首。

其一,乐普和尚《浮沤歌》。乐普是中晚唐时的名僧,又有落蒲、乐浦、洛浦之称③,皆为同音异写,因其曾驻锡乐普山,故以"乐普"为是。本凤翔人,俗姓淡,法号元安,通经论,先求法于翠微临济,被

---

① 胡适:《菏泽大师神会遗集》,《禅宗全书》,第36册第288页。
② 杨曾文编校:《神会和尚禅话录》,中华书局,1996年,第128页。
③ 《祖堂集》卷九称落蒲、卷一七作乐浦,《五灯会元》卷六作洛浦,《景德传灯录》卷一六作乐普。

临济称为"临济门下一只箭",后事夹山善会,成为夹山法嗣①。其《浮沤歌》极为著名,被诸多禅门语录收录,同时这首作品也是参悟庾岭公案机语的一首作品,歌云:

> 秋天雨滴庭中水,水中漂漂见沤起。前者已灭后者生,前后相续何穷已。本因雨滴水成沤,还缘风激沤归水。不知沤水性无殊,随他转变将为异。外明莹,内含虚,内外胧胧若宝珠。正在澄波看似有,及乎动著又如无。有无动静事难明,无相之中有相形。只知沤向水中出,岂知水不从沤生。权将沤体况余身,五蕴虚攒假立人。解达蕴空沤不实,方能明见本来真。②

作品以雨水滴落庭院中的洼水而形成的泡沫起兴,以泡沫的产生与幻灭比喻佛法无相与有相之间的关系,乐普敏锐地察觉到泡沫的生灭与人的生死有高度的相似性,泡沫的形成非常短暂,前者刚灭后者又起,这与人类的生生不息何其相似,而每一个人的生命也与泡沫一般,虽然短暂,却真实存在过,即其所谓的"无相之中有相形",然而无论泡沫存在的时候如何晶莹剔透、形似宝珠,其终将回归于水形。所以只有无相才是永恒,水即是浮沤的真如本性,人亦如浮沤,只有明白了这一点,方能识见本来面目,以达无念,此即慧能所云"是以无相为体,于一切境上不染,名为无念"。乐普的这首作品,用十分常见的自然现象诠释慧能"本来面目"所蕴含的无相理论,每一句看似浅显易懂,但又极富哲理,层层递进,使人逐渐步入觉悟之境,并且整首诗

---

① 《景德传灯录》卷一六,第313页。
② 此作品《祖堂集》与《景德传灯录》皆收录,文字多有不同,《祖堂集》成书更近于晚唐,故采用《祖堂集》版本。见《祖堂集校注》卷九,第245页。

节奏明快,读之朗朗上口,故在当时传播很广。

其二,曹山本寂《四禁偈》。曹山本寂为晚唐高僧,俗姓黄,泉州莆田县人,25 岁受戒后往江西谒洞山良价,盘桓数载,良价授其洞上宗旨,后往曹溪礼六祖,回吉水,因心慕六祖,故名所在之山为曹山,与洞山良价合为曹洞宗祖师。本寂少时本从儒学,有文才,曾注寒山子诗 ①,作品多散佚。其现存作品中,《四禁偈》最为著名,而此偈亦参夺法公案而成。偈曰:

> 莫行心处路,不挂本来衣。何须正恁么,切忌来生时。②

此偈后两句,即脱化于庾岭公案"正当与么时,还我明上座父母未生时面目"之语。在《祖堂集》卷八,亦记有本寂与僧人参庾岭夺法之语录,僧云:"忽逢本生父母时作摩生?"师云:"拣什摩?"③本寂即慕祖风,庾岭公案必是其参悟重点,故有此偈。

曹山本寂的这首诗偈非常著名,后面亦发展成为弟子参悟的公案,被称为"曹山四禁"。由于此则公案的本体就是诗偈作品,且基本脱化于庾岭公案之"本来面目",故放于此处讨论。本寂所谓的"四禁",即四句之首的莫行、不挂、何须、切忌,从作品字面意思来看,此偈似乎是在否定慧能的"本来面目",但本寂作为禅门子弟,且素仰六祖之风,是不太可能反对慧能的。事实上,本寂的"四禁"是针对当时的禅修之风提出的,反对的是弟子参悟公案和追求禅理时所走入的误区。"心处路"指意识,"本来衣""来生时"皆是指"本来面目",

---

①《宋高僧传》卷一三,第 308 页。
②《五灯会元》卷一三,第 788 页。
③《祖堂集校注》卷八,第 224 页。

"无念"与"本来面目"是慧能要求弟子们追求的修行目的,然而本寂却提出,当禅师们刻意地去参悟"本来面目",去追求"无念",这本身不就是一个念吗?所以当挂起"本来面目"来修行时,就已经有了执念,曹山本寂要禁的,就是对"本来面目"的"起念",故其禁止的,就是一切追求的行为,如"行""挂""来"等,放下这些追求的行为,才是本来面目。可以说,本寂看到了当时禅师追求"无念"禅时的二律背反,抑或说,本寂懂得了真正"无念"之境界。

　　庾岭夺法公案的最后一句机语是"如人饮水,冷暖自知",表达的是禅理只能亲证但无法言说的意思,也是慧能不立文字观的体现。与此相关的作品也有两首,准确地说是一首完整的作品和一句残诗。残句是罗隐的"饮水鱼心知冷暖,濯缨人足识炎凉"[1],此句乃脱化于庾岭公案机语,只不过将"人"改为了"鱼",但由于只有一句,无法知此诗全貌,玩诗意,当为罗隐以此机语表达其对艰难生活的体悟。罗隐一生不得志,屡试科举而不第,十余年看人变化,个中滋味,实不足为外人道也,罗隐此句诗颇为符合他的人生际遇。另一首作品,则是唐代著名的居士庞蕴的诗偈,偈云:

　　　　中人乐寂静,下士好威仪。菩萨心无碍,同凡凡不知。佛是
　　　无相体,何须有相持。但令心了事,遮莫外人疑。如人渴饮水,
　　　冷暖心自知。[2]

这首诗偈同样是以"冷暖自知"表达参悟佛法的感受,也是与庞蕴"空"之思想的呼应,这将在后文庞蕴与马祖的公案中详述。与出家

---

[1]《罗隐集》,第189页。

[2]（唐）庞蕴:《庞居士语录》卷中,《禅宗全书》,第39册第247页。

的释子不同的是,庞蕴的诗偈数量非常多,前文曾分析说诗偈创作不易,庞蕴的高产一方面说明他对佛法理解的深入与透彻,另一方面也说明其文学素养极高。《灯录》云其"有诗偈三百余篇传于世"[1],可见其作品之多。庞蕴的这首诗偈只是其众多作品中的一首,可说明庞蕴曾经详参庾岭公案,但并非其核心思想的体现。

　　以上即为大庾岭夺法公案的基本情况,由于该公案本就是慧能核心思想的体现,故其相关作品表达的内涵、层次非常丰富,可谓南宗禅诗偈作品的代表。同时也能看到,随着时间的推移,后出的作品开始出现对慧能思想的反思与推进,而参与创作的人员亦拓展到居士与文人,一些新的公案也在该公案的基础上衍生出来,这些都是夺法公案不断传播与演变的结果。

　　(二)红炉点雪

　　此则公案由大庾岭夺法公案衍生而来,最早见于《祖堂集·长髭和尚》,先看一下此公案的完整记载:

　　　　师初礼石头,密领玄旨。次往曹溪礼塔,却回石头。石头问:"从何处来?"对曰:"从岭南来。"石头云:"大庾岭头一铺功德,还成就也无?"对曰:"诸事已备,只欠点眼在。"石头曰:"莫要点眼不?"对曰:"便请点眼。"石头跷起脚示之,师便连礼十数拜不止。石头云:"这汉见什摩道理,但知礼拜?"师又不止。石头进前把住云:"你见何道理,但知礼拜?"师曰:"如红炉上一点雪。"石头云:"如是!如是!"[2]

---

①《景德传灯录》卷八,第139页。
②《祖堂集校注》卷五,第142页。

长髭和尚去曹溪礼祖完毕，回到石头希迁那，石头询问大庾岭头事，便有了这段著名的机锋对话。此公案有"大庾岭头一铺功德""红炉上一点雪"等机语，也有"跷起脚"这样的体式，皆为后世弟子参悟的关键，也各自形成了不同的诗偈作品。"大庾岭头一铺功德"指大庾岭发生的夺法事件，故此公案亦由庾岭夺法衍生而来。关于此公案机语的大量作品皆出现于宋代以后，唯有"红炉上一点雪"，在唐代出现了一首作品，即罗隐《大梁见乔诩》，诗云"漏永灯花暗，炉红雪片销"[1]，即化用"红炉上一点雪"机语意象。

前文已有罗隐化用"如人饮水"的例子，此处再次出现机语化用，说明罗隐与禅宗公案有内在联系。事实上，罗隐与大庾岭地域颇有瓜葛，其弱冠时，便南游岭南，并翻越庾岭至虔州，在于都盘桓许久，参与当地民间山歌创作。大中十三年秋，罗隐又返回虔州参加乡试，成功取解，作有《南康道中》。十余年后，罗隐再次回到虔州，住了有两个月之久，有《送陆郎中赴阙》。罗隐的以上经历，说明他是极有可能接触到禅宗的经卷语录，而庾岭公案的机语也由此被他用到了诗歌创作之中。

不得不说，长髭和尚这句机语意境实在太美，冬日漫天飞雪中，一片雪花飘落于红炉，霎时间冰雪消融。每一位浪漫的诗人看到这句话，都忍不住要采撷入诗。这句话其实又极富禅理，描述了顿悟时那一刹那的状态，暗含实相与无相的微妙法门，与乐普诗偈的浮沤一般无二。雪片本来是存在的，而且是那样晶莹美丽，然而飘落到红炉后，一切又归于虚无，存在与不存在就在这瞬间完成了转换。尽管这句机语在唐代只有罗隐一首作品，然而至宋代，却引来无数文人释子的参悟，备受推崇，正如北宋名臣张方平《禅斋》云："昔年曾见琅邪

---

[1]《罗隐集》，第164页。

老,为说楞伽最上乘。顿悟红炉一点雪,忽惊暗室百千灯。"①

（三）不与万法为侣

此则公案并非由夺法公案衍生而来,而是发生于大庾岭地域的著名公案,讲的是居士庞蕴向马祖道一求法之事。据《祖堂集》记载:

> 庞居士,嗣马大师。居士生自衡阳。因问马大师:"不与万法为侣者是什摩人?"马师云:"待居士一口吸尽西江水,我则为你说。"居士便大悟,便去库头借笔砚,造偈曰:"十方同一会,个个学无为。此是选佛场,心空及第归。"而乃驻泊参承,一二载间,遂不变儒形……乃在家之菩萨。②

庞蕴是唐代著名的在家居士,《祖堂集》云其为"在家之菩萨",日本学者忽滑谷快天曾比较庞蕴和白居易两位居士,认为白居易"学而不精",称庞蕴为唐代"白衣居士第一人"③。庞蕴闻名禅林,则始于以上公案。许多禅师极为推崇此公案,如圆悟克勤《示张国太》说:"不与万法为侣底是什么人……此公案乃是开心地钥匙子也。"④又有宋孝宗曾问灵隐寺主持慧远不与万法为侣可参否,慧远答曰:"老庞致此一问,惊天动地,驱山塞海,超今古脱是非,离言说无依倚。"⑤

---

① （宋）张方平著,郑涵点校:《张方平集》卷三,中州古籍出版社,1992年,第33页。

② 《祖堂集校注》卷一五,第400—401页。

③ 〔日〕忽滑谷快天著,朱谦之译:《中国禅学思想史》,上海古籍出版社,2002年,第183页。

④ 《圆悟克勤禅师——碧岩录·心要·语录》,第290页。

⑤ （元）念常:《佛祖历代通载》卷二〇,《影印文渊阁四库全书》,第1054册第680页。

　　由于庞蕴于禅林身份、地位的特殊与超然,关于其公案与佛法思
想的研究已经非常多了,在此需要强调和探讨的,还是庞蕴公案与大
庾岭地域的关系。在《祖堂集》记载中,并没有明确庞蕴问法马祖在
何地点,而当前关于庞蕴的研究中,比较多地认为此地点在虔州,主
要的依据来源于地志。据《(天启)赣州府志》卷一七:"(马祖)居
城北龚公山,四方学者云集座下,如百丈怀海……襄州庞居士、灵照
女等一百三十九人皆入室弟子……今龚公山相传有邓隐峰松、庞居
士竹、灵照女莲,盖当时遗迹云。"① 这也是目前唯一明确指出庞蕴是
在虔州学法的文献。然方志之说往往难以凭信,且仅此一条,实难确
证。尽管关于庞蕴生平的文献稀少,但有另一则材料需引起注意,即
《祖堂集》关于"丹霞和尚"的记载,此中提到庞蕴,兹摘录如下:

　　　　初与庞居士同侣入京求选……又逢行脚僧,与吃茶次,僧
　　云:"秀才去何处?"对曰:"求选官去。"僧云:"可借许功夫,何
　　不选佛去?"秀才曰:"佛当何处选?"其僧提起茶碗,曰:"会
　　摩?"秀才曰:"未测高旨。"僧曰:"若然者,江西马祖今现住世
　　说法,悟道者不可胜记,彼是真选佛之处。"二人宿根猛利,遂返
　　秦游而造大寂,礼拜已,马大师曰:"这汉来作什摩?"秀才汰上
　　幞头。马祖便察机,笑而曰:"汝师石头摩?"秀才曰:"若与摩,
　　则与某甲指示石头。"马祖曰:"从这里去南岳七百里,迁长老在
　　石头,你去那里出家。"秀才当日便发去,到石头,参和尚。②

---

①(明)谢诏:《(天启)赣州府志》卷一七,《四库全书存目丛书·史部》,第202
　　册第608页。
②《祖堂集校注》卷四,第121页。

此则记载与庞蕴的公案颇能呼应,庞蕴佛偈"选佛场"一语源于此,也揭示了庞蕴由儒入佛的原因。而马祖在见到二人后,说了一句很关键的话,即"从这里去南岳七百里",这就可以圈定一个地点范围。从庞蕴记载来看,《祖堂集》云其留驻一二载,《灯录》亦云留驻"经涉二载"①,则说明庞蕴见马祖的地方当为马祖长驻之地,且当时"悟道者不可胜记",符合这些条件的地方只有两个:一个是洪州,一个是虔州。洪州距南岳较远,据《元和郡县图志》所记各州距离,洪州至衡州至少在1600里左右②,说明马祖见庞蕴二人必不在洪州,更可能是在虔州。但衡州至虔州有无可能为700里呢?在第三章交通考中,已考察衡州至虔州有一条近路,乃东入江西,或翻越山岭入上犹、崇义可至虔州,或由水路可至吉州,曾丰有《舟至衡阳转入茶陵》诗③,诗题所指即此通道。这条路水陆相兼,颇为艰难,但里程接近马祖所云700之数,且唐代行脚僧侣是很可能行走于这样的通道的,马祖当时在虔州明矣。

除了交通方面的考察,还可以从文学作品中得到一些旁证。苏轼《虔州吕倚承事,年八十三,读书作诗不已,好收古今帖,贫甚,至食不足》云:"扬雄老无子,冯衍终不遇。不识孔方兄,但有灵照女。"④此为苏轼过虔州诗,灵照是庞蕴女儿的名字,苏轼将吕倚之女比灵照,自是认定庞蕴求法就在虔州,以之为典。另有宋代善悟和尚颂古诗云"一口吸尽西江水,岭上桃华香扑鼻"⑤,则是举用公案中马祖之

---

① 《景德传灯录》卷八,第138页。
② 《元和郡县图志》卷二八:(洪州)西至潭州一千一百三十五里;卷二九:(衡州)北至潭州四百六十里。第670、704页。
③ 《全宋诗》卷二六○六,第30286页。
④ 《苏轼诗集》卷四五,第2450页。
⑤ (宋)法应:《禅宗颂古联珠通集》卷一四,《禅宗全书》,第85册第160页。

言,岭上即指大庾岭,这句诗揭示出马祖所云西江与大庾岭的位置相近。唐代西江实有多处,广东、四川、湖北以及长江中下游区域皆有西江,虔州也有西江,历史上曾称赣江源头为西江,据《舆地纪胜》记载:"章水《章贡志》云:即西江也……而《元和志》乃以贡水东南自雩都东来,似与《章贡志》不合。"①《章贡志》以章水为西江,导源于南康之大庾。王象之此处指出历史上曾把章、贡二江名字互换,但这段材料同时表明,赣江曾确有西江之谓。马祖在江西云"一口吸尽西江水",自然不会指广东、四川、湖北之西江,只可能是发源于大庾岭的西江。曾丰《赠江西瑞上人至南海袖诗相过》诗"六祖求衣从岭出,六祖得衣从岭入……山数须弥水西江,须口能吸芥能纳"②,即围绕庾岭地域从六祖求法谈到庞蕴公案,可证西江即庾岭下西江也。通过对以上文学作品的考察,庞蕴公案发生地点愈发明晰,无论是庞蕴问法地还是马祖所言西江,都在庾岭区域,此公案有明显的地域色彩。

既可确定此公案属于庾岭公案,下面继续考察文学作品情况。庞蕴公案如此重要,是因为其在马祖启发下所悟之道境界极高,为禅林公认,那么庞蕴悟到了什么呢? 再看一下文本:

> 十方同一会,个个学无为。此是选佛场,心空及第归。③

他悟到的就是偈中所云"心空"二字,这其实也是对慧能"无念"理论的进一步理解。诗偈以科举考试比拟学佛者,讽喻现在的释子们就如同参加选官的举子秀才一样,有过于明确的目的追求,殊不知真

---

① 《舆地纪胜》卷三二,第1417—1418页。
② 《全宋诗》卷二五九九,第30197页。
③ 《祖堂集校注》卷一五,第401页。

正可以及第的,就是要抛离一切念想,方能"成佛"。这其实与本寂"曹山四禁"非常相似,都是要学法者抛开追求"无念"的执念。庞蕴临灭时曾说:"但愿空诸所有,慎勿实诸所无。"[1] 这是庞蕴"心空"观的终极体现,真正的"无"就是什么都没有,无需起意,也无法言说,当禅法处处说"无"的时候,那反而就是"有"了。胡适曾高度赞扬了庞蕴临终之语,其云:"我们不妨把老庞的'但愿空诸所有'叫做'庞氏解剖刀'或'中国禅的解剖刀'。"[2] 胡适充分肯定了庞蕴此语对于当时禅林的批判性,抑或说庞蕴的理解才真正契合了禅之境界。

庞蕴"心空"偈享誉禅林,自然也引来众多弟子效仿,如同为马祖高足的鹅湖大义《坐禅铭》:"譬如静坐不用工,何年及第悟心空?"[3] 即化用庞蕴佛偈,然此偈意境较庞蕴则不及。晚唐龙牙居遁亦有偈云"心空不及道空安,道与心空状一般"[4],则表达了对"心空"观的一种反思。由于庞蕴本为儒生,其作品在文人中也颇有影响,白居易就有多首相关作品,如《酬钱员外雪中见寄》"烦君想我看心坐,报道心空无可看"[5],《郡斋暇日忆庐山草堂兼寄二林僧社三十韵多叙贬官已来出处之意》"身老同丘井,心空是道场"[6],皆举用"心空"意象。此外,杜荀鹤、杨巨源、许浑、贯休等亦有相关作品,不再一一列举。

除了庞蕴的心空偈,此则公案还有两句机语对佛教文学也有较大的影响。一为庞蕴"不与万法为侣",二为马祖"一口吸尽西江

①《景德传灯录》卷八,第139页。

②《胡适说禅》,第47页。

③(明)如卺:《缁门警训》卷二,《禅宗全书》,第33册第717页。

④《祖堂集校注》卷二〇,第509页。

⑤《白居易诗集校注》卷一四,第1082页。

⑥《白居易诗集校注》卷一四,第1434页。

水",这两句话内含禅机,语出惊人,正如灵隐寺慧远所说"惊天动地超今古",极富文学色彩。可惜目前并未发现唐代的相关作品,而到了宋代,举此二句者可谓比比皆是。

(四)曹溪一句

此公案源自法海本《坛经》,乃法达禅师至曹溪向六祖请教《法华经》,慧能为其解释经义之事。后诸本《坛经》关于此段文字不断变化,尤其从契嵩本开始,在此段文字中加入两首慧能与法达的诗偈[①],由此成就公案形态。郭鹏曾批评诗偈部分乃契嵩恣意增加的,然而从前文诸多文献的考察来看,契嵩所增文字往往都本自唐代文献。法达此段亦非妄加,在《景德传灯录》中,已经比较完整地记载了法达求法之事,两首诗偈也同样存在。《灯录》成书之时,契嵩才刚出世,郭鹏所批实误。现将《灯录》内容根据公案形态摘录如下:

> 洪州法达禅师者,洪州丰城人也。七岁出家,诵《法华经》。进具之后,来礼祖师……祖曰:"汝念此经,以何为宗?"师曰:"学人愚钝,从来但依文诵念,岂知宗趣?"祖曰:"汝试为吾念一遍,吾当为汝解说。"……师曰:"若然者,但得解义,不劳诵经耶?"祖曰:"经有何过,岂障汝念? 只为迷悟在人,损益由汝。听吾偈曰:'心迷法华转,心悟转法华。诵久不明己,与义作仇家。无念念即正,有念念成邪。有无俱不计,长御白牛车。'"……师既蒙启发,踊跃欢喜,以偈赞曰:"经诵三千部,曹溪一句亡。未明出世旨,宁歇累生狂。羊鹿牛权设,初中后善扬。谁知火宅内,元是法中王。"祖曰:"汝今后方可名为念经僧

---

① 《〈坛经〉对勘》,第106—115页。

也。"师从此领玄旨,亦不辍诵持。①

　　这段文字仍为慧能"不立文字"思想的表达,并借此阐释《法华经》精要。法达虽然能诵念《法华经》,但慧能批评他根本未懂《法华经》的意思,只是记住了文字的形态而已,白白浪费太多精力,故慧能称其"心迷法华转",只有悟到佛法文字精义,才算是真正的诵经,故又称"心悟转法华"。而法达得慧能启发后,便自顿悟,当场作出这句著名诗偈"经诵三千部,曹溪一句亡",同样也是指出学法的关键在于开悟,要明白佛经文字的含义,不然读再多的经书也是枉然。随着此公案不断被参悟,"曹溪一句"逐渐成为佛法精要之代称,被众多文人释子援引。唐代李山甫《禅林寺作寄刘书记》诗"天竺老师留一句,曹溪行者答全篇。今朝林下忘言说,强把新诗寄谪仙"②,乃化用"曹溪一句"。又如贯休《送刘相公朝觐二首》其一:"魏相十思常自切,曹溪一句几生知。"③此诗乃乾宁五年(898)贯休送刘崇望出守东都,曹溪句有自注"公深入禅理也",即以"曹溪一句"表示佛法精髓。

　　需要注意的是,在宋代相关作品中,还经常看到另一相似语叫"曹溪一滴",同样被文人们广为引用。一般认为,这句话来自晚唐法眼文益与天台德韶禅师的一则公案,据《五灯会元》载:"一日,法眼上堂,僧问:'如何是曹源一滴水?'眼曰:'是曹源一滴水。'僧惘然而退。师于坐侧,豁然开悟。"④故后世皆谓"曹溪一滴"源于此,乃不知其本源自《坛经》法达之语,且究其本意,"曹溪一句"与"曹溪一滴"字异而意同,皆指佛理真义,实为一句。当然也有区别,因"曹溪

①《景德传灯录》卷五,第74—75页。
②《全唐诗》卷六四三,第7369页。
③《贯休歌诗系年笺注》卷二〇,第896页。
④《五灯会元》卷一〇,第567页。

一滴"更晚出,乃唐末至五代时公案,故相关作品皆出现于宋代。

无论是法达悟道公案的发生地,还是"曹溪一句"机语,其空间都是指向大庾岭地域,所以此公案亦带有鲜明的地域色彩。宋代文豪苏轼曾参悟此公案,其《程德孺饷惠海中柏石,兼辱佳篇,辄复和谢》云"不知庾岭三年别,收得曹溪一滴无"[①],指出了此公案的地域属性。

(五)大庾岭头提不起

"大庾岭头"是在佛教文献与作品中经常看见的词汇。这是因为禅门弟子经常围绕大庾岭夺法公案互对机锋,由此又衍生出一系列新的公案。如"红炉点雪"案即属此类公案,核心机语有"大庾岭头一铺功德",此公案发生于中唐,该时期禅门弟子普遍围绕庾岭夺法公案的机语互为探讨参悟,但到了晚唐,随着"远离文字"思想成为主导,禅门弟子开始关注夺法公案的体势语,"大庾岭头提不起"就属于参悟体势类公案。事实上,夺法公案中有一个很特殊的地方,前文一直没有提及,当慧明追上慧能之后,慧能置衣钵于石上,慧明上前"以手提之,衣钵不动"[②],衣钵本非重物,而慧明却提不起来,这样神奇的事情自然会被禅门弟子注意到。有趣的是,禅门弟子们从来没有怀疑此事真实与否,反而认为祖师定在此处暗藏禅理,并开始热衷于探讨其中玄机了,夺法案由此出现"提不起"话头。披览文献,能发现这一话头的讨论应始于中晚唐,而昌盛于宋。下面分别看一下晚唐时期"提不起"系列公案。

《古尊宿语录》卷一六记载了云门祖师文偃的一则举古:"举僧到曹溪,有守衣钵上座提起衣云:'此是大庾岭头提不起底。'僧云:

---

①《苏轼诗集》卷三六,第 1949 页。

②《祖堂集校注》卷二,第 74 页。

'为什么在上座手里？'座无语。师云：'彼彼不了。'师代云：'远向不如亲到。'又云：'将谓是师子儿。'"① 文偃的生活年代在晚唐至五代，然举古是禅门的一种学习方式，即举前人公案，大家讨论。故文偃所举之事必发生于中晚唐时期。

《祖堂集》卷六安徽投子大同和尚公案："及乾符、中和之际……日有禅流相访……问：'大庾岭头趁得及，为什么提不起？'僧云：'不问这个。'师云：'看你提不起。'"② 投子大同为翠微无学门下，为曹溪第五代法孙，从记载来看，投子大同的禅法活动主要在晚唐僖宗时期。

《五灯会元》卷一三龙牙居遁公案："问：'大庾岭头提不起时如何？'师曰：'六祖为什么将得去？'"③ 龙牙居遁乃洞山弟子，据《景德传灯录》："（居遁）唐龙德三年癸未八月示有微疾……端坐而逝，寿八十有九。"④ 以此可知居遁当生于大和九年，为晚唐名僧，此公案亦当发生于晚唐。

从以上记载可知，晚唐时期"提不起"已经成为成熟的公案话头，是禅门弟子间互对机语，或是讨论学习中的重要题材。事实上，南宗禅兴盛以后，不断有弟子过大庾岭往曹溪礼祖，由于夺法公案的重要，禅门弟子开始在大庾岭修建寺庙、六祖塔以纪念慧能，甚至还找出了六祖当年放衣钵的石头及其他六祖遗迹。据《舆地纪胜》记载："云峰寺 本梅山院……旧有祖师塔，有锡杖泉，有放钵石。"⑤ 云峰

---

① （宋）赜藏编，萧萐父、吕有祥点校：《古尊宿语录》卷一六，中华书局，1994 年，第 298 页。
② 《祖堂集校注》卷六，第 166 页。
③ 《五灯会元》卷一三，第 806 页。
④ 《景德传灯录》卷一七，第 330 页。
⑤ 《舆地纪胜》卷九三，第 2968 页。

寺就在大庾岭上，不难想象，这些六祖遗迹不断在提醒每一位经过此处的禅门弟子，此为六祖夺法事件所在，而放钵石无疑更容易让弟子们对慧明手提法衣的神奇事件充满想象，故"提不起"话头的出现乃一种必然。正如宋初宰相章得象《放钵石》云："石上曾经转钵盂，石边南北路崎岖。行人见石空嗟叹，还识西来意也无。"①

　　遗憾的是，现有佛教文献中并没有发现"提不起"话头的唐代偈颂作品，然而在宋代，相关作品却非常多，如释心月《明上座赞》"大庾岭头提不起，本来面目尚埃尘"②，张雍《灵岩七咏·铁袈裟》"大庾岭头提不起，岂知千古付灵岩"③，等等。概因"提不起"公案多出自晚唐，又属体势语，其闻名禅林又在宋初，又有宋太宗参悟此话头④，故作品多出于宋代。然而不可否认，"大庾岭头提不起"这一机语话头乃源自唐代。

　　唐代大庾岭公案诗歌是中国佛教诗的重要组成部分，尽管其数量远不及宋代作品，然而每一首诗歌的地位以及反映的问题都十分重要，因为它们是在唐代禅宗特殊时期的思想背景下产生的，几乎每一首作品都是南宗禅宗师级人物所创作，反映了南宗禅在唐代的崛起与核心思想，体现了南宗禅有别于其他宗派的、独特的修行方式，并揭示了大庾岭地域对于唐代佛教的促进和影响。此外，这些作品本身大多数属诗偈作品，却不乏上乘之作，特别在深入理解诗偈本身所蕴含的哲学意境之后，这些看似模仿的诗句其实都有着独特的文学韵味，这或许就是诗偈的魅力所在，也是研究的价值所在。

———————————

①《全宋诗》卷一四三，第 1594 页。

②（宋）心月：《石溪心月禅师语录》卷下，《禅宗全书》，第 46 册第 215 页。

③《全宋诗》卷一六三二，第 18306 页。

④《五灯会元》卷六，第 353 页。

第四节　佛寺诗与交往诗

在大庾岭公案诗歌之外，还有一些其他的作品，大多是文人与著名诗僧创作的，并保存于唐代的诗歌总集与文人别集当中，属于正统的文人诗。这些作品基本与佛教经义无涉，更多是借景抒情、托物言志。如果说大庾岭公案诗歌是深入到佛教的内部去反映佛教思想，那么，这些文人作品则更多地是从外部去观照大庾岭佛教文化的诸类问题。从文人的活动情况来看，这些作品大致可以分为佛寺诗和交往诗两类，下面分别予以论述。

一、佛寺诗

这一类诗歌是诗人来到大庾岭后，前往寺庙拜谒或者游览的作品。通过搜集，发现这一类作品并不多，其具体情况列表如下：

表6-5　唐代大庾岭地域佛寺诗歌整理

序号	姓名	作品	出处
1	宋之问	《游韶州广果寺》	《沈佺期宋之问集校注·宋之问集》卷三
2		《自衡阳至韶州谒能禅师》	《沈佺期宋之问集校注·宋之问集》卷三
3	沈佺期	《登韶州灵鹫寺》	《沈佺期宋之问集校注·沈佺期集》卷二
4	房融	《谪南海过始兴广胜寺果上人房》	《全唐诗》卷一〇〇
5	刘希夷	《初度岭过韶州灵鹫广果二寺其寺院相接故同诗一首》	《全唐诗补编·全唐诗续拾》卷七
6	白居易	《寄韬光禅师》	《全唐诗》卷四六二
7	裴谞	《储潭庙》	《全唐诗》卷八八七

　　由上表可见,有唐一代,关于大庾岭的佛寺诗总共只有 7 首。这本身就是一个很大的问题,作品数量实在是太少,与大庾岭佛教发展的情况极不相符。如果说唐代的大庾岭真的十分荒凉、人迹罕至,又或是佛教并不发达,佛寺太少,还可以理解,然而实际情况却是,唐代大庾岭地域往来的文人很多,佛教也极为兴盛,南北两个区域皆成了佛法传播中心,佛寺林立。据李芳民《唐五代佛寺辑考》统计,唐代虔州区域的寺庙有 15 座,浈昌、始兴区域的佛寺有 7 座①。而这些数据体现的也仅仅是唐代较为著名的寺庙,还有许多地方志书中所记载的寺庙,并未统计在内。又据《赣州佛教志》统计,仅唐代虔州新建的寺庙就达到了 50 所,重修寺庙 5 所②。当时大庾岭地域的佛寺兴盛可见一斑,而在这种香火鼎盛的环境下,往来于大庾岭的文人却没有留下多少作品,确实难以理解。

　　从作品的创作情况来看,也出现了极为反常的现象。在 7 首作品中,居然有 5 首都是创作于神龙前后,创作的诗人也大多是神龙逐臣。剩下的两首,有一首是地方官员的作品,即裴谞《储潭庙》,另一首是白居易《寄韬光禅师》,写的是杭州天竺寺,后由韬光禅师从杭州带到虔州刻碑留存。如此来看,在神龙逐臣之后,大庾岭过往文人游览佛寺的作品竟然没有一首! 这显然是极不正常的。相比之下,神龙这批逐臣的活动就显得非常合理。神龙元年,宋之问、沈佺期、杜审言、阎朝隐、房融等一批颇有诗名的文人坐张易之罪被贬岭南各处③,他们翻越大庾岭后,一方面对岭南截然不同的自然风情感到新奇,另一方面也被此处兴旺的佛教所吸引,或拜谒,或游览,绝大部分都有佛寺作品的创作。神龙逐臣的创作活动,可以说是对新环境的

---

① 李芳民:《唐五代佛寺辑考》,商务印书馆,2006 年,第 229—283 页。

②《赣州佛教志》,第 3 页。

③《旧唐书》卷七八,第 2708 页。

一种非常自然的反应。但在他们之后，贬谪岭南的文人不知凡几，却再没出现一首佛寺作品，这确实是匪夷所思，而且似乎也找不到一个合理的理由去解释这种现象。如果说是因佛教"不立文字"，但这只是对释子起作用，本意是让释子远离佛经文字，不太可能限制文人创作佛寺作品。如果说是武宗灭佛，也不太可能，一是灭佛已臻晚唐，且持续的时间相对不长；二是即便灭佛时期的主力干将李德裕和杜牧等人，本身也有多首佛寺作品。如果说是作品散佚，好像也说不通，不可能佛寺作品集体散佚。诸种原因都无法解释，此问题已成悬案，恐怕只能等待新材料的出现。

　　所幸的是，关于大庾岭的佛寺情况，还是留下了几首作品，对于考察当时的创作情况，亦有一定的裨益。下面分几个方面来谈：

　　其一，反映了大庾岭禅寺山林之美。天下名山僧占多，寺庙的兴建往往会选择山水俱佳处，大庾岭本就是一条连绵不绝的山脉，崇山峻岭，水系发达，南北区域多为山地丘陵地貌，非常适合兴建寺庙，故在大庾岭佛寺诗中，对于大庾岭的山色风光与寺庙景致的描写占了重要的部分，如刘希夷《初度岭过韶州灵鹫广果二寺其寺院相接故同诗一首》：

　　　　五岭分鸢徼，三天峙鹫峰。法堂因嶂起，香阁与岩重。寒水千寻壑，禅林万丈松。日将轻影殿，风闲响传钟。佛帐珠幡绕，经函宝印封。野鸣初化鹤，岸上欲降龙。北牖泉埃散，南阶石癣浓。净花山木槿，真蒂水芙蓉。古塔留奇制，残碑纪胜踪。……流窜同飘萃，登临暂杖筇。摄衣趋福地，跪膝对真容。……已知空假色，犹念吉除凶。覆护如无爽，归飞庶可从。①

————————
① 《全唐诗补编·全唐诗续拾》卷七，第743页。

刘希夷这首作品,花了绝对的篇幅写景。从大庾岭山脉界分南北开始,写到寺庙所在的灵鹫峰,此为远景;接着描写佛寺与山林,依山而建的法堂与香阁,隐立于古松中的禅林建筑,山壑寒涧、日影清风、钟声悠扬,一派山间古寺的景象,此为中景;继而又写到北窗的山泉、南阶的石癣、佛帐珠幡、经函宝印、木槿芙蓉、古塔残碑,此为近景。刘希夷的描写,视角由远及近,可谓是对佛寺景观进行了全方位的刻画与渲染。

其他的几首作品,同样是较大程度地将笔墨用于写景,如宋之问《游韶州广果寺》:

> 影殿临丹壑,香台隐翠霞。巢飞衔象鸟,砌蹋雨空花。宝铎摇初霁,金池映晚沙。莫愁归路远,门外有三车。[①]

宋之问这首五言律诗,同样用了绝对的篇幅写景,而且宋之问在描写佛寺时,善于使用一些极具宗教色彩的名物词语,如"香台""象鸟""空花""宝铎""三车"等等,这体现出诗人写应制诗时练就的扎实功底,这些词语的使用使得其笔下的佛寺别具宝相庄严的味道,但却又导致此作品与作者之前的宫体诗没有多大差别,嚼之无味。又如沈佺期《登韶州灵鹫寺》:

> 颓日半西岑,徐光透客林。暗山疑积黛,明涧似流金。忽见垂灯阁,旁连双树阴。浴池河汉近,讲席薜萝侵。对水禅应定,论沙幻已深。[②]

---

① 《沈佺期宋之问集校注·宋之问集》卷三,第550页。
② 《沈佺期宋之问集校注·沈佺期集》卷二,第131页。

这首作品其实是一首残诗,见于北京图书馆清抄本《沈云卿文集》,乃沈佺期北返时至大庾岭区域的登览之作。从现在保留的文字来看,此诗同样用了大量篇幅写景状物,描写的是夕阳中的灵鹫寺与山景。

以上几首作品的共同之处,都是有大量的写景,说明这些文人皆是以游历的视角来创作佛寺作品,与山水诗一般无二。虽然诗人会刻意在诗中运用一些佛教词汇,但皆止于写景状物,至于佛教义理方面,难有深刻的表达。所以这些作品相当于是以游览者的视角去看大庾岭的佛寺,更多地是表现佛寺的山林之美。

其二,反映了贬谪官员求吉避祸、寻求解脱的心理。这几首佛寺诗作者基本都是贬谪文人,宋之问、沈佺期、房融都是神龙逐臣,然宋之问的两首作品略有不同,并非是神龙之贬时所写,而是写于贬谪钦州之时。唯有刘希夷作品的背景不甚明朗,史料中关于刘希夷生平的记载实在太少,且有较多讹误,从作品来看,其曾至江南地区,有《江南曲》八首,而刘希夷的这首庾岭佛寺诗,则可证明其曾至庾岭区域。刘希夷在诗中云"流窜同飘荸",这就表示他亦因贬谪至此,因为唐人常把贬谪称为"流窜",如韩愈《杏花》云"二年流窜出岭外,所见草木多异同"[1],张籍《献从兄》云"一朝遇谗邪,流窜八九春"[2]。所以,这几位初唐文人的作品,皆可确定为是贬谪之作。

尽管这些作品中有大量的篇幅用于写景,但仍然存在抒情的部分。由于宋之问等人都是因为贬谪来到大庾岭,故他们的内心并不似真正的游人那般闲适与洒脱,对于文人来说,贬谪可能就意味着仕途的终结,尤其当贬往南方的蛮夷之地,内心除了悲伤、痛苦,更有对于未来的绝望与恐惧。宋之问《度大庾岭》云:"度岭方辞国,停辀一

---

①《韩昌黎诗集编年笺注》卷三,第 182 页。
②《张籍集系年校注》卷七,第 887 页。

望家。魂随南翥鸟，泪尽北枝花。”[1]宋诗把贬谪之臣度过大庾岭的那种不舍和悲戚描绘得淋漓尽致。所以他们来到佛寺，面对着慈悲为怀，可以解救众生的佛像，内心充满希冀。从宋之问等人的佛寺作品来看，他们到达佛寺后的心态大致有两种：一种是求吉避祸，一种则是寻求解脱。求吉避祸如刘希夷《初度岭过韶州灵鹫广果二寺其寺院相接故同诗一首》云："摄衣趋福地，跪膝对真容。……宿心常恳恳，尔日更颙颙。……已知空假色，犹念吉除凶。覆护如无爽，归飞庶可从。"[2]从诗句可以看出，当诗人面对佛像时，就如同一位虔诚的信徒恳切祈愿，希望能得到佛祖庇佑，逢凶化吉。寻求解脱则有宋之问、房融的作品。房融《谪南海过始兴广胜寺果上人房》诗：

零落嗟残命，萧条托胜因。方烧三界火，遽洗六情尘。隔岭天花发，凌空月殿新。谁令乡国梦，终此学分身。[3]

房融首先在诗中描述了自己被贬谪的境况，故云"零落嗟残命"，然后希望能借助佛法寻求因果，得以解脱困境。宋之问《游韶州广果寺》云"莫愁归路远，门外有三车"[4]，三车即佛法所谓三乘（小乘、中乘、大乘），亦是借助佛法寻求解脱之意。

其三，反映了大庾岭区域的佛教与地方风俗的结合。主要的作品有裴谞的《储潭庙》，诗云：

江水上源急如箭，潭北转急令目眩。中间十里澄漫漫，龙蛇

①《沈佺期宋之问集校注·宋之问集》卷二，第428页。
②《全唐诗补编·全唐诗续拾》卷七，第743页。
③《全唐诗》卷一〇〇，第1076页。
④《沈佺期宋之问集校注·宋之问集》卷三，第550页。

若见若不见。老农老圃望天语,储潭之神可致雨。质明斋服躬
往莫,牢醴丰洁精诚举。女巫纷纷堂下舞,色似授兮意似与。云
在山兮风在林,风云忽起潭更深。气霾祠宇连江阴,朝日不复
照翠岑。回溪口兮棹清流,好风带雨送到州。吏人雨立喜再拜,
神兮灵兮如献酬。城上楼兮危架空,登四望兮暗濛濛。不知兮
千万里,惠泽愿兮与之同。我有言兮报匪徐,车骑复往礼如初。
高垣墉兮大其门,洒扫丹臒壮神居。使过庙者之加敬,酒食货财
而有余。神兮灵,神兮灵,匪享慢,享克诚。①

经考,裴谞大历二年出为虔州刺史,后又转饶州刺史,在虔州任有三
年。裴谞喜佛事,其任虔州刺史时,马祖道一正好在龚公山道场传
法,据《宋高僧传》记载:"郡守河东裴公家奉正信,躬勤谘禀……裴
公移典庐江、寿春二牧,于其进修惟勤,率化不坠。"② 以此知裴谞在
虔州任与马祖交往甚密,自身亦虔心修佛。虔州的储潭庙即是裴谞
修建,《储潭庙》诗即作于庙修成之时。

　　据裴曙(裴谞从弟)《祈雨感应颂并序》云:"二年,余从兄自左
司郎中诏领虔州牧,不期月而令行焉……时雨不降,储潭是过。"③ 再
结合诗注,可知裴谞上任后第二年,虔州适逢大旱,故有求雨之举,而
《储潭庙》即是裴谞描写求雨的经过、结果,并告知建庙的原因。在生
产力不发达的古代,农业的重要性不言而喻,每逢旱灾,人们只能想
到求助于超自然力量,故逢旱求雨,是民间流传已久的习俗。从裴谞
的《储潭庙》可以看到唐代求雨的几个特点:一是官方主导,从诗歌

①《全唐诗》卷八八七,第10022页。
②《宋高僧传》卷一〇,第221—222页。
③《全唐文》卷四五七,第4673—4674页。

内容的创作背景和内容来看,作为州牧的裴谞承担了求雨的主要责任;二是有完善的仪轨程式,斋服、牢醴、女巫以及修庙、作诗刻碑都是求雨仪式中的环节;三是佛教与地方风俗的融合,这是此处要重点论述的。

在唐代,佛教思想与地方风俗的融合是一个显著特点,求雨风俗就是一个典型例子,融合之处体现为龙王信仰。尽管在很早的时候,人们就认识到龙与雨的关系,但在佛教传入之前,人们求雨的观念认为风伯雨师才是主要求助对象。而在佛教传入之后,龙王主导下雨的思想开始逐渐普及,因为在印度佛教中,龙才是真正的行云布雨者,许多汉译佛经中都能找出这样的观念体现。如《佛说佛母宝德藏般若波罗蜜经》曰"诸江河流阎浮提,华果药草皆得润,龙王主住无热池,彼龙威力流江河"[①],即体现了龙王对于水的主导力;又《胜天王般若波罗蜜经》云"复有无量百千诸大龙王,即以神力普兴大云,降注香雨洒耆阇崛山及三千大千世界"[②],更明确地指出了龙王有兴云降雨的神力。随着佛教在中国的普及,这种观念亦慢慢深入人心。到了唐朝,将龙王作为求雨的祭拜对象已上升至统治阶级的认知,据《通典》记载:"(天宝)十载正月,以东海为广德王,南海为广利王,西海为广润王,北海为广泽王。"[③] 以此知玄宗在751年封四海王,后世所谓"四海龙王"即始于此。当然从裴谞的作品来看,唐代的求雨仪式中,龙王降雨思想并没有完全取代传统的降雨风俗,而是融合到了一起,在诗歌中有希望龙王到来的语句,如"龙蛇若见若不见",也有

---

① (宋)法贤:《佛说佛母宝德藏般若波罗蜜经》卷上,《中华大藏经》,中华书局,1993年,第64册第517页。

② (南北朝)月婆首那:《胜天王般若波罗蜜经》卷二,《中华大藏经》,中华书局,1985年,第8册第123页。

③《通典》卷四六,第1283页。

自古就有的巫女求雨的仪式,如"女巫纷纷堂下舞"。所以,从裴谞的这首作品,可以看到唐时佛教与地方风俗的融合。

二、交往诗

在庾岭文人诗歌中,更多是文人与释子互为交往的作品,此类诗歌作品统计如下:

表6-6　唐代大庾岭地域佛教交往诗歌整理

序号	姓名	作品	出处
1	宋之问	《自衡阳至韶州谒能禅师》	《沈佺期宋之问集校注·宋之问集》卷三
2	李白	《禅房怀友人岑伦》	《李太白全集》卷一三
3	权德舆	《李韶州著书常论释氏之理贵州有能公遗迹诗以问之》	《权德舆诗文集》卷三
4		《岭上逢久别者又别》	《权德舆诗文集》卷五
5	白居易	《寄韬光禅师》	《全唐诗》卷四六二
6	贯休	《送僧归南康》	《贯休诗歌系年笺注》卷一三
7		《送衲僧之江西》	《贯休诗歌系年笺注》卷一七
8		《送智先禅伯》	《贯休诗歌系年笺注》卷一二
9		《题曹溪祖师堂》	《贯休诗歌系年笺注》卷一八
10	齐己	《酬章水知己》	《全唐诗》卷八三九
11		《行次宜春寄湘西诸友》	《全唐诗》卷八四五
12		《题赠湘西龙安寺利禅师》	《全唐诗》卷八四四
13		《韶阳微公》	《全唐诗》卷八四四

续表

序号	姓名	作品	出处
14	刘禹锡	《赠别约师》	《刘禹锡全集编年校注》卷四
15	许浑	《宣城开元寺赠元孚上人二十韵》	《丁卯集笺证》卷一〇
16		《赠契盈上人》	《丁卯集笺证》卷一
17	李昌符	《赠供奉僧玄观》	《全唐诗》卷六〇一
18	张乔	《闻仰山禅师往曹溪因赠》	《全唐诗》卷六三八
19		《赠初上人》	《全唐诗》卷六三八
20	灵澈	《闻李虔州亡》	《唐四僧诗》卷一

从统计表来看,交往诗数量比佛寺诗要多出许多,总计 20 首。与佛寺诗不同的是,此类作品大多数是送行诗或寄赠诗,作者皆是著名文人且创作时多不在大庾岭,而送行或寄赠的对象基本是释子。这些作品反映了唐代文人与释子的交往情况,也反映出当时大庾岭区域的佛教活动情况,下面分别予以阐述。

（一）反映了唐代文人与释子的交往

唐代文人与佛教的关系,所论者颇多。毋庸置疑,唐代文人与释子为友是一个很普遍的现象,这是因为两者间有许多共同点,如都是在追求高层次的精神感悟,在诗歌与佛偈的创作时,都需要有很高的技巧,追求意境的构建;而释子们隐逸山林的生活方式也往往是文人们所向往的,这就使得许多文人很乐于与释子们结交玄谈。颜真卿《泛爱寺重修记》云:"予不信佛法,而好居佛寺,喜与学佛者语。"[①]颜氏之言可谓非常有代表性,只是结交朋友而已,并不意味着一定要去钻研对方所学习的理论。从唐诗作品来看,真正懂得佛法的文人

---

①《全唐文》卷三三七,第 3419 页。

其实并不多,在许多研究中,往往因为文人与哪个宗派的僧人交往过密,就认为这位文人也皈依了那个宗派,这样的观点是不对的。

文人与释子成为朋友之后,更多的是精神与情感上的交流,这在庾岭的诗歌作品中,也有体现。如李白与释子岑伦友善,岑伦南游罗浮,李白作《禅房怀友人岑伦》赠之,诗云:

> 婵娟罗浮月,摇艳桂水云。美人竟独往,而我安得群。一朝语笑隔,万里欢情分。……揭来已永久,颓思如循环。飘飘限江裔,想像空留滞。离忧每醉心,别泪徒盈袂。坐愁青天末,出望黄云蔽。目极何悠悠,梅花南岭头。空长灭征鸟,水阔无还舟。……归来傥有间,桂树山之幽。①

在这首作品中,李白并未谈及任何佛理禅机,只是单纯表达对释子友人的思念,诗人以"婵娟罗浮月,摇艳桂水云"起兴,之后每一联,都是用各种不同的意象表达对友人的思念,或孤寂,或相思,或失落,这种盼望友人早日归来的情绪贯穿了始终。罗浮在庾岭之南,古人认为罗浮山即庾岭余脉,诗歌意象中,"目极何悠悠,梅花南岭头",用的就是庾岭梅花意象。文人与释子的交往,大多似李白这般,是平等的朋友关系。如作品中的白居易与韬光、刘禹锡与约师、许浑与元孚上人等,皆为平等交往关系。

然而在大庾岭作品中,文人与释子的交往还呈现出另外一种更为复杂的关系,这种关系并非是平等的朋友交往,而是表现为一种文人对释子的推崇与尊重。如宋之问《自衡阳至韶州谒能禅师》云:

---

① 《李太白全集》卷一三,第 576—577 页。

"吾师在韶阳,欣此得躬诣。"① 此诗作于宋之问第二次贬谪钦州途中,宋之问自知此次贬谪十分凶险,内心惶恐不安,故专程前往曹溪拜访慧能,寻求解脱之法。诗中宋之问称慧能为"吾师",可见其是本着请益佛法的态度与慧能交往的。似宋之问这般尊释子为师的情况还有很多,且多体现于地方官员与禅师的交往。权德舆有《李韶州著书常论释氏之理贵州有能公遗迹诗以问之》,诗云:

> 常日区中暇,时闻象外言。曹溪有宗旨,一为勘心源。②

诗题中的李韶州为李直方,"贞元二十一年,自韶州刺史移赣州刺史"③。权德舆此诗或作于李直方任韶州刺史之时,这首诗并非权德舆写给释子的,但却体现出他极为关心南宗之事,反映了权德舆以及当时的文官群体与释子的交往关系。权德舆贞元二年入李兼幕任判官,时马祖道一正在洪州弘法,故权德舆开始结交禅门弟子,其时不只是权德舆,江西绝大多数官员都会与南宗建立良好关系,且十分尊重这些禅师,这在佛教文献与文人作品中皆有体现。如《宋高僧传》载:"郡守河东裴公家奉正信,躬勤谘禀……其时连率路公聆风景慕……建中中,有诏僧如所隶,将归旧壤。元戎鲍公密留不遣……亚相观察使陇西李公藩寄严厉,素所钦承。"④ 从记载来看,马祖道一在虔州时,刺史裴谞与之交往甚密,大力支持其传法,后马祖应路嗣恭邀请往洪州传法,路嗣恭之后的鲍防、李兼等观察使同样是大力护持马祖,这些官员对马祖的态度皆十分恭敬,甚至执弟子之礼,向马

---

①《沈佺期宋之问集校注·宋之问集》卷三,第547页。
②《权德舆诗文集》卷三,第53页。
③《全唐文》卷六一八,第6243页。
④《宋高僧传》卷一〇,第221—222页。

祖请益佛法。这些并非僧传妄说，权德舆曾为马祖撰写《塔铭》曰："贞元元年，成纪李公以侍极司宪，临长是邦，勒护法之诚，承最后之说。"① 德舆所叙李兼之恭敬，与僧传一般无二。权德舆亦在《塔铭》中记录自己与禅门的交往，其曰："沙门惠海、智藏、镐英、志贤、智通、道悟、怀晖、惟宽、智广、崇泰、惠云等，体服其劳，心通其教……德舆往因稽首，粗获击蒙，虽飞鸟在空，莫知近远，而法云覆物，已被清凉。"② 权德舆历数马祖门下弟子，可见其与众弟子交往密切，其又云"已被清凉"，说明权德舆时已心向南禅。贞元二年至三年间（786—787），权德舆还极有可能到过虔州，此期间虔州刺史为李舟③，实为德舆挚友，值得一提的是，李舟对于南禅亦十分恭谨，虔州刺史唐技曾为智藏撰写碑铭曰："是时，太守李公舟天下名人也，事师精诚，如事孔颜。"④ 故当时权德舆随智藏前往虔州龚公山道场并寻访老友李舟是极为可能的，权德舆有《岭上逢久别者又别》，或与李舟至大庾岭访六祖遗迹所作，权德舆写诗问李直方能公遗迹背景在此。所以，透过权德舆写给李直方的这首诗，可以观照当时文人与释子的另外一种交往的关系，这并非通常意义上的朋友交往，而是体现为地方官员对于南宗禅发展的护持，很难说这些文人官员们是否已经皈依南禅，但他们对这些禅门宗师的恭敬是显而易见的。刘禹锡《送鸿举师游江西》"钟陵八郡多名守，半是西方社中友"⑤，说的就是这种现象。

（二）反映了庾岭通道上的礼祖现象

在所收集的交往作品中，更多的是送行诗，而所送对象，一律都

①《权德舆诗文集》卷二八，第426页。
②《权德舆诗文集》卷二八，第426页。
③《唐刺史考全编》卷一六一，第2329页。
④《（同治）赣州府志》，第323页。
⑤《刘禹锡全集编年校注》卷五，第307页。

是禅门子弟。在前文的考察中,可发现南宗禅的发展主要是在江西和湖南两地,尤其在江西,形成了虔州、吉州、洪州几个传法中心,而这几个传法中心与曹溪连接起来,恰恰就是大庾岭交通线。这一方面说明南宗禅发展的绝对中心在江西,从虔州到洪州,基本贯穿整个江西,而顺着这条主脉,禅门弟子又在今宜春、萍乡、抚州等地另建支脉,可谓禅法遍布江西,宋代曾丰《赠江西瑞上人至南海袖诗相过》"假令为法不为衣,江西自是大法窟"①,即指此。另一方面也说明宗派的发展是和交通紧密联系的,所以这几个传法中心的出现,其实就是佛法交流与聚集的结果。而这些交往诗歌作品,无疑为了解当时的禅宗活动提供了第一手的资料。

这些作品表现最突出的现象,无疑就是禅门弟子的礼祖活动,如刘禹锡所赠别的约师、贯休所送智先禅伯、齐己所赠利禅师、许浑所送元孚上人和盈上人、张乔所送仰山禅师等,皆曾往曹溪礼祖。所谓礼祖,是宗教活动中的典型现象,表现为弟子们前往宗派祖庭或圣地礼拜祖师或圣物的一种行为。不仅是佛教,其他如天主教、伊斯兰教都存在这种行为,这些宗教徒认为,一生中必须要到宗派祖庭或圣地参拜至少一次。佛教禅宗同样如此,一般认为中国禅宗一祖是菩提达摩,其死后葬于熊耳山,故熊耳塔便成为中国禅宗弟子的礼祖胜地。《景德传灯录》卷一二就记载了南宗弟子临济义玄前往熊耳塔礼祖之公案②。然而禅宗在中国真正兴盛起来,是始于六祖慧能,所以慧能修行的道场曹溪宝林寺又被奉为南宗禅祖庭。在佛教文献与文学作品里,更多的礼祖活动都是前往曹溪祖庭的。早期的礼祖活动在《坛经》中已有记载:"有一僧名智常,来漕溪山,礼拜和尚……又

①《全宋诗》卷二五九九,第30197页。
②《景德传灯录》卷一二,第207页。

有一僧名神会,南阳人也。至漕溪山礼拜。"① 又如那位在大庾岭被慧能点化的慧明和尚,后驻锡袁州蒙山,据《景德传灯录》记载:"初名慧明,以避师上字,故名道明。弟子等尽遣过岭南参礼六祖。"② 类似这样的记载,在《景德传灯录》《五灯会元》《宋高僧传》等文献中还有很多,在此就不一一列举。从慧明的例子就可以看出,这些禅门祖师们往往都会要求弟子前往曹溪礼祖,久而久之,即成教律。

　　由于礼祖传统的存在,可想而知,在唐代往来于大庾岭的禅门弟子数量之多。虽然由中原前往曹溪,未必非由大庾岭,亦可取道湖湘从骑田岭过去,但是可以肯定,大庾岭一定是最为主要的礼祖之路。理由有三:其一,大庾岭是慧能求法、得法、避祸的通道,曾丰《赠江西瑞上人至南海袖诗相过》云"六祖求衣从岭出,六祖得衣从岭入"③,即指此,而大庾岭夺法更是记录于《坛经》中的重要事件,后面发展成为禅宗的核心公案,作为禅门子弟,循着六祖当年足迹前往礼祖并亲自到夺衣公案发生地观摩,自然是非常有意义的。据《舆地纪胜》记载:"云峰寺,本梅山院……旧有祖师塔,有锡杖泉,有放钵石。"④ 大庾岭上这些六祖遗迹的出现,恐怕与弟子们频繁的礼祖活动是分不开的。其二,大庾岭距离曹溪较近,且交通方便。据《重修曹溪通志》记载:"(曹溪宝林)自庾岭分脉,蜿蜒磅礴,不远数百里,融结宝林,故尔奇特。"⑤ 自南华寺向北五十余里即韶州,由浈江水路可一路行至庾岭脚下,交通十分便利。张九龄开大庾岭路时,常由此路上庾岭勘察地形,有《自始兴溪夜上赴岭》。所以除非是从韶州的

①《坛经校释》,第87—90页。
②《景德传灯录》卷四,第60页。
③《全宋诗》卷二五九九,第30197页。
④《舆地纪胜》卷九三,第2968页。
⑤《重修曹溪通志》卷一,第78页。

西北或西面前往曹溪,可不由庾岭路,其他北部区域的僧众则必由庾岭路礼祖。而且从文献记载来看,即便是湖南的弟子往曹溪礼祖,亦会选择走庾岭路,前文已考庞居士见马祖时,南岳至虔州有陆路相通,而《祖堂集》记载的"红炉点雪"案,无疑再次证实了这一点,据记载:"(长髭)师初礼石头,密领玄旨。次往曹溪礼塔……石头云:'大庾岭头一铺功德,还成就也无?'"这就充分说明长髭自南岳礼祖时走的就是马祖所云南岳至虔州通道。其三,大庾岭通道有利于弟子之间的交流活动。中唐之后,江西赣江沿线有多个传法中心,故走大庾岭路礼祖,不仅具有重要意义,于佛法交流方面亦有许多好处。对于僧人来说,除了在师尊座下习法,外出的云游历练是更为重要的学习方式,在许多高僧语录中,都体现了弟子拜访名师,然后发生机锋对话的故事。

　　除了佛教文献的记载,唐代许多诗歌也反映了这种礼祖现象。齐己《题赠湘西龙安寺利禅师》:"南祖衣盂曾礼谒,东林泉月旧经过。"[1]诗中的这位利禅师自湘西往曹溪礼祖,又到了庐山的东林寺,其游历所经正是以上分析的路线,自曹溪翻越大庾岭至虔州、吉州、洪州、庐山,这些全都是唐朝禅宗的传法中心。很多文学作品,对于考察当时礼祖弟子的具体情况很有帮助,如贯休《送智先禅伯》云:

　　　　万事归一衲,曹溪初去寻。从来相狎辈,尽不是知音。乞食林花落,穿云翠巘深。终希重一见,示我祖师心。[2]

这首诗中反映了礼祖弟子的心态与游历时的情况,"衲"即指法衣,

---

①《全唐诗》卷八四四,第9537页。
②《贯休歌诗系年笺注》卷一二,第596页。

这里特指慧能所得黄梅心印，"万事归一衲"指明礼祖之源头；"乞食林花落，穿云翠巘深"则是描述了这位禅师礼祖途中的状况，乞食即指佛教徒的化缘，是礼祖途中得以生存的重要方式，"穿云翠巘深"则说明路途艰险，需要翻山越岭。贯休另一首作品同样刻画了弟子礼祖的情形，即《送衲僧之江西》：

> 索索复索索，无凭却有凭。过溪遭恶雨，乞食得干菱。只有山相伴，终无事可仍。如逢梅岭旦，向道只宁馨。①

这首诗较之上一首更为写实，虽然题名为"之江西"，然通过诗歌内容可知此僧应由江西往曹溪礼祖。诗中描写了一位僧人身无所凭，只身前往曹溪礼祖的情况，一路风餐露宿，乞食为生，大部分的路途只有与山相伴，然而诗人的"无凭却有凭""向道只宁馨"等句子却把这位僧人佛心坚定、勇于追寻的大无畏精神刻画得淋漓尽致。贯休本人亦曾往曹溪礼祖，有《题曹溪祖师堂》诗：

> 皎洁曹溪月，嵯峨七宝林。空传智药记，岂见祖禅心。信衣非苎麻，白云无知音。大哉双峰溪，万古青沉沉。②

这首作品则重点描述了礼祖圣地曹溪的景象，"皎洁曹溪月，嵯峨七宝林"是形容曹溪的圣洁，如净土一般，诗人也在祖师堂看到了慧明未能夺取的信衣，而诗人眼中的曹溪双峰溪，也是宝相庄严、万古青沉的。

---

① 《贯休歌诗系年笺注》卷一七，第 794 页。
② 《贯休歌诗系年笺注》卷一八，第 836 页。

　　以上这些作品,对于了解礼祖弟子具体的心态、想法,行进路线,途中境况,以及曹溪祖庭的情况,皆是十分珍贵的资料。当然其他如刘禹锡、许浑、张乔等人的作品,亦在不同方面反映了礼祖的情况。如果说《灯录》等文献是对弟子礼祖活动的文字记录,那么庾岭的这些诗歌作品,则是对礼祖活动更为真实的写照和诗意的呈现。

　　总体而言,通过大庾岭的文人佛教诗,可了解唐代大庾岭地域的佛寺景观与风情,揭示唐代文人与禅门弟子交往的真实情况,还原唐代大庾岭通道上的僧团活动。由于南宗禅在唐代所形成的八大佛教宗派中极具代表性,分脉众多,弟子广布,是最先完成中国化、民族化的佛教宗派,故这些诗歌文字以及创作背景对于揭示唐代的佛教发展、儒释交往和佛教文学创作等方面同样有着典型意义。

结　语

唐代大庾岭虽地处偏远,但却频繁出现在诗歌当中,历数唐代最著名的诗人,他们笔下都曾出现过大庾岭,这一现象昭显了该地域的不平凡。只是由于近代交通的发展,大庾岭彻底失去了它交通上的优势,曾经的辉煌亦慢慢为人们忘却。尽管近三十年来,开始有学者不断地对它予以关注,但由于史料的缺乏,研究多集中于唐代之后,对汉唐时期的大庾岭偶有论述,也仅停留于文献记载的只语片言。究其原因,是长期以来对汉唐大庾岭文学作品与志书文字的忽视,没有对相关材料做系统的收集、整理与研究。事实上,当细心梳理唐前文献,是能够找到许多相关材料的,文学作品如庾阐《扬都赋》《衡山诗》,陆机《从军行》,谢灵运《岭表赋》,以及六朝时期范云、阴铿、江总、贺彻等文学名士的作品,地志如《水经注》《南越志》《广州记》《广志》《南康记》《始兴记》等,这些都是考察唐前大庾岭地域面貌与文学发展的重要材料。唐代不断涌现的诗歌作品更是考察大庾岭面貌的重要资料,一方面诗歌文本蕴藏了大量信息,另一方面,对文人活动与创作背景的考察亦可为研究提供更多线索。藉由系统整理与考证,终可对唐代大庾岭之沿革流变有更为清晰的认识,反过来亦可对相关诗歌创作问题有更深入的理解。唐代大庾岭诗歌的创作,是建立在继承传统的基础之上的。这表现在三个方面:

其一,对唐前观念的继承。大庾岭自秦朝开始,已成为与长城相对应的南方边塞,"塞上"之名,由此而来。自汉代以来,文学作品与地方志书不断在强化这一概念,至唐代已根深蒂固。尽管在大庾岭之南仍然有广袤的岭南地域,然而在唐代文人笔下,大庾岭就是南方边塞。《梅花落》本是北方边塞曲的代表,而初唐卢照邻将大庾岭梅花引入其中,无疑是取其南方边塞的文化特征。宋之问《度大庾岭》云"度岭方辞国"[①],白居易《清明日送韦侍御贬虔州》云"此地已天涯"[②],皆是对大庾岭南方边塞特质的清晰表达。从这一点来说,唐代大庾岭诗歌具有鲜明的南方边塞诗之特征。此外,自汉代开始形成的界岭观念,亦是唐代诗歌着重表现的,如果说《淮南子》"南野之界",是体现它的自然地理属性,那么刘安谏文所云"天地所以隔外内也",则赋予了大庾岭政治和文化属性,将其作为分隔中与外、华与"夷"的分界线,并衍生出"经大庾则清秽之气分"的文化观念。由此可见,唐前大庾岭已经成为中原文明与南蛮文明的分隔象征,这种分隔是全方位的,即体现为自然属性上的分界,更是政治、文化、经济上的分界。

其二,对唐前文字书写的继承。一方面是正史记载的事件,成为唐代大庾岭诗歌创作的素材,如秦皇戍五岭、赵佗急绝道、陆贾使南越、吕嘉封使节、杨仆下横浦、陈祖过赣石等重要历史事件,皆在唐诗中得以呈现;另一方面是地方志书的文字书写,如《水经注》记载的庾岭山脉、水系、景观,《南康记》记载的平湖、梅花、石桃、螺亭、山都、木客等,《广志》记载的大庾岭气候,皆成为唐代诗人相关创作的题材。

其三,对唐前文学的继承。大庾岭其实很早就被创作于文学作品中。陆机《从军行》《赠顾交趾公真诗》将大庾岭首次带入到文学

---

① 《沈佺期宋之问集校注·宋之问集》卷二,第 428 页。
② 《白居易诗集校注》卷一七,第 1345 页。

空间,并构建了大庾岭"南方边塞"的文学意象。此后关于大庾岭的文学作品不断涌现,被誉为最早的山水诗创作者庾阐,把大庾岭写入其《衡山诗》,大庾岭由此成为唐前文人山水诗创作的主要题材。谢灵运《岭表赋》是专门描写大庾岭的山水作品,同时也开创了大庾岭贬谪文学的先河,其赋作的表达范式、创作意象等皆为唐代文人模仿与继承。范云、阴铿、江总等南朝名士皆有大庾岭相关创作,从越岭丧清到南北分隔观念的表达,对唐代大庾岭诗歌创作产生了重要影响。

唐代是古代诗歌文学创作的顶峰,这一时期的大庾岭诗歌不仅表现为对唐前的继承,更多是呈现新和变,主要表现为以下几点:

第一,创作群体的壮大。唐前参与大庾岭创作的文人,往往身份显赫,如王逸、陆机、谢灵运、范云、江总之流,或出身贵族,或为文人集团核心人物。唐代参与大庾岭创作的文人,身份开始向中下阶层普及,既有位极人臣的官员、文坛领袖,如张说、张九龄、李白、杜甫、白居易等,也有出身寒门的士子,如罗隐、郑谷、崔橹、张蠙、姚倍、蒋吉等。从社会角色来看,则更为丰富,有赴任官员、贬谪流人、入幕僚佐、差遣使者、取解学子、游历文人、传道僧侣、隐居名士等等,可谓形形色色。相比于宫廷文人,这些群体与社会的接触更为广泛,作品对于唐代社会的书写更具深度和广度。

第二,创作题材的拓展。唐前大庾岭作品主要有山水、行军、贬谪三类题材。至唐代,随着创作人群的普及,诗歌题材更为广泛,可谓是全方位、多角度的拓展。题材上最为明显的变化是对于交通的体现,唐前的作品更多是表达大庾岭横向的高绝与阻隔,如谢灵运《岭表赋》云"若乃长山款跨,外内乖隔"[1],体现的是唐前文学作品中大庾岭的经典形象。随着唐代大庾岭交通的发展,纪行、送行、寄赠、

---

[1]《谢灵运集校注》,第371页。

别友等题材的作品开始大量出现,纪行如宋之问《早发大庾岭》"晨跻大庾险,驿鞍驰复息。雾露昼未开,浩途不可测"①,孟浩然《下赣石》"赣石三百里,沿洄千嶂间"②;送行如刘长卿《送李秘书却赴南中》"路识梅花在,家存棣萼稀"③,杨衡《送人流雷州》"地图经大庾,水驿过长沙"④;寄赠如杜甫《寄杨五桂州谭》"梅花万里外,雪片一冬深"⑤;别友如李群玉《将之番禺留别湖南府幕》"会登梅岭翠,南骛入炎洲"⑥。在这些题材的作品中更多是展现纵向的交通,涉及陆路、水路、路线、里程等各方面情况,呈现了大庾岭南北交通繁荣的文学形象。在唐代相关作品中,出现最多的题材是梅花与佛教,此二者代表了唐代大庾岭最突出的地域特征。此外,山水、气候、部伍、商贸、科举、战争、田园、怀古等题材作品均有出现。

第三,诗歌体裁的丰富。唐前是大庾岭诗歌的萌发期,作品体裁较为单一,基本为古体诗或乐府诗。唐代则进入到发展期,诗歌数量明显增加,各类体裁的作品相继出现,五绝如孟浩然《洛中访袁拾遗不遇》,五律如宋之问《题大庾岭北驿》,七绝如樊晃《南中感怀》,七律如郑谷《梅》,排律如张说《喜度岭》、许浑《南海府罢归京口郊居途经大庾县留赠张明府》等。又有乐府诗、杂体诗、试帖诗等,乐府如卢照邻《梅花落》,这是唐代第一首咏梅乐府诗;杂体则有裴谞《储潭庙》;试帖诗有郑谷《咸通十四年府试木向荣》、白行简《春从何处来》、施肩吾《早春残雪》等。此外,还有一类很特殊的体裁,即诗偈,

①《沈佺期宋之问集校注·宋之问集》卷二,第429页。
②《孟浩然诗集笺注》卷中,第257页。
③《刘长卿诗编年笺注》,第509页。
④《全唐诗》卷四六五,第5288页。
⑤《杜诗详注》卷九,第779页。
⑥《李群玉诗集》卷下,第66页。

多为佛门弟子所作,此类作品有别于传统诗歌的抒情言志,而是主要用于阐释与宣扬佛理,由于释子们极力模仿诗歌的语言体式,故这些诗偈与传统诗歌十分相似,拾得偈云"我诗也是诗,有人唤作偈。诗偈总一般,读时须子细"①,即指此。在大庾岭诗偈作品中,同样存在五言、七言、绝句、律诗、歌行体等。

第四,诗歌艺术创作的提升。卢盛江谈大庾岭诗歌创作时曾指出一个现象:唐代南下的文人沿途的诗作不多,只是过大庾岭才有诗②。这其实有三个层面的原因:其一,大庾岭本身具有鲜明的地域和文化特征。大庾岭自古被视为南方边塞,是中原与南越的分界象征,来到此处的文人往往被异域景观所吸引,又会被大庾岭边塞文化特征所触动,产生去国离家之感,即宋之问《度大庾岭》所云"度岭方辞国"③。其二,南下庾岭的文人大多有不好的遭遇,或因宦途失利而流贬,或因仕途不顺而入幕,总之来到大庾岭的文人,心中或块垒郁结,或悲情难抑。杜荀鹤《赠友人罢举赴交趾辟命》云"罢却名场拟入秦,南行无罪似流人"④,说的就是这种现象。其三,路途的遥远容易让人心生离愁,在大庾岭的诗歌作品中,"万里"这个词出现频率非常高,如刘长卿《却赴南邑留别苏台知己》云"落日孤舟去,青山万里看"⑤,杜甫《寄杨五桂州潭》云"梅花万里外,雪片一冬深"⑥,皆以"万里"体现大庾岭的遥远,正因如此,即便不是因贬谪来到此处的游子,心中也易生离愁与惆怅,郑谷《梅》云"离人南去肠应断"⑦,即体

①《寒山子诗校注》,第185页。
②卢盛江:《大庾岭与唐诗之路》,《光明日报》2020年3月2日,第13版。
③《沈佺期宋之问集校注·宋之问集》卷二,第428页。
④《全唐诗》卷六九二,第7958页。
⑤《刘长卿诗编年笺注》,第210页。
⑥《杜诗详注》卷九,第779页。
⑦《郑谷诗集笺注》卷四,第443页。

现了这种情绪。综合以上三个层面的原因，就能理解为何文人到达大庾岭后更容易出现创作的行为了，对于这些文人来说，大庾岭是其南下最为重要的节点，一方面水陆换乘的方式会强化对大庾岭的节点意识，另一方面，累积的情绪会因大庾岭的象征意义而触动，诗歌创作便成为文人情感宣泄的突破口。从这一点来说，大庾岭诗歌基本都属于触景生情之作，这样的作品往往真情实感，语言真挚，较少出现绮丽浮华的辞藻。宋之问就是一个典型的例子，他本是应制诗的高手，然而到达大庾岭后，却一反往日宫廷创作之华丽，以大庾岭风物寄兴，唱叹有情，情韵俱佳，所以在宋之问所创作的众多作品中，唯有其至大庾岭的作品为史书称赞，"传布远近"。正所谓赋到沧桑句便工，大庾岭因上述地理与文化特征，决定了文人在此处的创作动因与风格，所创作诗歌往往情感充沛、动人心弦且意境悠远，有着较高的艺术审美价值。

在唐代南方五岭中，唯有关于大庾岭的作品不断地涌现，这些作品体现了大庾岭在南方地域的特殊性，也是唐代诗歌文学的重要组成部分。具体而言，唐代大庾岭诗歌的价值主要体现为两个方面：

第一，是考察唐代大庾岭面貌的重要材料，具有较高的史学价值。大庾岭路在唐代已经成为南北交通中最为重要的通道之一，尤其在对接海上贸易方面，其商运功能远大于湖湘骑田岭通道。然而由于大庾岭相关史料在宋代以后才开始丰富起来，导致许多学者谈及唐代大庾岭时往往简略。事实上，并非没有途径了解唐时的大庾岭面貌，诗歌作品即是一个重要突破口，如借助宋之问、孟浩然、耿沸等人的诗歌，可考察大庾岭山路与水路；借助张说、沈佺期、李绅等人的诗歌，可以考察大庾岭与其他地域的交通路线；藉由大庾岭作品，还可以考察唐代大庾岭地域的环境与气候、地方风俗与民情、地方政治与治理、商业贸易与运输、佛教发展与传播等方面的情况。所以，大庾岭诗歌的重要价值在于补史料之阙如,尽管诗歌存在虚构与艺术加工的成分,然而作品内容与背景无疑为考察大庾岭提供了大量新线索,当辅之以更广泛的文献征考后,这些诗歌所呈现的即是一幅鲜活的唐代大庾岭写实画卷。

第二,反映了唐代南方边界的文人活动与创作情况,具有较好的文学价值。一方面,从创作者的身份来看,大庾岭作品的代表诗人有李白、杜甫、卢照邻、张九龄、张说、宋之问、沈佺期、刘长卿、孟浩然、王昌龄、权德舆、李德裕、李绅、耿湋、郑谷等等,皆为唐代各时期政坛或文坛的领军人物或佼佼者,他们的作品及活动情况,自然有着较高的文学研究价值。另一方面,从诗歌的艺术创作来看,大庾岭诗歌作品大多属于触景生情之作,故作品情感充沛、思想深刻,佳作颇多。另外,从宏观上看,由于大庾岭独特的地域和文化象征,那些南下的文人到达大庾岭后往往会出现创作行为,如宋之问被贬泷州,一路上并没有太多作品,但到达大庾岭后,突然创作多首岭诗歌,而这也是大多数到达大庾岭文人的表现。也就是说,大庾岭实际上成为文人行旅途中的一个集中创作区域。正因如此,这些作品不仅仅反映了大庾岭地域的情况,更反映了大量往来南方边界的文人们的人生境况和思想情感。通过大庾岭的诗歌,可以看到宋之问因贬谪悲痛欲绝的情景,也可以看到张说因遇赦而喜不自禁的场面,还可以看到刘长卿因被诬而看破仕途的凄凉,更可以看到李德裕因受倾轧而心灰意冷的悲戚,有张说《冬日见牧牛人担青草归》"欲持梅岭花,远竞榆关雪"[1]的雄志,也有李群玉《将之番禺留别湖南府幕》"一枝仍未定,数粒欲何求"[2]的迷惘,有罗隐《南康道中》"弱冠负文翰,此中听

---

①《张说集校注》卷九,第 452 页。
②《李群玉诗集》卷下,第 66 页。

鹿鸣"①的得意,也有耿沣《晚登虔州即事寄李侍御》"万里归人少,
孤舟行路难"②的黯然。在大庾岭的诗中,可以得见唐代各阶层士子
的人生百态、苦辣酸甜,且更深层次地反映了唐代制度与社会问题。
除此之外,大庾岭诗歌中的梅花诗和佛教诗同样独树一帜,在唐代梅
花诗创作和佛偈创作中,皆有着代表性的地位,有重要的文学研究
价值。

　　由以上分析,可见唐代大庾岭诗歌情感真挚、内容丰富、思想深
刻,且极具地域特色,能多层面反映唐代历史、地理、文学、文化等方
面的问题。总体而言,唐代大庾岭诗歌的意义有以下几点:

　　其一,唐代南方边塞诗的代表。现在提及边塞诗,皆指北方边塞
作品,从未有南方边塞诗之概念。然大庾岭南方边塞概念在秦朝即
已确立,其最早的名称就叫"塞上",乃是与长城相对应的南塞,这在
史书中有明确记载。由汉至隋,一方面正史与地志文字不断在继承
与强化这一概念,另一方面,在文学作品中,同样是将大庾岭作为南
塞空间予以表达。《从军行》历来被认为是北方边塞诗的代表诗题,
而陆机《从军行》则咏及大庾岭,诗云:"苦哉远征人,飘飘穷四遐。
南陟五岭巅,北戍长城阿。深谷邈无底,崇山郁嵯峨。奋臂攀乔木,
振迹涉流沙……胡马如云屯,越旗亦星罗……苦哉远征人,抚心悲如
何。"③这首诗明确指出边塞有南北之分,南塞以五岭(即大庾岭)为
代表,北塞以长城为代表,诗中"崇山""乔木""越旗"皆为南方边
塞的典型特征。陆机的作品无疑是大庾岭作为南方边塞的明证,同
时揭示了边塞文学向南方的拓展。尽管到了唐代,南方的疆域边界

①《罗隐集》,第 156 页。
②《全唐诗》卷二六九,第 2998 页。
③《陆机集校笺》卷六,第 343 页。

已远远越过大庾岭,到达今越南、海南等地,但是大庾岭的南塞概念依然在诗歌中被继承下来,如《梅花落》本是北方边曲的代表,然而唐代第一首《梅花落》却写到了大庾岭,卢照邻《梅花落》云"梅岭花初发,天山雪未开"①,就是取大庾岭为南塞之意,将之与北塞风光进行比较,与陆机《从军行》有异曲同工之处。此后在唐代大庾岭作品中,南塞概念被频繁地表达,似宋之问《度大庾岭》"度岭方辞国"②、沈佺期《遥同杜员外审言过岭》"去国离家见白云"③、白居易《清明日送韦侍御贬虔州》"此地已天涯"④等,皆是把大庾岭作为国家的边界,这显然只是基于文化上的认同,而非行政建置上的。唐代关于岭南、安南地域也有诗歌作品,亦可以称之为南疆诗歌,但却没有像大庾岭这样具有明显的南界概念。唐代大庾岭相关作品具有明显的南塞特征,这些作品所构建的"南界""遥远""边戍""岭海""回雁""岭梅""瘴疠""炎蒸""鹧鸪""翡翠"等意象,皆有着强烈的南方地域色彩和边界意识,与北方边塞诗意象形成鲜明对比。所以,唐代边塞诗只谈北方是不完整的,大庾岭作为南方边塞的概念是不可否认的存在,其相关作品是当之无愧的南方边塞诗。认清这一点,对于重新认识与界定边塞诗歌,无疑是极具意义的。

其二,唐代通道文学的重要组成部分。唐诗之路的研究由来已久,比较著名的有丝绸诗路(西域陆路)、浙东唐诗之路,近年来又提出浙西之路、两京驿路、商於古道等概念。由于大庾岭诗歌的研究相对滞后,直至2020年,方有南开大学卢盛江教授于《光明日报》发表

---

① 《全唐诗》卷一八,第 197 页。
② 《沈佺期宋之问集校注·宋之问集》卷二,第 428 页。
③ 《沈佺期宋之问集校注·沈佺期集》卷二,第 85 页。
④ 《白居易诗集校注》卷一七,第 1345 页。

《大庾岭与唐诗之路》，明确指出大庾岭为唐代重要的诗路[1]。大庾岭显然是可以被称为唐诗之路的，这一方面是因为大庾岭在唐代交通中的重要性，张九龄重开新路后，此路成为对接海上丝绸之路最重要的一条内陆通道，尤其在安史之乱后，北方丝绸之路被战争切断，唐朝外贸只能依靠海上通道，广州又成为官方指定的贸易中心，在这一背景下，大庾岭对于广州的货运优势开始凸显，无论是运载量、安全性还是与东部富庶地区的对接方面，大庾岭路皆明显优于骑田岭、灵渠等南北通道。另一方面，在大庾岭诗歌作品中，绝大多数都是与通道息息相关，纪行诗、送行诗、赠别诗是大庾岭作品的主要题材，这些作品或者描写了通道的环境，或者反映了在这一通道上的人来人往以及各类文人群体的悲欢离合。如宋之问《早发大庾岭》"晨跻大庾险，驿鞍驰复息"[2]，阎朝隐《度岭》其二"千重江水万重山，毒瘴氤氲道路间"[3]等，是对大庾岭通道的描写；张九龄《和王司马折梅寄京邑昆弟》、李白《禅房怀友人岑伦》、杜甫《寄杨五桂州谭》、刘长卿《送独孤判官赴岭》、李群玉《大庾山岭别友人》等作品，则是反映了大庾岭通道上文人们的别恨离愁。综合以上两点，大庾岭作品在唐代通道文学中是具有典型意义的，这是一条不折不扣的唐诗之路。

　　其三，唐代梅花诗的重要题材。大庾岭梅花自古闻名，地位极高，被奉为梅花之祖，屈大均云："吾粤自昔多梅。梅祖大庾而宗罗浮。罗浮之村，大庾之岭，天下之言梅者必归之。"[4]并有《送曾止山还光福歌》云："梅花大宗在庾岭，小宗乃在罗浮阿。"[5]大庾岭梅花

① 卢盛江：《大庾岭与唐诗之路》，《光明日报》2020年3月2日，第13版。
②《沈佺期宋之问集校注·宋之问集》卷二，第429页。
③《全唐诗补编·补全唐诗》，第11页。
④《广东新语》卷二五，第634页。
⑤《屈大均诗词编年校笺》卷一〇，第1208页。

诗的蔚然兴起是在唐朝，在大庾岭诗歌作品中，绝大多数都写到梅花，这充分说明对于大庾岭来说梅花具有代表性。许多没有到过大庾岭的诗人，在诗中对大庾岭的想象多与梅花有关，如李白、杜甫、白居易、李商隐等，其笔下的大庾岭大多以梅花代之。唐代的梅花诗较少明确具体地点，然而在明确了地点的作品中，以庾岭梅花作品数量最多。唐代的第一首《梅花落》就写到了大庾岭梅花，《梅花落》本是北方边曲的代表，但由于唐代北方边塞气候转冷导致无梅，使得文人不得不将目光转向南方边塞的梅花。李峤作蒙学咏物诗百二十首，其中咏梅诗即以庾岭梅花为题材，使得庾岭梅花在唐代具有教材式的传播效应，故而在许多府试与省试诗中，皆出现咏庾岭梅花的现象。以上种种，皆说明大庾岭梅花在唐朝梅花诗中的代表性。尽管就大庾岭梅花诗的发展进程来说，唐代并非其鼎盛时期，然而却是其最重要的时期，相关审美意趣和经典意象，基本都是在唐代形成的，如"岭上梅""南北枝""早梅""折梅寄远""落梅"等意象，皆为后世庾岭梅花诗继承。同时，这些意象也是唐代梅花诗中的主要意象，研究表明，唐代咏及"岭梅""南北枝""春信"等的作品，基本都指向庾岭梅花或与其密切相关，这同样也说明了庾岭梅花诗在唐代梅花诗中的重要地位和意义。

其四，唐代佛偈诗中的重要作品。佛教至唐代发展至鼎盛，形成八大宗派，其中最为兴盛，也是最早实现中国化的宗派就是禅宗，确切地说，是禅宗的南宗禅。大庾岭是南宗禅建立根基与传布天下的重要地域，岭南与岭北分别形成两大传法中心，岭南曹溪为六祖慧能的传法道场，被奉为南禅祖庭，岭北龚公山为八祖道一的道场，是南禅真正走向兴盛的源头。然而，由于禅宗奉行"不立文字"，文人与禅宗文化实际产生了一定程度的隔离，因此唐代的相关作品并不多。大庾岭由于佛教兴盛、佛寺众多、高僧辈出，由此产生一定数量的文人佛教诗,如宋之问《自衡阳至韶州谒能禅师》、沈佺期《登韶州灵鹫寺》、房融《谪南海过始兴广胜寺果上人房》等,这些作品多是从寺庙景观、人物交往等外部因素进行创作,并未对禅宗文化有更深入的表达。有趣的是,由于佛法传播的需要,禅门弟子模仿诗歌体式的佛偈创作开始盛行,大庾岭地域由此产生了一大批诗偈,这些作品对考察唐代禅宗发展与禅文学十分重要,主要体现在三个方面:第一,创作者多为南宗禅的重要人物,如禅宗六祖慧能,也是南宗禅的创始宗师;慧能弟子法海、神会、玄觉等,神会亦有七祖的称号;文偃是云门宗祖师,本寂为曹洞宗祖师,延昭则是临济宗四祖;克符道者、一砵和尚、乐普和尚等皆为禅门著名的弟子;庞蕴则是唐代最著名的居士,有"东土维摩"之称;这些宗师级人物创作的佛偈往往蕴含了南宗禅最核心的理论与哲学思想。第二,反映了唐代佛教中的重要事件。由于文人不了解南禅,故许多重要的事件难以在文人诗歌中出现,如大庾岭夺法事件,是六祖写入《坛经》的重要事件,其演化而成的公案在禅林地位极高,但此事在文人诗中却难见踪迹,只是在许多释子作品中方得以体现,齐己《答文胜大师清柱书》"应嫌六祖传空衲,只向曹溪求息机"① 即指夺法之事。此外,神会《南宗定邪正五首》、乐普和尚《浮沤歌》、庞蕴《诗偈》等作品皆有对这一事件的佛理参悟。第三,有较高的文学性,对后世禅文学的发展影响深远。大庾岭诗偈中有许多优秀的作品,其中一些宗师的语言既富于哲理,又十分优美,如"红炉一点雪""如人渴饮水,冷暖心自知""一口吸尽西江水""曹溪一滴""大庾岭头提不起"等等,皆成为宋代禅文学作品的母题。

　　总体而言,本书通过对诗歌作品的搜集、整理和考证,尝试梳理

---

① 《全唐诗》卷八四六,第 9581 页。

大庾岭地域的发展演变,藉由诗歌作品考察该地域的政治、经济、文化、地理、交通、民俗等问题,并在此基础上更为深入地探析唐代大庾岭诗路作品的文学源流、文人活动、创作背景、审美意趣、文本内涵等。然而,由于受到时间、精力、史料等方面的限制,本书许多方面的论证仍较为薄弱,许多问题仍有待进一步探讨。关于大庾岭诗路的研究,可延展至更多领域,如唐宋诗歌比较、大庾岭与海上丝绸之路、宋代梅花诗、禅文学等,皆具有极大的研究空间。

主要参考文献

（按汉语拼音为序，仅列主要征引文献）

B

白居易著，谢思炜校注：《白居易诗集校注》，中华书局，2006年。

白寿彝：《中国交通史》，商务印书馆，1993年。

班固：《汉书》，中华书局，1962年。

彼德·琼斯编，裘小龙译：《意象派诗选》，漓江出版社，1986年。

C

岑参著，廖立笺注：《岑嘉州诗笺注》，中华书局，2004年。

岑仲勉：《唐朝历史的教训》，台海出版社，2019年。

陈鸿墀：《全唐文纪事》，上海古籍出版社，1987年。

陈景沂：《全芳备祖集》，上海古籍出版社，1992年。

陈尚君：《全唐文补编》，中华书局，2005年。

陈寿撰，裴松之注：《三国志》，中华书局，1959年。

陈贻焮：《增订注释全唐诗》，文化艺术出版社，1997年。

陈寅恪：《唐代政治史述论稿》，生活·读书·新知三联书店，2001年。

陈永正：《岭南诗歌研究》，中山大学出版社，2008年。

陈振孙：《直斋书录解题》，上海古籍出版社，1987年。

陈正祥:《中国文化地理》,生活·读书·新知三联书店,1983年。

程杰:《中国梅花名胜考》,中华书局,2014年。

程千帆:《文论十笺》,武汉大学出版社,2008年。

D

大余县志编纂委员会:《大余县志》,三环出版社,1990年。

戴叔伦著,蒋寅校注:《戴叔伦诗集校注》,上海古籍出版社,2010年。

戴伟华:《唐代幕府与文学》,现代出版社,1990年。

戴伟华:《唐方镇文职僚佐考》,天津古籍出版社,1994年。

戴伟华:《地域文化与唐代诗歌》,中华书局,2006年。

道宣著,郭绍林点校:《续高僧传》,中华书局,2014年。

董诰等编:《全唐文》,中华书局,1983年。

杜甫著,仇兆鳌注:《杜诗详注》,中华书局,1979年。

杜佑著,王文锦等点校:《通典》,中华书局,1988年。

E

鄂卢俊、马伯乐:《秦代初平南越考》,上海古籍出版社,2014年。

F

法贤:《佛说佛母宝德藏般若波罗蜜经》,《中华大藏经》第64册,中华书局,1993年。

氾胜之著,万国鼎辑释:《氾胜之书辑释》,中华书局,1957年。

范晔:《后汉书》,中华书局,1965年。

方勺著,许沛藻、杨立扬点校:《泊宅编》,中华书局,1983年。

方志钦、蒋祖缘:《广东通史》,广东高等教育出版社,1996年。

房玄龄等:《晋书》,中华书局,1974年。

冯承钧:《中国南洋交通史》,商务印书馆,2017年。

傅璇琮:《唐代科举与文学》,陕西人民出版社,1986年。

傅璇琮:《唐才子传校笺》,中华书局,1987年。

G

干宝著,汪绍楹校注:《搜神记》,中华书局,1979年。

赣州地区志编纂委员会:《南安府志·南安府志补正》,赣州印刷厂,
　　1987年。

顾炎武著,谭其骧、王文楚、朱惠荣等点校:《肇域志》,上海古籍出版
　　社,2004年。

顾野王:《舆地志辑注》,上海古籍出版社,2011年。

顾祖禹著,贺次君、施和金点校:《读史方舆纪要》,中华书局,2005年。

贯休著,胡大浚笺注:《贯休歌诗系年笺注》,中华书局,2011年。

郭棐著,王元林校注:《岭海名胜记校注》,三秦出版社,2012年。

郭茂倩:《乐府诗集》,中华书局,1979年。

郭朋:《〈坛经〉对勘》,齐鲁书社,1981年。

郭庆藩著,王孝鱼点校:《庄子集释》,中华书局,1961年。

H

憨山德清:《憨山老人梦游集》,《禅宗全书》第51册,北京图书馆出
　　版社,2004年。

韩愈著,方世举笺注:《韩昌黎诗集编年笺注》,中华书局,2012年。

寒山子著,徐光大校注:《寒山子诗校注》,陕西人民出版社,1991年。

何逊:《何逊集》,中华书局,1980年。

忽滑谷快天著,朱谦之译:《中国禅学思想史》,上海古籍出版社,
　　2002年。

胡阿祥：《魏晋本土文学地理研究》，南京大学出版社，2001 年。

胡可先：《中唐政治与文学》，安徽大学出版社，2000 年。

胡守为：《岭南古史》，广东人民出版社，1999 年。

黄林南：《赣南历代诗文选》，江西人民出版社，2013 年。

黄其勤：《直隶南雄州志》，台北成文出版社，1967 年。

黄庭坚著，刘尚荣校点：《黄庭坚诗集注》，中华书局，2003 年。

慧开：《禅宗无门关》，《禅宗全书》第 87 册，北京图书馆出版社，
    2004 年。

慧能著，郭朋校释：《坛经校释》，中华书局，1983 年。

J

嵇含：《南方草木状》，中华书局，1985 年。

贾岛著，李嘉言新校：《长江集新校》，上海古籍出版社，1983 年。

江冰、张琼：《回望故乡：岭南地域文化探究》，湖南师范大学出版社，
    2017 年。

静、筠二禅师著，张美兰校注：《祖堂集校注》，商务印书馆，2009 年。

L

赖井洋：《乌迳古道与珠玑文化》，暨南大学出版社，2015 年。

黎志敏：《诗学构建：形式与意象》，人民出版社，2008 年。

李翱：《李文公集》，上海古籍出版社，1993 年。

李白著，王琦注：《李太白全集》，中华书局，2011 年。

李百药：《北齐书》，中华书局，1972 年。

李德辉：《唐代交通与文学》，湖南人民出版社，2003 年。

李德裕著，傅璇琮、周建国校笺：《李德裕文集校笺》，中华书局，2018 年。

李调元：《南越笔记》，广陵书社，2003 年。

李芳民：《唐五代佛寺辑考》，商务印书馆，2006年。

李昉等：《太平御览》，中华书局，1960年。

李昉等：《文苑英华》，中华书局，1966年。

李浩：《唐代三大地域文学士族研究》，中华书局，2002年。

李吉甫著，贺次君点校：《元和郡县图志》，中华书局，1983年。

李林甫著，陈仲夫点校：《唐六典》，中华书局，1992年。

李群玉著，羊春秋辑注：《李群玉诗集》，岳麓书社，1987年。

李商隐著，刘学锴、余恕诚集解：《李商隐诗歌集解》，中华书局，
　　2004年。

李绅著，卢燕平校注：《李绅集校注》，中华书局，2009年。

李贤：《大明一统志》，台北台联国风出版社，1977年。

李肇：《唐国史补》，中华书局，1991年。

李遵勖著，朱俊红点校：《天圣广灯录》，海南出版社，2011年。

厉鹗辑撰：《宋诗纪事》，上海古籍出版社，2013年。

郦道元著，陈桥驿校证：《水经注校证》，中华书局，2013年。

林述训等修：《韶州府志》，台北成文出版社，1966年。

凌迪知：《万姓统谱》，上海古籍出版社，1994年。

刘安著，陈广忠译注：《淮南子》，中华书局，2012年。

刘芳：《诗歌意象语言研究》，上海译文出版社，2012年。

刘节：《（嘉靖）南安府志》，《天一阁藏明代方志选刊续编》第50册，
　　上海书店，1990年。

刘克庄著，辛更儒校注：《刘克庄集笺校》，中华书局，2011年。

刘肃：《大唐新语》，中华书局，1984年。

刘勰著，范文澜注：《文心雕龙注》，人民文学出版社，1958年。

刘昫等：《旧唐书》，中华书局，1975年。

刘恂著，鲁迅校勘：《岭表录异》，广东人民出版社，1983年。

刘义庆著，朱碧莲、沈海波译注：《世说新语》，中华书局，2011 年。

刘禹锡著，陶敏、陶红雨校注：《刘禹锡全集编年校注》，岳麓书社，
　　2003 年。

刘长卿著，储仲君笺注：《刘长卿诗编年笺注》，中华书局，1996 年。

刘知几：《史通》，商务印书馆，1928 年。

柳宗元著，尹占华、韩文奇校注：《柳宗元集校注》，中华书局，2013 年。

卢纶著，刘初棠校注：《卢纶诗集校注》，上海古籍出版社，1989 年。

陆龟蒙著，何锡光校注：《陆龟蒙全集校注》，凤凰出版社，2015 年。

陆机著，杨明校笺：《陆机集校笺》，上海古籍出版社，2016 年。

陆应阳：《广舆记》，《四库全书存目丛书·史部》第 173 册，齐鲁书
　　社，1996 年。

陆游：《陆游集》，中华书局，1976 年。

罗隐著，雍文华校辑：《罗隐集》，中华书局，1983 年。

　　　　M

马克斯·韦伯著，冯克利译：《学术与政治》，外文出版社，1997 年。

马元著，释真朴重修：《重修曹溪通志》，台北明文书局，1980 年。

迈克·克朗著，杨淑华、宋慧敏译：《文化地理学》，南京大学出版社，
　　2003 年。

梅新林：《中国文学地理形态与演变》，复旦大学出版社，2006 年。

孟浩然著，佟培基笺注：《孟浩然诗集笺注》，上海古籍出版社，
　　2013 年。

穆彰阿、潘锡恩等：《大清一统志》，上海古籍出版社，2008 年。

　　　　N

南怀瑾：《禅海蠡测》，复旦大学出版社，2002 年。

念常 :《佛祖历代通载》,《影印文渊阁四库全书》第 1054 册,北京出版社,2012 年。

O

欧阳忞 :《舆地广记》,中华书局,1985 年。

欧阳修 :《新五代史》,中华书局,1974 年。

欧阳修、宋祁 :《新唐书》,中华书局,1975 年。

欧阳修著,刘德清等笺注 :《欧阳修诗编年笺注》,中华书局,2012 年。

欧阳询等著,汪绍楹校 :《艺文类聚》,上海古籍出版社,1999 年。

P

彭定求等编 :《全唐诗》,中华书局,1960 年。

普济著,苏渊雷点校 :《五灯会元》,中华书局,1984 年。

Q

钱贵成 :《咏赣唐诗征考》,中国戏剧出版社,2006 年。

屈大均 :《广东新语》,中华书局,1985 年。

屈大均著,陈永正校笺 :《屈大均诗词编年校笺》,上海古籍出版社,2017 年。

权德舆著,郭广伟校点 :《权德舆诗文集》,上海古籍出版社,2008 年。

R

任半塘 :《唐声诗》,上海古籍出版社,2006 年。

阮元校刻 :《十三经注疏》,中华书局,1980 年。

阮元等修 :《广东通志》,上海古籍出版社,1990 年。

S

桑原骘藏著,陈裕菁译订:《蒲寿庚考》,中华书局,2009 年。

尚永亮:《唐五代逐臣与贬谪文学研究》,武汉大学出版社,2008 年。

沈佺期、宋之问著,陶敏、易淑琼校注:《沈佺期宋之问集校注》,中华书局,2001 年。

沈兴敬:《江西内河航运史》,人民交通出版社,1991 年。

沈约:《宋书》,中华书局,1974 年。

史绳祖:《学斋占毕》,中华书局,1985 年。

释道元著,妙音、文雄点校:《景德传灯录》,成都古籍书店,2000 年。

释慧皎著,汤用彤校注:《高僧传》,中华节局,1992 年。

司马光著,胡三省注:《资治通鉴》,中华书局,1956 年。

司马迁:《史记》,中华书局,1959 年。

宋敏求:《唐大诏令集》,商务印书馆,1959 年。

苏轼著,王文诰辑注,孔凡礼点校:《苏轼诗集》,中华书局,1982 年。

孙国栋:《唐宋史论丛》,上海古籍出版社,2010 年。

孙诒让著,孙启治点校:《墨子间诂》,中华书局,2018 年。

T

谭大初修,魏家琼点注:《明·南雄府志》,南雄市地方志办公室,2001 年。

谭其骧:《中国历史地图集》,中国地图出版社,1982 年。

脱脱等:《宋史》,中华书局,1977 年。

W

王昌龄著,胡问涛、罗琴校注:《王昌龄集编年校注》,巴蜀书社,

2000 年。

王朝安、王集门编注：《梅岭诗选》，河南人民出版社，1988 年。

王镝非：《张九龄研究论文选集》，广东高等教育出版社，1990 年。

王定保：《唐摭言》，中华书局，1959 年。

王巩：《闻见近录》，中华书局，1991 年。

王建著，尹占华校注：《王建诗集校注》，巴蜀书社，2006 年。

王谟：《汉唐地理书钞》，中华书局，1961 年。

王谟著，习罡华点校：《江西考古录》，江西人民出版社，2015 年。

王溥：《唐会要》，中华书局，1955 年。

王士性著，周振鹤点校：《广志绎》，中华书局，2006 年。

王象之：《舆地纪胜》，中华书局，1992 年。

王逸著，黄灵庚点校：《楚辞章句》，上海古籍出版社，2017 年。

王元林：《客家古邑古道》，华南理工大学出版社，2016 年。

韦庄著，聂安福笺注：《韦庄集笺注》，上海古籍出版社，2002 年。

魏瀛等修：《（同治）赣州府志》，台北成文出版社，1970 年。

魏徵、令狐德棻：《隋书》，中华书局，1973 年。

温庭筠著，刘学锴校注：《温庭筠全集校注》，中华书局，2007 年。

吴曾：《能改斋漫录》，中华书局，1985 年。

吴汝煜：《全唐诗人名考》，江苏教育出版社，1990 年。

吴松弟：《两唐书地理志汇释》，安徽教育出版社，2002 年。

吴夏平：《唐代制度与文学研究述论稿》，齐鲁书社，2008 年。

吴夏平：《唐代文馆文士朝野迁转与文学互动》，中国社会科学出版社，2017 年。

吴震方：《岭南杂记》，中华书局，1985 年。

武则天：《乐书要录》，中华书局，1985 年。

X

萧子显：《南齐书》，中华书局，1972 年。

谢灵运著，顾绍柏校注：《谢灵运集校注》，中州古籍出版社，1987 年。

谢旻：《（雍正）江西通志》，台北成文出版社，1989 年。

谢诏：《（天启）赣州府志》，《四库全书存目丛书·史部》第 202 册，齐鲁书社，1996 年。

心月：《石溪心月禅师语录》，《禅宗全书》第 46 册，北京图书馆出版社，2004 年。

徐杰舜、李辉：《岭南民族源流史》，云南人民出版社，2014 年。

许浑著，罗时进笺证：《丁卯集笺证》，中华书局，2012 年。

薛居正：《旧五代史》，中华书局，1976 年。

Y

严耕望：《唐代交通图考》，上海古籍出版社，2007 年。

严羽著，郭绍虞校释：《沧浪诗话》，人民文学出版社，1983 年。

杨曾文：《唐五代禅宗史》，中国社会科学出版社，1999 年。

杨守敬、熊会贞：《水经注疏》，江苏古籍出版社，1989 年。

姚思廉：《陈书》，中华书局，1972 年。

姚思廉：《梁书》，中华书局，1973 年。

姚铉：《唐文粹》，上海古籍出版社，1994 年。

叶廷珪著，李之亮校点：《海录碎事》，中华书局，2002 年。

印顺：《中国禅宗史》，江西人民出版社，1999 年。

郁贤皓：《唐刺史考全编》，安徽大学出版社，2000 年。

元稹著，冀勤点校：《元稹集》，中华书局，2010 年。

乐史著，王文楚等点校：《太平寰宇记》，中华书局，2007 年。

Z

赞宁著,范祥雍点校:《宋高僧传》,中华书局,1987年。

颐藏编,萧萐父、吕有祥点校:《古尊宿语录》,中华书局,1994年。

曾大兴:《中国历代文学家之地理分布》,湖北教育出版社,1995年。

张伯行:《唐宋八大家文钞》,浙江古籍出版社,1994年。

张祜著,尹占华校注:《张祜诗集校注》,巴蜀书社,2007年。

张华著,范宁校证:《博物志校证》,中华书局,2014年。

张籍著,徐礼节、余恕诚校注:《张籍集系年校注》,中华书局,2016年。

张锦鹏:《南宋交通史》,上海古籍出版社,2008年。

张九成著,杨新勋整理:《张九成集》,浙江古籍出版社,2013年。

张九龄著,熊飞校注:《张九龄集校注》,中华书局,2008年。

张明华:《梅与诗》,暨南大学出版社,2018年。

张丕远:《中国历史气候变化》,山东科学技术出版社,1996年。

张说著,熊飞校注:《张说集校注》,中华书局,2013年。

郑谷著,严寿澄、黄明、赵昌平笺注:《郑谷诗集笺注》,上海古籍出版社,1991年。

郑樵:《通志》,中华书局,1987年。

郑若庸:《类隽》,上海辞书出版社,1991年。

郑有国:《中国市舶制度研究》,福建教育出版社,2004年。

中国科学院昆明植物研究所:《南方草木状考补》,云南民族出版社,1991年。

周去非:《岭外代答》,中华书局,1985年。

周绍良、赵超:《唐代墓志汇编续集》,上海古籍出版社,2001年。

周裕锴:《文字禅与宋代诗学》,复旦大学出版社,2017年。

祝穆著,施和金点校:《方舆胜览》,中华书局,2003年。